KATERINA SILWANOWA
ELENA MALISOWA

Du und ich und der Sommer

Roman

Deutsch von Olga Tomyuk

blanvalet

Die Originalausgabe erschien 2021 unter dem Titel
»Leto v pionerskom galstuke (ЛЕТО В ПИОНЕРСКОМ ГАЛСТУКЕ)«
bei Popcorn Books, Moskau.

Das Gedicht auf S. 367 und S. 368 stammt aus »Pionery-geroi« von
Pawel Schelesnow, übersetzt von Olga Tomyuk.

Die Liedstrophe auf S. 406 stammt aus der Oper »Juno und Avos«,
Libretto: Andrej Wosnesenskij, 1983, übersetzt von Olga Tomyuk.

MIX
Papier | Fördert gute Waldnutzung
FSC® C014496

Penguin Random House Verlagsgruppe FSC® N001967

1. Auflage

Neumarkter Straße 28, 81673 München
Redaktion: Susann Rehlein
Umschlaggestaltung: www.buerosued.de
nach einer Originalvorlage von Popcorn Books
Umschlagmotiv: Adams Carvalho
Karte: © www.buerosued.de
DK · Herstellung: sam
Satz: Uhl + Massopust, Aalen
Druck und Bindung: GGP Media GmbH, Pößneck
Printed in Germany
ISBN 978-3-7645-0869-2
www.blanvalet.de

Liebe Leser*innen,

dieses Buch enthält potenziell triggernde Inhalte.
Deshalb findet sich auf S. 512 eine editorische Notiz.
Achtung: Diese enthält Spoiler für das gesamte Buch.
Wir wünschen allen das bestmögliche Leseerlebnis.

Katerina Silwanowa, Elena Malisowa und der
Blanvalet Verlag

KAPITEL 1

Rückkehr

Sie wunderten sich, dass in seinem Kofferraum eine Schaufel lag. Dabei ist das in ländlichen Gegenden ganz normal. Was, wenn es einen plötzlichen Wintereinbruch gibt? Gut, gerade war September – aber wenn er nun in einem Schlammloch stecken blieb? Hatten sie zu Gummistiefeln und Scheibenreiniger auch eine Meinung?

Jura wusste nicht genau, ob die Verkehrspolizisten ihn ein bisschen drangsalieren wollten. Sie waren doch Einheimische, sie kannten die Straßen hier.

Nachdem sich die Polizisten seine Erklärungen bezüglich der Schaufel angehört hatten, nickten die zwei, die einander wie aus dem Gesicht geschnitten waren, im Gleichtakt, ließen ihn jedoch nicht fahren. Juras Führerschein hatte ihnen verraten, dass er im Ausland lebte, und nun witterten sie ihre Chance auf ein Souvenir – ausländisches Geld. Der Regelverstoß sei ja wohl offensichtlich. Steht dort ein Schild? Ja. Ist das hier eine Fünfzigerzone? Ja. Ist er zu schnell gefahren? Ja. Liegt also ein Verstoß vor? Natürlich.

Er ist den Hügel runtergebrettert, an dessen Fuß zwar ein Schild steht, aber vom Ast einer Pappel verdeckt wird. Jura hat es schlicht übersehen.

Er grinste: »Statt hier unten mit dem Blitzer rumzustehen, hättet ihr lieber den Ast absägen sollen, der das Schild verdeckt.«

Das nahmen die Verkehrspolizisten gar nicht gut auf. Es liege nicht in ihrem Kompetenzbereich, Äste abzusägen, und nicht in seinem, ihnen ihren Beruf zu erklären.

»Also gut, dann her mit dem Strafzettel.« Der eine der Zwillingsbrüder, der ein bisschen größer war als der andere, drehte Juras Führerschein in seinen Händen. »Wir können dieses Problem auch anders lösen. Sie wollen sicher keinen Ärger, oder?«

Jura hatte sein halbes Leben in Deutschland verbracht. Sein europäisches Rechtsverständnis lieferte sich einen Kampf mit seinem gesunden Menschenverstand. Sollte er auf Gerechtigkeit pochen oder die Polizisten einfach bestechen und Zeit sparen? Der Kampf währte nur kurz.

»Wie viel?«

Die Männer schauten sich an und kniffen abschätzend die Augen zusammen. »Fünfhundert.«

Jura klappte seine Brieftasche auf. Die Verkehrspolizisten grinsten siegesgewiss.

»Wie komme ich nach Goretowka?«, fragte Jura, als er bezahlt hatte. »Auf der Karte ist zwar das Dorf verzeichnet, aber keine Straße dorthin. Früher hat es eine gegeben.«

»Goretowka?«, fragte der Große. »Das ist schon seit Langem kein richtiges Dorf mehr. Dort ist jetzt eine Siedlung.«

»In Ordnung, dann ist es halt kein Dorf mehr. Aber wie kommt man hin?«

»Hin kommt man, hinein aber wohl kaum. Das Gelände wird bewacht.«

Bevor er auf die Polizisten getroffen war, hatte Jura

einen klaren Plan gehabt: bis Goretowka fahren und von dort aus über die Felder der einstigen Kolchose und zum Fluss hinabsteigen. Doch nun stellte sich heraus, dass das Gelände abgesperrt war.

Sollte er es dennoch riskieren? Den Wachschutz bestechen, damit sie ihn reinließen? Nein, falls es missglückte, hätte er zu viel Zeit verloren. Ihm blieb nur der Weg durch das Lager.

»Verstehe. Wie komme ich zur *Schwalbe*?«, fragte er.

»Wohin?«

»Zum Pionierlager *Schwalbe*, benannt nach der Partisanin Sina, die Schwalbe, Portnowa. Das war hier irgendwo in der Nähe.«

Der kleinere Zwilling leuchtete förmlich auf. »Ach ja, das Lager. Ja, da war mal eins.«

Der größere Zwilling musterte Jura misstrauisch. »Was wollen Sie da?«

»Unter der Sowjetmacht war ich oft in diesem Lager, habe dort sozusagen meine Kindheit verbracht. Und nun habe ich Heimweh, Nostalgie, Sie verstehen …«

»Nostalgie, klar.« Die Verkehrspolizisten blickten sich an. »Haben Sie eine Karte?«

Jura reichte die Karte einem von ihnen und verfolgte aufmerksam, wohin dieser mit dem Finger zeigte.

»Fahren Sie auf der P-295 bis zum Dorf Retschnoje, direkt hinter dem Ortseingangsschild biegen Sie nach rechts ab und fahren immer geradeaus.«

»Danke.«

Er nahm die Karte wieder an sich, bedankte sich erneut und machte sich auf den Weg.

»Ich wusste, dass man mich mindestens einmal anhalten würde«, schimpfte er und gab Gas.

Er erkannte nichts wieder und orientierte sich nur mittels Karte. Vor zwanzig Jahren hatten sich entlang der Straße noch dichte dunkle Wälder mit Sonnenblumenfeldern abgewechselt, aber nun griff die nahe gelegene Stadt nach dem Gebiet. Die Wälder waren abgeholzt, die Felder planiert und einige Bereiche eingezäunt worden, dahinter dröhnten Kräne, Traktoren und Bagger. Der einst endlose Horizont war von Datschen- und Einfamilienhaussiedlungen verstellt.

Jura bog hinter dem Ortseingangsschild von Retschnoje ab. Die asphaltierte Straße endete schlagartig, das Auto schwankte über einen Feldweg, die Schaufel im Kofferraum schepperte.

Er konnte sich an den Weg zum Lager nicht mehr erinnern. Das letzte Mal war Jura vor zwanzig Jahren hier gewesen. Wie viel Freude es gemacht hatte, inmitten einer Kolonne weiß-rot gestreifter LiAZ-Busse, mit der Aufschrift *Kinder* und mit Wimpeln verziert, auf großer Fahrt zu sein, Pionierlieder zu singen oder gelangweilt aus dem Fenster zu blicken, da man bereits zu erwachsen für so etwas war. Jura erinnerte sich, wie er beim letzten Mal nicht mehr gesungen, sondern dem Lied zugehört hatte, das genau so eine Buskolonne mit Wimpeln auf dem Weg ins Pionierlager beschrieb. Und nun, zwanzig Jahre später, hörte er dem Scheppern der Schaufel zu, die im Kofferraum herumhüpfte. Er schimpfte auf die Schlaglöcher und betete, dass er nicht stecken bleiben würde, blickte nicht zu blauem Himmel wie damals, sondern zu grauen Wolken hinauf.

»Es darf nicht regen.«

Sein Plan war minutiös durchdacht. Allerdings war er davon ausgegangen, dass er übers Dorf an den Fluss gelangen würde, und daher früh losgefahren. Doch nun musste er sich am hellen Tag durch das Lager schleichen. Andererseits war September, und etwaige Kinder waren längst abgereist. Und da das Lager kein Militärobjekt war, war gewiss nur ein einzelner Wachmann anwesend.

Würde der Mann ihn stellen, müsste er sich was einfallen lassen.

Pionierlageralltag ... rote Halstücher, Frühsport, morgendlicher Fahnenappell, Baden und Lagerfeuer – all das war vor langer Zeit gewesen. Heute lief so was wahrscheinlich ganz anders ab: Ein regelrecht anderes Land war das inzwischen, man hatte andere Freizeitbeschäftigungen und Lieder. Kinder trugen keine Halstücher und Anstecknadeln mehr. Doch es war dasselbe Lager. Und schon bald würde Jura sich dort an die wichtigste Zeit in seinem Leben und an den für ihn wichtigsten Menschen zurückerinnern. Vielleicht würde er auch herausfinden, was aus ihm geworden war. Und das bedeutete, dass er ihm vielleicht irgendwann wiederbegegnen würde – dem einzigen Freund, den er je gehabt hatte.

Doch als er vor dem Tor aus dem Auto stieg, sah Jura seine heimlichen Befürchtungen bestätigt: Vom Maschendrahtzaun, der das ganze Gelände einst umschlossen hatte, ragten lediglich die Betonpfosten auf, das Metall hatte die Zeit nicht überdauert. Das fröhlich rot-gelbe Tor war kaputt: Ein Torflügel hing wie ein ausgekugelter Arm in den Angeln, während der andere auf dem Boden lag und schon halb zugewachsen war. Das Blau-Grün des Wächterhäuschens war längst abgeblättert, die Holzwände waren schwarz und modrig, und das Dach war eingestürzt.

Jura seufzte schwer. Im Grunde hatte er es geahnt,

schließlich hatte er in Deutschland gelebt und nicht hinter dem Mond. Er wusste, was in der Ukraine nach dem Zerfall der Sowjetunion los gewesen war. Er wusste, dass Fabriken geschlossen worden waren. Und dieses Lager war schließlich an eine von ihnen gebunden gewesen, die Kinder der Werktätigen waren jeden Sommer hierher gefahren.

Doch Jura hatte nicht wahrhaben wollen, dass der allgemeine Zerfall zwangsläufig auch die *Schwalbe* ereilen würde. Das Pionierlager war immerhin der glücklichste Ort seiner Kindheit gewesen.

Die freudige Aufregung der Herfahrt erlosch, und Wehmut und Trauer machten sich in ihm breit. Seine Stimmung entsprach nun dem düsteren Wetter und dem staubigen Nieselregen, der eingesetzt hatte.

Jura ging zum Auto zurück, zog seine Gummistiefel an, holte die Schaufel aus dem Kofferraum und schulterte sie. Er stieg über den morschen Torflügel und betrat das Gelände.

Jeder Schritt vorwärts entpuppte sich als ein Schritt zurück in jene glückliche Zeit, in der er verliebt gewesen war. Er blieb unweit der Kreuzung stehen. Nach links ging es zum Speisesaal, der Pfad rechts von ihm führte zu einem Gebäude, dessen Funktion er nicht mehr wusste, und geradeaus führte die Allee der Pionierhelden zum Zentrum des Lagers, dem Appellplatz. Neben einem Blumenbeet lagen noch ein paar der Platten, mit denen der Weg damals gepflastert gewesen war.

»Das war doch hier.« Jura lächelte, als er sich daran erinnerte, wie er spät in der Nacht, als das ganze Lager schlief, mit weißer Kreide den schönsten Buchstaben der Welt auf die Gehwegplatten gemalt hatte – das W.

Am nächsten Morgen hatten sich die Kinder auf dem Weg zum Frühstück gefragt, was das seltsame runde Gebilde um den Buchstaben wohl zu bedeuten hatte. Rylkin aus Gruppe zwei glaubte, dahintergekommen zu sein. »Kameraden, das ist ein Apfel.«

»Quatsch. Welche Apfelsorte fängt denn mit W an?«

Keiner kam dahinter, dass es sich in Wirklichkeit um ein Herz handeln sollte. Als Jura inmitten der Nachtgeräusche den Klang geliebter Schritte erkannt hatte, war ihm beim Malen vor Schreck die Hand weggerutscht und das Herz ein Apfel geworden.

Jura blickte sich um. Die Zeit hatte die Allee nicht verschont. Betonpfeiler, Holz und Ziegelscherben lagen herum. Er griff sich ein spitzes rotes Ziegelstück und hockte sich hin. Mit einer weit ausholenden Bewegung malte er ein riesiges, verschnörkeltes W und umschloss es mit einem Herzen. Jura, inzwischen erwachsen und Zyniker, nickte seinem jugendlichen Ich zu: Was in der *Schwalbe* passiert ist, bleibt in der *Schwalbe*.

Seine Erinnerungen zogen ihn weiter die Allee entlang, an deren Ende eine breite dreistufige Treppe zum Appellplatz des Lagers führte. Das ganze Gelände ließ ihn an einen Friedhof denken, einen aus der Zeit gefallenen und verlassenen Ort. Hier und da ragten links und rechts des Weges moosbewachsene Statuen oder nur deren Sockel auf, die an Grabsteine erinnerten.

Von den Statuen, die einst finster Richtung Westen geblickt hatten, gab es insgesamt sieben. Jura hatte seinerzeit wie Tausende andere Pioniere die Namen und Heldentaten dieser Kinder in- und auswendig gewusst und ihnen nachgeeifert. Doch nach über zwei Jahrzehnten erkannte er nur den Partisanen Leonid Golikow wieder.

Die Ehrentafel in ihrem Kasten rechts neben der Treppe stand noch, doch das Glas war herausgebrochen. Einige Textteile waren noch recht gut lesbar. Auch drei Schwarz-Weiß-Fotos hatten die Zeit überdauert.

»3. Lagerdurchgang, August 1992. Verdienste und Erfolge«, las Jura die Überschrift. Pro Jahr gab es drei Durchgänge. Das war also die letzte Belegschaft des Lagers gewesen. Also war es tatsächlich noch sechs weitere Jahre in Betrieb gewesen, nachdem er das letzte Mal hier war.

Als er die wenigen Stufen zum Appellplatz hinaufstieg, spürte Jura, wie sein Herz vor Schwermut stolperte. Nicht dass das Alte dem Verfall anheimgegeben worden war, schmerzte ihn, sondern dass er selbst seine ganz persönlichen Erinnerungen an das Lager vergessen und in sich begraben hatte. Warum war er erst jetzt zurückgekehrt?

Die Lenin'schen Gebote und die Gelöbnisse von damals hatte er so lange befolgt. Wie hatte es dazu kommen können, dass er sein Versprechen, das er seinem einzigen Freund gegeben hatte, nicht gehalten hatte?

Rechts neben der Treppe sah Jura im Gras ein ausgeblichenes Bruchstück einer Schultafel, darauf in weißer Lackfarbe die Losung: *Voran, in eine helle, strahlende Zukunft!*

»Sehr hell ist sie nicht und noch weniger strahlend, das kann ich euch versichern«, murmelte er und betrat den mit Müll und Laub bedeckten Appellplatz. Durch die Löcher im Asphalt wuchsen der fahlen Sonne Unkrautbüschel entgegen. Im Zentrum des Platzes lag inmitten von Steinbrocken das enthauptete Denkmal Sina Portnowas, der Partisanin, die als junges Mädchen gegen die

Nazis gekämpft hatte und nach der das Lager benannt worden war. Auch wenn das Mädchen nur aus Gips war, tat sie ihm dennoch leid. Sie hatte wirklich Heldentaten vollbracht. Er wollte sie aufrichten, aber aus ihren abgeschlagenen Unterschenkeln ragten lediglich zwei rostige Metallstäbe hervor.

Jura lehnte ihren Körper an den Sockel, legte den Kopf daneben und drehte sich um, betrachtete das Einzige, was unversehrt geblieben war – der nackte Fahnenmast, der wie vor zwanzig Jahren gen Himmel ragte.

Mit elf Jahren war Jura zum ersten Mal ins Pionierlager gefahren und war dermaßen begeistert gewesen, dass ihn seine Eltern von da an jedes Jahr hinschickten.

Das Lagerleben begann für gewöhnlich mit einem Fahnenappell. Die Gruppen strömten in Zweierreihen auf den Appellplatz und stellten sich auf. Begeisterung lag in der Luft. Die Pioniere freuten sich, ihre Freunde vom letzten Sommer wiederzusehen. Die Gruppenleiter schoben ihre Schützlinge in Reih und Glied. Jura schien der Einzige zu sein, der nach fünf Jahren Pionierlager die Nase voll hatte, der Einzige, bei dem keine Freude aufkam, sondern Frust.

Aber etwas vermochte doch sein Interesse zu erregen. Rechts vom Fahnenmast stand inmitten der Zwerge der fünften Gruppe ein neuer Gruppenleiter. Er trug eine dunkelblaue kurze Hose, ein weißes Hemd, ein rotes Halstuch und eine Brille. Ein Student, ganz klar, vielleicht sogar Erstsemester, garantiert war er der Jüngste unter den Gruppenleitern und sichtbar auch der Angespannteste. Eine Brise fuhr ihm durchs Haar, das unter seinem roten Komsomolkäppi hervorstand, seine blassen

Beine waren von frischen Mückenstichen übersät, und er zählte hektisch seine Gruppe durch. Er hieß Wolodja, zumindest hatte Jura diesen Namen zuvor neben den Bussen gehört.

Das Hornsignal ertönte, und die Arme schnellten zum Pioniergruß nach oben. Die Lagerleitung betrat die Bühne. Grußworte hallten über den Platz. Pathetische Reden über das Pionierdasein und den sozialistischen Menschen wurden vorgetragen.

Jura hatte das alles schon tausendmal gehört und bemühte sich vergebens, nicht so angeödet dreinzuschauen. Er glaubte weder dem kinderlieben Lächeln der stellvertretenden Lagerleiterin noch ihren leuchtenden Augen und pathetischen Worten. Es kam ihm vor, als war an den Gruppenleitern und erst recht an Olga Leonidowna nichts echt. Denn warum sonst sollten sie immer wieder die gleiche Rede halten? Wer aufrichtig war, konnte immer neue Worte finden. Und Jura hatte ohnehin den Eindruck, dass alle in seinem Land Parolen schwangen und Gelöbnisse ablegten, ohne dabei im Inneren auch nur das Geringste zu fühlen. Er hatte den Eindruck, dass nur er allein echt war, und alle anderen, auch dieser Wolodja da drüben, waren Roboter. Er war perfekt, ein braver Komsomolze wie von einem Plakat: groß, klug, Grübchen und visionärer Blick in die Ferne. *Nur mit seinen Haaren ist was schiefgelaufen,* dachte Jura hämisch grinsend. *Er ist nicht blond. Aber Roboter bleibt trotzdem Roboter.*

Jura war so sehr in Gedanken versunken und konzentrierte sich dermaßen auf diesen Wolodja, dass er das Wichtigste beinahe verpasst hätte – das Hissen der Fahne. Zum Glück wurde er von seiner Nachbarin angestoßen. Er blickte an der Fahne empor und sang brav den »Marsch der Jungpioniere«. Nach »Immer bereit!« aus hundert Kehlen starrte er Wolodja erneut wie ein Trottel an, bis dessen fünfte Gruppe sich aufzulösen und den Platz zu verlassen begann. Ihr Leiter rückte seine Brille zurecht und zählte wieder hektisch: »Zwölf … Oh! Dreizehn …« Er spurtete den Kindern hinterher.

Jura schüttelte die Erinnerungen ab und ließ seinen Blick abermals über den Appellplatz schweifen. Noch zehn weitere Jahre und man würde sich durch Gestrüpp vorankämpfen müssen. Die aus dem Gebüsch ragenden Gipspioniere würden zufälligen Besuchern einen Schrecken einjagen. Oder die Baustelle drang bis hierher vor, und an Juras Herzensort würden Einfamilienhäuser aus dem Boden gestampft.

Jura folgte mehr seinen Erinnerungen als seinen Augen und ging in Richtung der Freilichtbühne, wo immer die Disco stattgefunden hatte. Er ging den Pfad entlang, als wäre all dies ein eigenartiger Traum. Alles hier schien gleichzeitig fremd und vertraut zu sein.

Er erreichte die Freilichtbühne – wo die Geschichte zwischen Wolodja und ihm ihren Anfang genommen hatte. Eine kurze Geschichte, die jedoch sein ganzes Leben beeinflusst hatte.

Die Bühne war einst mit roten Wimpeln und Bannern mit der Aufschrift *Lang lebe die KPdSU* und *Wir sind Lenins Erben* geschmückt gewesen, die Jura schon damals überholt vorgekommen waren. Unter seinen Füßen lag ein zerrissenes rotes Banner mit einem Gedicht. Jura stand auf dem Lumpen und blickte nach unten. Er las, was noch zu erkennen war: *Dein Halstuch, halt es in Ehren …*

Rechts der Bühne hing früher der Tagesplan. Jetzt verkündete die einzige erhaltene Zeile, dass um vier Uhr vierzig ein Arbeitseinsatz anstand. Links der Bühne stand noch immer Juras Aussichtspunkt, ein Apfelbaum. Einst war der Baum mit schweren Früchten behangen gewesen, doch jetzt war er knorrig und halb tot. Hochzuklettern war undenkbar – er wäre augenblicklich umgestürzt. Jura war mal runtergefallen, vor zwanzig Jahren, als er auf Anweisung der Erzieherin bunte Lichterketten in den Baum gehängt hatte.

Nach dem Begrüßungsappell zog er in die Baracke ein. Anschließend war er körperlich, nicht aber geistig bei der ersten Versammlung seiner Gruppen anwesend, und dann ging es zum Sportplatz, um neue Pioniere kennenzulernen und seine Kameraden und Freundinnen aus dem letzten Sommer zu suchen. Per Lagerfunk wurden alle Neuankömmlinge begrüßt. Die Wettervorhersage sagte eine regenarme Woche an und wünschte aktive Ferien.

Jura erkannte Mitjas Stimme sofort. Er spielte Gitarre, hatte eine schöne Singstimme und war bereits im letzten Jahr Radiosprecher gewesen.

Neben dem Tennisplatz standen Polina, Uljana und Ksjuscha und tuschelten. Jura hatte sie schon beim Appell bemerkt. Und schon wieder waren sie in seiner Gruppe, das fünfte Mal in Folge. Er hatte sie schon als zehnjährige Rotzgören gekannt. Aus irgendeinem Grund waren sich Jura und das berühmt-berüchtigte Mädchentrio von Anfang an unsympathisch gewesen.

Wanja und Mischa, Juras Gruppenkameraden und sehr gute Freunde, winkten ihm zu. Er antwortete mit einem Nicken, ging jedoch nicht zu ihnen hinüber. Sie würden ihn fragen, wie sein Jahr war. Aber sein Jahr war wieder nicht so gut verlaufen, so was erzählte man nicht gern.

Auch die beiden kannte Jura seit Langem. Im Grunde waren sie die Einzigen, mit denen er sich abgab. Wanja und Mischa waren unauffällige Streberjungs – pickelig und lustig. Mit Mädchen kamen auch sie nicht sonderlich gut klar. Jura erkaufte sich ihren Respekt mit Papirossy, die sie manchmal zusammen rauchten, wenn sie der Mittagsruhe entflohen und hinter dem Lagerzaun im Wald hockten.

Auch Mascha Sidorowa stand nicht weit von ihm entfernt und blickte sich verwirrt um. Jura kannte sie schon vier Jahre. Sie konnte Polina, Uljana und Ksjuscha nicht ausstehen und sah auch auf Jura herab. Dafür war sie im letzten Sommer sehr gut mit Anja ausgekommen.

Anja war großartig. Jura mochte sie. Er war mit ihr befreundet und hatte sie sogar zweimal in der Disco zum Tanzen aufgefordert. Und sie hatte ihn nicht zurückgewiesen. Jura mochte ihr schallendes Lachen. Anja war im letzten Jahr zudem eine der wenigen gewesen, die sich nach dem Vorfall nicht von ihm abgewandt hatten … Doch diesen Gedanken verdrängte er sofort wieder. Er blickte erneut über den Sportplatz, doch Anja war nirgends zu sehen. Auch beim Appell war sie nicht gewesen.

Nachdem er sich bei Mascha nach Anja erkundigt und sie seine Hoffnungen endgültig zerstört hatte, schob Jura seine Fäuste in die Taschen, schaute finster drein und schlurfte den Weg hinauf. Er dachte an Anja. Wie schade, dass sie sich erst gegen Ende der Ferien angefreundet hatten. Sie hatte erzählt, dass ihr Vater Probleme in der Partei oder auf seiner Arbeit hatte und dies vielleicht ihr letztes Mal Pionierlager war. Und nun war anscheinend tatsächlich etwas passiert.

Jura boxte gereizt gegen einen Fliederbusch. Er hasste den intensiven, beinahe klebrigen Fliederduft, blieb jedoch stehen, um nach fünfblättrigen Blüten zu suchen: Seine Mutter hatte ihm mal erzählt, dass, wenn man eine solche Blüte fand, sie zerkaute und sich etwas wünschte, der Wunsch ganz sicher in Erfüllung gehen würde. Doch Jura wusste gar nicht, was er sich wünschen sollte. Früher, vor anderthalb Jahren, hatte er Träume und Pläne gehabt, aber jetzt war alles anders.

»Konew!«, ertönte hinter ihm die strenge Stimme seiner Gruppenleiterin. Jura biss die Zähne zusammen, drehte sich um und starrte in Irinas hellgrüne Augen, die ihn misstrauisch musterten. »Was schleichst du denn hier herum?«

Irina war bereits das dritte Jahr in Folge seine Gruppenleiterin. Sie war streng, aber nett. Eine der wenigen im Lager, mit denen er klarkam.

Er brach einen Fliederzweig ab und reichte ihn der Gruppenleiterin. »Ich bestaune die Blüten. Hier, Irina Petrowna, für Sie.« Jura war der Einzige, der sie aus Respektgründen siezte.

»Konew!« Irina wurde rot und fügte ihrer Stimme noch ein wenig Strenge hinzu: »Das ist ein Verstoß gegen die Lagerordnung. Was, wenn jemand von den älteren Erziehern dich beim Blumenabreißen erwischt hätte?«

Jura wusste, dass die Gruppenleiterin ihn nicht melden würde. Erstens war sie trotz ihrer Strenge freundlich und bemitleidete ihn aus irgendeinem Grund, zweitens konnten Gruppenleiter bei Verstößen ihrer Schützlinge selbst einen Vermerk in ihrer Akte erhalten und ließen bei den meisten Vergehen die Lagerleitung außen vor. Also seufzte sie nur und stemmte ihre Hände in die Hüften.

»Ich habe eine wichtige Aufgabe für dich. Mach dich auf die Suche nach Aljoscha Matwejew aus der dritten Gruppe. Ein Rotschopf mit vielen Sommersprossen. Geht gemeinsam zum Hausmeister, fragt nach zwei Leitern und tragt sie zur Freilichtbühne. Dort werde ich euch Lichterketten aushändigen, die für die Disco aufgehängt werden müssen. Alles klar?«

Jura war sauer. Er hatte vorgehabt, an den Fluss zu gehen. Doch jetzt musste er stattdessen auf einer Leiter herumtänzeln.

Als er lahm nickte, kniff Irina die Augen zusammen. »Ist wirklich alles klar?«

»Zu Befehl!« Jura streckte sich und machte den Pioniergruß.

»Konew, treib es nicht zu weit. Ich kenne deine Witze schon von den letzten Ferien.«

»Entschuldigen Sie, Irina Petrowna. Alles klar, Irina Petrowna. Wird erledigt, Irina Petrowna.«

»Ab mit dir, du Frechdachs. Und zwar schnell!«

Aljoscha Matwejew war nicht nur rothaarig und sommersprossig, sondern hatte auch Segelohren und Hasenzähne. Auch er war nicht zum ersten Mal im Lager und plapperte ununterbrochen von den vergangenen Aufenthalten. Er erzählte ein Abenteuer nach dem anderen und fragte unaufhörlich: »Kennst du den? Erinnerst du dich noch an die?« Aljoscha sprudelte nur so vor Energie und Lebenslust, er war erschreckend aktiv, aber der

Typ Mensch, der schlussendlich nichts fertigbrachte. Daher dachte man zweimal nach, bevor man ihm eine Aufgabe übertrug.

Die Lichterketten waren schnell angebracht. Nach kaum einer Stunde war der Großteil der Bäume ringsum eingewickelt. Über der Freilichtbühne wurden die schönsten Lichter aufgespannt. Jetzt blieb nur noch der Apfelbaum. Jura stieg auf die Leiter. Seinen Lieblingsbaum wollte er so gestalten, dass er, wenn er es sich in den kommenden Tagen oben bequem machen würde, nicht an einem Kabel hängen blieb. In der einen Hand hielt er das Kabel mit den Glühbirnen, klammerte sich mit der anderen an einem dicken Ast fest und stieg von der Leiter in den Baum, um die Lichterkette hoch oben zu befestigen.

Es gab ein trockenes Knacken. Aljoscha schrie auf. Jura krachte auf den Boden. Seine Sicht verschwamm, und in seinem Rücken und seinem Hintern breitete sich Schmerz aus.

»Konew! Jura! Alles in Ordnung?« Irina beugte sich mit schreckgeweiteten Augen über ihn.

»Ich lebe noch …«, ächzte er, setzte sich auf und fasste sich an den Rücken. »Es tut weh …«

»Was tut weh? Wo tut es weh? Der Arm, das Bein, wo denn? Hier?«

»Aua! Es ist kaputt!«

»Was hast du dir gebrochen, Jura?«

»Die Lichterkette ist zerbrochen …«

»Zum Teufel mit der Lichterkette, das Wichtigste ist, dass du …«

Jura richtete sich auf. Alle zwanzig Leute, die zuvor mit der Vorbereitung des Platzes beschäftigt gewesen waren, auf dem immer die Disco stattfinden würde, standen nun um ihn herum und sahen zu, wie er sich ächzend das Handgelenk rieb und zu lächeln versuchte. Er hatte große Angst, sich seinen guten Ruf zu ruinieren und als Jammerlappen, Schwächling und Weichei zu gelten. Zu allem Überfluss taten nicht nur seine Hand und sein Rücken weh – auch sein Steißbein pochte. Doch würde er das zugeben, würden die anderen ihn auslachen: »Konew hat sich den Schwanz angeschlagen.«

»Was sagen Sie denn da? Irina, wie soll ich das verstehen?« Olga Leonidowna kam herbeigeeilt. »Die Lichterkette ist Eigentum des Lagers, wer soll dafür aufkommen? Ich? Sie? Oder vielleicht du, Konew?«

»Was kann ich denn dafür, dass eure Leitern wackelig sind?«

»Aha, die Leitern sind wackelig? Vielleicht bist ja du schuld? Sieh dich nur an.« Sie tippte Jura mit spitzem Finger gegen die Brust. »Das Halstuch ist der wertvollste Besitz eines Pioniers. Und deins ist schmutzig, zerfleddert und schief gebunden.«

Jura hob die Spitze seines roten Tuchs an und warf einen Blick darauf. Es war tatsächlich schmutzig. Aber war es vielleicht schmutzig geworden, weil er gerade vom Baum gefallen war?!

»Beim Appell war das Halstuch ordentlich gebunden. Es ist aufgegangen, als ich gestürzt bin.«

»Nein, sondern weil du ein Nichtsnutz und Vandale bist!«, keifte Olga Leonidowna ihn an. Jura erstarrte. Unfähig, etwas zu erwidern, stand er schweigend da und hörte sich an, wie sie ihn ausschimpfte. »Den Pionieren bist du schon seit zwei Jahren entwachsen, bist ein riesiger sechzehnjähriger Kerl. Und du denkst nicht einmal daran, der sozialistischen Jugendorganisation Komsomol beizutreten. Oder wollen sie dich vielleicht nicht aufnehmen? Natürlich nehmen sie einen wie dich nicht auf. Als ob ein Raufbold ein Komsomolze sein kann.«

Jura hätte sich eigentlich freuen können. Er brachte Olga Leonidowna zu gern auf die Palme. Und nun war es ihm sogar vor all den anderen geglückt. Doch irgendwie hatten ihre Worte ihn getroffen.

»Ich bin kein Raufbold. Hier ist einfach alles wackelig und kaputt, und ihr … und ihr …«

Die Wahrheit war bereit, aus ihm herauszusprudeln. Jura atmete tief ein, wollte alles sagen und … bekam plötzlich keine Luft mehr. Jemand hatte ihm einen Stoß in seinen geprellten Rücken verpasst. Es war Irina.

Sie flüsterte: »Sei still!«

»Was wolltest du mir sagen, Jura?« Olga Leonidowna kniff die Augen zusammen und höhnte: »Fahr fort, wir hören dir alle ganz aufmerksam zu. Und dann rufe ich deine Eltern an und schreibe dir eine Beurteilung, dass du nie auch nur einen Fuß in den Komsomol, geschweige denn in die Partei setzen wirst. Du wirst dein ganzes Leben Böden wischen. Wie kannst du es wagen, den Familiennamen des sowjetischen Helden Iwan Konew durch dein Verhalten derartig in den Dreck zu ziehen?«

»Aber Olga Leonidowna, bitte. Sie selbst weisen uns doch immer darauf hin, dass man Kinder nicht anschreien darf«, brachte Irina den Mut auf, die stellvertretende Lagerleiterin zurechtzuweisen.

Um sie herum hatten sich jede Menge Pioniere versammelt.

»Andere Erziehungsmethoden bringen bei dem nichts!«,

schrie die stellvertretende Lagerleiterin und fuhr fort, Jura zu beschuldigen: »Nachdem du bereits letztes Jahr den Speisesaal verwüstet hast, machst du jetzt auch noch Lichterketten kaputt!«

»Das war ein Versehen. Ich wollte das nicht.«

Gegen Ende seines letzten Aufenthalts im Lager war ihm sein schmutziger Teller beim Zurückbringen aus Versehen auf einen unordentlich aufgetürmten Tellerstapel gefallen, woraufhin alles mit einem fürchterlichen Geschepper zu Boden krachte und zerbrach. Das bekam natürlich jeder mit, und das halbe Lager eilte zur Unfallstelle, an der Jura mit offenem Mund dastand, rot wie eine Tomate. Diese Art von Aufmerksamkeit wollte er ganz sicher nicht. Er hatte nie Aufmerksamkeit gewollt.

Und jetzt das.

Alle schauten zu, wie er aus dem Baum fiel und dann auch noch einen Anschiss bekam. Sogar die, die eigentlich genug zu tun hatten mit den ihnen übertragenen Aufgaben, standen da und schauten zu. Ausgeschimpft wurde aber nur Jura.

»Olga Leonidowna, bitte verzeihen Sie ihm dieses eine Mal«, flehte Irina. »Jura ist ein guter Junge, er ist erwachsen geworden und hat sich seit dem letzten Jahr gebessert, nicht wahr, Jura? Er kann doch nichts dafür. Die Leiter ist tatsächlich wackelig. Wir müssten ihn eigentlich zur Krankenstation bringen …«

»Irina, jetzt reicht es aber! Du solltest dich schämen, mir, einer Kommunistin mit dreizehnjähriger Erfahrung in Kinderbetreuung, geradewegs ins Gesicht zu lügen.«

»Verzeihung, ich …«

»Genauso wie du habe ich gesehen, dass Konew von der Leiter auf den Ast gestiegen ist. Du bekommst einen

Vermerk in der Akte! Das wird dich lehren, keine Saboteure zu decken.«

»Ach kommen Sie, Olga Leonidowna, das war doch keine Sabotage.«

»Reicht dir ein Vermerk nicht? Soll ich etwa nachlegen und einen Verweis draus machen?«

»Nein, natürlich nicht. Aber Jura ist noch ein Kind. Er strotzt nur so vor Energie, die eben in richtige Bahnen gelenkt werden muss.«

»Ein Kind? Als ob! Er ist eins achtzig groß.«

Seine Körpergröße betreffend, hatte sie natürlich übertrieben. So Gott wollte, würde er Olga Leonidowna irgendwann überholen, aber in der Sowjetunion gab es keinen Gott. »Ein Meter fünfundsiebzig«, hatte die medizinische Kommission verkündet.

»Er ist ein kreativer Junge. Er braucht einen Zirkel, in den er sich einbringen kann«, flehte Irina Petrowna die stellvertretende Lagerleiterin an. »Wir bieten doch unterschiedlichste Sportaktivitäten an. Jura, vielleicht wäre ja da etwas für dich dabei? Oder die Theaterbrigade? Wolodja fehlen noch ein paar Jungs. Bitte geben Sie ihm eine Chance, Olga Leonidowna. Auf meine Verantwortung.«

»Auf deine Verantwortung?« Die stellvertretende Lagerleiterin grinste höhnisch. »In Ordnung … Auf deine Verantwortung, bis zur ersten Verwarnung.« Sie blickte Jura an. »Beim nächsten Vergehen werdet ihr beide euch verantworten müssen. Ja genau, du hast richtig gehört. Für deine Verfehlungen wird ab jetzt auch Irina bestraft werden. Vielleicht hält dich das ja in Schach. Wolodja!«, rief sie, woraufhin der Gerufene verängstigt einen Schritt aus der Menge hervortrat.

»Olga Leonidowna?«

»Begrüß deinen neuen Schauspieler. Und damit ihm nicht langweilig wird, kannst du Konews Aufgabenbereich gern nach Gutdünken erweitern. Über seine Fortschritte ist täglich zu berichten.«

»Wird gemacht, Olga Leonidowna. Konew … Jura, nicht wahr? Die erste Probe findet gleich um sechzehn Uhr im Theatersaal statt. Sei bitte pünktlich.«

Sei bitte pünktlich, äffte ihn Jura in Gedanken nach, obwohl er Wolodjas tiefe Stimme mochte, aber dass Wolodja immer so streng sein musste, fand er ein wenig nervig. »Alles klar, ich werde pünktlich sein«, sagte er.

Wolodja nickte zufrieden und ging weg, rief im Vorbeigehen mit strenger Stimme ein paar Kindern zu: »He, was macht ihr da? Das sind die Kabel von der Lichtorgel!«

Jura drehte sich um. Die Tanzfläche brummte wie ein aufgestörter Bienenstock. Die Pioniere waren wieder alle damit beschäftigt, etwas aufzuhängen, zu reparieren oder anzustreichen, zu putzen oder auch den Boden zu fegen. Und hinter Jura wurden Seile gespannt, um ein Banner aufzuhängen. Hausmeister Pjotr Iljitsch gab mit lauter Stimme das Kommando: »Und zieht!« Die Seile schnellten knarrend nach oben, und über Juras Kopf breitete sich ein breiter scharlachroter Stoffstreifen mit schneeweißer Schrift aus.

Jura zog an dem ausgefransten Rand seines Pionierhalstuchs und murmelte verächtlich: »Halt dein Pionierhalstuch in Ehren. Denn es ist Teil der roten Fahne.«

KAPITEL 2

Durcheinander

Der Wind trieb von der Baustelle den Gestank verbrannten Maschinenöls heran. Hinzu kam der Regen, der erst nur leicht vor sich hin getröpfelt hatte, nun aber immer stärker wurde. Jura machte sich unverzüglich auf den Weg zum Theatergebäude, das sich hinter der Freilichtbühne befand. Das hohe Holzgebäude war erstaunlich gut erhalten. Nur die großen Fenster klafften als Löcher in ihren Rahmen.

Die Außentreppe knarrte wie vor zwanzig Jahren. Wie am ersten Abend ihrer Bekanntschaft. Wie magisch sind doch die Geräusche aus der Kindheit in der Erinnerung. Wenn er nur auch das Klavier hören könnte – Tschaikowskis liebevolles, tiefgründiges *Wiegenlied,* das Leitmotiv jenes Sommers.

In den Fensterhöhlen wehten große löchrige Vorhänge. Die mit Filz gedämmte Tür war herausgeschlagen worden, und durch den Türrahmen drang Tageslicht in den halbdunklen Saal, strich über die Rückenlehnen der grünen Zuschauersessel und fiel auf eine kahle Wand, von der die Farbe abblätterte, erhellte den mit Dreck bedeckten Boden.

Auf der linken Seite der Bühne, wo Wolodja an diesem unvergesslichen Tag gesessen hatte, wuchs nun ein kleines Bäumchen, ringsherum lagen einzelne Dielenstücke. Die schlanke, junge Birke hatte die morschen Bretter aufgebrochen und streckte sich dem Licht entgegen, unterstrich die zeitlose Einsamkeit der Umgebung.

Jura trat auf die zerborstenen Dielen und näherte sich der Birke. Als er ihre staubigen Blätter berührte, wünschte er, er könnte hier bis zum Anbruch der Dunkelheit bleiben, die Birke betrachten und warten, bis in seiner Imagination sich der schwere Vorhang lüften und die Schauspieler die Bühne betreten würden. Er lehnte die Schaufel an die Wand und ließ sich in einen alten Zuschauersessel sinken, der sich knarrend widersetzte. Jura lächelte, als er sich daran erinnerte, wie der Boden am Tag der ersten Probe unter seinen Füßen geknarzt hatte, als er den Saal betreten hatte.

»Aber Irina Petrowna, was soll ich denn im Theater?!« Juras Laune war auf dem Tiefpunkt. Kein Wunder, schließlich war er vor einer ziemlichen Menschenmenge ausgeschimpft und lächerlich gemacht worden. Zum Teufel mit dieser Olga Leonidowna. Jura kochte vor Wut, war gekränkt und versuchte, einen Vorwand zu finden, um nicht zur Probe zu gehen. Aber es gab kein Entkommen, er musste dringend seine schlechte Laune in den Griff bekommen, wusste er doch nur zu gut, dass Irina Petrowna den Kopf für ihn hinhielt und er sie nicht hängen lassen durfte.

Doch seine Wut ließ nicht nach. Am liebsten hätte er beim Hereinkommen die Tür hinter sich zugeschlagen, um allen zu demonstrieren, was er von dieser dummen Amateuraufführung hielt. Doch dann blieb er wie angewurzelt auf der Türschwelle stehen.

Wolodja war allein. Er saß am äußersten linken Rand der Bühne auf dem Boden, las in seinem Notizheft und aß eine Birne. Neben ihm stand ein Kofferradio und übertrug unter Knarren und Zischen Pachelbels *Kanon*. Wolodja legte sein Heft auf den Schoß und drehte an der Antenne herum.

Der Gruppenleiter biss in die Birne, kaute nachdenklich und schüttelte unvermittelt den Kopf – irgendetwas im Text missfiel ihm wohl. Seine Brille rutschte ihm bis zur Nasenspitze hinunter.

Kein Wunder, auf dieser geraden Nase, konstatierte Jura und hustete versehentlich. Er hätte gerne noch länger dagestanden, ihn bestaunt und beneidet – nicht um seine Nase natürlich, sondern um die Birne – Juras Lieblingsobst. Wolodja hob den Kopf, warf das Notizbuch zur Seite und rückte seine Brille vorsichtig zurecht.

»Na, schon zurück?«

Jura nickte. »Wo werden denn Birnen verteilt? Im Speisesaal gab es keine.«

»War ein Geschenk.«

»Von wem?«, fragt Jura prompt. Vielleicht war er mit der Person bekannt und konnte sie um eine Birne anschnorren.

»Mascha Sidorowa. Sie spielt für uns Klavier und kommt gleich. Willst du?«

Jura schüttelte den Kopf. »Und, was soll ich hier machen?«, erkundigte er sich, stieg auf die Bühne und verschränkte trotzig die Arme.

»Du kommst gleich zur Sache, was? Gute Einstellung, gefällt mir. Stimmt, was sollst du machen?« Wolodja richtete sich auf und starrte nachdenklich an die Decke. »Ich habe das Stück gerade noch mal gelesen und wollte dir eine Rolle zuteilen, aber stell dir vor – es gibt keine Rolle für einen so großen Kerl wie dich.«

»Was heißt, es gibt keine? Gar keine?«

»Gar keine.«

»Vielleicht als Baum oder Wolf? In jedem Kindertheaterstück gibt es einen Wolf oder einen Baum.«

Wolodja grinste. »Ein Waffenversteck in einem hohlen Baum kommt tatsächlich vor, aber das ist eine Requisite, keine Rolle.«

»Einen umgestürzten Baumstamm würde ich ganz sicher herausragend darstellen. Soll ich mal vormachen?« Ohne eine Antwort abzuwarten, legte sich Jura flach auf den Boden. »Und, was denkst du?«, fragte er, setzte sich auf und blickte herausfordernd zu Wolodja auf.

»Ich glaube, du hast da was nicht verstanden. Wir führen hier keine Komödie auf, sondern ein Drama. Sogar eine Tragödie. Dieses Jahr feiern wir nämlich den dreißigsten Jahrestag der Gründung des Lagers. Olga Leonidowna hat darüber beim Appell gesprochen.«

»Hab ich gehört«, bestätigte Jura.

»Na also. Die Tatsache, dass das Lager den Namen der Pionierheldin Sina Portnowa trägt, dürfte dir bekannt sein. Dass die erste Theateraufführung damals ein Stück über das Leben Portnowas war, weißt du aber bestimmt noch nicht. Und genau dieses Stück werden wir anlässlich des Lagerjubiläums aufführen. Den Baumstamm, Jura, kannst du dir also für das nächste Mal aufheben.«

»Aha.« Jura verzog sein Gesicht. »Wie langweilig.«

Wolodja sah ihn prüfend an und erwiderte schließlich: »Nein, langweilig wird es nicht. Für dich jedenfalls nicht. Weil ich keine Rolle für dich finden konnte, wirst du mir mit den Schauspielern helfen. Wir haben hier außer mir nur einen Erwachsenen …«

Jura verdrehte die Augen. »Außer dir? Wie alt bist du denn? Siebzehn? Du bist Studienanfänger, nur ein Jahr älter als ich.«

Wolodja räusperte sich, richtete seine Brille und sagte leise: »Neunzehn. Zumindest fast. Werde ich im November.« Dann trat er an Jura heran und fügte hinzu: »Und an deiner Stelle wäre ich nicht so aufsässig, Konew, du sprichst immerhin mit einem Gruppenleiter.«

Jura sah Wolodjas Unsicherheit und gab nach. »Verstehe, wer ist denn die zweite erwachsene Person?«

»Mascha«, antwortete Wolodja. »Sie ist übrigens in deiner Gruppe. Mit den Mädchen ist es leicht, die sind grundsätzlich brav. Die Jungs dagegen sind schwer zu bändigen. Für die brauchen wir eine Autoritätsperson. Das wärst du dann.«

»Pff, soll Mascha auf sie aufpassen. Ich spiel doch hier nicht die Mama.«

»Ich sage ja, Mascha schafft das nicht. Die Jungs brauchen eine Autoritätsperson. Ich habe keine Zeit, um …«

»Und warum soll ich diese Aufgabe übernehmen?«

»Weil du keine andere Wahl hast.«

»Wieso denn das?«

»Weil die Lagerleitung dich auf dem Kieker hat. Wenn du noch einmal Mist baust, fliegst du. Ich meine es ernst. Hast du überhaupt eine Ahnung, was für Ärger Irina heute wegen der Lichterkette bekommen hat? Und ich soll dir übrigens von Olga Leonidowna ausrichten, dass das die letzte Verwarnung war.«

»Erst setzt Irina und du euch mal kurz für mich ein, und dann erpresst ihr mich?«, platzte Jura wütend heraus.

»Niemand erpresst dich. Ordne dich unter, gehorch der Lagerleitung und pack mit an.«

»Ich soll mich unterordnen?« Er war gerade erst angekommen, und schon wurde er angegriffen, beschuldigt und beschimpft.

»Was denkt ihr, wer ihr seid? Scheiß auf dein Theaterstück. Ich mache so ein Theater, dass ihr euch noch wundert!«

»Nur zu«, sagte Wolodja kalt. »Die schmeißen dich raus, ohne auch nur mit der Wimper zu zucken. Aber wer wird dafür bestraft? Du? Nein, ich! Keine Ahnung, warum du der Lagerleitung ein Dorn im Auge bist. Aber es wird schon seinen Grund haben.«

»Ich habe nichts Schlimmes getan!«, platzte Jura heraus. »Das war nur ein Zufall, die Teller und die Lichterkette ... Ich wollte das nicht! Und Irina wollte ich schon gar nicht in Schwierigkeiten bringen, die ist eine gute Gruppenleiterin ...«

»Ich glaube dir.« Wolodja nickte ihm zu. »Aber du hast einen verdammt schlechten Ruf, Jura Konew. Die Schlägerei im vergangenen Jahr war nicht unbedingt hilfreich. Gib der Leonidowna nur einen Grund, und sie wird dich rauswerfen. Also komm, sei ein Mann. Irina ist für dich eingestanden und jetzt auch ich. Enttäusch uns nicht.«

Auf der rechten Seite der Bühne stand ein Klavier mit einer Büste auf dem Deckel. Vor lauter Frust wollte Jura am liebsten den Leninkopf auf den Boden werfen, doch er versuchte, sich zu beruhigen und durchzuatmen. Er trat an Lenin heran, stützte sich auf, legte seine Stirn an die kalte Glatze und blickte Wolodja traurig an.

»Wenn du ach so ehrlich bist, kannst du mir auch

sagen, ob du mir keine Rolle gibst, damit ich keinen Ärger machen kann?«

»Unsinn! Es gibt wirklich keine Rolle für dich. Unsere Jungs sind alle klein. Neben ihnen würdest du wie ein Riese unter Zwergen erscheinen. Und Riesen kommen in unserem Stück nun mal nicht vor.« Er lächelte. »Sag mir mal, worin deine Stärken liegen, vielleicht finde ich eine Aufgabe für dich. Kannst du singen oder tanzen? Oder irgendein Instrument spielen?«

Jura blickte zum Klavier und verspürte ein Stechen in der Brust. Er starrte zu Boden. »Ich habe keine Stärken und möchte auch keine haben.« Ihm war bewusst, dass er gerade nicht nur Wolodja, sondern auch sich selbst belog.

»Alles klar. Dann wirst mir eben wirklich mit der Rasselbande unter die Arme greifen, an deiner Disziplin arbeiten und deinen Ruf wiederherstellen.«

Damit vertiefte Wolodja sich wieder in sein Heft. Inzwischen kamen nach und nach die Schauspieler in den Theatersaal, allen voran Mascha Sidorowa. Sie lächelte Wolodja zu, würdigte Jura keines Blickes und setzte sich in ihrem Faltenrock ans Klavier. Jura musterte sie. Seit dem vergangenen Jahr hatte sich Mascha verändert. Sie war gewachsen, hatte abgenommen, Haare bis zu den Hüften und bewegte sich ganz wie eine Erwachsene. Da saß sie nun, mit geradem Rücken und langen braun gebrannten Beinen.

»Ludwig van Beethoven«, verkündete sie würdevoll. »Klaviersonate Nummer vierzehn in cis-Moll, Opus siebenundzwanzig.« Sie warf die Haare zurück und legte die Finger auf die Tasten.

Jura verzog das Gesicht. Die *Mondscheinsonate*? Hätte

sie sich nicht etwas Originelleres einfallen lassen können? Er war ein bisschen eifersüchtig. Denn nicht ihm, sondern Wolodja warf sie schüchterne Blicke zu. Wolodja wurde derweil von Kindern, die ihm alle sehr laut etwas äußerst Wichtiges mitzuteilen hatten, umzingelt. Polina, Uljana und Ksjuscha kamen herein. Die drei Freundinnen waren eine lebendige Verkörperung der drei Affen: Ich seh nichts, ich hör nichts, ich sag nichts, nur umgekehrt: Sie sahen alles, lauschten immerzu und tratschten. Jetzt schwebten sie anmutig auf die Bühne. Sie waren aufgetakelt, trugen alle drei den gleichen Lippenstift und den gleichen Duft – das polnische Parfüm Być może. Jura kannte den Duft, weil die halbe Sowjetunion ihn trug.

Im ersten Moment dachte er, dass Wolodja ihn über die einzigen zwei Erwachsenen in der Theaterbrigade angelogen hatte. Doch als Jura das nervöse Schwitzen des Regisseurs bemerkte, begriff er, dass dieser selbst überrascht war, dass die drei hier auftauchten, zumal Polina sich gerade frech bei ihm einhakte.

»Wolodja, wollen wir nicht etwas Modernes aufführen? Ich kenne da ein sehr interessantes Theaterstück über die Liebe und könnte übrigens auch spielen …«

»Mädels, wisst ihr etwa nicht, dass das Vorsprechen längst vorbei ist?«, mischte sich Mascha ein. »Ihr müsst gehen, ihr seid zu spät dran.«

»Nicht so schlimm«, stammelte Wolodja verlegen und errötete. Kein Wunder, bei so vielen Schönheiten um ihn herum, die ihn alle anhimmelten … Da würde selbst Jura in Verlegenheit geraten. »Für euch werden wir schon eine Rolle finden. Eine Frusa Senkowa fehlt uns zum Beispiel noch …«

»Die bekommen Rollen, und ich soll den Aufpasser spielen?!« Juras Protest blieb unbeachtet.

»Kann ich die Kostüme übernehmen?«, quiekte Ksjuscha. »Ich werde euch schöne Kleider nähen.«

»Schöne Kleider für Kriegsszenen?«, empörte sich Jura.

»Das Stück spielt im Krieg?«, fragte Ksjuscha sichtlich enttäuscht. »Ach sooo ...«

»Ja«, sagte Jura. »Natürlich, es handelt ja von der Partisanin Sina Portnowa. Da will sie bei einem Stück mitmachen und weiß nicht einmal, worum es geht ... Wolodja! Warum muss ich den Aufpasser spielen?«

»Wolodja, lass uns doch lieber etwas Modernes machen.« Polina gab nicht auf. »*Juno und Avos* zum Beispiel.«

Mascha war vom Klavierhocker aufgestanden und schrie ihre Konkurrentinnen an, sie sollten aufhören, Jura schrie, dass er nicht den Aufpasser spielen wolle, die Kinder schrien etwas anderes, und Wolodja rief, dass sie still sein sollten. Aber niemand hörte ihn.

»Leute, es reicht!«, brüllte er schließlich. Schlagartig wurde es still. Alle erstarrten, nur so ein kleiner Angeber kreiselte am Rand der Bühne entlang, die ungefähr einen Meter hoch war, um vorzumachen, wie der Zug einfuhr.

Wums!

»Au-a-a! Mein Bein!«

Wolodja sprang von der Bühne, lief hilflos um den Verletzten herum. Trotz seines Ärgers auf Wolodja eilte Jura ihm zu Hilfe. Er schob die gaffenden Schauspieler beiseite und kniete sich neben Sascha. Sein Vater hatte ihm tausendmal gezeigt, wie man das machte. Und so begutachtete er den zerkratzten Fußknöchel und das aufgeschürfte Knie und schlussfolgerte in Expertenmanier, dass der Patient zur Krankenstation gebracht werden müsse. Eine Krankentrage sei aber nicht notwendig, attestierte er.

Wolodja versuchte, den Verletzten hochzuziehen. Dieser weinte jedoch und weigerte sich kategorisch, auf seinem gesunden Bein zu stehen.

»Jura, hilf mir. Stell dich auf seine linke Seite«, keuchte Wolodja.

Der kleine Sascha zappelte. »Mama! Maamaaa!«, jaulte er.

»Komm schon, heben wir ihn hoch. Und eins!«, befahl Jura eifrig und versuchte mit aller Kraft, den Anschein aufrechtzuerhalten, dass er sich bei seinem Sturz vom Apfelbaum nicht verletzt und keine Schmerzen hatte.

»Mascha, du hältst hier die Stellung«, befahl Wolodja.

Mascha blickte ihre Konkurrentinnen triumphierend an.

»Darf ich mich um die Kostüme kümmern?«, wiederholte Ksjuscha in all ihrer Dreistigkeit.

»Darfst du, darfst du«, antwortete Wolodja gereizt und instruierte alle: »Macht euch mit dem Text des Stückes vertraut, ich komme später wieder und … Mensch, Sascha, ich verstehe ja, dass du Schmerzen hast, aber hör auf, mir ins Ohr zu schreien.«

Sie brauchten lange zur Krankenstation. Sascha jammerte, Jura schwieg und spürte unangenehm sein geprelltes Steißbein, während Wolodja auf den Verwundeten einredete.

»Sascha, halt noch ein bisschen durch, wir sind bald da.«

Die Krankenschwester kam heraus und wuselte gackernd um den Patienten herum. Jura beschloss, draußen zu warten. Nicht dass Larisa Sergejewna ihn am Ende noch vor Publikum fragte, ob die Salbe für seinen Steiß geholfen habe, und Wolodja von seiner peinlichen Verletzung erfuhr. Aber er wollte schon wissen, ob sich seine Diagnose bestätigen würde – ziemliche Blödheit, aber kaum Prellungen, keine Verstauchungen oder Zerrungen – also ging er nicht weg.

In der Nähe der Krankenstation stand im Schutz eines blühenden Rosenbusches eine Bank. Jura legte sich darauf, blickte zum Himmel und atmete die frische Luft und den Blumenduft tief ein. Er fühlte sich gut und begriff erst jetzt, wie stickig es im Theatersaal gewesen war.

Nach zehn Minuten kam Wolodja heraus, schob Juras Beine beiseite und ließ sich neben ihn auf die Bank fallen. Er seufzte schwer.

»Und, wie geht es ihm? Kommt er durch?«, fragte Jura träge.

»Er hat ein aufgeschürftes Knie und ein paar blaue Flecken, nichts Ernstes. Warum hat er dann so laut gejault?«

»Wie, warum?« Jura hob den Kopf, blieb jedoch liegen. »Heute ist doch das Vorsprechen. Scheinbar wollte er all seine Talente auf einmal demonstrieren. So eine großartige Stimme, und du gibst ihr keine Bühne.«

Wolodja lächelte, und Jura freute sich und war geschmeichelt. Doch das Lächeln verschwand ebenso schnell, wie es aufgetaucht war.

»Ich habe das alles so satt.« Wolodja rieb sich die Schläfen.

»Was hast du satt? Leute herumzukommandieren?«

»Heute ist erst der erste Tag, und ich habe schon alles satt: auf die Kinder aufzupassen, mich vor der Lagerleitung für jede Kleinigkeit zu rechtfertigen und eine

Standpauke zu bekommen, auch für jede Kleinigkeit! Und jetzt wurde mir auch noch dieses Theaterstück aufgebrummt … Und zu allem Überfluss hab ich ein verletztes Kind in meiner Gruppe.«

»Warum bist du überhaupt mitgefahren? Wusstest du nicht, dass es anstrengend wird?«

»Das wusste ich schon, ich dachte nur nicht, dass es *so* anstrengend wird. Als ich als Pionier ins Lager gefahren bin, hatte ich immer den Eindruck, dass das leicht ist. Wie schwer kann es schon sein, auf Kinder aufzupassen! Man wird bezahlt und bekommt einen positiven Vermerk in der Akte – für den Parteieintritt. Doch in Wirklichkeit ist alles anders.« Wolodja rutschte näher an Jura heran und beugte sich über ihn. »Sie haben mir die jüngste Gruppe aufgebrummt, mit der Begründung, dass es mit den Kleinen am leichtesten wäre. Aber das stimmt nicht, im Gegenteil. Ich zähle die Zwerge dreimal pro Stunde durch, sie sind wie ein Sack Flöhe, rennen vor mir und der zweiten Gruppenleiterin weg und hören nicht auf uns. Was soll ich tun, sie anschreien?«

»Warum nicht, wenn neuerdings sogar die Lagerleitung rumschreit? Olga Leonidowna ist schließlich eine echte Pädagogin.« Jura schaute finster drein.

»Das hätte sie natürlich nicht tun sollen«, stimmte Wolodja ihm zu. »Sie hat uns eindringlich ermahnt, unsere Stimme einem Kind gegenüber nie zu erheben. Und wenn man jemanden schon ausschimpfen muss, dann nicht ihn selbst, sondern sein Vergehen. Und das Allerwichtigste – nie vor anderen.«

»Das hat sie gesagt?« Jura lachte auf.

»Hat sie. Aber das war vor der gestrigen Inspektion, bei der etliche Verstöße und Mängel aufgedeckt worden sind. Und rate mal, wem wir die Inspektion zu verdanken hatten ...«

»Mir etwa? Als ob!«, sagte Jura ungläubig.

»Wer hatte denn letztes Jahr die Idee, eine Schlägerei anzufangen? Du kannst froh sein, dass nicht die Miliz gerufen wurde.« Wolodja warf ihm einen strengen Blick zu. Doch dann fiel sein Blick auf das grüne Sanitätshäuschen, und er sackte in sich zusammen. Anscheinend stürzte ihn die bloße Erinnerung an den verletzten Sascha augenblicklich wieder in einen Strudel aus Sorgen und Befürchtungen. Als Wolodja erneut zu sprechen begann, klang seine Stimme heiser und leblos: »Ich soll morgen mit meiner Gruppe an den Fluss. Natürlich nicht allein. Eine zweite Gruppenleiterin kommt mit, Lena, sie hat ein wenig mehr Erfahrung, außerdem ein Rettungsschwimmer. Aber ich habe trotzdem eine Heidenangst, Lena auch. Sie hat erzählt, dass im letzten Jahr ein Mädchen im Fluss ertrunken ist. Am helllichten Tag, vor den Augen der Gruppenleiter. Heute haben wir es nicht an den Fluss geschafft, aber morgen ist es dann ganz sicher so weit. Wenn es nach mir ginge, würde ich niemanden auch nur in die Nähe des Wassers lassen.«

Jura erschauderte. Er hatte von Unfällen in den vergangenen Jahren gehört. »Lass den Kopf nicht hängen«, sagte er. »Die Ferien haben doch gerade erst begonnen, du wirst schon reinkommen. Wart's ab, das mit den Zwergen macht dir bald Spaß.«

»Ich bin ehrlich gesagt nicht wegen Spaß hier, sondern wegen des Gehalts und einem positiven Vermerk in der Akte, der mir am Ende den Parteieintritt ermöglicht.«

»Wozu musst du denn in die Partei?!«, platzte Jura heraus.

Wolodja zuckte mit den Schultern. »Als ob du das nicht weißt. Ohne Parteibuch ist es unmöglich, eine gute Arbeit zu finden oder zu reisen. Unser politisches System ist nicht perfekt, in manchen Aspekten veraltet.«

»Wie bitte?« Jura runzelte verwundert die Stirn. Wolodja wirkte wie ein Systemtreuer. Doch nun stellte sich heraus, dass er es als überflüssig und veraltet empfand ...

»Das bleibt aber unter uns, in Ordnung? Zwar leben wir nicht mehr unter Stalin, aber trotzdem ist solche Kritik nicht ungefährlich ...«

»Abgemacht, das bleibt unter uns«, entgegnete Jura.

»Wahrscheinlich ist jeder denkende Mensch bei uns im Land unzufrieden, dass wir immer noch so leben wie vor fünfzig Jahren: Pioniertum, Komsomol, Partei. Ich bin nicht blind, aber es ist nun mal, wie es ist, da lässt sich nichts machen.«

»Da muss ich dir widersprechen.« Jura richtete sich auf, sein Steißbein tat bei der Bewegung höllisch weh. »Es lässt sich immer was machen.«

Wolodja lächelte herablassend, aber Jura freute sich aus irgendeinem Grund trotzdem.

»Konew, du bist aber auch mit vielem nicht einverstanden. Immer auf Abwehr – so kann man auch nicht leben. Es ist einfacher, das zu tun, was von einem verlangt wird: in den Komsomol einzutreten und dann in die Partei, ganz egal was du von ihr hältst. Sich aufzulehnen und das Unzerstörbare zerstören zu wollen, das bringt tatsächlich gar nichts.«

»Wenn du magst, kann ich dir ja helfen«, platzte Jura heraus.

»Wie meinst du das?«

»Na ja, mit den Kleinen ... Dann passe ich nicht nur

auf deine Schauspieler auf, sondern auch auf deine Pioniergruppe. Wenn du magst, kann ich morgen zum Beispiel mit an den Fluss kommen …« Jura stockte in Verwunderung über seinen übermäßigen Eifer. »Du scheinst ja ein bisschen Schiss zu haben …«, erklärte er verlegen.

»Das würdest du tun? Das wäre wunderbar!« Wolodja riss die Arme hoch. »Aber warum sprechen wir überhaupt die ganze Zeit über mich und meine Probleme? Erzähl mal was von dir.«

Doch Jura kam nicht dazu. Ein lautstarkes Heulen aus dem Lautsprecher über ihnen unterbrach das Gespräch. Es waren nicht die Trompeten von Jericho, sondern ein Hornsignal, das alle zum Abendessen rief. Und die Erde erbebte auch nicht vom Fall der Stadtmauer, sondern vom Stampfen der Pioniere. Wie die Generäle schrien die Gruppenleiter ihren Soldaten zu: »In Zweierkolonne aufstellen! Vorwärts marsch!« Das Lagerleben war wieder in vollem Gange.

Wolodja war längst losgerannt, um seine Gruppe zu versammeln und sie in den Speisesaal zu führen, als Jura ächzend aufstand und zur Krankenstation ging, damit Larisa Sergejewna ihm noch einmal die Salbe auftrug. Immerhin würde er am nächsten Tag in Badehose unterwegs sein.

Jura wusste, dass auch die erste Gruppe am nächsten Tag am Fluss sein würde, aber er dachte nicht an seine, sondern an die fünfte Gruppe. Genauer gesagt an ihren Leiter.

KAPITEL 3

Vogelscheuche

Den Morgen in der *Schwalbe* mochte Jura besonders gerne. Doch nur, solange er nicht gezwungen war, unter seiner Decke hervorzukriechen und sich in den Jungswaschraum zu schleppen. Alles war perfekt: Die Vögel zwitscherten, die Bäume raschelten, und das Lager lag verschlafen da. Doch dann wurde über den Lagerfunk von einer Schallplatte das Signal fürs Aufstehen gesendet – nicht der Schrei der Sünder aus der Hölle, wie es ihm immer vorkam, sondern auch wieder ein Hornsignal.

Ungeachtet der Tageshitze kühlte die waldige Gegend über Nacht stark aus, und zur Aufstehzeit war das Lager von Tau und Nebel überzogen, die besonders spürbar waren, wenn man gezwungen war, das warme Gebäude zu verlassen. Für den Waschgang mussten selbst abgehärtete Jungs viel Mut aufbringen, denn aus dem Wasserhahn kam eiskaltes Quellwasser, das einem die Zähne klappern ließ. Doch das Ganze hatte einen unbestreitbaren Vorteil: Nach der morgendlichen Katzenwäsche war die Müdigkeit wie weggeblasen.

In der Tür des Waschraums fing Irina Petrowna ihn ab. Sie war offensichtlich verärgert, aber wieso nur? Vergeblich versuchte er zu verstehen, was er nun schon wieder verbrochen haben sollte. Er war doch gerade eben erst aufgestanden.

»Irina Petrowna? Guten Morgen!«

Sie verdrehte die Augen. »Warum hast du gestern Fliederzweige abgebrochen?«

Jura starrte sie erstaunt an: »Was für Fliederzweige?«

»Von dem Busch hinter den Baracken.«

»Den hab ich nicht angerührt, Irina Petrowna!«

»Was du nicht sagst! Und wer ist es dann gewesen?« Sie musterte ihn misstrauisch.

»Ich weiß es ni…«

»Du bist gestern zu spät zum Abendessen erschienen, und danach habe ich neben dem Eingang Blätter und Blüten entdeckt. Und auf Polinas Nachttisch steht ein Blumenstrauß. Du brichst doch nicht zum ersten Mal Fliederzweige ab.«

»Warum muss das denn schon wieder ich gewesen sein? Polina kann sich auch selbst Blumen gepflückt haben.« Schon wieder wurde er beschuldigt, das schien hier allmählich zur Gewohnheit zu werden. Er runzelte die Stirn und versuchte herauszufinden, wie viel Ärger er für dieses Vergehen bekommen würde, für das er nicht verantwortlich war.

»Irina, er war es wirklich nicht.«

Wolodja trat zu ihnen. »Jura war gestern im Theater und hat mir anschließend geholfen, einen Jungen zur Krankenstation zu bringen. Deshalb ist er zu spät zum Abendessen gekommen. Deinen Flieder hat also jemand anderes auf dem Gewissen.«

Irina Petrowna zögerte, schaute Jura verwundert an und wandte sich Wolodja zu. »Er hat dir geholfen?«

»Du hast doch vorhin bei der Morgenbesprechung

gehört, dass es gestern bei mir einen Unfall gegeben hat. Sascha ist von der Bühne gestürzt, und Jura hat mir seine Hilfe angeboten«, beteuerte Wolodja, und Irina hatte keine andere Wahl, als ihm zu glauben. Jura atmete auf und blickte Wolodja mit grenzenloser Dankbarkeit an. Wie rechtzeitig er doch aufgetaucht war!

»Ich kann mich nicht erinnern, dass das bei der Besprechung vorkam. Aber wie dem auch sei, wenn du tatsächlich geholfen hast, dann gut gemacht. Ich gehe mal zu den Mädchen und finde raus, wo sie den Flieder herhaben.«

»Hätte man nicht gleich zu ihnen gehen können?«, brummelte Jura unzufrieden.

Die Gruppenleiterin strich ihm lediglich durch die Haare und stolzierte davon.

»Danke.« Jura wandte sich Wolodja zu. »Ich dachte schon, das war's, jetzt muss ich nach Hause.«

»Keine Ursache. Scheinbar hat Olga Leonidowna es bereits geschafft, Irina einzubläuen, dass du immer Schuld hast.«

»Wieso bist du hier, deine Gruppe ist doch schon fertig?«

»Ich wollte dir Bescheid geben, dass wir gegen zehn Uhr an den Fluss gehen. Du hattest doch gestern deine Hilfe angeboten …«

Er wurde von der plötzlichen Rückkehr Irina Petrownas unterbrochen: »Jura, schnapp dir nach dem Frühstück Mitja aus der zweiten Gruppe. Du kennst ihn doch, oder? Überprüft gemeinsam die Matratzen. Einige Kinder haben sich beschwert, dass sie feucht sind. Räumt die unbrauchbaren Matratzen ins Lager, und ich bitte jemanden, zur Mittagsruhe neue reinzubringen.«

Jura stöhnte. »Haben Sie vielen Dank, Irina Petrowna, dass Sie mich wenigstens tagsüber nicht hinter den Pflug spannen.«

»Red keinen Unsinn, sonst …« Sie sprach nicht zu Ende, weil gerade Ksjuscha die Baracke verließ. »Ksjuscha, warte, ich habe eine Frage an dich …«

»Jetzt bekommt jemand Ärger«, Jura grinste.

Wolodja seufzte: »Dann schaffst du es wohl nicht an den Strand?«

Jura zuckte mit den Schultern. »Ich beeile mich.«

Auf dem Weg zur Baracke schüttelte er Wanja und Mischa, die auf der Bank neben dem Eingang abhingen, die Hand, nickte Mascha zu, wollte hineingehen, blieb jedoch wie angewurzelt auf der Schwelle stehen. Neben der Tür hing eine große Wandzeitung, die dem Beginn der Ferien und dem ersten Pionierlagertag gewidmet war. Seine Laune verschlechterte sich, als ihm ein öffentlicher Tadel in Form einer Karikatur ins Auge stach.

Ein Apfelbaum war da nämlich aufgemalt, kopfüber hing Jura daran und ruderte mit Armen und Beinen, sein Knöchel hatte sich in einer an einem Ast befestigten Lichterkette verfangen. Sein Gesicht war eher eine Fratze: breit wie die eines Schweines, mit aufgerissenem Maul und fehlendem Schneidezahn. Dabei waren Juras Zähne doch vollständig, mehr noch, in ausgezeichnetem Zustand. Unangenehm, so etwas. Auch wenn das Bild lustig und er inzwischen erwachsen war und solche Methoden eigentlich ihre Wirksamkeit hätten verloren haben sollen, so war er dennoch verletzt. Aus Gewohnheit vielleicht und vielleicht auch, weil er nun gewissermaßen den ganzen Tag mit dieser Schweinsvisage durch das

Lager stolzieren musste. Alle schauten die Wandzeitung an, alle sahen es.

Auch der leckere Quarkauflauf zum Frühstück konnte das unangenehme Gefühl nicht beseitigen. Und bevor er sich an die Überprüfung der Matratzen machte, fragte er den Gruppenratsvorsitzenden, wer das Bild gemalt hatte. Es war Ksjuscha, eine aus dem infernalischen Mädchentrio. Und Jura hatte natürlich nicht vor, sich zu rächen, würde es aber im Hinterkopf behalten.

Im Sand standen in zwei geraden Reihen zwanzig Paar Kinderschuhe. Wolodja war wirklich ein strenger Gruppenleiter. Etwas abseits entfernt lagerten Polina, Uljana und Ksjuscha in graziösen Posen auf ihren ausgebreiteten Handtüchern und boten ihre Körper der Sonne dar. Ein Stück abseits hatte es sich Mascha bequem gemacht und blätterte wehmütig in einem Tschechow-Band. Als Jura sie ansah, kam ihm aus irgendeinem Grund Tschechows Lehrsatz von dem Gewehr, das zu Beginn des Stückes an der Wand hing und aus dem im letzten Akt unweigerlich ein Schuss abgefeuert würde, in den Kopf. Warum, wusste er nicht. An Maschas Äußerem war nichts Bedrohliches, im Gegenteil – nur Sinnliches. Ihr helles Rüschenkleid bewegte sich im Wind und ließ ihre goldbraunen Schenkel blitzen. Jura fragte sich, wo sie nur die Zeit hernahm, sich zu bräunen.

Er wandte sich ab, suchte den Strand mit seinem Blick ab und entdeckte ganz hinten Wanja und Mischa, die wohl mit dem Fegen des Appellplatzes fertig waren und sich nun wohlverdient auf ihren Handtüchern ausruhten. Doch Jura ging an ihnen vorbei. Ihn interessierten weder seine Freunde noch die Mädchen, sondern

Wolodja, der knöcheltief im Wasser stand und die ihm anvertrauten Kinder aufmerksam beobachtete. Der träge Fluss schlug niedrige Wellen, schimmerte im Sonnenlicht und verschenkte sich immer wieder in glitzernden Spritzern, die unter den Händen der Kleinen emporflogen.

Die fünfte Gruppe strampelte und kreischte im von Netzen und Bojen umgebenen Nichtschwimmerbereich. Im Boot, das hinter der Abgrenzung auf und ab schaukelte, saß Schenja, der Sportbeauftragte des Lagers, und schrie Oleschka an, der gerade mutig auf die Bojen zusteuerte. Lena, die zweite Gruppenleiterin, saß mit dem Megafon auf dem Bademeistertürmchen und war, anders als Wolodja, vollkommen gelassen und zufrieden.

»Ptschjolkin, hör auf herumzuspritzen!«, befahl Wolodja.

Ptschjolkin hielt inne, doch kaum hatte sich der Gruppenleiter umgedreht, haute er erneut die Handflächen aufs Wasser.

Jura lief am Ufer entlang zu Wolodja. Doch er kam nicht dazu, etwas zu ihm zu sagen. Mit einer brüsken Geste wiegelte Wolodja ab und wandte sich wieder dem Nichtschwimmerbereich zu. »Ptschjolkin! Mach das noch einmal, und du setzt zwei Wochen lang keinen Fuß mehr ins Wasser.«

Ptschjolkin und die anderen Kinder hörten mit dem Herumgespritze und Geschubse auf – zumindest waren sie jetzt umsichtiger und bedrohten nicht mehr das Leben und die Gesundheit ihrer Kameraden.

Wolodja war auch ohne seine Anwesenheit nervös genug. Jura wollte ihn nicht stören, zumal Wanja ihn entdeckt hatte und ihn zu sich winkte. Jura breitete bei ihnen sein Handtuch aus. Während er seinen Freunden zuhörte, schaute er abwechselnd mal zu Wolodja, mal zu Polina, Uljana und Ksjuscha, mal zu Mascha.

Letztere tat übrigens nur so, als würde sie lesen. In Wirklichkeit warf sie entweder den Mädchen einen strengen Blick zu oder blickte Wolodja verliebt an und wartete wohl darauf, dass er mal zu ihr schaute. Doch das tat er nicht. Er ignorierte alle: Mascha, das einparfümierte Trio und auch Jura. Er war über alle Maßen angespannt und ließ die Kinder im Wasser nicht aus den Augen. Wahrscheinlich versuchte er sogar, so selten wie möglich zu blinzeln.

»Jura, magst du *Siebzehn und vier* spielen?«, fragte Mischa und zog Spielkarten aus seinem Rucksack hervor.

»Teil aus«, murmelte Jura geistesabwesend, zog die Sandalen aus und setzte sich in den Schneidersitz. »Um was spielen wir? Um Kopfnüsse?«

Eine halbe Stunde später war Jura, ständig mit seinen Gedanken bei Wolodja, schon wieder am Verlieren. Und das haushoch. Sein Kopf schmerzte von all den Kopfnüssen.

Mischa warf seine letzte Karte ab und grinste hämisch. Als Jura seinen letzten Trumpf gelegt hatte, erschauderte er. Er hatte nur noch eine Karte, eine Pik Zehn. Er saß in der Patsche. Wanja sprang auf und warf seine Trumpfdame mit einem Siegesschrei ab: »Ta-da! Trumpf!« Jura spuckte verärgert in den Sand. Er hatte es vergeigt. Er seufzte und hielt Mischa den Kopf hin.

Bäm! Er bekam eine heftige Kopfnuss ab. Erst flimmerte es in seinen Augen, dann wurde ihm schummrig.

Um wieder zu sich zu kommen, wollte Jura ins Wasser. Doch als er sich von seinem Handtuch erhob, bekam er zufällig ein Gespräch mit.

»Wolodja ist so gemein …« Jura drehte sich zu den Mädchen um. Ksjuscha sagte seufzend: »Hier laufen so hübsche Mädchen in Badeanzügen herum, und Wolodja hat nur Augen für die Kinder.«

»Weil er Kinder eben gernhat. Das ist selten bei Männern.« Polina drehte sich auf den Rücken. »Das ist süß! Er wird so ein toller Vater sein.«

Jura zog seine kurze Hose und seinen Nicki aus und flüsterte mit einem verächtlichen Lachen in sich hinein: *Das sagt dann wohl eine zukünftige Mutter.*

»Vielleicht ist ja unter seiner Aufsicht mal einem Kind was passiert?«, mutmaßte Uljana.

»Selbst wenn. Hier sind außer ihm noch ein Sportlehrer und eine andere Gruppenleiterin«, erwiderte Ksjuscha. »Nein, er ist so schnell aus der Fassung zu bringen, am Ende schlägt er diesen Ptschjolkin noch …«

»Das meine ich doch gar nicht«, unterbrach sie Uljana. »Vielleicht hat er ja eine Freundin? Lena zum Beispiel, die zweite Gruppenleiterin. Warum denn auch nicht? Sie sind immerhin Zimmernachbarn, vielleicht sind sie ja … Ihr versteht. Und gestritten wie so ein altes Ehepaar haben sie sich auch schon …«

Polina richtete sich auf: »Du hast recht.«

»Das kann nicht sein«, sagte Ksjuscha entschieden.

»Warum denn nicht?« Polina legte sich wieder hin.

»Weil Wolodja gestern nicht auf der Lagerdisco war. Lena aber war da und hat mit Sport-Schenja getanzt.«

»Tatsächlich.« Polina richtete sich erneut auf. »Dann gehen wirklich auch die Gruppenleiter zur Lagerdisco. Die Disco ist das Beste hier am Lager.«

»Polina, jetzt bleib mal liegen oder setz dich hin, du machst mich ganz kirre. Du könntest Wolodja fragen, ob er kommt«, schlug Ksjuscha vor. »Und wenn er auftaucht, werden wir ja sehen, wen er auffordert.«

»Warum soll ich das denn machen? Bin ich doof?«

»Eh, Konew!«, fuhr Ksjuscha Jura, der gerade seine Socken auszog, an. »Was lungerst du hier herum und belauschst uns?«

Kurz war Jura sprachlos. Sie schrien über den ganzen Strand, wie hätte er sie denn überhören sollen. »Ich kann meine Socken ausziehen, wo ich will. Das hier ist ein öffentlicher Strand«, grummelte er.

»Und wenn schon«, zischte Ksjuscha. »Zieh Leine!«

»Warum hackst du denn auf mir herum?«, fragte Jura verdutzt. Noch nie zuvor hatte ein Mädchen so mit ihm gesprochen.

»Du machst uns vor Wolodja lächerlich.«

»Und wer hat mich an der Wandzeitung als Trottel porträtiert?« Jura verschränkte wütend die Arme vor der Brust.

»Selber schuld. Du hättest die Lichterkette nicht kaputt machen sollen. Also hau ab, du Vogelscheuche. Geh uns aus der Sonne.«

»Zieh Leine!« Ihre Schlangenschwestern nickten im Takt.

»Du nennst mich Vogelscheuche?«, fragte Jura. »Du? Eine blöde Kuh bleibt eine blöde Kuh, ob sie nun einen Bikini anhat oder nicht. Das gilt für euch alle.«

Natürlich war er leicht beleidigt, aber vor allem fragte er sich, was die drei von Wolodja wollten. Und wie sie ihn aufteilen würden, wenn sie ihn für sich gewinnen könnten. Immerhin teilten sie schon jetzt seine Verführung unter sich auf.

Jura fand ihre Gedankenspiele amüsant. Schließlich

kannte er den wahren Grund für Wolodjas Unruhe. Erst hatte man ihm mit Geschichten über Ertrunkene Angst eingejagt, dann rangelten die Kinder im Wasser – versuch da mal, dich nicht aufzuregen.

Und genau in diesem Moment ertönte eine Trillerpfeife.

Jura zuckte zusammen, stürmte zum Fluss und wollte gerade samt seiner Kleidung hineinwaten. Doch es war falscher Alarm. Niemand war abgesoffen. Die Kinder hatten lediglich eine Wasserschlacht angezettelt, mit wütendem Gespritze und Geschrei.

Jura setzte ein strenges Gesicht auf, drehte den Schirm seines Käppis nach hinten und watete zu Wolodja ins Wasser, um der Wasserschlacht ein Ende zu setzen und die Raufbolde zur Vernunft zu bringen.

Nach einem kurzen, aber schweren Kampf – Ptscholkin hatte versucht wegzuschwimmen – packten sie ihn an seiner Badehose und zogen ihn zu zweit aus dem Wasser.

Jura setzte ihn am Strand ab und beugte sich über ihn. »Ptschjolkin, willst du irgendwann Pionier werden?«

»Unbedingt!«

»Wusstest du, dass Jungs, die Mädchen schlagen, keine Pioniere werden können?«

»Ich habe gar nichts gemacht!«

Während Jura dem Raufbold eine Lektion erteilte, ging Wolodja erleichtert ins Wasser zurück, um nach den anderen zu schauen. Jura ließ Ptschjolkin am Strand zurück, damit er darüber nachdenken konnte, was er falsch gemacht hatte, und behielt von nun an die fünfte Gruppe von Weitem im Blick, gab Anweisungen und erstickte neue Wasserschlachten im Keim. Anschließend half er Wolodja, Schuhe, Kleidung und Kinderköpfe zu zählen.

Und seine Mühen waren nicht umsonst. Er freute sich sehr, als er hörte, wie das Mädchentrio und sogar Mascha, die immer nur Augen für Wolodja hatte, ihn lobten: »Das hat er gut gemacht. Ein geborener stellvertretender Gruppenleiter!« Für einen kurzen Moment vergaß er seinen Groll gegen das Trio. Und was für eine Freude erst Irina Petrownas Worte in ihm auslösten: »Jura, ich bin stolz auf dich! Ich werde bei der Versammlung davon berichten.«

Doch aus irgendeinem Grund war das Angenehmste, Schönste und Erfreulichste das leise »Danke«, das Wolodja ihm mit einem Funkeln in seinen graugrünen Augen zuflüsterte. Dieses »Danke« wärmte Jura den ganzen Tag und den ganzen Abend. Zum einen, weil er es auch wirklich verdient hatte, zum anderen, weil es von Wolodja kam.

Wie sich herausstellte, waren die Stunden am Fluss nicht Wolodjas größtes Problem. Am selben Tag wurde er in seiner Funktion als Regisseur während der Probe von Oleschka tyrannisiert, der es auf die Hauptrolle im Stück abgesehen hatte. Und das wäre auch möglich gewesen, schließlich hatte er eine laute Stimme, lernte seinen Text rasend schnell auswendig und konnte sich in die Rolle einfühlen. Doch er konnte das R nicht rollen, was aber unabdingbar fürs Russische war. Wolodja wollte Oleschka nicht verletzen, konnte ihm jedoch keine Rolle mit einem so großen Textvolumen zuweisen. Und schließlich versprach er, sich alle Kandidaten anzuhören und erst dann zu entscheiden, wer die Rolle bekommen sollte. Dabei versicherte er, dass Oleschka am Ende ganz sicher nicht ohne Rolle dastehen würde.

Jura beobachtete gelangweilt das Durcheinander. Mascha zuzusehen, war weniger langweilig, tat jedoch beinahe körperlich weh: Sie klimperte die *Mondscheinsonate* rauf und runter und ging damit allen auf die Nerven. Jura versuchte, nicht hinzuhören. Aber wie sollte das gehen? Er wünschte nur, dass sich Mascha und dieses verfluchte Instrument in Luft auflösen würden. Dann wäre es still, und die Musik würde seine Wunden, die nur schwer abgeheilt waren, nicht immer wieder aufreißen.

Musik ... Er konnte sich ein Leben nicht ohne sie vorstellen. Sie war tief in ihm verwurzelt. Wie lange würde er wohl brauchen, sie zu vergessen: ein weiteres Jahr oder vielleicht sogar sein ganzes Leben? Zu lernen, ohne sie zu leben, hatte ihn viel gekostet. Und nun stand da dieses Klavier, und Mascha saß davor – ein Musterbeispiel dafür, wie man nicht spielen sollte. Sein Verlangen zu spielen, war früher schier unermesslich gewesen. Aber das war früher, in seinem vorigen Leben. Inzwischen hatte er es verlernt, konnte nur noch anderen zuhören und dabei elend an der Stille, Leere und dem brennenden Selbsthass in seinem Inneren ersticken.

Jura sah Mascha mit zusammengebissenen Zähnen zu. Dass sie Wolodja schmachtende Blicke zuwarf, machte ihn aus unerklärlichen Gründen nur noch wütender. Er wollte sich ablenken und sich auf jemand anderen konzentrieren – vorzugsweise auf das Mädchentrio, das zu seinem Pech aber nicht zur Probe erschienen war.

Kaum war die Probe vorbei, rannte Jura los, um sich für die Disco umzuziehen. Er verließ sein Zimmer, ganz in Gedanken an sein Päckchen Jawa-Papirossy versunken, das in seinem Geheimversteck hinter dem Zaun des noch nicht fertiggestellten Wohnblocks auf ihn wartete, als jemand seinen Namen rief.

»Jura!«

Polina nahm Jura am Ellbogen und schaute ihm vielsagend in die Augen: »Kann ich kurz mit dir sprechen?«

Jura hatte gedacht, dass er, nachdem sie ihn Vogelscheuche genannt hatten, nie wieder mit einer der drei sprechen würde. Doch ein halber Tag war vergangen, und sein Groll hatte sich längst gelegt. Vielleicht wollte sie sich ja entschuldigen, aber das konnte eigentlich nicht sein.

»Was willst du?«

»Bist du etwa sauer? Das wollten wir nicht. Komm mal mit.« Polina zog ihn in ihre Baracke, in ihr Mädchenzimmer, wo Uljana und Ksjuscha ihm entgegenblickten. Und Jura gefiel der listige Ausdruck in ihren Gesichtern nicht.

»Hör mal, Jura …« Polina setzte ihr liebstes Lächeln auf und wickelte kokett eine Haarsträhne um ihren Finger. »Du bist doch mit Wolodja befreundet, stimmt's?«

Jura seufzte auf, darauf waren sie also aus. Sie hatten sich allesamt in Wolodja verknallt und wollten, dass Jura sie verkuppelte. Als ob er nichts Besseres zu tun hatte.

Obwohl … Plötzlich schoss ihm eine Idee durch den Kopf.

»Ja, und?«, antwortete er also und blickte das Trio geheimnisvoll an. »Wir haben ab und zu miteinander zu tun. Warum?«

»Weißt du, warum er nie zur Disco kommt?«

Jura zuckte mit den Schultern: »Er betreut ja die Kleinen, wahrscheinlich kommt er da nicht so leicht weg.«

Polina richtete sich auf. »Kannst du ihn überreden?«

Jura gab vor, über den Vorschlag nachzudenken. »Ich versuche es, kann nichts versprechen. Aber …«

»Was denn?« Polinas Lächeln war so gekünstelt zuckersüß, dass Jura beinahe die Zähne zusammenklebten.

»Was kriege ich dafür?« Er grinste frech.

»Was willst du denn?«

Er kratzte sich am Kinn. »Ich will, dass Ksjuscha mich küsst! Zweimal, auf die Wange, vor allen!«

»Du willst *was*?« Ksjuscha sah aus, als gefiele ihr Juras Vorschlag nicht.

Jura zuckte mit den Schultern. »Entweder das, oder ihr müsst ihn wohl selber überreden.«

Die Mädchen blickten sich an. Polina seufzte: »Das haben wir schon versucht …« Ksjuscha schüttelte den Kopf.

»Jura, könntest du kurz rausgehen?«, bat ihn Polina.

Er war noch nicht ganz aus der Tür, da fingen die Mädchen schon hitzig an zu debattieren.

Nach wenigen Minuten streckte Ksjuscha ihren Kopf aus dem Zimmer und grummelte: »In Ordnung. Abgemacht.«

Gleich nach dem Abendessen machte Jura sich auf den Weg zur Gruppe fünf, um Wolodja zu überreden. Abgemacht war abgemacht.

KAPITEL 4

Schlaft gut!

Jura schüttelte die Erinnerungen ab. Wie gern er in jene Zeit zurückreisen würde, um noch einmal die Musik, das Lachen der Kinder und Wolodjas strenge Stimme zu hören. Doch er musste weitergehen und tun, wofür er hergekommen war.

Er erhob sich aus dem Sessel, der sich mit einem Knarren beschwerte, klopfte seine staubige Hose ab, ließ ein letztes Mal den Blick über die Bühne schweifen und ging zum Ausgang des Theaters.

Der löchrige Asphaltweg führte ihn zu den Baracken der Jungpioniere. Die einst schönen, mit leuchtenden Mustern bemalten Gebäude hatten Jura stets an Hexenhäuschen erinnert. Davon waren nur Haufen morscher Balken und Bretter übrig, auf denen noch die Überreste der alten Farbe zu erkennen waren. Zwei der Häuser waren einigermaßen gut erhalten: Bei einem waren nur die linke Hauswand und das Dach eingestürzt, während das andere fast gänzlich unversehrt dastand und lediglich leicht zur Seite abgesackt war. Dennoch war es ganz sicher nicht empfehlenswert, einen Blick hineinzuwerfen: Der Verandaboden war eingestürzt, und wo die Eingangstür gewesen war, klaffte nun ein Loch in der Hausfront.

In diesen Häusern, fernab der lärmigen Tanzfläche und des Theatersaals, waren die Kleinsten untergebracht gewesen. Auch Jura hatte hier in seinem ersten Lageraufenthalt gewohnt.

Als Jura am Spielplatz vorbeilief, fuhr er erschrocken zusammen. Der Wind hatte ein Karussell angestoßen, und mit einem schwermütigen Quietschen drehte es sich nun, schien auf Kinder zu warten, auf ihr Lachen und ihre Freude. Doch Kinder gab es hier schon lange nicht mehr, und der Spielplatz war kniehoch zugewachsen.

Früher hatte Jura diesen Ort geliebt. Zu Anfang des Sommers war die Wiese rund um das Karussell immer gelb-grün gewesen. Doch mit dem Verblühen des Löwenzahns war sie eine wunderschöne silbrige Wolke.

Jura wusste noch, wie es war, einen Strauß zu pflücken, durch das Lager zu rennen und die Schirmchen in die Haare der Mädchen zu pusten, die sich dann immer so lustig ärgerten und ihm nachliefen und versuchten, sich zu rächen.

Nun waren die meisten Stängel kahl. Jura bückte sich, pflückte eine der wenigen verbliebenen Pusteblumen, zwirbelte sie zwischen den Fingern, schmunzelte und pustete. Doch nur wenige Schirmchen lösten sich, flogen schwermütig einen halben Meter weit und segelten auf den dunklen Asphalt hinab.

Jura warf den Stängel weg und stapfte durch das nasse Gras zu dem rostigen Karussell, setzte sich auf einen der Sitze und stieß sich mit den Füßen ab. Das Karussell begann, sich zu drehen, und quietschte und kreiselte ihn zurück in die Vergangenheit.

Das flauschige Löwenzahnfeld auf dem Spielplatz schimmerte silbrig. Die Fallschirmchen segelten durch die Luft und kitzelten in der Nase. Jura sog die frische Abendluft ein und bog auf den Pfad ab, der ihn zu den Baracken der Jungpioniere führte.

Ringsum war es still. Die Kinder schliefen tief und fest in ihren Betten. Aber auch im Gruppenleiterzimmer brannte kein Licht. Jura stutzte. Zum Schlafen war es zu früh, und allein war Wolodja sicher nicht zur Disco gegangen. Er blickte sich ratlos um und lauschte in die abendliche Stille, die nur vom Rauschen des Windes und dem Zirpen der Grillen durchbrochen wurde. *Ob die Abmachung mit den Mädchen wohl als erfüllt gilt und ich meinen versprochenen Kuss bekomme, wenn Wolodja dort ohne mich aufkreuzt?*, fragte er sich.

Plötzlich hörte Jura inmitten der Nachtgeräusche leise Schritte und das Knarren der Verandadielen. Als er sich dem Geräusch zuwandte, entdeckte er einen Jungen im Schlafanzug, der barfuß herausgeschlichen kam und die Stufen der Hütte hinabstieg. Der Ausreißer war Sascha – der zapplige Verletzte, den Wolodja und er gestern zur Krankenbaracke geschleppt hatten.

Jura ging im Schutz der Dunkelheit um den Jungen herum, stellte sich hinter ihn, legte ihm eine Hand auf die Schulter, hielt ihm mit der anderen den Mund zu. Der Kleine fuhr vor Schreck zusammen.

»Was schleichst du hier in der Nachtruhe herum?«, flüsterte Jura dem Jungen streng ins Ohr.

Sascha zog den Kopf ein, quiekte und sabberte Juras Handfläche voll.

»Versprich mir, nicht zu schreien, wenn ich die Hand

wegnehme. Andernfalls werde ich dich in den Wald schleifen und da zurücklassen.«

Sascha nickte, und Jura nahm seine Hand von dem sabbrigen Mund des Kleinen.

»Ich hatte nur ... Ich hatte nur Lust auf Johannisbeeren«, flüsterte der Knirps. »Ich hatte neben der Krankenstation zwei Büsche gesehen, und da bin ich ...«

»Ach Sascha!« Jura musste sich bemühen, nicht loszulachen, und fragte streng: »Johannisbeeren im Juni? Neben der Krankenstation wachsen doch nur giftige Beeren.«

Sascha runzelte die Stirn. Es war offensichtlich, dass Jura ihm nicht glaubte.

»Warum musst du dich denn nachts zu den Sträuchern schleichen?«

»Ich werde den anderen wohl kaum verraten, wo die sind«, antwortete Sascha.

»Aber, aber. Genosse Lenins Gebot lautet, das Privateigentum zu teilen.«

Sascha verschränkte die Arme und blickte trotzig zu ihm hoch.

»Wie bist du überhaupt rausgekommen?«, fragte ihn Jura. »Wird nicht abgeschlossen?«

»Wolodja hat noch nicht alle in den Betten. Ich bin ausgebüxt, während er versucht hat, Kolja zu beruhigen.«

Als Jura sich vorstellte, wie Wolodja ein leeres Bett vorfinden und in Panik verfallen würde, nahm er Sascha beim Ohr und zerrte den Widerstrebenden hinein.

Im Gruppenraum der Jungs angekommen, sah Jura im Schein der schwachen Nachtlampe, wie Wolodja mit Entsetzen im Blick über das leere Bett gebeugt dastand. Um ihn herum tuschelten die Kinder in ihren Betten.

»Ist dir jemand entwischt?«, fragte Jura leise und schob Sascha vor. Wolodja begann zu strahlen, als er den Ausreißer entdeckte. »Ich dachte schon, das war's jetzt.« Sascha zischte er zu: »Ab ins Bett mit dir. Einfach abhauen, das geht doch nicht.«

Sascha schlüpfte schweigend unter die Decke und drehte sich auf die Seite.

»Er hatte Lust auf Johannisbeeren«, erklärte Jura. »Warum bist du eigentlich so spät noch hier? Es ist doch längst Nachtruhe.«

»Ich kriege diese Meute einfach nicht ruhig. Die Mädchen schlafen schon, aber die hier machen ein Theater, als hätte man ihnen Kaffee ins Abendessen gemischt.«

Jura ließ seinen Blick über die Bettreihen schweifen. Die Kleinen hatten inzwischen aufgehört zu tuscheln und ihre Aufmerksamkeit auf Oleschka gelenkt, der sich mit tiefer Stimme daranmachte, eine Gruselgeschichte zu erzählen: »In einer schwarzen, schwarzen Stadt in einem schwarzen, schwarzen Haus lebt eine schwarze, schwarze …«

»… Katze?«, platze Jura heraus. Die Kleinen kicherten.

»Pff! Das ist doch langweilig und kein bisschen gruselig!«

»Hat euch Wolodja etwa noch keine Gruselgeschichte erzählt?«

»Der doch nicht. Wolodja schimpft immer, wenn wir uns Gruselgeschichten erzählen. Aber wir machen es trotzdem …«

»Denkt ihr etwa, ich wüsste das nicht?«, sagte Wolodja lachend.

Jura hörte Oleschka, der nun weitererzählte, nur mit halbem Ohr zu und überlegte, wie er Wolodja zur Disco locken könnte. Immerhin hatten Ksjuscha und er eine Abmachung. Er trug seine schönste und einzige Jeans und seinen geliebten Nicki, den ihm sein Onkel im Frühling aus der DDR mitgebracht hatte. Vielleicht hatte er sich aber auch umsonst schick gemacht. Wie hatte ihn Ksjuscha noch einmal genannt? Eine *Vogelscheuche*? Vielleicht hätte er dann lieber als Vogelscheuche aufkreuzen und sich kaputtlachen sollen, wenn diese Schlange ihren Teil der Abmachung erfüllen und ihn küssen müsste.

Oleschka war inzwischen bei Fußnägeln im Kuchen, während Wolodja Ptschjolkin, den er schon eine Weile im Blick gehabt hatte, mit einem Ruck die Zudecke wegnahm und triumphierend hervorstieß: »Aha, eine Zwille. Da haben wir doch den Schuldigen für die zerbrochene Deckenlampe.«

Jura kehrte gedanklich zu den wichtigen Dingen zurück: *Was kann ich tun, um Wolodja von hier wegzubekommen? Ich hab's. Ich muss die Kinder dazu kriegen, zu schlafen. Aber wie?*

Nach nicht einmal einer Minute war eine Lösung gefunden.

»Wisst ihr überhaupt, warum euch Wolodja keine Gruselgeschichten erzählt? Damit ihr tief und fest schlaft. Und das ist sehr nett von ihm, denn er weiß nur zu gut, was mit denen passiert, die in der Nachtruhe aufbleiben …«

»Was denn?«, fragte Sascha mit weit aufgerissenen Augen.

»Etwas Fürchterliches?«, fragte Oleschka erschrocken.

»Bitte, nimm mir die Zwille nicht weg«, hörte man Ptschjolkin betteln. »Ich mach auch keinen Quatsch, guck, ich schlafe schon fast.«

»Nein!«, piepste eine Mädchenstimme auf dem Flur, woraufhin Wolodja sogleich aus dem Raum stürmte, um die Ausreißerin einzufangen und ins Mädchenzimmer zu bringen. Die Zwille nahm er gleich mit, wie Jura aus Ptschjolkins Protestwimmern schließen konnte.

Jura machte es sich auf einem freien Bett bequem, setzte ein todernstes Gesicht auf und begann zu erzählen: »Ich verrate euch jetzt ein großes Geheimnis. Aber ihr dürft es niemandem weitersagen. Eigentlich ist es sogar strengstens verboten, Pionieren davon zu erzählen. Man sagt, dass ihr dafür noch zu jung seid. Und wenn jemand rausfinden sollte, dass ich es euch trotzdem verraten habe, bekomme ich Ärger …« Er wurde augenblicklich von einem chaotischen Kinderchor unterbrochen, der ihm inbrünstig versprach, ihn nicht zu verraten. Also räusperte er sich, fügte seiner Stimme ein Raunen hinzu und begann mit seiner Geschichte: »In der Nacht streift ein Geist im Lager umher. Vor langer Zeit, noch vor der Großen Oktoberrevolution, befand sich nicht weit von hier ein Landsitz, auf dem ein junger Graf mit seiner Gräfin residierte. Sie waren ausgesprochen glücklich miteinander, obwohl sie eigentlich eine Zweckehe geschlossen …«

»Jura, was ist denn eine Zweckehe?«

»Oleschka, bitte unterbrich mich nicht. Aber zu deiner Frage … Eine Zweckehe ist, wenn Eltern ihre Kinder miteinander verheiraten. Und die Kinder sind zu diesem Zeitpunkt noch klein und kennen sich nicht einmal. Solche Ehen wurden meistens wegen Geld geschlossen«, erklärte Jura.

Nun war auch Wolodja ins Zimmer zurückgekehrt und setzte sich neben ihn.

Jura fuhr fort: »Also … Der Graf und die Gräfin liebten sich wirklich sehr. Sie hatten einen beachtlichen Hof, an die hundert Leibeigene und viele Freunde, darunter Grafen und Gräfinnen und Fürsten und Fürstinnen. Sogar der Großfürst, ein Verwandter des Zaren, ging auf dem Landsitz der beiden ein und aus. Doch dann begann der Russisch-Japanische Krieg, und der Graf wurde vom Großfürsten aufgefordert, sich mit ihm gemeinsam der Marine anzuschließen. Und der Graf hatte keine andere Wahl, als ihm zu folgen. Als Zeichen seiner Liebe schenkte er seiner Gräfin eine zauberhafte Diamantbrosche und zog in den Krieg. Doch er sollte nie zurückkehren …«

Die Kleinen waren mucksmäuschenstill, lagen unter ihren Decken und starrten ihn aus großen Augen durch die Dunkelheit hinweg an, während Wolodja seine Brille mit dem Zipfel seines Hemds putzte und seinen strengen Blick über die Betten schweifen ließ. Jura war zufrieden – die Kinder hörten ihm gebannt zu. Also fuhr er flüsternd fort.

»Es heißt, dass der Kreuzer, auf dem er diente, von den Japanern versenkt worden ist. Der Gräfin sagte man, dass ihr Mann umgekommen sei, doch sie liebte ihn so sehr, dass sie das weder glauben noch akzeptieren konnte. Sie hatten keine Kinder, und so wartete sie viele, viele Jahre in Einsamkeit auf ihn. Sie legte ihre schönen Kleider und ihren Schmuck ab und trug nur noch Schwarz. Lediglich die Brosche, das Abschiedsgeschenk ihres Mannes, steckte sie sich entweder an die Brust oder ins Haar. Die Zeit verging. Immerzu sehnte sich die Gräfin nach ihrem Ehemann und erkrankte schließlich. Sie wollte niemanden sehen, nicht einmal einen Arzt, und verstarb schon bald. Es heißt, dass sie in ihrem Witwenkleid beerdigt wurde. Man vergaß jedoch, ihr die Brosche ins Grab zu legen. Und seit diesem Tag gingen auf dem Landsitz merkwürdige Dinge vor sich. Mal war mitten in der Nacht Möbelrücken zu hören, mal schlugen laut die Türen auf und zu. Und als die Bolschewiki an die Macht kamen und dort ein Sanatorium einrichteten, kamen auf dem Landsitz ab und zu auch Menschen um.«

Im Dunkeln keuchte jemand auf, und von Sascha war nichts mehr zu sehen, er hatte sich ganz unter seiner Bettdecke verkrochen.

Wolodja stupste Jura mit dem Ellbogen an und flüsterte ihm ins Ohr: »Übertreib mal nicht. Sonst schlafen sie die ganze Nacht nicht.«

Aber Jura hatte sich warmerzählt: »Zwar waren die Nächte von da an ruhig. Das Poltern und der Lärm hörten auf, nur die Schranktüren gingen gelegentlich von alleine auf und zu. Doch dann eines Morgens lag ein Mann in seinem Bett. Es war ein schrecklicher Anblick: die Augen verdreht, dass man nur noch das Weiße sah, der Mund zu einem Schrei verzerrt, die Zunge herausgestreckt und der Hals ... blau! Trotz aller Bemühungen war der Täter unauffindbar. Also wurde das Sanatorium geschlossen. Die Dorfbewohner, die ganz in der Nähe in Goretowka lebten, plünderten den Landsitz bis auf den letzten Ziegelstein, um sich Häuser zu bauen.

Heute ist von dem Landsitz nichts mehr übrig. Nur eine Sache erinnert noch daran, dass es ihn mal gegeben hat: Im Gebüsch der Traubenkirsche findet man noch immer ein Basrelief mit dem Profil der Gräfin. Und an ihrem Kleid – die Diamantbrosche. Mit der Zeit geriet die Legende in Vergessenheit. Doch als unser Lager gebaut wurde, erinnerte man sich wieder daran.« Leise raunte Jura: »Und jetzt verrate ich euch ein großes Geheimnis. Aber kein Wort zu niemandem, in Ordnung?«

»Versprochen!« – »Versprochen« – »Versprochen!«, flüsterte es von allen Seiten.

»Wirklich? Oktoberkinderehrenwort?«

»Ja, ja! Jura, nun sag schon!«

»Man hat nämlich auch hier im Lager eine Leiche gefunden. In der Nachbarbaracke. Doch das sollte auch der letzte Tote bleiben, denn die Pioniere fanden das Tagebuch des Unglücklichen und fanden alles heraus. Er hatte all die merkwürdigen Dinge beschrieben, die hier nachts vor sich gehen. Der Tote war ein Gruppenleiter. Er war sehr jung und das erste Mal im Pionierlager …«

»Ähem …«, räusperte sich Wolodja und hob skeptisch eine Augenbraue.

Jura blickte ihn verschmitzt an, nickte und fuhr fort: »Er machte sich den ganzen Tag Sorgen um seine Jungs. Und zu allem Überfluss hielten sie sich nicht an die Nachtruhe. Also blieb der Gruppenleiter immer ewig wach, was sollte er machen? Er ging auf und ab und passte auf seine Jungs auf. Deshalb war sein Schlafrhythmus vollkommen durcheinandergeraten. Weil er nicht einschlafen konnte, setzte er sich bei sich im Zimmer an den Tisch und schrieb alles, was den Tag über passiert war, in ein Notizbuch: wo er mit den Kindern gewesen war, was sie gemacht hatten, wie sich die Kinder benommen hatten und so weiter. Doch dann hörte er in der Stille plötzlich ein merkwürdiges Rascheln – als würde ein Tuch über den Boden schleifen. Der Gruppenleiter lauschte, löschte das Licht, legte sich auf sein Bett und blieb starr vor Angst liegen. Anfangs konnte er nichts erkennen, doch als sich seine Augen an die Dunkelheit gewöhnt hatten, sah er die Umrisse des Spinds ganz deutlich vor sich. Und plötzlich schlug wie von Geisterhand – lautlos und ruckartig – die Spindtür auf. Er blinzelte, und sie war, wie es sich gehört, geschlossen. Er dachte, dass ihm sein müdes Hirn einen Streich gespielt hatte, machte das Licht an und schrieb alles auf. In der nächsten Nacht wiederholte sich der Spuk. Auch dieses Mal hörte er etwas über den Boden schleifen, auch dieses Mal war es mucksmäuschenstill, auch dieses Mal öffnete sich die Spindtür wie von Geisterhand. Das Zimmer war leer – keine Schatten, keine Geräusche. Er blinzelte – die Tür stand offen, er blinzelte wieder – da war sie geschlossen, und die vom Nachbarspind stand offen. Und das alles geschah in absoluter Stille.«

Eine solche Stille, wie in Juras Geschichte, herrschte nun auch im Zimmer der Jungs. Die Kleinen hingen ihm an den Lippen und versuchten wahrscheinlich, seltener und leiser zu atmen. Hinten im Eckbett klapperte sogar jemand mit den Zähnen.

»Also … Der Gruppenleiter beschloss, sich mal in Goretowka umzuhören, wo ihm die Einheimischen dann die Legende von der Gräfin und ihrer Brosche erzählten. Da verstand er, dass das Rascheln von ihrem Kleid stammen musste. Und er nahm sich vor herauszufinden, warum die Spindtüren auf- und zugingen. Doch bevor er das Rätsel lösen konnte, war er tot. Man fand ihn am nächsten Morgen – erwürgt, mit verdrehten Augen …«

»Und einem blauen Hals?«, stammelte Sascha.

Jura nickte: »Ja, mit einem blauen Hals. Die Miliz befragte einen Dorfbewohner nach dem anderen. Und als dann der Dorfälteste an der Reihe war, mit dem zuvor der

Pionierleiter gesprochen hatte, erfuhren auch die Milizionäre von der Legende. Doch sie taten die Erzählung von der Gräfin als Unfug ab, konnten sich nicht vorstellen, dass sie anfangs durch ihre eigene Villa und, nachdem diese nicht mehr existierte, durch das Pionierlager spuken und nach der Brosche suchen sollte, die ihr einst ihr geliebter Graf geschenkt hatte. Und dass sie, wenn ihre Suche erfolglos bleibt, in Rage geraten und die erste schlaflose Person, die ihr unter die Augen kommt, erwürgen würde – in der Überzeugung, dass diese Person ihre Brosche geklaut haben muss. Denn nur ein Dieb, so glaubt die Gräfin, werde von seinem schlechten Gewissen so sehr gequält, dass er nicht einschlafen könne.«

Jura atmete tief durch. Und Wolodja nutzte seine Chance, um der Geschichte etwas hinzuzufügen.

»Und deshalb müsst ihr in der Nachtruhe auch wirklich schlafen.«

»Ja, genau.« Jura nickte. »Ihr müsst ganz leise sein und reglos im Bett liegen, damit ihr und euer Gruppenleiter nicht die Aufmerksamkeit der Gräfin auf euch zieht. Falls sie eure Anwesenheit auch nur ahnt, werdet ihr das Rascheln ihres Kleides hören und sehen, wie sie die Spindtüren auf- und zuschlägt und ihre Brosche sucht. Und wenn sie sie nicht findet, seid ihr dran. Es ist schon gefährlich genug, dass eure Gruppenleiter in der Nacht wach sind, um auf euch aufzupassen. Ein toter Gruppenleiter sollte euch Warnung genug sein.«

Die Geschichte zeigte Wirkung. Mit zusammengekniffenen Augen lagen die Knirpse mucksmäuschenstill unter ihren bis zum Kinn hochgezogenen Decken. Wolodja und Jura sahen sich an. Noch war es zu früh, die Kinder allein zu lassen. Sie hätten sich zu Tode gefürchtet. Also setzte sich Wolodja ans Fenster, und Jura nahm den Stuhl neben der Tür.

Aus Langeweile begann er, Wolodja im grauen Halbdunkel zu mustern: seine lange und gerade Nase, sein fransiger Pony, sein spitzes Kinn. *Wolodja sieht echt gut aus,* dachte Jura. Bei genauerer Betrachtung sieht er ganz eindeutig sehr gut aus …

Als er Wolodja beim Appell zum ersten Mal gesehen hatte, hatte er ihn schon gut gefunden. Ohne die Brille wäre Wolodjas Profil durchaus als klassisch zu bezeichnen, fand Jura und war ein wenig neidisch. Die Mädchen schmolzen bei Wolodjas Anblick regelrecht dahin. Doch nun, als er Wolodja in diesem pastosen Halbdunkel ansah, verstand er, dass ihm dessen Gesicht nicht nur wegen seiner Ebenmäßigkeit gefiel, sondern aus persönlichen, unerklärlichen Gründen. Dankbarkeit überflutete ihn. Dankbarkeit, dass er eine derartige Schönheit betrachten und sich daran erfreuen durfte. Nur die blöde Brille störte.

Ein zaghaftes Flüstern aus einem der Betten durchbrach die Stille. »Jura?«

»Ja?«

»Gehen bei dir im Zimmer irgendwelche Türen von allein auf und zu?«

»Nein.«

»Und bei dir, Wolodja?«

»Nein. Das war nur eine Geschichte, schlaf jetzt.«

Die Stille hielt vielleicht fünf Minuten an, dann flüsterte dasselbe Stimmchen: »Jura? Wolodja?«

»Ja?«

»Geht schlafen. Nicht dass sie kommt, und ihr sitzt noch hier rum.«

»Werdet ihr auch wirklich leise sein?«, flüsterte Wolodja streng.

Aus allen Ecken des Schlafsaals kamen geflüsterte Beteuerungen: »Ganz bestimmt.« – »Wir schlafen schon.« – »Oktoberkinderehrenwort«.

Also stand Wolodja auf, nickte Jura zu und winkte ihn hinaus. Als sie an seinem Bett vorbeikamen, streckte Sascha eine Hand unter der Decke hervor und zog Wolodja am Hosenbein.

»Wolodja, ich wollte nur fragen, ob Jura morgen wiederkommen und uns noch eine Gruselgeschichte erzählen darf.«

»Das musst du ihn selbst fragen.«

»Jura?«

»Ja, unter einer Bedingung: Ich erzähle euch wieder eine Gruselgeschichte, wenn ihr jetzt einschlaft und keinen Radau macht. Wenn ich auch nur einen Mucks höre, könnt ihr es vergessen.«

Wolodjas Jungs begannen erneut, Jura mit dem Ehrenwort und Zusicherungen zu überschütten. Sascha nickte zufrieden und zog sich die Decke bis zur Nase hoch.

»Denkst du, sie können jetzt einschlafen?«, fragte Jura, als sie von der Veranda hinunterstiegen.

Wolodja antwortete nicht, sondern ging rüber zum Karussell, das sich auf der Löwenzahnwiese direkt gegenüber der Baracke befand. Er setzte sich vorsichtig, ohne das Karussell zum Quietschen zu bringen, auf einen der kleinen Sitze und begann, mit der Spitze seines Turnschuhs zu kreisen und Wellen an Löwenzahn-Flugschirmchen aufzuwirbeln. Jura stellte sich neben ihn.

»Ich habe dich doch gebeten, es nicht zu übertreiben«, fuhr Wolodja Jura unvermittelt an.

»Was genau habe ich denn übertrieben?«

»Das fragst du noch?« Wolodja schob wütend seine Brille zurecht. »Alles. Nicht nur werden sie jetzt nicht einschlafen können, sondern vor Schreck auch noch ins Bett machen.«

»Ach Quatsch! Die sind doch groß genug, um es bis zur Toilette zu schaffen.«

»Sind sie nicht. Und wie sollen sie es bis zur Toilette schaffen, wenn du ihnen buchstäblich verboten hast, die Augen zu öffnen?«

»Jetzt mach mal halblang. Ich glaube, die tun nur so. Selbst der sensible Sascha liegt gemütlich und zufrieden in seinem Bettchen. Und selbst wenn ich ihnen Angst eingejagt habe, na und?! Immerhin ist es ruhig. Das ist doch eindeutig ein Fortschritt.«

»Na, mal schauen, was uns dein Fortschritt morgen bescheren wird.«

»Was soll das denn jetzt heißen? Meine Geschichte hat ihnen so gefallen, dass sie mich gebeten haben, ihnen morgen noch eine zu erzählen.«

Von der Tanzfläche bei der Freilichtbühne drangen Musik und Stimmen zu ihnen her. Doch der Wind kam aus einer anderen Richtung, sodass Jura Schwierigkeiten hatte, das Lied zu erkennen.

Aus alter Gewohnheit, die ihm aus seinen Musikschuljahren geblieben war, begann Jura, seine Hände zu dehnen und an seinen Fingern zu ziehen. Er konnte es kaum erwarten, zur Lagerdisco zu gehen.

Nun hatte er Wolodja endlich von seiner Pioniergruppe befreit, und in fünf Minuten würden sie auf der Tanzfläche sein, wo Ksjuscha schon sehnlichst auf sie wartete. Doch Wolodja saß verärgert auf dem Karussell und hatte offensichtlich gar nicht vor, sich irgendwo hinzubewegen.

»Was sitzen wir denn hier herum? Lass uns zur Disco gehen.«

»Nein«, sagte Wolodja entschieden und deutete mit dem Kinn auf die dunklen Fenster. »Ich habe Lena zur Disco geschickt und gehe nirgendwo hin, solange sie mich nicht ablöst.«

»Wie schade, was für ein Mist …«, sagte Jura verärgert und stampfte mit dem Fuß auf.

»Warum regst du dich so auf?«, fragte Wolodja verwirrt. »Hast du etwa mit mir gerechnet? Wir hatten doch gar nichts ausgemacht. Ich tanze doch sowieso nicht. Moment mal …« Er runzelte die Stirn. »Ich wurde heute schon einmal gefragt. Von Uljana. Und jetzt auch noch von dir. Was habt ihr denn vor?«

»Na ja, die Mädchen haben mich angefleht, dich zu überreden mitzukommen. Sie wollen mit dir tanzen und so …«

»Und so?« Wolodja lachte auf.

»Na ja, du weißt schon …« Jura zwinkerte ihm zu. »Gefällt dir keine von ihnen? Nicht mal ein bisschen? Oder triffst du dich etwa schon mit jemandem? Mit Mascha etwa?«

»Wie kommst du denn auf das schmale Brett? Ich bin Gruppenleiter, und die Mädchen sind hier in den Ferien. Zwischen uns dürfte niemals etwas sein. Aber warum sitzt du denn hier herum? Ich möchte dich auf gar keinen Fall von irgendwas abhalten. Geh zur Disco und hab Spaß.«

Er hat recht, dachte Jura. *Ich kann da auch ohne Wolodja hin.* Die Disco war immerhin das interessanteste und beliebteste Ereignis unter den Älteren im Lager. Sie fieberten lange darauf hin – und Jura war da keine Ausnahme. Doch seltsamerweise hatte er plötzlich gar keine Lust mehr. Was sollte er da? In der Ecke sitzen und zusehen, wie die Mädchen miteinander tanzten? Er würde ja doch zu schüchtern sein, um eine aufzufordern.

Und mit wem würde er überhaupt tanzen wollen? Anja war dieses Jahr nicht da. Und die Mädchen, die da waren, gefielen ihm nicht. Er hatte ja nur den von Ksjuscha versprochenen Kuss einfordern wollen. Doch schlug er ohne Wolodja im Schlepptau da auf, gab es auch keinen Kuss. Tanzen wollte er nicht. Sollte er etwa mit seinen Kumpels Wanja und Mischa am Rand herumsitzen und langweilige Gespräche über langweilige Themen führen oder verzweifelt die Tanzfläche ablaufen? Er hatte gar keine Lust mehr auf diese Disco.

Klar, er hätte weiter versuchen können, Wolodja zu überreden. Doch inzwischen war ihm sogar die Lust vergangen, sich mit Wolodja unter die Leute zu mischen. Seinen Teil der Abmachung würde er einfach an einem anderen Abend erfüllen. Heute fühlte er sich hier ziemlich wohl, unter dem sich verdunkelnden Himmel, wo keine einzige Wolke die Sterne und den Mond verdeckte.

»Allein langweilst du dich doch hier, oder?«, fragte Jura, um das Schweigen zu durchbrechen.

»Eigentlich wollte ich noch im Textbuch lesen, aber es ist zu dunkel.« Wolodja tastete die Taschen seiner kurzen Hose ab und deutete auf die einzige Lichtquelle – eine schwache Lampe über der Veranda. »Aber daraus wird wohl nichts.«

»Dann bleibe ich noch ein bisschen bei dir.«

»Mach das«, antwortete Wolodja gleichgültig.

»Soll ich nicht?«

»Doch, doch, bleib nur«, sagte Wolodja zerstreut.

Der Wind drehte und wehte Musik heran. Alla Pugatschowa und Wladimir Kuzmin sangen von zwei Sternen, die vom Frühlingshimmel fielen. Und das passierte gerade tatsächlich. Vom Sommerhimmel allerdings.

Jura hatte bereits zwei Sternschnuppen gesehen, sich jedoch nichts gewünscht. Zum einen war er nicht abergläubig, zum anderen wusste er, dass das keine Sterne, sondern Meteore waren. Aber auch Sterne gab es am Himmel zuhauf – eine ganze Milchstraße voller Sterne. Und während Jura den Himmel betrachtete, dachte er darüber nach, wieso Wolodja sich so widersprüchlich verhielt – ihn zum Bleiben einlud, dabei aber keine Miene verzog.

»Ach, Jura, was ich noch fragen wollte …«, fragte er plötzlich, ohne Jura dabei anzusehen. »Ist der Landsitz weit weg von hier?«

»Welcher Landsitz? Ach, der. Es gibt keinen Landsitz.« Jura konnte Wolodjas Gesicht in der Dämmerung nicht gut erkennen. Doch als er seinen erstaunten Blick sah, fragte er verblüfft: »Du hast die Geschichte doch nicht etwa geglaubt?«

»Das hast du dir alles ausgedacht? Auch das mit den Großfürsten und dem Russisch-Japanischen Krieg? So viele Details … Nicht schlecht! Du bist ja gar nicht so übel … ich meine … zumindest bist du kein Trottel.«

»Hast du etwa gedacht, ich bin ein Trottel? Sehe ich für dich aus wie ein Trottel?«

»Nein, sag ich doch.«

»Aber wenn ich mir das nicht ausgedacht hätte, dann wäre ich einer, oder wie?«, empörte sich Jura noch ein bisschen, aber eigentlich wusste er, dass Wolodja es nicht so gemeint hatte. »Das Basrelief gibt es aber wirklich.«

»Weit weg?«

»Eine halbe Stunde mit dem Boot. Aber kommen wir noch mal darauf zurück, dass du dachtest, ich bin ein Trottel ...«

»Ach, hör doch auf.«

»Hast du mich deshalb gerade runtergeputzt?«

»Ich habe dich nicht ... Ach, egal. Von Störenfrieden wird eben nicht besonders viel erwartet.«

»Jetzt bin ich auch noch ein Störenfried?«, empörte sich Jura künstlich, hatte aus irgendeinem Grund jedoch Spaß an ihrem kleinen Disput. Er war fest entschlossen, Wolodja so lange zu piesacken, bis er sich entschuldigte. Doch Wolodja dachte nicht daran, klein beizugeben.

»An deinem schlechten Ruf bist du selbst schuld.«

»Ach, Quatsch. Die blöde Lagerleitung wartet nur darauf, dass ich einen Fehler mache. Meine Sicht auf die Dinge haben sie sich kein einziges Mal angehört. Immer ziehen sie gleich ihre Schlüsse.«

»Na ja, jemand hat erzählt, dass du auf dem Dach ...«, fing Wolodja an, doch Jura fiel ihm ins Wort.

Lustvoll und wütend zugleich äffte er Olga Leonidownas nasale Stimme nach: »*Dieser Konew ist schwer erziehbar!* Du denkst sicher auch so von mir, nicht wahr?«

»Da irrst du dich. Ich ziehe keine voreiligen Schlüsse.«

»Du hast mich zwar gerade als Störenfried bezeichnet, aber das hatte sicher nichts zu bedeuten.« Jura lachte auf. »Das war letztes Jahr. Ich wollte nur helfen und habe einen Ball vom Dach geholt. Bin durchs Lager gelaufen, hab *Anja* da stehen sehen und ...« Jura stockte, als ihm plötzlich auffiel, wie zärtlich er ihren Namen aussprach.

»Ein Mädchen aus meiner Gruppe … Aber das ist nicht so wichtig. Also, da steht sie und weint fast. Es stellte sich heraus, dass ihr Ball aufs Dach geflogen war. Und nun rannte sie schon seit zwei Tagen dem Hausmeister hinterher, dem das aber komplett egal war. Dabei war der Ball ein Geschenk von ihrem Vater gewesen. Bis zum Ende der Ferien blieb nur noch ein Tag. Und der verfluchte Hausmeister sagt, er hat anderes zu tun.«

»Fluch nicht«, ermahnte ihn Wolodja.

»Da bin ich eben hochgeklettert. Die Höhe hat mir nichts ausgemacht – an der Regenrinne hochziehen und fertig. Und dabei wurde ich erwischt.«

»Und das Mädchen hat dich nicht verteidigt?«

»Hat sie, aber das hat nichts gebracht. Sie meinten, wir hätten den Hausmeister holen sollen. Aber das hatte sie ja mehrmals vergeblich gemacht. Seitdem bin ich halt Gesindel. Aber wenn du wüsstest, wie Anja gestrahlt hat … Dafür hat sich das gelohnt.«

»In Ordnung, in dieser Sache bist du freigesprochen. Aber warum steigst du immer wieder hinten durch das Loch im Zaun? Ich hab dich schon mehrmals in der Nähe der Baustelle gesehen.«

»Ich hole meine Zigaretten«, sagte Jura und wusste sofort, dass er besser gelogen hätte.

»Du rauchst?«, fragte Wolodja erschüttert.

»Ich? Nein, natürlich nicht. Ich wollte es nur mal ausprobieren. Aber das ist nichts für mich«, log Jura und wechselte sicherheitshalber das Thema: »Woher weißt du von dem Loch im Zaun? Ich dachte, das kenne nur ich.«

»Alle wissen davon. Heute Morgen haben sie den Zaun repariert.«

»Pff … Und wenn schon. Als ob ich keine anderen Wege nach draußen kenne.«

Wolodja horchte auf. »Es gibt noch andere Wege? Wo sind die denn?«

»Das werd ich dir gerade sagen.«

»Jura, bitte. Was, wenn meine kleinen Rabauken davon erfahren? Die hauen mir doch alle ab.«

»Sie erfahren nichts davon, mach dir keine Sorgen. Und sie hauen dir ganz sicher nicht ab. Das ist viel zu weit weg. Deine Knirpse sind viel zu klein«, versicherte Jura, doch als er Wolodja nervös schniefen hörte, fügte er hinzu: »Ich schwöre dir, sie bleiben im Lager.«

»Jura, wenn irgendwas passiert … Dann bin ich so was von geliefert.«

Nachdenklich kratzte Jura sich an einem Mückenstich am Ellbogen. »Erzähl bitte niemandem davon, in Ordnung? Weder von dem Schlupfloch noch vom Rauchen. Sonst bin nämlich ich geliefert.«

»Ich sag nichts, wenn du mir das zweite Schlupfloch zeigst.«

Jura gab nach. »Es ist eine Furt im Fluss. Hör auf, Panik zu schieben. Deine Kleinen sind doch nicht so verrückt, einen Fluss zu überqueren, wo ihnen das Wasser bis zum Hals steht. Sag mir lieber, was ich den Zwergen morgen erzählen soll. Ich habe es ihnen schließlich versprochen.«

»Denk dir was aus. Die Geschichte vorhin hast du auch aus dem Stegreif erzählt. Dir wird schon was einfallen.«

»Das sagst du so einfach. Bei der Geschichte mit der Brosche hatte ich das Relief als Inspirationsquelle. Was gibt's da noch? … Wie wäre es mit einer Geschichte über einen Serienmörder?«

»Nein, wir brauchen was Realistisches, woraus man

was lernen kann. Lass uns doch deine Erzählung vom Landsitz ausweiten. Wir können etwas über … einen Schatz erzählen. Ja, genau, lass uns etwas über einen Schatz erzählen.«

»Hm, das ist gar keine schlechte Idee.« Jura kratzte sich am Kinn. »Hast du was zum Schreiben?«

Wolodja kramte in seinen Jackentaschen. Aus der linken zog er die Zwille und steckte sie wieder ein. Aus der rechten holte er einen Stift und ein zusammengerolltes Heft.

»Ist es nicht viel zu dunkel zum Schreiben?«, fragte er und reichte Jura Stift und Papier.

»Das passt schon.«

»Dann los, Maestro, fangen wir an.«

»Also … Der Graf und die Gräfin waren sehr reich. Und bevor der Graf in den Krieg zog, nahm er einen großen Teil seines Vermögens, legte es in eine Truhe …«

»Und wovon sollte dann die Gräfin leben?«

»Ich sagte doch, nur einen Teil. Den Rest überließ er ihr. Na gut. Im Schutz der dunklen, mondlosen Nacht trug er die Schatztruhe hinaus, vergrub sie in den Tiefen des Waldes und vermerkte den Ort auf einer Karte. Doch selbst mithilfe dieser Karte konnte man den Schatz nicht finden, ohne vorher die Rätsel des Grafen gelöst zu haben … Oder nein, warte! Den Schatz hat nicht der Graf vergraben, sondern die Partisanen. Das ist doch mal eine Idee. Waffen zum Beispiel.«

An diesem Abend ging Jura nicht zur Disco. Bis tief in die Nacht saßen er und Wolodja auf dem Karussell, dachten sich Gruselgeschichten für die Knirpse aus und bemerkten gar nicht, wie die Zeit verging.

KAPITEL 5

Im Theater

Nachdem Jura sich mit Wolodja angefreundet hatte, veränderte sich seine Einstellung zum Theater, und bereits nach wenigen Proben nahm es einen ganz besonderen Platz in seinem Herzen ein. Hier fühlte er sich wohl und war ein vollwertiges Mitglied der Theaterbrigade. Auch wenn sich keine Rolle für ihn gefunden hatte, gab ihm Wolodja das Gefühl, gebraucht zu werden: Jura half, nach den kleinen Schauspielern zu sehen, und machte Anmerkungen zum Text und der Inszenierung. Wolodja schien seine Meinung zu schätzen, und Jura genoss es, dass man ihm endlich einmal Vertrauen entgegenbrachte.

Jura mochte Wolodja, konnte sich seine Gefühle für ihn nicht ganz erklären, definierte sie nach langwierigen Überlegungen als *Freundschaftswunsch* beziehungsweise *starken Freundschaftswunsch*. Noch nie zuvor hatte Jura so gefühlt, wie er jetzt fühlte. Zum ersten Mal in seinem Leben betrachtete er einen anderen Jungen auf diese Weise – auch Rivalität war im Spiel, wobei er, was am erstaunlichsten war, nicht mit Wolodja konkurrierte, sondern mit den Mädchen, die ihn umschwärmten. Und zwar um Wolodjas Aufmerksamkeit.

Mit dem Theaterstück ging es langsam, aber sicher voran. Bei der dritten Probe wurden die vier Hauptrollen vergeben, einige Nebenrollen blieben jedoch unbesetzt. Es fehlte schlichtweg an jungen Schauspielern. Aus irgendeinem Grund hatten sich nur wenige Pioniere für die Theaterbrigade eingeschrieben.

Nastja Milkowa bekam die Hauptrolle und durfte Sina Portnowa spielen. Sie war in der zweiten Pioniergruppe, also bei den Größeren, war textsicher und sah der Pionierheldin sogar ähnlich. Sie hatte dunkle Haare, große Kulleraugen und war ziemlich klein. Von selbstsicherem Auftreten konnte aber keine Rede sein. Sie war wahnsinnig aufgeregt. Wenn sie was sagen musste, wurden sogar ihre Arme rot, so sehr errötete sie. Sinas jüngere Schwester wurde von der kleinen rothaarigen Aljonja aus Wolodjas Gruppe gespielt, und der kleine Oleschka war auserkoren worden, Ilja Esawitow zu verkörpern. Obwohl Wolodja immer wieder von Zweifeln überfallen wurde, weil Oleschka das *R* nicht rollen konnte, was für einen Russen gar nicht ging. Dennoch kam Oleschka mit seinem Text im Grunde besser zurecht als alle anderen und gab sich außerdem wahnsinnig viel Mühe. Die Rolle von Ilja Esawitows Bruder Schenja wurde mit Wasja Petlizyn besetzt. Und zu Wolodjas Freude fühlte sich der Frechdachs überraschend gut in seine Rolle ein und überzeugte schon bald als begabter Schauspieler.

Auch Uljana ergatterte eine Hauptrolle. Sie spielte Frusa Sinkowa, Anführerin der Jungen Rächer, einer Partisanengruppe, die verraten worden und den Nazis in die Hände gefallen war, woraufhin Sina Portnowa beauftragt wurde, den Verrat aufzuklären. Wolodjas Blicken konnte Jura entnehmen, dass er mit Uljanas Spiel unzufrieden war. Von Polina dagegen war er regelrecht begeistert und bestimmte sie prompt zur Erzählerin, die durch die gesamte Inszenierung führte. Und tatsächlich gelang es ihr hervorragend, mit ihrem Text die erforderliche Stimmung heraufzubeschwören. Dem Flehen des verbleibenden Triomitglieds wurde bei der ersten Probe stattgegeben. Ksjuscha war unendlich stolz, sich Kostümbildnerin nennen zu dürfen, obwohl sie noch nicht einmal Nadel und Faden in die Hand genommen hatte. Mascha, die Juras Meinung nach gerade mal imstande war, den *Flohwalzer* zu spielen, wurde aufgrund mangelnder Alternativen zur Pianistin ernannt. Obwohl es an Licht- und Tontechnik nicht mangelte und man leicht ein Tonband hätte abspielen können, bestand Wolodja auf Klavierbegleitung und begründete seine Entscheidung damit, dass das Stück dreißig Jahre zuvor von Klaviermusik begleitet worden sei und er diese Tradition bewahren wolle.

Bei der dritten Probe lasen die Schauspieler ihren Text noch immer vom Blatt ab. Etwas wie ein Gesamtbild war nicht zu erkennen, und Wolodja war entsprechend beunruhigt.

Wolodja baute sich vor seiner Truppe auf. »Alle mal herhören. Das gilt jetzt besonders für die Jungen Rächer. Pioniere, denkt daran, dieses Stück handelt nicht nur von Sina, sondern auch von euch. Ihr seid der Dreh- und Angelpunkt der Handlung und werdet während des gesamten Stücks eine Rolle spielen. Also, ihr seid im Untergrund tätig und werdet zu Märtyrern, zu sehr jungen Märtyrern. Denn die Rächer waren, wie ihr alle wisst, nur ein bisschen älter als Jura, Mascha, Ksjuscha und der Rest der Brigade. Umso bewundernswerter sind ihr Mut und ihre Taten.« Begeistert fuhr er fort und bemerkte in seinem Furor gar nicht, dass er seine Schauspieler kränkte und verunsicherte: »Ja, die Kinder damals waren anders als wir. Ihre Eltern hatten gegen die Menschewiki gekämpft und gesiegt. Und die Kinder nahmen sie sich zum Vorbild. Wir heute sind sorglos und vielleicht manchmal oberflächlich, sie aber waren so nicht. Deshalb werde ich Nachlässigkeiten nicht dulden. Petlizyn, hörst du mir überhaupt zu?« Wolodja warf dem Kleinen einen dermaßen strengen Blick zu, dass Wasja vor Schreck die Augen aufriss.

»Ja ...«, sagte er leise.

»Bist du aufmerksam?«

»Bin sehr aufmerksam.«

»Dann wiederhol doch bitte mal, was ich gerade gesagt habe«, piesackte ihn Wolodja. Und das mit gutem Recht. Schließlich hatte Wasja Petlizyn bei der letzten Probe so sehr herumgealbert, dass sie beinahe abgebrochen worden wäre.

Petlizyn seufzte genervt und äffte Wolodja nach: »Wir sind Partisanen und wollen gegen die Nazis kämpfen, Nachlässigkeiten duldest du nicht und so weiter und so fort ...«

»Ein bisschen mehr Ernsthaftigkeit, Petlizyn! Wir führen hier schließlich keine Komödie auf.«

»Ist ja gut, wir haben's verstanden.«

Wolodja schüttelte genervt den Kopf, beschloss aber, die Probe fortzusetzen. »Sind alle bereit? Jura, wo ist die Karte? Komm, breite sie auf dem Tisch aus.«

Links der Bühnenmitte stand ein runder Tisch. Ringsherum hatten die Kinder Sitzbänke, Koffer und Kleidungsstücke verteilt, einen Samowar aufgestellt und die Bühne auf diese Weise in eine Isba verwandelt, eine

Holzhütte, wie das Hauptquartier der Jungen Rächer eine gewesen war.

»Genosse Oberkommandir, die Karte liegt auf dem Tisch«, rief Jura und ließ sich in den Zuschauersessel neben ihm fallen.

»Nein, so geht das nicht.« Wolodja wedelte mit den Armen. »Die Isba gefällt mir noch nicht. Wir brauchen mehr Banner mit Losungen und Plakate.«

»Noch mehr?« Jura schnaufte und begann damit, die Plakate aufzuzählen: »*Tod dem Faschistenschwein, Mütterchen Russland ruft, Auf zum Roten Oktober* … Sind das nicht genug? Außerdem ist es noch zu früh, sich wegen der Dekoration fertigzumachen …«

»Im Gegenteil. Jetzt ist genau der richtige Zeitpunkt. Denn wenn wir nichts Passendes finden, müssen wir etwas malen.«

»Aber das ergibt doch gar keinen Sinn. Die Pionierhelden operierten im Untergrund. Untergrundkämpfer würden niemals solche Plakate aufbewahren, geschweige denn im Hauptquartier aufhängen. Sie bewegen sich auf okkupiertem Territorium, hier wimmelt es nur so von Faschisten.«

Wolodja stand ruckartig auf und sah aus, als wäre er kurz davor, ihm die Meinung zu geigen. Doch Sascha stand am Bühnenrand, hob die Hand und piepste: »Genosse Gruppenleiter, kann ich mal was fragen?«

»Wo kommst du denn plötzlich her?«, fragte Wolodja verwundert.

»Ich habe eine Frage an dich«, piepste er. »Warum spielt Petlizyn jetzt Schenja Esawitow? Das ist doch meine Rolle …«

»Weil du, Sascha, mir durch deine andauernden Ausflüge keine andere Wahl gelassen hast«, antwortete der Regisseur mit strenger Stimme.

»Darf ich dann Nikolai Aleksejew spielen?«

»Nein, für diese Rolle brauche ich einen Zwölfjährigen.«

»Und was soll ich dann machen?«

»Na ja, Sascha, wie wir alle wissen, bist du ja sehr gut darin, auf dem Boden herumzuliegen und zu stöhnen …«, murmelte Wolodja nachdenklich.

Und als sich alle daran erinnerten, wie Sascha mit ausgebreiteten Armen und Beinen wie ein Käfer auf dem Rücken gelegen hatte und zur Krankenstation gebracht werden musste, fingen sie an zu kichern. Doch Wolodja blieb ernst.

»In der Szene, in der die Jungen Rächer das Wasserwerk in die Luft jagen, wirst du einen sterbenden Faschisten spielen.«

»Aber …«

»Kein Aber. Du wirst den wichtigsten Faschisten spielen, also mach deine Sache gut.« Wolodja kniff sich in den Nasenrücken und rückte seine Brille zurecht. »Alle auf ihre Plätze, los geht's mit der zweiten Szene. Die Rächer stehen um den Tisch herum, studieren die Karte und planen einen Sabotageakt. Nastja, fang an! Die erste Replik …«

Als die Probe endlich vorbei war und die Kinder sich auf den Weg zu ihren Baracken machten, blieb Jura mit Wolodja allein im Zuschauerraum sitzen, von wo aus Wolodja die Probe geleitet hatte, und sprach das aus, was er bereits vom ersten Tag an gedacht hatte: »Ich verstehe ja, dass Mascha nur die *Mondscheinsonate* spielen kann und du deshalb keine Wahl hast, aber das ist einfach nicht die passende Musik für das Stück.«

»Da muss ich dir widersprechen«, entgegnete Wolodja. »Die Sonate ist eine wunderbare Hintergrundbegleitung.«

»Nein!« Jura sprang förmlich aus seinem Sessel auf. »Weißt du überhaupt, worum es sich bei der *Mondscheinsonate* handelt? Um ein Nocturne, geballte Melancholie gewissermaßen. Darin sind derart viel Liebe und Trauer verwoben, dass sie für den Hintergrund eines patriotischen Theaterstückes über Partisanen einfach ... einfach ... ungeeignet ist!«

Nachdem seine Tirade aus ihm hervorgebrochen war, fiel Jura in den Sessel zurück. Wolodja starrte ihn an, runzelte erstaunt die Stirn, ging jedoch kein bisschen auf seine emotionale Rede ein, sondern fragte nur: »Und was schlägst du stattdessen vor?«

»Die *Appassionata*. Lass mich erklären, warum, bevor du etwas dagegen sagst. Erstens ist sie Wladimir Iljitsch Lenins Lieblingswerk gewesen, zweitens ...«

»Das ist doch ein schweres Stück. Wer soll das denn spielen?«

»Mascha ...«, platzte Jura heraus und begriff erst dann, dass Wolodja recht hatte: Niemand konnte die *Appassionata* spielen, selbst er nicht. »In Ordnung, aber dann vielleicht die *Internationale*?«

»Als Erinnerung an den heldenhaften elfjährigen Musja Pinkenson, der, wenn ich mich recht erinnere, erschossen wurde, während er auf seiner Geige die *Internationale* spielte?«

»Ganz genau.« Jura freute sich, dass auch Wolodja diese Assoziation in den Sinn kam.

»Gute Idee, ich schlage das Mascha mal vor. Die *Internationale* ist aber eine Kampf- und Siegeshymne und für den Hintergrund eher ungeeignet. Wollen wir es vielleicht erst mal bei der *Mondscheinsonate* belassen?«

»Ich habe dir doch gerade erklärt, warum sie nicht zu dem Stück passt.«

Jura holte tief Luft und wollte zu einer weiteren Tirade ansetzen, wurde jedoch unterbrochen.

Die Veranda knarzte, die Tür des Theatersaals schlug auf, und auf der Türschwelle erschien wie eine Rachegöttin Irina Petrowna. Jura hatte sie noch nie so gesehen: Ihre Augen blitzten vor Wut, und ihre Lippen waren zusammengepresst.

»Konew! Ich weiß ja nicht, was du damit erreichen wolltest, aber du hast es endlich geschafft! Herzlichen Glückwunsch!«

Irina tobte vor Wut, als sie die Treppe in den Zuschauerraum herunterkam, sie schimpfte so laut, dass Jura das Herz bis zum Hals schlug. Doch die Angst wurde sogleich von Frustration abgelöst – sie wollte ihm schon wieder für irgendwas die Schuld in die Schuhe schieben.

»Was habe ich denn jetzt schon wieder verbrochen?« Jura ging zu Irina hinüber, die zwischen zwei Sesselreihen haltgemacht hatte, und hatte angesichts der Verachtung, mit der sie ihn anblickte, den Drang, mit aller Kraft gegen einen der Zuschauersessel zu treten. Doch da war plötzlich Wolodja neben ihm und legte ihm schweigend eine Hand auf die Schulter.

Irina tobte: »Konew, wo hast du dich die ganze Nacht herumgetrieben? Warum ist Mascha erst am Morgen in ihre Baracke zurückgekehrt? Was hast du mit ihr gemacht?«

Wolodja wandte sich Irina zu und sagte mit fester

Stimme: »Irina, beruhige dich bitte und komm zur Sache. Was hat er angestellt?«

»Das geht dich gar nichts an. Da setzt man sich für ihn ein, und er dankt es einem, indem er Mädchen verführt!«

Jura verschlug es die Sprache. Auch Wolodja war fassungslos und flüsterte mit rauer und heiserer Stimme: »Er hat *was*?«

Irina schwieg erbost.

Als Jura sich halbwegs wieder gefasst hatte, sagte er aufgebracht: »Ihre Mascha ist mir komplett egal. Wie können Sie nur so was behaupten?« Er wollte ihr noch ein paar Beschuldigungen an den Kopf werfen, hielt jedoch inne, als ihm auffiel, dass Wolodja sich gerade für ihn eingesetzt hatte. Das machte sonst keiner. Er war der Böse, und basta. Verdutzt starrte er Wolodja an. Irinas Geschimpfe drang gar nicht mehr zu ihm durch.

»Ein Vorbild für alle. Angehende Komsomolzin. Kaum hat sie mit dir zu tun, geht es bergab: Sie beteiligt sich an nichts, verschläft den Frühsport, rennt mit …«

Erneut mischte sich Wolodja ein und unterbrach ihren Schwall an Beschuldigungen. »So, warte mal kurz. Irina, willst du sagen, dass Mascha nachts nicht in ihrem Zimmer war?«

»So ist es.«

»Und weil Jura auch nicht in seinem Zimmer war, nimmst du an, dass er mit ihr zusammen gewesen ist?«

»Ganz genau!«

»Hat die beiden denn jemand zusammen gesehen?«

»Nein, aber das ist doch offensichtlich!«

Dieses *offensichtlich* brachte für Jura das Fass endgültig zum Überlaufen. Wütend trat er gegen einen Zuschauersessel.

»Jura war bei mir«, sagte Wolodja wütend.

»Und schon wieder setzt du dich für ihn ein, und er bumst die vorbildlichste Pionierin der Gruppe …« Angesichts ihrer obszönen Worte klappte Jura die Kinnlade herunter.

»Ich sage dir doch, Konew war bei mir«, unterbrach Wolodja sie und hob die Hand.

»Lüg mich nicht an. War er nicht, das weiß ich genau. Ich bin an deinem Zimmer vorbeigelaufen, und da brannte kein Licht.« Irina setzte ein selbstgefälliges Lächeln auf. »Also, ich muss schon sagen, Wolodja, hast du es wirklich nötig, für dieses verkommene Subjekt zu lügen? Und nun zu dir, Konew … Ich war wirklich geduldig mit dir, aber dieses Mal hast du es zu weit getrieben. Morgen beantrage ich deinen Rauswurf.«

»Aber Irina, warte doch mal kurz. Jura war wirklich bei mir, bei mir und meinen Knirpsen. Wenn du Zeugen brauchst – von denen gibt es jede Menge. Und warum willst du jetzt was übers Knie brechen? Warten wir doch, was der Pionierleiterrat zu sagen hat.«

»Ich habe eben erst davon erfahren und bin sofort hergekommen, weil ich es so empörend finde, wie er unser Vertrauen missbraucht.«

»Warum halten Sie eigentlich nicht Mascha eine Standpauke, sondern mir? Finden Sie das richtig?«, fragte Jura dazwischen.

»Na ja, weil du … weil …«

»Weil du dich darauf eingeschossen hast, dass Jura ein notorischer Übeltäter ist«, platzte Wolodja ungehalten heraus. »Außerdem hat Jura recht: Warum rennst du eigentlich ihm hinterher und nicht Mascha? Man könnte meinen, du bist in ihn verliebt.«

Jura sank vor Schreck in einen Sessel, und Irina Petrowna straffte sich, machte kehrt und ging wortlos aus dem Saal.

Wolodja ballte die Fäuste und setzte sich in den Sessel neben Jura. Dieser fragte leise: »Denkst du, das war's jetzt für mich?«

Wolodja schüttelte den Kopf. »Wenn Irina auch nur ein Wort sagt, werde ich ihr die Meinung geigen. Das geht gar nicht. Was ist sie denn für eine Gruppenleiterin, dass sie nicht weiß, was in ihrer Gruppe vor sich geht?«

Juras Herz war von unbeschreiblicher Leichtigkeit erfüllt und war kurz davor, davonzusegeln. »Danke, Wolodja«, sagte er und legte in diese Worte so viel Dankbarkeit, wie nur irgend möglich war.

»Die Frage ist jetzt, wo zum Teufel sich diese Mascha herumgetrieben hat«, schimpfte Wolodja, ohne Juras Rührung auch nur wahrzunehmen.

Als er vom Theater zum Speisesaal lief, knurrte Jura laut der Magen. Irina und Mascha hatte er während der Probe gänzlich vergessen. Anders als Wolodja, der ihn eindringlich warnte: »So wie die Dinge liegen, darfst du kein einziges Mal vergessen, dich bei Irina abzumelden … Mascha soll eine vorbildliche Pionierin sein? Vorbildliche Pionierinnen schlafen nachts und treiben sich nicht im Lager herum …«

Als er das hörte, fiel Jura plötzlich etwas ein. »Während der Probe habe ich gehört, wie Sascha aus deiner Gruppe und Petlizyn miteinander getuschelt haben. Sie planen garantiert einen Streich.«

»Petlizyn ist doch in der zweiten Gruppe … Was hat er denn mit den ganz Kleinen zu tun?«

»Ist doch witzig, die Kleinen zu was anzustiften …«

»Das ist überhaupt nicht witzig, sondern gefährlich.«

»Ach, komm schon. Erinnere dich mal daran, wie du in diesem Alter warst! Als ob du die Kleinen kein einziges Mal zu irgendwelchem Unsinn angestiftet hast, den sie dann ausbaden mussten.«

»Tatsächlich hab ich das nie gemacht, Jura. Du etwa?«

»Natürlich nicht«, log Jura, ohne rot zu werden. Tatsächlich hatte er nichts als Unsinn im Kopf gehabt, nachdem er plötzlich zu viel Freizeit gehabt hatte.

Juras Mutter hatte ihm oft gesagt, dass die Natur die Leere verabscheue – und er hatte das am eigenen Leib erfahren. Die Leere hatte sich in ihm ausgebreitet, nachdem die Musik aus seinem Leben verschwunden war. Die Leere verschlang all seine Gefühle und hinterließ nur Nervosität und Wut. Ohne Musik war Jura einsam. Um der Leere etwas entgegenzusetzen, sammelte er Briefmarken, baute Modellflugzeuge, lötete, schnitzte und schaffte sich ein Aquarium an. Doch alles kam ihm langweilig und öde vor. Auf der Suche nach Aktivitäten, die ihm die Freude zurückzubringen vermochten und den Sinn seiner Existenz aufscheinen ließen, kam er mit Kindern aus seinem Wohnblock in Kontakt, die man ganz sicher nicht als langweilig bezeichnen konnte. Die Clique vertrieb sich die Zeit mit Aktivitäten, die Jura sinnlos vorkamen. Welchen Nutzen hatte er davon, Kartentricks und verschiedene Gaunereien, obszöne Lieder und Gedichte zu lernen, in den Hauseingängen des Viertels die Glühbirnen rauszudrehen und Schimpfwörter verschiedenster Couleur auswendig zu lernen? Auch in der Schule ein paar Karbid- oder Stinkbomben hochgehen zu lassen, gehörte nicht zu seinen liebsten Beschäftigungen.

Natürlich brachten ihm die Jungs auch harmlosere Streiche bei, die er im Ferienlager gut gebrauchen konnte. Letztes Jahr hatte deswegen jeder Morgen mit einer lustigen Überraschung angefangen. Mal wurde jemand an die Matratze gebunden und mit eiskaltem Wasser übergossen. Am nächsten Morgen wurde jemand unter Schreien wach gerüttelt, die Baracke stürze ein, er solle fliehen. Man warf demjenigen ein Laken aufs Gesicht, und natürlich schrie das Opfer wie am Spieß und wähnte sich schon lebendig begraben. Ein anderes Mal versteckten er und seine Ferienlagerclique sich unter dem Waschbecken und banden, sobald sich jemand über ihnen das Gesicht wusch, demjenigen die Schnürsenkel zusammen, sodass der Pechvogel nach nur wenigen Schritten aufs Gesicht fiel. Und dann waren da noch die nächtlichen Klassiker, also so was wie Schlafende mit Zahnpasta zu beschmieren, den Boden vor der Dusche mit Butter einzuschmieren oder eine Gruselgeschichte zu erzählen, in der eine Mumie vorkam, und dann jemanden mit um den Kopf gewickeltem Mullverband ins Zimmer kommen zu lassen. Die Kinder hatten einen Mordsspaß, aber Jura selbst langweilte sich schon bald zu Tode.

Dass diese Späße nun quasi zum allgemeinen Lagerrepertoire gehörten und auch in diesem Jahr Nacht für Nacht wiederholt wurden, ging nicht nur Jura auf den Zeiger. Wolodja, nicht so sicher im Umgang mit seiner Jungstruppe, war mit den Nerven am Ende.

Nach dem Abendessen fischte Wolodja Jura aus der Menge heraus und fragte: »Magst du heute Abend vielleicht zu uns kommen? Ich wollte dich fragen, ob du …«

»Was denn?«

»Ich mache mir Sorgen. Falls die das mit der Zahnpasta vorhaben … Die sind doch noch viel zu klein und wissen nicht, dass sie dabei andere verletzen könnten.«

Jura grinste: »Eigentlich beschmiert man vor allem die Handgelenke und die Ellenbeugen. Aber vor zwei Jahren hat mir irgendein Schlaumeier Zahnpasta ins Auge geschmiert. Es hat so gebrannt, dass ich dachte, ich erblinde. Hinterher bin ich eine Woche mit entzündetem Auge rumgelaufen.«

Wolodja erbleichte, und Jura bereute sofort, ihm davon erzählt zu haben.

»Aber mach dir keine Sorgen«, versuchte er, ihn zu beruhigen. »Wir kennen die hinterhältigen Pläne der kleinen Ganoven …«

»Wir müssten ihnen klarmachen, dass man Augen, Ohren und Nase nicht beschmieren darf. Deshalb habe ich mir Folgendes gedacht: Lass uns ihnen eine Gruselgeschichte erzählen, die vor Zahnpasta warnt.«

»So, so … Warst du nicht gestern noch dagegen, dass ich deine Knirpse in Angst und Schrecken versetze?«

»Ich hab meine Meinung eben geändert. Mir ist lieber, sie pinkeln vor Angst ins Bett, als dass jemand erstickt oder sich die Schleimhäute verätzt.«

Jura kratzte sich nachdenklich am Kinn. »Was kann man denn so an Gruseligem über Zahnpasta erzählen?«

»Bis zur Nachtruhe ist noch Zeit, uns fällt schon was ein.«

»Ptschjolkin«, flüsterte Wolodja so laut wie nur möglich und beugte sich über das Bett des Jungen. »Setz dich mal auf.«

»Was ist denn schon wieder los? Warum denn?«, grummelte der Kleine und setzte sich brav auf.

»Darum!« Wolodja griff unter das Kopfkissen des Kleinen, zog eine Zahnpastatube hervor und hielt sie triumphierend hoch. Dann ließ er seinen Blick über die Bettreihen schweifen. »Wer außer Ptschjolkin hat etwas unter seinem Kopfkissen versteckt? Sascha, du vielleicht?«

»Warum immer ich!?«, piepste es beleidigt aus der zweiten Bettreihe.

»Weil du immer so außerordentlich brav bist.« Jura hatte es sich auf einem freien Bett neben dem Fenster bequem gemacht und beobachtete das Geschehen.

»Leute«, sagte Wolodja mit erhobenem Zeigefinger. »Wagt es ja nicht, andere mit Zahnpasta zu beschmieren. Das kann schnell gefährlich werden, wisst ihr?«

Die Reaktion der Kinder beschränkte sich auf ein paar träge *Mhms* und *Klars*. Wolodja seufzte und holte Luft, um noch etwas hinzuzufügen, als auf dem Flur ein gellender Schrei zu hören war – gefolgt von Getrampel, Schluchzen und einer zuschlagenden Tür.

»Ich bin gleich wieder da.« Wolodja eilte zur Tür und rief: »Jura, pass du auf sie auf.«

»Du-hu, Jura ...«, sagte Oleschka, als die Zimmertür hinter Wolodja ins Schloss gefallen war.

»Was ist denn, du Held?«

»Du hast uns eine Gruselgeschichte versprochen.« – »Ja, Jura, los.« – »Erzähl uns eine neue Gruselgeschichte.«

Jura seufzte und verschränkte die Arme vor der Brust.

»Ich weiß nicht«, sagte er zögerlich. »Wolodja hat mir gestern verboten, euch Gruselgeschichten zu erzählen. Er sagt, dass ihr dafür noch zu klein seid. Und das seid ihr tatsächlich. Ihr habt es nicht mal geschafft, den Streich mit der Zahnpasta anständig zu planen ...«

»Woher hätte ich denn wissen sollen, dass er unter

meinem Kissen nachschaut«, rechtfertigte sich Ptschjolkin.

»Das war doch klar, nachdem du es durch den ganzen Speisesaal geschrien hast«, erwiderte Jura.

»Das war ich gar nicht. Das war Sascha«, konterte Ptschjolkin.

»Dafür habe ich meine Zahnpasta noch«, antwortete der Angeklagte und fuchtelte mit der Tube über seinem Kopf herum.

»Steck das weg«, sagte Jura und fügte mit bedrohlichem Unterton hinzu: »Du kannst dir gar nicht vorstellen, was für schreckliche Dinge in der *Schwalbe* mit Witzbolden wie dir passieren, die andere mit Zahnpasta beschmieren. Ich habe es selbst gesehen …«

Im Raum herrschte plötzlich absolute Stille. Nur ein kleines Rascheln war zu hören, als Sascha die Tube unter seinem Kissen versteckte.

»Was passiert denn mit ihnen, Jura?« Oleschka blickte ihn ängstlich an.

»Was hast du gesehen?«, fragte Ptschjolkin herausfordernd, hatte aber auch ein leichtes Zittern in der Stimme.

Jura kniff die Augen zusammen und ließ seinen Blick durch den Raum schweifen.

»Seid ihr sicher, dass ihr das wirklich wissen wollt?«

Wieder war es mucksmäuschenstill im Schlafsaal. Dann war ein unsicheres *Ja* zu hören.

»In Ordnung. Aber sagt hinterher nicht, ich hätte euch nicht gewarnt. Das ist wirklich ziemlich gruselig. In der *Schwalbe* spukt nachts der Geist der Gräfin, von der ich euch gestern erzählt habe, umher. Ich habe irgendwo gelesen, dass hier an diesem Ort, wie sagt man doch gleich … genau, dass hier paranormale Phänomene besonders stark ausfallen. Und deshalb zieht dieser Ort alle Arten von jenseitigen Kräften und bösen Geistern an … Vor allem in der Nacht, ist ja klar.«

Im Bett neben ihm klapperten jemandes Zähne, das Gesicht dazu sah er nicht, weil es unter der Decke versteckt war.

»Und, gruselt ihr euch schon?«

»Na ja-a-a …«, stammelte jemand im Nachbarbett auf seiner anderen Seite.

»Überhaupt nicht«, sagte Sascha selbstsicher.

»Erzähl weiter«, fügte Ptschjolkin hinzu.

Jura lauschte der Stille im Raum, ließ die Jungs noch ein wenig zappeln und begann, im Flüsterton zu erzählen.

»Vor vier Jahren kam ein Mädchen namens Nina in die *Schwalbe*. Sie war ein ganz gewöhnliches Mädchen. Es gab nichts Auffälliges an ihr, außer vielleicht ihre Augen. Sie waren groß, blau und strahlend wie der Himmel.«

»Kanntest du sie?«, unterbrach ihn Oleschka.

»Natürlich«, erwiderte Jura sofort. »Ich war mordsverliebt in sie. Aber sie hat mich gar nicht beachtet, weil ich damals nur wenig älter als ihr war und sie fünfzehn, fast erwachsen sozusagen. Also … Nina war ein stilles Mädchen und schaffte es einfach nicht, Freundschaften zu schließen. Die anderen fingen an, sie zu hänseln, und dachten sich sogar einen Spottnamen für sie aus – *Fledermaus*.«

Die Kinder kicherten.

»Eines Nachts beschlossen Ninas Zimmergenossinnen, die Jungs mit Zahnpasta zu beschmieren. Für die Älteren ist das ja eine Art Tradition: Wenn man nicht mit Zahnpasta beschmiert worden ist, heißt es, war der Lageraufenthalt umsonst.«

Die Kinder begannen zu tuscheln und bestürmten Jura von allen Seiten mit Fragen: »Wurdest auch du mit Zahnpasta beschmiert?« – »Wurde Wolodja beschmiert?« – »Hast du jemanden beschmiert?« Jura forderte die Kinder auf, leise zu sein, und fuhr fort: »Nun, Nina wurde natürlich nicht gefragt, ob sie mitmachen wolle. Sie war sehr traurig, als sie hörte, wie die Mädchen um sie herum kicherten und sich über ihre nächtlichen Streifzüge in die Jungszimmer austauschten. Niemand weiß, ob Rachedurst Nina antrieb oder der Wunsch, dazuzugehören, aber in der nächsten Nacht verbrauchte sie ihre ganze Zahnpastatube, um es den Mädchen in ihrem Zimmer so richtig zu zeigen. Aber weil Nina noch nie bei solchen Streichen mitgemacht hatte, kannte sie die Spielregeln nicht. Sie wusste zum Beispiel nicht, dass man auf gar keinen Fall Zahnpasta in die Haare schmieren darf, weil sie fest wie Beton wird und sich so schwer auswaschen lässt, dass man die gesamten Haare abschneiden muss. Und so kam es dann auch: Am Morgen bekamen gleich zwei ihrer Opfer die Zahnpasta nicht mehr aus ihren langen Haaren herausgewaschen. Natürlich hatten die empörten Mädchen die Jungs in Verdacht und beschlossen, grausame Rache zu üben. Doch dann bemerkte jemand, dass Ninas Zahnpastatube fast leer war und Fledermaus als Einzige im Zimmer verschont geblieben war. Den ganzen Tag hörte Nina, wie die Mädchen tuschelten und scheinbar ihren Rachefeldzug gegen die Jungs besprachen. In der Nacht traf es jedoch die ahnungslose Nina. Sie wachte davon auf, dass ihr Gesicht stark brannte. Als sie es verschlafen rieb, verätzte sie sich die Augen und konnte nichts mehr sehen. Aber keines der anderen Mädchen kam ihr zu Hilfe, sie hörte nur, wie alle um sie herum kicherten. Ohne etwas sehen zu können, sprang sie auf, tastete sich aus dem Zimmer und rannte jammernd aus der Baracke.« Jura legte eine theatralische Pause ein und holte tief Luft. »Am nächsten Morgen machte die dritte Gruppe, die als erste zum Frühsport erschienen war, eine schreckliche Entdeckung: Ninas Leiche trieb im Schwimmbecken, mit dem Gesicht nach unten. Sie trug ihren weißen Schlafanzug, ihre Arme waren zur Seite gestreckt, und ihre Haare waren auf der Wasseroberfläche ausgebreitet. Als die eilig herbeigerufene Lagerleitung Nina aus dem Wasser zog und umdrehte, konnten alle Umstehenden sehen, dass anstelle ihrer schönen blauen Augen zwei rote, ausgebrannte Löcher klafften.«

»Das ist ja furchtbar!«, piepste jemand erschrocken in der Zimmerecke. »Was hatte sie denn nachts im Schwimmbecken zu suchen?«

»Nun ja, sie hatte ja nichts sehen können, so sehr haben ihre Augen gebrannt. Sie ist blind durchs Lager gerannt und ins Schwimmbecken gefallen. Außerdem war Nina eine schlechte Schwimmerin. Sie ist ertrunken.«

»Jura, hast du das alles wirklich gesehen?«

»Die Geschichte geht noch weiter«, unterbrach Jura das Getuschel um sich her. »Um kein Aufsehen zu erregen, wurde der Vorfall vertuscht, der Lagerdurchgang wurde verkürzt, und alle wurden nach Hause geschickt. Aber die Gerüchte ließen sich nicht zum Verstummen bringen. Es wird erzählt, dass Pioniere und Gruppenleiter, die sich nachts am Schwimmbecken aufhalten, und zwar genau um drei Uhr und siebzehn Minuten, ein bläuliches Schimmern über der Wasseroberfläche sehen können. Es hängt für exakt vier Minuten in der Luft, löst sich dann auf und schwebt zu den Baracken der älteren

Gruppen. Und in solchen Nächten gehen dort merkwürdige Dinge vor sich: Am Morgen wacht jemand mit Zahnpasta beschmiert auf, mal hat er es auf den Wangen, mal auf der Stirn. Und immer handelt es sich um eine ganz bestimmte Person – den Gruppenclown. Die Schmierereien in seinem Gesicht sind eigenartig, als ob jemand versuchen würde, die Augen zu beschmieren, sie aber nicht treffen könnte.

Anschließend erzählen die Opfer von ein und demselben Traum: Sie hätten Wasserplätschern gehört und gespürt, wie jemand ihr Gesicht zu streicheln begann. Dann habe eine sanfte Mädchenstimme gerufen: *Komm mit, ich habe Zahnpasta …* Und alle sind davon überzeugt, dass es Ninas Geist ist, der in diesen Nächten durch das Lager spukt und jemanden zum Spielen sucht. Man munkelt, dass Nina sich diejenigen aussucht, die ein bisschen laut sind und für jeden Spaß zu haben. Sie will etwas erleben und sich gleichzeitig für das rächen, was ihr zugestoßen ist. Deshalb lädt sie ihr Opfer erst zum Spielen ein, und wenn es nicht aufwacht, beschmiert sie es mit Zahnpasta. Sie will seine Augen treffen, schafft es jedoch nie, weil ihre Augen verätzt sind und sie blind ist.«

»Nina holt sich ihre Opfer doch nur aus den älteren Gruppen«, wandte Sascha ein.

»Da wäre ich mir nicht so sicher«, erwiderte Jura. »Immerhin heckt ihr allerhand üble Späße aus … Seid also lieber vorsichtig mit der Zahnpasta.«

»Kann man damit wirklich jemandem die Augen verätzen? Ich dachte, man schmiert Zahnpaste in die Ellenbeuge.«

»Du kannst ja mal Nina beschwören und es herausfinden.«

»Ich bin doch nicht blöd!«

»Sehe ich genauso. Also merkt euch, dass man Augen, Nase, Ohren und Haare auf keinen Fall beschmieren darf.« Jura stand vom Bett auf und streckte sich.

»Warum denn Nase und Ohren?«, fragte Oleschka.

»Denk doch mal nach. Die Zahnpasta trocknet aus und verstopft die Atemwege. Und aus dem Ohr ist sie besonders schwer rauszubekommen. Aber jetzt haben wir genug geplaudert. Ich mache mich mal auf die Suche nach Wolodja. Und ihr bleibt in euren Betten und macht keinen Unfug, Oktoberkinderehrenwort?«

»Oktoberkinderehrenwort!«, kam einstimmig die Antwort.

Auf dem Weg zur Tür blieb Jura an Saschas Bett stehen und griff unter dessen Kopfkissen.

»Das hier nehme ich vorsichtshalber mit«, sagte er und zog die Zahnpastatube darunter hervor. »Nicht dass du auf dumme Gedanken kommst.«

»Kannst du machen, ich habe es mir sowieso anders überlegt. Ich werde lieber keinen beschmieren«, grummelte der Knirps vor sich hin.

Im engen Flur war es stockdunkel. Jura tastete sich zur Tür des Mädchenzimmers vor, öffnete sie vorsichtig einen Spalt und warf einen Blick hinein. Es war still. Die Mädchen schliefen tief und fest, doch weder Lena noch Wolodja war im Raum. Jura drehte sich um und schlich auf Zehenspitzen zu dem Zimmer, in dem Wolodja und der Sportbeauftragte Schenja einquartiert waren.

Das Zimmer lag am Ende des dunklen Flurs. Die Hand nicht vor Augen sehend, ging Jura auf den Lichtschein zu, der als dünner Streifen unter der Tür hindurchdrang. Er hatte sich schon immer gefragt, wie die Gruppenleiter untergebracht waren. Insbesondere Wolodja. Und nun hatte er endlich einen guten Grund, ihm einen Besuch abzustatten.

Als er vor dem Zimmer stehen blieb, hörte er ein Flüstern, das er Sport-Schenja zuordnen konnte: »Aber Lena hat mich aufgefordert.« Jura schlussfolgerte, dass die Disco bereits vorbei war, denn der Sportbeauftragte hatte für gewöhnlich Aufsicht. Er machte einen Schritt nach vorne, wollte klopfen, doch die Tür war nicht zu gewesen und ging ein Stück auf, sodass Jura ins Zimmer blicken konnte.

Das Erste, was er sah, war ein Bett, auf dem ordentlich eine braune Tagesdecke lag. Über dem Bett hing ein Plakat der sowjetischen Rockgruppe *Maschina Wremeni*. Dann fiel sein Blick auf den Nachttisch. Darauf lag Wolodjas Notizbuch und sein Brillenetui. Daneben standen ein Wasserglas und eine Flasche Baldrian. Wolodja schien jedoch nicht da zu sein. Jura machte einen Schritt zurück und wollte gerade gehen, als er Schenja erneut flüstern hörte: »Es war doch nur ein Tanz.« Jura warf einen Blick hinter die Tür und sah den breiten Rücken und kurz geschorenen Hinterkopf des Sportbeauftragten vor sich. Schenja kniete vor dem zweiten Bett, auf dem tränenüberströmt Irina Petrowna lag. Ihr grüner Rock reichte ihr bis zu den Knöcheln, und ihr rotes Halstuch war auf ihrem weißen Rollkragenpullover zur Seite gerutscht. Ihre Haare, die sie stets zum Pferdeschwanz gebunden trug, waren ganz zerzaust. Sport-Schenja erhob sich, flüsterte ihr etwas ins Ohr, und Irina beugte sich zu ihm hin, umarmte ihn und gab ihm einen Kuss.

»Das gibt's doch nicht!«, flüsterte Jura fassungslos.

Er griff den Türknauf und wollte die Tür schließen

und das Liebespaar vor fremden Blicken beschützen – nicht dass die Kinder die beiden sahen. Als er jedoch die Tür zuziehen wollte, stieß er mit dem Ellenbogen an den Türpfosten. Irina schrak hoch, die Tür schlug zu, und dahinter war Gewusel zu hören.

»Und so was will eine gute Gruppenleiterin sein?«, schimpfte Jura, als er die Baracke der Kleinen verließ. Auch wenn er nichts falsch gemacht hatte, fühlte er sich unwohl und wollte so schnell wie möglich weg. »Irina soll sich gefälligst um ihre Gruppe kümmern … Wie kann Wolodja so einen Unfug überhaupt dulden?«

Draußen traf er auf Wolodja, der ein schluchzendes Mädchen im Schlepptau hatte, auf das er freundlich beschwichtigend einflüsterte. Er schien Jura gar nicht zu sehen, sondern sagte nur: »Lena, ich habe sie gefunden.« Aus der Dunkelheit hörte man die zittrige Stimme der zweiten Gruppenleiterin: »Da bin ich aber froh!«

Jura beschloss, dem Erziehungsdrama fernzubleiben, und winkte Wolodja zum Abschied zu. Dieser antwortete mit einem Nicken und verschwand im Gebäude. Jura ging auf Umwegen zu seiner Baracke zurück, wo Irina schon auf ihn wartete. Sie stand vor der Veranda und war so rot wie die Petunien, die zu beiden Seiten des Einganges angepflanzt waren.

»Jura, auf ein Wort«, sagte sie leise.

»Worum geht's?«, fragte er trocken.

Irina, die für gewöhnlich ein souveränes Auftreten hatte, trat so unsicher von einem Fuß auf den anderen, dass sie ihm beinahe leidtat.

»Ich habe nichts gesehen«, sagte er mit Nachdruck und tippte mit der Spitze seines Turnschuhs auf die Ziegelsteine, die das Blumenbeet umgaben.

Irina atmete erleichtert auf. »Ich bin so froh, dass wir uns verstehen. Natürlich hast du alles gesehen. Und ja, ich verstehe, dass dieses Lager nicht der richtige Ort dafür ist, immerhin sind hier überall Kinder. Aber du bist ja schon erwachsen. Und weißt du, wir …«, setzte sie an, sich zu rechtfertigen, aber Jura unterbrach diesen unangenehmen Monolog: »Lassen Sie mal gut sein, Irina Petrowna. Die Erwachsene hier sind Sie, und ich … ich will eigentlich nur schlafen gehen. Wolodjas Bande hat mir den letzten Nerv geraubt.«

Mit diesen Worten ging er an ihr vorbei, stieg die Veranda hoch, ging in sein Zimmer und legte sich ins Bett.

Natürlich war ihm im Grunde egal, was Irina und Sport-Schenja trieben. Doch eins war klar: Jetzt würde sie sich ganz sicher nicht mehr trauen, ihn wegen irgendwas zu beschuldigen. Gut so.

Beim Einschlafen dachte Jura schon lange nicht mehr an Irina, sondern wieder einmal an Wolodja. Er bedauerte, dass sie sich nicht verabschiedet hatten. Aber das war nicht so schlimm – schließlich würden sie sich am nächsten Tag wiedersehen und sich eine neue Gruselgeschichte einfallen lassen, die noch besser sein würde als die heutige, die ja wirklich eher didaktisch als erzählerisch wertvoll gewesen war. Wie schön es sein würde, mit Wolodja auf dem Karussell zu sitzen, zu plaudern und sich gemeinsam etwas auszudenken. Jura konnte es kaum erwarten. In Gedanken an den morgigen Tag, an das Karussell und Wolodja und wie er nachdenklich auf seinem Stift herumkaute, schlief er ein.

Ihm kam es so vor, als wäre nur eine Sekunde vergangen, da rüttelte ihn Wanja an der Schulter.

»Komm kurz mit raus. Jemand will mit dir sprechen.«

»Doch nicht schon wieder Irina?«, grummelte Jura, schälte sich aus dem Bett und tastete nach seinen Kleidern.

»Nein, Wolodja.«

»Wolodja?« Jetzt war Jura hellwach.

Als er nach draußen trat, sah er Wolodja am Blumenbeet auf einer der Bänke sitzen. Über der Veranda irrlichterte eine Motte um die Deckenlampe herum und warf flüchtige Schatten. Jura sog die frische Luft ein und stieg die Treppe hinunter. Die Nacht roch nach feuchten Tannennadeln und Blumen.

»Ich wollte nur kurz mit dir reden.« Wolodja stand auf. Als er Juras zerknautschtes Gesicht sah, fragte er besorgt: »Habe ich dich etwa geweckt?«

»Nein, ist schon gut«, murmelte Jura und strich seine zerzausten Haare glatt. »Ist was passiert?«

»Nein, ich wollte mich nur anständig von dir verabschieden. Wir sind ja leider nicht dazu gekommen …«

»Wo warst du denn so lange?«, fragte Jura und ließ sich auf die Bank fallen.

»Ich habe eine Ausreißerin gesucht.«

»Ein Mädchen ist abgehauen?«

»Ja, stell dir vor. Julia. In diesen Ferien sind viele aus meiner Gruppe zum ersten Mal so weit weg von zu Hause. Und Julia kann sich einfach nicht an das Lagerleben gewöhnen. Sie hat keine Freunde und schlimmes Heimweh. Und heute hat sie dann beschlossen, auf eigene Faust nach Hause zu gehen, hat sich aber verlaufen und ist nicht weit gekommen. Sie war heilfroh, als ich sie aufgabelte.«

»Aber warum hast du mir nicht Bescheid gegeben? Ich hätte dir beim Suchen geholfen.«

»Jemand musste doch nach den Jungs sehen. Aber

mach dir keine Sorgen. Erstens werden wir morgen Julias Eltern in der Fabrik anrufen, damit sie ihre Stimmen wenigstens am Telefon hört. Und zweitens ist ja bald Elterntag. Ihre Mutter kommt und beruhigt sie oder nimmt sie vielleicht sogar mit nach Hause. Das wäre in dem Fall vielleicht das Beste.«

»Verstehe …«

Ihr Gespräch stockte. Nicht weil ihnen ihr Aufeinandertreffen unangenehm war … Sie hatten einfach nur keine Lust, zu reden. Dafür war es hier viel zu ruhig und zu schön: Die Grillen zirpten in der Nachtkühle fröhlich vor sich hin, während aus der Ferne das traurige Heulen eines Hundes oder vielleicht auch eines Wolfes zu hören war. Jura wusste nicht genau, ob das alles gerade real war und nicht ein Produkt seiner schlaftrunkenen Fantasie. Er hätte schwören können, dass er sogar eine Eule rufen hörte. Das einzige Geräusch, das dieser Nacht fehlte, war das Knistern eines Lagerfeuers.

»Denkst du, dass die Gruselgeschichte sie auch wirklich abschrecken wird?«, durchbrach Wolodja schließlich die Stille.

»Eher nicht«, erwiderte Jura mit einem Lächeln. »Ich fürchte, dass sie jetzt dringend ausprobieren wollen, ob Zahnpasta, wenn man sie in die Haare schmiert, auch wirklich hart wie Beton wird.«

»Wenn es nur die Haare sind, kann ich damit leben. Aber hoffentlich nicht die Nase oder die Augen.«

Der Himmel lag wie ein sanftes dunkles Tuch über dem Lager. Darin erstrahlte die Milchstraße in ihren unzähligen glitzernden Sternen. Jura hätte gerne ein Teleskop gehabt, um fremde Galaxien auszuspähen. Zu gern hätte er sich auch einen Kindheitstraum erfüllt und den

Kleinen Prinzen auf dem Asteroiden B-612 gesehen. Es waren Sommernächte wie diese, die ihn an Märchen glauben ließen.

Doch er konnte nicht lange in der Schönheit des Himmels schwelgen. Nach ein paar Minuten stand Wolodja seufzend auf. »Ich muss ins Bett. Ich darf auf keinen Fall zu spät zur Morgenbesprechung kommen.«

Jura stand ebenfalls auf, woraufhin ihm Wolodja seine linke Hand auf die Schulter legte. Jura war überzeugt, dass er ihm männlich einen Schulterklopfer verpassen würde. Doch stattdessen drückte er die Schulter ein paarmal. Dann ließ er los und streckte Jura zum Abschied die Rechte entgegen.

»Danke für alles«, flüsterte er seltsam verlegen.

»Ich versuche morgen wieder, der Nachtruhe zu entwischen«, platzte Jura heraus. »Treffpunkt Karussell?«

Wolodja grinste, schüttelte den Kopf und sagte nach einer Weile, in der er offensichtlich mit sich gerungen hatte: »Abgemacht.«

Ihr Händedruck dauerte lange. Aber als Wolodja seine Hand zurückzog, war Jura enttäuscht. Zuvor hatte er nie darüber nachgedacht, dass, wenn er jemandem die Hand schüttelte, er diese Person ja berührte. Doch in diesem Moment wurde es ihm bewusst. Und außerdem wurde ihm klar, dass er Wolodjas Hand viel, viel länger halten wollte.

Doch er war zu müde, um darüber nachzugrübeln, warum das so war und was es zu bedeuten hatte. Er musste einfach nur schnell einschlafen, weil umso schneller der kommende Tag begann.

Also ging er hinein, wickelte sich in seine dünne Decke und sank in den Schlaf.

KAPITEL 6

Intime Gespräche

Das Karussell avancierte schon bald zu ihrem Treffpunkt. Wolodja kam nach dem Mittagessen hierher, wenn die Kleinen Mittagsruhe hielten, oder am Abend, sobald er alle in den Betten hatte. Jura wartete dann meist schon auf ihn. Er hatte Gefallen daran gefunden, auf dem Karussell zu sitzen, sich zu drehen, mit leichtem Schwindel in die Leere zu starren und nachzudenken. Und ihm gefiel umso mehr, dass Wolodja sich neben ihn setzte und mit ihm gemeinsam schweigend in die Ferne blickte. So zusammenzusitzen war zugleich aufregend und behaglich. Mit Wolodja fühlte Jura sich wohl, wie als Kind bei seiner Großmutter auf dem Bauernhof.

Die letzten Abende waren unschlagbar gewesen, da hatten Wolodja und er sich nach der Theaterprobe Gruselgeschichten ausgedacht. Lena hatte solange Wolodjas Gruppe bespaßt. Einmal waren sie so vertieft gewesen, dass sie den Beginn der Nachtruhe verpassten.

Die erste Woche im Lager war bereits vergangen. Das verkündete Mitja in seiner morgendlichen Durchsage über den Lagerfunk – als ob die Pioniere das nicht selber wüssten.

Diesen Tag würde Jura nie vergessen: Sie hatten wie üblich nebeneinander auf dem Karussell gesessen, und irgendwann hatte Wolodja auf sein Gesicht gedeutet und ihn gefragt: »Wie hast du dir denn diese Narbe zugezogen?«

Es war still auf dem Spielplatz – Mittagsruhe. Jura war ihr wie üblich entflohen, woraufhin Wolodja als verantwortungsvoller Gruppenleiter ihn ermahnt hatte, in die Büsche zu springen, falls ihm jemand auf seinem Weg zum Spielplatz begegnen sollte. Auch Wolodja musste aufpassen, da manchmal überprüft wurde, ob die Gruppenleiter auch wirklich bei ihren Schützlingen waren. Doch Wolodja war auf der sicheren Seite. Lena und er wechselten sich ab, in der Mittagsruhe war sie bei ihnen, zu Beginn der Nachtruhe, wenn Lena zur Disco wollte, er. Und das war auch jetzt so.

Jura fasste sich ans Kinn und ertastete die alte Narbe an seiner Unterlippe.

»Ich wurde mal von Schlägertypen bedrängt. Sie waren zu dritt, ich war alleine. Und dann …« Er stockte. Bisher hatte er allen immer diese Geschichte aufgetischt, in der er der mutige Knirps war, der sich auf der Straße Raufbolden entgegengestellt und eine geplatzte Lippe kassiert hatte. Doch aus irgendeinem Grund wollte er Wolodja die Wahrheit sagen. »Ähm … in Wirklichkeit bin ich mit elf von der Schaukel gefallen. Ich war ganz schön weit oben und wollte die Nachbarsmädchen beeindrucken. Also ließ ich los und … na ja, ich flog von der Schaukel, hab mich überschlagen, schlitterte ein paar Meter über den Sand und schlug mit dem Kinn gegen die Sandkastenbegrenzung. Es hat geblutet wie irre. Mein Vater musste die Wunde nähen. Keine tolle Geschichte.«

Jura war überzeugt, dass Wolodja ihn auslachen würde,

doch dieser lächelte nur freundlich. »Dafür weißt du jetzt, wie sich Fliegen anfühlt. Wie Karlsson.«

Jura lächelte unwillkürlich. Wie seltsam dieser Wolodja doch war, viel zu freundlich und verständnisvoll. Sogar Jura hätte sich ganz sicher über sich selbst lustig gemacht.

»Unser Karlsson ist Sascha. Und ich bin …«

»Juri Gagarin, der erste Mann im Weltraum?«

»Höchstes Waleri Tschkalow, der tollkühne Bruchpilot. Besonders weit bin ich ja wirklich nicht geflogen.« Jura grinste herausfordernd. »Jetzt du. Ich habe dir ein Geheimnis verraten, jetzt will ich auch eins von dir hören.«

Wolodja hob überrascht die Augenbrauen. »Was soll ich erzählen?«

»Aus welchem Grund bist du Pionierleiter geworden? Es ist doch offensichtlich, dass du nicht so gut mit Kindern kannst.«

»Hm …« Er dachte über die Frage nach, schob seine Brille zurecht, seufzte und kam schließlich mit einem Satz um die Ecke, der wie einstudiert klang: »Es ist ein guter Weg, um Erfahrungen zu sammeln … und um ein Empfehlungsschreiben für den Eintritt in die Partei zu bekommen.«

Jura seufzte. Vor einer Woche, auf dem ersten Appell, hätte er noch geglaubt, dass es dem tollen Streber-Wolodja, einem linientreuen Komsomolzen, um nichts anderes als seine Parteikarriere ging. Aber inzwischen kannte er ihn besser.

»Du machst das schon wieder! Ein Empfehlungsschreiben für die Partei? Das glaubst du doch selbst nicht.«

Wolodja zögerte und rückte erneut an seiner Brille herum, obwohl sie perfekt saß.

»Na ja, nicht nur. Um ehrlich zu sein, war ich schon

immer eher schüchtern. Mir fällt es schwer, auf Menschen zuzugehen. Und Kinder sind so direkt und … Meine Mutter arbeitet als Erzieherin in einem Kindergarten und hat mir geraten, mich als Pionierleiter zu engagieren. Sie meinte, dass mir das meine Scheu nehmen könne. Du hast einen viel besseren Draht zu den Jungs. Ohne dich wäre ich aufgeschmissen.«

Jura drückte stolz den Rücken durch und sagte gönnerhaft: »Das ist unser gemeinsames Verdienst. Um ehrlich zu sein, gebe ich mich auch nicht besonders gerne mit Kindern ab und hab von Tuten und Blasen keine Ahnung. Aber ich stehe dir gerne zur Seite. Ach ja, bevor ich es vergesse: Gestern nach dem Abendessen saß Oleschka heulend auf der Veranda. Ich also hin zu ihm und ihn gefragt, was passiert ist. Es stellte sich heraus, dass die Jungs ihn die ganze Zeit wegen seinem nicht gerollten R hänseln, und jetzt, wo er eine wichtige Rolle hat, ist es richtig schlimm. Sie machen ihn runter, sagen, dass er es nicht schaffen wird.«

»Wer sagt das denn?«

»Das wollte er nicht sagen. Aber er war sehr traurig. Na ja, es stimmt ja schon, dass er einige Wörter nicht aussprechen kann, Partisan, Kriegstreiber und so …«

»Ein Hauptdarsteller, der das R nicht rollen kann«, murmelte Wolodja. »Na ja, die Hauptrolle spielt er nicht direkt, aber er hat eine Menge Text. Er hat mich so dringlich um diese Rolle gebeten, und irgendwie dachte ich, dass er das schon irgendwie hinkriegt. Er ist wirklich ein guter Kerl, will immer alles richtig machen. Wir müssen uns was einfallen lassen. Die Rolle muss er unbedingt behalten. Sonst wäre er am Boden zerstört, so viel Mühe, wie er sich gibt. Irgendwelche Ideen?«

»Hab ich wirklich. Ist zwar nur eine Notlösung, aber ich würde vorschlagen, dass wir, solange er seinen Text noch nicht auswendig gelernt hat, seine Passagen umschreiben und weitgehend alle Wörter mit Rrrr rausnehmen.«

Wolodja war einverstanden, und so machten sie sich daran, nach passenden Synonymen zu suchen, was kniffliger war als gedacht, sodass sie nach einem Tag kaum vorangekommen waren. Wolodja fragte, ob Jura damit einverstanden wäre, wenn er versuchen würde, ihn für diese Arbeit von der Mittagsruhe freizustellen. Einzige Bedingung: Jura müsste naturgemäß in dieser Zeit unter Wolodjas Aufsicht stehen.

Jura freute sich so sehr, dass er auf dem Karussell, das sich mit Ächzen und Quietschen wehrte, auf und ab sprang.

»Natürlich! Natürlich bin ich einverstanden!«

Nun würde er mittags nicht mehr zwei Stunden lang ohne Beschäftigung herumliegen und an die Decke starren. Aber was noch viel wichtiger war: Diese Zeit würde nur Wolodja und ihm gehören, ihnen allein! Seine Freude verflog, als er an das Näseln Olga Leonidownas und ihre Ermahnungen denken musste: *Die Kinder müssen immer beschäftigt werden, und die Gruppenleiter müssen jederzeit wissen, wo sich ihre Schützlinge aufhalten.* Seine Gruppenleiterin war schließlich Irina und nicht Wolodja. Jura war niedergeschlagen. Niemals würde Irina ihn von der Mittagsruhe freistellen. Warum machte ihm Wolodja falsche Hoffnungen?

»Viel Text ist das nicht«, dachte Wolodja unterdessen laut, »aber dieses alte Stück umzuschreiben, ist schwierig und verantwortungsvoll, und wir müssen schnell durchkommen. Grob geschätzt wird das sechs oder acht Stunden dauern, aber wann habe ich schon so viel Zeit? Auf jeden Fall nicht während der Proben, und wenn ich meine fünfte Gruppe betreue, schon gar nicht.«

»Aber selbst wenn wir für die Überarbeitung des Stückes grünes Licht bekommen, wirst du mich wohl kaum von der Mittagsruhe freistellen können«, sagte Jura frustriert.

Wolodja grinste. »Ich verrate dir jetzt mal ein Geheimnis: Im Lager gibt es durchaus Kinder, die von der Mittagsruhe befreit sind. Zu meiner Zeit als Pionier hat es so was nicht gegeben, aber die Zeiten haben sich wohl geändert. Außerdem wurdest du mir nicht als Schauspieler, sondern als Helfer zur Seite gestellt. Und jetzt brauche ich wirklich deine Hilfe.«

»Ich glaube trotzdem nicht, dass das funktionieren wird.«

»Ich spreche mit der Lagerleitung und bitte Lena, mich zu unterstützen. Schließlich arbeitet sie mit mir zusammen und kennt sich aus.« Wolodja klopfte Jura aufmunternd auf die Schulter. »Einen Versuch ist es wert. Mal schauen, wie ich mich als Diplomat so schlage.«

Am nächsten Morgen bei der Besprechung bat Wolodja Olga Leonidowna, Jura freizustellen. Und wie Jura bereits vermutet hatte, stellte sich heraus, dass es nicht leicht werden würde.

Als sie nach der Mittagsruhe zum Spielplatz gingen, schimpfte Wolodja, der normalerweise unter den Fenstern des Bungalows der fünften Gruppe besonders leise sprach: »Das kannst du dir nicht vorstellen, eine halbe Stunde lang musste ich meinen Antrag mit allen Gruppenleitern diskutieren. Olga Leonidowna war anzumerken, dass sie nichts dagegen hatte, sonst hätte sie das doch laut und deutlich gesagt. Eher pro forma, glaube ich, fragte sie den Lagerleiter und die anderen Gruppenleiter nach ihrer Meinung, woraufhin alle nickten. Warum auch nicht, eigentlich geht sie das Ganze ja gar nichts an. Am Ende bin ich doch derjenige, der den Text umschreiben muss. Ich dachte also, der Drops ist gelutscht, aber da hielt Irina eine Rede, von wegen, dass herausfordernde Textpassagen Oleschka dazu anregen würden, härter an seiner Aussprache zu arbeiten. Da bin ich fast vom Stuhl gefallen. Das ist doch völliger Unsinn. Und es wäre etwas anderes, wenn sie sich Gedanken um den Jungen machen würde, aber so ist es nicht. Sie will mir einfach nur Steine in den Weg legen.«

Zum Glück konnte Olga Leonidowna sich so gut in Oleschkas Problem einfühlen, dass sie Wolodja trotz Irinas Einwand die Erlaubnis gab.

»Wirklich? Die Mittagsruhe gilt jetzt offiziell nicht mehr für mich?« Jura konnte es kaum fassen.

Sie saßen wie gewohnt auf dem Spielplatz. Vor Freude stampfte Jura mit dem Fuß auf, versetzte das Karussell in Bewegung und wirbelte die Flugschirmchen auf, die nun durch die Luft kreiselten.

Wie auf Kommando stellten sie beide die Füße auf den Boden, und das Karussell kam zum Halten. Ein Flugschirmchen geriet in Juras Hals, er begann zu husten und bestaunte mit tränenden Augen und kindlicher Verzückung die Schönheit seiner Umgebung. Um sie herum kreiselten weiter Löwenzahnschirmchen und sanken sanft auf der Wiese nieder. Am Himmel flogen weiße Flugzeuge, die vom nahe gelegenen Flugplatz gestartet waren, über die *Schwalbe* hinweg. Gestalten in weißen Anzügen sprangen heraus, ihre weißen Fallschirme öffneten sich, majestätisch sanken sie in Richtung Erdboden. Der Anblick war wunderschön. Warum war das alles Jura vorher nie aufgefallen?

Als er sich umblickte, wurde ihm klar, dass an diesem Ort ausnahmslos alles schön war – auch Wolodja. Besonders jetzt, da er urplötzlich fröhlich, zerzaust und mit roten Wangen so ansteckend loslachte, dass auch Jura zu lachen begann. Er hatte Wolodja noch nie so glücklich gesehen. Und auch er selbst freute sich über alle Maßen.

Von da an nutzten sie jede freie Minute, um Oleschkas Passagen umzuschreiben. Aber immer wieder kam ihnen etwas in die Quere. Ein Schreibmittag ging wegen Julia und ihrem schlimmen Heimweh verloren. Sie weinte so sehr, dass Wolodja, Lena, Olga Leonidowna sie nicht trösten konnten, sogar die Krankenschwester musste geholt werden. Am Abend war Wolodja so erschöpft, dass er ihr Treffen beim Karussell ausfallen ließ und ins Bett ging. Umso frustrierender war, dass der nächste Tag Besuchstag und somit ziemlich hektisch und herausfordernd gewesen war. Dabei hatte sich Jura im Grunde darauf gefreut. Doch kaum hatte seine Mutter ihn in die Arme geschlossen und er hatte ihr das Lager gezeigt, wurden sie schon zum Abendessen gerufen, und danach würde sie wieder heimfahren.

Er wollte mit ihr seine Freude darüber teilen, dass er einen wunderbaren Jungen namens Wolodja kennengelernt hatte und nun nicht mehr wusste, wie er auch nur einen Tag ohne ihn überstehen sollte. Seine Mutter hätte sich wahrscheinlich gefreut – endlich war ihr Sohn zur Vernunft gekommen und verkehrte nicht mehr mit irgendwelchen Kleinkriminellen, sondern mit einem echten Komsomolzen. Aber kaum dass er zu sprechen begann, hielt er verlegen inne, wusste nicht, wie er seine Gefühle beschreiben sollte. Doch was hätte er seiner Mutter stattdessen erzählen sollen? Dass das Essen sättigend, aber nicht besonders schmackhaft war? Als ob sie das nicht selbst wüsste.

Jedenfalls sagte er nichts, und als sie am Abend in den Bus stieg, gab sie ihm zum Abschied einen Kuss und fragte vorsichtig: »Hast du dich denn schon mit einem der Mädchen angefreundet? Du hast mir niemanden vorgestellt ...«

»Ja, mit ihr ...«, antwortete Jura und deutete verlegen auf Ksjuscha. »Ich werde sie bei der nächsten Disco auffordern.« Er fühlte sich unwohl, hatten doch seine Mutter und er noch nie über Mädchen gesprochen. Und so war er es diesmal, der am Abend vor der Zeit erschöpft war. Zwar ging er nicht ins Bett, doch er hatte weder die Lust noch die Energie, um am Theaterstück zu arbeiten, also saßen Wolodja und er einfach auf dem Karussell und unterhielten sich über alles Mögliche. Durch die viele gemeinsam verbrachte Zeit kannten sie sich schon ziemlich gut und teilten manchmal persönliche Dinge miteinander. Meistens redeten sie aber nicht, sondern legten sich Hefte und Zettel auf den Schoß und probierten geeignete Wörter aus.

»Also ... *Krieg, Krieg* ...« Gedankenversunken kaute Wolodja an seinem Stift herum, rollte das *R*. *»Kr-r-rieg.«*

»Kampf, Gefecht«, schlug Jura als Ersatz vor und unterdrückte ein Gähnen.

Die Sonne brannte an diesem Tag unbarmherzig auf das Lager herab. Sie nahmen zwei vom Kirschbaum, der neben dem Karussell stand, beschattete Sitze. Wolodja wollte seine, wie Jura jeden Tag aufs Neue fand, schöne Nase nicht der Sonne aussetzen. Jura behielt sowieso den ganzen Tag über sein Lieblingskäppi auf, da man, wie allgemein bekannt war, auch im Schatten einen Sonnenbrand bekommen konnte.

Trotz der Hitze ging die Arbeit stetig voran, und in nur einer Mittagsruhe hatten sie mehr geschafft als an den vergangenen zwei Tagen zusammen. Jura war erschöpft, sein Nacken und seine Arme waren steif. Schließlich hatte er fast eine halbe Stunde reglos auf dem harten Karussellsitz gesessen.

Doch er beklagte sich nicht. Diese Sache hier war ihm wichtiger als irgendwelche Gruselgeschichten. Also streckte er sich, stand auf und begann, ringsherum zu laufen und seinen steifen Rücken zu dehnen.

»Ja, *Kampf* ist gut«, murmelte Wolodja, ohne von seinem Heft aufzuschauen. »*Gegen den Gegner …*«

»*Kampf gegen den Gegner, Kampf gegen den Widersacher, Kampf gegen den Gegenspieler …* Das klingt doch bescheuert.«

»Und ist außerdem alles mit *R*«, stimmte Wolodja ihm grinsend zu.

»Gegen den *Okkupanten*!«, rief Jura plötzlich aus, blieb stehen und riss in Siegerpose die Faust nach oben.

»Tatsache. Kein R.« Wolodja schaute lächelnd hinter seinen Blättern hervor. »Ah nein, warte mal. Im Nebensatz steht schon *Okkupant*.«

»Was? Zeig mal her!« Jura ließ sich auf den Sitz neben ihm fallen und riss ihm das Heft aus der Hand.

Wolodja rutschte an ihn heran und zeigte mit dem Stift auf die Textstelle. Doch ausgerechnet in diesem Moment stieß Jura sich, ohne nachzudenken, mit dem Fuß ab, und das Karussell begann sich zu drehen. Wolodja verlor das Gleichgewicht und fiel gegen Jura, stieß sich die Stirn am Schirm von dessen rotem Käppi.

Die Textblätter segelten zu Boden und wurden von einem Windhauch in alle vier Himmelsrichtungen geweht. Wolodja schaute ihnen nach. »Huch«, flüsterte er und zog seine Hand ruckartig von Juras Knie weg, an dem er sich festgeklammert hatte, um wieder ins Gleichgewicht zu kommen.

Auch Jura war aus irgendeinem Grund peinlich berührt. Er hüstelte verlegen und drehte seinen Mützenschirm nach hinten.

»Du trägst das Käppi so seltsam …« Sowohl diese Bemerkung als auch Wolodjas aufgesetzt fröhlicher Tonfall wirkten albern.

»Steht es mir nicht?«

»Doch, doch, sehr sogar. Deine Locken gucken so lustig drunter hervor. Und das Käppi ist echt cool. Deine Jeans und dein Nicki aber auch. Ich weiß noch ganz genau, wie gut du dich für die Disco angezogen hattest … zu der du schlussendlich nicht gegangen bist.«

»Danke! Ist alles Importware.« Jura hatte nie daran gezweifelt, dass seine Klamotten erstklassig waren.

»Wo hast du die Sachen her?«

»Ich hab Verwandte in der DDR, die mir immer mal was mitbringen. Mein Käppi ist aber aus den Vereinigten Staaten.«

»Sieht spitze aus.«

Jura fühlte sich geschmeichelt und begann, zu seinen importierten Lieblingssachen die jeweilige Herkunftsgeschichte zu erzählen.

»Weißt du, dort drüben ist nicht nur die Kleidung spitze.«

»Ja, ich weiß. Auch die Technik und die Autos. Ich habe mal in einer Zeitschrift so ein tolles Motorrad gesehen«, schwärmte Wolodja.

»Stimmt, von den Zeitschriften ganz zu schweigen, solche wird es in der Sowjetunion nie geben.«

»Was bist du denn für einer? Ich rede von Motorrädern und du von Zeitschriften. Das sieht dir gar nicht ähnlich.«

»Du hattest einfach noch keine in der Hand und weißt gar nicht, wovon ich rede. Du wärst begeistert!«

»Was für Zeitschriften meinst du denn?«

»Das werd ich dir gerade verraten.«

»Jura, das ist doch Kindergarten, nun sag schon …«

»In Ordnung, aber du behältst das für dich, ja?«

»Komsomolzenehrenwort.«

Jura kniff die Augen zusammen. »Schwörst du, dass du es auch wirklich niemandem erzählst?«

»Ich schwöre.«

»Also, im Frühjahr kam uns mein Onkel besuchen und brachte so einiges mit: Kleidung natürlich, Kosmetik für meine Mutter, eine Kleinigkeit für meinen Vater und Zeitschriften über Mode und Haushalt, nur halt auf Deutsch. Spät am Abend, nachdem alle schlafen gegangen waren, blieben mein Onkel und mein Vater zu zweit in der Küche sitzen, die direkt neben meinem Zimmer ist. Also kann ich immer gut lauschen. Und weil sie betrunken waren, schrien sie sowieso, sodass ich jedes einzelne Wort verstehen konnte. Es stellte sich heraus, dass mein Onkel auch meinem Vater Zeitschriften mitgebracht hatte, nur halt andere. Und ein paar

Tage später, als ich mal alleine zu Hause war, bin ich auf die Suche gegangen und habe diese Zeitschriften gefunden.«

»Und was stand drin? Doch nichts Antisowjetisches? Du weißt schon, dass es gefährlich ist, solche Zeitschriften zu Hause aufzubewahren?«

»Nein, nein! Mein Deutsch ist ohnehin viel zu schlecht für lange Texte. Und ehrlich gesagt gab es da auch nicht viel zu lesen, sondern eher zum Anschauen. Fotos.« Jura beugte sich so nah zu Wolodja hinüber, dass seine Lippen beinahe dessen Ohr berührten, und flüsterte: »Von Frauen!«

»Ach so … ähm … na ja, ich weiß, dass es solche Zeitschriften gibt …«

»Du kannst dir nicht vorstellen, was sie auf diesen Fotos machen«, sagte Jura heiser.

»Doch, das kann ich. Lassen wir es gut sein. Dieses Thema hat in einem Pionierlager nichts zu suchen.«

»Findest du das denn gar nicht spannend?«

»Ich müsste lügen, wenn ich sagen wollte, dass mich das nicht interessiert. Aber es ist nicht umsonst verboten. Es ist sehr, sehr anstößig.« Wolodja stand auf und trat ein paar Schritte vom Karussell weg.

»Hör mal, Wolodja … Es gibt da etwas, das ich nicht verstanden habe.« Jura wollte Wolodja provozieren, warum, wusste er selbst nicht genau. »Ich habe etwas gesehen, was ich nicht verstehe. Und du bist ja älter als ich und kennst dich aus. Ich möchte nur wissen, ob das ein echtes Foto war …«

»Jura!« Wolodja stürmte auf ihn zu und flüsterte ihm ins Ohr: »Das nennt man Pornografie! Wir sind hier in einem Pionierlager, ich bin Gruppenleiter und sage dir hiermit, dass es verboten ist, sich so etwas anzuschauen. Das ist anstößig!«

»Ich schaue mir so etwas doch gar nicht an. Und du auch nicht. Ich erzähle nur, was ich gesehen habe. Und du musst mir nur sagen, ob das, was sie da machen, falsch, schmerzhaft oder vielleicht sogar unmöglich ist.«

»Was soll das? Was willst du von mir?«

»Aber Wolodja … wir sind doch Freunde, oder was?«

»Natürlich sind wir Freunde!« Wolodja wurde rot und wandte sich ab.

»Dann sag mir … also, es gibt ja die klassische Stellung, soweit komme ich mit«, plapperte Jura aufgeregt drauflos. »Aber auf einigen Fotos hat der Mann die Frau in den … na ja, du verstehst schon. Das, worauf man sitzt …«

»In den Stuhl?«, scherzte Wolodja unbeholfen.

»Ach, hör auf, ich will ja bloß wissen, ob das möglich ist oder nicht.«

»Ob das möglich ist?«, äffte Wolodja ihn nach. »Jura, treib es nicht auf die Spitze. Das Thema ist hiermit abgehakt. Wenn du noch ein Wort sagst, gehe ich, und Oleschka kann seinen neuen Text vergessen. Außerdem werde ich ihm sagen, dass du schuld daran bist.«

Ihr Gespräch wurde vom Hornsignal aus dem Lagerfunk unterbrochen, das das Ende der Mittagsruhe verkündete.

»Jetzt musst du sowieso los …«, murmelte Jura beleidigt.

Bei der Vesper ließ Jura das aufgeregte Geplapper über das anstehende *Partisanenspiel* an sich vorbeiziehen und war einzig und allein damit beschäftigt, seine Fragerei zu bereuen, denn Wolodja schien ihn nun zu ignorieren und schaute nicht einmal in seine Richtung. Und wenn sein Blick doch einmal rein zufällig in seine Ecke des Speisesaals fiel, wandelte sich sein Gesichtsausdruck von streng zu angewidert. Oder kam es Jura nur so vor? Jura traute sich selbst nicht mehr so recht. Schließlich war er davon überzeugt gewesen, dass Wolodja und er inzwischen Freunde wären. Doch nun hatte dessen Reaktion bewiesen, dass das nicht stimmte. Tiefe Trauer befiel Jura. Sie hatten sich ja nicht einmal gestritten, sondern waren nur kurz aneinandergeraten. Doch auch wenn es nur eine Kleinigkeit gewesen war, litt und schämte sich Jura nun.

Auf dem Weg zur Theaterprobe schimpfte er die ganze Zeit vor sich hin: *Ich bin selbst schuld! Wie konnte ich nur auf die Idee kommen, solche Fragen einem Vorzeigekomsomolzen zu stellen? Ich hätte doch auch einfach warten und meine Jungs zu Hause fragen können. Klar, die hätten mich wahrscheinlich ausgelacht, aber wenigstens verurteilen sie mich nicht für meine Neugier.* Man musste sich da nichts vormachen: Er, Konew, war ein gewöhnlicher Junge und konnte Wolodja ganz sicher nicht das Wasser reichen. Deshalb hatte der ihn auch abgekanzelt. Wolodja hatte das vielleicht gar nicht gewollt – aber er hatte Jura schwer getroffen.

Warum musste ich auch ausgerechnet ihn fragen? Was wollte ich damit erreichen?, fragte er sich. *Dass er mich wahrnimmt und interessant findet?*

Auf dem Platz vor der Freilichtbühne, wo abends immer die Disco stattfand, ging es trubelig zu. Die Mädchen aus der zweiten Pioniergruppe malten mit Kreide irgendeine Karte auf den Asphalt, während Aljoscha Matwejew mit seinen roten Haaren und Segelohren um sie herumwuselte, ihnen Ratschläge gab und farbige Kreide reichte.

»Was macht ihr da?«, rief Jura ihm zu.

»Das kannst du dir doch wohl denken. Wir bereiten uns für das Partisanenspiel vor. Hier, schau mal, wir malen gerade die Karte. Olga hatte eine hervorragende Idee: Hier ist die Kommandozentrale, und in der Karte vermerkt der Aufklärungstrupp, wo sich welche Einheit befindet.«

»Heute Abend wird hier doch getanzt, da ist eure Karte futsch.«

»Das macht nichts, wir können die Umrisse morgen einfach nachmalen. Das geht immerhin schneller, als bei null anzufangen«, sprudelte es aus Aljoscha heraus. »Willst du auch in die Kommandozentrale?«

»Danke, ich verzichte.«

»Konew, denk noch mal darüber nach.« Aljoscha legte ihm eine Hand auf die Schulter.

»Mich berufen die ganz bestimmt nicht in den Kommandostab. Ich bleibe einfach bei meinen Leuten. Und du kümmere dich mal um die Karte da.«

»Warum solltest du denn nicht aufgenommen werden? Das klappt auf jeden Fall, du musst nur fragen. Jura, mach das doch. Du kannst gut rennen, wir brauchen dich.«

Auch als Jura schneller ging, ließ Aljoscha sich nicht abschütteln. Entschlossen trabte er hinter Jura her und versuchte immer wieder, ihm entweder ein Bein zu stellen oder sich bei ihm einzuhaken. Mittlerweile war der Kleine schon ganz außer Atem.

»Aljoscha, du bist eine richtige Nervensäge«, stöhnte Jura. »Also gut, gib mir mal eine Kreide.«

»Hier. Machst du jetzt mit?« Aljoscha reichte ihm die Schachtel, und Jura nahm sich ein Stück Kreide heraus.

»Danke. Aber ich habe mich dagegen entschieden. Ich bleibe bei meinen Leuten.«

»Und wozu brauchst du dann die Kreide?«

»Kreide fressen bringt nur Vorteile. Oh, hör mal, dein Typ wird verlangt ...«

»Wirklich? Von wem denn? Ach so, von Olga. Na dann, ich muss los. Aber denk bitte noch mal drüber nach. Wir brauchen dich.«

Vielleicht hatte Aljoscha recht, und es war gar keine schlechte Idee, dem Aufklärungstrupp beizutreten. Dann würde er morgen übers Gelände rennen und ganz sicher eine Möglichkeit finden, sich abzusetzen und Wolodja unter die Arme zu greifen, der garantiert wieder Angst hatte, dass seinen Kleinen was passierte oder sie was kaputt machten. Lena war auch noch da, aber es war ja klar, dass er eher jemanden wie Jura gebrauchen konnte.

Aber warum soll ich ihm überhaupt helfen?, protestierte Juras Stolz. *Da wuselt man um ihn herum wie Aljoscha gerade um mich, und er beachtet einen gar nicht. Dabei könnten mir diese blöden Gruselgeschichten und das Theaterstück vollkommen egal sein. Statt sich zu freuen, dass ich helfe, belehrt er mich von oben herab. Dass ich ihm noch mal helfe, kann er vergessen!* Prompt machte er kehrt und rannte über die Tanzfläche zum Sportplatz, wo sich nach Belegungsplan bald seine Gruppe tummeln durfte.

Es gab zwei Tennisplätze und mehrere Tischtennisplatten. Die erste Gruppe, angeführt von Irina Petrowna, war fast vollzählig. Bloß Mascha und das Mädchentrio fehlten. Einige spielten Federball, andere feuerten die Spieler nur an und hingen ansonsten auf dem von

Maschendrahtzaun umgebenen Platz ab. Jura hatte es sich zur Gewohnheit gemacht, am Zaun zu lehnen und sich vor und zurück schaukeln zu lassen, während die anderen spielten. Doch heute musste er an irgendetwas seine Wut auslassen.

Als Wanja und Mischa ihn sahen, winkten sie mit ausladenden Bewegungen und luden ihn ein, sich ihrer Mannschaft anzuschließen. Schließlich war Jura im Gegensatz zu ihnen ein ziemlich guter Spieler. Sich ihrer Mannschaft anzuschließen, hieß, man verlor. Trotzdem griff Jura sich schweigend einen Schläger und machte den Aufschlag. Der Federball flog auf die Gegenspieler zu, erwischte jedoch Irina Petrownas Stirn.

»Entschuldigung!«, rief Jura eilig und machte sich schon auf eine Strafpredigt gefasst. Doch die Gruppenleiterin zwinkerte ihm nur fröhlich zu und wandte sich ab.

Seit dem Vorfall in Wolodjas Zimmer versuchte sie, Jura aus dem Weg zu gehen. Und wenn ihre Wege sich doch mal kreuzten, ließ sie ihn in Ruhe und duckte sich regelrecht. Jura hatte natürlich nicht vorgehabt, jemandem zu erzählen, was er gesehen hatte, doch ihrem Verhalten nach zu urteilen, traute ihm Irina durchaus zu, Intrigen zu spinnen und sie vielleicht sogar zu erpressen.

Für einen kurzen Augenblick war Jura gekränkt. Doch gleichzeitig wusste er auch, dass ihm ihre Angst in die Hände spielte. Immerhin hatte Irina Petrowna endlich damit aufgehört, ihn wegen allem und jedem grundlos zu beschuldigen. Und so herrschte zwischen ihnen ein zerbrechlicher Frieden, doch mit Wolodja kam sie nach wie vor nicht zurecht.

Schon wieder dachte er an Wolodja.

Zu allem Überfluss schien Wolodja buchstäblich überall zu sein. Denn auch wenn Jura wusste, dass Wolodja in diesem Moment mit seiner Brigade im Theatersaal probte, hätte er schwören können, dass er seine Silhouette neben der Weggabelung gesehen hatte.

Das Spiel ging weiter. Und Jura schlug mit seinem Schläger um sich, als wollte er nicht nur Bälle parieren, sondern zudem die Sonnenstrahlen zerhacken, die auf den Tennisplatz fielen. Zwar blieben die Sonnenstrahlen ganz, dafür fielen Jura, der mittlerweile ganz zerzaust und verschwitzt war, unzählige Mücken zum Opfer.

Seine Mannschaft lag in Führung. Wanja und Mischa ließen es langsam angehen, dafür kämpfte Jura für sie alle drei. Und bevor er zum Schlag ansetzte, um endgültig zu gewinnen oder den Federball vielleicht erneut in Irina Petrownas Gesicht zu befördern, drehte er sich noch einmal um und entdeckte Wolodja an der Weggabelung.

Und dieses Mal war es keine Einbildung. Nachdenklich und mit einem zaghaften Lächeln auf den Lippen näherte sich der Gruppenleiter dem Tennisplatz, blieb jedoch einen Meter hinter dem Zaun stehen und kam nicht herein.

»Jura, warum warst du denn nicht im Theatersaal?«, fragte er.

Jura wehrte einen Ball ab, sagte, er brauche eine Pause und trat an den Zaun, sah Wolodja herausfordernd in die Augen.

»Ich habe doch keine Rolle. Was soll ich da?«

»Was du da sollst?« Wolodja warf ihm erst einen traurigen Blick zu, straffte sich dann und sagte streng: »Olga Leonidownas Anweisungen waren mehr als deutlich: Du sollst, ganz gleich, ob du eine Rolle hast oder nicht, bei jeder Probe anwesend sein. Du sollst mir unter die Arme greifen. Und ich soll regelmäßig berichten.«

»Dann mach das doch. Ist mir egal.«

»Du willst wohl unbedingt nach Hause, wie ich sehe … Die werfen dich raus, ohne auch nur mit der Wimper zu zucken.«

»Für welches Vergehen denn? Ich bin mit meiner Gruppe hier, spiele mit meiner Gruppe Federball, meine Gruppenleiterin ist übrigens auch hier.«

Jura drehte den Schläger auf der Spitze seines Turnschuhs herum, blickte sich um und trottete zur Bank, um sich einen Becher mit abgekochtem Wasser zu holen. Wolodja folgte ihm auf der anderen Seite des Zauns.

»Bist du etwa sauer auf mich?« Schuldbewusst zog er den Kopf ein.

»Als ob«, schnaubte Jura. »Ich bin nicht sauer, sondern habe nur verstanden, dass ich mit dir nicht alles teilen kann.«

»Das stimmt doch gar nicht. Du kannst mit mir über alles sprechen.«

»Ja klar.« Jura drehte sich weg und konzentrierte sich auf sein Wasser.

»Warum bist du so wütend? Ich … na ja …« Wolodja ließ seine Hand nachdenklich über den Zaun gleiten, was ein leises Klirren hervorrief. »Auch ich habe mir solche Zeitschriften schon angesehen.«

»Wirklich? Woher hattest du die denn?« Jura drehte sich zu ihm hin und starrte ihn ungläubig an.

»Ich studiere doch am Moskauer Institut für Internationale Beziehungen und habe Kommilitonen, deren Eltern Diplomaten sind. Die kommen manchmal an so etwas ran …«

»Wo studierst du?«, rief Jura aus. »An dieser Eliteuniversität?«

»Ja. Aber versprich mir, dass du niemandem von den Zeitschriften erzählst. Das ist eine ernste Sache. Wenn über mich auch nur das kleinste Gerücht in Umlauf kommt, war's das mit dem Studium.«

»Ach Quatsch!«

»Sag das nicht. Ein Kommilitone von mir wurde mit einer Zeitschrift erwischt und ist geflogen.«

»Wenn es so leicht ist rauszufliegen … wie bist du dann überhaupt reingekommen? Ist dein Papa im Ministerium oder so was?«

»Natürlich nicht. Traust du mir etwa nicht zu, es aus eigenen Kräften zu schaffen?«

»Darum geht's doch gar nicht. An einen Studienplatz wie diesen zu kommen, ist im Grunde unmöglich: Die Konkurrenz ist riesig, und man muss doch sehr staatstreu sein. Die Beurteilungen vom Komsomolrat der Schule, der Partei und vom örtlichen Komsomolrat müssen makellos sein. Wahrscheinlich darf man bei keiner einzigen Versammlung gefehlt haben.«

Wolodja hörte ihm aufmerksam zu und nickte.

Und Jura fuhr damit fort, an seinen Fingern aufzuzählen, was man alles tun, wo man Mitglied, in welcher Kleidung und wie häufig man teilnehmen und wohin man gehen musste, um die nötigen Voraussetzungen zu erfüllen. Doch plötzlich stutzte er mitten in seiner Suada: Wer, wenn nicht Wolodja, erfüllte denn all die Anforderungen, um angenommen zu werden?

»Also … um die Wahrheit zu sagen, war es echt knapp«, sagte er mit einem bescheidenen Lächeln. »Die medizinische Kommission hat mich wegen mangelnder

Sehkraft aussortiert. Stell dir das mal vor. Da habe ich Beschwerde eingelegt. Es kann doch nicht sein, dass ich für den Militärdienst tauglich bin, aber für ein Studium nicht infrage komme.«

»Und wie ist das Studium so? Schwer?«

»Leicht jedenfalls nicht. Aber die Hauptsache ist, dass es Spaß macht. Ich schaue fast jeden Abend im Wohnheim vorbei und verbringe Zeit mit meinen Kommilitonen.«

»Und was trinkt ihr so? Tee?«

»An solchen Abenden gibt es alles«, flüsterte Wolodja ihm durch den Zaun hinweg zu.

»Auch Verbotenes oder Anzügliches?«

»Wie stellst du dir das vor? Wir sind doch Komsomolzen!« Wolodja warf ihm einen strengen Blick zu, lächelte aber sogleich wieder. »Alles gut, war nur ein Witz. Es gibt alles: Spielkarten, Mädchen, Portwein und illegale Schriften.«

»Portwein? Ihr habt Alkohol?« Jetzt flüsterte auch Jura. »Wo nehmt ihr denn den her? Für die Hochzeit meiner Nachbarin konnte nicht einmal eine Flasche Wodka aufgetrieben werden. Also wurde purer Alkohol gepanscht, den mein Vater von der Arbeit mitgehen lassen hat.«

»Na ja … richtigen Portwein haben wir auch nicht. Ich nenne ihn nur so«, erklärte Wolodja. »Mein Kommilitone wohnt in einem Dorf, wo ausgezeichneter Schnaps gebrannt wird. Für manche schmeckt er wie Kognak, für mich wie Portwein. Ich hoffe, dass Alkohol bald wieder erlaubt wird. Ich habe Angst um Mischa, immerhin geht er jedes Mal ein ziemliches Risiko ein.«

Als sie so miteinander sprachen, löste sich Juras Groll zunehmend in Luft auf. Es kam ihm vor, als würden sie offen wie nie zuvor über dieselben Themen sprechen, über die sie auch sonst immer sprachen. Als wäre alles wie gewohnt, nur ein bisschen besser. Sie sahen sogar aus wie immer: Jura war zerzaust und fiebrig neugierig, Wolodja dagegen gepflegt und ein wenig hochnäsig. Nur eine Sache war anders: der hohe Maschendrahtzaun zwischen ihnen, der bis zum Himmel zu reichen schien.

»Jura, wollen wir nicht zur Theaterprobe gehen? Und hinterher sage ich dir alles, was du wissen willst«, schlug Wolodja ihm vor. »Gib bitte nur Irina Bescheid.«

Jura nickte, rannte zu Irina und holte ihre Erlaubnis ein, warf gleichzeitig Sport-Schenja, der sie wie eine Beute umkreiste, drohende Blicke zu. Der Mann war verheiratet, was dachte der sich? Dann legte er seinen Schläger auf die Bank und verließ den Tennisplatz.

»Du hast die Theaterbrigade einfach so allein gelassen und bist mich suchen gegangen?«, fragte er, als sie vom Appellplatz auf die Tanzfläche abbogen.

»Ich habe Mascha die Aufsicht übertragen. Und sie macht das natürlich toll, kann aber keine Probe leiten. Dabei haben wir heute noch so viel vor. Morgen fallen die Proben nämlich aus.«

»Stimmt, morgen ist ja das Partisanenspiel«, sagte Jura enttäuscht.

Und das bedeutete, dass sie heute wegen der Spielvorbereitungen keine Zeit zu zweit haben würden: Nach der Probe würde Jura mit dem Aufnähen von Schulterklappen beschäftigt sein, und am Abend würden Aufstellung und Gesang der ersten Gruppe von der Lagerleitung abgenommen werden. Und am nächsten Tag würden alle von früh bis spät mit dem groß angelegten Spiel beschäftigt sein. Jura bereute nun, dass er abgelehnt hatte, im Kommandostab zu bleiben.

KAPITEL 7

Morgendliches Wirrwarr

Das Knarren des leeren Fensterrahmens, aus dem das Glas herausgebrochen war, ließ Jura erschaudern. Der Regen hatte aufgehört. Nur ab und zu wurden noch Tropfen vom Dach geweht und gingen als kleine Schauer auf den brüchigen Asphalt und die Scherben nieder. Die Böen trugen das Prasseln über das ganze Löwenzahnfeld. Die Natur schien das hier abwesende Leben imitieren, die Leere ausfüllen und etwaige Besucher täuschen zu wollen. Und Jura hätte sich nur zu gern täuschen lassen, aber für ihn war dieser Ort nicht nur leer, sondern tot. Die Fenster des Jungszimmers der Gruppe fünf, in dem es so laut und stürmisch zugegangen war, klafften rechts von der Veranda, links das Gruppenleiterzimmer, in dem Wolodja geschlafen, aber nie ausgeschlafen hatte. Jura lächelte.

Er konnte sich noch lebhaft daran erinnern, wie er davon geträumt hatte, in Wolodjas Zimmer zu gelangen. Einmal hatte er sich sogar heimlich hineingeschlichen. Doch sie hatten nie zusammen auf seinem Bett gesessen.

Jura schaffte es nicht, seinen Blick von dem Fenster loszureißen, und erhob sich vom Karussell. Einmal noch würde er das Zimmer betreten.

Er versuchte abzuschätzen, ob es ihm gelingen würde,

über das Loch in der Veranda zu springen. Wahrscheinlich schon, aber würden die morschen Bretter ihn aushalten, wenn er nach dem Sprung aufkam? Er seufzte niedergeschlagen. Er würde in den Keller fallen und trotz seiner Schaufel, die für solche Situationen nicht taugte, nie mehr herauskommen und da verrotten. Trotzdem musste er unbedingt einen Blick in Wolodjas Zimmer werfen, wenn er nach all diesen Jahren schon mal hier war. Das ging gar nicht anders. Vielleicht würde er ja irgendeine Erinnerung an ihn vorfinden: eine Kritzelei auf der Tapete, ein paar in die Tischplatte geritzte Wörter, ein Kaugummi unter dem Bett, ein Bonbonpapier im Nachttisch oder wenigstens einen Fussel im Spind. Irgendetwas hatte er zurückgelassen, auch wenn Wolodja nicht an Wände kritzelte, keine Möbel zerkratzte und nicht mal Kaugummi kaute. Doch Jura wollte daran glauben, dass Wolodja gewusst hatte, dass er eines Tages zurückkehren und nach Spuren von ihm suchen würde.

Also ging er zur linken Stirnseite des Hauses und stieg über die kaum noch erkennbaren Blumenbeete zu den dortigen Fenstern.

Die Baracke der fünften Gruppe, der Oktoberkinder, die erst noch Pioniere werden mussten, stand auf einem Betonfundament. Jura versuchte, mit seinen vom Regen rutschigen Gummisohlen auf dem Absatz des Fundaments Halt zu finden, und spähte durch das Fenster in Wolodjas Zimmer, das ihm noch kleiner vorkam als früher. An der hinteren Wand stand noch immer ein Schreibtisch. Rechts davon war die Tür, links der Spind, zwei schlichte Nachttische und zwei Betten. Das rechte Bett war Wolodjas gewesen.

Jura verspürte den Wunsch, sich draufzusetzen, um

herauszufinden, wie es sich anfühlte. War es weich oder hart? Quietschte es oder nicht?

Das Fensterbrett war mit Glasscherben übersät, und Jura bereute, keine Handschuhe mitgenommen zu haben. Vorsichtig wischte er mit dem Ärmel die Scherben herunter, zog sich am Rahmen hoch und kletterte ins Zimmer.

Ohne auf die Pfützen, den Staub und Dreck ringsum zu achten, kniete er sich hin und öffnete Wolodjas Nachttisch. In dem einzigen Fach lag die von der Feuchtigkeit gewellte Maiausgabe 1992 der Zeitschrift *Krestjanka, Die Bäuerin,* die dem Augenschein nach von einer Gruppenleiterin zurückgelassen worden war. Darunter fand er ein Buch. Und dessen Titel brachte Jura zum Schmunzeln, schrie er doch geradezu nach Wolodja: *Theorie und Methodik der Pionierarbeit*. Ansonsten war der Nachttisch leer.

Jura lenkte seinen Blick auf das Bett – ein schmales Metallgestell, dessen Füße am Boden verschraubt waren. Die Federung quietschte und gab ziemlich nach. Jura lächelte. *Das muss man sich sich mal vorstellen. Er hat tatsächlich hier geschlafen.*

Als Jura über die Federung strich, antwortete sie mit einem wehmütigen Klappern, das die tiefe Stille ringsum nur noch deutlicher machte. Und nicht nur die Stille, sondern auch die Leere. Denn außer den großen Möbelstücken gab es hier nichts: keine Vorhänge, kein Bettzeug, keinerlei Kleidung, kein Plakat an der Wand. Jura erinnerte sich, dass hier einst ein Plakat der Musikgruppe Maschina Wremeni gehangen hatte.

Nicht einmal Müll lag herum, nur Staub und Wasser, die auf dem Boden schlammige Pfützen bildeten, und

Glasscherben auf der Fensterbank. Als er sich dem Spind näherte, merkte er, dass er sich sogar über Abfall gefreut hätte, über irgendeinen Hinweis auf Leben, der ihm ermöglicht hätte, sich nicht wie ein Kind oder ein Idiot vorzukommen, weil er hier durchs Fenster eingestiegen war.

Warum hatte er das getan? Er vertrödelte seine Zeit im Lager, statt dorthin zu gehen, wo er eigentlich hinwollte, und das zu tun, wofür er hergekommen war.

Er wusste nicht genau, warum, aber er musste einfach auch in sein eigenes Zimmer von damals schauen. Und als er dann über den dunklen, muffigen Flur gegangen war und drinstand, bekam er kaum Luft und war den Tränen nahe.

In seinem alten Spind fand er einen zerknüllten Kleiderhaufen. Erst wagte er gar nicht hineinzufassen, als er es dann tat, rutschte ihm das Herz in die Hose: Unter der Vielzahl an alten Jacken entdeckte er in der hintersten Ecke zwei braune Uniformjacken mit schwarzen Schulterklappen, die mit einer weißen Stickerei mit der Aufschrift *SA* versehen waren. Mit zittrigen Händen zog er aus dem Haufen die einzige Jacke mit glänzenden Knöpfen heraus.

Die Leiter hatten zum Partisanenspiel Uniformjacken getragen, die Kinder einfache Feldblusen. Die Uniformjacke mit den goldenen Knöpfen war die eines Soldaten. Sie war eng geschnitten. Im ganzen Lager hatte es nur einen gegeben, dem sie wie angegossen gepasst hatte: Wolodja.

Jura richtete sich auf und hielt die Jacke vor sich hin. Hier und jetzt war vollkommen unwichtig, wie alt er war, was er alles erreicht hatte, worin seine Talente lagen und wie klug er war. Auch sein Zynismus, die Skepsis, mit der er der Welt begegnete, und seine Selbstironie waren gerade nicht wichtig. All das war in einem anderen Leben von Bedeutung. Hier, im Pionierlager seiner Kindheit, war er derjenige, der er früher gewesen war: ein Junge an der Schwelle zum Mann. Er blickte auf den braunen Lumpen in seinen gealterten Händen und erinnerte sich an den Menschen, der diese Jacke getragen hatte.

»Guten Morgen, Pioniere, hier ist die *Morgenröte* für euch!«, dröhnte es aus den Lautsprechern, während Jura sich die Zähne putzte. »Haltet euch nach dem Frühstück für das Partisanenspiel bereit. Die Gruppen versammeln sich bitte auf dem Appellplatz.«

Der Morgen begann wie gewöhnlich mit Frühsport, den Jura nicht ausstehen konnte. Eben erst aufgestanden, musste er schon zum Sportplatz hetzen. Dieses Mal war er sogar pünktlich, was ihn gleich doppelt ärgerte. Nun musste er mit der restlichen Gruppe auf Irina Petrowna warten, während der Großteil der Gruppenleiter bereits vor Ort war. Wolodja wärmte sich mit seinen Knirpsen auf. Jura wollte zu ihm gehen und ihn begrüßen, entschied sich jedoch dagegen. Wolodja stand mit dem Rücken zu ihm und war damit beschäftigt, Übungen vorzumachen. Mit halbem Ohr hörte Jura, wie sich die Mädchen um ihn herum über die gestrige Disco unterhielten, und sah Wolodja dabei zu, wie er die Kinder anleitete.

»Füße hüftbreit auseinander, nach vorne beugen und die Handflächen zum Boden.« Wolodja machte es vor. »Sascha, nicht so hektisch. Sonst zerrst du dir noch was.«

Jura schaute nicht zu Sascha, denn vor seinen Augen spielte sich eine viel interessantere Szene ab: Wolodja beugte sich langsam und gelenkig nach vorne und berührte den Boden. Und zwar nicht nur mit den Fingerspitzen, sondern mit den Handflächen. Sein T-Shirt rutschte nach vorne und entblößte seinen unteren Rücken, während die rote kurze Hose seine schmalen Hüften, seine muskulösen Oberschenkel und den weichen und runden Körperteil darüber betonte. Jura konnte erst gar nichts mehr denken und dann nur so sinnloses Zeug wie: *Mann, der ist ja echt gelenkig* oder: *Warum ist es dem Gruppenleiter überhaupt erlaubt, eine kurze Turnhose zu tragen? Hier sind doch überall Kinder und … Mädchen.*

Wolodja richtete sich auf und beugte sich erneut nach vorne. Das Chaos in Juras Kopf wich einer dröhnenden Stille. Sein Körper war vollständig taub. Er konnte den Blick nicht abwenden. Erst nach einigen langen Augenblicken kam er wieder zu sich und ertappte sich dabei, dass er ewig schamlos auf das von rotem Stoff umspannte Gesäß gestarrt hatte.

Das Blut schoss ihm ins Gesicht, und auf seiner Stirn bildeten sich Schweißtropfen. Und das nicht von der Hitze. Es war frisch an diesem Morgen.

Wo schaust du denn hin?, tadelte Jura sich. All das war ihm so was von unangenehm: wie stocksteif er dastand, sein rotes Gesicht und sein Starren. Und jetzt kam auch noch dieses merkwürdige Ziehen im Unterbauch hinzu. Die Sache war ziemlich eindeutig. Aber warum löste ausgerechnet Wolodja diese Gefühle in ihm aus? Warum nicht die Mädchen, die um ihn herum trainierten und ja nun wirklich interessanter waren als Wolodja? Vielleicht war der frühe Morgen an der Verwirrung schuld. Jura war noch ziemlich verschlafen.

Zum Glück hatte er sich schnell wieder gefangen, sodass sein Verhalten keinem aufgefallen war. Peinlich war es Jura, zumal nach ihrem gestrigen Gespräch über Zeitschriften, dennoch. Aus seiner Verlegenheit und den in ihm aufsteigenden Selbstvorwürfen rettete ihn jetzt zum Glück Sport-Schenja, der mit Irina auf dem Sportplatz aufgetaucht war.

»Seid bereit, Pioniere! Beginnen wir mit dem Frühsport.«

Jura war dermaßen verwirrt, dass er sicher eine ganze Stunde lang neben sich stand. Es war, als würde er sich durch zähen Schlick zum Frühstück schleppen, dann zurück zur Baracke, um sich für den Appell fertig zu machen, seine Uniform für das Partisanenspiel anzuziehen und sein Pionierhalstuch umzubinden.

Ein Blick auf die Wanduhr verriet ihm, dass er spät dran war. Alle hatten die Baracke bereits verlassen, und in der Ferne schepperte Olga Leonidownas Stimme aus dem Lautsprecher. Jura stand ganz allein vor dem Spiegel und schaffte es nicht, das rote Tuch an seinem Hals zu einem ordentlichen Knoten zu binden, was ihn zunehmend wütender werden ließ.

»Warum bist du noch nicht beim Appell?«, fragte Wolodja, der aus dem Nichts aufgetaucht war, und ließ Jura zusammenzucken.

»Ich komme gleich nach. Und wieso bist du hier?«

»Lena hat meine Gruppe zum Appell geführt. Und als ich dich auf dem Platz nicht finden konnte, bin ich dich suchen gegangen. Meine Gruppe bleibt heute im Kommandostab. Willst du uns Gesellschaft leisten?«

Jura drehte sich nicht zu ihm um, sondern schielte nur auf Wolodjas Kinn, das im Spiegel zu sehen war.

Er konnte ihm nicht in die Augen schauen. Und als er begriff, dass er ihn den ganzen Tag nicht sehen würde, war er erleichtert und froh, am Vortrag Aljoscha Matwejew abgewimmelt zu haben.

»Erde an Jura – wieso sagst du denn nichts? Ist was passiert?«

Jura zerrte gereizt an den Enden seines Pionierhalstuchs, kriegte aber keinen sauberen Knoten hin. Also drehte er sich zu Wolodja um und murmelte in Richtung Fußboden: »Ich bin wohl mit dem falschen Fuß aufgestanden. Und jetzt komme ich auch noch zu spät. Geh ruhig vor, ich hole dich gleich ein.« In diesem Moment wünschte er sich nichts sehnlicher, als dass Wolodja so schnell wie möglich verschwinden möge.

Doch der dachte nicht daran, sondern trat noch näher an ihn heran und frotzelte: »Wirklich, Jura, du bist schon erwachsen und weißt immer noch nicht, wie man sich das Pionierhalstuch bindet?« Er hob die Hände und machte sich daran, ihm zu helfen.

»Ich habe dich nicht gebet…« Jura stockte. Sein Hals war staubtrocken, und sein Gesicht glühte.

Wolodja band den Knoten so geschickt, als ob er in seinem Leben nichts anderes getan hätte, legte die Tuchenden übereinander, machte eine Schlinge, zog fest, und fertig war ein Eins-a-Knoten. Und als er das Halstuch unter Juras Kragen schob, streifte er leicht dessen Hals. Es war eine beiläufige und flüchtige Berührung, doch Jura fühlte sich wie vom Blitz getroffen.

»Ich muss dir mal zeigen, wie man ein Pionierhalstuch bindet«, sagte Wolodja entschlossen.

»Wie bitte?« Jura konnte ihn zwar hören, konnte jedoch den Sinn seiner Worte nicht erfassen.

Wolodja seufzte. »Ich bringe dir Dummheiten bei«, sagte er und zwinkerte Jura zu.

»Was meinst du damit?«

»›*Bring mir Dummheiten bei, bitte!*‹, das ist doch aus dem Kinderfilm *Eralasch.*«

Jura verstand gar nichts mehr. Sein Herz raste, und Wolodja machte Witze?!

»Also, was ist? Kommst du jetzt mit zum Kommandostab?« Wolodja schien nicht zu bemerken, dass Jura vollkommen neben sich stand.

»Nein, ich muss mit meiner Gruppe in den Wald. Mir wurde bei unserer Gruppenversammlung die Funktion eines Spähers zugeteilt.«

»Ach so, na dann …« Das Funkeln in Wolodjas Augen erlosch.

»Ich habe es leider versprochen«, sagte Jura prompt, dabei stimmte das gar nicht. Wieso hatte er denn jetzt gelogen? Ihm blieb keine Zeit zum Grübeln. Auf dem Appellplatz erklang das Horn und forderte alle Pioniere auf, sich zu versammeln und zum Startpunkt des Partisanenspiels aufzubrechen.

»Na, macht nichts … Gehen wir.« Wolodja trat zur Tür und winkte Jura zum Abschied zu. »Vielleicht sehen wir uns ja am Nachmittag. Die Knirpse wollten auch in den Wald. Lena und ich haben noch nichts Konkretes geplant.«

Jura nickte und raste an Wolodja vorbei aus der Baracke und zum Appellplatz, von dem aus gerade zwei Gruppen in Zweierreihen auf ihre Spielpositionen geführt wurden.

Und auch wenn Jura Wolodja entkommen war, vor seinen Gedanken konnte er nicht weglaufen. Wolodja, wie er neben ihm vor dem Spiegel stand, spukte in seinem Kopf herum. Außerdem fragte Jura sich, wie es ihm wohl ging und ob er mit den Kindern im Kommandostab gut zurechtkam. Er überlegte, ihn und seine Jungs im Wald zu besuchen. Der Streit vom Vortag fiel ihm ein und das Gespräch am Tennisplatz. Wie schuldbeladen Wolodja da hinter dem Maschendrahtzaun gewirkt hatte und wie aufrichtig. So aufrichtig, dass Jura sich nun Vorwürfe machte. Wie hatte er nur an Wolodja und ihrer Freundschaft zweifeln können?

Und beim Gedanken an ihre Freundschaft konnte er nicht anders, als vor sich zu sehen, was beim Frühsport und in der Baracke passiert war.

Er war so sehr in Gedanken versunken, dass das Partisanenspiel, eine Art Räuber und Gendarm und wohl das interessanteste und freudigste Ereignis des Lagerlebens, ihn gar nicht zu begeistern vermochte.

Irina Petrowna hatte Juras Einteilung als Späher zugestimmt und sich über seine Eigeninitiative gefreut. Und während seine Gruppe damit beschäftigt war, sich im ihr zugeteilten Abschnitt einzurichten, und er gemeinsam mit Wanja und Mischa ein Zelt aufbaute, wurde er von einer höchst unerfreulichen Nachricht überrascht: Auch Mascha hatte sich für den Spähtrupp gemeldet.

Schon bevor sie gemeinsam loszogen, fragte sich Jura, was sie wohl im Schilde führte. Durchs Unterholz zu kriechen, sah ihr so gar nicht ähnlich, dennoch hatte sie Irina Petrowna regelrecht bekniet, Späherin sein zu dürfen. Schnell erfuhr er, warum.

Kaum waren sie nämlich im Waldesinnern angelangt, wo es von feindlichen Spähtrupps nur so wimmelte, fragte Mascha zögerlich: »Du bist doch mit Wolodja befreundet, oder?«

Jura verdrehte die Augen – jetzt wusste er Bescheid.

»Weißt du, warum er nie zur Disco kommt?«

Anfangs ignorierte Jura ihre lästigen Fragen in der Hoffnung, dass sie schon irgendwann Ruhe geben würde. Doch seine Strategie schlug fehl.

»Ich will doch nur wissen, ob er eine Freundin hat, mehr musst du gar nicht sagen …«

Mit jeder ihrer Fragen wurde Jura wütender.

»Will er etwa mit Polina gehen? Wenn er sich jemandem offenbart hat, dann doch sicherlich dir! Er hat sie bei der letzten Probe so angesehen …«

»Wie denn *so*?«, brach es aus Jura heraus. »Er hat niemanden irgendwie angesehen. Dir ist wohl entgangen, dass er zum Arbeiten hier ist.«

Mascha sah aus, als würde sie gleich anfangen zu weinen.

Ungerührt winkte Jura sie weiter und fügte mit leiser Stimme hinzu: »Du bist übrigens in einem Spähtrupp, verstehst du das? Wenn wir auffliegen, gefangen genommen oder getötet werden, verliert unsere Gruppe einen Haufen Punkte.«

Mascha gab Ruhe. Doch nur für etwa zwanzig Minuten.

»Hat Wolodja etwas über mich gesagt? Weißt du, es ist nur …« Mascha wurde rot, trat näher an ihn heran und zog ihn am Ärmel. »Weißt du, es ist nur … Ich mag Wolodja … aber er ist so unergründlich. Es ist, als würde er niemanden um sich herum bemerken, als würde ihn niemand interessieren. Du bist meine einzige Hoffnung, ihm näherzukommen.«

»Ihm näherzukommen? Jetzt halt aber mal die Luft an und zieh mich in deinen Quatsch nicht mit rein. Ich hab wegen dir auch so schon genug Ärger gehabt. Mir reicht's bis zum Ende der Ferien.«

»Sei doch nicht so kratzbürstig. Frag ihn einfach mal nebenbei, wie er mich findet. Da ist doch nichts dabei. Du bist so oft mit ihm allein. Sag ihm doch einfach am Abend oder in der Mittagsruhe … Ich meine, frag ihn doch einfach, ob …«

»Warte mal kurz«, unterbrach Jura sie und blieb stehen. »Woher weißt du überhaupt, dass wir uns in der Mittagsruhe treffen?«

»Das ist doch kein Geheimnis. Alle wissen davon. Auch dass du nachts immer mit ihm draußen sitzt.«

»Und wo und mit wem treibst du dich in der Nacht so herum?«

Mascha stutzte. »Wo und mit wem ich mich *herumtreibe*? Das geht dich gar nichts an!«

»Natürlich geht mich das was an, ich hab einen Anschiss gekriegt, weil Irina dachte, dass wir beide angebändelt hätten. Also zurück zu meiner Frage: Wo und mit wem treibst du dich rum? Und wie kommt Irina überhaupt darauf, dass zwischen uns was läuft?«

»Woher soll ich das denn wissen? Also, hilfst du mir? Bitte, bitte?! Ich mache es auch wieder gut. Ich kann dir mal das Klavier überlassen. Nicht für die Theateraufführung natürlich, aber gerne zwischendurch, für ein leichtes Stück.«

Jura war sowieso schon genervt von ihr gewesen und hatte sich nur mit Mühe zusammengerissen, doch der letzte Kommentar brachte das Fass zum Überlaufen.

»Für ein leichtes Stück? Kommt mir das nur so vor,

oder willst du mir gerade sagen, dass du was Besseres bist?«

»Wie kommst du denn darauf? Natürlich nicht, ich möchte nur …«

»Du denkst wohl, dass sich alles um dich dreht. Wieso soll Wolodja sich ausgerechnet in dich verlieben?«

Mascha wurde wütend. »In wen denn sonst? Sieh dich doch mal um!« Sie lachte böse auf. »In dich etwa?«

Jura verdrehte die Augen. »Du hast doch selbst gefragt, ob er Polina gut findet. Und wieso muss er überhaupt in jemanden verliebt sein?«

Jura war so wütend, dass er die Tränen, die ihr in die Augen stiegen, gar nicht bemerkte. Was er bemerkte, waren die gelben Schulterklappen der gegnerischen Späher, die hinter Mascha in den Büschen vorbeihuschten.

»Versteck dich!«, zischte er und sprang beiseite, duckte sich ins Unterholz.

Die gegnerischen Späher, darunter auch Petlizyn, stampften vorbei, ohne sie zu bemerken, und hinterließen platt gedrücktes Gras, das Jura zeigte, wo er den Pfad verlassen musste, um zu ihrem Lager zu gelangen.

Mascha trottete schweigend neben ihm her. Jura machte sich nicht die Mühe, sie zu trösten, sondern genoss die Stille und führte sie in nur zwanzig Minuten zum Feindeslager.

Die gelbe Brigade hatte ihr Lager in einem kleinen Waldstück aufgeschlagen. Der Sandboden, auf dem die Zelte standen, war von Zapfen und Nadeln übersät. Es roch nach Rauch. Jura hechtete hinter ein Gebüsch und spähte die Gegner aus. Doch er konnte nichts Auffälliges entdecken: Sie machten haargenau dasselbe wie wahrscheinlich seine eigene Brigade.

Ein paar Mädchen wuselten ums Lagerfeuer herum.

Petlizyn und sein Stab waren auf dem Weg zum Zelt, während der Sportbeauftragte Semjon mit ein paar Kindern Dehn- und Sprungübungen, Kniebeugen und Liegestütze machte. Der Großteil der Gruppe bewachte die gelbe Fahne.

Jura verweilte noch ein wenig in seinem Versteck, markierte mit dem Kompass in seiner selbst gezeichneten Karte die Position des Feindeslagers und zeichnete den Weg ein. Jetzt mussten Mascha und er nur noch heil und unversehrt zu ihrem Stützpunkt zurückkehren, um die Information an Kommandantin Irina weiterzugeben, damit diese den Angriff starten konnte.

Obwohl es kaum Mittag sein konnte, fühlte Jura sich ausgelaugt, schmutzig, staubig und matt. Mit letzter Kraft schleppte er sich ins Lager zurück. Unterwegs trafen sie ganze drei Mal auf feindliche Kämpfer, aus deren Geflüster Mascha und er erfuhren, dass alle anderen Spähtrupps ausgeschaltet worden waren. Und als Jura begriff, dass sie nun ganz auf sich allein gestellt waren und das Schicksal ihrer Gruppe allein in ihren Händen lag, bekam er regelrecht Angst. Doch diese sehr reale Angst, dass sie gefangen genommen werden könnten und der Angriff sich dadurch verzögern würde, war gut und verständlich und angemessen und überdeckte für einen Moment die schlechte, irrationale und tief sitzende Angst, dass mit ihm vielleicht etwas nicht stimmte.

Als sie in ihrem Lager ankamen und Irina Petrowna die Karte übergaben, teilte die Kommandantin ihre Partisanen in drei Gruppen ein. Die erste Gruppe sollte im Lager bleiben, um die blaue Fahne zu bewachen, die zweite unter ihrer Führung zum feindlichen Lager vorrücken und die dritte sich unter Sport-Schenjas Führung von hinten anpirschen. Und zu seiner Erleichterung wurde Jura Mascha nun endlich los, da sie Irinas Gruppe und er Sport-Schenjas zugeteilt wurde.

Der Weg zurück zum feindlichen Lager kam ihm lang und beschwerlich vor. Leise kämpften sich Jura und seine Kameraden durch den schier endlosen Wald voran, in stetiger Angst, gefangen genommen zu werden. Doch sie kamen heil und unversehrt an und warteten nun im Hinterhalt auf das Kommando. Sport-Schenja, der es sich neben Jura in den Büschen gemütlich gemacht hatte, flüsterte siegessicher: »Die Gelben rechnen niemals mit einem Angriff aus dem Hinterhalt, also sind wir im Vorteil und können die Fahne noch vor Irina abgreifen.«

Auf das verabredete Signal hin stürmten Jura und seine Kameraden aus den Büschen. Doch etwas lief schief, und statt eines gut strukturierten Angriffs fand eine Schlägerei statt. Angreifer und Verteidiger prallten aufeinander und verschmolzen in einem Handgemenge. Und während sich Jura in dieser Rauferei wie in einer Zentrifuge im Kreis drehte, gelang es ihm, zwei Verteidigern die Schulterklappen herunterzureißen. Von Mitja erwischte er nur eine der beiden Schulterklappen, was laut den Spielregeln eine Verletzung bedeutete. Petlizyn hatte weniger Glück und verlor durch Juras Hand beide Schulterklappen und damit sein Leben.

Nachdem Wanja die gelbe Flagge an sich genommen hatte, marschierte die blaue Gruppe Kampflieder singend in Formation zu ihrem Feldlager zurück. Und während Irina vor Freude strahlte, trottete Schenja hinter der Gruppe her und fluchte, weil einer von Irinas Kämpfern die Fahne erobert hatte.

Trotz aller Freude war Jura hundemüde. Und nachdem sie unter Siegesrufen in ihr Zeltlager eingezogen waren und zu Abend gegessen hatten, zog er sich in sein Zelt zurück und legte sich auf die Luftmatratze.

Er versuchte einzuschlafen und mummelte sich in seinen Schlafsack ein, kam jedoch nicht zur Ruhe. Und es waren nicht die Geräusche von draußen, die ihn wach hielten, sondern seine Gedanken. Den Tag über war er abgelenkt gewesen, doch nun drohten sie ihn zu übermannen. Ihm kam der Gedanke, dass es vielleicht keinen anderen Ausweg gab, als seinen ganzen Mut zusammenzunehmen und sich endlich einzugestehen, dass das, was beim Frühsport passiert war, nicht einfach nur eine Verirrung gewesen war. Schließlich war sein Wunsch, Wolodja anzusehen, unvermindert stark und erzeugte immer noch ein Kribbeln in seinem Unterleib. Was war das nur? Und wie war es dazu gekommen? Es war falsch, sich derartig in jemanden zu vergucken, und sich in Wolodja zu vergucken, war gleich noch zehnmal falscher. Dennoch gestand Jura sich peinlich berührt ein, dass er, wenn er all seine Rechtfertigungen beiseiteschob und ehrlich zu sich war, hinschauen *wollte*, sich vergucken und alles.

Jura setzte sich auf und strampelte sich aus dem Schlafsack, rieb sich mit beiden Händen über Gesicht und Kopf, wie um sich von diesen beschämenden Gedanken zu befreien, die ihn quälten.

Draußen dämmerte es bereits. Die Pioniere ließen den Abend ausklingen, jemand spielte Gitarre, und sie sangen dazu. Von allen Seiten war Gemurmel zu hören, und Jura meinte Sascha zu hören, der seine Meinung über den Buchweizenbrei, den es zum Abendessen gegeben hatte, kundtat.

»Der Abend hat doch gerade erst angefangen, und du bist schon im Zelt?«

Wolodjas Stimme durchdrang seinen Traum. Und wirklich, da stand er und beugte sich über ihn. Er trug die gleiche Uniformjacke wie Irina Petrowna, nur waren auf seiner glänzende Knöpfe und die Schulterklappen eines Oberleutnants aufgenäht.

Und da seine Gedanken noch immer oder schon wieder um männliche Geschlechtsorgane kreisten, war Juras Stimme zittrig, als er sich aufsetzte und salutierte: »Ich grüße Sie, Genosse Leutnant!«

»Oberleutnant«, korrigierte ihn Wolodja mit einem Lächeln, drehte sich mit seinen Schulterklappen zu ihm hin und deutete mit dem Finger auf die aufgenähten Sterne.

»Tatsache.« Jura legte sich wieder hin und blickte zu Wolodja auf. »Und, heil und unversehrt?«

»Fast. Aber sie haben es wirklich darauf angelegt. Stell dir vor, ich habe vergessen, mir einen Passierschein zu besorgen, und konnte mich beim Kommandostab nicht ausweisen. Also haben sie sich an meine Arme und Beine gehängt, mich in alle Richtungen auseinandergezogen und auf meinen Rücken eingeboxt. Und klar, sie haben zwar kleine Fäuste, haben aber einen festen Schlag drauf. Und jetzt tut mir alles weh. Kannst du mir vielleicht die Schultern massieren?«

»Nein …«, sagte Jura verdattert. »Ich weiß doch gar nicht, wie das geht.«

»Schade.« Wolodja zog eine Schnute, legte sich Schulter an Schulter neben ihn auf den Schlafsack und sagte seufzend: »Endlich Ruhe …«

Jura lag regungslos da und hatte Angst, sich zu bewegen. Wolodjas Schulterstück mit der Aufschrift *SA*, für *Sowjetarmee*, bohrte sich schmerzhaft in seine Schulter. Doch um nichts in der Welt wäre Jura beiseitegerutscht. Wolodja schien von Juras Schockstarre nichts zu bemerken. Er drehte sich auf die Seite und betrachtete aus zusammengekniffenen Augen Juras Gesicht. Jura wich seinem Blick aus.

»Du hast da was …« Wolodja streckte die Hand aus und wollte ihm ins Haar greifen, doch Jura schrak zurück. Noch vor Kurzem hätte ihm das nichts ausgemacht, doch nach allem, was passiert war, jagte ihm Wolodjas Nähe eine Riesenangst ein. »Ist das Gras? Warum hast du denn Gras in den Haaren?«

»Ich bin doch Späher und war den ganzen Tag im Wald unterwegs.«

Wolodja sah ihn mitleidig an. »Mich haben die Kleinen den ganzen Tag über in den Wahnsinn getrieben. Sie haben im Chor gequengelt, dass sie schon groß sind und nach dem Spiel wie alle anderen in einem Zelt übernachten wollen. Sie haben so sehr gebettelt, dass mir nichts anderes übrig blieb, als ein paar mitzunehmen, die sich im Kommandostab besonders hervorgetan haben.«

»Waren die anderen nicht traurig?«

»Schon, aber ich kann ja im Dunkeln beim Lagerfeuer nicht für die ganze Bande die Verantwortung übernehmen. Aber netterweise hat Lena versprochen, den anderen abends im Theatersaal Zeichentrickfilme zu zeigen. Lass uns doch ans Lagerfeuer gehen«, schlug er vor. »Da werden spannende Geschichten erzählt.«

»Schon wieder Gruselgeschichten?«, grummelte Jura.

»Du hast erst mal genug davon, wie?« Wolodja nickte ihm verständnisvoll zu. »Ich auch. Aber es müssen ja auch nicht unbedingt Gruselgeschichten sein. Wenn du drankommst, kann ich für dich einspringen und ihnen Puschkins *Pique Dame* erzählen.«

Wolodja lächelte warmherzig und hatte ein schelmisches Funkeln in den Augen, doch Jura war plötzlich ganz elend zumute. Also murmelte er nur: »Lass uns gehen«, und stürmte aus dem Zelt. Wegen dieses verfluchten Turnhosenvorfalls vom Morgen kam es ihm nun die ganze Zeit so vor, als steckten hinter Wolodjas Verhalten irgendwelche verborgenen Absichten. Als hätte er sich nicht aus Müdigkeit neben ihn gelegt und auch nicht aus Neugierde sein Haar berühren wollen. Doch das kam ihm nur so vor, schließlich konnte Wolodja doch gar nichts von dem wissen, was in ihm vorging. Er hatte keine Ahnung und würde in seinem grundehrlichen und unschuldigen Komsomolzenkopf, dafür hätte Jura die Hand ins Feuer gelegt, niemals auf ähnlich unanständige Gedanken kommen.

Wolodja folgte Jura nach draußen, und schon im nächsten Augenblick stürmten Oleschka und Sascha zu ihm und zerrten ihn zu dem Platz am Feuer, den sie extra für ihn frei gehalten hatten. Jura nutzte die Gelegenheit, verzog sich und suchte sich einen Platz fernab vom Lagerfeuer.

Die Kinder lauschten der Geschichte, die Irina Petrowna erzählte, und waren so mucksmäuschenstill, dass ihre leise Stimme sogar bis zu ihm drang.

»Die ersten Pionierlager entstanden in den Zwanzigerjahren und waren Feldlager, was bedeutete, dass die Pioniere nicht in Baracken, sondern in Zelten untergebracht waren. Erinnert ihr euch an den Film *Der Bronzevogel*?« Die Kinder nickten. »Es war alles exakt so, wie es dort dargestellt wird. Die Pioniere halfen in der Landwirtschaft und halfen, den Dorfkindern Lesen und Schreiben beizubringen.«

Damit sie Denunziationen schreiben und als Belohnung eine Reise ins Pionierlager Artek erhalten können, fügte Jura für sich hinzu.

Irina Petrowna erzählte weiter: »Das Hauptereignis in Pionierlagern war die tägliche Versammlung am Lagerfeuer, bei der Arbeitsergebnisse der Pioniere in Bildung, Landwirtschaft und Reparatur ausgewertet sowie Pläne für den kommenden Tag ausgegeben wurden. Die Pioniere entschieden selbstständig, ohne Erwachsene, wer von ihnen Lob und wer Tadel verdient hatte, und leisteten untereinander pädagogische Arbeit.«

Jura gähnte. Irina erzählte diese Geschichte jedes Jahr, weil es immer Zuwachs gab, der sie noch nicht kannte. In diesem Fall bildeten Wolodjas Schützlinge das Hauptpublikum, ganz besonders Oleschka, der ihr förmlich an den Lippen hing. Wer die Geschichte schon kannte, schwieg artig und schaute ins Feuer. Auch Jura schwieg, starrte in die nächtliche Dunkelheit jenseits des Zeltes und lauschte der langweiligen Geschichte, damit sie seine innere Stimme übertönte, die ihn schon wieder quälte und ihn beschuldigte, nicht normal zu sein.

Plötzlich hörte er hinter sich ein leises Rascheln. Er lauschte. Tatsächlich: Im Unterholz, nur wenige Meter von ihm entfernt, war ein Tier. Und sobald er sich daran erinnerte, dass es in diesem Wald schon seit Ewigkeiten keine wilden Tiere mehr gab, kam er sofort darauf, welches Tier einen nächtlichen Angriff auf das Lager plante. Auf Zehenspitzen schlich er ins Unterholz.

Das Laub, das auf dem Boden eine dicke Schicht bildete, bewegte sich … Ein Schauer lief ihm über den

Rücken. *Was, wenn das ein Schlangennest ist?*, dachte er entsetzt und trat vorsichtig, vorsichtig den Rückzug an.

Jura wusste nur zu gut, dass man Schlangen auf keinen Fall zu nahe kommen sollte. Kapitel aus dem Unterricht kamen ihm in den Sinn, in denen die Vipern als wahre Springteufel beschrieben wurden. Je näher man an sie herantrat, desto fester rollten sie sich ein und wirkten anschließend wie eine Feder: sprangen hinaus und bissen zu. Und je näher der Biss am Kopf war, desto gefährlicher.

Trottel, der er war, hatte er wagemutig mitten in der Nacht ins Unterholz steigen müssen, ohne auch nur an die Schlangen zu denken oder jemandem Bescheid zu geben. Und als er sich bereits mehr oder weniger von seinem Leben verabschiedet und darauf vorbereitet hatte, von einer wütenden Viper angefallen zu werden, bewegte sich plötzlich ein Ahornblatt, und eine grunzende und schnuppernde Schnauze schaute darunter hervor.

»Ein Igel!« Und als er unter dem Laubwerk auch die Stacheln entdeckte, atmete er erleichtert auf. Nicht umsonst hieß es immer, dass auf das erste Bauchgefühl Verlass sei. Und sein Bauchgefühl hatte ihm gesagt, dass sich unter dem Laub aller Wahrscheinlichkeit nach ein Igel versteckte. Und tatsächlich schauten nun zwei kleine Kulleraugen neugierig zu ihm auf.

Jura kniete sich hin und streckte die Arme aus, und seltsamerweise zeigte das Tier daraufhin nicht seine Stacheln, sondern trottete auf ihn zu und stieß mit seiner neugierigen Nase gegen seinen Schuh. Obwohl er wusste, dass es schlauer gewesen wäre, konnte er das niedliche, mutige kleine Wesen nach einer solchen Begrüßung nicht zurücklassen. Die Kinder mussten diesen ungebetenen Gast unbedingt kennenlernen. Er räusperte sich, zog seine Jacke aus, bettete seinen neuen Freund hinein und trug ihn zum Lagerfeuer, wo es ein großes Hallo gab.

Irina und ihre Geschichte waren vergessen. Die Kinder sprangen von ihren Plätzen beim Feuer auf und scharten sich um Jura. Sie nahmen ihm den Igel ab, reichten ihn herum und versuchten, ihn zu knuddeln und zu streicheln. Von der lustigen Art, wie er schnaufte, waren sie ganz verzückt und tauften ihn Schnaufi. Niemand, nicht einmal Schnaufi selbst, hatte Einwände gegen diesen Namen.

Einstimmig beschlossen sie, dass der Igel gefüttert werden und bei ihnen übernachten sollte.

»Ich habe in der Feldküche ein paar Kartons mit Schmalzfleischdosen gesehen«, erinnerte sich Wolodja. »Sinaida Wasiljewna hat sicher nichts dagegen, wenn wir uns eine Dose holen und ihn füttern.«

»Du willst stehlen?« Irina Petrownas Tonfall erinnerte Wolodja einmal mehr daran, dass zwischen ihnen nicht Frieden herrschte, sondern nur Waffenstillstand.

»Was willst du von mir hören? *Auf meine Verantwortung?* Na gut, dann nehmen wir uns auf meine Verantwortung eine Dose Schmalzfleisch. War ja klar, dass du wieder Probleme siehst statt Lösungen …«

»Leute, nicht vor den Kindern.« Sport-Schenja klopfte beiden versöhnlich auf die Schulter. »Und wenn es wider Erwarten doch Ärger gibt, kann ich Sinaida jederzeit zwei Rubel für eine neue Dose geben.«

»Na, dann hole ich mal eine«, sagte Jura und stapfte, ohne eine Antwort abzuwarten, in Richtung Feldküche.

»Ich begleite Konew«, verkündete eine Stimme hinter ihm. »Ich hab eine Taschenlampe.« Und kurz darauf war Wolodja neben ihm.

Er leuchtete ihnen, obwohl auch das helle Mondlicht genügt hätte.

»Was ist los mit dir?«, fragte Wolodja.

»Mit mir ist alles in Ordnung.«

»Lüg mich nicht an«, sagte Wolodja gereizt. »Ich sehe doch, dass was nicht stimmt. Bist du sauer? Weswegen? Habe ich irgendwas Falsches gesagt oder getan?« Wolodja schaute Jura tief in die Augen und legte eine Hand auf dessen Schulter. Jura schüttelte die Hand ab und verwirrte Wolodja dadurch nur noch mehr. »Doch nicht etwa immer noch wegen der Zeitschriften?«

»Nein, es ist nur …«

»Hör auf herumzudrucksen und spuck's aus: Was ist los?«

»Nichts ist los. Ich hatte schon den ganzen Morgen schlechte Laune und wollte dir deine nicht auch noch verderben.«

»Du hast sie mir trotzdem verdorben.«

»Warum das denn?« Jura blieb stehen.

»Weil du mir aus dem Weg gehst und ich mir Sorgen mache …«

»Wieso machst du dir Sorgen?« Aus irgendeinem Grund wurde Jura warm ums Herz. »Um mich etwa?«

»Du bist doch mein Freund, natürlich mache ich mir Sorgen um dich …« Wolodja sagte vorsichtig: »Lass es uns doch so machen: Wann immer was nicht in Ordnung ist, musst du mir das sagen. Immerhin bin ich ja kein Fremder. Außerdem kann ich als Gruppenleiter meistens helfen. In Ordnung?«

»In Ordnung, aber ich bin nur müde. Es ist alles gut, Wolodja.«

»Also abgemacht.« Wolodja nickte zufrieden. »Morgen wollen wir, solange noch alle schlafen, angeln gehen. Magst du vielleicht mitkommen? Wir müssten um fünf Uhr los.«

»Um fünf? Hilfe! Wenn ich nicht ausschlafe, bin ich den ganzen Tag müde und einfach nicht ich selbst.«

»Du bist auch so nicht du selbst«, murmelte Wolodja, als sie mit der Dose auf das Lagerfeuer zusteuerten. »Und wegen dir bin auch ich nicht ich selbst. Als mir Aljoscha gestern gesagt hat, dass du dich geweigert hast, in den Kommandostab zu gehen, dachte ich, dass ich etwas falsch gemacht und dich verletzt habe. Heute ist mir den ganzen Tag über alles auch den Händen gefallen. Ich war total durch den Wind.«

Jura musterte ihn von der Seite. Was Wolodja gesagt hatte, konnte doch nur bedeuten, dass er ihn mochte. Und es fühlte sich gut an, gemocht zu werden. Also verdrängte Jura seine Sorgen über das, was ihm beim Frühsport passiert war, und sagte mit einem kleinen Lächeln: »In Ordnung. Das pack ich schon. Ich komme mit.«

»Aber vergiss nicht, Irina um Erlaubnis zu fragen.«

»Klar. Wo treffen wir uns denn?«

»Ich weck dich auf!«

Jura war sich sicher gewesen, dass ein so frühes Aufstehen, zumal nach einem anstrengenden Tag im Wald, seine Kräfte überstieg und quasi einer Auferstehung von den Toten gleichkam. Doch es war leichter als gedacht.

Kaum war er am Abend in seinem Zelt gewesen, waren ihm die Augen auch schon zugefallen. Doch Wolodja ließ ihm keine Ruhe. Die ganze Nacht war Jura im Traum damit beschäftigt, Wolodja sein Pionierhalstuch umzubinden, verknotete sich jedoch andauernd und berührte ihn dabei versehentlich. Wolodjas Gänsehaut drang bis in die Realität vor und überzog auch Juras Körper.

Viel zu früh wachte er auf. Um ihn herum war es stockfinster und mucksmäuschenstill. Einzig der Wind machte Geräusche, indem er die Blätter in den Baumkronen zum Rascheln brachte.

Leise und vorsichtig kletterte Jura aus dem Dreimannzelt und gab sich alle Mühe, Wanja und Mischa nicht aufzuwecken. Als er draußen war, schaute er im Mondlicht auf seine Armbanduhr – Viertel nach vier. Jura seufzte, viel zu früh.

Die ersten schwachen Sonnenstrahlen am Horizont verkündeten den Anbruch des neuen Tages. Jura machte sich auf die Suche nach einer Waschmöglichkeit, fand an einem Baum unweit der Feldküche ein improvisiertes Waschbecken. Als er sich kaltes Wasser ins Gesicht spritzte, fröstelte ihn, und er wünschte sich nichts sehnlicher, als wieder in sein Zelt zu huschen und sich in seinem Schlafsack einzumummeln.

Dennoch lief er an seinem Zelt und warmen Schlafsack vorbei und machte sich auf die Suche nach Wolodjas Zelt.

Die drei Zelte der Oktoberkinder der fünften Gruppe waren im Dreieck aufgestellt, die Eingänge einander zugewandt. Jura schaute nacheinander in jedes hinein: In einem schliefen die Mädchen, in den anderen beiden die Jungs. Jura hätte Wolodja beinahe übersehen. Er hatte sich den Schlafsack bis zur Nase hochgezogen und schlief tief und fest. Neben ihm lag Sascha und schnarchte leise, daneben Ptschjolkin und Oleschka.

Jura stieg vorsichtig über die Kleinen hinweg und

kniete sich neben Wolodja, der ganz zerzaust war und sein Notizbuch auf der Brust liegen hatte. Neben ihm leuchtete seine Taschenlampe noch immer schwach vor sich hin. Er musste weggenickt sein, nicht einmal seine Brille hatte er abgenommen. Seine Lider flatterten im Schlaf, als würde ihn ein Albtraum plagen.

Wolodja spürte wohl seine Anwesenheit. Er blinzelte, schaute ihn verwirrt an, dann mit purem Entsetzen: »Habe ich verschlafen?«

»Im Gegenteil. Du hast sogar noch zehn Minuten«, beruhigte ihn Jura.

Wolodja rückte seine Brille zurecht, legte den Zeigefinger auf die Lippen und deutete mit dem Kinn erst auf die Kinder und dann auf den Zeltausgang.

»Warum bist du denn so früh wach?«, fragte er, als sie nach draußen traten.

Jura zuckte mit den Schultern. »Ich weiß nicht. Bin einfach von selbst aufgewacht.«

Wolodja schaute auf die Uhr und sagte: »Na gut, es ist ja eh schon halb fünf. Weckst du die Kleinen? Dann hab ich Zeit für eine Katzenwäsche.«

Anschließend war es auch Jura, der die Kindertruppe an den Fluss führte, da sich herausgestellt hatte, dass Wolodja über keinerlei Orientierungssinn verfügte. Außerdem kannte Jura einen ausgezeichneten Angelsteg unweit des Lagerstrandes. Und während sie dorthin wanderten, ging die Sonne auf.

»Leute, wisst ihr alle noch, wie ihr euch zu verhalten habt?«, ermahnte Wolodja die Kinder. »Ich erinnere euch für alle Fälle noch einmal daran: Auf dem Steg wird weder herumgesprungen noch herumgerannt, sondern wir setzen uns still hin. Angeln ist kein Spiel. Man muss sehr still sein. Denn wenn ihr laut seid und die Fische verschreckt, fangen wir gar nichts.«

Wolodjas Ansprache wäre gar nicht nötig gewesen. Die Kinder dachten nicht einmal daran, herumzualbern, sondern trotteten verschlafen hinter Jura her.

Am Fluss angekommen, hörten sie das Schilf rauschen und die Frösche quaken. Jura atmete gierig die frische, feuchte Luft ein und trat auf den Steg, dessen Planken ihn mit einem leisen Knarren begrüßten. Über dem Wasser lag Morgennebel, der hier und da von den Strahlen der aufgehenden Sonne durchbrochen wurde. Hinter dem Steg hüpfte ein kleiner Vogel über den dichten Teppich aus Wasserlinsen, und Jura sah erstaunt, dass eine solch instabile Oberfläche ihn auch wirklich trug.

Er hätte nie gedacht, dass es in Anwesenheit der fünften Gruppe je so ruhig und idyllisch sein könnte. Doch weder Ptschjolkin noch Sascha alberten herum. Es war nicht ganz klar, ob sie einfach nur müde waren oder sich wirklich für das Angeln begeisterten. Jedenfalls saßen sie mucksmäuschenstill mit ihren Angeln auf dem Steg und starrten gebannt aufs Wasser, um nur ja keinen Biss zu verpassen.

Doch die Fische wollten und wollten nicht beißen.

»Vielleicht schlafen die ja noch?«, fragte Jura und gähnte. In der vergangenen halben Stunde hatte nur Oleschka für einen kurzen Augenblick einen Fisch an der vor zwei Tagen selbst gebauten Angel gehabt, hatte jedoch zu lange gezögert – die potenzielle Beute hatte sich losgerissen und nur einen halben Regenwurm am Haken zurückgelassen.

Doch Oleschka ließ sich nicht die Laune verderben. »Was für ein schlauer Fisch.«

Schlafmangel und Müdigkeit nahmen Jura in den

Klammergriff. Immer wieder nickte er weg und schrak kurz darauf hoch.

Wolodja, der neben ihm saß, war dagegen ausgesprochen munter und redete den Kleinen gut zu: »Macht euch nichts draus. Beim Angeln geht es nicht so sehr um den Fang, sondern um den Prozess.«

Das war auch das Letzte, was Jura hörte. Er bemerkte gar nicht, wie er einschlief. Eben hatte er noch den Schwimmer scharf beobachtet, doch im nächsten Moment sank sein Kopf zur Seite, die Augen fielen ihm zu, und sein ganzer Körper war angenehm wattig.

Doch plötzlich drang Saschas laute Stimme in seine wohlige Traumwelt: »Ich hab einen Biss! Ich hab einen Biss!«

»Zieh ihn raus!«, piepste Oleschka.

Jura öffnete die Augen und fühlte unter seiner Wange eine feste und warme Oberfläche … Wolodjas Schulter. Er schrak hoch und blickte sich um. Seine Angel lag neben ihm. Im Marmeladeneimer hinter den Knirpsen sprangen ein paar kleine Barsche auf und ab. Und Wolodja sah ihn lächelnd von der Seite an.

»Oh, ich muss wohl …«, stammelte Jura. »Ich muss wohl eingeschlafen sein.«

»Wirklich? Ist mir gar nicht aufgefallen.« Wolodja schmunzelte. »Du kannst noch ein wenig weiterschlafen. Du Streifenhörnchen.«

»Wie bitte?«, fragte Jura verdutzt.

»Du hast einen Abdruck von meinem Pullover auf der Wange. Hier.« Mit einer sanften Handbewegung strich Wolodja ihm über den Wangenknochen und kicherte. Und Jura, der seinem Gesicht noch nie zuvor so nahe gekommen war, entdeckte Grübchen auf seinen Wangen.

KAPITEL 8

Konew geht baden

Das Nickerchen während des Angelausflugs hatte Juras Problem nicht gelöst. Er war unendlich müde. Er hatte fest damit gerechnet, den fehlenden Schlaf in der Mittagsruhe nachholen zu können. Doch als er nach dem Essen zur Baracke ging, wartete dort schon Wolodja auf ihn, der ihn sicher abholen wollte, damit sie das Theaterstück weiter bearbeiten konnten. Jura nahm sich fest vor abzulehnen. Er brauchte dringend eine Mütze Schlaf.

»Na du?« Jura gähnte demonstrativ. »Ich bin hundemüde.«

»Jetzt wird nicht geschlafen.« Mit einem breiten Grinsen zog Wolodja einen Schlüsselbund aus der Hosentasche und schwenkte ihn hin und her. »Du hattest doch gesagt, dass du weißt, wo sich das Relief aus deiner Gruselgeschichte befindet. Du hast das Wissen und ich die Schlüssel von der Bootsanlegestelle. Also, los geht's!«

Juras Müdigkeit war wie weggeblasen. Begeistert klatschte er in die Hände. »Es hat echt Vorteile, mit einem Gruppenleiter befreundet zu sein.«

Wolodja kam die Verandatreppe herunter und forderte Jura mit einem Nicken auf, ihm zu folgen.

»Und du kriegst auch wirklich keinen Ärger wegen

der Schlüssel?«, fragte Jura, als Wolodja kurz darauf an der Tür zur Anlegestelle die Schlüssel probierte.

»Ach was, immerhin hab ich sie nicht geklaut, sondern mich brav ins Ausleihbuch eingetragen. Sie hängen in der Baracke der Lagerverwaltung, und jeder Gruppenleiter kann sie nehmen.«

Hinter dem Tor kam ein kleiner Lagerraum, dahinter fing der Bootssteg an. Rechts und links davon schaukelten nummerierte Boote auf dem Wasser und schlugen gegen die Fender.

»Kannst du rudern?« Wolodja ging ganz ans Ende des Stegs.

»Na klar. Ich verdiene mir jeden Sommer mit Rudern ein Taschengeld, wenn ich die Gelegenheit habe. Lass uns das da nehmen.« Er deutete auf ein leuchtend blaues Boot. »Die Ruder sind besonders gut.«

Ab hier übernahm Jura das Kommando. Sie zogen die Regenplane ab und stiegen in das Boot. Jura wies Wolodja an, wo er sich hinzusetzen hatte, nahm ihm die Schlüssel ab, kettete das Boot los, stieß sie vom Steg ab und steuerte in die Mitte des Flusses.

»Und du kennst auch wirklich den Weg?«, fragte Wolodja.

»Immer geradeaus. Hier gibt es weder Kreuzungen noch Ampeln.«

»Jetzt mal ehrlich.«

»Ich sage doch, immer geradeaus, bis der Fluss eine Biegung macht. Ah, und übrigens … Es gibt hier einen ganz besonderen Ort … den muss ich dir unbedingt zeigen.«

»Was ist das denn für ein Ort?«

»Na ja, eigentlich verbietet die Lagerleitung, dort hinzurudern, angeblich ist es gefährlich. Aber das ist Unsinn! Es ist einfach nur schön dort.«

Wolodja rückte an seiner Brille herum. »Falls es dir nicht aufgefallen ist: Ich bin Gruppenleiter.«

»Umso besser. Dann kannst du es ja einfach erlauben, und wir müssen uns keine Sorgen machen.«

»Ich weiß nicht …«

»Aber Wolodja, sei doch nicht so spießig.«

»In Ordnung, auf deine Verantwortung.«

»Verantwortung ist mein zweiter Vorname«, sagte Jura mit einem breiten Grinsen im Gesicht, und Wolodja rollte mit den Augen.

Die Strömung in diesem Flussabschnitt war besonders stark. Jura schnaufte und gab alles. Er brauchte lange, um in einen Rhythmus zu finden. Immerhin war er vor einem Jahr das letzte Mal gerudert.

Eine Zeit lang trieben sie in tiefer Stille vor sich hin. Man hörte nur die Geräusche der Natur und das Klatschen der Ruderschläge. Rechts von ihnen erstreckte sich ein flacher Strand, hinter dem irgendwo das Lager lag. Zu ihrer Linken war das Ufer steil. Baumwurzeln ragten aus den sandigen Wänden. Der Wald oben auf der Klippe schien auf sie herabfallen zu wollen, doch die Schatten der Bäume reichten nicht bis zur Mitte des Flusses, sodass der rudernde Jura ziemlich ins Schwitzen kam.

»Ich wollte dich etwas fragen …« Wolodja unterbrach mit unsicherer Stimme die Stille. »Darf ich?«

»Klar, immer raus damit.«

»Ich habe von einem Vorfall im letzten Jahr gehört. Olga Leonidowna hat berichtet, dass man nicht gerecht dir gegenüber war. Deshalb wurde beschlossen, dich dieses Jahr noch mal mitzunehmen. Kannst du mir erzählen, was passiert ist?«

Jura holte tief Luft. »Ach, weißt du, da war dieser Junge in meiner Klasse. Sein Vater gehörte zur Nomenklatur und er … Hm, ich muss die Geschichte wohl von Anfang an erzählen. Also … Ich war doch früher am Konservatorium und habe davon geträumt, Pianist zu werden.« Als er Wolodjas verwunderten Gesichtsausdruck sah, wiegelte er ab. »Ich erinnere mich nur ungern daran und erzähle praktisch niemandem davon. Aber um die ganze Sache zu verstehen, musst du wissen, wie sehr ich das Klavier geliebt habe. Ohne konnte ich nicht leben. Ich war besessen. Seit ich klein war, war es meine einzige Freude.«

Er blieb ein Einzelgänger, was ihn kaum je beunruhigte, und wusste nicht genau, ob nun die Musik in ihm lebte oder doch eher er in der Musik. War es die Musik, die in ihm wie ein feuriger Stern glomm, oder war er es, der in einem riesigen Universum dahinsegelte, das einzig und allein für ihn existierte?

Und das war das Problem: Wie sollte er das Wolodja erklären? Ja, er war sein Freund, der Musik aber fern. Hinzu kam, dass er all das noch nie laut ausgesprochen hatte. Die Musik war sein inneres Erleben und ließ sich in ihrer Zerbrechlichkeit nicht in grobe Worte fassen. Dennoch beschloss er, es zu versuchen.

»Ich war nicht auf einer polytechnischen Schule, sondern auf einer mit musischem Profil. Zusätzlich zu den normalen Fächern werden dort auch in großem Umfang Künste unterrichtet. Die Schulausbildung umfasst zehn Jahre, und anschließend kann man sich, ohne eine Musikschule besucht zu haben, fürs Konservatorium bewerben. Das war auch mein Ziel. Und, na ja, nach der achten Klasse ging alles den Bach runter. Am Ende der achten Klasse gab es immer eine Abschlussprüfung, zu der nicht nur unsere Lehrer, sondern auch Lehrkräfte aus dem Konservatorium eingeladen wurden, die uns begutachten und eine Vorauswahl treffen sollten …« Jura hielt inne.

Wolodja schaute ihn erwartungsvoll an. »Und was ist dabei herausgekommen?«

Jura legte das rechte Ruder ab, wischte sich den Schweiß von der Stirn und blickte ins Leere. »Ich bin durchgefallen. Mittelmaß, haben sie gesagt.«

»Und wenn schon, Hauptsache, kein Mangelhaft.«

»Die Musikwelt funktioniert anders. Hier gibt es nur zwei Möglichkeiten: Entweder bist du ein Genie oder ein Niemand. Mittelmaß wird in der Musikwelt nicht geduldet. Daher hat man mir im Anschluss an die Prüfung einen Schulwechsel nahegelegt. Aber ich Sturkopf musste ja unbedingt bleiben. Ein halbes Jahr lang wurde ich wie Dreck behandelt, kassierte Fünfen und hässliche Sprüche. Und als sie mich dann endlich davon überzeugt hatten, dass ich eine absolute Null bin – bin ich gegangen, habe alles hingeworfen und seither kein Instrument mehr angerührt.«

Wolodja schwieg. Jura starrte ins Wasser und dachte daran zurück, wie schwierig, ja beinahe unmöglich es nach seinem peinlichen Abgang von der Schule gewesen war, die Musik in seinem Inneren zum Schweigen zu bringen und sich daran zu gewöhnen, in Stille zu leben. Allein sich abzugewöhnen, mit den Fingerspitzen seine Lieblingswerke auf allen möglichen Oberflächen zu trommeln, hatte ihn einiges gekostet. Die meiste

Zeit war er damals mit geballten Fäusten herumgelaufen. Selbst in diesem Moment spielten seine Finger auf dem Holz des Ruders eine unhörbare Melodie.

»Aber warum kam das denn erst in der achten Klasse raus?«, fragte Wolodja vorsichtig. »Warum nicht früher?«

»Weil es nicht um mein vorhandenes oder nicht vorhandenes Talent ging«, zischte Jura.

»Wie meinst du das?«

»So wie ich es gesagt habe. Das Söhnchen des Chefs vom Stadtrat. Absolutes Mittelmaß, ein Schulschwänzer ohne Vision, der aber unbedingt ans Konservatorium sollte. Also gab man ihm meinen Platz.« Jura griff das Ruder fester und grinste bitter: »Und? Wie gefällt dir meine kleine Geschichte?«

»Nun ja …« Wolodja senkte den Blick, hatte Juras Wut, die dessen Gesicht mit roten Flecken überzog und seine Stimme schrill werden ließ, nichts entgegenzusetzen. Juras Ruderschläge waren, als er das Boot wieder in Bewegung setzte, so ruckartig, dass sie ins Schlingern gerieten. Also schwieg Wolodja erst einmal. Und als Jura die Sprache wiedergefunden hatte, sagte er bedrückt: »Kannst du dir vorstellen, wie es für mich war, als ich mich im Sommer darauf mit diesem Nomenklatur-Trottel in der *Schwalbe* wiederfand, in ein und demselben Durchgang und in ein und derselben Gruppe? Und dieser Scheißkerl, dieses Arschloch …«

»He, keine Beleidigungen«, sagte Wolodja halbherzig, doch Jura beachtete ihn nicht. Wie rasend schlug er das Ruder aufs Wasser und war bald von oben bis unten durchnässt.

»Er ist an allem schuld! Seinetwegen habe ich meinen Platz verloren! Er hat mein Leben zerstört! Und die

Demütigung, die ich in der Schule über mich ergehen lassen musste, hat ihm nicht gereicht. Er hat mich vor dem ganzen Lager als *Scheißjude* beleidigt. Da konnte ich mich nicht mehr zurückhalten und habe ihm vor allen eine verpasst. Der Schlag hat gesessen, das Blut schoss ihm nur so aus der Nase. Nie zuvor hatte ich mich geprügelt«, gestand Jura und grinste böse. »Ich wollte meine Hände schonen. Aber wofür denn, ich war ja kein Musiker mehr.«

»Warte mal, warum denn überhaupt *Scheißjude?* Bist du etwa jüdisch?«, fragte Wolodja.

»Mütterlicherseits«, sagte Jura, ohne ihn anzusehen.

»Aber wie hat Wischnewski das überhaupt rausgefunden?«

»Weiß nicht, wahrscheinlich hat er es in der Umkleide an meinem Pimmel gesehen.«

»Wie das denn?«, wunderte sich Wolodja.

Jura zuckte mit den Schultern. »Familientradition.«

Und da verstand Wolodja. Er zog die Augenbrauen hoch und musterte Jura schamlos von Kopf bis Fuß. »Ach so ... interessant ...«

Wolodjas neugieriger, fast schon penetranter Blick brachte Jura ganz durcheinander. Was er sich wohl gerade vorstellte? Jura errötete.

»Heiliger Strohsack, das ist ja schrecklich«, sagte Wolodja. »Du Armer.«

Jura bereute es inzwischen, sich ihm geöffnet zu haben. Dank seiner Offenherzigkeit war Wolodja unwissentlich in seine Intimsphäre eingedrungen und hatte es, seinem neugierigen Blick nach zu urteilen, nicht eilig, sich wieder hinauszubegeben. *Wenn ich über Zeitschriften reden möchte, macht er dicht, aber meinen Intimbereich zu kommentieren, findet er vollkommen in Ordnung,* regte sich Jura innerlich auf.

Zu allem Überfluss erinnerte ihn seine innere Stimme auch noch an den gestrigen Vorfall beim Frühsport, an die Gänsehaut, die seinen ganzen Körper überzogen hatte. Und als ob die Hitze auf dem Wasser nicht schon quälend genug wäre, kam auch noch ein innerliches Brennen hinzu, das seinen Körper versengte.

»Ich hab mir das doch nicht ausgesucht«, wehrte Jura ab. »Erstens hat mich niemand gefragt. Zweitens war ich noch sehr klein und kann mich an nichts erinnern. Und drittens … Hör auf, dir irgendwas vorzustellen.«

»Ich stelle mir gar nichts vor.« Wolodja schüttelte den Kopf und wurde rot. »Und wenn schon, immerhin handelt es sich dabei um eine alte Tradition … Bist du dann auch religiös?«

»Spinnst du? Nein!« Jura legte sich in die Riemen und blickte sich um. Um sie herum gab es keine Spur von Zivilisation: kein einziges Häuschen in Ufernähe. Bis zum Horizont kein Dach. Sie hatten bereits mehrere Kilometer zurückgelegt. Das Lager und die Anlegestelle waren längst hinter einer Flussbiegung verschwunden. Und nun umgab eine schöne, wenn auch ein wenig karge Landschaft sie. Sie kamen an Kiefernwäldern und an Feldern vorbei, über denen ein heißer Dunst schimmerte. In der Ferne erhob sich ein Hügel mit einem eleganten Pavillon auf der Kuppe. Doch sie hatten ein anderes Ziel. Und Jura wusste, dass sie bald da sein würden.

Plötzlich riss ihn Wolodjas sanfte Stimme aus seinen Gedanken. »Ich bin sehr froh, dass du mir davon erzählt hast. Von deiner Liebe zur Musik, meine ich. Mir ist klar geworden, dass ich dich überhaupt nicht kenne.«

»Ich dich ja auch nicht.« Jura zuckte mit den Schultern.

Wolodja sah seltsam berührt aus. »Ich möchte dir auch ein Geheimnis anvertrauen. Aber niemand darf je davon erfahren. Versprichst du mir das?«

Jura nickte.

Wolodja beugte sich zu ihm vor, als könnte es mitten auf dem Fluss irgendwelche Lauscher geben. »Du hast doch erzählt, dass du Verwandte in der DDR hast … Hast du je daran gedacht, das Land zu verlassen?«

»Na ja … also, meine Oma hat tatsächlich versucht, nach Deutschland zurückzukehren. Immerhin kommt sie ja von dort. Aber sie durfte nicht. Und klar, dort lebt ein Onkel von mir … aber nur zweiten Grades. Also ist es eher unwahrscheinlich …«

»Ich will weg«, unterbrach ihn Wolodja. »Und das ist nicht einfach nur ein Wunsch – es ist mein Lebensziel. Ich möchte ausreisen.«

Jura klappte die Kinnlade herunter. »Du willst dortbleiben? Aber das ist illegal, eine Straftat. Du bist Komsomolze. Und komplett linientreu.«

»Nur deshalb bin ich *linientreu*. Um mein Ziel zu erreichen. Jura, es ist im Grunde ziemlich einfach: Nur hundertprozentige Kommunisten dürfen frei ein- und ausreisen. Noch freier können sich Diplomaten mit einem bestimmten Auftrag bewegen.«

»Und um Diplomat zu werden, hast du dich am Moskauer Institut für Internationale Beziehungen eingeschrieben, habe ich recht?« Jura liefen kalte Schauer über den Rücken. Dieses Geständnis war brandgefährlich. Wenn jemand erführe, dass Wolodja seine Flucht plante, würde er unverzüglich aus dem Komsomol geworfen, und sein ganzes Leben, all seine Pläne wären zunichte. Trotzdem hatte er sich Jura anvertraut.

»Und wo willst du hin?«, fragte Jura.

»In die Vereinigten Staaten.«

Jura lachte auf: »Um auf einem Mustang die Prärie zu durchqueren?«

»Nein, auf einem Motorrad. Auf einer Harley Davidson. Kennst du die?«

Jura schwieg. Von einem solchen Motorrad hatte er noch nie gehört. Auch von der Arbeit eines Diplomaten hatte er keinen blassen Schimmer. Aber er wusste, dass er sich Sorgen um Wolodja machen musste. Er erinnerte sich daran, wie Wolodja gesagt hatte, dass sie ja immerhin nicht mehr unter Stalin lebten und keine Lebensgefahr bestand. Aber ungefährlich war, was er vorhatte, ganz und gar nicht.

In seiner Schockstarre hatte Jura gar nicht bemerkt, dass sie die nächste Flussbiegung erreicht hatten.

»Da sind wir ja schon. Wir sind da!«, rief er aus und deutete auf den Schilfgürtel links von ihnen.

Das Ruder schlug im seichten Wasser auf dem Grund auf. Jura wendete das Boot und steuerte es vorsichtig ins Schilf.

»Was hast du vor?«, fragte Wolodja verwundert.

»Vertrau mir. Und hilf mir mal. Kannst du das Schilf vor dem Bug zur Seite schieben? Du musst aber vorsichtig sein, nicht dass du dich schneidest.«

Wolodja richtete sich auf und sorgte mit ausgebreiteten Armen für freie Bahn. Das Schilf umgab sie von allen Seiten. Es knackte und rauschte und zerkratzte ihnen die Arme. Schließlich gab es das Boot frei, und vor ihnen eröffnete sich eine mit Seerosen bewachsene malerische

Bucht, die allerdings von Mücken umschwirrt war und moorig roch.

Die Ruder verfingen sich immerzu in Wasserpflanzen, und Jura musste sie dann herausheben, um die glibberigen Algen davon abzulösen. Über der Wasseroberfläche huschten Wasserläufer, und vom Ufer her war das Quaken der Frösche zu hören. Ein paar unerschrockene hatten es sich auf den Seerosenblättern gemütlich gemacht und beglotzten das vorbeifahrende Boot. Jura suchte mit seinen Blicken das Ufer ab, das einen Steilhang bildete.

»Schau, ein Reiher!«, rief er und deutete in Richtung Ufer.

»Wo denn?« Wolodja schob seine Brille nach oben, kniff die Augen zusammen und starrte in die Richtung, in die Jura gezeigt hatte.

»Dort, da ist er doch! Gut getarnt, das muss ich zugeben. Im Schilf fast nicht zu erkennen.« Jura ergriff Wolodjas Hand und zeigte damit in die Richtung, aus der ein langer Schnabel ragte.

»Ah, dort! Ja, ich sehe ihn«, flüsterte Wolodja begeistert. »Wie beeindruckend!«

»Hast du etwa noch nie einen gesehen?«

Wolodja schüttelte den Kopf. »Nein. Was für ein komischer Vogel … Steht auf einem Bein herum und tut so, als wäre er gar nicht da.«

Während Wolodja weiter den Reiher bestaunte, bemerkte Jura, dass er noch immer seine Hand festhielt. Und er hatte nicht vor, sie loszulassen. Auch Wolodja zog seine Hand nicht weg. Doch irgendwann musste Jura leider wieder das Ruder nehmen.

»Wir sind da«, verkündete er. »Schau doch, wie schön es hier ist.« Er wendete das Boot zum Hang hin, legte die

Ruder im Bootsinneren ab und lehnte sich zurück, bot sein Gesicht der Sonne dar.

Sie trieben zwischen schneeweißen Seerosen mit gelbem Kern dahin. Über ihnen schwirrten Libellen und erstarrten hin und wieder in der Luft.

Wolodja bewunderte den Gleithang und seine Blumen- und Insektenwelt. Jura bewunderte Wolodja. Gebannt starrte er auf das sanfte Lächeln auf dem Gesicht des Freundes und war bereit, jederzeit wieder bis hierher gegen die Strömung zu rudern und den Mücken zu trotzen – nur um noch einmal dieses Leuchten in Wolodjas Augen zu sehen.

»Wasserlilien. Wie schön.« Wolodja lehnte sich über den Bootsrand und berührte ihre weißen Blüten behutsam und ehrfürchtig. »Wie viele es hier gibt. Als wären wir in Andersens *Däumelinchen*.«

Jura sprang auf und brachte damit das Boot gehörig ins Schwanken.

»Lass uns eine pflücken«, schlug er vor, streckte sich nach einer Blüte aus und wollte sie greifen, als Wolodja ihm sanft auf die Hand schlug.

»Lass das! Weißt du etwa nicht, dass Wasserlilien unter Naturschutz stehen?«

Jura zog die Hand zurück.

»Es macht sowieso keinen Sinn, eine zu pflücken. Immerhin sind Wasserlinien, wie ihr Name schon sagt, Wasserpflanzen und verwelken, sobald man sie aus ihrer natürlichen Umgebung reißt. Du kannst sie also nicht irgendwo einpflanzen oder in eine Vase stellen. Also wirklich, Jura …«

»Ist ja gut, ist ja gut!« Jura zeigte seine leeren Hände vor. »Ich wollte doch nur, dass dir eine Erinnerung bleibt.«

»Ich werde mich auch so an dieses Naturschauspiel erinnern. Danke dir. Es hat sich wirklich gelohnt, in deine Seerosenbucht zu rudern.«

Sie saßen noch eine Weile still im Boot. Und beim Quaken der Frösche und dem Surren der Libellen begriff Jura plötzlich, wie sehr er seiner inneren Stille überdrüssig war. Dennoch erfüllte ihn an diesem Ort eine besondere sanfte Leichtigkeit, und er hätte nichts dagegen gehabt, bis zum Abend zu bleiben. Doch dann sah Wolodja auf seine Armbanduhr.

»Schon eine Stunde ist rum. Wir müssen das Relief ausfallen lassen, oder?«

»Na ja, hinrudern könnten wir schon, aber vom Ufer ist es noch ein ganzes Stück zu Fuß …«

»Schade …« Wolodja seufzte. »Dann heißt es, zurück in die *Schwalbe*?«

»Zumindest bald. Bis zum Hornsignal haben wir noch eine halbe Stunde.«

»Dann lass uns noch zehn Minuten irgendwo im Schatten ausruhen. Schau, da am Ufer ist ein schöner Platz.«

»Aber wenn wir dort hinrudern, machen wir mit dem Boot die Wasserlilien kaputt.«

Jura hätte schwören können, dass Wolodja entscheiden würde zurückzurudern. Doch nein, er strahlte übers ganze Gesicht und rief mit glühenden Augen: »Dann gehen wir woanders rasch an Land und springen ins Wasser und baden ein bisschen. Hier wird es doch sicherlich irgendwo ein passendes Plätzchen geben.«

Jura erinnerte sich an einen Uferabschnitt hinter der Flussbiegung – ein Strand war es nicht gerade, aber zumindest konnte man dort mit dem Boot anlegen. Doch es gab noch ein anderes Problem.

»Ich habe meine Badehose in der Baracke gelassen.«

»Wir springen einfach nackt in den Fluss.« Wolodja zwinkerte ihm zu und fing schon an, sein Hemd aufzuknöpfen. »Hier ist doch weit und breit keiner. Oder hast du Angst, die Schwalben gucken dir was ab?«

»Na gut.« Jura lenkte das Boot Richtung Ufer. Sollte er sich wirklich ausziehen? Klar, eigentlich war nichts dabei, sie waren ja unter sich. In der Dusche und der Umkleide war er auch nackt herumstolziert und hatte sich nichts dabei gedacht. Aber das hier war anders. Wolodja war anders.

Scheu nickte er und zog das Boot ans Ufer. Wolodja sprang hinaus. Jura drehte sich von Wolodja weg, als dieser sich auszog. Und erst als Wolodja schon im Wasser war, traute sich auch Jura, zog sich aus und stürmte ins Wasser, pflügte mit ausgebreiteten Armen durch das eisige Nass und tauchte unter.

Als er wieder auftauchte, sah er, wie Wolodja zum gegenüberliegenden Ufer schwamm und es schon fast erreicht hatte.

Ich wünschte, ich könnte das auch, dachte Jura und bestaunte Wolodjas breite, muskulöse Schultern, sah ihm beim Schwimmen zu. Es war, als wäre er ganz in seinem Element. So frei und ungezwungen. Und als Wolodja innehielt, seine Brille abnahm, in der Hand verschloss und abtauchte, legte das Wasser für eine Sekunde das frei, was Jura am gestrigen Morgen noch seltsam sehnsüchtig bewundert hatte. Nur für einen flüchtigen Augenblick, viel zu kurz, um auch nur ein zweites Mal hinzusehen. Doch lange genug, dass Jura einen Kloß im Hals hatte.

Und plötzlich fiel es ihm wie Schuppen von den Augen.

Die Erkenntnis war so simpel wie naheliegend. Warum war er erst jetzt dahintergekommen? Warum hatte er erst jetzt die *eine* Antwort auf seine tausend Fragen gefunden? Es war doch so einfach. Denn wer war Wolodja eigentlich für ihn? Ein Freund. Aber nicht *irgendein* Freund, sondern einer, an den er dachte, wenn er einschlief und wenn er aufwachte. Ein Freund, von dem er den Blick nicht abwenden konnte. Denn für ihn war er der schönste, gutmütigste, klügste und beste Mensch auf der ganzen Welt. Ein Freund, den er auf jene unergründliche, alberne und allgemein bekannte Art … *liebte.*

Nein, das kann nicht sein! Die Jungs aus seiner Clique hatten noch nie Witze darüber gemacht. Und worüber die keine Witze machten, das gab es nicht. Jura konnte einfach nicht glauben, dass er sich zu einem Freund so sehr hingezogen fühlen konnte, dass er …

Je länger er darüber nachdachte, desto mehr Angst bekam er. Was war mit ihm los? Gab es dafür irgendeinen Namen? Vielleicht handelte es sich dabei ja um eine Art psychischer Erkrankung? Oder war es doch die Müdigkeit? Vielleicht spielte sein Gehirn verrückt, und zu Hause, wenn er sich mal richtig ausgeschlafen hatte, würde alles wieder beim Alten sein. Bei dem Gedanken überfiel ihn Heimweh.

Doch gleichzeitig graute ihm davor, bald von Wolodja getrennt zu sein. Er wollte mit seinem Freund über seine Erkenntnis sprechen und ihm sagen, wie sehr er ihn mochte und wie froh er war, in seiner Nähe zu sein. Doch die Aussicht, vom Zehnmeterturm springen zu müssen, hätte ihm weniger Angst gemacht, als diese paar Worte auszusprechen. Doch was, wenn er sich dennoch trauen würde? Wenn er alles auf eine Karte setzen würde? Jura wusste, was dann geschehen würde: Wolodja würde ihn auslachen. Eine andere Möglichkeit gab es nicht.

Und selbst wenn Jura seine Gefühle plastisch erklären könnte und es ihm gelänge, Wolodja zu vermitteln, dass er nichts von ihm verlangte und sich ihm nur aus Freude und Zuneigung heraus mitteilte, würde Wolodja ihn nicht verstehen. Er konnte ja kaum für sich selbst einordnen, was er fühlte. Eine Sache gab es aber, die er ganz sicher wusste: Er würde für immer in Wolodjas Nähe bleiben, ihn niemals verlassen und schon gar nicht vergessen. Und auch dass sie weit entfernt voneinander lebten, würde daran nichts ändern können. Jura würde bis in alle Ewigkeit sein Freund sein, ganz egal wohin es ihn auch verschlagen mochte, ob auf einen anderen Kontinent, auf den Mond oder den Asteroiden B-612.

Jura verharrte wie angewurzelt auf der Stelle, das eiskalte Wasser umströmte ihn, und von oben schien die Sonne auf ihn herab. In seinem Kopf drehte sich alles, und er konnte nicht klar sehen. Die Wasserspritzer, die unter Wolodjas Händen hervorschnellten, brannten wie Funken in seinen Augen, und das Plätschern des Wassers dröhnte ihm in den Ohren. Jura sah regungslos dabei zu, wie sein bester und besonderer Freund sich abmühte, schnaufte und lachte. Wie erstarrt stand er hüfthoch im Wasser, die Arme an den Körper gepresst.

Und schon kam Wolodja zu ihm zurückgeschwommen, und Jura konnte nicht anders, als ihn ängstlich anzustarren und etwas völlig Dummes zu machen: seine Hände vor seinen Unterleib zu halten. Er wusste nicht genau, warum er das tat. Vielleicht aus einem Instinkt heraus oder vor Scham. Immerhin war er nackt. Doch nun nicht nur mehr äußerlich, sondern auch innerlich.

Wolodja richtete sich prustend aus dem Wasser auf, Wasser perlte an seiner Haut hinab. Fragend blickte er Jura an. »Alles gut bei dir?« Er legte ihm eine eiskalte Hand auf die Schulter.

»Alles gut«, murmelte Jura.

»Aber du bist ganz blass ...« Wolodja trat an ihn heran, streckte die Arme aus und war drauf und dran, ihn zu berühren, als Jura einen Satz zurück machte.

»Ich bin nur ... müde und auch ein wenig enttäuscht. Wir haben es nicht zum Relief geschafft«, erklärte Jura und spürte, wie er rot wurde.

»Sei nicht traurig«, winkte Wolodja ab. Und wenige Minuten später, als sie wieder angezogen im Boot saßen, versuchte er, Jura zu trösten. »Dann rudern wir halt wann anders hin. Reich mir die Ruder. Jetzt bin ich dran.« Und Jura lächelte erschöpft.

Auf dem Rückweg waren sie um einiges schneller, da die Strömung das Boot mit sich voranzog. Wolodja summte beim Rudern leise vor sich hin. Doch Jura gab sich keine Mühe, herauszufinden, um welches Lied es sich handelte, sondern starrte ins Wasser und dachte darüber nach, wie sehr er Wolodja mochte.

»Das ist ja mal eine Weide«, rief Wolodja plötzlich und deutete Richtung Ufer. »Siehst du sie? Groß wie ein Zelt. Oder wie ein Haus. Ich habe noch nie eine so hohe Weide gesehen.«

Eine Sandbank zu ihrer Rechten war zur Hälfte vom dichten Laubwerk der mächtigen Trauerweide verdeckt, die auf dem Hang dahinter stand und sich sanft zum Fluss hinabneigte.

»Jura, lass uns anhalten«, bat Wolodja und hob die Ruder.

»Dann schaffen wir es nicht rechtzeitig zurück«, sagte Jura, doch als er die Enttäuschung in Wolodjas Blick sah, konnte er nicht anders, als vorzuschlagen, den Ausflug zur Weide auf den nächsten Tag zu verschieben.

»Und was, wenn ich morgen das Boot nicht ausleihen darf?«

»Dann finde ich eben heraus, wie man von der Furt, die an unseren Strand grenzt, da hinwandern kann. Wahrscheinlich ist es nicht ganz ungefährlich. Das Ufer ist steil. Aber versuchen können wir es ja mal.«

»Ja, lass uns das morgen versuchen.« Wolodja konnte es kaum abwarten.

Jura stutzte. »Seit wann bist du denn so abenteuerlustig?«

Wolodja zuckte mit den Schultern. »Wahrscheinlich nehme ich mir an dir ein Beispiel.«

Am Abend machte sich Jura auf die Suche nach einem Weg zu der Weide. Indem er sich jede einzelne Weggabelung, jeden Abhang, jede Stolperfalle und jeden Stein einzuprägen versuchte, gelang es ihm zumindest für den Moment, das Gedankenkarussell anzuhalten, das in aberwitziger Geschwindigkeit in seinem Kopf kreiste.

Die Suche nach einem passenden Weg hatte so viel Zeit in Anspruch genommen, dass er erst eine Stunde nach Beginn der Probe im Theatersaal aufschlug, was jedoch nicht groß auffiel, weil die jungen Schauspieler und Wolodja voll und ganz in den Prozess vertieft waren. Jura tigerte rastlos durch die Sitzreihen und schaute zu.

Im Saal herrschte konzentrierte Stille. Jura schaute zum Klavier, das gerade nicht von Mascha malträtiert wurde, und bedauerte sehr, mit dem Erzählen seiner Geschichte den alten Schmerz und die alte Leidenschaft wieder in sein Leben geholt zu haben. Denn jetzt musste er andauernd daran denken, wie es sich anfühlen würde, den Deckel anzuheben und wenigstens für einen kurzen Augenblick über die Klaviertasten zu streichen – gar nicht, um sie anzuschlagen und Klänge zu erzeugen, sondern nur um endlich wieder das kühle lackierte Holz unter den Fingerspitzen zu spüren. Ehe er recht merkte, was er da tat, näherte sich Jura, während die Theaterbrigade mit ihrem Schauspiel beschäftigt war, dem Klavier und klappte den Deckel auf, wurde jedoch sogleich von Panik ergriffen und floh regelrecht.

Und so starrte er das geliebte Instrument aus einer der hinteren Sesselreihen an, biss sich auf die Lippe und knackte aus alter Gewohnheit mit den Fingern. Plötzlich drang eine Stimme zu ihm durch. Es war die der alten, böswilligen Prüferin mit der Dauerwelle. »Du kannst noch so sehnsüchtig die Arme nach dem Klavier ausstrecken und die Finger auf die Klaviatur legen – es wird dir nichts bringen. Du hast kein Talent und bist absolutes Mittelmaß. Eine Karriere in der Musikwelt kannst du vergessen. Indem du weiterspielst, streust du nur immer wieder Salz in die Wunde.« Nein, so hatte sie es ganz sicher nicht formuliert. Also war es doch Juras innere Stimme.

Das war's dann wohl. Jetzt höre ich sogar schon Stimmen, schimpfte er lautlos und verzog sich hinter die Kulissen.

Da er schon immer davon geträumt hatte, eines Tages als Filmvorführer zu arbeiten, rüttelte er an der Tür zum Vorführraum, die natürlich verschlossen war. Es gab nur einen weiteren Raum, der ihn ebenfalls interessierte, nämlich die Abstellkammer hinter der Bühne. Also ging er hinein und fand dort eine Schachtel Kinderfilme und einen Projektor. Ein kostbarer Fund, den er Wolodja nach der Probe feierlich präsentieren wollte.

Ungeachtet seiner Sorgen und seiner Schwermut stattete er am Abend Wolodja und seinen Kleinen einen Besuch ab, und alle gemeinsam suchten sie einen Diafilm aus. Die Wahl der Jungs fiel auf Gianni Rodaris *Zwiebelchen*, während die Mädchen für *Dornröschen* waren. Und nachdem sie eine Viertelstunde lang hitzig Argumente dafür und dagegen ausgetauscht hatten, ließen die jungen Kavaliere den Damen den Vortritt.

Als die Kinder endlich im Bett waren und zumindest so taten, als würden sie schlafen, gingen Wolodja und Jura, wie es ihnen zur Gewohnheit geworden war, zum Karussell. Juras Stimmung war im Keller. Er wollte sich weder unterhalten noch den Text für das Theaterstück umschreiben. Zu allem Überfluss fragte Wolodja immer wieder, was denn los sei. Doch Jura blieb schweigsam wie ein Partisan. Also hörte Wolodja irgendwann mit der Fragerei auf und versuchte stattdessen, ihn abzulenken. Den ganzen verbleibenden Abend summte er den Walzer aus Tschaikowskis *Dornröschen* vor sich hin und bewegte das Karussell im Takt vor und zurück. Jura schwieg bockig, konnte sich aber dann doch nicht zurückhalten und grummelte: »Du bist viel zu langsam. Hier hast du etwas ausgelassen. Und hier musst du einen Zahn zulegen.« Schlussendlich taute er auf und brachte Wolodja bei, den Walzer richtig zu summen. Und er selbst summte dann doch so viel und so lange und so ausgelassen, dass er in dieser Nacht von Ballerinen träumte und in seinem Kopf erstmals seit einem halben Jahr keine Worte ertönten, sondern Musik. So beglückende Tage und zauberhafte Nächte hatte er noch nie gehabt.

KAPITEL 9

Wie Tschaikowski

Noch vor seiner großen Entdeckung hatte sich Jura auf eine angenehme Art und Weise zu Wolodja hingezogen gefühlt und sich stets auf ihre lebendigen Gespräche und aufregenden Unternehmungen gefreut. Doch nun begann ihn die Intensität seiner Zuneigung zu quälen.

Und weil dieser Zustand zerquälter Scheu vollkommen neu und absolut verwirrend für ihn war, beschloss er, dass es klug wäre, Wolodja zu meiden oder gar einen Streit vom Zaun zu brechen, damit Wolodja sich von ihm abwandte. Aber sein Herz wollte nicht klug sein. Allein beim Gedanken daran, Wolodjas Stimme nicht mehr zu hören und sein Lächeln nicht mehr zu sehen, wurde ihm ganz elend. Es fühlte sich an, als hätte jemand einen Magneten hinter seine Rippen gezwängt, der ihn nun mit solcher Macht zu Wolodja hinzog, dass es ihm vorkam, als würde ihm der Brustkorb aufgerissen.

Während der Mittagsruhe wanderten sie zum Weidenbaum auf der anderen Flussseite. Jura war die Strecke bereits am Vortag in der Dämmerung abgegangen. Da es keinen Pfad zu der Weide gab, mussten sie sich durchs Unterholz schlagen, blieben an Geäst hängen und stolperten über Wurzeln.

Während Jura sich im Wald heimisch fühlte und gut vorankam, musste Wolodja stets im Auge behalten werden. Einmal stolperte er und wäre beinahe den sandigen Abhang hinab in den Fluss gerutscht, ein anderes Mal versank er um ein Haar in einem mit Wasserlinsen getarnten kleinen Sumpf.

Am Ende der Strapazen jedoch erwartete eine wunderbare Belohnung sie. Im gleißenden Sonnenlicht erinnerte die Weide an eine kühle Kirche, die Zuflucht vor der brennenden Mittagssonne bot.

Als sie die flauschigen, biegsamen Zweige mit beiden Händen beiseiteschoben, traten sie auf einen sanften Teppich aus Gras und dünnen Weidenblättern.

»Wie hell es hier ist!«, rief Wolodja begeistert und drehte sich in dem grünen Licht im Kreis. »Ich dachte, dass die Sonne es niemals durch diese dichte Baumkrone hindurch schaffen würde. Aber sieh dir nur diese Sonnenstrahlen an!«

Wolodja hatte das Kofferradio dabei, das er nun einschaltete. Zischend und leicht abgehackt ertönte klassische Musik – Vivaldi.

»Lass uns nach einem anderen Sender suchen«, schlug Jura vor. »Ich habe Lust auf etwas Fröhlicheres. Und ohne Gerausche, man versteht ja kaum was.«

Doch Wolodja blieb hartnäckig: »Nein, wir hören jetzt Klassik.«

»Ach, komm schon! Such doch lieber nach *Junost*. Die machen Programm für junge Leute und spielen ab und zu deine Lieblingsgruppe – Maschina Wremeni.«

Wolodja schüttelte den Kopf.

»Wieso denn nicht? Du magst die doch«, fragte Jura verdutzt.

»Und du magst klassische Musik. Welchen Komponisten eigentlich am liebsten?«

»Von den russischen auf jeden Fall Tschaikowski«, sagte Jura, wollte das gerade erklären, hielt jedoch argwöhnisch inne. »Worauf willst du eigentlich hinaus? Was soll das Ganze?«

»Hast du nie darüber nachgedacht, dass du noch immer versuchen kannst, ans Konservatorium zu gehen? Natürlich wärst du später dran als alle anderen, aber das ist doch eigentlich egal.«

»Nein, ich sage dir doch, ich habe keine Chance. Und jetzt mach das Ding aus. Warum quälst du mich damit?«

»Es geht mir nicht darum, dich zu quälen, aber wir brauchen ein passendes Stück für unsere Aufführung.« Wolodja warf ihm einen eindringlichen Blick zu.

»Und warum suchst du weiter, wenn du es doch eigentlich bei der *Mondscheinsonate* belassen willst?«

»Das habe ich noch nicht entschieden. Jetzt höre ich mich eben nach einer Alternative um.«

»Mascha kann sich das Stück aber so schnell nicht draufschaffen«, gab Jura zu bedenken.

Doch Wolodja winkte ab: »Das wird schon, sie hat keine andere Wahl.«

»Wollen wir dann nicht lieber in die Lagerbibliothek? Dort haben wir zumindest Notenbücher zur Verfügung.«

»Ach, Quatsch. Mit dem Radio können wir das Angenehme mit dem Nützlichen verbinden. Und wenn du jetzt mal aufhören würdest rumzunörgeln, würde uns vielleicht sogar was einfallen. Nun hilf mir schon, ich kenne mich mit Musik nicht aus.«

»Das merkt man. Wer sonst würde nach einer Sinfonie suchen, wenn nicht ein Laie?«

»Eine Sinfonie kann man doch auch auf dem Klavier spielen, oder etwa nicht?«

»An sich schon. Es ist nur eben eine blöde Idee.«

Dabei beließen sie es fürs Erste, drehten das Radio lauter und setzten sich in den von Weidengeäst geschützten Raum, holten Heft und Stift hervor und machten sich daran, Oleschkas Text nun endlich bis zur letzten Zeile umzuschreiben. Doch sie wurden andauernd abgelenkt.

»*Orchestersuite Nr. 3*, Bach!«, verkündete Jura irgendwann, ohne die Radioansage abzuwarten. Er hatte das Stück schon nach den ersten paar Klängen erraten.

»Nein, das passt nicht«, murmelte Wolodja.

»Es sei denn natürlich, du hast ein Sinfonieorchester in petto«, sagte Jura.

Das nächste Stück hatte Jura auch sofort erkannt und kündigte es mit großem Pathos an. »Und jetzt hören wir den *Kanon* von Pachelbel. Ein schönes Klavierstück, passt aber leider auch nicht zu unserer Aufführung. Es ist viel zu fröhlich.«

»Wirklich schön. Ich würde dich gerne im Anzug am Klavier sitzen und das spielen sehen.«

»Jetzt geht das wieder los. Du lässt nicht locker, was?«

»Nein«, sagte Wolodja mit einem Grinsen im Gesicht. Als er jedoch Juras finsteren Blick bemerkte, ruderte er zurück. »Also, wir brauchen ein Synonym für *verstecken*.«

»Vielleicht einfach *stecken*? *In die Baumhöhle stecken?* Das klingt doch gut.«

»Oder vielleicht lieber *legen*?«

Es ging nur zäh voran. Und als sie nach einer halben Stunde lediglich zwei weitere Sätze geschafft hatten, riss Jura Wolodja das Heft aus der Hand, setzte sich ins Gras und übernahm. Wolodja legte sich erschöpft neben ihn, schloss die Augen und legte seine Hände unter den Kopf.

»Ein Schläfchen wäre jetzt schön.« Sein Gähnen steckte auch Jura an, dessen Glieder ganz schwer waren. Doch er straffte sich und zog Wolodja auf: »Wirklich? Also in meinem Fall ist es ja kein Wunder, immerhin bin ich gestern den ganzen Tag im Wald rumgerannt. Aber ihr macht doch nichts anderes, als uns herumzukommandieren. Und während die Lagerküche und die Lagerleitung sich krumm arbeiten, liegt ihr unter Weidenbäumen herum und habt eine gute Zeit.« Jura lächelte. »Oder liege ich da falsch?«

»Du hast doch mitbekommen, wie sehr die Arbeit mit Kindern einen auslaugt.«

»Mir ist noch nie aufgefallen, dass du ausgelaugt bist.«

»Das liegt einzig und allein daran, dass ich mich andauernd aufrege. Und das treibt meinen Blutdruck in die Höhe.«

»Dann schlaf doch eine Runde, jetzt hast du die Gelegenheit.«

»Ich kann nicht. Wir sind noch nicht fertig für heute.«

»Ich mache das schon. Schlaf ruhig.«

Das ließ sich Wolodja nicht zweimal sagen: Er schloss die Augen und war augenblicklich eingeschlafen.

Im Radio lief Mozarts *40. Sinfonie*. Dann wurde Rachmaninows 2. *Klavierkonzert* gespielt, zu dessen lieblichen Klängen sich die Sonne langsam auf die Baumkronen in der Ferne senkte. Ein besonders heller Sonnenstrahl blitzte auf, durchbrach das Laubwerk und wanderte über Wolodjas Gesicht und drohte ihn zu blenden. Also rückte Jura ein wenig nach links, um ihn vor der Sonne zu schützen. Hin und wieder blickte er zu ihm hin, um sicherzugehen, dass er auch wirklich seine Ruhe hatte.

Plötzlich schlug ein warmer Windstoß Wolodjas Hemd hoch, und Jura konnte nicht anders, als hinzusehen: Wolodjas Bauch war flach und bleich, seine Haut wirkte zart. Wie es sich wohl anfühlen würde, die Haut zu berühren? Dieser Gedanke ließ Jura den Atem stocken und brachte seine Wangen zum Glühen. Und als er sich abwenden wollte, konnte er es nicht – er war wie erstarrt.

Inzwischen glühte sein Gesicht, und das Verlangen, mit den Fingerspitzen über diesen Bauch zu streichen, war schier überwältigend. Und obwohl er Angst hatte, Wolodja könnte aufwachen, konnte Jura sich nicht mehr zurückhalten und steckte vorsichtig und langsam eine zitternde Hand nach ihm aus, woraufhin Wolodja seufzte und den Kopf zur Seite drehte. Jura schrak zurück, beugte sich dann vor und wagte einen neuen Versuch. Und als seine Finger schon über dem Bauchnabel kreisten, fragte er sich plötzlich, ob er auch wirklich mutig genug war. Nein, er war es nicht. Jura atmete tief durch, zog Wolodjas Hemd zurecht und wandte sich ab.

Da saß er nun, verwirrt und regungslos. Das Klavierkonzert neigte sich dem Ende zu. Die letzte Minute, die Jura besonders gerne hatte, lief. Was war nur los mit ihm? Und wo kam plötzlich diese Enge in seiner Brust her? Wieder streckte er die Hand aus.

»Und, hast du es bald?«, fragte Wolodja plötzlich und ließ Jura zusammenzucken.

»Wie bitte? Ich? Nein, ich wollte gar nicht …«, stammelte er.

»Immer noch nicht fertig?«

»Nein.« Jura sprang auf und versuchte, sich auf seine Atmung zu konzentrieren: Er atmete tief ein und langsam aus. Atmete ein und wieder aus. Und dann noch einmal. Doch es nützte nichts, er war zittrig und am Ende.

Wolodja lag schweigend da und hatte die Augen wieder geschlossen. Hatte er etwas bemerkt? Seine Augen waren doch geschlossen gewesen. Oder nicht?

»Jura, alles gut bei dir?«

»Mir ist heiß«, zischte Jura, ohne sich zu ihm umzudrehen, und spurtete ins Wasser.

Auf ihrem Marsch zurück zur *Schwalbe* lauschten sie schweigend dem Radio. Und als ein neues Stück einsetzte, zuckte Jura bei den ersten Klängen zusammen. Dieses Stück kannte er so gut wie kein anderes. Abrupt blieb er stehen, und Wolodja, der ihm einige Schritte voraus war, drehte sich zu ihm um.

»Hörst du das?«, flüsterte Jura.

»Was denn? Keine Sorge, hier sind nur wir beide.«

»Das Stück! Wolodja, hör doch mal, wie schön.«

Wolodja hob das Radio in die Höhe. Jeder weitere Schritt konnte den Empfang stören. Also standen sie regungslos da und lauschten der Musik. Jura, nun nicht mehr blass, sondern rot, lächelte traurig, blickte zu Boden und bemerkte gar nicht, auf welch seltsame und durchdringende Weise er gerade betrachtet wurde, so sehr war er in die Musik vertieft.

»Ein schönes Stück, so ruhig und harmonisch«, sagte Wolodja hinterher. »Von wem ist es denn?«

»PIT«, flüsterte Jura ergriffen, blickte jedoch nicht auf.

»PIT?«

»Pjotr Iljitsch Tschaikowski. Das *Wiegenlied*«, sagte Jura.

Wolodja war Feuer und Flamme. »Das passt perfekt zu unserem Stück. Du hattest von Anfang an recht damit, dass ein Nocturne so gar nicht infrage kommt. Das *Wiegenlied* ist genau das, was wir brauchen. Umso besser, dass es von Tschaikowski ist: Das Notenbuch dazu gibt es ganz sicher in der Bibliothek. Lass uns nachher gleich nachsehen …«

»Ich habe dieses Stück geliebt und gehasst«, sagte Jura, als hätte er Wolodjas Worte gar nicht gehört.

Das *Wiegenlied* war sein Prüfungsstück gewesen. Er hatte es vorgespielt, und dann war alles in die Brüche gegangen. Doch ihn quälte nicht so sehr der Gedanke an sein Versagen, sondern vielmehr die Erinnerung, wie glücklich er gewesen war, als die Musik einst ein wichtiger und unverzichtbarer Teil seines Lebens war. Doch noch schlimmer war die Erkenntnis, dass er sich nie wieder so fühlen würde wie damals. Ohne Musik gab es für ihn keine Zukunft. Ihm blieb nur der Moment.

»Jura, bitte«, sagte Wolodja plötzlich, und Jura blickte ihn erschrocken an. »Ich habe es satt, so zu tun, als würde ich nichts bemerken.«

Jura stockte der Atem: Was hatte er bemerkt? Wusste er etwa Bescheid? Doch Wolodja schwieg.

Nachdem sie schon mehr als die Hälfte der Strecke zurückgelegt hatten, schaltete Wolodja aus Angst, dass sie die Batterien aufbrauchen würden, das Radio aus, und sie setzten ihren Weg in absoluter Stille fort. Sogar die Vögel schwiegen. Hin und wieder öffnete Wolodja den Mund, wollte etwas sagen. Aber erst als sie auf die Anlegestelle zusteuerten, nahm er seinen ganzen Mut zusammen und fragte: » … dieses *Wiegenlied* von vorhin … Verbindest du etwas damit? Du bist so blass geworden … Das kam mir merkwürdig vor.«

»Ich habe dir alles von mir erzählt. Mehr ist da nicht. Aber du witterst hinter jedem Wort ein Geheimnis, als ob du selbst Tausende hättest …«

»Na ja, Tausende nicht. Meine größten Geheimnisse kennst du. Aber ich habe natürlich noch mehr. So ist das bei uns Menschen eben.«

»Dann hau mal dein schlimmstes Geheimnis raus.«

»Ich hatte noch nie einen Freund wie dich und werde wahrscheinlich nie wieder einen haben. In letzter Zeit erkenne ich mich immer mehr in dir wieder. Und wie gesagt … Eigentlich meide ich ja Menschen. Und dafür gibt es natürlich einen guten Grund.«

Er schwieg. Anscheinend hatte er sich fest vorgenommen, Jura etwas Wichtiges zu sagen, und musste nun noch den nötigen Mut dafür aufbringen.

»Der wäre?«, fragte Jura.

»Ich bin wie Tschaikowski«, platzte Wolodja heraus.

»Was soll das denn heißen?«

Wolodja wandte sich Jura zu und schaute ihm direkt in die Augen – so intensiv, dass Jura nervös zu blinzeln begann. Doch schon im nächsten Augenblick war Wolodja wieder er selbst – ein übereifriger und ziemlich überheblicher Gruppenleiter, der nun energisch verkündete: »Weil auch ich Musik mag.«

»Oh Mann! Was für ein schreckliches Geheimnis!«

»Aber wegen Tschaikowski … Weißt du das nicht?« Wolodja lachte schrill.

»Was denn?«

»Na ja, Tschaikowskis Privatleben …«

»Was denn genau? Ich weiß, wo er geboren wurde,

in welchen Städten er gelebt und welche Stücke er geschrieben hat. Tschaikowskis letztes Werk heißt *Sinfonie Pathétique. Pathétique* bedeutet pathetisch, die Musik ist also voller Gefühl und Dramatik, aufgespannt zwischen Leben und Tod«, dozierte Jura. »Also, er hat das Stück komponiert, dirigiert und ist zehn Tage nach der Premiere gestorben.«

»Ach so, das ist natürlich toll, das wusste ich nicht.«

»Was daran soll denn toll sein? Dass er gestorben ist?«

»Nicht so wichtig.«

»Komm, sag schon!«

»Ich habe sein Tagebuch gelesen. Eine englische Übersetzung, aber dafür ungekürzt.«

»Sein Tagebuch? Handgeschrieben? Keine Biografie, sondern sein echtes Tagebuch?«, rief Jura begeistert aus.

»Ganz genau«, antwortete Wolodja mit einem verschmitzten Lächeln auf den Lippen. Sein Gesichtsausdruck schien zu sagen: *Endlich weiß ich mal etwas über Musik, das du nicht weißt.*

Jura knackte aufgeregt mit den Fingern und murmelte: »Ich wusste gar nicht, dass eins existiert. Und was steht drin? Und warum ist es auf Englisch? Gibt es das nicht auf Russisch?«

»Doch, schon, aber nur zensiert.«

»Warum das denn?«

»Na ja, in den Tagebüchern steht halt viel … Persönliches.«

»Erzähl!«, rief Jura aus. »Was denn? Sag schon! Wie war er so? Und wie hat er komponiert?«

»Er war sehr launisch, hatte Wutanfälle und trank. Außerdem hat er Karten gespielt. Er war ein Spieler.«

Das Leuchten in Juras Augen erlosch. »Kein Wunder,

dass das herausgekürzt worden ist. Sollen die Amerikaner doch Gemeinheiten über russische Genies verbreiten. Wir brauchen so etwas nicht. Warum sollten wir uns auch mit Tschaikowskis schlechten Seiten auseinandersetzen? Und warum musstest du mir das erzählen?«

»Du hast danach gefragt. Und ich will Tschaikowski auch gar nicht schlechtmachen, sondern dir zeigen, dass auch er nur ein Mensch war. Weißt du eigentlich, dass er nie verheiratet war?«

»Und wenn schon.«

»In Ordnung. Ich hab schon verstanden, du findest das Thema uninteressant. Wie er komponiert hat? Jeden Tag, nach einem strikten Zeitplan. Auch an schlechten Tagen. Und er hat sich die Kompositionen anderer angehört, um von ihnen zu lernen und auf dem neusten Stand zu sein. Und manchmal auch misslungene Stücke, um aus den Fehlern anderer zu lernen.«

»War er mit seiner eigenen Arbeit unzufrieden?«

»Ständig.«

»Und hat er auch Musik gehört, während oder bevor er komponiert hat? Ich meine … in seinem Kopf?«

»Ja, aber nicht immer.«

Während sie sich über Tschaikowski unterhielten, stiegen sie zur Furt hinab und wateten durch den Fluss. Kaum hatten sie den Maschendrahtzaun erreicht, ertönte das Hornsignal, und sie eilten durchs Lager. Unterwegs stießen sie auf Mascha, die sich erschöpft auf einer Bank neben dem Tennisplatz ausruhte und sie zurückhaltend grüßte.

Zurück in seiner Gruppe, stellte sich Jura mit allen anderen in Zweierreihe auf. Doch er hörte Irina Petrowna nicht zu, sondern dachte darüber nach, dass Wolodja wohl recht hatte. Sogar ein so großartiger Komponist wie

Tschaikowski war zunächst mal nur ein Mensch. Und wenn sogar Tschaikowski es mit seinen fünfundzwanzig Jahren geschafft hatte, eine langweilige Zukunft als Staatsdiener gegen die Musik einzutauschen, dann würden vielleicht auch Juras Träume irgendwann wahr werden. Dieser Gedanke, so vage er auch sein mochte, gab ihm Mut. Und tief in seinem Inneren verspürte er den Wunsch, sich ans Klavier zu setzen und etwas Heiteres zu spielen. Vielleicht sogar Pachelbels *Kanon*.

Nach der Vesper wurde Jura mit so vielen Aufgaben überhäuft, dass er Gefahr lief, bis zum Abend nicht fertig zu werden. Also flehte er Irina an, ihn von seinen Pflichten freizusprechen, und erklärte ihr, dass er mit dem Theaterstück alle Hände voll zu tun hatte. Doch die Gruppenleiterin blieb hart.

»Die Betten beziehen sich nicht von alleine. Pack mit an, statt rumzujammern, dann sind wir ruck, zuck fertig.«

»*Wir?* Sie wollen helfen? Das ist ja mal was Neues …«, höhnte Jura. »Die Lichterketten musste ich aufhängen, weil ich der Größte bin, die Matratzen musste ich hin und her schleppen, weil ich der Stärkste bin, und beim Theaterstück musste ich mitmachen, weil ich der Älteste bin. Und warum genau muss ich jetzt die Betten beziehen? Weil ich der Faulste bin?« Wütend schnappte er sich ein Laken und bezog eines der Betten.

»Genau. Du hast bislang noch keinen einzigen Dienst übernommen und fühlst dich trotzdem gegängelt.«

»Aus gutem Grund.«

»Worauf willst du hinaus?«, fragte Irina gereizt. »Geht es um Schenja?«

»Nein, es geht um Mascha. Wieso dachtest du überhaupt, dass ich derjenige bin, mit dem sie sich nachts trifft?«

»Das war nur so eine Vermutung.«

»Ja, aber warum?«

»Ihr wart die Einzigen beiden, die nicht in ihrer Baracke waren. Außerdem seid ihr die Ältesten, also dachte ich, dass ihr vielleicht miteinander geht. Aber das ist doch jetzt egal.«

»Nein, das ist nicht egal. Nächstes Mal bitte erst prüfen, ob ich schuld bin.«

»Na sieh mal einer an … Juri Iljitsch, genannt Jura, hat beschlossen, mich zu duzen und mir zu sagen, was ich zu tun und zu lassen habe. Ich Glückliche …« Irina ließ ihren prüfenden Blick über das Mädchenzimmer schweifen und drückte Jura ein Kissen zum Beziehen in die Hand. »Uljana hat schon wieder Blumen bekommen. So viele Verehrer …«, sagte sie mit einem Lächeln, strich ein Bettlaken glatt, sah sich ein letztes Mal im Zimmer um und lächelte zufrieden. »Das haben wir gut gemacht! Sie können gehen, Juri Iljitsch.«

Als Jura die Baracke verließ, beschloss er, das Feilen am Theaterstück zu verschieben und stattdessen zu seinem Geheimversteck zu gehen.

Im letzten Jahr hatte Jura ein Loch in den Zaun hinter der Baustelle geschnitten, auf der sich seither viel getan hatte. Während im Vorjahr nur das Fundament gestanden hatte, erhob sich darauf nun ein vierstöckiger Rohbau. Juras Schlupfloch war geschlossen worden. Und auch wenn dieser einsame Ort nun keine Fluchtmöglichkeit mehr aus dem Lager bot, konnte man hier noch immer ausgezeichnet Dinge verstecken. Zwischen aufgestapelten Betonplatten zum Beispiel.

Als Jura seine Papirossy zwischen den Platten hervorholte, brachte der Adrenalinschub seine Hände zum Zittern. Das Rauchen selbst war ihm mehr oder weniger egal, ihm ging es um das geheimnisvolle Ritual drum herum, das darin bestand, seine Jawas hervorzuholen und, damit die Hände auch wirklich keinen Rauch abbekamen, einen dünnen Zweig zu knicken, die Zigarette dazwischenzuklemmen und anzuzünden. Eigentlich hätte man gar nicht rauchen müssen, sondern sich hauptsächlich umsehen, ob auch wirklich niemand in der Nähe war.

Vorfreudig holte Jura die Papirossy aus ihrem staubigen Versteck und war gerade dabei, sich eine anzuzünden, als er sah, wie Ptschjolkin ganz in der Nähe in einem Haufen Bauschutt herumwühlte.

»He!«, schrie Jura und bemerkte erst dann, dass er die Papirossa in der Hand hatte.

»Erwischt! Ich werde denen sagen, dass du rauchst«, drohte ihm Ptschjolkin frech an.

»Dann sage ich, dass du dich auf der Baustelle herumtreibst. Was machst du überhaupt hier?«

»Ich suche nur einen Schatz, aber du rauchst«, sagte Ptschjolkin und streckte Jura die Zunge heraus.

»Ich rauche nicht, sondern halte die Zigarette nur in der Hand. Sie ist nicht einmal angezündet«, antwortete Jura und steckte die Papirossa in seine Hosentasche.

»Ich sage es trotzdem. Außer du sagst mir Schimpfwörter, die man kennen muss«, ging Ptschjolkin umstandslos zu Erpressung über.

»Dafür bist du noch zu klein. Ich kann dir gerne ein Scherzlied beibringen, aber ohne Schimpfwörter.«

Ohne auf das Schlichtungsangebot einzugehen, sprintete der Kleine plötzlich los, rannte in Richtung Sportplatz und schrie lauthals: »Jura ist ein Hund und hat Dampf im Mund!« Jura stürmte hinterher. Doch weil Ptschjolkin so klein war, hatte er einen Vorteil. Er rannte nicht wie Jura um die Sportgeräte herum, sondern rollte sich unter ihnen durch. Jura hatte den weiteren Weg, also blieb ihm nur, immer wieder hilflos zu schreien, Ptschjolkin solle gefälligst stehen bleiben.

»Jura! Petja!«, hörte er jemanden rufen, doch das konnte ihn nicht aufhalten.

Er rannte immer weiter, bis er Ptschjolkin so nah war, dass er nur noch die Hand ausstrecken musste. »Konew! Ptschjolkin! Stehen bleiben!«, donnerte die Stimme.

Also blieben Ptschjolkin und er stehen und sahen Wolodja entgegen, der mit zornesbleichem Gesicht und geballten Fäusten über den Sportplatz auf sie zukam. Und als er Ptschjolkin einen Todesblick zuwarf, wusste Jura, dass der Knirps abgehauen war.

»Petja, was soll das werden? Wo hast du dich herumgetrieben?«

Ptschjolkin schaute Jura herausfordernd an. Und Jura gab sich geschlagen. »Ist ja gut. Ich bring dir welche bei.«

»Abgemacht!«

»Abgemacht?«, ging Wolodja dazwischen. »Was habt ihr denn vor? Jura?«

»Nichts. Ich habe gesehen, wie Petja im Bauschutt gewühlt hat …«

»Wieso das denn?«

»Ich habe doch nur nach einem Schatz gesucht«, piepste Ptschjolkin.

»Petja, hier gibt es keinen Schatz, du hättest dich verletzen können«, zischte Wolodja durch zusammengebissene Zähne.

»Aber Jura hat uns doch gesagt, dass es einen gibt.«

»Das hat er sich nur ausgedacht. Nicht wahr?« Nachdem Wolodja sich vergewissert hatte, dass Ptschjolkin auch wirklich heil und unversehrt und von Kopf bis Fuß schmutzig war, wie es sich gehörte, atmete er durch.

»Wolodja hat recht. Es gibt keinen Schatz«, pflichtete Jura ihm bei.

»Das stimmt nicht. Es gibt einen, vielleicht keinen Goldschatz, aber das ist auch egal. Und ich werde ihn heben.«

»Ich verbiete dir, auf die Baustelle zu gehen. Dort ist es gefährlich. Wenn ich dich noch einmal dabei erwische, kannst du dir die Badeausflüge an den Fluss für den Rest deiner Zeit im Lager abschminken. Hast du mich verstanden?«, sagte Wolodja so streng wie möglich.

»Erst verarscht ihr mich mit der Geschichte, dass da ein Schatz ist, und dann werde ich auch noch bestraft? Das ist nicht gerecht«, schmollte Ptschjolkin.

»Noch wirst du nicht bestraft. Aber beim nächsten Mal, wenn du deinen Fuß auf die Baustelle setzt«, beschwichtigte ihn Wolodja und wandte sich Jura zu: »Und was hattest du auf der Baustelle zu suchen?«

»Ich war spazieren«, murmelte Jura. Die Papirossa, wenngleich nicht angezündet, schien sich durch seine Hosentasche zu brennen. Als er Ptschjolkins freches Grinsen sah, bekam er plötzlich ein schlechtes Gewissen. Immerhin ging er, indem er log, ganz eindeutig mit schlechtem Beispiel voran.

»Ich habe geraucht«, gab er also zu und zog den Kopf ein, als er sah, wie Wolodja seine Brille zurechtrückte: *Das war's dann für mich*, dachte er.

Doch Wolodja hatte gar nicht vor, ihn zusammenzufalten, sondern zuckte nur hilflos mit den Schultern und murmelte erschöpft: »Machst du mir jetzt auch Ärger? Wie kannst du nur? Wir sind in einem Pionierlager, hier laufen überall Kinder rum … Schämst du dich nicht?«

»Doch, natürlich. Ich lasse es ab jetzt bleiben, großes Pionierehrenwort.«

Wolodja schwieg, und Jura ahnte, dass er ordentlichen Ärger bekommen hätte, wenn Ptschjolkin nicht neben ihnen gestanden und neugierig ihren Wortwechsel verfolgt hätte. Doch so blieb die große Standpauke aus.

»Und dein großes Pionierehrenwort bringt mir gar nichts. Da musst du mir schon dein persönliches Ehrenwort geben.«

»Dann gebe ich dir hiermit mein persönliches Ehrenwort.«

»In Ordnung, Konew. Aber wage es nicht, mein Vertrauen noch einmal zu missbrauchen. Und du, Ptschjolkin? Was ist mit dir?«

»Ich gebe dir mein Oktoberkinderehrenwort, dass ich nicht mehr zur Baustelle gehen werde.«

»Ihr beide … seid echt wie die Äffchen im Zoo.«

»Und da kommen auch schon die Schlangen.« Jura deutete auf das infernalische Mädchentrio, das auf sie zusteuerte.

»Du bist unmöglich.«

»Ich sag's, wie's ist.« An die Mädchen gewandt, fügte er hinzu: »Was macht ihr denn hier? Sind die Kostüme etwa schon fertig?« Der kleine Ptschjolkin zog unterdessen an seinem Arm und wollte wohl sagen: *Du hast selbst verraten, dass du geraucht hast. Das war ich nicht. Also her mit den versprochenen Schimpfwörtern.*

»Ja … so in der Art«, sagte Polina und blickte unsicher zu Wolodja.

»Wir sind noch dabei«, ergänzte Uljana, und Ksjuscha brachte es schließlich auf den Punkt: »Nein, wir sind noch nicht fertig.«

Und während sie im Kreis dastanden, gesellte sich eine weitere Person zu ihnen.

»Ähem …«, entschuldigte sich der Lagerleiter.

»Guten Tag, Pawel Alexandrowitsch!«, begrüßten ihn alle sechs im Chor.

»Guten Tag, liebe Kinder. Wolodja … ähem … hast du einen Moment?«

Und nachdem sie beiseitegetreten und die Mädchen weitergegangen waren, fing Ptschjolkin an zu betteln: »Jura, jetzt sag schon. Echte Schimpfwörter. Komm schon.«

Jura gab sich geschlagen, wählte aber zwei halbwegs unverfängliche aus. Als der Kleine sich glücklich verzogen hatte, hatte auch Wolodja sein Gespräch mit Pawel Alexandrowitsch beendet, und Jura ging zu ihm.

»Was wollte Pawel Alexandrowitsch von dir?«

»Er wollte sich entschuldigen. Aber natürlich nur unter vier Augen. Er hat mich vor einer Stunde vor den Kindern angeschrien. Guter pädagogischer Ansatz, nicht wahr? Als ob die Kinder je wieder auf mich hören, nachdem mich der Lagerleiter höchstpersönlich zusammengeniest hat.«

»Das tut mir leid. Worum ging's denn?«

»Um das Theaterstück. Der Lagergeburtstag ist schon am Freitag. Und wir haben noch so viel zu tun. Aber vielleicht fragst du lieber, wegen wem er mich angeschrien hat …«

»Doch nicht etwa wegen mir …«

»Nein, dieses Mal bist du fein raus.«

»Dann Ptschjolkin?«

»So ist es.«

»Dieser Giftzwerg … Hat ihn denn niemand unter Kontrolle?«

»Er ist der Neffe des Direktors. Was denkst du denn?«

»Warum macht er eigentlich beim Theaterstück nicht mit?«

»Er nimmt lieber den Bastelraum auseinander.«

»Ein zukünftiger Konstrukteur!«

»Er ist wohl eher für die Destruktion zuständig.«

»Ganz wie Matwejew.«

»Aljoscha? Ja, stimmt, der macht auch alles kaputt. Ptschjolkin ist doch eigentlich ganz süß. Aljoscha ist halt älter und leider immer noch nicht weiser.«

»Da hast du wohl recht. Und trotzdem hat nicht Segelohr-Aljoscha die Lichterkette kaputt gemacht, sondern ich. Aber irgendwie kriegt er nie Ärger. Man überträgt ihm einfach nur keine Aufgaben. Mich dagegen haben sie fast rausgeschmissen.«

»Weil er so nett und unbekümmert ist. Jeder mag ihn. Dann musst du deinen Unfug in Zukunft wohl immer mit einem unschuldigen Lächeln im Gesicht machen.«

»Ein guter Rat, ein bisschen seltsam aus dem Mund eines Komsomolzen.«

»Am Moskauer Institut für Internationale Beziehungen sind wir alle so – sitzen immer zwischen den Stühlen.«

»Ihr Janusköpfe!« Jura lachte auf.

»Ganz wie der zweigeteilte Forschungsinstitutsleiter Janus Poluektowitsch aus dem Roman der Brüder Strugatzki *Der Montag fängt am Samstag an*«, zwinkerte Wolodja ihm zu. »Aber Spaß beiseite. Der Lagerleiter hat sich und Olga Leonidowna für die morgige Probe angekündigt. Sie wollen schauen, wie weit wir sind. Deshalb muss der Text heute unbedingt fertig werden – koste es, was es wolle. Ich habe gerade tausend Sachen zu tun, kommst du auch ohne mich zurecht?«

»Ja, na klar. Geh nur«, sagte Jura.

»Geh du doch am besten irgendwo hin, wo es ein wenig ruhiger ist. In deine Baracke zum Beispiel. Dort kannst du dich besser konzentrieren.«

»In Ordnung.«

»Du bist toll, danke. Die Probe kannst du selbstverständlich ausfallen lassen.« Wolodja wandte sich ab und sagte im Weggehen: »Ach, am Abend wie immer auf dem Karussell ...« Mascha, die gerade vom Sportplatz kam, rief er zu: »He, Mascha! Hast du gerade Zeit? Magst du mit mir zur Probe kommen?«

Mascha ging mit einem seligen Lächeln zu ihm hin. Wolodja nickte Jura noch einmal zu, drehte sich um und ging gemeinsam mit Mascha zu Lena, um ihr die Aufsicht für seine Gruppe zu übertragen. Doch das, was Jura stutzig machte, war Wolodjas Hand auf Maschas Schulter. Und er sollte den Text ganz allein umschreiben, und zwar in der Baracke, als ob seine Anwesenheit im Theatersaal stören würde. Doch als er auf seinem Bett lag und sich in den Text versenkte, waren alle Zweifel vergessen. Wolodja hatte recht gehabt: In der Stille seines Zimmers konnte er tatsächlich hervorragend arbeiten.

KAPITEL 10

Geküsst

Jura hatte Oleschkas Textpassagen so schnell von allen R befreit, dass er vor Probenbeginn fertig war und der Rest der Brigade noch mit Lagerpflichten beschäftigt war und mit Schaufel, Harke, Eimer über den Platz wuselte. Gut gelaunt stürmte Jura in den Theatersaal.

Der Saal war leer. Nur Mascha und Wolodja waren da. Mit den Textblättern wedelnd, stürmte Jura die Bühne. Und erstarrte. Mascha spielte nicht die *Mondscheinsonate*, sondern eine andere Melodie, die Jura liebte und zugleich hasste. Eine eiserne Hand umschloss sein Herz. Das hier war Tschaikowskis *Wiegenlied* – das Stück, über das er mit Wolodja gesprochen hatte. Das Stück, mit dem er in der Prüfung durchgefallen war.

Mascha spielte es fehlerhaft. Sie spielte es grässlich: Beeilte sich an den falschen Stellen, hielt an den falschen Stellen inne und verfehlte häufig die Tasten. Diese Katzenmusik machte Jura Kopfschmerzen. Aber Wolodja gefiel Maschas Spiel offensichtlich. Über Mascha gebeugt stand er hoch konzentriert da, hatte den Ellbogen aufs Klavier gestützt und nickte hin und wieder, während Mascha verliebt zu ihm aufblickte und sich prompt verspielte.

»Für den Anfang nicht schlecht, jetzt heißt es üben«,

sagte Wolodja sanft, als Mascha das Stück zu Ende gespielt hatte. »Uns bleibt aber nicht viel Zeit. Meinst du, du schaffst das?«

Mascha nickte. »Dann fange ich nachher an zu üben, während ihr probt. In Ordnung?«

»Gute Idee«, antwortete Wolodja.

Jura räusperte sich, und Wolodja schrak hoch. »Oh, du bist das! Hast du den fertigen Text dabei?«

»Ja«, antwortete Jura trocken.

»Perfekt. Und übrigens, ich habe eine Rolle für dich gefunden.«

»Wo hast du die denn hergezaubert?«

»Sie war fest eingeplant. Du bist bisher nur noch nicht dazu gekommen, das Stück zu Ende zu lesen.«

Wolodja hatte recht. Jura hatte sich einzig und allein auf Oleschkas Text konzentriert und die restlichen Rollen außen vor gelassen.

»SS-Mann Krause. Nur eine Nebenrolle, aber eine wichtige. Wenig Text, bis morgen müsstest du den auswendig können. Meinst du, du schaffst das?«, wiederholte Wolodja die Frage, die er zuvor Mascha gestellt hatte. Jura war aufgebracht. Er wollte nicht. Er fühlte sich nicht wohl dabei, einen Deutschen zu spielen. Selbst wenn er im Laufe der Handlung getötet werden würde, wäre es irgendwie Verrat. Jura war klar, dass er sich, um die Rolle ablehnen zu können, Wolodja gegenüber erklären musste. Aber das wollte er nicht, schon gar nicht in Maschas Anwesenheit. Die Trauergeschichte seiner Familie wurde auf jedem Familienfest, bei jedem Treffen mit Verwandten und Freunden ausgepackt und kam ihm so banal und so jüdisch vor – zu ähnlich den Geschichten Abertausender anderer Familien, die zu dieser Zeit in Deutschland gelebt hatten. Jura hatte die Geschichte immer wieder von seiner Großmutter gehört und konnte Wort für Wort nacherzählen, welche Mühen sein Großvater auf sich genommen hatte, um seine schwangere Ehefrau gerade noch rechtzeitig vor Beginn des Holocaust aus Deutschland in die UdSSR zu bringen. Wie er nachkommen wollte, aber dann spurlos verschwand. Wie sie auf ihn gewartet hatte und ihn nach Kriegsende über Verwandte in Europa, die wie durch ein Wunder überlebt hatten, unermüdlich suchte. Wie seine Spur nach Dachau führte. Wie sie über diesen Ort schreckliche Dinge erzählt bekam. Dem gesunden Menschenverstand zum Trotz hatte sie bis zuletzt darauf gehofft, dass ihm die Flucht gelungen war und er sie nur nicht wiedergefunden hatte.

Damit die Geschichte nicht starb, war nun Jura an der Reihe, sie zu erzählen. Und er war bereit, sie mit Wolodja zu teilen. Aber niemals mit Mascha.

»Ja, in Ordnung«, murmelte Jura und nahm die Seiten, die Wolodja aus seinem Notizbuch herausgerissen hatte und ihm hinhielt.

Missmutig las er vor: »›Sie sind doch aus Leningrad. Ihre Stadt ist längst eingenommen. Aber wenn sich das Fräulein bereit erklärt, dem Deutschen Reich einen kleinen Dienst zu erweisen …‹«

»Nicht jetzt«, unterbrach ihn Wolodja. »Lern erst mal auswendig, dann proben wir. Wir würden dich nur stören … Du kannst gehen.«

»Wie jetzt?«, fragte Jura entgeistert. »Schmeißt du mich gerade raus?«

»Nein, natürlich nicht«, suchte Wolodja, ihn zu beschwichtigen. »Nach der ganzen Umschreiberei hast du dir einen freien Tag verdient. Du kannst deinen Text üben und dich ein bisschen ausruhen.«

Jura würde nirgendwo hingehen, das war klar. Er verzog sich in den Zuschauerraum. Sein Enthusiasmus war wie weggeblasen, und selbst als Wolodja Oleschka, der kurz darauf den Theatersaal betrat, das umgeschriebene Skript feierlich überreichte, woraufhin sich der Knirps überschwänglich bedankte, sofort begann, seinen Text eifrig vorzulesen, und tatsächlich viel besser war, verspürte Jura keine Freude.

Sobald die Brigade vollzählig war, wurde geprobt. Wolodja gab den jungen Schauspielern Anweisungen, Polina und Ksjuscha tuschelten, und Jura saß wütend auf seinem gewohnten Platz in der ersten Reihe und kämpfte gegen das Verlangen an, sich die Ohren zuzuhalten. Mascha klimperte auf dem Klavier herum, dass ihm die Haare zu Berge standen.

Er hatte das *Wiegenlied* so oft gespielt, dass er sich nun nicht mehr als Interpreten, sondern gewissermaßen als Komponisten sah. Wie viele Stunden es in seinem Kopf erklungen war, wie viele Stunden er am Klavier zugebracht hatte, damit es ihm in Fleisch und Blut überging. Er hatte experimentiert und zu verstehen versucht, wie Tschaikowski dieses Stück gemeint hatte. Doch jetzt wurde es von jemand anderem kaputtgespielt.

Von Mascha. Und das Schlimmste war, dass sie das *Wiegenlied* nur spielte, um Wolodja zu gefallen. Und anscheinend gefiel es ihm. Immer wieder ließ er sich von der Probe ablenken, trat ans Klavier, nickte zufrieden und flüsterte ihr etwas ins Ohr. Jura konnte sich des Eindrucks nicht erwehren, dass er sie lobte.

Jura schien der Einzige zu sein, der verstand, dass

Mascha nicht so spielte, wie das Stück gespielt werden musste. Er wusste, dass er es viel, viel besser spielen konnte und dass Wolodja sein Spiel lieben würde. Doch er konnte sich nicht dazu durchringen, sich ans Klavier zu setzen. Nur über seine Leiche!

Und so spielte Mascha immer weiter. Sie spielte das Stück zu Ende, begann von vorne, spielte zu Ende und begann von Neuem und marterte Jura, der vergeblich versuchte, sich auf die Probe zu konzentrieren, und immer zittriger und wütender wurde. Irgendwann hielt er es nicht mehr aus. Er sprang auf die Bühne und musste sich zurückhalten, um nicht den Klavierdeckel zuzuschlagen und Mascha die Finger einzuklemmen.

»Hör auf!«, schrie er. »Hör auf zu spielen, sag ich!«

Mascha hob die Hände von den Tasten und starrte Jura ängstlich an. Im Saal herrschte atemlose Stille. Alle standen wie erstarrt da. Oleschka hatte seinen Text zu einem Fernrohr gerollt und schaute hindurch, Wolodja verharrte in einer Art Kniebeuge über dem Stuhl, auf den er sich gerade hatte setzen wollen, Polina und Ksjuscha hatten die Hand vor den Mund geschlagen, und Petlizyn umklammerte seine Mundharmonika. Sie alle hatten sich Jura zugewandt und starrten ihn an. Doch das nahm er in seinem Furor gar nicht wahr.

»Mascha, das ist fürchterlich!«, rief er aus. »Du spielst das *Wiegenlied,* als wäre es eine Polka. Wo fliegt denn dein Akkompagnement die ganz Zeit hin? Warum übertönt es deine Hauptmelodiestimme? Und das ist noch nicht mal das einzige Problem. Hier zum Beispiel ...«, er deutete auf die Noten. »Hier musst du sanft spielen. Und warum benutzt du nicht das Pedal? Fühlst du die Musik denn gar nicht? Verstehst du denn gar nicht, wie sich dieses Stück anhören muss?« Er holte tief Luft und presste zwischen zusammengebissenen Zähnen hindurch: »Mascha, du bringst es nicht.«

Zuerst saß Mascha wie erstarrt da, dann formten ihre zitternden Lippen ein *Selber*, das sie jedoch nicht laut aussprechen konnte, da sie hilflos nach Luft rang. Und schon im nächsten Moment fing sie an zu weinen.

»Geheule ändert auch nichts«, sagte Jura und spürte im selben Moment, wie ihn jemand beim Arm nahm und zur Seite zog.

»Lass uns kurz rausgehen.« Wolodja zerrte ihn von der Bühne in Richtung Ausgang.

Sie gingen nach draußen, suchten sich einen Platz, wo sie durch die offenen Fenster des Theatersaals nicht gehört werden konnten, und setzten sich ins Gras.

»Was war das denn für eine Aktion? Denkst du nicht, dass du übertreibst?« Wolodja bemühte sich sichtlich, ruhig zu bleiben.

Jura schwieg bockig. Er fühlte sich so ausgelaugt, dass er nicht mehr die Kraft hatte, die Stimme zu erheben.

»Hör auf damit, mich dauernd erziehen zu wollen«, sagte er matt. »Hast du mich deshalb gebeten zu gehen? Hast du gewusst, dass ich sie anschreien würde?«

»Ja«, antwortete Wolodja.

»Bin ich etwa so berechenbar?«

»Nein. Mir ist einfach nur nicht egal, wie es dir geht.«

Jura blickte erstaunt auf. Und ohne ihn anzusehen, nickte Wolodja.

Jura wusste nicht, was er sagen sollte. Er wusste nur eins: Er wollte, dass Wolodja bei ihm blieb. Doch er musste zur Probe zurück und würde ihm, bevor er ging, ganz sicher die Leviten lesen. Und so war es dann auch.

Ungeachtet dessen, dass Jura Wolodja vor wenigen Minuten darum gebeten hatte, ihn nicht mehr zu erziehen, verfiel er wieder in den Gruppenleitermodus.

»Ist dir überhaupt klar, wie grausam das war?«, fuhr er ihn an.

»Ich, grausam?«, fauchte Jura. »Mascha ist grausam. Mein Herz blutet, wenn ich ihr Geklimper höre. Sie weiß überhaupt nicht, was sie da spielt. Klassische Musik kann man nicht in zehn Minuten verinnerlichen. Man kann nicht einfach die Noten in die Hand nehmen, draufschauen und drauflosspielen. Man muss sie fühlen. Man muss sich in die Musik vertiefen, sie durch seinen Körper fließen lassen. Tschaikowski dreht sich im Grab um, wenn er so was hört.«

Wolodja hob die Augenbrauen.

»Verstehst du, was ich sagen will?«, drängte Jura. »Ach, du verstehst gar nichts … Man muss für die Musik leben, um zu verstehen, wie …«

»Zumindest verstehe ich, dass du es nicht leicht hast«, unterbrach Wolodja ihn. »Das entschuldigt aber nicht, wie du mit Mascha umgegangen bist. Ich bin der Einzige hier, der über dein schwieriges Verhältnis zur Musik Bescheid weiß. Mascha hat damit überhaupt nichts zu tun. Als die Rollen vergeben wurden, wurde beschlossen, dass sie Klavier spielt. Soll ich sie jetzt etwa …« Er zögerte. »Nein, ich werde sie ganz sicher nicht rauswerfen.«

»Darum bitte ich dich auch gar nicht! Lass einfach nicht zu, dass sie das *Wiegenlied* spielt. Das ist wirklich kaum auszuhalten.«

»Wenn dir ihr Spiel nicht gefällt, mach es selbst. Du kennst das Stück und würdest es ohnehin besser spielen …«

»Nein«, brauste Jura auf. »Denk nicht mal daran.«
»Warum denn nicht?«
»Darum!«
»Dir gefällt nicht, wie Mascha spielt. Selbst spielen willst du aber auch nicht. Was schlägst du vor?«
»Soll Mascha meinetwegen spielen, nur nicht dieses Stück.«
»Aber es passt perfekt zu unserem Theaterstück. Und wir brauchen Mascha. Und du … du musst dich bei ihr entschuldigen.«
»Das kannst du vergessen. Das mache ich nicht. Niemals.«
»Ja, ja, das habe ich mir schon gedacht.« Wolodja verdrehte die Augen, schüttelte den Kopf und lächelte. »Du bist noch ein Kind.«
»Das sagt der Richtige! Ich habe kein Problem damit, mich zu entschuldigen. Aber nicht bei Mascha … Mascha kotzt mich an.«
Wolodja lächelte spöttisch und zuckte mit den Schultern.
»Irgendwie hab ich den Eindruck, dich kotzen so ziemlich alle Mädchen an.«
»Das stimmt gar nicht«, wehrte Jura ab, musste aber zu seinem Entsetzen feststellen, dass Wolodja recht hatte.
Aber Jura wollte einfach, dass Wolodja sich irrte und ihm ein Mädchen ebenso sehr gefiel wie dieser hochnäsige und rechthaberische Gruppenleiter. Doch das war nicht der Fall. Hier und jetzt fühlte sich Jura tatsächlich zu niemandem außer ihm hingezogen. Hier und jetzt hatte Wolodja tatsächlich recht.
»Ich mochte mal ein Mädchen«, sagte er scheu. »Anja. Sie war letztes Jahr mit dabei.«

»Ach … so ist das also.« Wolodja lächelte ein wenig angestrengt, so kam es Jura zumindest vor. »Und dieses Jahr gefällt dir keine?«

»Nein, nicht so richtig.« Jura dachte nach, gab sich im nächsten Moment jedoch einem Impuls hin und verriet sich dabei beinahe: »Genauer gesagt … Es gibt da jemanden, aber für … *sie* bin ich Luft.«

Seine eigenen Worte schnürten ihm die Luft ab. Plötzlich war ihm schwindelig, und in seinem Kopf brodelte nur noch ein Gedanke: *Jetzt ist es so weit! Ich werde es ihm sagen. So eine Gelegenheit bekomme ich nie wieder.* Doch er wagte es nicht und blickte Wolodja nur schweigend an.

Das Lächeln war nun endgültig aus dessen Gesicht verschwunden. »Und wer ist es?«, fragte er beinahe unfreundlich.

»Kennst du nicht. Ein Mädchen von zu Hause.«

Er konnte Wolodja nicht die Wahrheit sagen, da er tief in seinem Innersten noch immer darauf hoffte, dass das alles vorbeigehen würde.

Aber was würde passieren, wenn er das Risiko einginge und es ihm doch erzählte? Vielleicht nicht direkt, sondern irgendwie verklausuliert. Er hatte im Grunde keine Freunde. Nur die Jungs von der Clique. Und mit denen hing er nur ab. Ihre Freundschaft war weder tief noch ehrlich. Natürlich war Jura auch Wolodja gegenüber nicht ganz ehrlich, aber das war eine andere Sache. Was hatte er denn für eine Wahl?

»Magst du sie einfach nur? Oder ist da mehr?« Wolodjas Stimme war harsch und dadurch so fremd, dass Jura sie kaum wiedererkannte. Dieser Tonfall passte weder zu Wolodjas Gesichtsausdruck noch zu ihrer Umgebung, die Jura unwirklich vorkam: ein Pionierlager, Kinder,

Sommer und Hitze. Doch in seinem Inneren herrschte frostige Novemberkälte.

»Da ist mehr ...« Jura senkte den Blick.

»Mhm ... Das ist gut«, entgegnete Wolodja knapp.

»Gut?«, fragte Jura verblüfft. »Nichts ist gut! Ich glaube, dass ich mich verliebt habe. Sicher bin ich mir aber nicht. So was ist mir noch nie passiert. Das alles ist schwer für mich, unverständlich und ziemlich unangenehm.«

»Aber warum denkst du, dass sie nichts von dir will? Hast du ihr von deinen Gefühlen erzählt?« Wolodja scharrte mit seinem Turnschuh über den Boden.

»Nein. Das hat keinen Sinn«, flüsterte Jura traurig. »Sie ist aus einer anderen ... Gesellschaftsschicht. Und auf einen wie mich steht eine wie sie nun mal nicht. Sie nimmt mich nicht wahr, schaut praktisch durch mich hindurch. Das ist niemandes Schuld. Ist einfach so.«

»Ich kann gar nicht glauben, dass man einen Streithammel wie dich übersehen kann.«

Die Wärme in Wolodjas Stimme machte Jura Mut. Also beschloss er, die Frage aller Fragen zu stellen. »Was würdest du an meiner Stelle tun? Wie würdest du vorgehen? Würdest du ihr deine Gefühle gestehen, selbst wenn du hundertprozentig wüsstest, dass sie nichts für dich empfindet?«

»Was hast du denn zu verlieren?«

»Alles. Wenn ich ihr davon erzähle, wird sie mich anders wahrnehmen, und nichts wird mehr sein wie vorher. Und das bedeutet, dass ich das verliere, was ich jetzt habe. Und zwischen uns wird ohnehin nie mehr sein als jetzt.«

»Ist es wirklich so aussichtslos?«

»Ja, leider.« Jura nickte und fragte erneut: »Was würdest du tun?«

Wolodja seufzte und rückte seine Brille zurecht. »Wenn ich in jemanden verliebt bin, dann tue ich alles, damit der geliebte Mensch glücklich ist. Ich bin an seinem Glück mehr interessiert als jeder andere, sogar mehr als er selbst. Und deshalb tue ich nur das, was gut für ihn ist. Und wenn es dafür notwendig ist, mich von ihm fernzuhalten, dann ist das eben so. Mehr noch: Wenn jemand anderes besser für ihn ist, dann ziehe ich mich zurück und ermutige ihn zugleich, diese Beziehung einzugehen.«

»Das ehrt dich, aber wie soll man selbst dann weiterleben?«

»So wie davor.« Wolodja zuckte mit den Schultern.

»Man soll alles für ihn tun und sich selbst aufopfern? Das ist doch Wahnsinn!«, empörte sich Jura. Anscheinend war Wolodja tatsächlich viel erwachsener und er selbst noch ein Kind.

»Wie kommst du denn darauf, dass ich mich aufopfere? Das *Opfer*, wie du es nennst, ist schließlich freiwillig, niemand wird dazu gezwungen. Wenn du etwas für deinen geliebten Menschen tust und dir Sorgen machst, du könntest vielleicht im Gegenzug nichts zurückbekommen, bist du ein Egoist. Das ist keine Liebe, so weit die gute Nachricht.«

Wolodja hatte recht. Jura wurde von einer Glückswelle überrollt. Und auf die Freude folgte die feste Überzeugung, dass seine Gefühle für Wolodja weniger tief waren, als er vermutet hatte, dass sie bald Geschichte waren und er ganz bestimmt seinen inneren Frieden wiederfinden würde.

Jura hatte Schwierigkeiten, sich ein Lächeln zu verkneifen, und murmelte das Erste, was ihm in den Sinn kam, bereute es jedoch sofort: »Du redest so, als ob … als ob du wüsstest, wie sich unerwiderte Liebe anfühlt. Hast du so was schon mal erlebt?«

»Ja.« Wolodja sah ihn nicht an. Er verschränkte die Arme vor der Brust und knurrte ungehalten: »Auch in diesem Augenblick.«

Wolodjas Antwort stürzte Jura in einen Zwiespalt. Einerseits freute er sich, dass Wolodja sich ihm anvertraut hatte, andererseits war er fürchterlich eifersüchtig, dass dieses Mädchen nicht er war.

»Und warum bist du nicht mit ihr zusammen?«, murmelte Jura niedergeschlagen.

»Weil es so besser ist.«

»Warum denkst du, dass sie mit einem anderen besser dran wäre?«

»Ich denke das nicht nur – ich weiß es.«

»Aber wäre sie nicht glücklicher mit jemandem wie dir, der bereit ist, alles für sie zu geben? Der sie so sehr liebt?«

»Ich bin beileibe kein Heiliger, Jura.«

»Wie du meinst …« Jura zögerte. »Und wer ist es?«

»Das sage ich dir nicht. Das ist viel zu persönlich«, knurrte Wolodja.

»Du vertraust mir nicht.«

»Denk, was du willst.«

»Sag wenigstens, wie sie heißt. Wir müssen sie doch irgendwie nennen, wenn wir wieder …«

»Wir werden nie wieder darüber sprechen.«

Jura wollte sauer auf ihn sein, verstand aber nur zu gut, was es bedeutete, allein den Namen zu verraten.

Wolodja hätte ihm einfach eine vage Antwort geben und sagen können, es sei ein Mädchen von zu Hause oder eine Kommilitonin, oder er hätte einfach einen beliebigen Namen nennen können. Aber nein, er sträubte sich. Kannte Jura sie vielleicht persönlich? Kannten sie einander? Vielleicht war es jemand aus der *Schwalbe*?

Wolodja unterbrach seine Grübelei: »Genug von mir. Wie ist es denn bei dir? Willst du dich nicht neu umsehen? Es gibt doch viele hübsche Mädchen hier.«

»Keine wie sie. Und selbst wenn ich auf jemanden stehen würde, wäre das umgekehrt ganz sicher nicht der Fall.« Er zuckte mit den Schultern. »Ich bin ja nicht du. In dich sind hier alle verknallt.«

»Ach, Quatsch, ganz bestimmt nicht alle«, widersprach Wolodja.

»Fast alle. Unsere Theaterbrigade ist im Grunde dein Harem.« Wolodja lachte auf, und Jura freute sich, dass es ihm gelungen war, ihm ein Lächeln ins Gesicht zu zaubern. Also setzte er noch eins drauf: »Ich habe dir doch erzählt, dass die Mädchen mich angefleht hatten, dich mit zur Disco zu nehmen.«

»Ja, ich erinnere mich.«

»Ksjuscha hätte mich im Gegenzug vor allen auf die Wange küssen sollen. Ganze zwei Mal!«

»Oha!« Wolodja schnalzte mit der Zunge.

»Du sagst es!«

»Willst du denn, dass sie dich küsst?«

»Natürlich!«

»Na dann«, sagte Wolodja sanft. »Wenn du magst, kann ich mitgehen. Meinetwegen gleich heute Abend.«

»Das wäre klasse.« Jura stellte sich Ksjuschas Gesicht vor, wenn er ihr sagen würde, dass er seinen Teil der Abmachung erfüllt hatte und nun sie an der Reihe war.

»Dann machen wir das so. Sobald wir hier fertig sind,

gehe ich zu Lena und frage, ob wir unsere Schichten tauschen können. Lass uns jetzt aber zur Probe zurück, wir haben nur noch eine halbe Stunde.«

Jura winkte ab. »Da musst du wohl allein durch. Erstens habe ich heute frei, vergessen?! Und zweitens brauchst du mich gar nicht. Ich drehe einfach ein paar Runden. Lass uns doch am Karussell neben eurer Baracke treffen.«

Wolodja nickte und ging in den Theatersaal zurück. Jura nutzte die Gelegenheit, um ein neues Versteck für seine Papirossy zu suchen. Das andere hatte Ptschjolkin doch garantiert ausgespäht.

Er kämpfte sich durch die Büsche zu seinem zweiten Geheimversteck vor, das kleiner und enger als das erste war: ein Zementbruchstück, das lose im Betonfundament des Maschendrahtzauns steckte. Wenn man es beiseiteschob, konnte man die Papirossy in einem schmalen Spalt verschwinden lassen. Doch erst wollte Jura eine rauchen.

Die Pioniere waren noch in ihren diversen Zirkeln beschäftigt, und er war mutterseelenallein. Jura nahm sein Päckchen Jawa aus der Tasche, steckte sich eine an und inhalierte genüsslich.

Auch wenn er Wolodja versprochen hatte, mit dem Rauchen aufzuhören, konnte er nach diesem emotionalen Auf und Ab nicht anders. Er musste runterkommen und anschließend herausfinden, wer diese geheimnisvolle Unbekannte war, in die Wolodja verknallt war. Vielleicht kannte er sie ja.

Außer den Pionierinnen gab es noch die zwei Gruppenleiterinnen: Lena und Irina Petrowna. Doch Jura konnte sich beim besten Willen nicht vorstellen, dass

Wolodja sich in Lena verguckt hatte. Sie passten einfach nicht zusammen. Nichtsdestotrotz beschloss Jura, Lena nicht ganz auszuschließen, wandte sich gedanklich jedoch Irina zu, die er als attraktiver empfand. Doch auch hier gab es eine Unstimmigkeit: Wolodja würde seine Liebste niemals verletzen. Andererseits war er ja sogar bereit, sie von sich zu stoßen, wenn es zu ihrem Besten wäre. Also konnte er sie mit Absicht verletzt haben.

Jura konnte sich lebhaft vorstellen, wie Wolodja und Irina Petrowna sich nachts, wenn alle schliefen, im Geheimen trafen. In der Dunkelheit legte er sein Strebertum und die aufgesetzte Gelassenheit ab und war ganz er selbst: ehrlich, leidenschaftlich und lebendig. Jura stellte sich vor, wie Wolodja Irina seine Gefühle gestand, sie küsste und umarmte, und verzog sogleich angewidert das Gesicht und ballte die Fäuste.

Aber warum musste das geheim gehalten werden? Jura wusste, dass weder Lena noch Irina verheiratet waren. Ein Gruppenleiter und eine Gruppenleiterin in einer romantischen Beziehung – was war da schon dabei? Niemand würde sie verurteilen. Doch warum hatte Wolodja dann Angst vor Gerüchten? Ganz bestimmt nicht wegen Jura, denn er kannte ja Wolodjas schlimmste Geheimnisse, für die er aus dem Komsomol ausgeschlossen werden konnte. Ein Verhältnis mit einer Leiterin war nicht annähernd so brisant wie sein Wunsch, in die Vereinigten Staaten zu emigrieren. Also war er auf der falschen Fährte. Doch wer war es dann? Etwa eine Pionierin?

Das würde alles ändern. Für ein derartiges Vergehen würde Wolodja mindestens aus dem Komsomol ausgeschlossen.

Also war es eine Pionierin. Aber wer? Jura legte seinen Geheimvorrat in das Versteck zurück, bedeckte den Spalt mit dem Zementblock und trat aus den Büschen hervor. Der Rauch der Papirossa brannte ihm in den Augen. Und als sein Blick durch ein Fenster in den Theatersaal fiel, war es, als hätte er einen Stummfilm vor Augen. Die Schauspielbrigade war dabei, den Saal zu verlassen. Und zurück blieben – Wolodja und Mascha. Mascha war noch immer aufgebracht, saß in der ersten Reihe, barg ihr Gesicht in den Händen und schluchzte. Und als der letzte Schauspieler draußen war, nahm Wolodja neben ihr Platz und flüsterte ihr etwas ins Ohr. Jura dachte, dass Wolodja sogleich wieder aufstehen würde, aber nein, er redete sanft auf sie ein, streichelte ihre Schulter und fuhr ihr mit der Hand übers Haar. Seine Gesten hatten etwas Zärtliches. Als wären sie ein Paar.

Was, wenn sie wirklich zusammen sind?, dachte Jura, und ein Brennen breitete sich in seinem ganzen Körper aus und versengte ihn. Er konnte nicht mehr hinsehen, trat seine Papirossa aus und stürmte zur Baracke.

In seinem Gruppenraum angekommen, ließ Jura sich aufs Bett fallen, starrte an die Decke und versuchte, sich zu beruhigen. Er hoffte und betete, dass seine Gefühle schnell vergehen würden. Schließlich war er laut Wolodja ein Egoist und zu aufrichtiger Liebe nicht fähig. Seine Gefühle für Wolodja waren Einbildung. Wahrscheinlich vermisste er Anja so sehr, dass er all seine Aufmerksamkeit auf die Person gelenkt hatte, die ihm am vertrautesten war – und das war eben zufällig Wolodja gewesen.

Plötzlich stürmten die Jungs aus seiner Gruppe das Zimmer und erzählten, wild gestikulierend und quer durch den Raum springend, wie Aljoscha Matwejew beinahe den Basketballkorb gesprengt hätte. Und während Jura mit allen gemeinsam lachte, lösten seine Wut und sein Groll sich auf. Um auch den letzten Ärger zu vertreiben, beschloss er, ins Mädchenzimmer zu gehen, um Ksjuscha darüber in Kenntnis zu setzen, dass heute der Tag gekommen war, an dem er Wolodja zur Disco mitbringen würde.

Aus dem Mädchenzimmer drangen Lärm und Geschrei. Die Zimmerbewohnerinnen, unter ihnen auch Mascha, hockten auf zwei Betten und sahen erschrocken zu Polina, Uljana und Ksjuscha hin, die kurz davor waren, sich an die Gurgel zu gehen. Jura, der die Tür einen Spaltbreit geöffnet hatte, bemerkten sie gar nicht.

»Warum hast du meinen Haarlack weggeworfen?«, schrie Ksjuscha aufgebracht.

»Da war doch gar nichts mehr drin«, verteidigte Uljana sich mit vor Angst bleichem Gesicht.

»Natürlich war da noch was drin. Mit dem Rest hätte ich mir den Pony zurechtmachen können«, schimpfte Ksjuscha. »Jetzt musst du wohl im Müll wühlen und die Flasche wieder rausholen.«

»Ich habe im Mülleimer nachgesehen. Da ist kein Haarlack drin«, versuchte Polina zu schlichten. »Uljana, hör mal … Ich glaube, die Müllcontainer wurden noch nicht ausgeleert. Vielleicht siehst du dort nach?«

»Wühl du doch selber im Müll rum, wenn du unbedingt willst«, schoss Uljana zurück, die nicht bleich vor Angst war, wie Jura nun begriff, sondern vor Wut.

Jura lachte sich ins Fäustchen: Dieser Streit war genau die Ablenkung, die er gerade so dringend brauchte.

»Hört auf zu streiten.« Polina startete einen neuen

Schlichtungsversuch. »Meine Mama bringt bald neuen Haarlack mit. Ganze zwei Dosen.«

»Wann denn?« Ksjuscha war offensichtlich den Tränen nahe. »Der Lagergeburtstag ist doch erst am Freitag. Was soll ich bis dahin bitte machen?«

»Also mein Pony hält auch ohne Haarlack«, warf Polina ein.

Jura steckte seinen Kopf durch den Türspalt. »Ksjuscha, ich habe eine gute und eine schlechte Nachricht. Welche möchtest du zuerst hören?«

»Wie bitte?«, fragte das Mädchentrio im Chor. Die übrigen Zimmerbewohnerinnen sahen Jura erwartungsvoll an.

»Egal? Dann fange ich mit der guten Nachricht an. Rate mal, wer heute zur Disco kommt …«

»Nicht dein Ernst …« Ksjuscha machte große Augen. Doch die gute Nachricht war anscheinend doch nicht so gut. »Konew, was bist du nur für ein Depp? Warum denn ausgerechnet heute? Warum nicht gestern oder am Lagergeburtstag? Egal wann, aber bitte an einem Tag, an dem ich meine Haare bändigen kann.«

»Du musst dich nicht bedanken«, säuselte Jura. »Denn du schuldest mir keinen Dank, sondern etwas anderes … Weißt du noch? Und da wären wir auch schon bei der schlechten Nachricht.«

»Konew, ich hasse dich. Denkst du, ich könnte etwas Derartiges vergessen?«

»Und nicht einen, sondern zwei. Du erinnerst dich doch noch, nicht wahr?« Jura grinste breit.

Die Apfelbäume an der Tanzfläche waren mit Lichterketten geschmückt, die dem Blau des Abends Gelb-

und Rottöne beimischten. Aus den Lautsprechern kam Musik.

Und während der Hausmeister sich um die Bühnentechnik kümmerte, patrouillierten die mit Armbinden versehenen diensthabenden Gruppenleiter mit wachsamem Blick an der Tanzfläche auf und ab.

Die Disco war bereits in vollem Gange. Hier und da sah Jura aus den älteren Pioniergruppen bekannte Gesichter. Die Jungs, in frischen Sachen, gekämmt und stark einparfümiert, suchten mit ihren Blicken nach einer passenden Tanzpartnerin. Die Mädchen, die sich geschminkt, in Kleider geworfen und sich die Haare toupiert hatten, warteten ungeduldig darauf, aufgefordert zu werden, flirteten, warfen dem Tanzpartner ihrer Wahl sehnsüchtige Blicke zu und traten von einem Bein auf das andere.

Kaum hatte Wolodja eine Stuhlreihe am Rand der Tanzfläche zurechtgerückt und war ins Scheinwerferlicht getreten, ging ein Raunen durch die Menge. Katja aus der zweiten Pioniergruppe war die Erste, die ihn bemerkte. Sie deutete mit dem Finger auf ihn, beugte sich zu ihrer Freundin hin und flüsterte erst ihr etwas ins Ohr und dann noch dem Mädchen rechts von ihr. Die Nachricht verbreitete sich wie ein Lauffeuer. Und nach nur einer Minute war Wolodja vom Mädchentrio, Mascha und den mutigsten unter den Mädchen umgeben, die alle gleichzeitig auf ihn einzwitscherten. Jura hatte Mitleid mit ihm, denn er wirkte regelrecht panisch.

Wolodja ließ die Mädchen stehen, nahm Jura bei der Schulter, zog ihn beiseite, ließ sich auf einen Stuhl fallen und atmete durch.

»Was soll das werden?« Jura stutzte. »Magst du etwa nicht tanzen?«

»Warum sollte ich?«, fragte Wolodja verwundert.

»Warum? Weil wir hier bei der Disco sind. Dreimal darfst du raten, was hier die Hauptbeschäftigung ist. Tanzen macht Spaß.«

»Nicht wenn du zwei linke Beine hast«, wehrte Wolodja ab.

»Ach, wir können uns doch einfach ein wenig zur Musik bewegen. Sieh nur … Matwejew lenkt ohnehin die ganze Aufmerksamkeit auf sich.«

Aljoscha Matwejew hatte einen avantgardistischen Tanzstil drauf. Erst wirbelte er mit beiden Armen über seinem Kopf herum, dann ließ er sich auf den Boden fallen und wiederholte dieselbe Kreisbewegung mit seinen Beinen. Er hatte Jura erklärt, dass es sich bei diesen Bewegungen nicht um Krampfanfälle, sondern einen besonderen Tanz handeln würde, der in Moskau, Leningrad und dem Baltikum sehr beliebt sei: Breakdance. Und Jura hatte sich fest vorgenommen, Wolodja zu fragen, ob er das schon mal gesehen hatte. Doch als er in dessen skeptisches Gesicht sah, ließ er es bleiben. »Nein, das kannst du vergessen. Ich werde ganz sicher nicht tanzen«, schnaufte Wolodja.

»Ach, komm schon. Nicht einmal kurz? Nicht einmal Stehblues?«

»Mit wem denn?« Wolodja wurde rot.

»Fragst du mich das gerade wirklich? Sieh dich doch nur mal um … So viele Freiwillige. Sie alle wären hin und weg, wenn du sie auffordern würdest.«

»Ich bin nicht hergekommen, um zu tanzen, sondern um dabei zuzusehen, wie Ksjuscha dir zwei Küsse auf die Wange drückt. Wenn man vom Teufel spricht: Da ist sie ja auch schon. Hol sie doch mal her.« Er deutete auf das Mädchentrio. »Ich bin hier, also hast du deinen Teil der Abmachung erfüllt. Jetzt ist Ksjuscha an der Reihe«, sagte er grinsend.

Das ließ sich Jura nicht zweimal sagen. Er ging zu den Mädchen rüber.

»Ksjuscha«, rief er laut. »Hier bin ich!«

Das Trio starrte ihn angewidert an.

»Was willst du?«, fragte Polina kalt.

»Meinen Teil der Abmachung habe ich erfüllt. Also seid ihr an der Reihe. Immerhin habt ihr es versprochen.«

»Versprochen – gebrochen«, murrte Ksjuscha.

»Ksjuscha, wenn du mich jetzt nicht küsst, sorge ich dafür, dass Wolodja wieder geht.«

Ksjuscha schien nicht begeistert zu sein, also half Uljana ein wenig nach, hakte sich bei ihr unter und führte sie an Jura heran.

»Komm schon«, flüsterte sie und deutete auf Jura.

»Nein, so nicht! Du hast versprochen, dass du mich vor allen küsst. Also lass uns in die Mitte der Tanzfläche gehen.« Er streckte Ksjuscha die Hand entgegen. »Darf ich bitten?«

Ksjuscha seufzte und trottete mürrisch hinter ihm her.

Auf der Tanzfläche lief ein Lied von Wesjolye Rebjata, in dem ein Mädchen mit blauen Augen besungen wurde.

»Das Lied könnte von dir handeln«, sagte Jura, und Ksjuscha lächelte verlegen.

Ihre linkischen Bewegungen konnte man wohl kaum als Tanzen bezeichnen. Ksjuscha hatte ihre Grenzen klar abgesteckt und Jura nur erlaubt, seine Hände kameradschaftlich auf ihre Schultern zu legen. Der einzuhaltende Abstand betrug einen halben Meter.

»Warum hasst du mich eigentlich?«, fragte Jura, während sie von einem Bein auf das andere traten.

»Hassen ist ein starkes Wort. Aber niemand hat dich gezwungen, auf Wischnewski loszugehen«, sagte sie kalt. »Nur wegen dir ist er dieses Jahr nicht mit dabei.«

»Das ist nicht wahr. Er hat die ganzen letzten Ferien über damit angegeben, dass ihm sein Vater Ferien in Bulgarien organisiert hat«, antwortete Jura.

Und sofort war Ksjuscha Feuer und Flamme und überschüttete ihn mit Fragen über Wischnewski. Doch Jura hörte gar nicht hin, sondern blickte immer wieder verstohlen zu Wolodja, der mit verschränkten Armen am Rand saß und sie mit einem Lächeln auf den Lippen beobachtete. Die anderen Jungs lächelten nicht, sondern warfen ihm neidische Blicke zu. Alle, außer Wanja und Mischa, die ihm von Weitem mit großen Gesten zujubelten.

Als das Lied vorbei war, hatte Ksjuscha es nicht eilig, ihn zu küssen.

»Es ist so weit«, drängelte er. »Worauf wartest du? Und vergiss nicht – zweimal.«

»Du hast nicht zufällig Wischnewskis Adresse, oder?«

»Nein. Los! Ich warte.«

Ksjuscha verdrehte die Augen, seufzte und trat an ihn heran, woraufhin Jura ihr die Wange hinhielt und selig die Augen schloss. Endlich, da war sie … die erste sanfte Berührung seiner Wange, dann eine kurze Pause und noch ein Kuss – noch angenehmer als der erste. Daran hätte sich Jura gewöhnen können.

Als er die Augen wieder öffnete, war Ksjuscha schon auf dem Weg zu ihren Freundinnen.

Wanja und Mischa empfingen ihn begeistert, als er zu ihnen trat. »Und? Wie war es?«, fragte Wanja.

»Du Glückspilz!«, flüsterte Mischa, grün vor Neid.

»Ach, nichts Besonderes«, gab Jura sich gelangweilt.

»Nichts Besonderes? Das ist doch Ksjuscha oder der Drache Smej Gorynytsch, wie ich sie immer nenne. Aber wehe du sagst ihr, dass ich sie so genannt habe … Mich peitscht sie mit einem nassen Handtuch aus und dich … dich küsst sie. Ganze zwei Mal auf die Wange«, präzisierte Mischa, als wäre Jura nicht dabei gewesen.

»Hört, hört«, stimmte Wanja ihm zu. »Von so etwas können wir Normalsterblichen nur träumen.«

»Ach, Quatsch …« Jura winkte ab. »Es gibt so viele tolle Mädchen.«

»Wahr gesprochen. Und jede von ihnen darf mir gerne einen Kuss auf die Wange geben«, platzte Mischa heraus und fügte sogleich ängstlich hinzu: »Sag ihr bitte nicht, dass ich so etwas gesagt habe, in Ordnung?«

»Aber echt mal … wie hast du das hingekriegt …« Wanja ließ nicht locker.

»Küsse stehen mir eben zu.« Jura hob stolz den Kopf, drehte sich um und machte sich auf den Weg zu Wolodja.

Doch der saß nicht mehr an seinem Platz.

In der Überzeugung, dass Wolodja irgendwo in der Nähe war, trottete Jura zum äußersten Rand der Tanzfläche und kletterte auf den Apfelbaum, den er zu Beginn der Ferien mit Lichterketten geschmückt hatte. Er zog sich an einem Ast hoch, schwang die Beine darüber und beobachtete wie ein Pirat vom Mast aus seine Umgebung.

Die Kinder waren inzwischen aufgetaut und hatten Spaß. Manche Jungs forderten Mädchen auf, andere tanzten für sich. Und dann gab es noch diejenigen, die abseits standen und angespannt von einem Bein auf das andere traten – wie der Junge mit der schönen Stimme.

Lagerfunk-Mitja stand unter einem mit einer Lichterkette geschmückten Baum und blickte zu Uljana hinüber. Seine Gesichtsfarbe schwankte mit der Beleuchtung im Takt, und zwar von Schweinchenrosa bis Kreideweiß.

Als das Lied zu Ende war, verkündete der Lagerleiter das Ende der Veranstaltung. Olga Leonidowna werde die Ergebnisse des Partisanenspiels verkünden und dann gebe es den letzten Tanz.

Olga Leonidowna betrat die Bühne und sagte ohne lange Vorrede ins Mikrofon, dass nach Auszählung der Schulterstücke und Fahnen die Partisanengruppe *Freundschaft* gewonnen habe.

Als die ersten Töne von Alla Pugatschowas Paromschtschik, ertönten, suchten sich alle für dieses letzte Lied einen Tanzpartner.

Jura suchte mit seinen Blicken die Tanzfläche ab und fand Wolodja etwas abseits, hinter der Musikanlage, mit Irina Petrowna ins Gespräch vertieft. Von so weit weg war weder zu hören, worüber sie sprachen, noch waren ihre Gesichter zu erkennen. Was Jura sah, war, dass Mascha unsicher auf sie zusteuerte, stehen blieb, die Arme hinter dem Rücken verschränkte, von einem Bein aufs andere trat und etwas zu ihnen sagte, woraufhin Wolodja ihr zunickte und Irina zur Seite trat. Dann verneigte sich Wolodja vor Mascha und streckte ihr galant die Hand hin.

Die Zeit schien stehen geblieben zu sein. Fassungslos sah Jura zu, wie Wolodja Mascha in die Mitte der Tanzfläche führte. Wie ihnen alle Mädchen neidisch hinterherschauten. Wie Wolodja vorsichtig und aus gebührendem Abstand seine Hand auf ihre Taille legte. Und Jura spürte, wie die Wut und der Groll in ihm zu brodeln begannen.

Die Pioniere traten zur Seite und bildeten um Wolodja und Mascha einen Kreis, die sich nun ganz alleine auf der Tanzfläche drehten. Die Lichterketten, ja selbst die Sterne und der Mond schienen nur für sie zu leuchten.

Du bist eifersüchtig, fasste sein Unterbewusstsein dieses brennende Gefühl in seinem Inneren in Worte. Als er sie im Theatersaal beobachtet hatte, hatte er dieses Gefühl auch schon verspürt. Aber jetzt brannte es stärker und schmerzhafter als je zuvor.

Verräter! Lügner!, schimpfte Jura in sich hinein. *Sagt mir, dass er nicht tanzt, und tanzt dann doch. Und eigentlich kann man das gar nicht Tanzen nennen, die zwei kuscheln ja regelrecht miteinander. Ausgerechnet Mascha, dieses dumme Huhn! Und das soll mein Freund sein?*

Außer sich vor Wut, riss er einen Apfel ab, der neben seinem Kopf hing, und warf ihn, ohne zu zielen, nach Wolodja. Er war sich sicher, dass er ihn verfehlen, der Apfel auf den Boden prallen und zerspringen würde. Doch stattdessen flog er in einem perfekten Bogen auf das Tanzpaar zu und traf Wolodja an der Schulter.

Nun musste es schnell gehen. Jura begriff, dass er den Tatort augenblicklich verlassen musste, ansonsten würde ihn die Lagerleitung, ohne mit der Wimper zu zucken, rauswerfen. So schnell war er noch nie von einem Baum hinuntergekommen. Mit der Geschicklichkeit eines Zirkusakrobaten sprang er hinunter, machte sich mit der Geschwindigkeit eines Olympialäufers aus dem Staub und ließ die Tanzfläche hinter sich.

Ein Stück vor ihm befand sich ein Trafohäuschen ohne

Fenster. Jura spurtete hin, lehnte sich an die weiße Hauswand, atmete tief durch und bemerkte erst jetzt den süßen Fliederduft und das Brummen des Trafohäuschens.

»Jura!«, rief eine Stimme. »Ich weiß, dass du hier bist. Komm raus!«

Jura beschloss, dass Weglaufen keinen Sinn hatte. Denn selbst wenn er heute ein sicheres Versteck fände, würde er sich am morgigen Tag ohnehin verantworten müssen.

Also rief er: »Ich bin hier!«

Wolodja kam auf ihn zu, und Jura versuchte, unschuldig rüberzukommen.

Doch Wolodja schien gar nicht wütend, sondern vielmehr verwirrt zu sein, rieb sich die Schulter und fragte: »Warum hast du einen Apfel nach mir geworfen?«

»Tut mir leid«, sagte Jura aufrichtig. »Ich wollte dich nicht treffen. Tut es sehr weh?«

»Na ja ... Einen blauen Fleck hast du mir ganz sicher verpasst. Warum warst du überhaupt auf dem Apfelbaum?«

»Ich habe dich gesucht und konnte von oben die Tanzfläche überblicken.«

»Und?« Wolodja schien auf eine ausführliche Erklärung zu warten.

»Ich war von Mascha angenervt«, gab Jura ehrlich zu. »Sie hat dich aufgefordert, und du hast mit ihr getanzt.«

»Und wo ist das Problem?«

»Du hast gesagt, dass du nicht tanzt. Und hast ausgerechnet mit ihr getanzt, obwohl du weißt, wie sehr sie mich nervt.«

»Jura, ich verstehe wirklich nicht, was dein Problem ist.« Wolodja rieb sich erschöpft die Augen.

»Was mein Problem ist? Ich habe euch heute im Theatersaal zusammen gesehen. Ich habe gesehen, wie du sie getröstet hast.«

»Hast du uns etwa beobachtet?«

»Ja, das habe ich.«

»Aber warum?«

»Das ist doch vollkommen egal. Erst umarmst du sie und streichelst ihr den Kopf, dann tanzt du mit ihr … Und was kommt als Nächstes? Stehst du etwa auf sie?«

»Nein«, stieß Wolodja hervor. »Und eigentlich geht dich gar nichts an, was zwischen Mascha und mir ist.«

»Aber du hast doch gesagt, dass wir Freunde sind.«

»Klar sind wir Freunde, aber das eine hat nichts mit dem anderen zu tun. Du bist schon seit drei Tagen so komisch drauf und sagst nicht, was los ist. Dann bist du auch noch auf Mascha losgegangen. Aber das hier geht nun wirklich zu weit.«

Jura wusste selbst, dass er sich merkwürdig verhielt. Wie auch nicht, das Herz tat ihm weh, und in seiner Brust loderte ein Feuer, das ihn innerlich versengte. Sein ganzer Körper war mit Gänsehaut überzogen, und seine Hände zitterten.

Wolodja aber stand ihm mit verschränkten Armen gegenüber und war ruhig und gefasst. Jura trat an ihn heran, blickte ihm in die Augen und sagte: »Ich will nicht, dass jemand zwischen uns steht.«

»Das ist doch gar nicht der Fall. Du bist mein einziger Freund«, sagte Wolodja sanft.

»Warum hältst du das mit euch dann vor mir geheim? Du musst dich doch nur noch ein Jährchen gedulden. Und dann ist alles möglich.«

»Ein Jährchen? Das verstehe ich jetzt nicht. Warte

mal … Kann es sein, dass du …« Wolodja klatschte sich plötzlich mit der Hand gegen die Stirn: »Wie konnte ich nur so blind sein. Du verhältst dich merkwürdig, gehst mir aus dem Weg und schreist Mascha an, weil du sie magst, sie aber auf mich steht.« Wolodja lachte los.

Und als Jura begriff, was für ein Durcheinander er angerichtet hatte, wurde er wütend. Das Brummen des Trafohäuschens dröhnte ihm in den Ohren, der süße Fliederduft klebte ihm in der Nase, und das schwache Licht des Mondes und der Sterne brannte ihm in den Augen. Wolodjas Gesicht schien in diesem fahlen Licht noch schöner zu sein, und seine graugrünen Augen leuchteten wie Smaragde. Und vielleicht kam es Jura nur so vor, aber er hätte schwören können, dass Wolodja mehr verstand, als er zugab, und wusste, was mit Jura los war. Vielleicht besser als Jura selbst. Und trotzdem log er und stiftete Chaos.

»Dein *Mädchen von zu Hause* ist in Wirklichkeit Mascha. Jura, ich freu mich so für dich. Und ich werde mich ganz sicher nicht einmischen. Du musst dich nur trauen.«

Jura schlug das Herz bis zum Hals. Und in dem Bestreben, das Gewummer seines Herzens und Wolodjas dummes Geplapper zu übertönen, atmete er tief ein und rief: »Ich will nicht Mascha in meinem Leben haben, sondern dich.« Und drehte sich sogleich weg.

»Warte … Wie bitte?« Wolodja nahm ihn beim Arm, drehte ihn zu sich her. »Was hast du gesagt?«

»Wie soll ich dir das nur erklären?«, sagte Jura verzweifelt. Er legte seine Hände auf Wolodjas Schultern, zog ihn zu sich heran, hielt für einen kurzen Augenblick inne und legte dann seine Lippen auf Wolodjas.

Wolodja schnappte nach Luft und riss die Augen auf.

Jura fühlte sich, als ob er in diesem Moment gestorben wäre. Dennoch hatte es sich gelohnt. Er spürte die Wärme, die Wolodjas Körper ausstrahlte, und nahm wahr, wie gut er roch.

Im selben Augenblick schob ihn Wolodja sanft, aber entschlossen von sich weg, blickte in sein glühend rotes Gesicht und sagte: »Lass das.«

KAPITEL 11

Hier spielt die Musik

Jura wischte mit der Uniformjacke die Glasscherben von der Fensterbank und kletterte nach draußen. Ohne Bedauern ließ er die trostlose Löwenzahnwiese hinter sich und ging zum ehemaligen Sportplatz, ein verkümmertes, zugewuchertes Fleckchen Erde.

Als Kind kommt einem immer alles viel größer und bedeutungsvoller vor, dachte Jura, während er eine Runde um den Platz joggte. Er seufzte und schüttelte den Kopf. Wie unausweichlich doch der Lauf der Zeit war, wie sie letztendlich alles abtötete, das mit ihr in Berührung kam.

Jura stieg vorsichtig über Asphaltbruchstücke und entdeckte ein rostiges Stück Maschendraht, der in den Boden eingewachsen war. Der Draht hatte einst das Tennisfeld umschlossen, und Jura sah vor sich, wie Wolodja dahinter gestanden hatte, als er sich bei ihm wegen der Zeitschriften entschuldigt und von seinem Institut erzählt hatte. Ob er sein Studium erfolgreich abgeschlossen hatte?

Juras Blick blieb an einem dunklen Fleck beim Speisesaal hängen. Im Näherkommen sah er zwischen Ziegelbruchstücken und Laub schmale Rechtecke liegen, die kleinen schwarz und die etwas größeren weiß – es waren

Klaviertasten. Auch das Instrument war noch da, zerbrochen allerdings, zerrissene Seiten ragten heraus.

Er fand ein Trümmerteil mit der goldenen Aufschrift Elegija.

Ein Instrument, noch dazu eins aus seiner Kindheit, so demoliert zu sehen, zerriss Jura das Herz. Er fragte sich, wie es hierhergekommen war. Schließlich war der Theatersaal weit entfernt. Das konnten nur die Dorfkinder aus Goretowka gewesen sein.

Elegija … Jura kannte diese Klaviermarke. In der Sowjetunion hatten Kindergärten, Schulen und kulturelle Einrichtungen Elegija-Klaviere gehabt, und die *Schwalbe* war keine Ausnahme gewesen.

Jura beugte sich vor und ließ die Fingerspitzen über zwei der Klaviertasten gleiten und starrte wie gebannt auf seine gealterten Hände auf den alten Klaviertasten.

Plötzlich blitzten vor seinem inneren Auge undeutliche, flüchtige Bilder auf. Seine jungen und unerfahrenen Finger schnellten über die Klaviertasten. Das Bild vor seinen Augen erwachte in all seinen Details zum Leben und wurde mit Klängen und Gerüchen angereichert. Und er, noch so jung, fand sich im Pionierlager *Die Schwalbe* im Jahr 1986 wieder.

»Jura, steh auf! Konew, komm schon, steh schon auf. Wenn auch nur eine Person zum Frühsport zu spät kommt, können wir uns den Titel *Beste Pioniergruppe* abschminken.«

Frühsport, Arbeitseinsätze und Theater. Wolodja würde überall sein, wo er selbst hinmusste. Es gab kein Entkommen.

Nein, er wollte nicht aufstehen.

»Jura, wir müssen los«, flehte ihn Mischa an und zog ihm die Decke weg. »Warum bist du denn in deinen Straßenklamotten?«, fragte er verwundert. Doch Jura lag nur schweigend da.

Ihm war schon am Vortag klar geworden, dass Wolodja ihn überall aufspüren würde, also war er dorthin geflitzt, wo er ihn am wenigsten vermuten würde – in das Zimmer seiner Gruppe. Ohne sich auszuziehen, war er unter die Bettdecke gekrochen. Tatsächlich fand Wolodja ihn erst, als schon alle schliefen, und zog unverrichteter Dinge wieder ab.

Jura hatte lange nicht einschlafen können.

Er stieg aus dem Bett, schüttelte die Blätter des Apfelbaums vom Laken, die er von der Disco mitgebracht hatte, und zog sich schweigend um.

Unterwegs stellte sich heraus, dass es sehr bequem ist, in Zweierreihen zu marschieren – man muss nicht vom Boden aufschauen. Du schleppst dich einfach dahin, richtest dich nach den Füßen deines Vordermannes aus – die Formation wird dich schon irgendwo hinführen. Und so war es dann auch. Sie führte ihn auf den Sportplatz, auf dem sich das ganze Lager zum Frühsport versammelt hatte. Auch Wolodja. Da wollte Jura nur noch weg.

Auch bei den Übungen richtete er sich an seinem Vordermann aus und konnte beim besten Willen den Kopf nicht heben, trotz aller Ermahnungen, er solle sich aufrichten. Doch Jura konnte nicht. Wolodja war überall. Sie würden ganz bestimmt aufeinandertreffen. Natürlich würde Jura dann nicht tot umfallen. Doch er würde sich selbst hassen. Was war nur in ihn gefahren?

Dann der Morgenappell. Die erste Gruppe stand den Oktoberkindern der fünften quer über den Platz gegenüber. Wolodja und er, die alle anderen überragten, mussten geradeaus schauen. Doch Jura, der Wolodjas Blick auf sich spürte, schaute zu Boden.

Nun kamen die Hymne und das Hissen der Fahne. Man musste seinen Arm zum Pioniergruß heben und durfte dabei nach oben zur Fahne schauen, was Jura sehr gelegen kam. Hauptsache, nicht geradeaus.

Dann wurden die Aufgaben für den Tag verteilt. Jura war für den Speisesaal eingeteilt. Auf dem Weg dorthin fiel ihm auf, wie ausgezeichnet der Asphalt auf der Allee der Pionierhelden verlegt worden war. Er war grau und eben, verziert mit den Schatten der Birken, die entlang der Allee wuchsen, und den Sonnenstrahlen, die durch ihr Geäst brachen und als Lichtfetzen auf eine seltsame Art und Weise zu großen Flecken zerschmolzen oder wie Wassertropfen zu allen Seiten zersprangen.

Als er im Speisesaal die Stühle herunterstellte, versuchte er, sich mit der Tatsache abzufinden, dass es nach seiner gestrigen Aktion keine Freundschaft mehr gab zwischen ihnen. Auch seine unerklärlichen Gefühle für Wolodja sollten nun endlich Geschichte sein.

Als er den Tisch abwischte, hatte er Wolodjas Zurechtweisung im Ohr: *Lass das!*

Jura wusste, dass da draußen, jenseits des Lagerzauns, ganz bestimmt ein Leben ohne Wolodja und ohne Scham auf ihn wartete. Doch dieses Leben lag in weiter Ferne, und er wäre am liebsten abgehauen und hätte sich schon mal auf den Weg dahin gemacht.

Beim Frühstück rührte er mit dem Löffel auf dem Teller herum. Er aß langsam, Löffel für Löffel, ohne zu wissen, was. Auf seinem Teller schmolz ein Butterstückchen und bildete einen gelben Fleck in einer ihm unbekannten, labberigen und weißlichen Masse. Mit der linken Hand zerbröselte er ein Stück Brot. Neben ihm stand eine Tasse. Ob mit Tee oder Kakao, wusste er nicht. Er aß und trank, wenn sein Gegenüber es tat.

Er stand erst auf, nachdem die fünfte Gruppe mit ihren zwei Gruppenleitern den Speisesaal verlassen hatte. Während die anderen, die für den Speisesaal eingeteilt waren, die Tische abwischten, trug er dreckiges Geschirr nach vorn und grübelte, wie es für ihn weitergehen sollte.

Die Sportstunden, Appelle und Dienste würde er schon überstehen, schließlich hatte er es auch heute irgendwie geschafft. Aber das Theater? Seine Rolle war so klein, dass jeder imstande wäre, sie zu übernehmen. Vielleicht würde der Regisseur ja Mitleid haben und ihn aus der Theaterbrigade ausschließen. Das wäre für alle Beteiligten das Beste.

Vielleicht würde Jura sogar lernen, sich so durch den Lageralltag zu fädeln, dass er Wolodja gar nicht mehr unter die Augen käme, und könnte sich auf diese Weise schon mal daran gewöhnen, wieder ohne ihn zu sein.

Um den Boden wischen zu können, wiesen die Mädchen aus seiner Dienstgruppe Jura an, die Stühle hochzustellen. Und die ganze Zeit fragte er sich, warum die Stühle so verdammt schwer waren, obwohl sie Sperrholzsitzflächen und Aluminiumbeine hatten. Erschöpft hob er einen nach dem anderen hoch. Die eintönige Tätigkeit forderte keine Konzentration, und seine Gedanken schweiften ab zu Wolodja.

Was, wenn sie doch aufeinandertreffen und Wolodja ihn fragen würde, warum er das getan hatte?

Also betete Jura, dass Wolodja nie wieder mit ihm

sprechen, sich ihm nicht einmal nähern, sondern vielmehr so tun würde, als existierte er gar nicht. Natürlich würde es nicht leicht für ihn werden. Nein, er ahnte bereits, dass der Schmerz unermesslich sein würde. Doch er war schließlich stark. Er hatte den Verlust seiner Musik überlebt, das hier würde er auch schaffen. Solange Wolodja nicht nach seinen Beweggründen für den Kuss fragte, kam er zurecht. Aber natürlich würde Wolodja fragen. So tickte er einfach. Aber was sollte er nur auf diese durchaus verständliche Frage nach seinen Beweggründen antworten? Warum hatte er das getan?

Er zuckte zusammen, als er hinter sich eine leise Stimme hörte: »Jura?«

Der große, helle Speisesaal verwandelte sich schlagartig in eine dunkle Gruft. Die schwarzen Wände waren von sich sekündlich verbreiternden Rissen durchzogen und stürzten schließlich auf Jura herab.

»Jura, was ist denn nur los mit dir?«, fragte Wolodja.

Doch er stand nur niedergeschlagen da, konnte weder sprechen noch sich bewegen. Wolodja legte Jura eine Hand auf die Schulter und rüttelte behutsam, doch er zog nur noch mehr den Kopf ein. Und dann wurden sie zu allem Überfluss vom Mädchentrio umringt, das an diesem Morgen ebenfalls Küchendienst hatte. Ohne Juras Schulter loszulassen, unterhielt Wolodja sich mit ihnen und schien sogar zu lächeln. Doch Jura konnte spüren, dass seine Hand zitterte.

Und als Wolodja die Mädels endlich losgeworden war, fauchte er ihn an: »Raus hier, lass uns gehen.«

Er packte Jura am Arm und zerrte ihn aus dem Speisesaal.

Die feuchte Morgenluft berührte Juras Wangen, und er

fand sich auf einer Bank wieder. Über ihm hing als monströser, bedrohlicher Schatten Wolodjas Gesicht.

»Kannst du mir bitte erklären, was das sollte? Was hat das alles zu bedeuten?«

Ich habe dich geküsst. Anscheinend habe ich mich in dich verliebt, versuchte Jura zu antworten, bekam die Worte aber nicht über die Lippen, und er antwortete nur: »Ich weiß es nicht.«

»Wie kannst du das denn nicht wissen?«

Jura blickte zu Boden, vielleicht würde er auf dem Asphalt einen Hinweis finden, wenn er schon in seinem Inneren keinen fand.

Wolodja lief unruhig vor ihm auf und ab. Juras Schweigen schien ihm langsam, aber sicher auf die Nerven zu gehen. Er hockte sich vor Jura, der jetzt auch noch mit den Fingern knackte, hin, sah ihm tief in die Augen und sagte in einem angestrengt liebevollen Ton: »Bitte, erklär mir, was mit dir los ist. Wir sind Freunde, also werde ich dich anhören. Versprochen! Wenn du sagst, dass das ein Scherz, ein Witz auf meine Kosten oder vielleicht sogar Rache war, dann werde ich dich verstehen. Und wenn du sagst, dass es ein Versehen war und du das gar nicht gewollt hast, dann werde ich dir glauben.«

Jura lächelte bitter. Wolodja wollte ihre Freundschaft retten. Aber er würde nicht lügen. »Ich wollte es.«

»Wie bitte? Du wolltest es?«

Wolodja wollte ihnen eine Chance geben, doch was geschehen war, war geschehen. Die Leichtigkeit zwischen ihnen war verloren. Übrig blieben nur Verlegenheit, Verwirrung und Peinlichkeit. Und daran war einzig und allein Jura schuld.

»Jura, das geht so nicht. Solcher Unfug ist gefährlich.

Denk nicht einmal daran«, ermahnte ihn Wolodja und begann wieder, auf und ab zu gehen. Jura sah ihm zu und spürte mit seinem ganzen Körper, wie die Welt um ihn herum zusammenbrach.

Der Weltuntergang hatte am Vortag seinen Anfang genommen, als Jura mit seiner unüberlegten Handlung eine Naturkatastrophe, einen Sturm, losgetreten hatte. Nun war es zu spät. Zu spät für alles.

Er nahm all seine Selbstbeherrschung zusammen und murmelte, ohne sich davon irgendetwas zu erhoffen: »Du hast versprochen, dass du versuchen wirst, mich zu verstehen, und dass wir noch Freunde sind.«

»Wie können wir jetzt noch Freunde sein? Nach allem, was passiert ist …«

Das war das Ende. Plötzlich drang aus der Ferne wie aus einem anderen Universum ein Kinderschrei heran, kein fröhlicher wie gewöhnlich, sondern ein Schreckensschrei.

Wolodja hielt lauschend inne, sagte gepresst: »Warte hier auf mich«, und stand auf. »Ich bin noch nicht fertig mit dir«, sagte er auf Jura hinab.

»Aber wir sind keine Freunde mehr. Das war's also«, sagte Jura mit geschlossenen Augen.

»Nein, das war's noch nicht. Du musst ja immer übertreiben, aber das … Du darfst niemandem davon erzählen. Und auch keine Andeutungen machen. Vergiss es am besten und lass dir nicht einfallen, so etwas noch mal zu machen.«

»Wolodja! Du musst mitkommen«, piepste eine Mädchenstimme. Zum ersten Mal, seit Jura ihn kannte, stürzte Wolodja nicht los, um zu helfen, sondern schimpfte: »Siehst du nicht, dass ich beschäftigt bin?«

»Doch, schon … Entschuldige! Aber Sascha … ist hingefallen!«

»Ich bin sofort da«, knurrte Wolodja, beugte sich zu Jura hin und befahl: »Warte hier auf mich! Rühr dich nicht von der Stelle.«

»Wolodja! Bitte komm!« Das Mädchen begann zu weinen. Und erst jetzt erkannte Jura, der immer noch nicht wagte, die Augen zu öffnen, die Stimme – es war Aljonja aus der fünften Gruppe, die Kleine, die im Theaterstück Sina Portnowas Schwester Galja spielte. »Wolodja! Ptschjolkin hat das Karussell in die Luft gejagt! Saschas Nase ist ganz schief, und der Spielplatz ist voller Blut.«

Wolodja zischte: »Das darf doch nicht wahr sein.« Dann rannte er los und ließ Jura allein zurück.

Jura wollte vor Scham im Boden versinken, sich aus Wolodjas Gedächtnis löschen. Sie waren keine Freunde mehr. Wolodja würde ihn noch ein bisschen ausfragen und quälen und ihn dann mit Verachtung strafen. Noch vor einer Stunde hätte Jura das hingenommen. Doch das war, bevor er begriffen hatte, dass er ihre Freundschaft zerstört hatte.

Wie sollte er nur eine ganze Woche in Wolodjas Nähe überstehen? Ohne Wolodja hatte sein Aufenthalt in der *Schwalbe* ohnehin keinen Sinn mehr. Warum sollte er in seiner Nähe leiden? Jura hatte es hier sowieso seit Tag eins nicht gefallen.

Ein Gedanke, der schon den ganzen Morgen in seinem Kopf herumgegeistert war, drängte sich in den Vordergrund: *Ich muss weg von hier!*

Er richtete sich auf, riss sich die Armbinde ab, die ihn als Diensthabenden markierte, warf sie in den Staub und rannte los. Er stürmte über den Pfad zur Allee und hatte nur ein Ziel: fort aus diesem Lager, und zwar am besten für immer. Er kam erst wieder zu sich, als er sich vor der Büste Marat Kasejs wiederfand. Selbst der blickte abschätzig auf ihn herab. Jura wandte sich nach links. Die Allee lief auf das Zentrum des Lagers, den Appellplatz, zu. Nein, dort wollte er nicht hin. Geradeaus ging es zur Baustelle und zu seinem Zigarettenvorrat. Rechts von ihm war der Ausgang, hinter dem die Freiheit auf ihn wartete. Das Tor war unbewacht. *Wahrscheinlich sind sie alle beim von Ptschjolkin verzapften Aufruhr. Das gibt Ärger,* dachte er und stürmte durchs Tor.

Das war sie also – die Freiheit. Hier draußen roch es sogar anders. Jura stürmte rechts von der Straße runter. Im Wald hatte er keine Wachposten zu befürchten. Im Schutz der Bäume marschierte er zur Schnellstraße, auf der Autos und Busse entlangfuhren, und schmiedete einen Fluchtplan.

Die entscheidende Frage war die nach dem günstigsten Zeitpunkt. Dieser war ganz sicher nicht jetzt. Er hatte weder Kleidung noch Geld oder auch nur seinen Wohnungsschlüssel dabei. Eine Flucht in der Nacht, wenn alle schliefen, ergab mehr Sinn. Er würde sich irgendwo in der Nähe des Lagers versteckt halten und am Morgen den ersten Bus nehmen. Aber wo würde er übernachten? Wolodja kannte all seine Verstecke, also brauchte er dringend ein neues. Zudem durfte er nicht vergessen, sich etwas zu trinken und zu essen mitzunehmen. Jura beschloss, es heute dabei zu belassen, nur die Bushaltestelle zu finden und sich den Fahrplan einzuprägen. Wie häufig die Busse hier wohl fuhren? Einer musste ja zumindest zum städtischen Busbahnhof fahren. Und von dort ging es nach Hause.

Plötzlich erinnerte er sich an den Geruch seines Zuhauses. In der Küche roch es süßlich. Im Wohnzimmer lag wegen der vielen Bücher der staubige Duft von Papier in der Luft. Dann drängte sich ihm der Geruch seines Zimmers ins Gedächtnis – der Duft von Holz und Klavierlack. Wie still und ruhig es dort war. Wie angenehm. Früher hatte Jura sein Zimmer langweilig gefunden.

Sein nächster Gedanke erfüllte ihn mit Angst. Schließlich wurde er zu Hause nicht erwartet. Wie sollte er erklären, dass er abgehauen war? Seine Mutter würde ziemlich schimpfen, vielleicht sogar weinen, und sein Vater würde schweigen und seinen Sohn mit Enttäuschung im Blick ansehen. Das war die schlimmste Strafe für Jura.

Und da fiel ihm ein, dass er auch zu seiner Großmutter fahren könnte, die ihn bedingungslos liebte und nicht tadeln würde. Im Gegenteil: Sie würde sich über seine Anwesenheit freuen und ihn nicht verraten. Die Vorstellung war verlockend, doch wollte er sich wirklich wie der letzte Feigling hinter seiner Großmutter verstecken?

Jura kam nur langsam voran. Einen Kilometer vom Pionierlager entfernt wurde der Wald dichter, und er musste sich immer wieder durch Gebüsche kämpfen und über umgestürzte Baumstämme klettern. Einmal sank er im feuchten Waldboden ein und blieb stecken, es war gerade, als wollte ihn das Lager nicht gehen lassen. Jura war kurz davor, in Tränen auszubrechen. Wie nervös Wolodja geklungen hatte. Er hatte ihn an seinen Vater erinnert – so enttäuscht und frustriert. Nein, er durfte nicht darüber nachdenken. Er sollte lieber seine Flucht planen.

Was für eine Strafe ihn wohl erwartete? Aber was konnten seine Eltern schon tun? Ihm Hausarrest geben? Wohl eher nicht, dafür war er zu alt. Ihm das Taschengeld streichen? Das wäre schade, aber er würde es überstehen. Er war ohnehin daran gewöhnt, mit weniger als zwanzig Kopeken auszukommen. Vielleicht würden sie ihn aus der Stadt verbannen und zur Großmutter schicken. Diese Option war am wahrscheinlichsten. Schließlich hatte ihm seine Mutter nicht umsonst angedroht, dass er, sollte er sich im Pionierlager wieder mit jemandem prügeln, bis zum Herbst auf dem Dorf versauern würde. Jura hatte so getan, als gelte es, das zu vermeiden. In Wirklichkeit machte ihm dieses Szenario jedoch keine Angst, schließlich hatte er dort Freunde: Fedja Kotschkin und Kolja Zelluloid.

Dann würden sie halt wie im letzten Jahr nachts zu dritt als Wache durchs Dorf patrouillieren und Rowdys und Igel abfangen.

Aber dann fiel Jura der Nachbar ein. Er hatte die Schule bereits abgeschlossen, war so alt wie Wolodja und ebenso vernünftig und langweilig. Kein Wunder, schließlich hieß er auch Wladimir, wovon Wolodja die Koseform war.

Nein, diese Welt war zweifelsfrei grausam und schrecklich. Sie war voller Erinnerungen an Wolodja. Und auf ihr lebten jede Menge Wladimirs/Wolodjas. Sogar der Führer des Weltproletariats war ein Wladimir gewesen. Deshalb trug natürlich die Hälfte des Landes seinen Namen. Ein schöner Name, ohne Frage – Wla-dimir. Wie Musik.

Als er den Namen innerlich vor sich hin trällerte, stolperte er über eine Wurzel und fiel beinahe hin. Nein, er würde das Lager fürchterlich vermissen und bereuen, dass er es vermasselt hatte. Und er würde Wolodja nie wiedersehen. Nie wieder. Nicht einmal ein Foto würde ihm bleiben, denn das wurde erst am Ende der Ferien gemacht.

In einer Lücke zwischen den Bäumen tauchte endlich die Straße auf. Und etwa zweihundert Meter weiter eine Haltestelle. Betongrau und massiv, mit blauem Vordach, unter dem in großen, teils rostigen Metallbuchstaben *Pionierlager* geschrieben stand.

Die Straße war schnell überquert und der Fahrplan leicht eingeprägt. Es gab nur eine Linie – die 410. Jura wunderte sich: Noch nie war ihm eine dreistellige Busnummer untergekommen. Der erste Bus ging zehn nach sieben.

Eine tiefe Ruhe überkam ihn. Dieser Ort war so friedlich: Die Idylle der leeren Straße, das Rascheln des umliegenden Waldes und die Kühle des klaren blauen Himmels über dem Dach der alten Bushaltestelle brachten ihn zum Lächeln. Wie schön es hier doch war, fernab aller Sorgen. Er setzte sich im Wartehäuschen auf die Bank und ging seinen Fluchtplan durch. Am Abend würde er in den Zaun hinter der Baustelle ein Schlupfloch schneiden, wie er es bereits im letzten Jahr, nur damals aus anderen Gründen, getan hatte. Dann würde er seine Siebensachen packen und am nächsten Morgen, wenn alle noch schliefen, weggehen. Er würde sich zur Haltestelle durchkämpfen und auf den Bus warten. Und dann nach Hause fahren, wo er von seiner Mutter eins auf den Deckel bekommen und sich der Enttäuschung seines Vaters stellen würde. Sehnsucht würde er haben. Er würde sich so sehr nach Wolodja sehnen, dass er in sein Kissen heulen und noch öfter als sowieso schon an die Decke gehen würde. Warum hatte er ihn nur geküsst?

Jura schlug sich die Hände vors Gesicht.

Als er Durst bekam, stand er auf und ging quer durch den Wald zum Lager zurück. War er auch wirklich bereit, sich damit abzufinden, Wolodja vielleicht nie wiederzusehen? Konnte er ohne Abschied und ohne die Chance auf Versöhnung weggehen?

Wie konnte ich so etwas nur tun? Wie soll ich ihm jetzt noch in die Augen schauen? Und wie soll ich ihm je verzeihen, dass er mich weggestoßen hat? Dutzende solcher Wie-Sätze schwirrten in seinem Kopf herum. *Wie sehr ich ihn damit gedemütigt habe … Aber wie schön es doch war, ihn zu küssen.*

Jura lief und lief, doch es kam ihm vor, als würde er nicht vorankommen.

Er erinnerte sich an Wolodjas Reaktion hinter dem Trafohäuschen, wie er ihn weggestoßen hatte. Vielleicht hatte Wolodja sogar das Richtige getan. Warum fühlte Jura sich dann so elend?

Er fühlte sich wie ein vergessenes, staubiges Klavier, auf dem schon lange nicht mehr gespielt worden war und das nur noch als Ablage für Gerümpel diente. Seine Saiten waren feucht und eingerostet, seine Pedale kaputt und verbogen. Er fragte sich, ob es möglich war, den Deckel anzuheben, der sicherlich knarzen und sich sträuben würde, und die vergilbten Tasten zu berühren. Doch natürlich würde man anstelle eleganter Tonfolgen eine schreckliche Kakofonie zu hören bekommen, da das Klavier schon lange verstimmt und seine Hämmerchen verbogen waren. Und wenn man ein H spielen wollte, würde es zu einem B verzerrt werden, während das C überhaupt nicht zu hören wäre.

Dabei spielte die Musik eine überaus wichtige Rolle in ihrer Freundschaft. Als sie sich im Theater erstmals begegnet waren, war Pachelbels *Kanon* im Radio gelaufen. Auch während ihrer Proben wurden sie stets von Maschas »Klavierspiel« begleitet, und bei ihren abendlichen Treffen auf dem Karussell hatte der Wind die Musik von der Tanzfläche zu ihnen herübergeweht. Und schließlich der Nachmittag unter dem Weidenbaum, als sie gemeinsam der Musik aus dem Kofferradio lauschten. Seine Gefühle für Wolodja waren eng mit Musik verflochten: Wo Wolodja war, spielte die Musik.

Jura öffnete das schwere, knarrende Tor, ignorierte die Fragen der Wachposten und ging einfach hindurch und in Richtung seiner Baracke. Kinder begegneten ihm. Ihren Gesichtern nach zu urteilen, war der Vorfall mit Ptschjolkin und dem angeblich in die Luft gejagten Karussell längst vergessen. Und auch seine Freundschaft mit Wolodja gehörte nun der Vergangenheit an.

Sie war gestern in die Brüche gegangen. Vielleicht gab es ja doch noch eine Chance, sich wenigstens freundlich zu verabschieden? Oder sollte er bleiben und leiden, aber dafür in Wolodjas Nähe sein?

Und so hatte Jura zwar einen Fluchtplan geschmiedet, wurde jedoch zunehmend von Verwirrung, Müdigkeit und Hunger in Beschlag genommen. Tee und Kuchen hatte er verpasst, und bis zum Abendessen würde es noch dauern. Zum Speisesaal zu gehen, wäre sinnlos, denn dort würde jemand mit seinem Ruf nicht mal einen Kanten trockenes Brot bekommen. Er hätte auf den Tennisplatz gehen können, hatte jedoch viel zu wenig Energie, um zu spielen, und den anderen zuzusehen, hatte er auch keine Lust. Er hätte sich in irgendeinen Zirkel setzen können, doch da hätte er sich gelangweilt. Er wollte nicht basteln oder Modellflugzeuge bauen. Er hätte an den Fluss gehen können, doch da hätte er Wolodja getroffen.

Seine Beine trugen ihn gegen seinen Willen in den Theatersaal.

Auf dem Appellplatz spielten die Mädchen Gummihopsen, während die Jungs versuchten, aus gestohlenen Wäscheklammern eine Armbrust zu bauen. In Gedanken versunken trottete Jura vor sich hin, ohne auf seine Umgebung zu achten. Nur einmal zog er instinktiv die Hand zurück, als ein kleiner, flinker Junge viel zu nah und viel zu schnell an ihm vorbeiflitzte.

Jura dachte, dass im Theatersaal ganz sicher niemand sein würde – nur das Klavier. Sein Verlangen, sich zu setzen, den Deckel zu öffnen, seine Finger auf die Tasten zu legen, war übermächtig. Würde er etwas spielen? Und wenn ja, was? Er hatte den Eindruck, sich selbst nur an seinem Lieblingsinstrument verstehen zu können. Nur die Musik war imstande, seine Seele zur Ruhe zu bringen, ihn mit sich selbst zu versöhnen, seine Gefühle zu bändigen und ihm alles zu erklären.

Doch um sich nach all der Zeit, die er es gemieden hatte, an ein Klavier setzen und es berühren zu können, musste Jura erst einmal seine übermächtige Angst überwinden, vergleichbar dem dumpfen, schmerzhaften Gefühl, das Jura wegen Wolodja quälte. Viel zu lange hatte diese Angst sein Leben bestimmt. Vielleicht würde er es ja dieses Mal schaffen.

Im Theatersaal war es kühl und dunkel. Nur sporadische Sonnenstrahlen fielen zwischen den Bahnen der zugezogenen dunkelblauen Vorhänge hindurch herein. Der Saal schien zu schlafen, es war friedlich und still. Doch jemand war Jura zuvorgekommen: Auf der Bühne ging Oleschka auf und ab, steckte seine Nase in einen dünnen Papierstapel und murmelte etwas vor sich hin.

»Warum bist du denn nicht am Fluss?«, fragte Jura überrascht, woraufhin Oleschka zusammenzuckte und stehen blieb.

»Ach, du bist es. Wir sind nicht gegangen.«

»Wieso das denn?«, fragte Jura nervös.

»Ptschjolkin hat schon wieder was ausgeheckt. Er hat eine Bombe aus Karbid gebastelt und wollte Sascha vom Karussell aus auf den Mond schießen. Er träumt ja davon, auf dem Kosmodrom Baikonur zu arbeiten. Aber Ptschjolkins Flugapparat ist in die Luft geflogen.«

»Karbid also …«, dachte Jura laut. »Na klar doch. Das hat Ptschjolkin also auf der Baustelle gesucht. Und auch der Haarlack der Mädchen ist nicht zufällig verschwunden. Aber da war noch ein kleiner Rest drin, also ist die Bombe vorzeitig hochgegangen. Eigentlich braucht man eine leere Dose …«

»Ja, es gab sooo einen lauten Knall. Die Mädchen und Jungs sind zur Seite gesprungen. Sascha ist auf die Nase gefallen, und das Blut hat nur so gespritzt. Er hat alles vollgeblutet. Lena hat laut geschrien. Du kannst dir gar nicht vorstellen, wie schrecklich das war. Na ja, und dann hat Wolodja Ptschjolkin zur Lagerleitung geschleift. Und dort sind sie jetzt. Und bist du nicht am Fluss?«

»Ach, ich hatte zu tun.«

»Aber morgen gehen wir wieder?«, fragte Oleschka hoffnungsvoll. »Und warum bist du eigentlich hier?«

»Ich will ein bisschen Klavier spielen. Aber behalt das bitte für dich. Ich spiele nicht so gut, deshalb übe ich, wenn keiner da ist.«

»Klar, spiel ruhig, ich muss sowieso los, hab was

vor …«, sagte Oleschka mit einem frechen Grinsen und sprang von der Bühne.

Nun war er allein. Und da war es – das Klavier. In Juras Zimmer stand dasselbe Modell, mit einem kleinen, aber feinen Unterschied: Sein Klavier war von einer dicken Staubschicht bedeckt und mit allem möglichen Zeug vollgepackt – Kleidung, Spielzeug und Bücher, sodass man den Deckel gar nicht mehr sehen konnte.

Jura trat an das Klavier und schaltete die kleine Lampe an. Und als das Licht auf die Tasten fiel, stieg Panik in ihm auf.

»Diese Angst ist gar nichts im Vergleich zu meinem Liebesschmerz. Und mein Minderwertigkeitsgefühl ist nichts im Vergleich zu dem, wie Wolodja mich erniedrigt hat, als er mich von sich weggestoßen hat«, sagte Jura laut in den dunklen Raum, setzte sich entschlossen, legte die Hände auf die Tastatur und schlug vorsichtig eine Taste an. Die Freude über das tiefe C durchströmte seinen Körper, von den Fingern ausgehend, bis zu seinem Herzen. Mit starren Fingern drückte er nun auch andere Tasten und versuchte, sich an ein Stück zu erinnern.

Eine Melodie, die er selbst komponiert hatte, kam ihm in den Sinn. Früher hatte er sie mit geschlossenen Augen gespielt und seine Eltern und im Besonderen seine Großmutter damit erfreut, die davon geträumt hatte, dass ihr Enkel eines Tages Pianist werden würde. Doch nun konnte sich Jura an die Melodie kaum mehr erinnern. Und er hatte noch ein anderes Problem – er konnte die Finger nicht beugen.

Also begann er damit, Fingerübungen zu machen, und versuchte unterdessen, sich die Melodie ins Gedächtnis zu rufen.

Und plötzlich erinnerten seine Hände sich, drückten die Tasten und entlockten ihnen wunderschöne Töne. Jura fühlte sich allmächtig. Sein Spiel trug ihn in ein behagliches, warmes und klangvolles Universum. Es war, wie in den Weltraum katapultiert worden zu sein und nun zwischen den weiß und gelb leuchtenden Sternen zu schweben.

Die Tür zum Theatersaal knarrte, doch Jura drehte sich nicht um.

Hoch konzentriert, die Zunge zwischen den Lippen, spielte er ein und dieselbe Melodie immer wieder.

Plötzlich Schritte, jemand trat leise an ihn heran. Die Turnschuhe des unerwarteten Gastes quietschten leise auf dem Parkett, doch Jura ließ sich nicht ablenken, sondern spielte konzentriert weiter.

»Mach das nie wieder«, sagte Wolodja mit zittriger Stimme.

Jura erstarrte. Bildete er sich das nur ein? Er drehte sich um, und da war er: Wolodja stand neben der Bühne im Lichtkegel der kleinen Lampe und blickte zu Boden.

»Was genau soll ich nie wieder machen?«, fragte Jura leise.

»Einfach so verschwinden. Du warst fünf Stunden weg.«

»In Ordnung«, stieß Jura hervor und sah Wolodja dabei zu, wie er sich vorsichtig neben ihm auf die Sitzbank vor dem Klavier fallen ließ.

»Ich habe mir geschworen, dass ich dich umbringe, wenn ich dich in die Hände bekomme.« Wolodja seufzte traurig. »Ich habe dich überall gesucht. Erst bin ich allein losgezogen, dann habe ich Späher losgeschickt. Wäre Oleschka nicht gewesen, hätte ich bis zum Abend nicht gewusst, wo du bist. Ich weiß nicht, was ich dann getan hätte …«

»Respekt, dass du so tun kannst, als wäre nichts passiert. Ich kann das leider nicht«, sagte Jura trotzig. Um die Beherrschung nicht zu verlieren, legte er seine Finger auf die Klaviertasten und versuchte, sich an den zweiten Teil der Melodie zu erinnern.

Doch Wolodja fuhr unbeirrt fort: »Das tue ich doch gar nicht. Im Gegenteil … Ich bin aus einem ganz bestimmten Grund hier. In erster Linie wollte ich natürlich sehen, dass du heil und an einem Stück zurück bist …« Er hüstelte verlegen. »Außerdem hatte ich viel Zeit, um über das nachzudenken, was passiert ist. Ich hätte doch nie gedacht, dass du das ernst gemeint hast. Na ja, ich habe schon daran gedacht, aber das konnte doch nicht sein. Und dann stellte sich raus, dass das sehr wohl sein konnte. Und ich habe Panik bekommen und habe dir nicht das gesagt, was man in einer solchen Situation sagen sollte, und auch nicht das, was ich eigentlich sagen *wollte*. Doch während ich nach dir gesucht habe, hatte ich weitere fünf Stunden Zeit, um über alles nachzudenken. Deshalb bin ich hier – um dir zu sagen, zu welchem Schluss ich gekommen bin.«

F, Fis … Stopp. »Lass stecken, wir sind eh keine Freunde mehr.«

»Natürlich nicht. Wie könnten wir jetzt noch befreundet sein?«

Sie schwiegen. Wolodja saß neben ihm und starrte auf Juras Spiegelbild in dem lackierten Korpus des Klaviers. Auch Jura blickte Wolodja an. Er wollte nicht, aber er konnte nicht anders. Er wollte auch nicht so nah neben ihm sitzen und rückte dennoch nicht beiseite.

Fis, Ais, F, Fis eine Oktave höher, e-Moll, ein A eine Oktave tiefer, F, spielte Jura unsicher und stolperte immer wieder.

»Jura, hast du keine Angst?«

»Wovor sollte ich Angst haben?«

»Na ja, nach dem, was du gemacht hast ...«

Natürlich hatte er Angst. Aber noch schlimmer war der Schmerz, Wolodja verloren zu haben.

»Du bist so ein Kind.« Wolodja seufzte. »Aber in Wirklichkeit beneide ich dich sogar.«

Jura schwieg.

»Deine Direktheit und deine Ehrlichkeit sind wirklich wunderbar. Du brichst die Regeln mit so einer Leichtigkeit. Dir ist alles egal, und du denkst nicht an die Konsequenzen. Manchmal wäre ich gerne so wie du. Wenigstens einmal würde ich gerne nicht das tun, was ich muss, sondern das, was ich will. Du ahnst ja gar nicht, wie sehr ich es satthabe, andauernd meine Handlungen abzuwägen und zu prüfen. Manchmal habe ich Panikattacken. Mein Körper weigert sich, sich von mir kontrollieren und gängeln zu lassen. Verstehst du? Und das, was du getan hast, schien mir direkt in eine Katastrophe zu münden. Aber ... vielleicht ist es ja gar nicht so schlimm. Vielleicht übertreibe ich auch.«

Jura verstand nicht, worauf Wolodja hinauswollte, doch er wagte nicht, seinen Monolog zu unterbrechen. Er hatte Angst, etwas Falsches zu sagen, ihn und sich selbst erneut in Verlegenheit zu bringen und das endgültig zu pulverisieren, was bereits in Scherben lag. Also schwieg er. Außerdem hatte er einen Kloß im Hals und konnte sowieso weder sprechen noch atmen.

Aber Wolodja hörte nicht auf, erwartungsvoll auf sein

Spiegelbild im Lack des Klaviers zu starren. »Jura, ich wollte dich noch etwas fragen. Es gibt doch Jungs, die eine sehr enge, besondere Freundschaft verbindet. In der Schule und der Uni habe ich zum Beispiel gesehen, wie manche von ihnen Händchen halten oder sich sogar umarmen.«

»Und?«, krächzte Jura.

»Denkst du, dass die sich auch küssen?«

»Willst du mich verarschen? Woher soll ich das denn wissen? Als ob ich schon einmal *besondere Freunde* gehabt hätte …«

»Und was ist mit mir?«, fragte Wolodja kläglich.

»Geh doch zu Mascha.«

»Sei nicht albern! Mascha ist für mich eine Pionierin wie alle anderen.«

»*Wie alle anderen* …«, äffte Jura ihn nach und begann, auf die Klaviertasten einzuhämmern, um seine innere Stimme, Wolodjas Monolog und seine wieder entfachte Eifersucht zu übertönen.

Dabei bemerkte er gar nicht, dass er zunehmend sicherer spielte – aus dem Gedächtnis heraus, ohne hinzusehen.

Den Blick hatte er unablässig auf Wolodjas Spiegelbild gerichtet.

Wolodja rückte an ihn heran, und Jura spielte noch lauter.

»Hast du das getan, weil du …« Wolodja stockte und wischte sich den Schweiß von der Stirn. »Willst du vielleicht …? Ich meine, willst du ein besonderer Freund für mich sein?«

Jura schlug auf die Klaviertasten ein: »Hör – auf – damit!«

Wolodja ergriff seine Hand und presste sie auf die Klaviertasten. Alles erstarrte: die Musik, sein Atem und sein Herz. Jura wandte sich Wolodja zu, dessen Gesicht nun nur wenige Zentimeter von seinem entfernt war. Er konnte seinen Atem auf seinem Gesicht spüren, konnte nicht klar denken und hatte eine Gänsehaut.

Mit glühenden Augen und zittrigen, kalten Fingern drückte Wolodja Juras Hand, schluckte angespannt und flüsterte: »Vielleicht ist es wirklich nicht verwerflich, einen besonderen Freund zu küssen …«

Plötzlich begriff Jura, was Wolodja ihm die ganze Zeit zu sagen versuchte.

»Was hast du vor?«, stellte Jura die dümmste Frage der Welt. »Was sagst du denn da? Und wen belügst du gerade? Mich oder dich selbst?«

»Niemanden.«

»Und du bist dir auch wirklich sicher?«

Wolodja schüttelte den Kopf »Das bin ich. Bist du dir denn sicher?«

Jura stockte der Atem. Keuchend stieß er hervor: »Ja.« Er hatte die Frage zwar nicht verstanden, wollte aber unbedingt zustimmen.

Jura konnte nicht glauben, was gerade geschah. Wolodja war ihm von sich aus näher gekommen und neigte den Kopf zu ihm hin und hielt seine Hand. Tatsächlich, er hielt seine Hand! Nicht so, wie er es üblicherweise tat, sondern zärtlich und ehrfürchtig, und strich mit den Fingern über seinen Handrücken. Seine Lippen rochen angenehm. Passierte das hier gerade wirklich?

Und was sollte er jetzt machen? Die Lippen spitzen? Am Trafohäuschen hatte er sich keine Gedanken über so was gemacht. Doch das war gestern gewesen, vor einer

Ewigkeit. Er schloss die Augen und beugte sich vor – spürte Wolodjas Atem nun nicht mehr auf seinen Wangen, sondern auf seinen Lippen.

Doch plötzlich hörten sie die Dielen auf der Veranda knarren. Jura drehte sich ruckartig weg, stieß mit der Augenbraue gegen Wolodjas Brillenbügel, sprang auf und stellte sich hinter ihn. Wolodjas Hände zitterten, schnellten in die Luft und krachten auf die Klaviertasten. Ein Knall hallte durch den Saal, dann Getrappel.

Die Schauspielbrigade strömte in den Saal. Jura atmete schwer und war so erschöpft, als wäre er soeben einen Marathon gelaufen, Wolodja dagegen saß am Klavier, klimperte mit den Augen und blickte verwirrt mal auf die Tasten, mal auf die Schauspieler.

»Ihr seid aber früh dran … Der Arbeitseinsatz ist doch noch gar nicht vorbei«, sagte er heiser.

Wie gut, dass die Stufen knarren, dachte Jura.

KAPITEL 12

Vom Reden zum Tun

Jura erinnerte sich an das sozialistische Erziehungsgebot, dass Kinder nicht herumlungern und sich selbst überlassen werden durften. Wahre Worte! So wahr, dass er beinahe anfing zu knurren, als er die Kleinen in den Theatersaal stürmen sah.

Es gab kein Entkommen. Und so kümmerte er sich um die kleinen Schauspieler, während Wolodja mit aller Kraft versuchte, sich nicht anmerken zu lassen, dass nur wenige Minuten zuvor beinahe etwas ganz Besonderes zwischen ihnen passiert wäre.

Später hielt es Jura nicht in seinem Sessel in der ersten Reihe, von wo aus er gewöhnlich den Proben beigewohnt hatte, sondern er nutzte jede noch so kleine Gelegenheit, um auch nur für eine Minute in Wolodjas Nähe zu sein, und konnte die ganze Probe über nicht still sitzen. Unruhig lief er hin und her, warf Wolodja sehnsüchtige Blicke zu und versuchte, einen etwaigen an ihn gerichteten Blick zu erhaschen. Der sonst strenge und übereifrige Regisseur wirkte wirr und milde.

Als die Probe in vollem Gange war, knarrte plötzlich die Verandatreppe, und zwei Personen betraten den Theatersaal. Oleschka bemerkte sie zuerst. Er hatte gerade seinen pathetischen Monolog zu proben und dabei dramatisch in die Ferne zu blicken, als er mitten im Satz stockte.

»Ähem«, machte der Lagerleiter auf sich aufmerksam.

»Guten Tag, Pawel Alexandrowitsch«, sagten die Kinder im Chor.

»Huch!« Hinter dem Lagerleiter stolperte auch seine Stellvertreterin Olga Leonidowna in den Saal und murmelte: »Treppe umgehend reparieren!« Erst dann begrüßte sie die Kinder mit lauter Stimme und eilte umgehend zu Wolodja. Auch Jura gesellte sich zu ihnen.

»Ich wollte mal sehen, wie ihr so vorankommt. Der Geburtstag der *Schwalbe* ist schon übermorgen. Bis dahin muss das Stück sitzen.«

»Ich weiß nicht«, sagte Wolodja zaghaft. »Wir geben uns Mühe, aber wir haben viel Text und wenig Zeit. Und dann ist da ja noch das Bühnenbild …«

»Also!«, empörte sich Pawel Alexandrowitsch.

Olga Leonidowna tadelte: »Wolodja, ich habe dich nicht gefragt, *ob* das Stück bis dahin steht. Davon gehe ich aus. Also gut, zeigt mal, was ihr bisher fertig habt.«

Die Durchlaufprobe begann. Olga Leonidowna musterte kritisch die jungen Schauspieler, kritzelte hektisch in ihr Notizbuch und verdrehte hin und wieder die Augen. Jura beobachtete sie und stellte zu seiner Verärgerung fest, dass tatsächlich noch viel zu tun war. Er war bei jeder Probe dabei gewesen. Die Kleinen schienen bereits textsicher zu sein, Mascha kam mit dem Klavier langsam, aber sicher zurecht, wobei sie das *Wiegenlied* zu seiner Freude in Frieden ließ, und sogar das Mädchentrio gab sich Mühe. Doch noch immer war das Ganze ziemlich fad. Und mit dem Bühnenbild war noch gar nicht angefangen worden.

Also war es kein Wunder, dass Olga Leonidowna und Pawel Alexandrowitsch unzufrieden waren. Aber selbst wenn alles perfekt gewesen wäre – Jura konnte sich nicht daran erinnern, dass die beiden in den sechs Jahren, die er sie jetzt kannte, jemals mit etwas zufrieden gewesen wären.

»Nastja, kennst du überhaupt die Lebensgeschichte der Heldin, die du spielst?«

»Ähem«, mischte sich der Lagerleiter ein. »Die muss sie eigentlich kennen.«

Die Kinder nickten eifrig. Alle kannten die Lebensgeschichte sämtlicher Pionierhelden in- und auswendig.

»Natürlich«, antwortete Nastja. »Meine Schulklasse ist nach ihr benannt.«

»Dann erinnerst du dich sicher auch daran, dass Sina vor dem Krieg ein ganz gewöhnliches sowjetisches Mädchen gewesen ist. Sina wurde nicht als Heldin geboren, sie wurde zu einer. Und deine Aufgabe ist es, diesen Entwicklungsprozess darzustellen und nicht von Anfang an auszustrahlen: Ich bin eine Heldin und kenne weder Tränen noch Angst.«

»Olga Leonidowna, lassen Sie uns doch gemeinsam einen Blick in den Text werfen«, unterbrach Wolodja sie, als er bemerkte, dass Nastjas Unterlippe zu zittern begann. »Dann können Sie die Repliken markieren, die Ihnen missfallen, und Konew und ich schreiben sie um.«

»Mit dem Text ist alles in Ordnung. Nastja hat einfach nur ihre Rolle nicht verstanden.«

Jetzt hatte Nastja Tränen in den Augen. Als Olga Leonidowna das bemerkte, versuchte sie, die Kleine zu trösten.

»Lass den Kopf nicht hängen, das wird schon noch.

Du musst dich einfach in deine Heldin und ihre Lebenssituation einfühlen. Stellen wir uns vor: Du bist fünfzehn Jahre alt, also ein wenig älter als jetzt. Du bist ein liebes und lebensfrohes Mädchen, das zwar ganz gern zur Schule geht, aber wie alle Kinder spielst du am liebsten und hast Spaß. Gemeinsam mit deinen Freundinnen hast du lauter interessante Ideen: Mal gestaltest du eine Wandzeitung, mal organisierst du einen Tanzzirkel, mal führst du ein Puppentheater auf.«

Da schaltete sich auch Jura ein, klopfte der bedrückten Schauspielerin so beherzt auf die Schulter, dass sie ins Taumeln geriet, und sagte: »All das trifft auf Nastja zu.«

Nastja lächelte angespannt. Und Olga Leonidowna fuhr unbeirrt fort: »Du lebst eigentlich in Leningrad, hast da deine Freunde. Die Sommerferien verbringst du mit deiner Schwester Galja bei eurer Großmutter in Obol.«

»Und plötzlich bricht der Krieg aus.« Sascha, wegen Ptschjolkins Aktion mit Pflastern übersät, sprang auf die Bühne, fing an zu schreien und fuchtelte mit den Armen: »Wir sind unter Beschuss! Peng, peng, peng!«

»Sascha Schamow, findest du das etwa lustig?« Olga Leonidowna stemmte ihre Arme in die Hüften.

»Nein, natürlich nicht!« Sascha riss erschrocken die Augen auf und zog ab.

»Wie kann man Witze machen über dieses unermessliche Leid, das nicht nur das sowjetische Volk, sondern die ganze Welt erfahren hat?«

»Sascha hat es nicht so gemeint«, nahm Wolodja ihn in Schutz. »In Friedenszeiten scheint all das für uns so weit weg zu sein, als ob es gar nichts mit uns zu tun hätte. Und eigentlich ist das ja auch gut so …«

Da mischte sich auch der Lagerleiter ein: »Damals

wussten die Menschen auch nicht, dass es Krieg geben würde. Sie hätten auch abgewunken, wenn man ihnen gesagt hätte, morgen bricht Krieg aus. Kinder haben ihre Ferien auf dem Dorf verbracht, wie wir heute in Pionierlagern.«

»Genau«, pflichtete Olga Leonidowna ihm bei. »Und das erste Objekt, das von faschistischen Bombern zerstört wurde, war übrigens weder ein Bahnhof noch eine Fabrik, sondern ein Pionierlager.«

»Warum sollte man denn ein Pionierlager bombardieren?«, fragte Jura genervt und schaute Olga Leonidowna herausfordernd an. »Das ist doch pure Munitionsverschwendung. Viel schlauer ist es doch, Flughäfen oder Verkehrsknotenpunkte ins Visier zu nehmen.«

»Das Pionierlager befand sich in einer kleinen Stadt namens Palanga an der deutsch-sowjetischen Grenze. Die Nazis griffen tief in der Nacht vom 22. Juni 1941 an, beschossen das Lager und filmten das Grauen. Wenn dich das Thema interessiert, Konew, kannst du das alles beim Schriftsteller Mykolas Sluckis nachlesen, der als Kind in Palanga gelebt hat. Aber wo waren wir stehen geblieben? Ach ja … Sina und ihre Schwester sind in einem Dorf in der Nähe von Obol. Und dann bricht der Krieg aus. Ganz plötzlich! Unerwartet! Das Dorf wird in kürzester Zeit von den deutschen Truppen eingenommen. Und dann ist da dieses Mädchen. Du, Nastja. Ein fröhliches und liebes Mädchen, so wie du eins bist. Doch plötzlich bist du von Gewalt und Tod umgeben. Und ein Jahr darauf beschließt du, dich den Jungen Rächern anzuschließen, einer Partisanenbrigade, die sich aus Kindern deines Dorfes zusammensetzt. Du lernst zu schießen und Granaten zu werfen.«

Was für ein Quatsch, schimpfte Jura innerlich. Doch da forderte die stellvertretende Lagerleiterin ihn auf, seine Repliken vorzutragen.

Nachdem sie ihn angehört hatte, sagte sie: »Nein, Konew, da ist noch viel zu tun.«

»Ach wirklich?«, stieß Jura hervor. Doch Olga Leonidowna bemerkte den Sarkasmus in seiner Stimme nicht.

»Ja, du stellst ihn viel zu menschlich dar. In Wirklichkeit ist er doch ein Monster und hat rein gar nichts Menschliches an sich. Alle Deutschen sind Monster.«

»Wirklich?«, fragte Jura erneut. Dieses Mal war er jedoch tatsächlich überrascht. »Verstehe. Was soll ich denn anders machen?«

»Sehr gute Frage. Vielleicht kannst du ja eine Grimasse schneiden?«

»So in etwa?« Jura setzte sein breitestes und zufriedenstes Grinsen auf und brachte die Theaterbrigade zum Kichern.

»Nein, natürlich nicht so!« Die übrigen Schauspieler hörte Olga Leonidowna mit zusammengepressten Lippen und steinerner Miene an und verkündete anschließend ihr Urteil: »Nein, das geht so nicht. So etwas kann man dem Publikum nicht zumuten. Wolodja, ich muss doch sagen … Von dir hätte ich mehr erwartet.«

»Ähem, mhm«, grummelte der Lagerleiter zustimmend, woraufhin Wolodja erst nervös blinzelte und die Zähne so fest zusammenbiss, dass seine Kieferknochen hervortraten.

»Aber Olga Leonidowna … das Stück ist sehr komplex und das Thema über alle Maßen ernst«, versuchte Wolodja sich zu rechtfertigen.

»Das weiß ich doch … Aber ich habe auf dich gezählt und gedacht, dass du das schon schaffen wirst.«

»Das werde ich auch. Wir alle zusammen! Aber wir brauchen mehr Statisten und Schauspieler. Die Jungs haben so gar keine Lust, die kann man so häufig einladen, wie man will. Das habe ich schon mehrfach bei der Morgenbesprechung gesagt.«

Olga Leonidowna nickte. »Dann lasst uns die Premiere verschieben. Wir können das Stück auch am letzten Tag zeigen, vor dem Abschiedslagerfeuer.«

»In Ordnung. Können Sie nicht wenigstens ein paar weitere Jungs zum Mitmachen bewegen, Olga Leonidowna? Wir haben ein paar Statistenrollen zu vergeben – ohne eine einzige Zeile Text.«

»Ich gebe mein Bestes«, versprach Olga Leonidowna, nickte, kritzelte etwas in ihr Notizbuch. Dann mussten sie und der Lagerleiter zum Speisesaal, die Vorbereitungen für das Abendessen überwachen.

Bis zum Ende der Probe blieb noch eine Stunde. Doch die Schauspieler, verunsichert durch die Kritik, wussten nicht wohin mit sich, und flitzten im Theatersaal umher, bis Wolodja alle mit einem lauten Pfiff um sich herum versammelte.

Jura hätte schwören können, dass der Regisseur sie mit strengen Anweisungen über die Bühne jagen und dazu zwingen würde, ihr Bestes zu geben. Doch er sagte enthusiastisch: »Die Aufführung ist, wie ihr alle gehört habt, auf den letzten Tag verschoben worden. Dadurch haben wir mehr Zeit und bekommen sogar ein paar Statisten. Und außerdem ist es eine große Ehre, am Ende des Lageraufenthalts aufzutreten. Ich erwarte von euch, dass ihr euch ins Zeug legt.«

Um die Kinder noch ein wenig anzuspornen, fügte Jura mit angsteinflößender Stimme hinzu: »Wenn ihr aber faulenzt und die Aufführung vergeigt, werdet ihr jede Nacht vom Rachegeist eines Selbstmörder-Regisseurs heimgesucht …«

»Was ist das denn für ein Unsinn?«, rief Polina empört.

»Jura, was ist das für ein Geist?«, fragte Oleschka. »Erzähl mal!«

Jura kratzte sich am Kinn. »In Ordnung, ich werde es euch erzählen. Aber nicht heute und auch nicht morgen, sondern nur dann, wenn ihr die nächsten drei Tage fleißig probt und euch von eurer Schokoladenseite zeigt. Einverstanden?«

»Einverstanden!«, riefen die Kleinen im Chor, während das Mädchentrio die Augen verdrehte.

Jura bemerkte, dass Wolodja ihn ansah, zufrieden nickte und mit den Lippen ein *Danke* formte. Und da gab es für Jura kein Halten mehr. Er schaute ununterbrochen auf die Wanduhr, und ihm schien es, als würde der Minutenzeiger so langsam vorankriechen, dass er Gefahr lief, vollends stehen zu bleiben. Dabei sehnte Jura so dringend das Ende der Probe herbei. Denn dann würden alle den Saal verlassen und sie könnten … Jura stockte in seinen sehnsüchtigen Gedanken, denn er wusste nicht, was genau sie tun könnten, doch er verspürte ein starkes Verlangen, mit Wolodja allein zu sein.

Die Verandatreppe knarrte erneut. Jura drehte sich um und sah Irina auf der Türschwelle stehen.

Sie riss die Arme nach oben und rief: »Macht weiter, lasst euch von mir nicht stören, ich wollte nur …« Plötzlich wurde ihr Tonfall streng. »Konew! Komm doch mal her. Lass uns kurz vor die Tür gehen.«

Jura zog instinktiv den Kopf ein. Er wusste, dass ein solcher Tonfall nicht Gutes zu bedeuten hatte. Während er zum Ausgang des Theatersaals trottete, versuchte er, sich zu erinnern, was er verbrochen hatte. Es stellte sich heraus, dass die Liste lang war: Er hatte seinen Dienst im Speisesaal geschwänzt und sich für ganze fünf Stunden davongestohlen. Unwahrscheinlich, dass sein Verschwinden unbemerkt geblieben war, also würde er wohl gehörig Ärger bekommen.

Zu seiner großen Überraschung sah Irina Petrowna jedoch eher besorgt als verärgert aus und fragte gereizt: »Jura, wie oft willst du eigentlich noch verschwinden? Wir machen uns andauernd Sorgen um dich.«

»Das müsst ihr nicht.«

In Anbetracht dessen, was seit seiner Rückkehr ins Pionierlager passiert war, kam ihm seine Flucht bedeutungslos vor – etwas, weswegen man sich ganz sicher keine Sorgen machen musste. Und er schien nicht der Einzige zu sein, der so dachte.

»Weißt du, Jura, ich habe keine Kraft mehr, andauernd wütend auf dich zu sein.« Irina stieß einen derart traurigen Seufzer aus, dass Jura ihre Wutanfälle zu vermissen begann.

»Wohin bist du denn heute verschwunden? Du bist einfach mitten in deinem Dienst abgehauen. Und wie lange warst du weg? Einen halben Tag? Hast dich nicht mal abgemeldet … Hast du auch mal an die anderen gedacht? Du hättest sehen sollen, wie bleich Wolodja war, als er bei mir war, um mir zu sagen, dass du verschwunden bist.«

Jura schluckte. Er hatte tatsächlich kein bisschen darüber nachgedacht, was in der *Schwalbe* los war, während er durch den Wald stapfte, die Bushaltestelle suchte und versuchte, seine Gedanken zu ordnen. Auch wie Wolodja sich gefühlt haben musste, war nicht sein Thema gewesen. Netterweise hatte Wolodja, als Jura zurück war, weder geschimpft, noch war er wütend gewesen. Er hatte kein einziges Wort über sein Verschwinden verloren, sondern ihn mit ganz anderen Worten und Taten überrumpelt.

Irina fuhr fort: »Du denkst nur an dich. Alle anderen sind dir egal. Ich habe Wolodja noch nie so erlebt. Er ist fast durchgedreht, rannte im Lager hin und her und hat alles nach dir abgesucht. Er war auf der Baustelle und sogar am Fluss. Der diensthabende Sportbeauftragte hat ihm hundertmal gesagt, dass er dich nicht gesehen hat, er hat trotzdem den ganzen Strand abgegrast, hat sich sogar ein Boot genommen und ist damit rausgefahren. Und das ist deine Schuld, Konew. Jura! Jura? Hörst du mir überhaupt zu?«

Sie schimpfte ihn nicht aus, sondern versuchte, an sein Gewissen zu appellieren – und das mit Erfolg. Bis zu diesem Moment war sich Jura nicht im Klaren darüber gewesen, was er mit seinem Fluchtversuch angerichtet hatte. Er hatte nur an sich selbst und seinen Groll und Schmerz gedacht und alles andere schlichtweg vergessen. Doch nun bekam er allein beim Gedanken daran, wie Wolodja sich gefühlt haben musste, Gänsehaut. Wolodja hatte nach ihm gesucht! Ob er wohl versucht hatte, sich zur Weide durchzukämpfen? Ob er deshalb das Boot genommen hatte? Und trotz alldem war Wolodja nicht zur Lagerleitung gegangen, um sein Verschwinden zu melden. Auch Irina hatte seinen Ausflug für sich behalten. Ein verschollener Pionier wäre garantiert als nachlässige Einstellung zur Arbeit gewertet und mit sofortiger Entlassung des Gruppenleiters geahndet worden, wenn nicht sogar mit einem Strafverfahren.

Was hatte er sich nur dabei gedacht?

»Warum habt ihr Olga Leonidowna nicht informiert?«, fragte er leise und schaute schuldbewusst zu Boden.

»Ich war kurz davor. Du kannst dich bei Oleschka bedanken, dass er mir sofort Bescheid gegeben hat, dass du wieder da bist. Außerdem hat Wolodja sich für dich eingesetzt und mich gebeten, dein Verschwinden erst einmal für mich zu behalten. Andernfalls hätten wir beide einen Vermerk in unserer Akte bekommen, und du wärst heimgeschickt worden. Außerdem …«, sie stockte für einen Augenblick, »hast du mein Geheimnis auch für dich behalten.«

Jura nickte und murmelte: »Irina, es tut mir leid.«

»Ach Jura, was soll denn diese Entschuldigung? Du siehst doch, dass ich nicht wütend bin. Aber du musst endlich die Verantwortung für dein Handeln übernehmen und darfst nie vergessen, dass deine Entscheidungen nicht nur für dich Konsequenzen haben könnten.«

»Ich weiß … Irina, ich werde mich bessern«, sagte Jura schuldbewusst.

Sie legte ihre Hand auf seine Schulter und fuhr mit sanfter Stimme fort: »Ich weiß Bescheid, Wolodja hat mir alles erzählt. Und ich verstehe dich.«

Er hatte es ihr erzählt? Wie konnte das sein? Jura fragte mit zittriger Stimme: »Wovon sprichst du?«

»Von Mascha natürlich. Davon, dass Wolodja ihr dein Prüfungsstück gegeben hat. Ich weiß, wie viel dir die Musik bedeutet, und erinnere mich noch, wie sehr dich das alles gequält hat. Aber Jura, das ist selbstverständlich kein Grund, Dummheiten zu machen. Und vor allem hast du nicht das Recht, dein Umfeld in deine Probleme mit hineinzuziehen.«

»Irina, es tut mir leid. Ich bin ein Trottel.«

Irina nahm ihre Hand von seiner Schulter. »Bist du nicht. Du musst einfach nur erwachsen werden.«

Jura nickte erneut. »Darf ich dich etwas fragen?« Irina, die sich bereits umgedreht hatte und weggehen wollte, sah ihn über die Schulter fragend an.

»Warum ist deine Beziehung zu Schenja ein Geheimnis? Was ist denn so schlimm daran?«

Irina lächelte angestrengt. »Schenja ist verheiratet. Er hat vor, sich scheiden zu lassen. Aber wer weiß, wann das sein wird … Behalte das für dich, in Ordnung? Ich will nicht, dass noch mehr Gerüchte aufkommen. Für ihn ist das Ganze nicht so schlimm, aber mich wird man beschuldigen, dass ich seine Familie zerstöre. Und so einen Ruf kann ich nicht gebrauchen. Immerhin sind wir in einem Pionierlager, hier sind überall Kinder, und wir propagieren Familienwerte. Da bin ich ganz eindeutig kein gutes Vorbild.« Irina seufzte: »Wie dem auch sei … Geh mal zur Probe zurück, das Horn wird schon bald zum Abendessen rufen. Und versprich mir, dass du dich besserst.«

»In Ordnung. Ich verspreche es.«

Im Weggehen fügte sie hinzu: »Entschuldige dich bei Wolodja.«

Auf seinem Weg zum Theatersaal nahm sich Jura fest vor, auf der Stelle mit Wolodja zu sprechen. Doch als er sah, wie der Regisseur auf der Bühne hin und her flitzte, mit dem Textbuch wedelte und mit vor Anstrengung und Erschöpfung zittriger Stimme Anweisungen gab, begriff Jura, dass dies wohl nicht der richtige Zeitpunkt war. Er würde sich wie ein Erwachsener verhalten und auf einen geeigneten Moment warten.

Das Horn erklang. Die Theaterbrigade stob auseinander, begann nach den Pionieruniformen zu suchen und sich für den Gang zum Speisesaal in Zweierreihen aufzustellen.

Als sie im Gleichschritt den Theatersaal verließen, stupste Jura Wolodja an, lächelte und versuchte auf diese Weise, Präsenz und Interesse zu bekunden. Wolodja lächelte zurück, doch keineswegs erfreut, sondern verlegen und angespannt.

Dieses Lächeln brachte Jura vollkommen aus dem Konzept. Gerade noch hatte ihn Wolodja fast geküsst, doch nun war er nervös und wurde abwechselnd rot und bleich. Wollte er ihn vielleicht gar nicht küssen? Hatte er nur Mitleid mit ihm? Aber würde man jemanden aus Mitleid küssen? Jura musste all das erst einmal verdauen.

In Windeseile vertilgte er sein Abendessen und kehrte in den leeren Theatersaal zurück. Er musste die Gedanken in seinem Kopf zum Schweigen bringen. Als er sich ans Klavier setzen wollte, sah er auf einem Zuschauersessel in der ersten Reihe ein dünnes Buch liegen. Am zerknitterten und bekrakelten Einband erkannte er, dass es Wolodjas Theatertext war. Wahrscheinlich hatte er es hier vergessen, als die Gruppe sich eilig fürs Essen aufgestellt hatte.

Jura nahm das dünne Buch, begann darin zu blättern und fand an den Rändern unzählige Notizen: *Uljana übertreibt, Walddekoration prüfen, Kostüm für Großmutter* und so weiter.

Aus irgendeinem Grund berührten diese Anmerkungen ihn zutiefst, auch wenn ihm vieles davon bereits aus Wolodjas Ansprachen bei den Proben bekannt war. Vor dem Beginn seiner Szene stand nur ein Wort: *Jurotschka.* Sein Herz stolperte. Wolodja hatte ihm einen Kosenamen gegeben.

Während das ganze Pionierlager beim Abendessen war, lernte Jura seinen Text auswendig. Er hatte nur wenige, aber nicht ganz einfache Repliken. Oberleutnant Krause war ein Antagonist mit einem ausnahmslos negativen Charakter. Doch Jura hatte Schwierigkeiten, ihn auch so zu spielen, da sein Text in einer zarten Bleistiftschrift geschrieben war, als wollte er gesäuselt werden.

Jura riss sich zusammen. Er wollte Wolodja beeindrucken. Also begann er zu proben, lief auf der Bühne hin und her, verlas seinen Text vor dem leeren Saal. Oberleutnant Krause verhört Sina ... Jura hatte den Eindruck, dass er gar nicht so schlecht war. Doch dann knarrte draußen die Verandatreppe, und die Schauspieler strömten in den Saal.

Zu diesem Sonderdurchlauf kamen einige Probebedürftige zusammen: Jura, das Mädchentrio, Nastja und Sascha. Auch Oleschka gesellte sich zu ihnen, obwohl alle mit seiner Leistung mehr als zufrieden waren. Auch Mascha hatte dazukommen wollen, aber Irina Petrowna hatte sie verdonnert, gemeinsam mit ihrer Pioniergruppe die Tanznummer für den Lagergeburtstag zu proben. Jura war heilfroh, ihr schiefes Geklimper nicht ertragen zu müssen.

Während sich die Kleinen auf ihr Vorspiel vorbereiteten, machte es sich Jura gemeinsam mit dem Mädchentrio und Wolodja in der ersten Reihe des Zuschauersaals bequem. Und auch wenn Polina, Uljana und Ksjuscha schwiegen, fühlte sich Jura von ihnen gestört. Er wollte endlich mit Wolodja alleine sein.

»Olga Leonidowna hat recht«, sagte Wolodja seinen Schauspielern und stellte sich vor der Bühne auf. »Die Partisanen lebten in ständiger Gefahr. In Obol waren zweitausend deutsche Soldaten stationiert, die andauernd Partisanen gefangen nahmen und zu Tode folterten. Und wir stellen das hier so dar, als ob unsere Helden überhaupt keine Angst hätten.«

»Dann soll sie doch professionelle Schauspieler beschäftigen«, knurrte Jura. »Wir könnten niemals so kämpfen wie die Pionierhelden zu Kriegszeiten damals. Und sie verlangt von uns, so zu tun, als ob.«

»Ich habe doch gesagt, dass wir lieber ein modernes Stück aufführen sollen«, sagte Uljana. Polina und Ksjuscha fummelten gleichgültig in ihren Haaren herum.

Wolodja schenkte Uljanas Kommentar keine Beachtung, sah Jura an und zuckte mit den Schultern: »Doch, auch wir könnten so kämpfen, davon bin ich überzeugt. Immerhin wären wir im Krieg. Wir könnten uns ergeben oder diejenigen rächen, die getötet wurden. Aber genug der Vorrede … Lasst uns loslegen.«

Die Atmosphäre im Theatersaal war angespannt. Dass Wolodja sich plötzlich in einen fordernden Regisseur verwandelte und die Kleinen über die Bühne scheuchte, half nicht wirklich.

Jura langweilte sich fürchterlich. Seine Szene war noch ewig nicht dran, und er war sich nicht einmal sicher, ob Wolodja sie überhaupt für die Probe eingeplant hatte. Sollte er sich hier bis zum Ende der Probe langweilen und hoffen, dass Wolodja anschließend in der Stimmung sein würde, mit ihm zu sprechen?

Doch dann wurde Jura aus seiner Langeweile gerissen. Wolodja platzte der Kragen. Er unterbrach Uljana, die immer noch gekünstelt und geradezu fröhlich spielte, mitten im Satz und rief: »Uljana, du bist eine Partisanin! Warum trägst du deinen Text mit solcher Putzigkeit vor?«

Damit hatte er natürlich den Bogen überspannt. Uljana brach in Tränen aus, und Wolodja, der seinen Ausbruch augenblicklich bereute, eilte zu ihr, um sie trösten. Uljana ließ sich natürlich die Gelegenheit nicht entgehen, sich fest an ihn zu drücken.

»Uljana, bitte entschuldige. Ich wollte das nicht. Das war dumm von mir. Bitte, nicht weinen.«

Doch Uljana schniefte nur und drückte sich noch fester an Wolodja.

Jura wurde von Wut und Eifersucht gepackt – noch so eine wie Mascha, die heult, damit Wolodja sie umsorgt. Und es funktioniert – Wolodja, von Natur aus gutmütig, eilt augenblicklich zu ihr, entschuldigt sich und erniedrigt sich vor ihr. *Wie mitleidig du doch bist,* empörte sich Jura. *Erst tanzt du mit Mascha aus Mitleid. Und dann wolltest du mich wahrscheinlich auch aus Mitleid küssen.*

Wütend stapfte er in eine entlegene Ecke des Saals, setzte sich in einen Sessel und starrte stirnrunzelnd die Leninbüste an, die in der Ecke verstaubte. Wolodja hatte ihn vor Beginn der Proben aufgefordert, dieses schwere Gipsungetüm von der Bühne zu schleppen. Jura schaute sich vorsichtig um und bemerkte, dass sein Abgang niemandem aufgefallen war. Nur Wladimir Iljitsch blickte ihn mit seinen Gipsaugen an.

»Warum starren Sie mich so an?«, fragte ihn Jura leise. Lenin antwortete nicht.

Jura stand auf und trat heran, befand sich jetzt auf Augenhöhe mit ihm.

»Niemand braucht mich«, beklagte er sich und streckte die Hand aus, fuhr über die kühle Glatze und seufzte schwer: »Wir sind uns sehr ähnlich, Sie und ich, nicht wahr? Auch Sie stehen hier in der Ecke herum, und niemand schert sich um Sie …« Jura legte die Hände auf die Gipswangen, beugte sich vor und gab Lenin einen Kuss aufs Kinn. »Danke, dass Sie mich angehört haben. Jetzt fühle ich mich gleich viel besser …«

»Jura!«, zischte Wolodja hinter seinem Rücken. »Was machst du da?« Seinem Tonfall nach zu urteilen, war er außer sich.

»Was denn? Ich probe!« Jura rezitierte Lenin ins Ohr: »›Liebes Fräulein, im Lauf dieser Waffe‹«, er legte zwei Finger zusammen und hielt sie an Lenins Schläfe, »›befinden sich sechs Patronen. Doch schon eine reicht vollkommen aus, Ihrem Leben ein Ende zu setzen.‹«

»Jura, was soll dieses antisowjetische Getue?«

Jura drehte sich um und schaute ihn verwirrt an.

Wolodja flüsterte ihm ins Ohr: »Du weißt aber schon, wie das aussieht, oder? Du beleidigst das Andenken des Revolutionsführers.«

»Ach, das tun in diesem Saal ganz andere, würd ich mal sagen.«

»Was soll das heißen?«

»Was wir hier aufführen, ist eine Lüge, und sei es nur, weil behauptet wird, dass alle Deutschen Abschaum sind.«

»Worauf willst du hinaus?« Wolodja runzelte die Stirn.

Das wusste Jura selbst nicht so genau. Schon wieder brabbelte er wie ein Kleinkind Unsinn vor sich hin, nur um Wolodjas Aufmerksamkeit auf sich zu ziehen. Und auch wenn Jura von sich selbst angewidert war, konnte er nicht anders. Er konnte nicht zulassen, dass Wolodja zu Uljana zurückging.

»Außerdem sind Deutsche auch Menschen, genau wie wir, und kein Abschaum.«

»Woher willst du das denn wissen? Nur weil dein Onkel dort lebt? Eins ist klar: Damals wurde eine ganze Nation zu Mördern.«

»Nicht alle«, platzte Jura heraus.

»Natürlich nicht alle. Aber Jura … Ach, was soll das bringen? Du bist durch und durch systemkritisch. Wenn du nicht umdenken willst, dann musst du wohl anfangen zu lügen. Denn das, was du offen aussprichst, darf man nicht einmal denken.«

»Irgendwo habe ich so etwas schon mal gehört«, fuhr Jura ihn an. »Aber mir geht es eigentlich um etwas anderes: Wenn unsere Vorzeigekommunistin Olga Leonidowna Patriotismus einfordert, stimmen unsere angehenden Komsomolmädchen ihr erst brav zu, spielen dann aber doch was anderes. Und ganz ehrlich, sieh dich doch mal um: Diese Pionierhelden sind allen scheißegal. Die Mädels sind nur deinetwegen hier.«

»Und du etwa nicht?«, konterte Wolodja, drehte sich um und ging auf die Bühne.

Die Zeit schien stehen geblieben zu sein und die Probe nicht dreißig Minuten, sondern dreißig Stunden zu dauern.

Doch dann klatschte Wolodja in die Hände, stand auf und sagte: »In Ordnung, Leute. Das war's für heute. Gut gearbeitet. Ruht euch aus. Polina, Uljana und Ksjuscha, für euch habe ich noch eine Aufgabe – probt doch in eurer Gruppe den Disput der Jungen Rächer. Vor allem du, Uljana. Und ihr beiden, Polina und Ksjuscha, könnt ihr ja Ratschläge geben. Inzwischen gefällt mir dein Spiel besser, aber du übertreibst immer noch ein wenig. Und du, Sascha, bist ein toter Faschist – also hör gefälligst auf zu schnarchen, wenn du auf dem Boden liegst. Du schläfst nicht, sondern bist tot. Alles klar?« Alle nickten. »Dann ab mit euch!«

Ksjuscha verließ als Letzte die Bühne, und Jura beobachtete aus der anderen Ecke des Theatersaals, wie sie an Wolodja herantrat und ihn etwas fragte, woraufhin Wolodja den Kopf schüttelte.

Als Ksjuscha endlich weg war, fragte Jura gereizt: »Was wollte die denn von dir?«

»Sie hat mich zur Disco eingeladen.«

»Und?«

»Was denkst du denn?« Wolodja zuckte gleichgültig mit den Schultern. »Ich habe noch so viel zu tun. Apropos ... Komm mal mit, ich wollte mit dir noch das Bühnenbild besprechen.«

Schweigend trottete Jura ihm hinterher.

»Schau mal ...« Wolodja deutete zur linken Bühnenecke. »Hier wird die Isba, das Hauptquartier der Partisanen stehen: ein Schreibtisch, Stühle und Agitationsplakate. Und hier ...« Wolodja ging zur rechten Seite der Bühne. »... hier richten wir einen Straßenabschnitt ein, mit dem hohlen Baumstamm als Waffenversteck.«

Jura hörte ihm nur mit halbem Ohr zu. Er wäre durchaus bereit gewesen, die Requisiten zu besprechen, doch er konnte sich auf nichts anderes konzentrieren als auf die Tatsache, dass er und Wolodja endlich allein waren.

»Na ja, eigentlich können wir den Baumstamm auch

nah am Vorhang platzieren und die Waffen dahinter verstecken …« Wolodja verschwand hinter dem dicken Vorhang, hob ihn an und bekam eine Staubwolke ab. »Igitt. Den müssen wir auf jeden Fall vorher ausklopfen.«

Jura konnte sich nicht länger zurückhalten. Er trat an Wolodja heran und schob ihn mitsamt dem Vorhang gegen die Seitenwand, griff in den Stoff und wickelte sich selbst und Wolodja damit ein.

»Was tust du da?«, keuchte Wolodja dicht vor ihm, und Jura konnte nicht einschätzen, ob er entrüstet oder lediglich überrascht war.

»Ich mache da weiter, wo wir vorhin aufgehört haben.« Jura wollte ihn umarmen, doch als er in Wolodjas erschrockene Augen blickte, schrak er zurück. Wolodja schüttelte den Kopf.

»Nicht hier. Was, wenn uns jemand sieht …«

»Man sieht uns doch gar nicht.«

»Da hast du wohl recht …«, flüsterte Wolodja und legte seine Hände auf Juras Schultern.

Jura kniff die Augen zusammen und hielt den Atem an, legte seine Lippen endlich auf Wolodjas. Und als er Wolodjas Finger an seinen Handgelenken spürte, beschloss er, sich diesmal nicht abweisen zu lassen. Doch Wolodja hatte gar nicht vor, ihn wegzustoßen, sondern zog ihn noch näher an sich heran. Dieser unschuldige Kuss löste in Jura einen ähnlichen Gefühlssturm aus, wie er ihn nur ein paar Stunden zuvor an seinem geliebten Klavier erlebt hatte. Doch bis zu diesem Moment hatte er nicht gewusst, dass er gar nicht Klavier spielen musste, um zu fliegen. Dass der Himmel bereits hundertsiebzig Zentimeter über dem Boden begann – dort, wo er Wolodjas Lippen berühren konnte. Und er begriff noch etwas, nämlich dass ab jetzt alles anders war. Vielleicht würden die Nächte nun hell und die Winter warm sein.

Doch im nächsten Moment drückte Wolodja den Rücken durch, drehte sein Gesicht von Jura weg und zog ihn noch fester an sich – so fest, dass es wehtat. Und ehe Jura recht begreifen konnte, was vor sich ging, nieste Wolodja so laut, dass es Jura in den Ohren dröhnte – und dann noch einmal und noch einmal. Und als sie sich aus dem staubigen Vorhang befreit hatten, kamen sie aus dem Lachen nicht mehr heraus: Jura hielt sich den Bauch, während Wolodja sich erst vor Niesen und dann wieder vor Lachen krümmte.

Als sie das Theater verließen und zur Baracke der Oktoberkinder schlenderten, kicherten sie immer noch albern vor sich hin.

Den Kleinen war an diesem Abend nicht nach Radau und nicht einmal nach Gruselgeschichten – so sehr hatte Wolodja sie ausgelaugt. Und zum ersten Mal konnte sich Jura nicht darüber freuen, dass sie so schnell eingeschlafen waren. Denn das bedeutete, dass es Zeit für ihn war, zu gehen.

Unbeholfen verabschiedeten sie sich. Wolodja weigerte sich, Juras Hand loszulassen, und auch Jura stand regungslos da.

Doch als Wolodja ihn losließ und einen Schritt zurück machte, hatte er keine Wahl – die Frage, die ihn quälte, konnte ganz sicher nicht bis morgen warten.

»Da ist etwas, das ich nicht verstehe. Du hast gesagt, dass es ein Mädchen in deinem Leben gibt, das dir viel bedeutet …«

Wolodja lächelte. »Ich habe nicht gesagt, dass es ein *Mädchen* gibt, sondern einen besonderen *Menschen*.«

»Aber … um wen geht es dabei?«

»Das ist eine alte und uninteressante Geschichte. Vergiss es einfach«, bat ihn Wolodja, umarmte ihn, ließ ihn aber sogleich wieder los. »Dann vergesse ich auch dein *Mädchen von zu Hause.*«

»Als ob ich so etwas einfach vergessen kann«, brummelte Jura.

Mit einem traurigen Lächeln auf den Lippen drückte Wolodja seine Hände und sagte: »Jura, du musst jetzt wirklich los. Irina hat sich vorerst genug Sorgen gemacht. Ab ins Bett. Morgen ist auch noch ein Tag.«

»Nein. Ich komme später noch zu dir«, platzte Jura heraus. »Wenn alle schlafen. Um Mitternacht oder vielleicht ein wenig später.«

»Nein. Wir müssen vorsichtiger sein. Wir wären vorhin schon fast erwischt worden.«

»Ich klopfe an dein Fenster.«

»Ich denke nicht, dass das …«

»Du kannst sagen, was du willst. Ich werde so oder so da sein.«

»In Ordnung. Nach dem heutigen Tag werde ich eh lange brauchen, um einzuschlafen. Aber sei vorsichtig und pass auf, dass dich niemand sieht.«

Die Müdigkeit brach über Jura herein, sobald er sich hingelegt hatte. Immer wieder sackte er weg, aber letztlich gelang es ihm, wach zu bleiben – so dringend wollte er Wolodja wiedersehen.

Und als sich über das Pionierlager nicht nur tiefe Stille, sondern auch Dunkelheit gelegt hatte, da ein Großteil der Laternen ausgeschaltet worden war, wusste Jura, dass es an der Zeit war. Also stand er auf, zog sich an und ging nach draußen.

So leise und leer hatte Jura das Lager noch nie gesehen. Und in seinem von Schlafmangel und Sorgen gequälten Kopf stellte er sich vor, dass die Feinde der Sowjetunion die Atombombe nicht irgendwo, sondern ganz in der Nähe abgeworfen hatten und alles ausgestorben war. Man hörte weder die Eulen rufen noch die Dorfhunde bellen. Nur die Grillen veranstalteten ein erschreckend lautes Zirpen. Jura hatte mal gehört, dass einige Insekten imstande seien, einen Atomkrieg zu überleben. Kakerlaken zum Beispiel.

Die Baracke der Oktoberkinder hockte in Dunkelheit und Stille vor ihm. Jura hatte keine Schwierigkeiten, das richtige Fenster zu finden, stieg auf den Betonsockel des Holzhauses und klopfte an Wolodjas Fenster. Nach wenigen Sekunden tauchte ein blasses Gesicht mit Brille auf. Jura deutete zu den Büschen hinter sich und gab Wolodja zu verstehen, dass er dort auf ihn warten würde.

Einige Minuten später kam Wolodja, ganz in Schwarz gekleidet, zu ihm heraus. Jura stürzte auf ihn zu und nahm ihn bei den Händen, doch Wolodja wich zurück: »Was machst du da? Man wird uns noch sehen. Nicht hier.«

»Dann eben nicht«, grummelte Jura mürrisch, nahm Wolodja beim Handgelenk und zog ihn in Richtung Sportplatz.

»Was für eine Büchse der Pandora habe ich da nur geöffnet«, zischte Wolodja und stolperte hinter ihm her.

Nachdem sie die Tennisplätze und den Basketballplatz überquert hatten, standen sie am Schwimmbecken, hinter dem sich ein dichter Wald erstreckte. Nachts, in der Dunkelheit, war dieser Ort geradezu unheimlich. Das Wasser war schwarz wie Teer, und das Mondlicht ließ darauf die

Schatten der umliegenden Bäume tanzen. Die Pionierstatuen auf der gegenüberliegenden Seite des Beckens wirkten vor dem Wald wie Gespenster – zwei bleiche Gipssilhouetten – ein Mädchen im Badeanzug und mit einem Ruder in der Hand und ein Junge, der zum Kopfsprung ansetzte. Jura zog Wolodja weiter, um das Schwimmbecken herum und blieb hinter den Statuen stehen.

Er trat an Wolodja heran, streckte die Arme aus und wollte ihn umarmen, doch dieser schrak erneut zurück. »Warte, man kann uns noch immer sehen. Lass uns hinsetzen.«

Er hockte sich hin und zog Jura mit sich, der genervt grummelte: »Wenn du mich noch einmal wegstößt, werde ich für immer aus deinem Leben verschwinden. Dann haue ich hier wirklich ab.«

»Verstanden.« Wolodja nickte. In der Dunkelheit konnte Jura sein Gesicht nur schemenhaft erkennen. »Du wolltest vorhin also abhauen … Wie weit bist du eigentlich gekommen?«

»Bis zur Bushaltestelle.«

Wolodja seufzte. »Und das hat fünf Stunden gedauert? Ich bin fast verrückt geworden«, flüsterte er aufgebracht. »Bin wie ein Wahnsinniger durchs Lager gerannt, hatte Angst, jemanden nach dir zu fragen. Nicht dass jemand die Leonidowna informiert. Wenn sie davon erfahren hätte, dann wär's das für dich gewesen. Du wärst auf der Stelle heimgeschickt worden. Und was, wenn dir was passiert wäre?« Wolodja schrie ihn im Flüsterton an, und Jura wollte ihn schon wieder küssen, weil er so rührend hilflos aussah.

»Ach, komm schon. Was soll denn passieren? Immerhin bin ich hier nicht zum ersten Mal.«

»Es kann immer etwas passieren. Du kannst dir gar nicht vorstellen, was ich mir alles ausgemalt habe.«

»Was denn zum Beispiel? Dass ich ins Wasser gegangen bin?« Jura lachte auf.

»Findest du das etwa lustig? Soll ich dir mal zeigen, wie sich das anfühlt? Nichts leichter als das. Du bist hier nicht der Einzige, der abhauen kann.« Seinem schweren Atem und seinem Zittern nach zu urteilen, konnte sich Wolodja nur schwer zurückhalten, nicht loszuschreien.

»Schon gut, schon gut. Beruhig dich mal. Ich bin doch hier. Es ist nichts passiert, alles gut.«

»Ich dachte, ich bringe dich um, wenn ich dich wiedersehe.«

»Du kannst mit mir machen, was du willst, aber hör bitte auf, verrücktzuspielen und ...« Jura stockte und verlor komplett den Faden, weil Wolodja ihn plötzlich in seine Arme schloss.

»Du hast ja recht. Jetzt ist alles gut. Ich habe mich sofort wieder beruhigt, als ich dich wiedergesehen habe.«

Wolodja löste seine Umarmung, und Jura seufzte enttäuscht, griff sich Wolodjas zitternde Hände: »Wenn du nicht nur gesehen, sondern auch gehört hättest, wie ich spiele, hättest du mich ganz sicher umbringen wollen.«

»Ach, sag doch nicht so etwas. Du spielst sehr gut«, sagte Wolodja mit zärtlicher und behutsamer Stimme, ließ seine Finger auf Juras Handflächen kreisen und flüsterte: »Pass auf deine Hände auf. Sie sind wirklich makellos.« Er führte sie zu seinem Gesicht, neigte sich nach vorne und küsste sie zärtlich.

Jura war peinlich berührt. Sein Gesicht begann zu glühen, und er spürte, wie er bis zum Haaransatz rot wurde. Dann begannen seine Hände zu zittern, und seine Finger versteiften sich. Das verunsicherte ihn vollends. Er musste irgendetwas sagen. Wenn auch nur, um Wolodja daran zu hindern, ihn noch mehr in Verlegenheit zu bringen. Also dachte er fieberhaft nach, was er sagen sollte, und sagte dann das Naheliegendste und irgendwie auch Dümmste: »Du auch. Ich meine … Ich mag deine Hände auch sehr. Sie sind so weich. Als würdest du … als würdest du sie immer eincremen.«

»Ich creme meine Hände nie ein.«

Jura wünschte sich nichts sehnlicher, als ihn zu küssen, zappelte herum, rückte an Wolodja heran. »Wirklich nie? So gar nicht?« Er wollte um jeden Preis verhindern, dass Schweigen aufkam, sondern Wolodja mit irgendwelchen Fragen ablenken und unterdessen näher an ihn heranrücken.

»Nein …« Wolodja war sichtlich verwirrt. »Na ja, manchmal wasche ich meine Hände mit sehr heißem Wasser.«

Nun trennten nur noch wenige Zentimeter sie, doch Wolodja wollte ihn offensichtlich noch immer nicht küssen. Als ob er auf etwas warten würde. Sollte Jura nachfragen?

Doch dafür war er zu ungeduldig und flüsterte stattdessen: »In sehr, sehr heißem Wasser?« Er kam ihm noch einen Zentimeter näher.

Wolodja saß regungslos da, streichelte Juras Hand und blickte ihn mit leuchtenden Augen an. »In kochend heißem Wasser.« Er lächelte scheu. »Warum fragst du?«

»Vielleicht sollte ich das ja auch ausprobieren …« Sie waren kurz davor, sich mit den Nasenspitzen zu berühren.

»Nein, das würde dir nicht guttun«, sagte Wolodja

und lachte plötzlich los. »Jura, worüber reden wir hier eigentlich?«

»Was weiß ich …« Er atmete angestrengt aus, überwand endlich seine Schüchternheit und drückte seine Lippen auf Wolodjas. Vor Aufregung und Begeisterung konnte er kaum atmen und hatte außerdem Angst, dass Wolodja ihn erneut wegstoßen würde. Doch das geschah nicht. Der Kuss war unschuldig und lang – doch nicht lang genug.

Wolodja streckte die Hand aus, wickelte sich eine von Juras Haarsträhnen um den Finger und sagte: »Das wollte ich schon so lange machen.« Zärtlich schob er die Strähne nach hinten und streichelte Juras Ohr und seinen Nacken. Jura neigte den Kopf gegen Wolodjas Hand und schmiegte sich an wie eine Katze.

Wolodja schmunzelte und strich schweigend mit seiner Nase über Juras Wange, und diese Berührung, die weitaus mehr mit Lust und Zärtlichkeit aufgeladen war als alle Küsse zusammen, drohte Jura schier zu zerreißen.

Da saßen sie hinter der Statue versteckt und hielten sich an den Händen, bis sich die Farbe des Himmels von Schwarz in ein dunkles Blau verwandelte. Wolodja zuckte bei jedem Geräusch zusammen, obwohl niemand kam, sondern nur Zapfen, die von den Bäumen fielen, das Rauschen des Windes oder ein Fensterladen, der in der Ferne auf- und zuschlug. Doch wie gefährlich ihr Treffen auch war und wie unheimlich dieser Ort – er wollte offensichtlich genauso wenig gehen wie Jura.

Hinterher konnte Jura lange nicht einschlafen. Seine Füße wollten ihn zu Wolodjas Zimmer tragen. All seine Glieder wollten sich um Wolodja schlingen und ihn nie wieder loslassen. Oder nein, vielleicht sollte er ihn in eine dunkle Ecke schleifen und erst dort in seine Arme schließen. Doch eigentlich war Jura bereit, sich an jedem beliebigen Ort um Wolodja zu schlingen. Wichtig war nur, dass niemand sie störte. Und bevor Jura entschieden hatte, unter welchen Umständen er gewillt war, sich in eine Ranke zu verwandeln, fiel er in einen tiefen Schlaf.

Jura kniff die Augen zusammen und blickte sich um. Der Regen hatte wieder eingesetzt, und der auffrischende Wind schleuderte ihm kalte Tropfen ins Gesicht. Der rissige Asphaltweg führte ihn zum Sportplatz. Hier sah es nicht viel besser aus als im Rest des Pionierlagers. Nur das Banner über dem Podest, auf dem einst die Sportbeauftragten gestanden und Übungen vorgeführt hatten, war erstaunlich gut erhalten. All die Zeit war es durch ein Vordach vor Wind und Regen geschützt gewesen. Daher waren auf dem ausgeblichenen Stoff noch immer Sportler zu erkennen, die eine Zielgerade überquerten, darunter die Aufschrift: *Alle Weltrekorde müssen die unseren sein*.

Auf der anderen Seite des Sportplatzes hatte sich früher ein Zwanzigmeterbecken befunden, in dem Schwimmwettkämpfe abgehalten wurden. Jura erinnerte sich lebhaft an die schrillen Pfiffe, Wasserspritzer und die Rufe der diensthabenden Pionierleiter. Doch nun war von dem Becken nur eine große, tiefe Grube geblieben, die an den Rändern einstürzte. Von den Beckenwänden waren die Fliesen abgebröckelt. Der Beckenboden war grün und sumpfig vom Regenwasser. Die Sprungbretter mit ihren verblichenen Nummern verrieten dem zufälligen

Besucher am deutlichsten, dass hier einst ein Schwimmbecken gewesen war.

Die inzwischen vergilbten und teils zerbrochenen Statuen der zwei Pioniere standen noch immer auf dem Sockel. Der Wald dahinter war stark ausgedünnt, und Jura konnte die Bagger hinter den Bäumen rumpeln und die Kettensägen heulen hören. Er entdeckte breite Schneisen im einst dichten Nadelwald – die Abholzung war in vollem Gange. In der Ferne war eine Baustelle zu sehen und dahinter bereits gebaute Häuser mit Satteldächern.

Jura atmete tief durch, näherte sich den Statuen der Pioniere und trat an den Sockel heran – an genau die Stelle, wo sie an diesem besonderen Abend vor zwanzig Jahren die halbe Nacht miteinander verbracht hatten, sich an den Händen hielten und einander nicht loslassen wollten. Jura musste schmunzeln, als er sich daran erinnerte, wie sehr ihm im Anschluss die Beine und der Rücken wehgetan hatten, doch sein Lächeln verblasste im nächsten Moment wieder – denn schon bald würde dieser Ort vom Angesicht der Erde verschwinden. Seine Kindheit, seine schönsten Erinnerungen wurden unaufhaltsam ausgelöscht. Das verfallene Pionierlager wurde von niemandem mehr gebraucht. Jura stellte sich vor, wie der Fortschritt, ein gewaltiger Riese, die *Schwalbe* dem Erdboden gleichmachen würde. Schon bald würde es hier nichts mehr von dem geben, was ihm so lieb und teuer war.

Er stand am Sockel der Statuen und schaute auf den Boden – genau hier hatten sie gesessen. Wolodja hatte seine Hand gehalten, ihn umarmt und versprochen, ihn nie wieder von sich wegzustoßen. Jura lächelte. Wie naiv er damals gewesen war. Ein dummer Junge, der sich des

Ernsts der Lage nicht bewusst gewesen war. Damals versank er ganz und gar im Rausch der ersten Liebe und der Freude darüber, dass sie erwidert wurde. Vielleicht war es sein Vorteil gewesen, dass er damals noch ein Kind war. Denn dank seiner kindlichen Sicht auf die Dinge geißelte, hasste und verletzte er sich selbst nicht, wie Wolodja es unablässig tat. Und was noch viel wichtiger war – er wurde vor jenem schrecklichen Fehler bewahrt, den Wolodja nur wenige Jahre nach jener Zeit in der *Schwalbe* begangen hatte.

KAPITEL 13

Spiel mir ein Wiegenlied

Am nächsten Morgen spielte Jura mit der zweiten Gruppe am Strand Pionierball. Es war sehr voll. Auch die Mädchen aus der zweiten Gruppe, die am Theaterstück mitwirkten, waren da: Nastja, die Portnowa spielte, Katja, der die Rolle Maria Lusginas zugeteilt worden war, und Julia, die dazu verdammt worden war, eine Verräterin aus dem Dorf zu spielen. Sie alle begrüßten Jura, was ihn sehr freute.

Als das Spiel vorbei war, ging Jura, geschafft von der Hitze, schwimmen. Kaum war er halbwegs abgekühlt, kamen Olga Leonidowna und Wolodja an den Strand.

Und während die stellvertretende Lagerleiterin eifrig auf Wolodja einredete, schien dieser nach jemandem Ausschau zu halten.

Jura wusste, wen er suchte, steckte zwei Finger in den Mund und stieß einen lauten Pfiff aus. Wolodja bemerkte ihn, streckte sich und winkte ihm zu. Jura erinnerte sich so deutlich an das, was in der Nacht geschehen war, dass er sogar Wolodjas Atem auf seinen Lippen spürte. Er ging unter vor lauter Glück, kam wieder zu sich und ruderte mit den Armen.

Olga Leonidowna zog Wolodja, der ebenfalls wie erstarrt dastand und seinen Blick nicht von Jura abwenden konnte, am Ärmel und schleifte ihn zu den Jungs aus der zweiten Pioniergruppe, die auf ihren Handtüchern im Kreis saßen. Sie hielt eine kurze Ansprache, dann schleifte sie Wolodja zu Pascha, Mischa und Wanja, die allesamt in Juras Gruppe waren. Und nachdem sie Olga Leonidowna auf deren Vortrag hin erschrocken zugenickt hatten, hakte sie sich bei Wolodja ein und zog ihn weg.

Als Jura aus dem Wasser war, rief er Mischa und Wanja, die sofort zu ihm stürmten und auf ihrem Weg alle, die im Weg saßen, mit Sand bestäubten.

»Was wollte sie?«, fragte Jura.

»Sie hat uns eine Statistenrolle im Theaterstück angeboten«, antwortete Wanja. »Na ja, was heißt angeboten. Eigentlich hat sie uns keine Wahl gelassen.«

»Aha …«

»*Aha*«, äffte ihn Mischa nach. »Jura, sag mal, euer Regisseur ist ganz schön streng, was? Ein Fiesling, oder?«

»Du meinst Wolodja?« Jura begann zu grinsen, als er sich daran erinnerte, wie diese strengen Augen sich gestern Abend geschlossen seinem Gesicht genähert hatten und sich erst wieder öffneten, als der lange, warme Kuss vorbei war. »Ach … na ja … also wenn irgendetwas schiefgeht, dann wird dir ganz sicher nicht Wolodja, sondern Olga Leonidowna den Kopf abreißen.«

»Na toll!«

»Ach, ist doch alles halb so wild«, sagte Wanja. »Wir müssen doch nur schweigend rumstehen.«

»Nein, ihr müsst euch Mühe geben«, empörte sich Jura. »Jungs, ihr müsst Wolodja respektieren! Sonst gibt's Ärger …«

»Geht klar«, versicherte Mischa.

»Auf jeden Fall«, bestätigte Wanja. »Was stehen wir denn hier rum? Lasst uns schwimmen gehen.«

»Der Schnellste gewinnt!« Jura raste als Erster ins Wasser.

Als sie an den Strand zurückkamen, trocknete sich Jura in Ruhe ab, ließ den Blick über das gegenüberliegende Flussufer schweifen und sagte nachdenklich: »Petlizyn hat wirklich eine Rolle mit Text zugeteilt bekommen? Er spielt wohl Esawitow. Das ist nicht gut, Wolodja wollte den eigentlich von Lagerfunk-Mitja spielen lassen, er hat die perfekte Stimme für die Rolle.«

»Wo ist er eigentlich?« Wanja streckte sich lässig auf dem heißen Sand aus und bekam sofort eine Antwort.

»Pioniere, seid gegrüßt!«, antworte Mitja aus den Lautsprechern. »Morgen feiern wir den Geburtstag unseres geliebten Pionierlagers. Deshalb finden heute zwei wichtige Veranstaltungen statt: Die Generalprobe fürs Konzert beginnt nach der Vesper. Die Teilnehmenden der ersten Pioniergruppe versammeln sich bitte um sechzehn Uhr auf dem Appellplatz, die Teilnehmenden der zweiten Gruppe um sechzehn Uhr dreißig …«

Olga Leonidowna hatte beschlossen, anstelle der Theateraufführung ein kleines musikalisches Potpourri zu organisieren, das nur eine Stunde dauern und sich aus einfachen Stücken zusammensetzen sollte, sodass die Künstler nur einen Tag brauchten, um sich vorzubereiten.

Nun ging Mitja direkt zur zweiten Ankündigung über, die alle im Lager betraf: »Heute müssen sich alle für die Erfassung der Gewichtszunahme in der Krankenbaracke melden. Das Erscheinen ist obligatorisch. Larisa Sergejewna empfängt nur vollzählige Pioniergruppen. Die genauen Zeiten erfahrt ihr von euren Gruppenleitern.«

Nach nicht einmal einer halben Stunde erschien Mitja höchstpersönlich, um Jura die wichtige Nachricht zu überbringen, dass nun auch er beim Theaterstück mitwirkte. Olga Leonidowna hatte ihm die schwierigste Aufgabe überhaupt übertragen: Er sollte bei jedem Szenenwechsel den Vorhang aufziehen. Jura fand es schade, dass Mitja trotz seines Charismas keine Rolle abbekommen hatte. Gleichzeitig war er jedoch auch froh, dass nicht er selbst wie ein Depp den Vorhang aufziehen musste.

Zur Baracke liefen sie wie gewohnt in Zweierreihen zurück – Jura wie immer vorneweg, daneben Wanja. Gleich hinter ihm liefen die nächstgrößten Pionierinnen, Polina und Ksjuscha, und tuschelten laut. Plötzlich schaltete sich Uljana, die hinter ihnen ging, in das Gespräch ein, hielt einen gefalteten Zettel hoch und plapperte aufgeregt: »Den hat mir jemand am Strand zugesteckt, ist das nicht aufr…«

»Und was steht drauf?«, unterbrach Ksjuscha sie.

»Lass mich mal sehen. Gib mal her!«, bettelte Polina und schnappte sich den Zettel. »*Ich mag dich.* Wow! Uljana, das ist toll!«, freute sich Polina für sie. »Weißt du, von wem das ist?«

»Jura! Konew!«, rief Ksjuscha nach vorn.

»Ja?«

»Hast du zufällig gesehen, ob jemand an unseren Sachen war, als wir schwimmen waren?«

»Natürlich nicht. Als ob ich nach euren Sachen schauen würde.«

»Vielleicht warst du es ja auch? Hast du mir etwa den Zettel zugesteckt, Jurtschik?«, kicherte Uljana.

Jura rollte mit den Augen.

Sie trafen sich in der Mittagsruhe am Karussell. Und als Jura in Wolodjas Augen blickte, begriff er, dass dieser sich nach ihm gesehnt hatte, vielleicht war Wolodjas Sehnsucht sogar größer gewesen als seine eigene. Schweigend saßen sie da, doch Jura brauchte keine Worte. Er wusste, wie stark ihre Verbindung war. Und er wünschte sich nur eins – Wolodja so bald wie möglich küssen zu dürfen.

Wolodja schien das Gleiche zu wollen. Er nickte ihm wortlos zu, deutete in Richtung Fluss, und sie wanderten zur Weide.

Als sie endlich unter deren ausladender Krone standen, dachte Jura, dass dies wohl das ultimative Glück sein müsse – vollkommen sorgenfrei Wolodjas Gesicht mit seiner Wange zu liebkosen und, Nase an Nase, seine Lippen auf die des Freundes zu drücken, seinen Atem zu spüren und zu sehen, wie seine Wimpern hinter der Brille zitterten. *Ein Traum,* dachte Jura – doch es war nicht er, der träumte, sondern die übrige Welt schlief und träumte von ihnen beiden.

Wolodja war furchtbar müde. Immer wieder rieb er sich die Augen und gähnte. Doch als Jura ihm vorschlug, ein Schläfchen zu machen, lehnte er entschieden ab: »Wir haben sowieso viel zu wenig Zeit. Dabei gibt es noch so viel zu tun.«

»Und was machen wir jetzt?«

»Lass uns den Text proben.«

Jura schwieg enttäuscht. Hatten sie wirklich hier und jetzt, wo sie doch endlich unter sich waren, nichts Besseres zu tun, als ihren Text zu üben?

Doch er gab nach. »Warum nicht?«, er zwang sich ein Lächeln ins Gesicht und begann zu lesen: »›Sie sind doch aus Leningrad. Ihre Stadt ist längst eingenommen, aber wenn sich das *Fräulein* bereit erklärt, dem Deutschen Reich einen kleinen Dienst zu erweisen …‹«

Der Text war interessant und lenkte ihn von seiner Enttäuschung ab. Es gelang ihm, die deutsche Sprache so zu parodieren, dass Wolodja lachte und fragte: »Jura, weißt du eigentlich, wie schön du bist, wenn du spielst?«

Schön, schön, schön – hallte es in Juras Kopf wider. Verlegen sah er Wolodja an, der schwärmte: »Du siehst immer so angeregt und konzentriert aus. Wahrscheinlich merkst du gar nicht, dass du nicht still sitzt – du schwankst hin und her, singst manchmal vor dich hin oder beißt dir auf die Lippe. Von mir aus kannst du ruhig öfter in meiner Gegenwart proben – das gefällt mir …« Wolodja machte es sich im Gras bequem, legte den Kopf auf Juras Oberschenkel und blickte derart zärtlich zu ihm auf, dass er dahinschmolz und vor Scheu kaum atmen konnte, geschweige denn etwas erwidern. Also legte er seinen Text zur Seite und schaltete das Kofferradio an.

Als Tschaikowski erklang, konnte Jura den Gefühlssturm in seinem Inneren nicht mehr im Zaum halten und sprach mit vor Begeisterung zitternder Stimme nicht über seine Liebe zu Wolodja, sondern über seine Liebe zur Musik. »Spürst du, wie sie dich durchdringt? Als ob du in sie eintauchen würdest: Die Streicher umhüllen dich, Klänge sinken wie Honig auf den Grund deiner Seele …«

»Noch vor zwei Wochen hätte ich niemals gedacht, dass solche Worte von Jura Konew stammen könnten«, sagte Wolodja mit einem Lächeln auf den Lippen und fügte ernst hinzu: »Du musst das *Wiegenlied* während der Aufführung spielen. Das weißt du schon, oder?«

»Ich weiß gar nicht mehr, wie das Stück geht.«

»Du wirst schon reinkommen. Jura, du bist der Richtige dafür. Bitte, du musst es spielen.« Wolodja strahlte über beide Ohren. Die Müdigkeit, die inzwischen zu einem beständigen Merkmal von ihm geworden war, war wie weggeblasen. Und Jura konnte nicht anders und bat um Erlaubnis, ihm durchs Haar streichen zu dürfen.

Wolodja nickte. Jura berührte seine Schläfen, wickelte eine dunkle Haarsträhne um seinen Finger, beugte sich zu ihm hinab und flüsterte verlegen: »Darf ich dir die Brille abnehmen? Ich habe dich noch nie ohne gesehen.«

Die Brille zu berühren, war ein seltsam intimer Akt, so aufregend, dass Juras Finger zitterten.

Die Brille war unerwartet schwer und Wolodjas Gesicht ohne sie noch müder und erschöpfter. Unter seinen Augen zeichneten sich dunkle Ringe ab. Und Jura fiel auf, wie ungemein lustig Wolodja die Augen zusammenkniff, um etwas zu sehen.

»Was ist das?«, fragte Wolodja und fuhr mit der Wange über Juras Oberschenkel. »In deiner Hose ist was Hartes.«

»Kreide«, antwortete Jura. Er hatte vergessen, das Kreidestückchen aus seiner Hosentasche zu nehmen. »Aljoscha Matwejew hat sie mir gegeben.«

»Wozu brauchst du denn Kreide?«

»Ist doch klar: Wenn du eingeschlafen bist, kann ich dich damit, fast wie mit Zahnpasta, beschmieren. Das wird mir sehr viel Ruhm einbringen. Ein beschmierter Gruppenleiter bringt mehr Punkte als ein beschmierter Pionier. Nicht jeder würde sich das trauen.«

»Also trägst du die Kreide die ganze Zeit mit dir herum?«, fragte Wolodja grinsend. »Da fällt mir ein … Ich habe ein Geschenk für dich.« Er stand auf und zog einen weißen, apfelgroßen Klumpen aus seiner Hosentasche. »Habe ich gepflückt, als ich nach dir gesucht habe, aber vergessen, es dir zu geben.«

Er öffnete seine ausgestreckte Hand, und eine verwelkte weiße Wasserlilie kam zum Vorschein.

»Du hast es also doch bis in die Bucht geschafft …«, flüsterte Jura und nahm die Lilie entgegen. »Du hast sie also doch gepflückt? Du hast doch gesagt, dass sie unter Naturschutz steht …«

Wolodja zuckte mit den Schultern. »Es schien dir wichtig zu sein. Und sie … alles ist sterblich.«

»Damals war es mir nicht wichtig, aber jetzt … jetzt schon. Danke. Ich werde sie in Ehren halten.«

Sie schwiegen. Zu Juras Enttäuschung legte Wolodja den Kopf nicht mehr auf seinen Oberschenkel, sondern blieb aufrecht sitzen, schaute nachdenklich zum Fluss hinab und stieß plötzlich hervor: »Jura, ab wann wusstest du, dass du etwas für mich empfindest? Damals im Boot, als ich dir vorgeschlagen habe, schwimmen zu gehen, und mich ausgezogen habe?«

Jura wurde rot und sagte leise: »Ab da habe ich es vielleicht gewusst, aber es fing schon vorher an. Auf dem Karussell …«

»Als ich dich am Knie berührt habe?«

»*Ich, ich, ich*«, erwiderte Jura gereizt. »Das hat doch gar nichts mit etwas zu tun, was du *gemacht* hast. Das ist ganz von alleine passiert. Du hast nichts *gemacht*.«

»Wirklich?«

»Wirklich.« Jura nickte.

»Dann bin ich ja beruhigt.« Wolodja streckte sich endlich aus und legte seinen Kopf auf Juras Oberschenkel. »Dann ist es ja gut.«

Jura wollte sich nicht länger zurückhalten und begann, Wolodja, der die Augen geschlossen hatte, den Kopf zu kraulen. »Soll ich das Radio ausschalten? Dann kannst du vielleicht noch ein wenig schlafen …«

»Ich kann jetzt nicht schlafen.«

»Machst du dir Sorgen wegen der Theateraufführung?«

»Nein, daran liegt es nicht. Wenn man lange aufbleibt, ist es irgendwann schwer einzuschlafen. Ich habe schon zwei Nächte kein Auge zugetan.«

»Wenn du nachts nicht schlafen kannst, dann schlaf halt tagsüber. Jetzt zum Beispiel. Ich passe auf dich auf.«

»Warum solltest du auf mich aufpassen?« Er lächelte. »Ich lauf dir ganz sicher nicht weg.«

»Ich passe auf, dass uns niemand stört, und übe meinen Text noch ein wenig.«

Wolodja nickte: »In Ordnung. Lass es uns versuchen.«

Kaum hatte Jura seine Hand weggenommen, um das Textheft mit beiden Händen festhalten zu können, griff sich Wolodja, ohne die Augen zu öffnen, seine Linke und legte sie auf seinen Kopf zurück. Jura schmunzelte. Er versuchte, seinen Text zu üben, konnte sich jedoch nicht konzentrieren, bewunderte die ganze Zeit Wolodjas Gesicht und beobachtete, wie dessen Augenlider flatterten.

»Du kannst nicht einschlafen, wie?«, flüsterte er.

»Nein«, seufzte Wolodja.

»Soll ich dir ein Wiegenlied singen?«, fragte Jura und lachte.

»Spiel es mir lieber. Aber bei der Theateraufführung. Ich würde gerne den außergewöhnlichsten und weltbesten Jura am Klavier sitzen sehen und dem *Wiegenlied* lauschen. Du magst es doch so gerne, und ich … ich möchte dir dabei zusehen, wie du es spielst. Könntest du das für mich machen?«

Jura hätte wohl eher den Baumstamm der Weide mit seinen Zähnen durchgeknabbert, als Wolodja eine Bitte abzuschlagen.

»In Ordnung, ich spiele es. Für dich.«

Zurück in der *Schwalbe*, malte sich Jura auf Papier eine Klaviertastatur, um sein visuelles Gedächtnis zu trainieren. Dann besorgte er sich aus dem Bastelraum Notenblätter, schrieb die Noten des *Wiegenliedes* auf und steckte sie sich in die Hosentasche, damit er sie immer zur Hand hatte und sich vergegenwärtigen konnte.

An diesem Abend kam er jedoch nicht zum Üben, da Olga Leonidowna ihn mit diversen Aufgaben überhäuft hatte. Sie hatte wohl beschlossen, dass Konew, der Trottel, die Schuld an Wolodjas Misserfolg trug, und sich fest vorgenommen, ihn mit Tausenden von Aufgaben durch das Lager zu jagen, damit Wolodja ohne ihn an der Inszenierung arbeitete. Wolodjas fünfte Gruppe bereitete eine kleine Aufführung anlässlich des Elterntages vor, doch Jura hatte weder Zeit noch Möglichkeit, ihm dabei unter die Arme zu greifen oder ihn auch nur zu sehen. Lediglich am Abend gelang es ihnen, für zehn Minuten unter sich zu sein. Natürlich hätten sie sich nachts treffen können, aber nachdem er erfahren hatte, dass Wolodja bereits zwei Nächte nicht geschlafen hatte, kam nicht infrage, ihm einen nächtlichen Spaziergang vorzuschlagen. Auch Jura schlief in letzter Zeit schlecht. Doch es gelang ihm, wenigstens für ein paar Stunden die Augen zuzutun.

Auch am nächsten Tag, dem Lagergeburtstag, hegte

Jura nicht die Hoffnung, wenigstens eine halbe Stunde mit Wolodja allein zu sein. Doch es kam schlimmer als erwartet: Sie hatten nicht einmal eine Minute zusammen. Jura war seit dem frühen Morgen beschäftigt, sollte fünf Fünfjahrespläne erfüllen, ein paar Baikal-Amur-Magistralen bauen und das Klavier woanders hinstellen. Die letzte Aufgabe regte ihn am meisten auf, denn dadurch würde es verstimmt. Doch Jura ließ sich nicht entmutigen.

»Schneller! Höher! Weiter!«, hörte Jura den Sportbeauftragten Semjon auf dem Sportplatz rufen. Er schrie so laut, dass Jura selbst auf dem Appellplatz jedes Wort verstand.

Zum ersten Mal in seinem Lagerleben durfte er den Frühsport ganz offiziell sausen lassen, da Olga Leonidowna ihm aufgetragen hatte, die Freilichtbühne für das anstehende Konzert zu schmücken. Und während er seiner Aufgabe nachging und ihm die Rufe des Sportbeauftragten in den Ohren dröhnten, dachte er, dass er wahrscheinlich ohnehin schneller, größer und stärker als alle anderen war – und besser sowieso. Allmächtig, so kam es ihm beinahe vor. Wieso sonst sollten ausgerechnet ihm, dem Trottel, all diese unglaublich wunderbaren Dinge passieren? Wolodja, kluger Komsomolze und Gruppenleiter, hatte ihn auf die Wange geküsst, seine Hand genommen und gesagt, dass er gut aussah, wenn er spielte. Klar, diese Momente waren äußerst selten – aber das lag schließlich nicht an ihnen. *Wenn ich könnte,* hatte Wolodja gestern zu ihm gesagt, *würde ich dich nie wieder loslassen.*

Das Klavier war schnell umgestellt. Jura hatte zwei Helfer – Aljoscha mit den großen Ohren und Hausmeister Pjotr Iljitsch. Zudem hatte das Klavier Räder, und an der Hintertür des Theatersaals waren spezielle Rampen angebracht. Doch das Instrument tat Jura trotzdem leid. »Ein Abspielgerät hätte vollkommen ausgereicht. Was ist, wenn es regnet?« Und als sie es endlich auf dem Appellplatz hingestellt und seinen Klang geprüft hatten, musste Jura schon wieder schimpfen: Das Klavier war verstimmt.

»Und wer stimmt es jetzt?«

»Ach, da finden wir schon jemanden, keine Sorge«, sagte der Hausmeister und machte sich unverzüglich auf den Weg zur Lagerleitung.

»Kannst du das nicht übernehmen?«, fragte Aljoscha.

»Nein. Wobei, einmal habe ich es sogar versucht. Ich konnte es nicht ausstehen, wenn das Klavier nicht so klang, wie es sollte, war aber zu ungeduldig, um auf den Klavierstimmer zu warten. Ich wurde beinahe von einer gerissenen Saite durchbohrt. Siehst du die Narbe an meinem Kinn?«

»Oha! Jura, du bist so mutig. Weißt du, jedes Mal, wenn jemand Scheiß über dich erzählt hat, habe ich dich verteidigt und gesagt, dass du ein toller Kerl bist – und das bist du auch.«

»Was denn für *Scheiß*? Und wer?«

»Verschiedenes … Manche sagen, du bist ein Depp. Andere, dass du dich bei den Gruppenleitern einschleimst. Aber das ist unwichtig. Lass sie doch reden.«

»Und wer?«, hakte Jura nach und vermutete, dass es Ksjuscha war.

»Also … Aber du darfst es niemandem verraten.«

»Ich werde schweigen wie ein Partisan.«

»Mascha Sidorowa hat sich bei Olga Leonidowna über dich beschwert und gesagt, dass du den Regisseur von seiner Arbeit ablenkst. Jetzt kommt aber raus, dass du …«

»Mascha?«, rief Jura verdutzt. Und fügte leise hinzu: »Mascha also … Der werde ich es zeigen.«

»Eh, du hast versprochen, es für dich zu behalten.«

»Das mache ich auch, Aljoscha, keine Sorge.«

Am nächsten Morgen machte sich Jura unverzüglich auf die Suche nach Mascha, konnte sie aber nicht finden. Das Mädchentrio war auch nur ein Duo. Ksjuscha fehlte. Jura ging auf sie zu und fragte: »Wisst ihr zufällig, wo Mascha ist?«

Uljana lächelte kokett: »Warum willst du das wissen?«

»Ich wollte ihr nur ausrichten, dass sie am Theaterstück nicht mehr mitwirkt, weil ich die Klavierbegleitung übernehme.«

»Das sind ja mal Neuigkeiten …«, stutzte Uljana. »Schau mal ins Bastelzimmer. Sie und Ksjuscha malen gerade die Wandzeitung für die Feierlichkeiten zum Lagergeburtstag.«

Doch Jura war inzwischen eine viel bessere Rache-Idee gekommen, und er beschloss, Mascha gar nicht erst zu suchen. Die Nachricht über Maschas Ausschluss würde sich um einiges schneller über Mundpropaganda verbreiten, und Mascha würde ihn schon von alleine finden. Er musste nur Wolodja vorwarnen.

Nachdem er das erledigt und gefrühstückt hatte, kehrte Jura auf den Appellplatz zurück. Die dritte Pioniergruppe und ihr Leiter erschienen gerade auf dem Platz, um ihren Auftritt für den Elterntag zu üben.

Die Junihitze machte den Pionieren schwer zu schaffen, und sie sangen etwas matt ein Lied aus dem sowjetischen Kinderfilm *Gespenster aus der Zukunft* vor sich hin, das sie am Nachmittag darbieten würden.

Jura und Segelohr-Aljoscha waren dazu verdammt,

zu dieser Katzenmusik schwere blaue Vorhänge aufzuhängen, und waren furchtbar genervt – die dünnen Schlaufen rutschten immer wieder von den Haken oder rissen ab und mussten repariert werden. Der Musikbeauftragte wollte die Gruppe indessen nicht baden gehen lassen, ehe sie nicht sauber sangen, und so stöhnten sie das Kinderlied über eine wunderbare Zukunft vor sich hin.

Jura mochte den Film nicht besonders. Einmal konnte man ihn durchaus schauen, doch nach seiner Premiere war er immer wieder im Fernsehen zu sehen gewesen. Jura kannte ihn auswendig, auch das Lied, hatte jedoch nie über dessen Bedeutung nachgedacht. Doch als er nun hinhörte, wurde er plötzlich traurig – das Lied erinnerte ihn an den unaufhaltsamen Fluss der Zeit und daran, dass die Ferien schon bald vorbei sein und Wolodja und er getrennte Wege gehen würden.

Und die Kinder schienen die letzte Strophe in Dauerschleife zu wiederholen.

Ich gelobe, stets freundlich zu sein
Und meinen Freund nie im Stich zu lassen.
Ich höre seine Stimme und eile ihm entgegen,
Über den unbeschrittenen Weg.

Die brennende Sonne griff auf die Bühne über, doch Jura lief ein kalter Schauer über den Rücken: »Über den unbeschrittenen Weg«, wiederholte er. Und plötzlich begriff er, dass dieses Lied nicht von einer glücklichen Zukunft handelte, sondern vom Verlust einer vertrauten und schönen Gegenwart – der Kindheit.

Jura war erschöpft und so hungrig, dass ihm schwindelig wurde. Vor seinen Augen tauchten Wahnbilder auf: Er sah eine breite graue Straße und darauf sich selbst, Wolodja und die Pioniere. Sie gingen die Straße entlang, ohne zu ahnen, dass dieser Weg ins Nichts führte und sie ihn nicht aus eigener Kraft gingen, sondern von einem schwarzen Loch angesogen wurden, das sie verschlingen würde.

Er schüttelte den Kopf, um die düsteren Bilder loszuwerden.

»Nur noch ein letzter Vorhang …«

Jura kam es vor, als würden Aljoscha und er ewig brauchen und die Kinder gar nicht mehr damit aufhören, dieses fürchterliche Lied zu singen. Doch dann blies das Horn endlich zum Mittagessen.

Jura aß gierig, aber ohne Appetit und blickte zu Wolodja, der am anderen Ende des Speisesaals stand und ihm den Rücken zuwandte. Wie gewöhnlich trug er eine kurze Hose, ein weißes Hemd und ein rotes Halstuch. Und plötzlich dachte Jura daran, dass Wolodja all das schon bald nicht mehr tragen würde. Dass sie sich verändern und unweigerlich erwachsen werden würden. Wolodja würde kein Komsomolze mehr sein, sondern Parteimitglied, und Jura würde kein Pionier mehr sein. Er begriff, dass er nicht erwachsen werden wollte.

In weniger als einer Woche würden sie getrennte Wege gehen. Vielleicht nicht für immer, vielleicht nicht für mehrere Jahre, sondern nur für wenige Monate, aber sie würden sich trennen. Würde sich Wolodja bis zu den nächsten Ferien verändert haben? Würde er häufiger oder seltener lächeln? Würde sein Blick noch strenger und erschöpfter oder – im Gegenteil – einfühlsamer und freundlicher sein? Jura hat so viele Fragen.

Der Kuchen mit Rosinen, den es zum Nachtisch gab, heiterte Jura ein wenig auf. Er holte sich ein zweites Stück und hoffte, seine Laune damit endgültig zu heben. Doch als er bemerkte, dass die Knirpse schon wieder Radau gemacht hatten und Wolodja kaum etwas gegessen hatte, entschied er, den Kuchen ihm zu überlassen.

Als sie am Ausgang des Speisesaals aufeinandertrafen und Jura ihm sein kleines Geschenk entgegenstreckte, protestierte Wolodja. Doch Jura blieb hartnäckig. Also bedankte sich Wolodja und versprach, dass sie, falls er seine Kinderhorde bis zum Beginn des feierlichen Fahnenappells in den Griff bekommen sollte, sich an der Freilichtbühne treffen würden.

Jura lief zum Appellplatz zurück und konnte nicht glauben, dass sich sein Leben in weniger als einer Woche so sehr verändern würde: kein Wald mehr, kein Lager, keine Freunde, kein Theater und kein Wolodja. Und es würde auch nicht mehr den Jura Konew geben, den seine Mutter in den Bus ins Pionierlager gesetzt hatte. Denn er hatte sich bereits verändert. Vor einem Monat hätte er niemals gedacht, dass er eines Tages helfen, auf irgendeine Weise die Initiative ergreifen und zu allem Überfluss wieder Klavier spielen würde. Wie sehr sich seine Mutter freuen würde, wenn er von seinem Klavier endlich all den Kram runterräumen würde … Doch würde er sich damit abfinden können, in ein enges Zimmer in einem grauen Wohnblock zurückzukehren?

Um die Wehmut zu vertreiben, ging er zu seinem Lieblingsinstrument.

Aljoscha und all die anderen, die den Appellplatz dekoriert hatten, waren inzwischen in ihre Pioniergruppen zurückgekehrt. Köchin Sinaida Wasiljewna schepperte im Lebensmittellager hinter dem Speisesaal mit den Töpfen, während die Sportbeauftragten Schenja und Semjon im Schatten des Apfelbaums auf einer Bank saßen und Kreuzworträtsel lösten. Jura betrat die leere Bühne, prüfte nach, ob das Klavier auch wirklich gestimmt worden war, nickte, holte aus seiner Hosentasche das zerknitterte Notenblatt mit dem *Wiegenlied* hervor, setzte sich ans Klavier und legte die Noten vor sich hin.

Seine Finger schwebten über den Tasten, dann begann er zu spielen. Doch er war unzufrieden. Das Stück war nicht einfach und fiel ihm nach seiner langen Pause schwer. Er fragte sich, ob die Prüferin nicht vielleicht doch recht gehabt hatte. Vielleicht war er wirklich eine Null.

Im nächsten Moment wurde ihm schwarz vor Augen. Jemand hatte sich von hinten an ihn herangeschlichen und hielt ihm die Augen zu.

»Kannst du auch blind spielen?«, fragte Wolodja leise. An seiner Stimme erkannte Jura, dass er lächelte.

»Eh, lass das!«, rief er.

»Das hättest du wohl gerne. Die Aufführung ist schon in drei Tagen. Du musst fleißig üben, damit du rechtzeitig alles schaffst.«

»Das werde ich. Nur nicht jetzt, ich bin nicht in Stimmung.«

»Doch, einmal noch, und die Augen bleiben zu.«

»Vergiss es.«

»Schon gut, dann vielleicht so?« Wolodja spreizte seine Finger ein wenig und gewährte Jura einen Blick auf die Tastatur.

»Jetzt verstehen wir uns.« Jura lachte. Er blickte sich um, vergewisserte sich, dass die Tanzfläche leer war, lehnte seinen Hinterkopf gegen Wolodjas Bauch und blickte lächelnd zu ihm auf. Und Wolodja antwortete ihm mit einem Lächeln.

Lange ging das so, Jura spielte und Wolodja hielt ihm die Augen zu, bis Wolodja plötzlich seine Hände wegzog und zur Seite trat. Jura zuckte überrascht zusammen, öffnete die Augen und folgte Wolodjas Blick: Am Rand der Bühne stand Mascha mit bleichem Gesicht und starrte sie aus aufgerissenen Augen an.

Jura fühlte sich sogleich unwohl, doch als er Wolodjas Blick sah, bekam er regelrecht Angst.

»Wohin fliegen wir denn?«, foppte er sie, um die Situation ein wenig zu entspannen.

»Wie bitte?«, fragte Mascha gereizt.

»Auf dem Besen«, präzisierte Jura. »Stehst hier rum und tust so, als würdest du den sauberen Platz fegen.«

»Haha, guter Witz. Und was soll das Ganze?«

»Was denn genau? Dass du eine Hexe bist oder eine Petze?«

»Jura, hör auf damit«, sagte Wolodja streng. »Du auch, Mascha. Ich habe dir schon erklärt, dass Jura sich einen Scherz erlaubt hat. Er wird nicht die gesamte Klavierbegleitung für das Stück übernehmen, sondern nur das *Wiegenlied*.«

»Und warum hat er den Mädels dann gesagt, dass …«

Sie wurden vom Horn unterbrochen – die Mittagsruhe war vorbei. Andernfalls hätte Jura Mascha ganz bestimmt den Kopf abgerissen, so wütend war er auf sie.

Kurz darauf forderte Mitja alle über den Lagerfunk auf, zum feierlichen Appell anzutreten.

Der Tag verging wie im Flug. Erst der Appell: das Hissen der Fahne, der Pioniergruß und die Pionierhymne. Dann die Wettkämpfe auf dem Sportplatz: Sackhüpfen, Tauziehen, Staffellauf, bei dem Jura den Leiter der dritten Pioniergruppe triumphierend überholte. Dann gab es ein Freundschaftsfußballspiel.

Auf den letzten Teil der Feierlichkeiten, das Konzert, freute sich Jura am wenigsten. An etwas teilzunehmen, war einfach viel spannender, als einfach nur zuzuschauen. Was so dargeboten wurde, war auch wirklich ziemlich fürchterlich. Der einzige Auftritt, der ihn aus seiner Langeweile riss, war der der fünften Gruppe, bei dem die Oktoberkinder den Start einer Rakete vom Kosmodrom Baikonur spielten. Sascha war Astronaut und Rakete zugleich. Von Kopf bis Fuß in einen grauen Pappzylinder gehüllt, blickte er die Zuschauer aus seinem Visier hochmütig an. Am Steuerpult saß Ptschjolkin und tippte eifrig auf einem Pult, das ebenfalls aus Pappe gebastelt war, herum. Auf Ptschjolkins Signal hin wurde Sascha in den Weltraum befördert, und die Mädchen tänzelten in Sternenkostümen um ihn herum, während alle anderen ein Lied über den Kosmos sangen.

Und auch wenn ihm schleierhaft war, was das Ganze mit dem Lagergeburtstag zu tun hatte, fand er die Aufführung unglaublich amüsant und hätte sie dafür allesamt in die Pionierorganisation aufgenommen. Aber ihn fragte ja keiner.

Schon bei der nächsten Darbietung langweilte er sich wieder und suchte die Menge nach Wolodja ab. Er saß zwei Reihen hinter ihm, hatte den Kopf nach vorne gebeugt und sah aus, als schlafe er. Als die Aufführung vorbei war und das Publikum in Applaus ausbrach, zuckte

Wolodja zusammen und hob ruckartig den Kopf, kniff die Augen zusammen. Unter dem Weidenbaum, in Juras Schoß hatte er nicht schlafen können, dafür aber hier – während einer dröhnenden Aufführung, Schulter an Schulter mit Olga Leonidowna.

Diese hatte seinen kleinen Ausflug in die Traumwelt bemerkt und musterte ihn besorgt. Sie winkte Lena zu sich, flüsterte ihr etwas ins Ohr und nickte Wolodja zu, der aufgestanden war und sich zum Gehen wandte. Ob sie ihm eine Pause verordnet hatte?

Als die Disco begann, stürmte Jura umgehend zur Baracke der fünften Gruppe. Kaum drinnen, stieß er mit jemandem zusammen.

»Sascha? Warum bist du denn nicht im Schlafsaal? Gehst du schon wieder auf die Jagd nach Johannisbeeren?«

»Nein«, japste Sascha und versuchte, sich von seinem Schreck zu erholen. »Ich muss pinkeln. Wolodja schläft eine Stunde, Schenja passt so lange auf uns auf und erzählt uns Gruselgeschichten.«

»Sind sie etwa so gruselig, dass du dich einpullerst?« Jura grinste.

»Als ob«, sagte Sascha. »Uns ist langweilig. Du musst uns retten.«

Jura war hin- und hergerissen. Sollte er in Wolodjas Zimmer gehen? Immerhin war er dort allein, solange sein Zimmergenosse Schenja den Zwergen Geschichten erzählte … Oder sollte er lieber helfen, die Rasselbande ins Bett zu bringen? Er ging zum Jungszimmer, sollte Wolodja sich ausruhen.

Drinnen war es stockdunkel. Sport-Schenja saß auf

einem Stuhl neben der Tür, hielt sich eine Taschenlampe unters Gesicht und erzählte mit schauriger Stimme: »Ein Auto mit der Aufschrift *TdsK*, was so viel bedeutet wie *Tod den sowjetischen Kindern*, hielt neben einem Jungen. Ein Mann stieg aus, trat an den Jungen heran und säuselte, er werde ihm einen Welpen, Süßigkeiten und Spielzeug schenken. Doch der Junge wusste, mit wem er es zu tun hatte, und rannte weg. Das Auto folgte ihm …«

»Juraaa!«, jubelte Oleschka bei Juras Eintreten und ließ den Sportbeauftragten zusammenzucken. Die Knirpse waren hellwach und plapperten fröhlich durcheinander: »Komm doch zu uns.« – »Erzähl du uns eine Gruselgeschichte!« – »Gibt es solche Autos wirklich?«

»Das wird euch Schenja gleich verraten. Lasst uns ihm gemeinsam zuhören«, schlug Jura vor und setzte sich auf Saschas freies Bett.

Sport-Schenja fuhr mit ernster Stimme fort: »Der Junge brachte sich in einem verlassenen Haus in Sicherheit. Doch wenn sie ihn erwischt hätten …« Plötzlich wurde er unterbrochen. Die Tür ging auf, und ein verschlafener, zotteliger und zerknautschter Wolodja erschien auf der Schwelle. Hinter ihm stand Sascha und grinste wie ein Honigkuchenpferd.

Jura freute sich so sehr, dass er auf Wolodja zuging und seine Hand ergriff, woraufhin dieser so tat, als wäre das ein ganz gewöhnlicher Händedruck. Die Kinder brachen in Jubel aus. Und auch Sport-Schenja freute sich, verdrehte die Augen und stöhnte: »Das wurde aber auch Zeit. Kann ich jetzt gehen?«

»Sicher«, murmelte Wolodja schläfrig. »Danke, dass du eingesprungen bist.«

»Erzählst du uns jetzt auch noch eine Gruselgeschichte?«, piepste Sascha und kniff die Augen verschmitzt zusammen.

Und da wusste Jura, dass der Gruppenleiter nicht von selbst aufgewacht war. Bestimmt war Wolodja hungrig, und so überlegte Jura, wo er um diese Uhrzeit noch etwas zu essen für ihn auftreiben konnte.

Unbeholfen ließ Wolodja sich auf die Kante eines freien Bettes plumpsen und versuchte vergeblich, sein zerzaustes Haar mit der Hand zu glätten. Leicht panisch flüsterte er Jura ins Ohr: »Was sollen wir denen denn erzählen? Wir haben uns doch schon länger nichts mehr einfallen lassen …«

»Denk dir was aus«, flüsterte Jura zurück und stupste – natürlich rein zufällig – Wolodjas Ohr mit seiner Nase an.

»Das packe ich nicht«, brummelte Wolodja.

Und im nächsten Moment bewahrheitete sich das, was Jura bereits befürchtet hatte – Wolodjas Magen knurrte laut.

»Du hast fünf Minuten, um dir etwas einfallen zu lassen.«

Jura richtete sich auf, stellte sich in die Mitte des Schlafsaals und verkündete: »Hört mal alle her. Eurer Gruppenleiter braucht ein wenig Hirnnahrung, um sich eine besonders gruselige Geschichte einfallen zu lassen. Habt ihr von den Päckchen noch was übrig, die eure Eltern geschickt haben, oder habt ihr schon alles aufgefuttert? Sascha, ich weiß ganz genau, dass du noch ein paar Kekse unter deinem Kissen versteckst.« Er deutete auf Saschas Bett. »Ich biete dir einen tollen Tausch an – eine halbe Kekspackung gegen eine spannende Gruselgeschichte.«

»Woher wisst ihr denn von meinen Keksen?«, fragte Sascha verdutzt.

»Weil ich eure Betten jeden Morgen auf Zahnpasta kontrolliere«, warf Wolodja ein und bestätigte Juras Vermutung.

Zu Juras Überraschung holte Sascha ohne Widerrede seine Packung Jubilejnoje-Kekse hervor, drückte sie an die Brust und fragte skeptisch: »Ist die Gruselgeschichte auch wirklich richtig gruselig?«

»Kommt darauf an, wie gut die Kekse schmecken«, antwortete Jura und verschränkte die Arme vor der Brust.

»Der Knüller ist, dass die Geschichte brandaktuell ist und auf wahren Begebenheiten beruht«, warf Wolodja ein und gab Jura zu verstehen, dass er eine Idee für eine Geschichte hatte.

»Oha!« Sascha nickte zufrieden, zog die Hand mit der Kekspackung jedoch noch einmal zurück. »Wenn ich die Gruselgeschichte nicht gruselig finde, will ich die Kekse zurück.«

Wolodja nickte, öffnete die Packung und knusperte und erzählte drauflos. »Stellt euch vor: Vorgestern, kurz vor Sonnenaufgang, bin ich von einem merkwürdigen Rascheln in meinem Zimmer aufgewacht. Ich öffnete ein Auge, blickte zu Boden und sah ein seltsam flaches schwarzes Wesen über den Boden kriechen. Es kroch genau auf Schenjas Bett zu und gab dabei ein furchterregendes Keuchen von sich.« Er biss in einen weiteren Keks. »Der arme Schenja schnarchte ahnungslos vor sich hin. Da packte mich die Angst. Immerhin wusste ich nicht, was das für ein Wesen war und was es vorhatte. Urplötzlich hielt das Wesen inne, drehte an Schenjas Bett um und wälzte sich nun direkt auf mich zu. Ich wagte nicht einmal, nach meiner Brille auf dem Nachttisch zu tasten – so sehr hatte ich Angst, mich zu bewegen. Doch dann streckte ich doch vorsichtig eine Hand aus, griff mir ein Buch, brachte mich am Bettrand in Stellung und machte mich bereit zum Angriff. Doch das schwarze Wesen kehrte wieder um und wälzte sich erneut auf Schenja zu. Da nutzte ich die Gelegenheit, sprang auf, schlich mich von hinten heran und wollte gerade zuschlagen … als das schwarze Wesen plötzlich kehrtmachte und auf mich zuraste. Ich schrie auf und sprang zur Seite. Und natürlich weckte ich Schenja mit meinem lauten Schrei auf. Verwirrt blickte er sich um. Ich deutete auf den Boden, und er zeigte mir einen Vogel, nahm seine Decke, warf sie direkt auf den schwarzen Fleck und sagte mir, dass ich gefälligst meine Brille aufsetzen solle. Ich tastete mich zu meinem Nachttisch vor und setzte die Brille auf, während Schenja seine Decke zu einem Knäuel wickelte und sich in den Schoß legte. Und da sah ich, wie aus der Decke eine rosa Nase hervorschaute und schnaufte. Sagt schon, ist das Schnaufi? Wer hat den Igel in unser Zimmer gebracht? Ich habe fast einen Herzinfarkt bekommen.«

Jura prustete los und steckte die Knirpse mit seinem Lachen an.

»Das ist überhaupt gar keine gruselige Geschichte«, quiekte Oleschka vergnügt. »Das ist eine lustige Geschichte.«

»Aber das war's jetzt auch«, sagte Jura. »Schlafenszeit.«

»Ab unter die Decken. Und keine Widerrede«, pflichtete Wolodja ihm bei.

Bis die Kinder schliefen, dauerte es noch eine halbe Stunde. Und als sie endlich draußen waren, atmete Wolodja gierig die frische, noch immer warme Luft ein und fragte: »Na, wie geht es dir? Wie war dein Tag?«

»Ich habe dich vermisst«, platzte Jura heraus, hüstelte dann verlegen, klopfte auf den Karussellsitz neben sich. Wolodja freute sich offensichtlich über das Geständnis. Mit einem zufriedenen Lächeln rückte er seine Brille zurecht und sagte: »Ich habe dich auch ...« Doch er schaffte es nicht, den Satz zu beenden.

Aus dem Mädchenschlafsaal kam das Kreischen von zwanzig Stimmen. Wolodja stürmte auf die Veranda und rüttelte an der Tür, doch sie war verschlossen. Jura rannte zum Fenster, sprang hoch und sah im Zimmer Gespenster in weißen Laken herumspringen und mit Taschenlampen wedeln.

»Alles gut, Wolodja. Die Mädchen haben Besuch von Gespenstern«, sagte er und lachte.

Auch Wolodja trat an das Fenster heran, blickte hinein und legte bei der Gelegenheit seine Hand um Juras Taille.

»Sechs Gespenster«, sagte Wolodja. »Dann fangen wir die mal ein.«

Er löste sich von Jura und ging zur zweiten Tür, die zu seinem Glück nicht abgeschlossen war. Jura blieb am Fenster stehen und beobachtete, wie Wolodja nur wenige Sekunden später mit einem lauten »Aha!« in das Zimmer der kreischenden Mädchen trat, Lena, die vollkommen überfordert dastand, zunickte und das erste Gespenst einfing. Als dessen Komplizen nach draußen eilten, wurden sie von Jura in Empfang genommen.

Bald waren alle Gespenster in ihre Betten verfrachtet.

»Warum hast du denn so gute Laune?«, wunderte sich Jura.

Zuvor war Wolodja bei jeglichem Ungehorsam stets verärgert gewesen, während sich Jura immer prächtig amüsiert hatte.

»Erstens habe ich endlich mal schlafen können. Und zweitens habe ich verstanden, dass ich, wenn ich nicht lerne, Streiche mit Humor zu nehmen, diese Knirpse irgendwann allesamt umbringen werde.« Wolodja grinste, nahm Jura an der Hand und führte ihn vom Platz mit dem Karussell weg.

In der Nähe wuchs ein dichter Fliederbusch. Vielleicht war es auch ein anderer Strauch, Jura konnte es in der Dunkelheit nicht erkennen. Hier war es dunkel und ruhig, und sie konnten den Platz vor der Baracke überblicken.

Aber das wollten sie gar nicht. Endlich allein, waren sie nur noch mit sich selbst beschäftigt, umarmten sich ehrfürchtig und flüsterten einander Albernheiten ins Ohr.

Doch nach nicht einmal einer halben Stunde waren auf dem Pfad, der zur Baracke der fünften Pioniergruppe führte, Schritte zu hören. Jura lauschte in die Dunkelheit. »Hörst du das auch?«

Wolodja legte einen Finger auf die Lippen, schob vorsichtig einen Zweig beiseite und spähte zur Baracke. Auch Jura konnte den Pfad und den nächtlichen Gast gut sehen – es war Mascha.

Sie blickte ins Fenster des Mädchenzimmers und schien offensichtlich jemanden zu suchen. Dann trat sie ans andere Fenster und blickte ins Jungszimmer. Und als sie Wolodja auch hier nicht fand, stieg sie über das Beet hinweg und ging zum dritten Fenster.

»Was will sie denn in meinem Zimmer?«, flüsterte Wolodja.

In seinem Zimmer brannte kein Licht. Mascha ging auf die Veranda zurück, öffnete leise die Tür und schlüpfte hinein. Wolodja war sichtlich angespannt.

»Ist die verrückt geworden?« Wolodja wäre aus dem Gebüsch gesprungen, wenn Jura ihn nicht am Handgelenk gepackt hätte.

»Warte mal! Hast du in deinem Zimmer irgendwas versteckt? Irgendwas, das dich belasten könnte?«

»Nicht dass ich wüsste …«, sagte Wolodja nachdenklich.

»Dann bleib einfach hier. Was wird sie denn denken, wenn sie sieht, wie du aus einem Gebüsch hüpfst?«

»Das hätte sie wohl gerne. Ich werde doch nicht hier herumsitzen, während sie mein Zimmer durchwühlt.«

Wolodja sprang gerade noch rechtzeitig aus dem Gebüsch. Keine Minute später kam Mascha aus der Baracke und stieß an der Tür mit ihm zusammen. Für Jura war es zu spät, er musste in ihrem Versteck bleiben, wurde jedoch mit jeder Sekunde wütender. Hatte Mascha nun in ihrer Verliebtheit komplett den Verstand verloren?

Wegen der Entfernung und der Dunkelheit konnte er weder hören noch an ihren Lippen ablesen, worüber sie redeten. Nur eines war klar – sie hatte etwas zu Wolodja gesagt, das ihn augenblicklich besänftigte.

Kaum war Mascha weg, sprang Jura aus dem Gebüsch und eilte zu Wolodja.

»Und? Was hat sie gesagt?«

»Sie hat dich gesucht«, antwortete Wolodja. »Sie hat gesagt, dass Irina nach dir sucht. Und als sie dich im Theatersaal nicht finden konnte, hat sie gedacht, dass du vielleicht bei mir bist. Ich muss sagen, dass ich ihre Erklärung plausibel finde. Ihr seid in einer Gruppe, und sie greift Irina immer mal unter die Arme …«

»Also ich finde das Ganze schon ziemlich seltsam. Ich habe herausgefunden, dass sie mich bei der Lagerleitung schlechtmacht. Und ihr Verhalten ist schon sehr merkwürdig, findest du nicht? Sie taucht ununterbrochen in deiner Nähe auf.«

»Jetzt übertreibst du aber.«

Als er Wolodjas leicht herablassendes Lächeln sah, wurde Jura verlegen. Klar war er eifersüchtig, doch darum ging es gerade nicht. Irgendwas war hier faul. »Das ist nicht das erste Mal, dass sie sich nachts draußen rumtreibt. Weißt du noch, als Irina in den Theatersaal gekommen ist, mich angeschrien und ausgefragt hat, was ich mit Mascha gemacht und wo ich mich mit ihr herumgetrieben habe? Das war wohl eine berechtigte Frage. Mascha drückt sich die ganze Zeit in unserer Nähe rum. Wolodja, wir dürfen ihre nächtlichen Ausflüge auf gar keinen Fall für uns behalten.«

»In Ordnung. Aber erst musst du Irina suchen und ihr deine Abwesenheit erklären.«

Jura beschloss, sich unverzüglich auf den Weg zu machen. Seine Laune war sowieso im Keller, und Wolodja war unentspannt, zuckte immer wieder zusammen, horchte auf, blickte sich ängstlich um und erlaubte Jura nicht einmal, seine Hand zu halten.

Nachdem sich Jura hastig von Wolodja verabschiedet hatte, kehrte er in seine Baracke zurück. Er war sich sicher gewesen, dass Irina schimpfen würde, und hatte sich schon ein paar Ausreden zurechtgelegt, doch Irina blickte ihn nur überrascht an und sagte: »Nein, eigentlich habe ich dich nicht gesucht.« Doch noch bevor Jura darüber nachdenken konnte, was das zu bedeuten hatte, fragte Irina misstrauisch: »Wo bist du gewesen?«

»Ich war mit Wolodja unterwegs.«

»Hast du mal auf die Uhr geschaut? Wenn du zu spät kommst, musst du rechtzeitig Bescheid geben, ich dachte, das hätten wir geklärt.«

Noch im Einschlafen hatte er mit unguten Gefühlen zu kämpfen. Wolodja war stets von Mädchen umschwärmt, aber Jura hatte den Eindruck, dass Mascha besonders häufig in seiner Nähe war. Da war sie wohl wieder – die Eifersucht.

KAPITEL 14

Versprochen! Nie wieder!

Übermorgen würde die Aufführung sein. Dieses Wort versetzte nicht nur Wolodja und ihn in Angst, sondern die ganze Theaterbrigade.

Jura ließ den Frühsport sausen und eilte in den Theatersaal, um sich voll und ganz auf das *Wiegenlied* zu konzentrieren, und blieb dort den ganzen Tag. Von Wolodjas Anspannung bekam er nur wenig mit. Die anderen aber hatten es schwer mit ihm. Im Entsetzen darüber, dass die gestrige Probe wegen des Lagerfests entfallen war, triezte der Regisseur seine Schauspieler in Dreier- und Zweiergruppen und teils sogar einzeln und ging wieder und wieder ihre jeweiligen Szenen mit ihnen durch.

An der Vorbereitung des Theaterstücks waren zwei weitere Gruppen beteiligt – der Näh- und der Kunstzirkel. Während die Schneiderinnen Ksjuschas Entwürfe zum Leben erweckten, machte das Bühnenbild nur langsam Fortschritte. Wolodja nahm den jungen Künstlerinnen und Künstlern einige Entwürfe und Skizzen ab, um sie mit Unterstützung von Matwejew und anderen fertigzustellen.

Im Gegensatz zu Wolodja ließ sich Jura von der anstehenden Premiere nicht aus der Ruhe bringen. Er hatte keine Zweifel daran, dass sie bei diesem Tempo rechtzeitig fertig werden würden. Ihn beunruhigte etwas anderes: Die Zeit lief nicht nur den Schauspielern davon, sondern auch Wolodja und ihm.

Auch Wolodja war das durchaus bewusst. Er nutzte jede freie Minute, um bei ihm zu sein. Und so hatte er es trotz seines vollen Tagesplans geschafft, zweimal zu ihm ans Klavier zu sprinten, um ihm einen Kuss auf die Wange zu geben und ihm durch die Haare zu strubbeln.

Doch Jura war trotzdem traurig. Zweifellos gelang ihm *Wiegenlied* wegen dieser Traurigkeit besonders schön. Doch das tröstete Jura kein bisschen. Und auch wenn ihre wenigen gemeinsamen Momente und Wolodjas zärtliche und leidenschaftliche Blicke ihn mit Glück erfüllten, sehnte er die zweistündige Mittagsruhe mit angehaltenem Atem herbei. Dann würden sie endlich allein sein! Nur zu zweit – fern von Proben, Dekorationen und allem anderen. Sie würden die Zeit auskosten und genießen.

»Wir werden es wohl nie zum Basrelief aus deiner Gruselgeschichte schaffen«, sagte Wolodja mit einem Augenzwinkern und ließ die Schlüssel von der Bootsanlegestelle in seiner Hosentasche klimpern.

Sie gingen über den Pfad zum Steg hinunter, setzten sich in ein Boot und ruderten los.

Dieses Mal saß Wolodja an den Rudern und war dazu verdammt, gegen die Strömung anzukämpfen. Auf halber Strecke bemerkte Jura, dass er geschafft war, und löste ihn ab. Zum Basrelief war es viel weiter als zu der malerischen Bucht vom ersten Mal.

Die Ruinen, wie Jura diesen Ort nannte, waren ein zugewuchertes Feld mit Gesteinsbrocken und steil aufragenden Wänden, das von einem lichten Fichtenwald umgeben war.

Von da führte ihr Weg sie weiter in den Wald hinein. Eine üppige Hecke mit kleinen weißen Blüten verhüllte fast zur Gänze eine schlichte, moosbewachsene Wand. Jura trat nah heran, schob das üppige Grün beiseite und sagte mit einem Grinsen: »Ich präsentiere – das Relief!«

»Diese Ziegelmauer ist natürlich sehr alt, aber sicher kein … Warte mal!«

Wolodja kniff die Augen zusammen und kratzte mit dem Fingernagel Moos weg, legte eine unscheinbare Figur frei. Jura kniete sich hin und begann, Gestrüpp und Moos zu entfernen.

»Sei vorsichtig, Ackerwinde ist giftig.«

»Woher weißt du das jetzt schon wieder? Bist du auch noch Botaniker?« Jura kratzte sich am Kopf.

»Nein, nein. Meine Großmutter war Blumenbinderin.« Wolodja zuckte mit den Schultern, nahm sein Notizbuch, das er immer bei sich trug, aus der Tasche und riss ein paar Blätter heraus. Mit dem Papier ihre Hände schützend, machten sie sich daran, die Ackerwinde von der Mauer zu reißen und das Moos zu entfernen. Und schon bald wurde hinter dem grünen Samtüberzug das Profil einer Frau sichtbar, Kopf, Hals und Brust. Und darunter – die Figur eines Säuglings, den die Frau in ihren Armen hielt.

»In ihrer Pose erinnert sie an die Gottesmutter«, sagte Wolodja. »Das ist ja mal interessant … Dabei war sie eine Gesellschaftsdame. Vielleicht sogar die Hausherrin?«

»Sie ist der Geist aus meiner Geschichte. Siehst du die geschlossenen Knospen? Als ich sie gefunden habe, hat die Ackerwinde noch geblüht.« Jura zeigte auf das

Schlüsselbein der Frau. »Und hier war eine große weiße Blüte, die einer Brosche ähnelte. Und da kam mir die Gruselgeschichte in den Sinn.«

»Vielleicht ist es ja ein Grabstein?«

»Sieht eher nicht so aus, vielleicht stand hier wirklich ein Gutshaus oder so was, aber wer weiß …«

Das Relief und die grüne Hecke, die es umgab, waren von geheimnisvoller gotischer Schönheit. Viel mehr, als es zu bewundern, gab es hier jedoch nicht zu tun.

»Sag mal, wann genau müssen wir im Lager zurück sein?«, fragte Jura. Er hatte eine Idee.

»In anderthalb Stunden«, erwiderte Wolodja.

»Perfekt«, rief Jura begeistert aus. »Ich kenne da einen Ort …«

»Du und deine tollen Orte …«

»Ich bin eben ein Rumtreiber.« Jura grinste.

»Dann lass uns losrudern.«

»Der Wasserweg ist nur kurz, dann müssen wir zu Fuß weiter, bis do-o-ort oben.« Jura deutete auf die Spitze eines bewaldeten Hügels, der sich in östlicher Richtung erhob.

»Und was ist dort oben? Sieht so aus, als wäre dort nur Wald.«

»Siehst du die Spitze? Dort ganz oben steht ein kleiner Pavillon.«

»Und du bist dir auch wirklich sicher, dass wir das schaffen?«

»Klar, es gibt einen Pfad.«

»Und Schlangen?«

»Gibt es dort nicht«, beruhigte Jura ihn.

An sich war der Weg kein Problem, aber auf besonders steilen Abschnitten mussten sie sich an Wurzeln festklammern, die aus dem Boden ragten, und sich nach oben ziehen. Ein Ast, an dem Jura sich festgehalten hatte, brach, woraufhin er beinahe abgestürzt wäre und mit zitternden Knien erst mal verschnaufen musste. Der Rest des Weges verlief jedoch unspektakulär, und schon bald erreichten sie die Stufen, die zum Pavillon führten.

Das kleine Gebäude hatte nichts Besonderes: eine schlichte Holzkonstruktion, angestrichen mit grüner Farbe, die an vielen Stellen abgeblättert war. Im Inneren stand ein von schmalen Bänken umgebener Tisch. Das Besondere war nicht der Pavillon selbst, sondern die Inschriften, mit denen Wände, Balken, Bänke, Tisch und Boden übersät waren. Sie waren überall, innen und außen am Gebäude: *Serjoscha und Natascha, erster Lagerdurchgang, 1975 – Dima + Galja, 4. Durchgang, 1982 – Hier waren Sweta und Artur, Schwalbe, erster Durchgang, 1979.* Wo man auch hinsah, Namen, Daten und Zahlen, die mit Filzstift oder Kugelschreiber oder Taschenmesser im Holz verewigt worden waren. Einige waren mit einem Herzen umrandet.

Jura ging zur hintersten Ecke des Pavillons und winkte Wolodja zu sich. Er beugte sich aus der Fensterwölbung und zeigte in die Ferne: »Schau mal, das wollte ich dir zeigen.«

Der Pavillon stand am Rand eines Felsens hoch oben über dem Fluss. Und wenn man noch weiter in die Ferne sah, erstreckten sich bis zum Horizont Felder, die hier und da von einem grauweißen Flussfaden durchschnitten wurden. Reifes Getreide erstreckte sich in einem gelben Teppich, so weit das Auge reichte. Ab und an waren jedoch auch grüne Fleckchen zu sehen.

Von hier aus konnte man all die Orte erkennen, an

denen sie zuvor gewesen waren – die Wiese mit dem Basrelief, die Bucht, in der sie gebadet und die Lilien bestaunt hatten, und natürlich auch die Furt und die *Schwalbe*.

Jura betrachtete Wolodjas Profil neben sich. »Ein schöner Ausblick, nicht wahr?«

»Auf jeden Fall. Woher weißt du von diesem Ort?«

»Ich wundere mich, dass du als Gruppenleiter noch nie davon gehört hast.« Jura machte es sich auf dem Tisch bequem und ließ die Beine baumeln. »Dieser Ort wird auch Liebespavillon genannt. Zum ersten Mal habe ich vor zwei Jahren von Mädchen aus den älteren Pioniergruppen davon gehört. Auch alle Leiter, die nicht zum ersten Mal in der *Schwalbe* sind, kennen den Pavillon. Für Liebespaare unter den Kindern und Jugendlichen war es Tradition, am Ende der Ferien herzukommen und ihre Namen ins Holz einzuritzen. Ich habe das nie verstanden, bin aber einmal mitgegangen, um es mir anzuschauen.«

»Was daran hast du nicht verstanden?« Wolodja trat an ihn heran. »Das ist doch eine schöne Geste. Stell dir nur vor, wie viele Gefühle sich hier im Laufe der vielen Jahre angesammelt haben, wie viele schöne Worte gesagt worden sind …«

Seine Sentimentalität brachte Jura beinahe zum Kichern, doch Wolodja sah ihn so aufrichtig und träumerisch an, als ob … als ob er von ihnen sprechen würde. Wolodja beugte sich vor, stützte sich rechts und links von Jura auf der Tischplatte ab und stupste ihn mit seiner Nasenspitze an.

Jura hob den Kopf und gab Wolodja einen flüchtigen Kuss auf den Mund. »Wenn du magst«, flüsterte er, »können auch wir unsere Namen einritzen.«

Wolodja schüttelte den Kopf, rieb seine Nasenspitze an Juras Nase und sagte sanft: »Ich glaube nicht, dass das eine gute Idee ist. Nicht dass jemand aus meiner Gruppe herkommt und unsere Initialen sieht … Das wäre nicht gut. Ich werde mich auch so an all das erinnern.«

Jura umarmte ihn und drückte seine Lippen an Wolodjas Hals, als dieser plötzlich zusammenzuckte und ihn wegschob. Als Jura an Wolodjas Körper hinuntersah, bemerkte er, dass dieser eine Erektion hatte. Wolodja schaute zur Seite. Um ihn nicht noch mehr in Verlegenheit zu bringen, beschloss Jura, so zu tun, als ob nichts wäre, freute sich aber insgeheim.

Auch wenn Jura einen leichteren Weg kannte, mussten sie ja das Boot holen und nahmen abwärts denselben Weg.

Als sie am Fluss ankamen, frischte der Wind auf, das Wasser schlug gegen das Ufer, und der Himmel verdunkelte sich.

»Es wird bald regnen.« Wolodja blickte nach oben. »Wir müssen so schnell wie möglich zurück.«

»Die Strömung schiebt uns«, beruhigte ihn Jura, stieg ein und griff sich die Ruder. Wolodja schob das Boot ins Wasser und sprang hinein.

Und tatsächlich ruderte Jura so energisch, dass sie nach nicht einmal einer Viertelstunde am Steg anlegten.

Der Wind war indessen noch stärker geworden, und vom grauen Himmel fielen die ersten Regentropfen.

»Gleich schüttet es!«, rief Wolodja. »Ich glaube nicht, dass wir es bis zur *Schwalbe* schaffen. Wollen wir nicht lieber im Bootsschuppen Unterschlupf suchen?«

»Kannst du das Boot festmachen? Dann hole ich die Plane.« Der Wind war inzwischen so stark, dass Jura schreien musste. Er lief zum Bootsschuppen am Ende des Anlegesteges, öffnete die Tür, griff sich die Plane und wollte schon zurücksprinten, als er durchs Fenster jemanden auf dem Vorplatz stehen sah, der nun auf den Bootsschuppen zukam.

»Mascha? Was will die?«, zischte Jura. »Das hat uns gerade noch gefehlt.«

Der Schuppen verdeckte den Bootssteg, Mascha würde sie erst sehen, wenn sie die Anlegestelle betrat.

Jura musste handeln. Er rannte auf Wolodja zu und packte ihn am Arm: »Leg dich ins Boot! Schnell!«

»Was?«

»Mascha ist hier.«

»Aber wir haben doch gar nichts getan. Warum sollen wir uns verstecken?«

»Leg dich hin, los!«, befahl Jura. »Ich decke uns mit der Plane zu.«

Wolodja sprang ins Boot, Jura hinterher.

Da begriff er, dass Wolodja recht hatte – bis zu dem Zeitpunkt gab es nichts, was man ihnen hätte vorwerfen können. Doch nun wirkte es so, als ob sie etwas zu verbergen hätten. Falls Mascha sah, wie sie zerzaust aus dem zugedeckten Boot stiegen, würde sie wer weiß was denken, und es gäbe Fragen und Nachforschungen. Jura fluchte leise – er war derjenige, der sie in diese Lage gebracht und ihnen keine andere Wahl gelassen hatte, als sich zu verstecken und still liegen zu bleiben.

»Warum muss sie auch ausgerechnet hier auftauchen?«, stöhnte er, als alles um ihn herum in Dunkelheit versank.

»Was weiß ich …«, flüsterte Wolodja. »Sie hat sich auf jeden Fall nicht den besten Zeitpunkt ausgesucht, um spazieren zu gehen.«

»Ich habe doch gesagt, dass sie dir hinterherspioniert.«

Jura schaute vorsichtig unter der Plane hervor. Er sah nicht viel, nur einen kleinen Stegabschnitt. Doch da waren schwarze Schuhe und weiße Kniestrümpfe, die neben ihrem Boot stehen blieben, dann einen Schritt auf das Boot zu machten. Doch genau in diesem Augenblick dröhnte ein ohrenbetäubendes Donnern vom Himmel, und Regen setzte ein. Die schweren Tropfen prasselten auf die Plane. Mascha schrie überrascht auf und rannte zum Bootsschuppen zurück.

»Ist sie weg?«, fragte Wolodja besorgt.

»Ja. Aber ich glaube, dass sie etwas bemerkt hat.«

»Kannst du schauen, ob sie zum Lager zurück ist?«

»Natürlich nicht. Sie ist im Bootsschuppen, wie soll ich sie von hier aus sehen?«, flüsterte Jura gereizt.

»Verstehe«, sagte Wolodja zögernd. »Dann müssen wir hier wohl bis zum Hornsignal ausharren.«

Jura bemerkte erst jetzt, wie nah sie einander waren. Langsam und vorsichtig, um das Boot nicht ins Wanken zu bringen, drehte er sich auf die Seite. Als sich seine Augen an die Dunkelheit gewöhnt hatten, konnte er Wolodjas Gesicht erkennen, seine Augen hinter der Brille waren riesig.

Der Regen prasselte auf die Plane, und kalter Wind wehte darunter hindurch, konnte Jura jedoch nichts anhaben – dafür lag Wolodja viel zu nah an ihm dran. Jura wollte nicht einfach nur daliegen wie ein Zinnsoldat, sondern ihn berühren. Also tastete er sich zu Wolodjas warmer Hand vor und drückte sie zaghaft, woraufhin Wolodja leise aufseufzte und seine Finger drückte.

»Jura«, sagte er heiser.

»Was denn?«

»Küss mich.«

Um sie herum roch es nach Wasser – nach Regen und Flusswasser. Das war der Geruch, den Jura von nun an auf ewig mit seinem ersten richtigen Kuss verbinden würde.

Und dieses Mal erlaubte ihm Wolodja mehr als zuvor – ein behutsames Berühren seiner Lippen, das nicht nur wenige Sekunden währte, sondern eine ganze Ewigkeit. Als Wolodja schließlich die Lippen öffnete, wollte Jura sich schon zurückziehen, der Kuss schien vorbei zu sein. Doch dann spürte er etwas noch Weicheres und Feuchteres.

Jura wusste nicht, wie küssen ging. Er hatte keinerlei Erfahrung. Im Gegensatz zu Wolodja, der das doch ganz bestimmt nicht zum ersten Mal machte und ihm jetzt einen erwachsenen, zärtlichen und schwindelerregenden Kuss schenkte.

Der Regen ebbte ab. Aber Jura wollte weitermachen und keinesfalls Wolodjas Hände oder seine Lippen loslassen. Nein, er wollte nicht aufhören und diesem Moment freiwillig ein Ende setzen. Und wenn es die Möglichkeit gegeben hätte, für immer in diesem Boot zu bleiben, unter dieser Plane, neben Wolodja, dann hätte sich Jura dafür entschieden.

Auch Wolodja wollte nicht, dass es endete. Er umarmte ihn so innig, dass Jura seine Erregung spürte. Ohne zu wissen, was genau er da tat, legte Jura seine Hand auf Wolodjas Hüfte, schob sie unter sein Hemd und fuhr über seine Haut. Es fühlte sich an, als ob er damit einen Stromschlag durch Wolodjas Körper geschickt hätte. Wolodja erschauerte, und es folgte ein noch heftigerer und leidenschaftlicherer Kuss.

Das Hornsignal verkündete aus der Ferne das Ende der Mittagsruhe. Jura versuchte, so zu tun, als ob er es nicht gehört hätte, doch Wolodja löste sich von ihm und seufzte. »Wir müssen los.«

Jura klammerte sich an das letzte Fünkchen Hoffnung. »Glaubst du denn, dass Mascha schon weg ist?«

»Na ja, der Regen hat aufgehört, jetzt das Hornsignal … ich schaue nach.«

Er richtete sich leicht auf und hob vorsichtig die Plane an. Jura wünschte sich nichts sehnlicher, als dass er Maschas Füße entdecken und sich wieder an ihn drücken würde. Damit er ihn wenigstens noch eine weitere Minute umarmen und küssen konnte.

»Sie ist weg«, verkündete Wolodja, setzte sich auf und warf die Plane vom Boot.

Jura wurde vom hellen Tageslicht geblendet. Ringsherum war es feucht und nass. Der Himmel hatte sich aufgehellt, und die Sonne brach durch die Wolken.

Wolodja kletterte aus dem Boot, und Jura folgte ihm. Und während sie die Plane befestigten, kämpfte Jura gegen sein Verlangen an, sich Wolodja von hinten zu nähern und ihn für alle Ewigkeit in seine Arme zu schließen.

»In Ordnung, das war's! Ihr könnt gehen, ihr habt euch euern Feierabend mehr als verdient«, verkündete Wolodja. Die kleinen Schauspieler, bleich vor Müdigkeit, klatschten träge in die Hände. Beim fünften Anlauf war es der Theaterbrigade endlich gelungen, das Stück von Anfang bis Ende durchzuspielen – zumindest ein kleiner Erfolg. Jetzt strömten sie aus dem Saal in die Freiheit.

Als alle draußen waren, stand Jura hinter dem Klavier

auf, ging auf den Regisseur zu und streckte die Hand aus, um ihm das Halstuch zu richten, das ihm wie eine Schlinge im Genick hing.

»Ich hoffe, dass auch ich bald ein Halstuch bekomme«, piepste es.

Jura schrak zusammen – er war sich sicher gewesen, dass alle Schauspieler den Theatersaal verlassen hatten. Doch Oleschka sprang wie ein Teufelchen hinter der Leninbüste hervor.

Wolodja wich von Jura zurück, rückte selbst sein Halstuch zurecht, lächelte angespannt und sagte: »Oleschka träumt davon, als Erster in seiner Klasse in die Pionierorganisation aufgenommen zu werden.«

»Guter Plan.« Jura drehte sich zu Oleschka um. »Hast du das Gelöbnis schon auswendig gelernt?«

»Natürlich!« Oleschka wurde rot, reckte die magere Brust und deklamierte feierlich: »Ich, Rylejew Oleg Romanowitsch, trete hiermit der Pionierorganisation Wladimir Iljitsch Lenin bei und gelobe in Anwesenheit meiner Kameraden, meine Heimat zu lieben. Ich verspreche, so zu leben, zu lernen und zu kämpfen, wie es uns der große Führer Lenin gelehrt hat, wie es uns die Kommu…«, Oleschka schnappte nach Luft, »Kommunistische Partei lehrt. Ich werde stets gemäß den Statuten der Pioniere handeln, das gelobe ich.«

»Sehr gut!«, lobte ihn Wolodja. »Und wie steht es um den Pioniergruß?«

»Den kann ich auch. Soll ich ihn dir zeigen?«

Jura schnalzte mit der Zunge – musste das jetzt unbedingt sein? Gelangweilt setzte er sich an den Rand der Bühne, ließ die Füße baumeln und schnaufte. Doch Wolodja schenkte ihm keine Beachtung.

»Dann zeig mal her«, forderte er Oleschka mit einem Nicken auf und rief: »Für Frieden und Sozialismus seid bereit!«

»Immer bereit!«, krähte Oleschka und hob die Hand.

Wolodja korrigierte die Hand und stellte sicher, dass sie sich über seiner Stirn und nicht auf Höhe seiner Nase befand.

»Du musst die Hand über deinem Kopf halten. Das bedeutet, dass du die Interessen der Pionierorganisation höher achtest als deine eigenen. Und du musst wissen, dass dir derjenige, der dir das Tuch um den Hals bindet, knifflige Fragen stellen wird.«

»Auweia!«, erschrak Oleschka. »Sind die sehr schwer? Hast du schon einmal jemandem welche gestellt?«

»Das habe ich. Ich habe einen zukünftigen Pionier gefragt, wie viel ein Pionierhalstuch wert ist.«

»Fünfundfünfzig Kopeken«, sagte Jura.

»Jura, bring ihn nicht durcheinander«, tadelte Wolodja und korrigierte: »Das Pionierhalstuch ist unbezahlbar, weil es Teil der roten Fahne ist. Oleschka, hast du dir das gemerkt?«

»Ja, weiß ich jetzt.« Der Knirps nickte. »Ich muss los. Ich wollte noch das Gelöbnis üben, bevor ich ins Bett muss.«

»Das Gelöbnis kannst du. Sprich lieber noch einmal deinen Text für das Theaterstück durch.«

»Mache ich.«

Oleschka hopste davon, und Jura dachte darüber nach, dass Wolodjas Argumentation keinen Sinn machte. Das Halstuch war tatsächlich exakt fünfundfünfzig Kopeken wert, denn es war nicht mehr als ein gefärbtes Stückchen Stoff. Davon waren Jura und seine gleichaltrigen Kameraden überzeugt. Sie trugen das Halstuch, wie es ihnen passte: zerrissen, zerknittert, vollgeschrieben, von Ansteckern zerstochen und im Cowboy-Stil – in etwa so, wie es gerade noch um Wolodjas Hals gebunden gewesen war.

Vielleicht hatte das Halstuch vor zehn oder zwanzig Jahren noch etwas bedeutet und Werte und Ideale verkörpert. Doch das gehörte der Vergangenheit an. Dieser Gedanke war Jura erstmals gekommen, als man ihn hatte durchfallen lassen. Auch Oleschka würde diesen Mangel an Idealen und Visionen, der inzwischen allgegenwärtig war, bald am eigenen Leib erfahren. Und Jura hatte Mitleid mit dem patriotischen Knirps.

Jura wollte seine Gedanken mit Wolodja teilen, hatte jedoch keine Gelegenheit dazu. Die Tür ging schon wieder auf, und die Bühnenbilder und Requisiten wurden gebracht.

»Hier ist der Wasserturm. Und das ist die Lokomotive«, sagte Mischa Lukowenko, der Leiter der Malgruppe. »Wie wir abgesprochen haben – nur die Umrisse. Ihr müsst sie noch ausmalen.«

»In Ordnung, vielen Dank«, sagte Wolodja. »Hast du die Farben mitgebracht?«

»Ja, hier.« Mischa reichte ihm einen großen Karton mit Dosen und Pinseln. »Ich hole alles morgen wieder ab.«

Und als der Kunstzirkel den Theatersaal verlassen hatte, drehte sich Wolodja zu Jura um und fragte: »Und? Wollen wir ein bisschen malen?«

Jura stöhnte. »Jetzt? Du bist ausgelaugt und müde. Und ich auch. Kann das nicht bis morgen warten?«

»Nein. Aber wenn du müde bist, kann ich das auch alleine machen«, sagte Wolodja und schien es ernst zu meinen. Jura wusste, dass Wolodja dazu imstande wäre, im Theatersaal zu übernachten und die Aufgabe im Alleingang zu erledigen. Doch das konnte er nicht zulassen.

Also legten sie die großen Papierbögen auf der Bühne aus und machten sich daran, die Umrisse auszumalen. Wie Partisanen einst über Felder gerobbt waren, robbten sie nun übers Papier. Und auch wenn die Aufgabe nicht allzu schwer war, so war sie doch zeitintensiv und an manchen Stellen Feinarbeit. Die Sonne war längst untergegangen und das Hornsignal vor einer Stunde erklungen, doch sie schwangen noch immer die Pinsel.

Es war schon kurz nach Mitternacht, und sie hatten die Hälfte geschafft, als Jura aufgab. Er legte den Pinsel beiseite und streckte alle viere von sich.

»Das war's. Ich bin todmüde. Lass uns für heute aufhören.«

Doch Wolodja fuhr noch immer wie im Wahn mit dem Pinsel über den Papierbogen. »Nein, wir müssen heute fertig werden. Du hast doch gehört, dass wir morgen die Farben abgeben müssen …«

»Müssen, müssen, müssen«, fuhr Jura ihn an. Er sprang auf, trat an ihn heran und riss ihm den Pinsel aus der Hand. »Gar nichts müssen wir.«

Wolodja sah ihn verärgert an und wollte sich den Pinsel zurückholen, doch Jura wich zurück und versteckte ihn hinter seinem Rücken.

»Schau, du bist so müde, dass du über den Rand malst. Du musst ins Bett.«

»Wir müssen …«

»Wir haben noch anderthalb Tage.«

»Nur noch anderthalb Tage.«

»Das Bühnenbild läuft dir schon nicht weg.« Jura

machte drei Schritte auf Wolodja zu, sah ihm tief in die Augen und sagte leise: »Für uns beide gilt aber etwas anderes. Soll ich dich an das erinnern, was übermorgen außerdem noch passiert?«

Wolodja blickte weg. »Daran musst du mich nicht erinnern«, sagte er traurig. »Du hast recht.«

Jura legte ihm die Hände auf die Schultern, fuhr mit den Fingerspitzen über seinen Hals und strich ihm durchs Haar. Wolodja zog Jura an sich. Doch er küsste ihn auf eine andere Art und Weise, als Jura sich erhofft hatte.

»Nein, küss mich so wie im Boot«, bat er.

»Lieber nicht«, erwiderte Wolodja und fügte hinzu: »Glaubst du wirklich, dass das mit uns eine gute Idee ist?«

»Wieso fragst du das? Willst du etwa nicht mehr?«

Wolodja drehte sich von ihm weg und sagte schließlich, an seine Schuhspitzen gerichtet: »Doch, mir gefällt das auch.«

»Und warum denkst du dann, dass es keine gute Idee ist?«

»Das alles ist seltsam. Und wider die Natur – falsch und ekelhaft.«

»Du findest uns ekelhaft?«, fragte Jura entsetzt. Er dachte nach. Ja, vielleicht war ihre Verbindung von außen betrachtet tatsächlich merkwürdig. Doch das spielte für ihn keine Rolle. Denn im Inneren ihrer Freundschaft, ja vielleicht sogar Liebe, fühlte sich Jura wohl und wunderbar. Er konnte sich nichts Schöneres vorstellen, als Wolodja zu küssen, ihn zu umarmen und auf ein Treffen mit ihm zu warten.

»Ich nicht.« Wolodja schüttelte niedergeschlagen den

Kopf. »Aber die anderen. Doch darum geht es mir gar nicht. Ich habe das Gefühl, dass ich dich vom rechten Weg abbringe.«

Wütend verschränkte Jura die Arme vor der Brust. »Wer hat denn wen am Trafohäuschen geküsst?«

Wolodjas Mundwinkel schnellten nach oben, doch er unterdrückte das Lächeln und fragte: »Was denkst du denn darüber?«

»Ehrlich gesagt versuche ich, nicht nachzudenken«, erwiderte Jura. »Was soll das bringen? Weder du noch ich können uns zurückhalten. Und wenn wir uns küssen, tun wir niemandem damit weh.«

»Außer uns selbst.«

»Uns selbst? Das sehe ich anders. Für mich fühlt es sich gut an. Und für dich?«

Wolodja lächelte verlegen: »Du kennst die Antwort.«

Was darauf folgte, war ihr zweiter richtiger Kuss, doch dieser war ganz anders als der erste. Im Boot war es heiß und aufregend gewesen, die Luft war von ihrem Herzklopfen und dem Regenprasseln durchdrungen gewesen. Hier war es still. Draußen vor den Fenstern war schwarze Nacht, und der Theatersaal war leer und weit. Es schien, als wären sie die einzigen Menschen im Universum und könnten sich mit sanften, langsamen und fließenden Lippenbewegungen miteinander bekannt machen.

Plötzlich kam vom Saaleingang Gepolter und Geklapper. Sie wichen so ruckartig voreinander zurück, als ob ein Blitz zwischen ihnen eingeschlagen wäre und sie in verschiedene Himmelsrichtungen geschleudert hätte. Eine kleine Laterne rollte die Stufen zum Saal herunter. Und an der Tür stand Mascha und starrte sie ungläubig an.

Juras Schreck wich lähmendem Entsetzen. Es kam ihm vor, als ob man ihm den Boden unter den Füßen weggerissen hätte. Als ob die Bühne in Stücke brechen und sie unter sich begraben würde. Dann setzten Unverständnis und Unglaube ein. Vielleicht bildete er sich das alles nur ein? Was sollte Mascha um ein Uhr nachts hier wollen?

Doch da war sie – quicklebendig, keine Einbildung, wollte offensichtlich so schnell wie möglich wieder verschwinden und tastete hinter ihrem Rücken nach der Türklinke.

»Warte!«, schrie Wolodja und stürmte von der Bühne und quer durch den Saal. »Bitte geh nicht.«

Mascha bekam kein Wort heraus – öffnete und schloss den Mund wie ein Fisch, der ans Ufer gespült worden war.

»Mascha?« Wolodja streckte die Hand nach ihr aus, doch sie wich wie vor einem Pestkranken zurück und kreischte: »Fass mich nicht an!«

»Ist ja gut, ist ja gut …« Wolodja versuchte, ruhig zu sprechen, doch seine Stimme war brüchig vor Nervosität. »Nur keine Panik. Ich kann dir alles erklären.«

»Was denn genau? Was wollt ihr mir denn erklären? Ihr … Ihr … Das ist abstoßend!«

Juras Kopf war vollkommen leer. Er konnte weder etwas entscheiden noch irgendwelche Schlussfolgerungen ziehen. Er konnte seine Hände nicht spüren, auch seine Beine waren vollkommen taub. Doch er musste etwas tun. Also nahm er all seine Willenskraft zusammen und ging auf sie zu.

»Du darfst nicht schlecht von uns denken«, sagte er, doch sie wich mit irrem Blick vor ihm zurück.

»Ihr seid nicht normal! Ihr seid krank!«

»Nein, wir sind vollkommen normal, nur …«

»Warum tut ihr so etwas? Das ist falsch. Das gibt es nicht. Das ist sehr … sehr …«

Mascha begann zu zittern und zu schniefen. *Es dauert nicht mehr lange,* dachte Jura, *bis sie durchdreht, losrennt und es allen …*

Er schaffte es nicht, den Gedanken zu beenden. Ihm wurde schwindelig und schwarz vor Augen. Es kam ihm vor, als ob er kurz davor war, in Ohnmacht zu fallen. Er wusste, was Wolodja und ihn erwartete. Sie würden ausgestoßen und bestraft werden. Er mochte sich nicht ausmalen, welche Strafe auf ein Vergehen wie ihres stand.

»Wir haben doch nur herumgealbert, verstehst du?«, gluckste Wolodja nervös. »Eine Alberei aus Langeweile. Da ist doch nichts dabei. Du hast recht, dass es so etwas nicht gibt. Also ist das zwischen uns auch nicht mehr als ein alberner Witz.«

»Es gibt doch so viele Mädchen um dich herum … Was hat er, was wir nicht haben?«

»Nichts natürlich. Überleg doch mal: Es ist biologisch festgelegt, dass Jungs Mädchen wählen und Männer Frauen. So ist das nun mal … Also, meine liebe Mascha, hat Jura nichts an sich, was mich anziehen könnte. Wir sind doch … Jura und ich sind nur … Uns verbindet nichts. Wenn die Ferien vorbei sind, gehen wir getrennte Wege und vergessen das hier. Also musst auch du vergessen, was du gesehen hast. Das ist es doch nicht wert … Das war nur eine Alberei.«

Jura konnte nur schwer verstehen, was Wolodja sagte – als wäre eine Wand zwischen ihnen. Warum hatte Wolodja nicht gesagt, dass es eine Wette gewesen war oder dass sie üben wollten, wie man küsst? Vielleicht hätte sie es ihm ja abgekauft … Aber als er ihren durchdringenden Blick sah, wusste er: Man konnte sie mit Ausreden nicht täuschen. Wolodjas Worte über die Anziehung zwischen Mann und Frau und ihre anstehende Trennung waren genau richtig gewesen.

»Mascha, erzähl bitte niemandem davon. Wenn jemand davon erfährt, dann … dann wird das meinem Ruf schaden und meine Zukunft zerstören. Verstehst du das?«, bettelte Wolodja, während Jura noch immer kein Wort herausbekam.

»In Ordnung …«, schluchzte Mascha. »Versprecht mir, dass ihr nie wieder …«

Wolodja atmete tief durch. »Versprochen. Nie wieder.«

»Und jetzt du.« Mascha wandte sich Jura zu. Ihr Blick war nun nicht mehr flehend, sondern bitterböse.

Jura fing Wolodjas Blick ein und sah die Verzweiflung darin. »Versprochen. Nie wieder«, sagte er, und diese Worte schnürten ihm die Luft ab.

KAPITEL 15

Die bittere Wahrheit

»Versprecht mir, dass ihr nie wieder …« Er hatte Maschas Stimme noch im Ohr. Und Wolodjas Antwort, seinen Schwur – *nie, nie, nie wieder* … Wie hatten sie so etwas nur versprechen können? Wolodja und ihm blieb ohnehin nicht viel Zeit, und selbst diese wenigen Augenblicke waren ihnen nun entrissen worden.

Nur einen Tag hatten sie getrennt voneinander verbracht, doch Jura kam es vor, als wäre es ein Monat gewesen. In ihm tobte ein Sturm. Er wollte Wolodja sehen, seine Stimme hören, ihn berühren. Doch er hielt sich zurück. Er wusste, wie teuer sie das zu stehen kommen könnte.

Im Theater sahen sie sich natürlich. Sie waren mit dem Bühnenbild beschäftigt und probten stundenlang. Olga Leonidowna hatte die Brigade offiziell von allen Aktivitäten und Diensten freigestellt, damit sie sich voll und ganz auf die Premiere konzentrieren konnte. Und so war Wolodja immer in seiner Nähe, er hörte seine Stimme, sah ihn und musste nur die Hand ausstrecken, um ihn zu berühren. Doch das durften sie nicht. Sie durften sich nicht einmal ansehen.

Mascha wachte über sie wie eine Gefängniswärterin. Jede Gelegenheit wurde unmittelbar von ihrem prüfenden Blick durchkreuzt.

Jura erfüllte ihm zugewiesene Aufgaben und Anweisungen, lief umher, nahm Nahrung zu sich und redete, atmete, doch es war, als erfüllte statt Sauerstoff ein giftiges Gas seine Lunge. Jede weitere Stunde ohne Wolodja vergiftete seine Existenz nur noch mehr. Ihm schien es, als wäre die ganze Welt in Dunkelheit getaucht. Ein Leben in einer solch düsteren und leeren Welt war beängstigend. Doch noch schlimmer war es, mit anzusehen, wie sehr Wolodja litt.

Er versuchte, sich nichts anmerken zu lassen, leitete die Proben wie gewöhnlich, rief seinen Schauspielern immer mal wieder etwas zu und gab Anweisungen – doch von nun an ohne Enthusiasmus. Es war, als wäre Wolodja erloschen. Er machte sich keine Sorgen mehr, geriet nicht in Panik und schien sich nicht einmal mehr um den Erfolg des Stücks zu bemühen. In seinen Augen war so viel Traurigkeit, dass sie für zwei Leben gereicht hätte.

Selbst beim Einschlafen noch sah Jura sein von Sehnsucht zerquältes Gesicht vor sich und begriff aus seiner eigenen Sehnsucht heraus, dass ein weiterer Tag vergangen war. Ein ganzer Tag, den sie gemeinsam hätten verbringen können, war verstrichen. Ein ganzer Abend, eine ganze Nacht – einfach weg.

Am Morgen ließ Jura den Löffel im Teller voller Kleister, bei dem es sich wohl um Haferschleim handeln sollte, kreisen. Normalerweise war an seinem Geruch nichts auszusetzen, doch an diesem Morgen ekelte sich Jura vor jeglichem Essen, ausgenommen der mit süßem Quark gefüllten Watruschka. Sie war perfekt: fluffig, mit viel Füllung und glänzenden Rändern. Auf den Brei hatte er jedoch keine Lust. Eigentlich hatte er auf gar nichts Lust, aber am wenigsten darauf, dass Mascha sich im gleichen

Lager und auf dem gleichen Längen- und Breitengrad wie er aufhielt.

Er fühlte sich, als hätte man ihm Sand in die Augen geschüttet. Sie brannten bei jedem Wimpernschlag und jedem Blick, den er wagte. Doch irgendwo musste er ja hinsehen, warum nicht zum Tisch der fünften Gruppe?

Die Kinder waren wild an diesem Morgen: Sascha ruderte mit den Armen, und Ptschjolkin flüsterte seiner Sitznachbarin etwas ins Ohr, woraufhin diese wütend aufsprang. An diesem Morgen hatte Wolodja Aufsicht, was bedeutete, dass er kaum zum Essen kam und den Tag über Hunger haben würde, aber mittlerweile hatte er sich daran gewöhnt, nicht zu Ende zu essen.

Während Lena die Kinder in Zweierreihen aufstellte, wies Wolodja den Speisesaaldienst an abzuräumen. Und Jura nutzte die Gelegenheit, um seine Watruschka in eine Serviette zu wickeln.

»Hier, nimm!«, sagte er und reichte sie Wolodja.

»Danke, aber iss ruhig! Du magst Watruschkas doch so gerne.«

»Ich kann nicht mehr, bin satt.«

»Ich bin auch satt.«

»Aber ich habe sie extra für dich aufgehoben.« Jura wollte ihm noch so viel sagen. Dass er alles für ihn tun würde.

Doch plötzlich hörte er ein Räuspern hinter seinem Rücken. Es war Mascha.

»Was willst du?«, fragte Jura mürrisch.

»Nichts, ich warte nur auf dich.«

»Auf mich? Und warum?«

»Nur so.«

»Wofür brauchst du mich denn?«

»Ihr habt versprochen, euch nicht mehr zu treffen und so etwas nie wieder zu tun!«, quiekte Mascha.

»Wir machen doch gar nichts. Aber wir können uns auch nicht vollständig aus dem Weg gehen.« Wolodja zuckte mit den Schultern. »Wir sind hier immerhin in einem Lager.«

»Verbietest du uns jetzt etwa, miteinander zu sprechen?«, fuhr Jura sie an.

»Jura, lass gut sein«, bat ihn Wolodja mit angespannter Stimme. »Streitet euch nicht. Das hat uns gerade noch gefehlt.« Er schüttelte den Kopf, blinzelte nervös, drehte sich um und ging in die Küche.

Jura eilte ihm nach.

In der Küche war es still. Nur das heiße Wasser, das für den Abwasch gebraucht wurde, blubberte in Bottichen vor sich hin. Jura stellte ein paar Teller zusammen, lief weiter und sah Wolodja am Herd stehen und sich über einen der Bottiche beugen. Sein Gesicht war im aufsteigenden Dunst verschwunden. Er hielt seine rechte Hand über das Wasser und regte sich nicht.

»Eh, was machst du denn? Du verbrühst dich doch!« Jura machte einen Schritt auf ihn zu.

Wolodja drehte sich ruckartig um. Seine Brille war beschlagen, und Jura konnte seine Augen nicht sehen. Einen Moment kam es Jura so vor, als sei der Dampf kalt, und um das zu prüfen, senkte auch er seine Hand über das brodelnde Wasser.

»Au!«

»Lass das!« Wolodja riss Juras Hand hoch. »Mir macht das nichts … Ich härte mich ab …«

»So härtet man sich doch nicht ab …«, sagte Jura skeptisch.

»Ich mache das schon seit Langem. Du aber bist die Hitze nicht gewöhnt und kannst dir wehtun«, belehrte Wolodja ihn von oben herab, wie er eben manchmal war. Doch dann griff er sich Juras Handgelenk, führte es an seine Lippen, pustete und flüsterte: »Pass auf ...«

»... deine Hände auf«, ergänzte Jura und verdrehte die Augen.

»Pass auf dich auf«, sagte Wolodja mit einem Lächeln und gab ihm einen schnellen Kuss auf den Daumen.

»Oh, ich liebe mich viel zu sehr, um ...«

»Ich auch«, platzte Wolodja heraus.

Doch Jura blieb keine Zeit, um über die Bedeutung dieser Worte nachzudenken.

»Was macht ihr denn hier?« Mascha stand mitten im Raum. Und jetzt schien der Dampf nicht aus dem Wasser, sondern aus ihren Ohren zu kommen.

»Du gehst mir a...« Jura war kurz davor, seiner Wut freien Lauf zu lassen, als er eine flüchtige, aber sehr warme Berührung spürte. Wolodja drückte seinen Unterarm.

»Bitte nicht«, sagte er leise, und Jura verließ den Raum.

Die Wut in seinem Inneren brodelte stärker als das Wasser in den Bottichen. Doch er nahm sich zusammen. Schließlich hatte ihn Wolodja darum gebeten. Und er war bereit, alles für ihn zu tun und ihm alles zu geben: die köstlichsten und besten Dinge der Welt, den Himmel, die Luft und die Musik. Er war bereit, sich ihm in Gänze hinzugeben, ihm alles zu überlassen, was in seinem Besitz war und je sein würde. Er würde alles geben, nur um Wolodja ein wenig aufzuheitern.

Als Jura vom Speisesaal fortging, hörte er Maschas Schritte dicht hinter sich. Er blieb stehen. Sie war so dicht hinter ihm gewesen, dass sie nun fast in ihn hineinlief.

»Was willst du von mir?!«, fuhr er sie an.

»Dass du ihn in Ruhe lässt. Er ist ein guter Mensch, ein Komsomolze. Und du bist ein Asozialer. Du verdirbst ihn.«

»Wer? Ich? Und was bist du dann, eine Erpresserin? Es geht dich gar nichts an, wie er ist und was ich mit ihm mache.«

»Das geht nicht nur mich was an, sondern alle. Dem ganzen Lager ist aufgefallen, wie sehr er sich verändert hat, seit du an ihm klebst.«

»Wir sind Freunde …«

»Das ist keine Freundschaft!«, jammerte sie. »Du bringst ihn vom richtigen Weg ab. Du verwandelst ihn in einen Psychopathen. Du verführst ihn. Ja, genau, du verführst ihn.«

»Was verstehst du denn davon?«

Mascha wusste nicht, was sie darauf antworten sollte. Sie wurde rot und starrte auf den Boden.

»Ich verstehe so einiges … Glaub mir.«

»Ah, du hast dich also doch in ihn verliebt!«, sagte er hämisch.

Mascha starrte ihn an, rührte sich nicht vom Fleck und ließ eine Gruppe Pioniere in Zweierreihe an ihnen vorbeimarschieren. Jura hatte Angst, dass sie alles mit anhören würden, also nahm er Mascha beim Arm und führte sie vom Pfad weg.

»Fass mich nicht an!« Sie versuchte, ihm ihren Arm zu entwinden.

»Halt du dich aus meinem Leben raus, dann lasse ich dich in Ruhe.«

»Lass Wolodja in Ruhe, sonst erzähle ich allen davon.«

»Hast dich schlimm verliebt, wie? Sag schon, ja oder nein? Raus mit der Sprache.«

»Ich muss dir gar nichts sagen!«

»Ja oder nein?«

»Ja! Ja! Bist du jetzt zufrieden? Ja!«

»Und du denkst wirklich, dass er dich, wenn du ihn verfolgst und erpresst, zurücklieben wird? Denkst du wirklich, dass das so funktioniert?« Jura lachte hämisch.

»Ich brauche deine Ratschläge nicht. Ich sage es dir das letzte Mal. Wenn du ihn nicht in Ruhe lässt, dann wissen es bald alle!«

»Und was hast du davon? Hast du in deinem dummen Schädel mal darüber nachgedacht, was sie mit ihm machen, wenn das rauskommt? Ist dir überhaupt klar, dass du sein Leben zerstören würdest? Sie werfen ihn aus dem Institut und aus dem Komsomol. Er verliert alles, und das nur wegen dir. Aber scheiß auf Institut und Komsomol, weißt du, was noch schlimmer wäre? Was ist, wenn sie ihn ins Irrenhaus oder ins Gefängnis stecken, hast du darüber mal nachgedacht?« Seine Wut kochte nicht mehr nur in seinem Inneren, sondern sprudelte in einem wilden Strom nach draußen. Er war kurz vor einem hysterischen Anfall. Sein Körper gehorchte ihm nicht mehr. In seiner Verzweiflung packte er Mascha an den Schultern, schüttelte sie kräftig und schrie sie an. »Hast du darüber nachgedacht, wie sehr er dich dafür hassen wird? Was er von dir halten wird? Willst du das? Und so was nennst du Liebe!?«

Auch Mascha begann nun zu schreien, doch vor Angst, und plötzlich riss ihn jemand von ihr weg und stieß ihn grob zur Seite. Es war Wolodja.

Jura und Mascha hatten so laut geschrien, dass Wolodja sie sogar im Speisesaal laut und deutlich gehört hatte. Es war nicht schwer gewesen, sie zu finden – um sie herum hatten sich Schaulustige versammelt. Zu ihrem Glück nicht die Lagerleitung, sondern lediglich Lena und Irina Petrowna.

»Konew, bist du wahnsinnig geworden?«, fuhr seine Gruppenleiterin ihn an.

»Wolodja, sag es ihr! Erzähl ihr alles!«, bettelte Jura, als er Irina bemerkte.

»Beruhige dich«, befahl Wolodja.

»Mascha, dieses Miststück hat sich in ihn verliebt. Seit Tagen rennt sie hinter ihm her, aber jetzt ist sie vollkommen verrückt geworden – stellt ihm nach und droht, dass sie irgendwelchen Unsinn herumerzählen wird, wenn ich Wolodja nicht in Ruhe lasse.«

»Konew, was ist denn los mit dir? Bist du noch ganz bei Trost?«

»Wolodja, sie wollen mir nicht glauben. Erzähl ihnen alles: wie sie uns zum Fluss gefolgt ist, wie sie nachts in dein Zimmer eingebrochen ist. Los!«

Wolodja zerrte ihn zur Seite, schickte die anderen weg und sagte leise: »Du hast einen Wutanfall. Atme tief ein … und wieder aus. Ein … und wieder aus.«

»Bitte, erzähl es ihnen«, flehte Jura.

»Du hast mir ohnehin keine andere Wahl gelassen. Aber du musst unbedingt in die Krankenstation und dir von Larisa Sergejewna was zur Beruhigung geben lassen.«

»Ich gehe nirgendwo hin.«

»Jura, wir müssen das alles Olga Leonidowna irgendwie erklären. Also geh zur Krankenschwester, damit sie bestätigt, dass du erschöpft bist und einen Nervenzusammenbruch erlitten hast. Dann können wir sagen, dass dir das Theaterstück über den Kopf gewachsen ist und du alles an Mascha ausgelassen hast, weil sie dir andauernd hinterhergelaufen ist.«

»Ich bin überhaupt nicht erschöpft. Ich vermisse dich. Lass uns bitte zusammen hingehen, du musst doch auch zu Larisa. Und was sollte das in der Küche? Warum hast du das getan?«

»Das klären wir später. Geh jetzt bitte zur Krankenbaracke, damit die Ärztin …«

»Lass uns zusammen gehen«, unterbrach ihn Jura.

»Jura, das geht gerade nicht. Was ist, wenn Mascha uns verrät? Ich kann hier gerade nicht weg. Wenn ich bleibe, hält sie vielleicht den Mund. Und falls nicht, habe ich wenigstens die Chance, mir sofort etwas einfallen zu lassen. Geh bitte allein und gieß kein Öl ins Feuer.«

Jura gab nach und berichtete in der Krankenstation alles genau so, wie sie es abgesprochen hatten: dass er wohl wegen der anstehenden Premiere einen Nervenzusammenbruch erlitten und Mascha angeschrien hatte.

Bei der Lagerleitung musste er trotzdem antanzen. Unangenehme Fragen gab es nicht, dafür mitleidige Blicke. Nicht mal Olga Leonidowna war wütend. Wütend, wenn auch verhalten, war man eher auf sie, weil sie die Kinder zu sehr einspannte. Im Wartezimmer erfuhr Jura, dass auch Wolodja und Irina vorgeladen worden waren. Später wurde auch Mascha angehört. Aber die Lagerleitung schien keine große Sache daraus machen zu wollen. Das bedeutete wohl, dass Mascha nicht geredet hatte. Zumindest vorerst.

Ein weiterer quicklebendiger Beweis dafür, dass von

der Sache zwischen Jura und Wolodja niemand etwas wusste, war das Mädchentrio.

Kaum hatte er nach dem Klärungsgespräch einen Fuß auf die Veranda des Theaters gesetzt, winkte ihn Ksjuscha heran und rief: »Jura, komm mal her!«

Jura schüttelte den Kopf, doch alle drei standen von der Bank auf, auf der sie gesessen hatten, und rannten zu ihm. Sie hakten sich bei ihm ein, gingen mit ihm nach drinnen und führten ihn in eine Ecke neben der Bühne.

»Was ist zwischen euch vorgefallen?«, flüsterte Ksjuscha.

»Zwischen euch ist doch eindeutig was vorgefallen«, nickte Uljana.

Polina stand schweigend dabei und starrte ihn mit großen, neugierigen Augen an.

»Ach, nichts Besonderes. Ich möchte nicht darüber reden. Ist persönlich.«

»Komm schon, wir finden es sowieso heraus«, versuchte ihn Uljana umzustimmen.

»Sidorowa hat etwas angestellt, nicht wahr?«, fragte Ksjuscha.

»Wir haben uns einfach nur gestritten.« Jura winkte ab. »Nichts Besonderes.«

»Jura, übrigens …«, säuselte Uljana. »Kannst du etwas aus *Juno und Avos* spielen? Komm schon, solange die Probe noch nicht angefangen hat.«

»Nein, ich kenne nichts aus der Oper.«

»Dann vielleicht ein bisschen was Flottes? ›Posledni ras‹ von den Wesjolye Rebjata zum Beispiel? Ich habe Lust zu singen. Komm, spiel. *Die Zeit wird vergehen und du wirst mich vergessen …*«, trällerte Uljana drauflos und wiegte sich im Takt.

»Es tut mir wirklich leid, aber ich bin so gar nicht in

Stimmung. Wann anders, in Ordnung? Oder warte … Schau mal, da ist Mitja.« Jura blickte sich um und registrierte Mitjas neidischen Blick. »Der kann doch Gitarre spielen, das passt eh besser.«

Nachdem Jura das Mädchentrio auf diese Weise Mitja überantwortet hatte, der sein Glück nicht fassen konnte, rannte er zu Wolodja, der inzwischen in der Mitte der ersten Reihe Platz genommen hatte.

»Und, hat sie uns verpetzt?«, flüsterte Jura.

»In meiner Anwesenheit nicht.«

»Und bei der Lagerleitung?«

»Das weiß ich nicht. Aber ich glaube, wenn sie uns verpetzt hätte, dann wäre ich nicht mehr hier. Sie traut sich bestimmt nicht, dem Lagerleiter Derartiges zu erzählen. Mir macht etwas anderes Sorgen: Nach dem Gespräch ist sie mit Irina weg …«

»Denkst du, sie hat ihr alles erzählt?«

In dem Moment knarrte die Tür, und Mascha stand tränenüberströmt auf der Schwelle. Ohne auf Juras Frage zu antworten, erhob Wolodja sich und ging auf die Bühne. Jura blieb keine Zeit, sich Sorgen zu machen. Nachdem Mascha eine Weile auf dem Klavier die *Mondscheinsonate* malträtiert hatte, half sie Ksjuscha mit den Kostümen und war damit bis zum späten Abend beschäftigt. Wolodja ging mit den Schauspielern bis zum Anbruch der Dunkelheit die Szenen durch. Jura spielte Klavier, malte weiter die Bühnenbilder aus und bereitete die Requisiten vor.

In der Nacht regnete es. Jura konnte nicht einschlafen. *Ob sie uns wohl verraten hat? Und wenn ja, an wen? Vielleicht an Irina?*

Die Jungs in seinem Zimmer hatten vor, die Mädchen mit Zahnpasta zu beschmieren, tuschelten aufgeregt und warteten auf den verabredeten Zeitpunkt. Jura war froh über die Ablenkung und setzte sich zu ihnen.

Sie wärmten die Tuben unter ihren Achseln auf und luden ihn ein mitzukommen, doch er lehnte ab.

»Ich finde ja, es macht mehr Spaß, sich das Ergebnis anzusehen, als jemanden zu beschmieren, aber nur wenn ihr die gute *Pomorin*-Zahnpasta am Start habt.«

»Haben wir nicht, Irina hat sie uns gleich am dritten Tag weggenommen. Wirklich schade«, sagte Pascha traurig.

»Was seid ihr denn für Verlierer?« Jura schüttelte den Kopf und kramte in seinem Koffer. »Aber ihr habt das Glück, mich zu kennen.«

Unter allgemeinem Jubel holte er zwei Tuben *Pomorin* hervor.

»Du hast so was von was gut bei mir, Jura.« Mitja legte eine Hand auf sein Herz.

»Dein Opfer musst du dir aber gut aussuchen«, riet ihm Jura. Er wusste, wen Mitja mit hoher Wahrscheinlichkeit beschmieren würde. »Morgen ist die Aufführung, und ich kenne eine, die durchdrehen wird, wenn sie mit einem roten, entzündeten Gesicht auftreten muss.«

»Ich werde sie schon beruhigen …«, zwinkerte Mitja ihm zu.

»Ja, ja, träum weiter … Lerne erst einmal, in ihrer Anwesenheit den Mund aufzumachen.«

In Wirklichkeit verlor Mitja jedes Mal die Sprache, wenn er Uljana sah. Vor seinen Jungs tat er aber natürlich so, als würde alles exakt nach Plan laufen.

»Du kannst ja Mascha beschmieren, die ist ungefährlich«, flüsterte Jura.

Mitja hob den Daumen und ging zur Tür. Die anderen folgten ihm auf Zehenspitzen.

Jura fiel wieder ins Bett, schüttelte sein Kissen auf, wälzte sich von einer Seite auf die andere und versuchte, gegen die hartnäckigen Gedanken in seinem Kopf anzukommen, verlor diesen Kampf jedoch kläglich.

Watjutow im Nachbarbett stöhnte im Traum und knirschte mit den Zähnen. Und nachdem der Regen für einen Augenblick nachgelassen hatte, wurde er wieder stärker.

Ich hoffe so sehr, dass es morgen nicht regnet, dachte Jura. *Beim Abschlusslagerfeuer versammeln sich alle, da können wir uns vielleicht davonstehlen und reden und uns wenigstens anständig verabschieden. Wie bescheuert, dass wir uns wegen dieser dummen Gans aus dem Weg gehen müssen. Ich wünsche mir, dass es ihr auch mal so ergeht. Dass sie wegen irgendeinem eifersüchtigen Fiesling …* Jura horchte auf – war da ein Klopfen?

Er richtete sich auf und lauschte. Hatte er sich das Geräusch nur eingebildet? Nein, er hörte es ganz deutlich – jemand klopfte ans Fenster. Jura stand auf, blickte nach draußen und sah im schwachen Laternenlicht eine Gestalt, von Kopf bis Fuß in Schwarz gekleidet: schwarze Hose, Jacke, Kapuze und … eine Brille. Es war Wolodja. Und als er Jura sah, legte sich ein Lächeln auf sein Gesicht.

Jura wollte das Fenster öffnen, aber Wolodja schüttelte den Kopf, griff in seine Jackentasche, holte ein Stück Papier hervor und drückte es an das Fenster: »Baustelle. Jetzt.« Jura nickte. Und bevor Wolodja in den Büschen verschwand, gab er ihm mit einer Kopfbewegung zu verstehen, dass er dort auf ihn warten würde.

Jura zog sich an, wie es ihn sein Vater gelehrt hatte – wie ein Soldat, so schnell, dass man fertig ist, ehe ein Streichholz abgebrannt ist. Außerdem wollte er unbedingt verhindern, auf Mitja und die anderen Jungs zu treffen, die sicher gleich zurückkommen würden.

Er nahm den Pfad, der von der Allee der Pionierhelden abging und durch waldiges Gelände bis zur Baustelle führte. In der Eile hatte er seine Taschenlampe vergessen und hatte Mühe, sich bis zum Zaun, der die Baustelle umgab, durchzukämpfen. Immer wieder trat er in Pfützen und stolperte über Wurzeln.

Es war weit nach Mitternacht, die Beleuchtung war ausgeschaltet. In dieser grauen, regnerischen Nacht erinnerte der leer stehende vierstöckige Rohbau an ein Insekt mit unzähligen schwarzen Fensteraugen.

Das hohe Tor war unverschlossen und quietschte entsetzlich laut, als Jura hindurchschlüpfte, die verlassene Baustelle überquerte und sich fragte, ob sie sich wirklich hier treffen würden.

Die Eingangstür ließ sich leicht öffnen, und feuchte Kälte schlug ihm entgegen. Um ihn herum war es vollkommen dunkel, und Jura hatte das Gefühl, die Schwärze mit Händen greifen zu können. Er kam nur langsam voran und stolperte ins Unbekannte. Plötzlich hörte er ein Rascheln unter seinen Füßen und blickte zu Boden. Seine Augen brauchten einen Augenblick, um sich an die Dunkelheit zu gewöhnen, doch als er sich vorbeugte, sah er, dass auf dem Boden wie ein Zeitstrahl Zeitungsseiten ausgelegt waren. Sein Blick fiel auf eine Schlagzeile der *Prawda* vom sechsten Mai 1986: »Das Atomkraftwerk und Umgebung: Unsere Sonderkorrespondenten berichten aus Tschernobyl.«

Jura fragte sich, ob ihm die Zeitungen als Wegweiser dienen sollten, und lief den Flur entlang. Es kam ihm so vor, als würde er den Lauf der Geschichte abschreiten. Schließlich war jede Zeitung datiert, jeder Artikel an ein Thema und jede Seite an ein bestimmtes Ereignis gebunden. Die genaue Datierung konnte Jura meist nicht erkennen, und es kam ihm merkwürdig vor, auf manche Seiten zu treten und andere unberührt zu lassen. Die Seiten, und mit ihnen auch die Ereignisse und Bilder, schienen sich an seine Schuhsohlen zu heften. *Im wahren Leben ist es genauso,* dachte er. *Ich wünschte, es gäbe hier Zeitungen aus der Zukunft. Wenigstens vom Sommer 1987. Oder vom Sommer in fünf oder zehn Jahren. Oder in zwanzig Jahren.* Er schaffte es nicht, seinen Gedanken zu beenden, weil plötzlich jemand auf ihn zustürmte und ihn umarmte.

Wolodja.

Sie traten in einen Raum, dessen Fenster seltsamerweise verglast waren, umarmten sich schweigend und innig, drückten sich fest aneinander, stupsten sich mit ihren Nasen an und küssten einander die kalten Wangen, warmen Hälse und nassen Haare. Immer wieder blieben Wolodjas nasse Haarsträhnen an Juras Gesicht kleben, und seine Brille war andauernd im Weg. Doch das war Jura egal. Er war bereit, alles zu erdulden, wenn er dafür mit Wolodja zusammen sein durfte.

Erst als er Wolodja in seine Arme geschlossen hatte und ihn hielt und wiegte, begriff er, wie sehr er ihn vermisst hatte. Als er sich ihr Zusammentreffen vorgestellt hatte, hatte er nicht gedacht, dass sein Herz so schnell schlagen würde. Er hatte nicht erwartet, dass er vor lauter Aufregung kein einziges Wort herausbekommen würde und es sowieso keine Worte gab, die dieses Augenblicks würdig waren, und er beinahe in Tränen ausbrach. Zu weinen, hätte er als unwürdig empfunden, also gab er es auf, etwas sagen zu wollen, stand nur da, hielt Wolodja in seinen Armen und schwieg. Jedes Geräusch, von denen es in diesem zugigen Rohbau etliche gab, ließ ihn zusammenzucken, und er fürchtete, dass ihr Glück plötzlich enden könnte.

»Wir haben so viel Zeit verloren«, stöhnte Wolodja leise.

»Ja, das stimmt.« Jura nickte und näherte sich seinen Lippen. »Aber du hast ihr doch dein Wort gegeben, dass du mich nie wieder …«

»Mein Wort, mein Wort … Pff! Eben, nichts anderes als ein Wort hab ich ihr gegeben! Eine Abmachung ohne jede Bedeutung ist das. Und wem habe ich überhaupt mein Wort gegeben? Niemandem, denn sie bedeutet mir gar nichts.«

»Du hattest also gar nicht vor, dich daran zu halten?«, fragte Jura erstaunt.

»Natürlich nicht.« Wolodja legte seine Stirn an Juras. »Tu doch nicht so, als hättest du noch nie ein Versprechen gebrochen … Aber weißt du …« Er zögerte. »Wollen wir uns kurz hinsetzen?«

Wolodja legte einen Arm um Jura und führte ihn zum Fenster, neben dem eine dicke Schicht Zeitungen auf dem Boden lag. Wolodja und Jura knieten sich einander gegenüber und blickten sich in die Augen.

»Jura, ich werde dir jetzt etwas sagen, was dir nicht gefallen wird. Aber es ist wichtig. Es fällt mir schwer genug, also unterbrich mich bitte nicht, in Ordnung?«

»Was ist denn los?«, fragte Jura beunruhigt.

»Ich denke, dass …«, begann Wolodja und verstummte gleich wieder. »Ich denke, dass Mascha wahrscheinlich recht hat. Es ist wahrscheinlich besser, dass sie uns erwischt hat, dass wir uns so lange nicht gesehen haben und auch dass wir ab morgen getrennte Wege gehen werden.«

In diesem Zimmer war es tatsächlich eiskalt und außerordentlich feucht. Jura hätte sich nicht gewundert, wenn er ihren Atem hätte sehen können. Oder erstarrte er innerlich zu Eis?

»Wie bitte?«, platzte er heraus. »Ich kann mir nicht vorstellen, wie ich ohne dich weiterleben soll, und du sagst mir, es ist besser so?«

»*Für mich* ist es besser«, antwortete Wolodja.

Jura erkannte Wolodja nicht wieder. Seine Worte ergaben keinen Sinn. Jura glaubte ihm nicht. Er hatte so viel zu sagen und verstand doch instinktiv, dass er in diesem Augenblick besser schweigen sollte.

Nach einer Pause, die sich unendlich auszudehnen schien, fuhr Wolodja fort: »Ich habe viel über uns nachgedacht und natürlich darüber, wie ich mit meiner Perversion umgehen soll. Ganz gleich, was du sagst – Mascha hat recht. Das ist wider die Natur, eine Krankheit. Ich habe alles, was ich dazu finden konnte, gelesen: ein medizinisches Handbuch, Tschaikowskis Tagebuch und was von Maxim Gorki. Und weißt du was: Das, was wir tun, ist falsch und verabscheuungswürdig.«

»Verabscheuungswürdig?« Jura war fassungslos. »Du fühlst dich verabscheuungswürdig, wenn du mich umarmst?!«

»Nein, so meine ich das nicht. Wie soll ich dir das nur erklären? Es ist schädlich«, stieß er durch zusammengebissene Zähne hervor. »Genau, schädlich. Und nicht nur für dich und für mich, sondern für die gesamte Gesellschaft. Nehmen wir Nazideutschland: Gorki schrieb, dass die Deutschen damals allesamt Päderasten gewesen seien und gerade die Päderastie der Kern des Faschismus sei. *Vernichtet die Homosexuellen und der Faschismus ist ausgemerzt* – so hat er es geschrieben. Das ist eine historische Tatsache.«

Dieses hässliche Wort, Päderasten, hatte Jura schon gehört. Als er noch ein kleiner Junge war, hatte er seiner Großmutter stets aufmerksam zugehört, aber nur wenig verstanden. Sie hatte gesagt, dass sie während der Suche nach ihrem verschollenen Mann herausgefunden hatte, dass in Konzentrationslager nicht nur Juden, sondern auch Menschen deportiert wurden, die ein rosafarbenes Dreieck tragen mussten und als Päderasten bezeichnet wurden. Unter ihnen waren auch Deutsche. Die Faschisten verachteten und vernichteten sie genauso wie die Juden.

Also widersprach er Wolodja entschlossen: »Du irrst dich gewaltig. In Nazideutschland wurden diese Päderasten, wie du sie nennst, in Konzentrationslager deportiert.«

Wolodja runzelte verwundert die Stirn: »Woher weißt du das?«

»Ich bin Jude, also habe ich ein wenig Ahnung von Konzentrationslagern.«

»Das mag sein, aber wir wissen nichts Genaueres darüber. Es gibt keinerlei Bücher zu diesem Thema. Das Einzige, was wir in der Sowjetunion dazu haben, ist ein Vermerk im medizinischen Handbuch, der besagt, dass es sich dabei um eine psychische Krankheit handelt, und einen Artikel im Strafgesetzbuch.«

»Na und?« Jura konnte es nicht glauben. Was war nur mit Wolodja los? Hatte er ihn etwa mitten in der Nacht hier rausgeschleift, um ihn zur Vernunft zu bringen, oder was? Was hatte ein Artikel im Strafgesetzbuch mit ihnen beiden zu tun? Jura schüttelte den Kopf. Für Wolodjas Verhalten konnte es nur einen Grund geben: »Du denkst, dass Mascha es jemandem erzählt hat und du ins Gefängnis kommst?«

»Nein, das denke ich nicht. Zumal ihre Aussage erst einmal bewiesen werden müsste. Auch vor dem Gefängnis habe ich keine Angst. Die einzige Instanz, vor der ich Angst habe, ist meine Familie, verstehst du? Deshalb habe ich beschlossen, dass ich, sobald ich wieder zu Hause bin, ihnen alles erzählen werde, damit sie mir helfen, mich behandeln zu lassen.«

Die Kälte des Betonbodens kroch an Juras Körper hoch und legte sich um sein Herz.

»Das kannst du doch nicht machen«, flüsterte er. »Die stecken dich ins Irrenhaus.«

»Meinetwegen, solange sie mir helfen. Ich habe vorsichtig in Erfahrung gebracht, wie eine solche Behandlung abläuft. Das ist überhaupt nicht schlimm. Sie zeigen einem Bilder von Männern … wie du sie in der Zeitschrift gesehen hast, und geben einem ein Brechmittel. Diese Prozedur wird viele Male wiederholt, und bald lösen Männer automatisch den Würgereflex aus. Um ein Interesse für Mädchen zu entwickeln, wird Hypnose angewandt.«

»Bist du irre? Du willst dich einweisen lassen? Spätestens wenn du wieder rauskommst, bist du wirklich irre.«

»Ich kann so nicht weiterleben. Ich will das alles vergessen.«

»Du willst mich vergessen? Was bist du denn für ein Freund? Warum erzählst du mir das überhaupt? Damit ich dich endlich in Ruhe lasse?« Jura sprang auf und rannte aus dem Raum mit den rohen Wänden. Doch Wolodja holte ihn ein und griff ihn am Arm.

»Warte doch! Jura, du musst verstehen, wie ernst die Lage ist. Sogar dich hab ich angelogen, ich habe dir in die Augen gesehen und dir nicht die Wahrheit gesagt. Bitte, du musst mich anhören.«

Jura erstarrte. Wolodja hatte ihn angelogen? Er hatte schon oft gespürt, dass da etwas war, von dem er nichts wusste. Etwas, das zwischen ihnen stand.

Wolodja räusperte sich und flüsterte rau: »Du hattest recht, als du gesagt hast, dass wir keine Freunde sind. Ich weiß gar nicht genau, wann das passiert ist …« Seine Stimme brach. Jura sah, wie Wolodja in der Dunkelheit das Gesicht abwandte, dann straffte er sich und sagte laut und deutlich: »Ich habe mich in dich verliebt.«

Jura stand fassungslos da. Er hatte gehört und verstanden, was gesagt worden war, konnte jedoch den Sinn des Gesagten nicht erfassen. Wer hatte sich in wen verliebt?

»Eigentlich müsste ich mich in ein Mädchen so verlieben, wie ich mich in dich verliebt habe«, flüsterte Wolodja. »Aber die ganze Zeit wünsche ich mir das von dir, was sich ein normaler Mensch von einem Mädchen wünschen würde: Zärtlichkeiten, Umarmungen, Küsse und … andere Dinge. Ich bin eine Gefahr. Nicht nur für mich selbst, sondern auch für dich.«

Andere Dinge … Auch Jura hatte daran gedacht. Er wusste schon seit geraumer Zeit, dass man diese anderen Dinge auch einfach so, nur zum Spaß, machen konnte. Und später wurde ihm klar, dass man sie nicht nur mit Mädchen machen konnte. Doch das hatte nichts mit Wolodja und ihm zu tun. Jura kam mit seinen Problemen auch alleine zurecht und betrachtete seine Gedanken und Wünsche im Grunde nicht einmal als Problem.

Wolodja dagegen war so verzweifelt, dass er sogar bereit war, einen Arzt aufzusuchen, um alles zu vergessen. Alles, auch Jura. Wolodja fürchtete sich vor seinen Wünschen. Oder hatte er Angst, sie erfüllt zu bekommen? Wollte er im Grunde erfahren, wie es ist, sich demjenigen hinzugeben, den man liebt?

Wolodja hatte sich in ihn verliebt. Wolodja war verliebt. Was konnte denn wichtiger sein als das? Die Zukunft, die Ängste und ihre vermeintliche Perversion – all das hatte keine Bedeutung, denn Wolodja hatte sich in ihn verliebt. Und Jura war so glücklich und konnte sein Lachen nicht mehr zurückhalten. Er drehte Wolodja zu sich her, schubste ihn auf die ausgebreiteten Zeitungen und warf sich lachend auf seinen Schoß. »Wovor soll ich deiner Meinung nach Angst haben? Was kannst du mir schon antun? Mich zu Tode kuscheln? Dann mach das meinetwegen.«

»Es geht nicht um das, was ich tun *werde,* sondern um das, was ich gerne tun *würde*. Ich werde noch verrückt vor Lust auf dich.«

Jura konnte Wolodjas Furcht nicht ernst nehmen. Immerhin saß er auf dem Boden und hatte Jura auf dem Schoß.

»Was genau würdest du denn gerne tun?«

»Das ist nicht wichtig. Es wird nicht passieren.«

»Und ob das wichtig ist. Komm, sag schon.«

»Ich möchte und werde dir nicht schaden.«

»Was würdest du denn gern machen?« Jura fuhr mit der Hand unter Wolodjas Hemd.

»Lass das!« Wolodja schob die Hand weg, schob ihn von sich runter, kniete sich hin und vergrub das Gesicht in den Händen. Jura war so glücklich, dass er sich weigerte, Wolodjas Ablehnung hinzunehmen. Als er jedoch sah, dass Wolodja kurz davor war, in Tränen auszubrechen, nahm er sich zusammen und versuchte zwischen dessen gespreizten Fingern hindurch in seine Augen zu blicken.

»Warum hast du so viel Angst?« Er streichelte ihm durch die Haare.

Wolodja schüttelte ihn ab. »Verstehst du das denn nicht? Begreifst du denn nicht, was das für Konsequenzen haben kann? Du bist nicht so verdorben wie ich. Für dich gibt es noch Hoffnung.« Wolodja nahm die Hände vom Gesicht und blickte Jura eindringlich in die Augen. »Versprich mir bitte hoch und heilig, dass ich der Letzte sein werde, für den du so empfindest. Versprich mir, dass du, sobald du wieder zu Hause bist, dich in eine wunderschöne Musikerin verliebst. Ich möchte nicht, dass du so wirst wie ich. Du kannst dir gar nicht vorstellen, wie schlimm und beängstigend das ist.«

»Warum hasst du dich nur so sehr?«, fragte Jura entgeistert.

»Hörst du mir denn gar nicht zu? Ich bin ein kranker Mensch – eine Missgeburt.«

Jura war kurz davor, ihm eine Ohrfeige zu verpassen, damit er endlich zu sich kommen und aufhören würde, sich fertigzumachen. Doch er kannte das ja von sich selbst, lange genug hatte er sich wegen der nicht bestandenen Prüfung gegeißelt. Ein unerhörter Gedanke kam ihm. »Was, wenn sich alle anderen irren?«

»Blödsinn. Es kann doch nicht sein, dass so viele Menschen falschliegen.«

»Und warum nicht? Ich sehe dich so, wie du bist. Ich kenne dich. Vielleicht bin ich krank oder verrückt, aber du ganz sicher nicht. Du bist der Beste, ein durch und durch guter Mensch – klug und aufrichtig. Ich mag verdorben und schuldbeladen sein, aber doch nicht du! Außerdem bin ich ohnehin daran gewöhnt, für alles verantwortlich gemacht zu werden. Da kommt es auf das hier auch nicht mehr an.«

»Du redest Unsinn.«

Es tat weh, Wolodja so niedergeschlagen zu sehen. Jura fand beängstigend, was er sich antun wollte. Er setzte sich neben ihn und legte seinen Kopf auf Wolodjas Schulter.

»Und was wäre, wenn ich dir sagen würde, dass auch ich dich liebe?«

»Sag das lieber nicht.«

»Zu spät. Ich liebe dich.«

»Dann vergiss es wieder.«

»Ich habe dir gerade meine intimsten Gefühle gestanden. Freust du dich denn gar nicht?«, fragte Jura entrüstet. Wolodja schwieg. Doch als Jura das kleine Lächeln in seinem Gesicht bemerkte, fuhr er fort: »Dann sage ich dir noch etwas. Auch ich habe meine Zweifel und verstehe vieles nicht, aber eins weiß ich ganz sicher: Wenn wir das mit uns jetzt beenden, werde ich das mein Leben lang bereuen.«

»Nein, jetzt bist du stur, aber schon bald wirst du zur Vernunft kommen und erkennen, dass es, hier zu beenden, das einzig Richtige ist. Immerhin habe ich mehr Erfahrung als du und weiß, wovon ich rede.«

»Du hast mehr Erfahrung? Dann klär mich mal auf. Die ganze Zeit belehrst du mich, sagst aber nicht, was Sache ist – *Konew ist noch zu dumm ... Aber irgendwann wird er klüger sein und es schon verstehen ...*«, äffte Jura ihn nach.

»So meine ich das nicht. Im Gegenteil: Du verstehst mich besser als jeder andere.«

»Dann erzähl mir endlich diese alte und langweilige Geschichte. Was ist dir passiert?«

Wolodja seufzte verzweifelt. »Du bist nicht der Erste, für den ich so empfinde. Der Erste war mein Cousin ...« Wolodja blickte Jura aufmerksam an und wartete auf seine Reaktion, doch dieser nickte nur und sagte: »Nun erzähl schon! Schlimmer kann's nicht werden.«

»Da wäre ich mir nicht so sicher. Aber wie dem auch sei ... Mein Cousin ist zum Studium nach Moskau gekommen. Wir hatten uns viele Jahre nicht gesehen, und ich hatte vollkommen vergessen, wie er aussah. Und plötzlich stand er vor mir: groß und wunderbar. Ich kann es nicht in Worte fassen ... Er ist älter als ich, und ich habe ihm immer nachgeeifert und wollte so sein wie er. Und als ich ihn nun wiedersah, konnte ich es nicht fassen – er war noch beeindruckender als zuvor schon. Einfach in jeder Hinsicht schien er mir gut und bedeutend zu sein. Ich war nicht ich selbst, wenn ich in seiner Nähe war. Und plötzlich kamen diese Gefühle auf. Und nicht für irgendjemanden, sondern für meinen Cousin.« Er drehte sich in Richtung des Fensters, blickte hinaus in die Schwärze und flüsterte: »Verstehst du jetzt, wie ekelhaft ich bin? So abscheulich, dass ich auch vor meinem Cousin nicht haltmache – meinem Blutsverwandten, dem Sohn meines Onkels. Wir haben sogar denselben Namen.«

»Hast du ihm davon erzählt?«, fragte Jura.

»Nein, natürlich nicht. Noch nie zuvor hatte ich solche Angst. Und wahrscheinlich werde ich auch nie wieder so viel Angst haben – denn das würde ich schlichtweg nicht noch mal überleben. Es ging sogar so weit, dass ich mich am Morgen im Spiegel ansah und allen Ernstes nicht verstanden habe, warum ich noch immer keine weißen Haare hatte. Ich hatte Angst vor mir selbst und vor anderen Jungs, fürchtete, sie könnten diese abscheuliche Seite in mir möglicherweise wecken. Irgendwann hatte ich vor allen Menschen Angst. Ich war nicht immer so zurückhaltend. Eigentlich mag ich Menschen, meide sie aber, weil ich Angst vor ihnen habe – davor, dass sie es herausfinden könnten.«

Jura wusste nicht, was er sagen sollte. Er zog Wolodja vom Fenster weg, schloss ihn in seine Arme, drückte ihn fest an sich und strich ihm über die Schulter. Hinter den beschlagenen Fenstern regnete es noch immer. Es war schon tief in der Nacht, doch der Regen wollte nicht aufhören. Wolodjas Atem ging gleichmäßiger, und er schien zur Ruhe gekommen zu sein. Jura legte seine linke Hand auf Wolodjas Bauch, der sich unter dessen Atemzügen hob und senkte.

»Ich verbiete dir, mich da zu berühren«, sagte Wolodja in sein Ohr.

»Und ich verbiete dir, deine Hände über kochend heißes Wasser zu halten.«

»Gerade geht es aber nicht um meine, sondern um deine Hände«, erwiderte Wolodja, schob Juras Hand aber nicht weg.

»Morgen ist das große Lagerfeuer.« Jura streichelte sanft Wolodjas Bauch. »Weißt du, was das bedeutet? Ich sag's dir: Das bedeutet, dass wir uns morgen das letzte Mal sehen. Vielleicht sogar das letzte Mal in unserem Leben.«

Wolodja erwiderte nichts, blickte nur böse auf die Hand auf seinem Bauch.

»In Ordnung, dann nehme ich meine Hand halt weg. Aber weißt du was? Ich werde in der *Schwalbe* viel zurücklassen, wenn ich abreise – beinahe die Hälfte meiner selbst. Und ich bin mir sicher, dass ich, wenn ich wieder zu Hause bin, am meisten bereuen werde, dass ich meine Hand weggenommen habe. Und wehe, du sagst jetzt, dass es so besser für mich ist und dass ich dir noch dankbar sein werde. Das glaubst du doch selbst nicht.«

»Natürlich glaube ich das nicht«, zischte Wolodja. »Der morgige Tag, von dem du sprichst, hat ja längst angefangen. Das Lagerfeuer ist heute Abend. Heute geht alles zu Ende. Und sobald wir getrennte Wege gehen, werde ich vor Sehnsucht verkümmern.« Er holte stockend Luft. »Aber du musst mich verstehen ... Ich bin vollkommen durcheinander und habe all diese Zweifel und die Zerrissenheit so was von satt. Ich muss mich dringend behandeln lassen. Doch jedes Mal, wenn ich mich dazu entschließe, mache ich genau das Gegenteil. Ich will nicht, dass das, was wir haben, endet. Doch dann denke ich an deine Zukunft und habe wieder Angst. Denn ich möchte nicht, dass dir das Gleiche widerfährt wie mir ...«

»Das ist doch längst passiert«, unterbrach Jura ihn. »Ganz anders als in deinem Fall, aber dennoch. Ich habe dir das schon hundertmal gesagt, und mir gehen langsam, aber sicher die Worte aus. Dank dir spiele ich wieder Klavier. Die Musik ist endlich wieder Teil meines

Lebens, und das habe ich nur dir zu verdanken. Dank dir fühle ich wieder und empfinde Freude, und das bedeutet, dass du ganz sicher kein schlechter Mensch bist. Und heute muss nicht alles zu Ende sein, wenn du das nicht willst. Immerhin sind wir nicht verwandt. Das zwischen uns ist etwas anderes. Ich verstehe und liebe dich. Lass es uns doch versuchen. In erster Linie sind wir Freunde, und ich werde dich niemals verraten oder verlassen. Ich werde dir schreiben und dich unterstützen.«

»Ich werde dir auch schreiben«, sagte Wolodja mit einem Lächeln auf den Lippen. »Ich werde keinen einzigen Brief verpassen und dir zweimal in der Woche oder noch häufiger schreiben.«

»Siehst du, jetzt wird das hier endlich eine konstruktive Unterhaltung.« Jura rieb sich die kalten Arme. »Ach, übrigens«, sagte er. »Tschaikowski hat in seinem Tagebuch doch hoffentlich nicht geschrieben, dass man die Päderasten ausrotten soll?«

»Nein, immerhin war er ja selbst einer. Damals landete man deswegen nicht im Gefängnis, doch er hatte schon mit seiner Umwelt zu kämpfen. Er schrieb ...«

»Na siehst du, Tschaikowski auch«, unterbrach ihn Jura, um Wolodja daran zu hindern, von Neuem von Leid zu erzählen. »Und er hat deshalb keine Kriege angezettelt. Im Gegenteil – er war voller Gefühl und ein Genie.« Er bekam den Satz kaum heraus, so sehr klapperten ihm vor Kälte die Zähne.

Wolodja zog seine Jacke aus, um sie Jura, der nur eine kurze Hose trug, um die Beine zu legen, und begann, mit seinen warmen Händen über Juras kalte Beine zu streicheln, Jura genoss, wie sich die Wärme in seinem Körper ausbreitete – und nicht irgendeine Wärme, sondern

Wolodjas. Er schloss die Augen und bemerkte gar nicht, wie Wolodja sich zu ihm hinbeugte, spürte dann umso mehr den brennend heißen Kuss auf seinem eiskalten Knie.

Jura erstarrte, wagte nicht, sich zu bewegen. Wolodja atmete mit offenem Mund aus, wodurch er Juras Haut nun endgültig zum Glühen brachte, und küsste auch sein anderes Knie.

Jura konnte sich nicht mehr zurückhalten. Er legte seine Hände auf Wolodjas Schultern, zog ihn zu sich her und sagte: »Küss mich. Aber richtig. Erwachsen. Wie im Boot, als wir uns vor Mascha versteckt haben.«

»Ich glaube nicht, dass … Auch ohne deine Küsse bin ich so erregt, dass ich die halbe Nacht nicht schlafen kann. Ich will dich nicht berühren und es dann bereuen.«

»Ich will aber. Außerdem bist du derjenige, der hier gerade meine Knie küsst …«

Wolodja schüttelte schuldbewusst den Kopf: »Du hast recht, entschuldige. Oh Gott, ich verführe selbst das unschuldigste Geschöpf.«

»Hör auf damit«, sagte Jura scharf. »Du nimmst andauernd Verantwortung und Schuld auf dich, die nicht einmal existieren. Ist das, was wir tun, etwa schlecht? Schadet es jemandem?«

»Nein, aber Mascha kann uns auffliegen lassen.«

»Mascha? Sie weiß doch gar nicht, wo wir gerade sind, sondern schläft tief und fest in der Baracke. Und außerdem möchte ich mir von ihr nicht unseren letzten gemeinsamen Tag verderben lassen. Was, wenn wir uns nie wiedersehen?«

»Ich glaube trotzdem nicht, dass das eine gute Idee ist.« Wolodja drückte Juras Kopf an seine Schulter und streichelte seine Wange. »Immerhin bin ich für dich verantwortlich.«

»Hör auf, mich die ganze Zeit wie ein Kind zu behandeln.«

»In Ordnung. Aber lass uns den Kuss trotzdem verschieben. Nach dem Boot konnte ich ewig nicht einschlafen. Außerdem müssen wir morgen früh raus und sitzen hier ohnehin schon viel zu lange.«

»Aber es ist doch schon morgen.« Jura lächelte.

Sie umarmten sich wieder, und Jura, der gar nicht mehr fror, nutzte die Gelegenheit und nahm Wolodja die Brille ab. Wolodja protestierte nicht, sondern legte Juras Hand auf seinen Hinterkopf und forderte ihn auf diese Weise auf, ihn zu streicheln, was Jura nur zu gern tat.

Der Regen schien nachzulassen. Langsam kündigte sich die Morgendämmerung an, Zeit, zu gehen. Es fiel ihnen nicht leicht, ihre Umarmung zu lösen. Sie verabschiedeten sich mit unzähligen Küssen – doch solche wie im Boot waren es nicht.

Obwohl das sicher keine gute Idee war, verließen sie die Baustelle gemeinsam, aber an der Wegkreuzung zum Appellplatz fiel Wolodja ein, dass er vergessen hatte, die Zeitungen vom Boden aufzusammeln und wegzuwerfen, um ihre Spuren zu verwischen. Also schüttelte er Jura linkisch die Hand und lief zur Baustelle zurück.

Jura war wütend auf ihn, weil er ihn nicht richtig geküsst hatte, weil er ihm verboten hatte, seinen Bauch zu liebkosen, weil er … So vieles machte ihn wütend. Oder besser gesagt – alles.

Und als er durch die Pfützen zu seiner Baracke stapfte, kam ihm eine Idee. Er ging zurück zu der Stelle, wo sie sich getrennt hatten, blickte sich um, vergewisserte sich, dass ihn niemand beobachtete, und zog die Kreide aus der Tasche, überlegte, was er schreiben sollte. Vielleicht ihre Initialen und die Jahreszahl, wie er es im Liebespavillon gesehen hatte? Nein, das war viel zu riskant. Natürlich konnte sich hinter einem *W* auch ein Witja, ein Walera oder eine Walja verbergen und mit dem *J* nicht Jura, sondern Julia gemeint sein. Doch der leichte Regen würde die Kreidebuchstaben ganz sicher nicht rechtzeitig verwischen. Und wenn Mascha auf diese Weise von ihrem nächtlichen Ausflug erführe, hätten sie ein riesiges Problem. Nein, er durfte auf gar keinen Fall beide Buchstaben schreiben. Und warum auch? Das langweilige *J* hatte Jura noch nie gefallen, doch das *W* war ein ganz besonderer Buchstabe.

Er beugte sich vor und begann damit, den schönsten Buchstaben der Welt schwungvoll auf die Pflastersteine zu malen. Als er ihn nachzeichnete, begriff er, dass der Buchstabe allein für seine kleine Rebellion nicht ausreichte. Er wollte einem Gefühl Ausdruck verleihen, das er bis zu dieser Nacht nicht einmal in seinen Gedanken als *Liebe* zu bezeichnen gewagt hatte. Doch es war genau das – Liebe. Das war Jura nun klar geworden.

Er liebte diesen Buchstaben, liebte diesen Namen, liebte den Menschen dahinter und umrandete das *W* liebevoll mit einem großen, breiten Herzen. Früher hätte er so was lächerlich gefunden, albern und kitschig. Doch das war früher – bevor er seinem W begegnet war.

Plötzlich waren auf dem Pfad Schritte zu hören. Jura erkannte sofort, wer es war – Wolodja war so schnell fertig geworden, dass Jura das Herz noch nicht vollendet hatte. Hastig zeichnete er eine schräge Linie nach unten und wollte sie mit der anderen verbinden, doch bekam nur eine scharfe Ecke hin. Seine kleine Rebellion war ihm plötzlich peinlich, und er fragte sich, was Wolodja wohl denken würde, wenn er das »Kunstwerk« entdeckte. Vielleicht würde er Jura wieder einmal auffordern, erwachsen zu werden.

Um nicht auf frischer Tat ertappt zu werden, huschte er ins Gebüsch, nachdem er, ohne hinzusehen, einen letzten Strich gezeichnet und das Herz damit endgültig ruiniert und in einen Apfel verwandelt hatte.

Wolodja bemerkte den Buchstaben, blieb stehen, schüttelte den Kopf und zuckte mit den Schultern. Brachte ihn die Zeichnung etwa zum Lachen? Jedenfalls verharrte er ewig über dem Buchstaben und betrachtete ihn von allen Seiten, als wolle er sich jeden Strich und jedes Detail einprägen. Jura war im regennassen Gebüsch klitschnass geworden, doch das machte ihm nichts aus – schließlich beobachtete er seinen geliebten Wolodja dabei, wie dieser sich über das schiefe, misslungene Herz beugte.

Plötzlich hob Wolodja den Fuß, und Jura dachte, dass er seine Zeichnung zerstören würde. Doch er hatte nicht vor, sie zu verwischen oder draufzutreten, sondern ging drum herum, durchs nasse Gras.

KAPITEL 16

Die Aufführung

Der Morgen der Theateraufführung, der mit dem letzten Tag des zweiten Lagerdurchgangs in der *Schwalbe* im Jahr 1986 zusammenfiel, war bewölkt und düster. Der Nordwind trieb schwere graue Wolken vor sich her, die ausgerechnet über dem Lager hängen blieben und sich jeden Moment zu entladen drohten.

Doch Jura hatte keine Zeit, sich mit dem Wetter zu beschäftigen. Ebenso so wenig wie Wolodja und der Rest der Theaterbrigade. Und obwohl auch für Traurigkeit keine Zeit war, drängten sich Jura, wie konnte es nach dem nächtlichen Gespräch auch anders sein, immer wieder traurige Gedanken auf.

Jura hatte noch viel vor sich: Er musste die Kulissen fertig malen, sie auf der Bühne verteilen, die kleinen Schauspieler betreuen, Aljoscha Matwejew erklären, welche Requisiten wann wohin mussten, und mit ein paar Jungs die Stühle aus dem Speise- in den Theatersaal tragen, damit auch wirklich alle Zuschauer Platz finden würden. Zwischen all diesen Aufgaben durfte er nicht vergessen, seinen Text durchzugehen, seinen Auftritt zu proben und das *Wiegenlied* zu wiederholen, das er inzwischen selbst mit geschlossenen Augen wieder spielen konnte.

Zu allem Überfluss tauchte an diesem Morgen Olga

Leonidowna bei der Probe auf. Nach ihrem Besuch verkündete Wolodja niedergeschlagen, dass Jura die Aufführung beaufsichtigen würde, da er selbst als Regisseur neben dem Lagerleiter im Zuschauersaal zu sitzen habe. Immerhin sei das Theaterstück, so habe Olga Leonidowna gesagt, ein Projekt der Pioniere.

Die neue Rolle nahm Jura gelassen hin. Er kannte das Stück in- und auswendig und war ohnehin schon Beleuchter und Souffleur. Die Aufführung im Ganzen zu überblicken, würde kein Problem für ihn sein. Sich von seinen traurigen Gedanken mithilfe von Arbeit abzulenken, bewährte sich, also tat er es. Doch immer wieder drangen Fetzen aus seinen Gesprächen mit Wolodja zu ihm durch und ließen ihn innehalten.

Ich habe viel über uns nachgedacht und natürlich darüber, wie ich mit meiner Perversion umgehen soll. Jura krampfte sich das Herz zusammen. Er, Aljoscha und Mischa waren gerade dabei, die Kulissen für die erste Szene hinter der Bühne hervorzuholen. Er blieb stehen, blickte zur Bühne, auf der Wolodja Wanja, der einen deutschen Soldaten spielte, gut zuredete.

Und als Jura und Mitja überprüften, ob sich der Vorhang auch wirklich einwandfrei auf- und zuziehen ließ, hatte er Wolodjas Worte im Ohr: *Ich habe vorsichtig in Erfahrung gebracht, wie eine solche Behandlung abläuft. Das ist überhaupt nicht schlimm.* Jura sog die staubige Theaterluft ein und dachte daran, wie Wolodja und er sich zum ersten Mal geküsst hatten – eingehüllt in exakt diesen Vorhang. Er erschauderte bei dem Gedanken daran, dass irgendwelche Ärzte diese Erinnerungen möglicherweise schon sehr bald aus Wolodjas Kopf ausmerzen würden.

Du bist nicht der Erste, für den ich so empfinde. Wie er

wohl war – dieser andere Wolodja? Seine erste Liebe … Einerseits war er froh, dass er nicht der Erste war, für den Wolodja so empfand. Andererseits würde sich Wolodja möglicherweise nicht für ein Ungeheuer halten, hätte er sich nicht ausgerechnet in seinen Cousin verliebt.

Eigentlich müsste ich mich in ein Mädchen so verlieben, wie ich mich in dich verliebt habe, hatte er gesagt. Jura saß am Klavier und wiederholte das unendlich traurige *Wiegenlied,* doch wenn er an Wolodjas Worte dachte, schnellten seine Mundwinkel für einen flüchtigen Augenblick nach oben. Er wollte auf der Stelle zu ihm laufen, ihn umarmen und ihm versichern, dass er sich in den Richtigen verliebt hatte und er ihn nie wieder loslassen würde.

Nach dem Frühstück ging er in den Speisesaal, um die Stühle für die Theateraufführung zu holen. In der Küche klirrte und schepperte es. *Ich möchte und werde dir nicht schaden.* Unwillkürlich sah er Wolodjas Hände über dem kochend heißen Wasserbottich. Damals hatte Jura nicht verstanden, warum Wolodja das getan hatte, doch jetzt fügte sich alles zu einem stimmigen Bild: Es war eine Strafe. Er fügte sich Schmerzen zu, um sich zu bestrafen. Aber wofür? Waren diese schönen, beflügelnden Gefühle tatsächlich etwas, was nicht sein durfte?

Jura fand sein Begehren ganz und gar nicht verwerflich – im Gegenteil. Es war ein Ausdruck seiner Liebe, doch Wolodja schien es für einen Ausdruck seiner Verdorbenheit zu halten. Wie hatte er es noch formuliert? Dass er Angst habe, Jura zu verderben und zu beschmutzen? Aber warum hatte er das ganz allein entschieden? Warum hatte er Jura nicht gefragt, wie er darüber dachte? Warum wollte er alle Schuld auf sich nehmen?

Das hätte er wohl gerne. Jura biss die Zähne zusammen.

Als ob ich nicht meine eigenen Entscheidungen treffen kann. Als ob ich nicht unterscheiden kann, was gut und was schlecht ist. Wolodja kann sagen, was er will – diese Gefühle sind das Beste, was mir je passiert ist. Und sie verderben ganz sicher nichts und niemanden.

Doch an diesem Morgen fanden sie keine Gelegenheit, sich auszusprechen. Ihnen blieb nur, einander aufmunternde Blicke zuzuwerfen und sich Anweisungen bezüglich des Theaterstücks zuzuschreien. Erst kurz vor Beginn der Aufführung, als Jura sich in der Garderobe umzog, kamen sie sich endlich näher.

Jura hatte ein Déjà-vu: Er stand vor dem Spiegel und versuchte, sich mit zittrigen Händen sein Halstuch umzubinden. Wolodja trat von hinten an ihn heran, drehte ihn zu sich um und half ihm. Doch anders als in der Baracke damals wimmelte es in der Garderobe nur so von Menschen. Jura blickte sich erschrocken nach Mascha um, doch sie war nirgends zu sehen. Und was war auch schon dabei – immerhin half ihm Wolodja lediglich dabei, sein Halstuch umzubinden.

»Ich freue mich schon sehr auf dein *Wiegenlied*«, sagte Wolodja leise und fügte noch leiser hinzu: »Das ist das Einzige, worauf ich mich heute freue.«

Jura blickte in seine traurigen Augen. »Ich werde nur für dich spielen. Versprich mir, dass du mich die ganze Zeit anschauen wirst.«

Wolodja nickte: »Versprochen.« Er zupfte die Enden des Halstuchs zurecht und drehte sich zu den Schauspielern um. »Nur zur Erinnerung: Ich werde heute leider nicht bei euch hinter der Bühne sein. Hört auf Jura, er hat heute das Sagen.«

Die Schauspielbrigade nickte. Kaum war Wolodja verschwunden, rannte Oleschka, der Wolodjas Ansprache wohl als Aufforderung verstanden hatte, auf Jura zu und fragte im Flüsterton: »Jura, stimmt es, dass man kein Pionier werden kann, wenn man das R nicht sprechen kann?«

»Nein, wer hat dir denn solchen Unsinn erzählt?«, fragte Jura aufgebracht.

»Na ja … Ich habe das schon häufig gehört.«

»Ob du das R rollst oder nicht, ist vollkommen egal. Selbst Großväterchen Lenin konnte es nicht. Und Lenin war nicht nur Pionier, sondern gleich auch noch Führer des Weltproletariats. Also werden sie dich bei den Pionieren ganz sicher aufnehmen. Lass dir von niemandem was einreden …«

»Von dir auch nicht?« Oleschka lächelte verschmitzt.

Als Jura die Augen verdrehte und etwas erwidern wollte, war der Knirps schon über alle Berge.

Kurz vor dreizehn Uhr war der Saal dermaßen überfüllt, dass auch die zusätzlichen Stühle aus dem Speisesaal nicht gereicht hatten und einige Zuschauer im Gang saßen. Als das Saallicht gedämmt wurde, kehrte Ruhe ein, Wolodja betrat die Vorbühne und hielt als Regisseur eine kleine Rede: »Sehr geehrtes Publikum, heute werden wir ein Theaterstück aufführen, das dem Jubiläum unseres geliebten Pionierlagers gewidmet ist …«

Jura hatte diesen Monolog bei den Proben schon gehört, also zog er es vor, den Schauspielern bei ihren Vorbereitungen für die erste Szene zu helfen.

Und als Wolodja seine Ansprache beendet hatte, übergab er Erzählerin Polina das Wort, die seinen Platz auf der Vorbühne einnahm und deklamierte:

»In den schweren Jahren des Krieges
Rettete das Sowjetvolk Mütterchen Erde.
Doch trotz seines Sieges klaffen die Narben
noch immer, auf dass nie vergessen werde.«

Lagerfunk-Mitja, der für den Vorhang verantwortlich war, hatte sich bereits seine Handschuhe übergezogen und sich in Stellung gebracht. Mit beiden Händen am Seil flüsterte er Jura aufgeregt zu: »Und? Nickst du, wenn es losgehen kann?«

»Brauchst du auch wirklich keine Hilfe?« Jura war sich nicht sicher, ob Mitja allein zurechtkommen würde. Schließlich musste er den Vorhang an die dreißig Mal auf- und zuziehen, da die Handlung viele Ortswechsel vorsah. Weil es nicht möglich war, das Bühnenbild jedes Mal vollständig zu wechseln, wurde die Bühne in zwei Hälften aufgeteilt, eine würde immer vom Vorhang verdeckt sein, eine offen. Auf der linken Bühnenhälfte wurden Szenen aufgeführt, die in Innenräumen spielten, während die rechte Bühnenhälfte für Außenszenen vorgesehen war.

Doch Mitja war entschlossener denn je: »Ich schaffe das schon«, versicherte er und schielte zu Uljana, die sich gerade für ihren Auftritt fertig machte. Jura hoffte das Beste, machte sich aber dennoch Sorgen.

Die Jungen Rächer hatten in der Zwischenzeit ihre Positionen eingenommen und warteten nur darauf, dass der Vorhang aufging. Gleich war es so weit. Polina deklamierte die letzte Strophe ihres Gedichts.

»Wir siegen und bauen in friedlicher Zeit.
Doch das Vaterland kennt noch die Jahre des Kampfes.

Pionierhelden – euch ist unser Schaffen geweiht.
Für euch, Kameraden, sind wir immer bereit.«

Jura atmete tief durch und versuchte, sich zu beruhigen. Dann nickte er Mitja zu. Das Bühnenseil knarrte, der Vorhang ruckelte zur Seite und offenbarte die linke Bühnenhälfte. In der ersten Szene fuhren Sina Portnowa und ihre neunjährige Schwester Galja in den Sommerferien zu ihrer Großmutter aufs Dorf und erfuhren bei der Ankunft vom Kriegsausbruch. Polina erzählte den Zuschauern derweil von der Vorbühne aus, dass das Dorf kurz darauf besetzt wurde und Sina Frusa Senkowa – gespielt von Uljana – kennenlernte und sich den Jungen Rächern anschloss.

Die linke Bühnenhälfte war farbenfroh gestaltet: Im Hintergrund waren die Umrisse eines Holzhauses zu sehen, in dem sowjetische Widerstandspropaganda an den Wänden hing und auf dem Boden Taschen und Koffer verteilt waren. Sogar Geschirr stand auf dem Tisch. Mascha hatte ihre Haare über ihre Wangen frisiert, die nach der Zahnpastaabreibung vom Vorabend noch immer gerötet waren, und spielte die *Mondscheinsonate,* während sich die Jungen Rächer um einen Tisch, auf dem eine Karte ausgebreitet war, versammelten und ihre nächste Aktion gegen die Besatzer planten.

Bisher waren alle Repliken fehlerfrei gekommen, doch Jura las für alle Fälle aufmerksam mit und war bereit, jederzeit zu soufflieren.

»Sina«, sagte Frusa Senkowa, die Anführerin der Jungen Rächer: »Du arbeitest schon seit geraumer Zeit in der Offiziersmesse. Nun ist es an der Zeit für deine erste Mission.«

Frusa Senkowa reichte ihr eine Parfümflasche – vielleicht weil Gift in früheren Zeiten in Phiolen aufbewahrt wurde – und sagte: »Das ist Rattengift. Du musst es dem Essen beimischen.«

»Wird gemacht«, antwortete Sina Portnowa entschlossen.

»Sehr gut. Dann zum nächsten Punkt: Es wurde ein Waffenversteck entdeckt. Ilja, wie viele Waffen haben wir?«

»Ich …« Ilja Esawitow – Oleschka – sprang auf und stammelte: »Ich … Ich …«

»Wir haben …«, flüsterte Jura hinter dem Vorhang hervor und half ihm auf die Sprünge.

»Wir haben fünf Gewehre, ein Maxim-Maschinengewehr, Magazine und ein halbes Dutzend Granaten.«

Die Klaviermusik verstummte, und das Rattern eines Zuges wurde eingespielt, woraufhin Nikolai Aleksejew, ein Untergrundkämpfer, der an der Bahnstation arbeitete, in die Hütte stürzte und rief: »Leute, seit mehreren Tagen passieren mit Heuballen beladene Waggons die Bahnstation. Das ist verdächtig. Aus dem Schornstein der Dampflokomotive fliegen andauernd Funken, und die Heuballen können leicht in Flammen aufgehen. Irgendwas stimmt da nicht, deshalb bin ich nachsehen gegangen.« Die Jungen Rächer nickten. »Ich habe entdeckt, dass unter dem Heu Panzer versteckt sind …«

Im Grunde lief es gut – nur dass Nikolai Aleksejew, das heißt Pascha aus Juras Gruppe, weder überrascht noch alarmiert klang und seine Antworten bloß herunterleierte. Jura schnaufte verärgert, während die Jungen Rächer den Partisanen über Funk von den Panzern berichteten und ein Treffen für den übernächsten Tag vereinbarten, um ihnen die erbeuteten Waffen zu übergeben. Der Vorhang schloss sich.

»Leute, warum so träge? Konzentriert euch. Wir dürfen Wolodja nicht enttäuschen«, zischte Jura, als die Schauspieler wieder hinter der Bühne versammelt waren.

»Wir geben unser Bestes«, sagte Uljana. »Aber du nörgelst nur rum, statt uns zu loben. Das ist wirklich …«

»Euch Honig ums Maul zu schmieren, hab ich jetzt keine Zeit. Du musst auf die andere Bühnenhälfte.«

Die Waldkulisse war bereits aufgebaut. An der Bühnenrückwand waren große Stellwände mit gemalten Tannen, einer Bahnstation mit Häuschen und Dienstglocke des Stationsvorstehers aufgebaut. Die Jungen Rächer schlichen sich vorsichtig heran, blickten sich um und steuerten auf ihr Geheimversteck, einen hohlen Baumstamm, zu, um dort die Waffen für die Partisanen zu hinterlegen. Doch es gab gar kein Geheimversteck. Hatte Aljoscha etwa vergessen, den Baumstamm auf die Bühne zu schaffen? Verwunderlich wäre es nicht, so war er eben.

Das hat Segelohr-Matwejew wirklich gut hinbekommen. Erst will er unbedingt helfen, und dann versaut er's, fluchte Jura in sich hinein, fuchtelte mit den Armen und gab den Jungen Rächern zu verstehen, dass sie die Waffen hinter dem Klavier verstecken sollten. Und das taten sie auch.

Auf der vor dem Publikum verborgenen Hüttenseite der Bühne herrschte indessen rege Geschäftigkeit. Die Schauspieler bereiteten sich auf die Szene vor, in der Sina die Nazis in der Offiziersmesse vergiften würde, rückten den Tisch zurecht, legten eine weiße Tischdecke darauf und nahmen die Plakate von der Wand.

Die Waldszene war kurz und bestand lediglich aus drei

Repliken – also ging es gleich weiter. Und nun würde der kleine Sascha, der den ersten getöteten deutschen Offizier spielte, seinen großen Auftritt haben.

Mitja zog am Vorhangseil und gab den Blick auf die Offiziersmesse frei. Die deutschen Militärs saßen am Tisch, während Sina im Vordergrund das Gift unauffällig-auffällig in den Suppentopf schüttete und damit begann, die Suppe auf die Teller zu verteilen. Und während Mascha die *Internationale* spielte, sanken die Offiziere einer nach dem anderen tot zu Boden.

Sina wurde augenblicklich ergriffen und begann zu schreien, dass sie nichts damit zu tun habe. Zum Beweis nahm auch sie einen Löffel Suppe und wurde bewusstlos. Da erschien eine Gruppe von Dorfbewohnern und trug Sina Portnowa zu einem Haus, einer Verandakulisse ohne Tür, die rechtzeitig auf der Vorbühne aufgestellt worden war. Schon eilten ihre Großmutter und ihre Schwester herbei, um sich ihrer anzunehmen.

Die Szene verlief so weit reibungslos. Jura gefiel das Schauspiel der Mädchen. Sascha dagegen hatte es mit dem Sterben dermaßen übertrieben, hatte herumgeschrien und -gezappelt, dass er das Publikum zum Kichern gebracht hatte.

»Bitte, halt dich ab jetzt ein bisschen zurück«, ermahnte Jura ihn. »Hör wenigstens auf, so laut zu schreien.«

Doch Sascha war viel zu aufgeregt, um viel mitzukriegen, sondern zappelte mit hochrotem Kopf hinter der Bühne herum. Uljana nutzte die Gelegenheit, Jura auszufragen: »Und? Wie findet das Publikum es?« Selbstgefällig fügte sie hinzu: »Ich spiele ja nun mal die Hauptrolle und habe keine Zeit, nachzusehen.«

Jura verdrehte die Augen – natürlich, die Hauptrolle.

»Die finden uns gut«, versicherte Sascha. »Olga Leonidowna und Pawel Alexandrowitsch scheinen zufrieden zu sein, aber Wolodja ist komisch. Als ob ihm das Stück vollkommen egal wäre.«

»Quatsch. Das glaub ich dir nicht«, sagte Uljana und lugte gemeinsam mit Sascha hinter dem Vorhang hervor. So gern er auch nachgeschaut hätte, Jura behielt die unbespielte Bühnenhälfte im Auge, die gerade für die nächste Szene vorbereitet wurde. Der Aufbau war simpel. Man musste lediglich einen Haufen Kohle aufschütten und die Zeichnung eines Wasserturms an der Rückwand befestigen. Und das war's auch schon. Die Walddekorationen konnten sogar stehen bleiben.

Uljana kehrte beleidigt zurück und zischte: »Konew, du sagst uns andauernd, dass wir Wolodja nicht enttäuschen sollen. Aber der guckt gar nicht auf die Bühne.«

»Das stimmt doch gar nicht«, widersprach Jura und war kurz verwirrt, denn er konnte sich beim besten Willen nicht vorstellen, dass Wolodja ihm nicht ganz fest beide Daumen drückte.

Als das Bühnenbild stand, hatte Jura eine Minute, um einen Blick in den Saal zu werfen. Uljana hatte recht – Wolodja schaute tatsächlich nicht zur Bühne, sondern nach unten, auf sein Notizbuch. Er runzelte konzentriert die Stirn, trommelte mit den Fingern auf den Armlehnen seines Sessels herum und schien furchtbar nervös zu sein. Jura wünschte, dass auch er im Zuschauersaal sitzen könnte, neben Wolodja. Doch er musste der Lagerleitung, Wolodja und auch sich selbst beweisen, dass er der Verantwortung gewachsen war, dass er selbstständig Entscheidungen treffen und das Geschehen koordinieren konnte.

Also kehrte Jura hinter die Bühne zurück, wo Uljana schon mit ihrem Text herumfuchtelte und ihn herausfordernd ansah: »Was habe ich dir gesagt?!«

Doch Jura widersprach: »Er ist total aufgeregt, deshalb kann er gar nicht die ganze Zeit auf die Bühne gucken, er würde sonst durchdrehen. Wenn wir das Stück in den Sand setzen, sind wir alle, auch Wolodja, einen Kopf kürzer. Das weißt du genauso gut wie ich. Also gebt euer Bestes!«

Erzählerin Polina war wieder an der Reihe: »1943: Die Rote Armee geht in die Offensive, während die deutsche Wehrmacht ihre Truppen über die Eisenbahnstrecke Witebsk-Polotsk an die Front verlegt. Tag und Nacht passieren feindliche Waggons die Bahnstation. Für ihre Dampflokomotiven brauchen die Nationalsozialisten Wasser. Die Rote Armee hat alle Wasserwerke zerstört, nur ein einziges in der gebirgigen Landschaft in der Nähe von Obol steht noch.«

Der Vorhang ging auf, und neben dem Wasserwerk stand ein deutscher Soldat – der kleine Ptschjolkin, in Uniform und mit einem Spielzeug-Automatikgewehr in den Händen.

Nina Asolina, ein Mädchen, das vorgab, den Deutschen treu ergeben zu sein, trat an ihn heran. Und als Ptschjolkin sie verjagen wollte und das Mädchen ihn daraufhin beschimpfte, kam Adjutant Müller, der Asolina den Hof machte, herbeigeeilt.

Müller wurde von Juras Gruppenkamerad Wanja gespielt. Er schimpfte Ptschjolkin laut auf Deutsch aus. »Entschuldige dich bei der Dame! Aber zackig!«

Asolina nutzte die Gelegenheit und schob eine Mine in den Kohleberg.

Polina fuhr mit ihrer Erzählung fort: »Drei Tage darauf explodierte das Wasserwerk. Der Wiederaufbau dauerte zwei Wochen. In dieser Zeit hatte die Wehrmacht keine Möglichkeit, weitere Truppen an die Front zu verlegen. Für die Explosion machten die Deutschen die Dorfbewohner verantwortlich, weshalb sie mehr Wachen aufstellten und mehr Straßenpatrouillen einrichteten.«

Es folgte Juras Lieblingsszene, die gleichzeitig aber auch besonders schwierig war. Die ganze Theaterbrigade hatte lange daran gefeilt.

Jura rannte zum Lichtpult und blickte zu Lagerfunk-Mitja, der die Vorhangseile fest im Griff hatte und ihn begeistert ansah.

Die nächste Szene war die letzte im ersten Akt, und Jura versuchte auszublenden, dass er sie mit dem *Wiegenlied* abschließen würde. Das wichtigste Ereignis des Tages stand in nur wenigen Minuten an, doch Jura fühlte sich noch nicht bereit.

Auf der linken Bühnenhälfte war die Hütte zu sehen – das Hauptquartier der Jungen Rächer. Daneben spielte Galja Portnowa, Sinas Schwester, im Sand.

»Hast du dir auch wirklich alles eingeprägt?«, fragte Sina sie eindringlich. »Wenn du einen Faschisten oder Wachmann siehst, singst du dein Lieblingslied ›Stand ein Birkenbaum am Feldrain‹, in Ordnung?«

Galja nickte, Sina ging in die Hütte, und das Partisanentreffen konnte beginnen. Als Erster ergriff Ilja Esawitow – Oleschka – das Wort: »Wir müssen weiterhin vorsichtig sein.«

Plötzlich sang Galja mit zarter Stimme: »*Stand ein Birkenbaum am Feldrain …*«

Drei deutsche Soldaten liefen über die Vorbühne und

verschwanden hinter dem Vorhang. Und nachdem Frusa Senkowa herausgekommen und sich versichert hatte, dass die Soldaten auch wirklich weg waren, kehrte sie an den Tisch zurück und begann damit, alle Objekte aufzuzählen, die sich in den Händen der Okkupanten befanden und zerstört werden mussten, darunter das Elektrizitätswerk, mehrere Lagerhäuser und örtliche Fabriken.

Als die Kampfparole ausgegeben worden war, zog Mitja, der mittlerweile Schweißperlen auf der Stirn hatte, den Vorhang auf. Die Dorfrequisiten waren rechtzeitig aufgestellt und um vier große Zeichnungen ergänzt worden: das Elektrizitätswerk, ein Ziegelwerk und eine Leinen- und Torffabrik. An den Aufstellern waren Seile befestigt, die in Mitjas Händen zusammenliefen. Jura legte seine rechte Hand auf das Lichtpult und bereitete sich darauf vor, dem Musikbeauftragten und Aljoscha das Kommando zu geben, während Erzählerin Polina auf der Vorderbühne die Szene einleitete: »Am dritten August versetzten die Jungen Rächer ihren Feinden den schwersten Schlag. Das Elektrizitätswerk ging Punkt achtzehn Uhr in die Luft.«

Juras Hand schnellte nach oben, und auf dieses Signal hin gab es einen lauten Knall, das Elektrizitätswerk wurde von einem roten Lichtstrahl erleuchtet und fiel in sich zusammen. Ein Raunen ging durch die Zuschauerreihen.

Polina fuhr fort: »Die Aktion wurde von Maria Lusgina ausgeführt.«

Katja, die Maria Lusgina spielte, trat vor.

»Fünfzehn Minuten später explodierte auch die Leinenfabrik samt Trocknungskammern, Lagerhallen und Maschinenraum.«

Jura gab das Signal – Explosion, rotes Licht, Einsturz der Anlage.

»Die Aktion wurde von Nikolai Alexejew durchgeführt.« Pascha trat vor.

Noch ein Kommando und noch eine Explosion, ein Lichtstrahl und ein Knall. »Nach nur einer Stunde ging das Ziegelwerk in die Luft. Die Aktion wurde von Ilja Esawitow ausgeführt.«

Oleschka trat nach vorne und hob stolz das Kinn.

Petlizyn konnte seinen Auftritt wohl nicht abwarten und sprang auf, noch bevor Polina ihn angekündigt hatte: »Nur fünf Minuten nach der Explosion des Ziegelwerks ging auch die Torffabrik in Flammen auf. Die Aktion wurde von Iljas Bruder Ewgeni Esawitow ausgeführt.«

Im Zuschauersaal waren Gemurmel und Rufe zu hören. Und als Wolodja bemerkte, dass Jura hinter dem Vorhang hervor zu ihm hinblickte, lächelte er und nickte ihm zu. Da hatten sie den Saal tatsächlich zum Mitfiebern gebracht. Der Knall, das Licht, die ernsten Gesichter der Rächer und dann auch noch Mascha, die stolz in die Tasten haute und die *Internationale* spielte.

»An diesem Tag wurde niemand gefangen genommen«, verkündete Polina. »Am zwölften August brannte eine Lagerhalle an der Bahnstation ab, und zehn Tonnen Getreide, die für die Nazitruppen bestimmt waren, gingen in Flammen auf. Kurz vor dem Brand hatte man Ilja Esawitow am Lagerhaus gesehen.« Erzählerin Polina verlas den abschließenden Satz des ersten Aktes: »Am sechsundzwanzigsten August verhaftete die Gestapo fast alle Jungen Rächer und ihre Familien. Sina entkam.«

»Gleich ist es so weit.« Jura stand neben dem Klavier, das vom Bühnenbild vor dem Publikum verborgen war, trug sein akkurat gebundenes Halstuch, ein weißes Hemd, eine graue Hose und Sportschuhe. Er zitterte vor Aufregung. Mascha war soeben vom Klavier aufgestanden und hatte ihm einen bösen Blick zugeworfen, doch das war ihm egal. Sein Herz schlug unkontrollierbar schnell, und seine Finger waren so taub, dass er sie nicht bewegen konnte. Jura wusste, dass Mitja im nächsten Augenblick die linke Bühnenhälfte schließen würde, die rechte mit dem Klavier würde ganz ihm gehören.

Jura schaute erneut hinter dem Vorhang hervor und ließ seinen Blick über die Zuschauerreihen schweifen. Wie viele Menschen doch gekommen waren … Er hatte das *Wiegenlied* schon unzählige Male der Theaterbrigade vorgespielt und hatte nie Angst gehabt.

Auch kurz vor dem Lagergeburtstag hatte er es auf der Bühne gespielt. Aber das war eine Probe gewesen. Kaum jemand hatte zugehört, und Stolperer waren kein Problem gewesen. Doch das hier war ein waschechtes Publikum.

Und als Jura nun in letzter Konsequenz klar wurde, dass er das *Wiegenlied* vor so vielen Menschen spielen würde, hatte er sofort die Prüferin mit ihrer Dauerwelle und der klobigen Brille vor Augen und hörte ihr Urteil – schwache Leistung und kein Talent. Und wenn er damals, nachdem er sich mehrere Monate darauf vorbereitet hatte, durchgefallen war … wie sollte er es dann jetzt schaffen?

Der Vorhang ging auf, und Jura wusste, *es ist Zeit*.

Er schnappte nach Luft und trat mit unsicheren Schritten ans Klavier.

Wie schön es auf der Bühne vor dem Lagergeburtstag

gewesen war. Die Köchin hatte mit den Töpfen geklappert, und die Sportbeauftragten waren in ihre Kreuzworträtsel vertieft gewesen. Doch vor allem hatte Wolodja hinter ihm gestanden und ihm die Augen zugehalten.

Jura stellte sich vor, dass Wolodja auch dieses Mal hinter ihm stand, lautlos kicherte – tatsächlich hatte er ihn noch nie kichern gehört – und ihm mit seinen warmen Händen die Augen zuhielt. Jura schloss die Augen.

Reiß dich zusammen. Du bist nicht bei einer Prüfung. Keine Dauerwelle weit und breit. Aber Wolodja ist da. Und dieses Stück spielst du einzig und allein für ihn.

Jura atmete tief ein. *Bitte, lass mich nicht aus den Augen. Du hast es versprochen,* flehte er lautlos und wusste, dass seine Bitte ihren Adressaten ganz sicher erreichen würde. Und endlich war es so weit: Sein Zittern ließ nach, und seine tauben Finger gehorchten ihm wieder.

Jura atmete aus.

Als er seine Fingerspitzen auf die Klaviertasten legte, löste sich alles um ihn herum auf: Das Gemurmel im Saal verstummte, und der Zuschauerraum lag im Dunkel. Er spürte nur einen einzigen Blick auf sich und musste sich nicht umdrehen, um zu wissen, wer ihn anschaute.

Die Musik durchströmte seinen Körper, drang in die verborgensten Tiefen seiner Seele ein, wühlte sie auf und holte alles an die Oberfläche: Traurigkeit, Sehnsucht, Angst und … Liebe. Jeden einzelnen Klang füllte er mit Gefühl und führte sie in einer Melodie zusammen, die sowohl beklemmend als auch zart und besänftigend war.

Jura ließ die Musik durch sich hindurchfließen, ließ sich vollends von ihr einnehmen. Sein Spiel sprach für ihn, offenbarte seine Gefühle ganz und gar, und er wusste, dass derjenige, an den diese Gefühle gerichtet waren, alles verstehen würde – wie sehr er ihn liebte, wie sehr er ihn vermissen würde, dass er ihn nicht verlieren wollte und wie unglaublich glücklich er war, ihn getroffen zu haben. Er versprach Wolodja, auf ihn zu warten und selbst dann noch Hoffnung zu haben, wenn es keine mehr gab.

Er hob die Hände von den Tasten und begriff erst in diesem Moment, dass das Stück zu Ende war. Der Applaus ließ ihn zusammenfahren, er wandte sich zu den Zuschauern um und versank augenblicklich in Wolodjas traurigen, aber zugleich von Glück erfüllten Augen.

Dann schloss sich der Vorhang, Polina trat auf die Vorbühne und verkündete eine fünfzehnminütige Pause.

Jura saß noch immer am Klavier. Sein Herz schlug so laut, dass er das Gefühl hatte, alle um ihn herum müssten es pochen hören. Hatte er es wirklich geschafft? Hatte er so gespielt, wie er sollte?

Die Antwort auf seine Fragen fand er in Maschas Augen. Neidisch musterte sie ihn und drehte sich sofort weg, als sie bemerkte, dass auch er sie ansah. Doch Mascha war ihm vollkommen egal. Er musste sich mit aller Kraft zurückhalten, um nicht vor lauter Glück laut loszuprusten. Er verzog sich in eine Ecke hinter dem Vorhang, um zu sich zu kommen.

Plötzlich packte ihn jemand am Arm und zog ihn zur Seite. Jura drehte sich um – es war Wolodja.

»Eh, was machst du da? Nicht dass uns jemand sieht.«

Doch der Gang hinter der Bühne war menschenleer. Die Schauspieler waren allesamt in der Garderobe und schnatterten aufgeregt durcheinander. Wolodja öffnete die Tür zu der kleinen Kammer, in der die Requisiten aufbewahrt wurden, schubste Jura hinein, schloss die Tür und nahm ihn fest in die Arme.

Jura stand wie angewurzelt da, atmete die staubige Luft ein, blinzelte aufgeregt und versuchte sich an das Halbdunkel zu gewöhnen. Wolodja drückte sein Gesicht an Juras Hals und atmete tief ein und aus. Sein Herz pochte so laut wie Juras noch vor wenigen Minuten.

»Danke.« Wolodja atmete mit einem Seufzer aus. Sein Atem kitzelte so sehr, dass Jura beinahe zu kichern anfing. Doch ihm war nicht nach Lachen, sondern nach Weinen zumute.

Denn so war auch Wolodjas Umarmung – traurig und verzweifelt. Er drückte ihn so fest an sich, als wäre es das letzte Mal, als würde er ihn, sobald er ihn losließe, nie wieder in seine Arme schließen dürfen.

»Du hast das so gut gemacht«, schwärmte Wolodja und hielt ihn weiter fest an sich gedrückt. »Du bist wunderbar zurechtgekommen.«

Jura lächelte: »Ich wollte dir unbedingt beweisen, dass du auf mich zählen kannst.«

Sie rührten sich nicht von der Stelle, verharrten in ihrer innigen Umarmung, bis die Pause vorbei war. Erst als vor der Tür Getrappel zu hören war, ließen sie einander los.

»Es geht weiter, du musst raus«, flüsterte Wolodja traurig und legte Jura eine Hand auf die Schulter.

»Ich weiß. Ach, was ich dir noch sagen wollte: Einige aus der Brigade sind traurig, weil du sie nicht ansiehst. Könntest du vielleicht darauf achten? Sie geben sich wirklich Mühe.«

Wolodja nickte und nahm seine Hand weg. Jura fror entsetzlich, als er die kleine Kammer verließ.

Im nächsten Akt war das Bühnenbild dasselbe – das Hauptquartier, in dem sich alle Jungen Rächer um den Tisch versammelt hatten. Draußen saß Galja und sang ihr Lieblingslied über den Birkenbaum. Sina lief zu ihrer Schwester, drückte ihr einen Kuss auf die Wange und sagte: »Ich muss noch etwas erledigen, Schwesterherz. Mach dir keine Sorgen, ich bin am Abend wieder da.«

Polina fuhr mit ihrer Erzählung fort: »Sina hatte den Auftrag erhalten, zu denjenigen der Jungen Rächer, die den Faschisten entkommen waren, Kontakt herzustellen.«

Die Dorfbewohner strömten auf die Bühne – fast alle Statisten waren im Einsatz. Sina blickte sich um, trat an einige von ihnen heran und erkundigte sich nach ihren Kameraden. Und als diese den Kopf schüttelten, ließ sie enttäuscht die Schultern hängen, fragte weiter und blickte sich immer wieder um. In der Bühnenmitte angekommen, zuckte sie plötzlich zusammen und riss vor Schreck die Augen auf.

Polina setzte ihre Erzählung mit lauter Stimme fort: »Im Jahr 1943 wurden dreißig der achtunddreißig Mitglieder der *jungen Rächer* gefangen genommen, gefoltert und hingerichtet. Ewgeni Esawitow und Nikolai Alexejew wurden am fünften November im Dorf Borowucha bei Polotsk erschossen. Am Tag darauf Nina Asolina und Maria Lusgina. Die Faschisten versuchten Informationen über die Untergrundkämpfer aus ihnen herauszufoltern, doch ohne Erfolg.«

Einer nach dem anderen verließen die getöteten Rächer langsam und mechanisch die Bühne.

»Da ist doch die Partisanin, die ihr sucht. Spaziert frei im Dorf herum«, sagte ein Dorfmädchen, trat aus der

Menge und deutete mit ihrem Finger auf Sina, die sofort verhaftet wurde. Die Szene war damit vorbei, und der Vorhang schloss sich.

Die Aufführung lief ausgezeichnet. Aus dem Publikum war sogar Schluchzen zu hören.

Jura drückte den Rücken durch. Bald war Krauses Auftritt, er musste sich vorbereiten. Also steckte er das Halstuch unter sein Hemd, legte sich seine Uniformjacke um die Schultern und betrat die linke Bühnenhälfte, die vom Vorhang verdeckt wurde. Er setzte sich an den Tisch und lehnte sich lässig auf dem Stuhl zurück. Seltsamerweise war er überhaupt nicht aufgeregt. Es war, als hätte er all seine Sorgen und Ängste am Klavier zurückgelassen.

Erzählerin Polina wirkte inzwischen erschöpft, aber sie machte ihre Sache gut. »Sina wurde über einen Monat lang gefoltert, blieb jedoch standhaft und schwieg. Und schon bald wurde ein neuer Gestapo-Offizier auf sie angesetzt – Oberleutnant Krause. Er hatte eine andere Vernehmungstaktik.«

Der Vorhang ging auf. Sina wurde von deutschen Soldaten auf die Bühne geführt und gegenüber von Jura an den Tisch gesetzt.

»Sie sind doch aus Leningrad, nicht wahr?«, fragte er. »Ihre Stadt ist längst eingenommen, aber wenn sich das *Fräulein* dazu bereit erklärt, dem Deutschen Reich einen kleinen Dienst zu erweisen, dann lässt es sich sicher einrichten, dass Sie in Ihre Heimatstadt reisen und endlich Ihre Eltern wiedersehen. Dann ist das Fräulein gut versorgt und hat ausgezeichnete Aussichten. Aber Sie müssen sich schon als gute Freundin der deutschen Wehrmacht erweisen.«

Sina saß schweigend da und sah ihn mit finsterer

Miene an. Jura holte aus der Schublade des Tisches eine schwere Pistole hervor, ließ sie in seiner Hand kreisen und sagte: »Im Lauf dieser Pistole befinden sich sechs kleine Patronen. Und schon eine reicht vollkommen aus, Ihrem Leben ein Ende zu setzen. Denken Sie darüber nach.« Sina sah die Pistole aufmerksam an. »Mein liebes Fräulein, denken Sie noch einmal über das nach, was ich Ihnen gesagt habe«, wiederholte Jura eindringlich und legte die Pistole auf den Tisch. Ohne den Blick von der Schusswaffe zu lösen, zog er aus seiner Uniformjacke eine Zigarettenschachtel hervor und steckte sich eine Zigarette in den Mund. Doch plötzlich war das Quietschen von Bremsen zu hören, und er drehte sich zu dem Fenster hinter ihm um – einer Zeichnung, die an der Bühnenrückwand angebracht war. Und Sina bot sich eine einzigartige Gelegenheit. *Los, Nastja!*, dachte Jura. *Schnapp dir die Pistole!*

Doch sie zögerte. Also nutzte Jura die Möglichkeit, zu Wolodja zu schauen – der direkt in seine Richtung blickte.

Diese Szene war zentral für das Theaterstück. Nastja gelang es nicht, die Waffe zu ergreifen. Sie war wohl aufgeregt und hatte wahrscheinlich bemerkt, dass Wolodja nicht sie ansah, sondern Jura. Und wie er ihn ansah: mit zusammengepressten Lippen, gerunzelter Stirn und einem ganz besonderen, ernsten, erschöpften und flehenden Gesichtsausdruck.

Endlich griff Sina Portnowa sich die Pistole und schoss Krause nieder. Jura fiel mit einem lauten Rums vom Stuhl und schlug mit dem Hinterkopf auf dem Boden auf, woraufhin das Publikum aufschrie und Wolodja sich erschrocken von seinem Platz erhob.

Ein deutscher Soldat eilte herbei – Sascha. Dies war seine zweite Sterberolle, und die Zuschauer schienen bereits zu ahnen, was passieren würde, und keuchten auf. Die zweite Kugel traf ihn, und er sackte zusammen. Als Sina Portnowa über den stöhnenden Sascha stieg, stürmten deutsche Soldaten mit Maschinengewehren auf die Bühne. Sie versuchte zu fliehen, sank jedoch zu Boden – man hatte ihr in die Beine geschossen. Eine Kugel hatte sie für sich übrig gelassen, setzte sich die Pistole auf die Brust und drückte ab, doch der Schuss ging nicht los. Eine zweite Gelegenheit bekam sie nicht. Sina wurde umgehend festgenommen und hinter die Bühne getragen. Der Vorhang schloss sich, und Mascha spielte wieder die *Internationale*.

»Mädels, steht die Farbe schon bereit?«, flüsterte Jura den Schauspielern zu, als er sich vom Boden erhob. Und schon im nächsten Augenblick wurde Nastja – Sina Portnowa – auf einen Stuhl gesetzt, ihre Kleidung mit einem Kittel abgedeckt und ihre Haare weiß und ihr Gesicht grau bemalt.

Das Bühnenbild für die Hinrichtungsszene war schnell vorbereitet: Der Dorfhintergrund an der Bühnenrückwand wurde mit der Zeichnung einer Ziegelwand überhängt. Und das war's auch schon. Dann wurden die Statisten aufgestellt: Die Dorfbewohner standen rechts und links der Wand, während sich die Soldaten in der Mitte der Bühnenhälfte versammelt hatten. Unter ihnen auch Wanja, der Portnowa eigentlich zur Hinrichtung führen sollte, mit seinen Gedanken jedoch ganz woanders war. Jura wedelte wie wild mit den Armen, um seinen Gruppenkameraden zum Losgehen zu bewegen, doch ohne Erfolg. Und als die Statisten Wanja anstupsten und er begriff, war es schon zu spät – Mitja zog den Vorhang auf. Also schnappte sich Jura kurzerhand seine Uniformjacke, warf sie sich über und übernahm Wanjas Rolle.

Erzählerin Polina leitete die Hinrichtungsszene ein: »Sina wurde in einem Gefängnis in Polotsk grausam gefoltert: Ihr wurden Nadeln unter die Fingernägel gesteckt, mit einem glühend heißen Eisen Verletzungen zugefügt und die Augen ausgestochen. Doch Sina hielt all den Qualen stand und verriet weder Kameraden noch Vaterland. Nach einem Monat ununterbrochener Folter wurde Sina am Morgen des zehnten Januar 1943 mit nur siebzehn Jahren, blind und mit weißem Haar zur Hinrichtung geführt.«

Nastja humpelte und stolperte auf die Ziegelwand zu. Jura hatte darauf bestanden, weil Sinas Beine von mehreren Schüssen getroffen worden waren und es höchst unwahrscheinlich war, dass sie sich von derartigen Verletzungen hatte erholen können. Sina Portnowa stellte sich vor die Wand, woraufhin Jura ein Spielzeug-Maschinengewehr in die Hand gedrückt bekam. Als der Musikbeauftragte auf einen Knopf drückte und eine Abfolge an Schüssen zu hören war, sank Sina zu Boden.

Im Saal und auf der Bühne war es totenstill.

Zum Abschluss spielte Mascha noch einmal die *Mondscheinsonate,* während Polina ihre letzten Worte verlas: »In Obol, wo die Jungen Rächer und Sina Portnowa lebten, waren zweitausend deutsche Soldaten stationiert. So kamen die Untergrundkämpfer an Informationen über die Lage der deutschen Stellungen und Truppenbewegungen. Mehrere Dutzend feindlicher Waggons mit Munition, Waffen und Soldaten erreichten nie die Front, und Hunderte von Fahrzeugen mit Ausrüstung wurden von Minen in die Luft gesprengt, die von den Jungen Rächern platziert worden waren. Es wurden fünf Objekte zerstört, die für die Besatzer von großer Bedeutung waren. In der Oboler Besatzungszone wurden mehrere Tausend deutscher Soldaten von den Jungen Rächern getötet. *Hier im Hinterland ist es ebenso gefährlich wie an der Front,* schrieb ein deutscher Soldat nach Hause.

Im Großen Vaterländischen Krieg kamen in der Sowjetunion dreizehn Millionen Kinder um. Von den achtunddreißig Mitgliedern der *jungen Rächer* waren Ilja Esawitow und Efrosinja Senkowa die Einzigen, die überlebten. Sinaida Martynowna Portnowa wurde im Jahr 1954 als Pionierheldin und im Jahr 1958 durch einen Erlass des Obersten Sowjets der UdSSR zur Heldin der Sowjetunion gekürt und bekam posthum den Leninorden verliehen.«

Polina verließ die Vorbühne, und der Vorhang schloss sich. Nach Sekunden atemloser Stille brach das Publikum in tosenden Applaus aus.

Als die Zuschauer den Saal verlassen hatten, blieb die Theaterbrigade mit der Lagerleitung zurück. Jura ließ den Blick über das Chaos schweifen, das die Aufführung auf der Bühne hinterlassen hatte, und dachte mutlos darüber nach, wer das alles aufräumen sollte und wann.

Doch in diesem Augenblick war das unwichtig. Wolodja, Olga Leonidowna und Pawel Alexandrowitsch gesellten sich zu den Schauspielern auf die Bühne und lächelten zufrieden.

»Das habt ihr gut gemacht. Ihr habt die Aufführung wunderbar gemeistert. Und das in so kurzer Zeit«, lobte Olga Leonidowna die Brigade, konnte es sich jedoch nicht verkneifen, ein wenig zu sticheln: »Eine kleine Anmerkung habe ich aber noch: Ich hatte den Eindruck, dass eure Portnowa sich zu den Partisanen geflüchtet und die Dorfbewohner verraten hat.«

Jura schnaufte. Warum musste Olga Leonidowna immerzu allen die Laune verderben? Doch als er in Wolodjas müdes Gesicht blickte, hielt er sich zurück.

Und im Gegensatz zu Olga Leonidowna schien Pawel Alexandrowitsch ausnahmslos begeistert zu sein: »Ähem …« Er klatschte in die Hände. »Ihr habt wunderbar gespielt. Bravo! Die Szene mit den Fabrikexplosionen ist euch besonders gut gelungen. Wem darf ich zu diesem Erfolg gratulieren?«

Einige Blicke wanderten zu Jura, doch dieser zuckte nur mit den Schultern. »Das ist unser gemeinsames Verdienst.«

»Hm … Nun, wie heißt es doch so schön – Gemeinsam sind wir stärker.«

»Ja, Wolodja, das hast du wunderbar hinbekommen«, fügte Olga Leonidowna hinzu. »Wie du es geschafft hast, alle zusammenzubringen und zu organisieren …«

»Danke, aber wie Jura bereits sagte: Das haben wir alles gemeinsam geschafft. Auch mit eurer Hilfe. Immerhin habt ihr für uns Statisten angeworben. Und was mich angeht … Ich saß die ganze Aufführung über im Publikum.«

»Ohne Jura hätten wir das ganz sicher nicht geschafft«, mischte sich Uljana ein. »Er hat sich hinter der Bühne wahnsinnig dolle abgemüht, hat allen geholfen und alles im Blick behalten.«

»Und sein Klavierspiel war wunderschön«, bekräftigte Polina. »Und er hat blitzschnell regiert, als Wanja seinen Einsatz verpasst hat.«

Jura war sprachlos und fühlte, wie ihm die Röte ins Gesicht stieg. Verlegen schaute er zu Wolodja, der ihn breit anlächelte.

»Ja, Konew, du hast uns wirklich angenehm überrascht. Vor allem im Vergleich zum letzten Jahr«, sagte Olga Leonidowna. »Die Freundschaft mit Wolodja scheint dir gutzutun.«

Plötzlich hörte Jura, wie jemand in seiner Nähe entrüstet schnaubte. Als er sich umblickte, fing er sich aus Maschas Richtung einen Todesblick ein.

»Nun denn … Ein solch besonderer Moment muss natürlich festgehalten werden.« Pawel Alexandrowitsch klatschte erneut in die Hände und wandte sich Segelohr-Matwejew zu: »Aljoscha, hol bitte den Fotoapparat. Wir wollen ein Foto machen.«

Aljoscha flitzte hinter die Bühne, war im Nu wieder zurück und reichte dem Lagerleiter den Fotoapparat: »Soll ich vielleicht das Foto machen? Immerhin habe ich Erfahrung … Sie wissen schon …«

»Nein, Aljoscha. Dieses Gerät ist neueste Technik. Das mache ich am besten selbst.«

Und nachdem Pawel Alexandrowitsch den Fotoapparat intensiv von allen Seiten gemustert hatte, nickte er, gab ein zufriedenes *Ähem* von sich und begann damit, die Schauspieler aufzustellen.

»Die Größeren stellen sich bitte in die Mitte, und die Kleineren setzen sich vor ihnen auf die Bank. Nein, Sascha, du stellst dich neben Jura. So, das hätten wir … Wolodja, wo willst du hin? Setz dich auf die Bank, direkt in die Mitte.«

»Wartet auf mich!«, schrie Lagerfunk-Mitja hinter der Bühne. »Ich komme sofort, ziehe mich nur kurz um.«

»Ups, wir haben Mitja Baranow vergessen«, piepsten die Mädchen im Chor.

Mitja kam hervorgerannt – war vollkommen verschwitzt, zerzaust und hielt Juras rote Schirmmütze in den Händen. Jura hatte für das Gruppenfoto sein Halstuch unter dem Hemd hervorgeholt und auf seiner Brust platziert. Doch als er an sich heruntersah, bemerkte er, dass er noch die Naziuniform trug. Also warf er die Uniformjacke Mitja zu, riss ihm die Schirmmütze aus der Hand, setzte sie auf und drehte den Schirm nach hinten.

Mitja stellte sich neben ihn, und Jura hielt den Atem an. Nun wusste er, warum Mitja sich umgezogen hatte: Das Auf- und Zuziehen des Vorhangs war eine schweißtreibende Angelegenheit gewesen.

»Bereit?«, rief der Lagerleiter.

Jura sah, wie Wolodja just in diesem Moment widerwillig den Kopf schüttelte, aufsprang, Mitja beiseiteschob und sich neben ihn stellte.

»Ähem … Wolodja! Was wird das?«, rief Pawel Alexandrowitsch.

»So ist es eindeutig besser«, erklärte ihm Wolodja.

»Stimmt. In Ordnung, und jetzt nicht bewegen. Fertig? Drei. Zwei. Eins.« Und Klick.

KAPITEL 17

Abschiedslagerfeuer

Nach der Aufführung klarte der Himmel auf. Die Regenwolken zogen Richtung Osten weiter. Im ganzen Pionierlager war über die Lautsprecher fröhliche Kinderlieder aus sowjetischen Kinder- und Zeichentrickfilmen zu hören. Dann rasselte und knackte es, und Lagerleiter Pawel Alexandrowitsch gab sein Kommando: »Pioniere! Achtung! Alle antreten zum abschließenden feierlichen Fahnenappell. Und Marsch!«

In ihren weißen Hemden, roten Halstüchern und Käppis marschierten die Pioniere in Dreierkolonnen zum Appellplatz. Die erste Gruppe wurde von Irina Petrowna, die an diesem Tag besonders fröhlich und schön aussah, und Helferin Mascha angeführt.

Jura durfte die Fahne der ersten Gruppe tragen. Also schritt er voran, mit weißen Handschuhen, die Haare mit Wasser nach hinten gekämmt, und konnte es kaum abwarten, dass Wolodja ihn so sah. Noch nie war ihm eine solche Ehre zuteilgeworden. Noch nie hatte man ihm so schöne Handschuhe anvertraut. Noch nie hatte er die Kolonne angeführt und war so stolz auf sich gewesen. Auf dem Appellplatz angekommen, nahm Jura seine Position ein und blickte zur fünften Gruppe hin, die in Zweierreihen auf den Platz marschiert kam.

Sein Blick blieb an Wolodjas feierlich-ernstem Gesicht hängen. Und als Jura ihm leicht zunickte, antwortete er mit einem Lächeln.

Sonnenstrahlen durchbrachen die wenigen Wolken am Himmel und erleuchteten den Platz, der mit roten Fähnchen geschmückt worden war. Streng blickte Sina Portnowa von ihrem Sockel auf die Pioniere hinab. Hinter ihr wehte die Lagerfahne, auf deren azurblauem Tuch eine rote Schwalbe prangte.

»Achtung! Pioniere! Stillgestanden!«, rief Pawel Alexandrowitsch von der Bühne aus. »Rührt euch! Die Helfer der Gruppenleiter melden die Vollzähligkeit der Gruppen.«

Mascha und die anderen Helfer stellten sich vor der Bühne an, um der Lagerleitung die Anwesenheit der Gruppen zu melden.

Mascha trat zuerst vor, hob den Arm zum Pioniergruß und verkündete laut und feierlich: »Genosse Lagerleiter, die erste Gruppe ist vollzählig zum Fahnenappell angetreten, der dem Ende des zweiten Lagerdurchgangs 1986 gewidmet ist.«

Als alle Helfer der Reihe nach vorgetreten waren und der Lagerleiter seine Rede gehalten hatte, wurde Olga Leonidowna das Wort übergeben. Sie beendete ihre Rede mit den Worten, die alle schon aus dem letzten Jahr kannten: »Die Schwalbe ist ein Vogel, der jedes Jahr aus der Wärme in sein Heimatnest zurückkehrt.« Damit lud sie die Pioniere ein, im nächsten Jahr wieder ins Pionierlager zu kommen, doch Jura wusste, dass er nicht zurückkehren würde.

Aus den Lautsprechern erklang die Pionierhymne. Die Arme aller schnellten zum Pioniergruß nach oben.

Jura sah zu, wie die Fahne eingeholt wurde, und sang mit.

Er empfand dieses Lied noch immer als sinnfrei und hochtrabend, begriff nun jedoch etwas anderes: Die Bedeutung der Hymne lag nicht in ihren Worten, sondern in ihrer einenden Wirkung. Es sangen tatsächlich alle mit: die alten Kommunisten, die jungen Komsomolzen, die Pioniere und die Oktoberkinder der fünften Gruppe, zwischen ihnen auch ihr Leiter Wolodja. Er stand Jura gegenüber, blickte ihn an und warf ihm ein liebevolles und zugleich trauriges Lächeln zu. Jura dachte unwillkürlich daran, dass Wolodja inzwischen wohl verlernt hatte, ganz und gar glücklich zu sein.

Doch wie der Traurigkeit über den anstehenden Abschied zum Trotz wurde das Wetter immer strahlender. Jura kam es so vor, als würde das Wetter ihn dazu drängen wollen, den letzten Tag zu genießen, als würde es ihm sagen, so etwas wie heute erlebst du nie wieder.

Das werde ich wohl auch nicht, dachte Jura. Im nächsten Sommer wäre er zu alt fürs Pionierlager. Seit der fünften Klasse war er nicht mehr stolz darauf gewesen, das Pionierhalstuch zu tragen, und band es bei jeder Gelegenheit ab, damit ihn alle für erwachsen hielten. Nun stellte sich heraus, dass Erwachsensein bedeutete, dass er nicht mehr ins Pionierlager durfte. Eine Gruppenleiterposition war ihm aufgrund seines Betragens und seiner Noten verwehrt.

Seine Kindheit war endgültig vorbei. Sie war nicht vorbei gewesen, als er sein Halstuch abgenommen und seine Spielsachen zur Seite gelegt hatte, auch nicht, als er erstmals Ungerechtigkeit erfahren und zugelassen hatte, dass man ihm seine Musik wegnahm. Nein, sie war erst kürzlich zu Ende gegangen – in diesem Sommer in der *Schwalbe*, als er auf Wolodja getroffen war. Die Liebe hatte ihn vollkommen in Beschlag genommen und seine Sinne berauscht, sodass er trotz seines hervorragenden Gehörs gar nicht mitbekommen hatte, wie die schwere Tür zu seiner Kindheit zugeschlagen war.

Und als Jura auf dem Appellplatz stand und dem letzten Fahnenappell seines Lebens beiwohnte, wurde ihm klar, dass er von nun an nicht mehr in der Lage sein würde, diese Tür zu öffnen, auch wenn er den Schlüssel einmal gehabt hatte.

Seine Kindheit war eine Zeit gewesen, in der das Leben durchschaubar war, in der es Regeln gab und auf jede Frage eine Antwort. Und genau diese Leichtigkeit und Klarheit waren der Schlüssel zum Kindsein. Seit er sich verliebt hatte, verstand Jura die Welt nicht mehr, sah sich mit Fragen konfrontiert, auf die keiner eine Antwort zu haben schien, und er vertraute niemandem, seinen Eltern nicht und schon gar nicht jenen Ärzten, an die sich Wolodja wenden wollte.

Jetzt verstand er, warum Erwachsene Pionierleiter sein wollten, warum sie so inbrünstig die Pionierhymne sangen und ihre Halstücher und Käppis mit Stolz trugen. Denn auch wenn sie nicht in ihre Kindheit zurückkonnten, fühlten sie sich ihr auf diese Weise nahe. Doch Jura würde dieser Zugang verwehrt bleiben.

Der Appell war vorbei. Aus den Lautsprechern ertönte ein liebliches und trauriges Lied: »Der kleine Prinz« aus Juras Lieblingsfilm *Der Passagier vom Äquator*.

Nachdem er bei Irina Petrowna die weißen Handschuhe abgegeben hatte, entfernte sich Jura von seiner Gruppe und machte sich auf den Weg zu seinem

Geheimversteck auf der Baustelle. Immer wieder blickte er sich um, wollte sichergehen, dass weder Mascha noch Ptschjolkin ihm folgten, doch die Oktoberkinder und Pioniere hatten an diesem besonderen Tag Besseres zu tun, als ihm hinterherzuschleichen.

Von der Allee der Pionierhelden aus sah er schon von Weitem sein *W* im Apfel. Und als Jura über sein *W* nachdachte, tauchte Wolodja plötzlich hinter ihm auf.

»Jura!« Er war leicht außer Atem. »Wohin willst du?«

»Ich …« Jura zögerte. Eigentlich hatte er vorgehabt, mal wieder eine zu rauchen, erinnerte sich aber daran, dass er Wolodja versprochen hatte, damit aufzuhören.

Aber dieses Versprechen hatte er sowieso schon gebrochen. Er wollte Wolodja nicht anlügen und sagte: »Ich wollte meine Papirossy aus dem Versteck holen.«

»Jura!«, platzte Wolodja vorwurfsvoll heraus. »Du hast doch …«

»Ja, ich weiß, dass ich versprochen habe, mit dem Rauchen aufzuhören. Deshalb hole ich sie jetzt raus und werfe sie weg. Versprochen!«

Wolodja nickte zufrieden. »Kaum zu glauben, dass wir schon so bald getrennte Wege gehen, oder?«

Jura runzelte die Stirn: »Sag nichts. Ich will nicht darüber nachdenken, und reden schon gar nicht.«

»Schon gut. Dann komme ich gleich zur Sache. Mir ist eingefallen, dass meine Klasse nach dem letzten Schultag unter einem Baum auf dem Schulhof eine Nachricht an zukünftige Schulabgänger vergraben hat und …«

»Eine Zeitkapsel? Und was habt ihr reingeschrieben?«

»Wir haben viel über unsere Gegenwart erzählt, über unsere Ziele und darüber, was wir und andere für das

Erreichen der kommunistischen Weltordnung tun. Wir haben gelobt, das Andenken der Heldentaten des sowjetischen Volkes auf ewig zu ehren. Aber das ist gar nicht so wichtig. Wollen wir auch eine vergraben?«

»Für die zukünftigen Erbauer des Kommunismus?«

»Nein.« Wolodja lachte auf. »Natürlich für uns.«

»Für uns in der Zukunft?« Jura war begeistert. »Das wäre großartig, aber ich weiß gar nicht, was man reinschreiben könnte.«

»Es muss ja auch nicht unbedingt ein Brief sein. Es können auch Erinnerungsstücke sein … Das Textbuch für das Theaterstück zum Beispiel oder mein Notizheft … Fällt dir noch etwas ein? Wir legen das alles in die Kapsel, treffen uns in zehn Jahren wieder und öffnen sie gemeinsam. Stell dir nur vor, wie aufregend es sein müsste, als gestandene Männer Gegenstände aus unserer gemeinsamen Zeit in der *Schwalbe* in den Händen zu halten. Das wäre doch eine schöne Erinnerung an diesen Sommer.«

»Vielleicht etwas, das für unsere … Freundschaft von Bedeutung ist? Für uns beide … Die Notenblätter!«, rief Jura. »Ich kann doch die Noten des *Wiegenliedes* hineinlegen. Vielleicht sind sie auch in zehn Jahren noch von Bedeutung.«

»Natürlich sind sie auch dann noch von Bedeutung. Vor allem für dich, als Pianisten.« Wolodja kniff die Augen zusammen. »Du kannst dir ja mal Gedanken machen, was sonst noch rein kann. Ich muss los.«

»Warte, wo und wann treffen wir uns?«, fragte Jura.

»Lass uns zusammen vom Lagerfeuer abhauen. Das wird so ein Getümmel, da fällt gar nicht auf, dass wir nicht da sind …«

»Ja, beim Lagerfeuer ist gut. Ich habe noch so viel zu tun, vorher schaffe ich es nicht«, flüsterte Wolodja zurück. »Es wäre aber besser, wenn wir nicht einfach verschwinden, sondern uns vorher abmelden.«

»In Ordnung. Wo vergraben wir die Kapsel?«

»Unter unserer Weide«, schlug Wolodja flüsternd vor. »Wir laufen durch den Wald zur Furt.«

»In der Nacht hat es geregnet. Der Fluss ist wahrscheinlich über die Ufer getreten.«

»Könntest du vielleicht nachschauen? Ich muss jetzt wirklich los, wir sehen uns beim Abendessen. Und vergiss nicht, die Sachen für die Kapsel mitzubringen.«

»Geht klar«, versprach Jura und freute sich – sie würden den Abend miteinander verbringen.

Womit sollte er sich bis zum Abend beschäftigen? Wie sollte er bis dahin überleben? Wie ungerecht – Zeit war das Kostbarste, was Jura hatte. Doch nun musste er sie vergeuden, indem er sich mit irgendwelchem Unsinn zu beschäftigen suchte, um nicht über ihren Abschied nachzudenken. Zum Packen war es zu früh. Das würde ohnehin nicht mehr als eine Viertelstunde in Anspruch nehmen.

Vielleicht sollte er einen Spaziergang durch das Lager machen, sich von der *Schwalbe* verabschieden und dann an den Fluss gehen.

Unterwegs grübelte er, was er in die Zeitkapsel legen könnte. Die Orte um ihn herum waren schmerzhaft vertraut. Da war das Theater, das ihm so wichtig geworden war, das Trafohäuschen mit dem grünen Fliederbusch und das Karussell, das noch vor Kurzem in den silbernen Flocken der Pusteblumen versunken und jetzt von

Neuem von einem grün-gelben Schleier umhüllt war. Der Sportplatz, um den herum sich viele festlich gekleidete Pioniere tummelten: Manche tauschten Adressen und schrieben ihre Namen in alter Tradition mit einem Kugelschreiber auf die Halstücher der neu gewonnenen Freunde und Freundinnen, andere umarmten und verabschiedeten sich schon. Ungeachtet des Getümmels herrschte hier eine für die *Schwalbe* untypische Ruhe. Die Kinder waren still und traurig, sprachen leise und rannten nicht. *Wahrscheinlich schonen sie ihre Kräfte für das Lagerfeuer*, dachte Jura mit einem Schmunzeln. Nur eines bereitete ihm Sorgen: Seit Ende des Appells war ihm Mascha nicht mehr über den Weg gelaufen.

An den Steinbänken am Tennisplatz hatten sich das Mädchentrio und ein Jungstrio, bestehend aus Mitja, Wanja und Mischa, um das Kofferradio versammelt, das Jura und Wolodja auf ihre Ausflüge mitgenommen hatten. Sie hörten unter Rauschen und Zischen ein Lied der Gruppe Wesjolye Rebjata, das von der Vergänglichkeit der Liebe handelte und Jura sogleich Kopfschmerzen bereitete.

»Konew, komm doch mal her.« Polina winkte ihn heran. »Wir wollen dir gute Wünsche auf dein Halstuch schreiben.«

Warum eigentlich nicht? Er nahm sein Halstuch ab und streckte es den Mädchen entgegen, die ihm im Gegenzug ihre eigenen und einen Stift reichten.

Jura schrieb auf alle das Gleiche: *Danke für die schöne Zeit in der* Schwalbe. *Konew, zweiter Lagerdurchgang 1986.* Doch plötzlich bekam er ein schlechtes Gewissen: Die Mädchen gaben sich so viel Mühe und malten und schrieben etwas Persönliches für ihn.

»Polina, was soll ich schreiben?«, fragte Ksjuscha.

»Ich habe geschrieben: *Möge unser Pianist auch weiterhin Inspiration finden.*«

»Dann schreibe ich: *Für den besten Pionierhelfer. Weiter so!*«

Jura schämte sich ein bisschen. Immerhin war ihm durchaus aufgefallen, wie sehr sich die Mädchen im Laufe des Aufenthalts verändert hatten. Oder hatte er selbst sich verändert und sah sie nun nicht mehr als Nervensägen und Schlangen? Die Wahrheit lag wohl irgendwo dazwischen, und Jura beschloss, sie wenigstens nach der Nummer ihrer Schule zu fragen. Immerhin gingen auch sie in Charkiw zur Schule.

»Nummer dreizehn«, antworteten sie im Chor.

»Oha, wir sind in der achtzehnten«, freute sich Wanja. »Also auch im Leninviertel. Nicht weit von euch.«

»Dann können wir ja mal was zusammen machen.«

Jura stutzte. Die Mädchen hatten sich tatsächlich verändert. Früher hatten sie Wanja und Mischa von oben herab behandelt, doch jetzt schienen sie sogar mit ihnen zu flirten.

»Jura, übrigens, du hattest mir doch noch eine Adresse versprochen.« Ksjuscha zwinkerte ihm zu.

»Von wem denn?«, fragte Mischa alarmiert.

»Von Wischnewski«, erklärte Uljana.

»Ausgerechnet der … Also meine hab ich immer dabei.« Mischa klopfte sich grinsend auf die Hosentasche.

Im Laufe der Zeit hatte er sichtlich an Selbstbewusstsein dazugewonnen. Kaum hatte er Ksjuscha seine Adresse diktiert, schnappte er sich Uljana, führte sie zur Seite und flüsterte ihr etwas ins Ohr, woraufhin sie zu lächeln begann.

»Ksjuscha, du weißt nicht zufällig, wo Mascha ist, oder?«, fragte Jura.

»Vermisst du sie etwa?«, spottete Ksjuscha. »Ihr seid doch nicht zufällig …«

»Was? Ich mit ihr?«, platzte Jura erschrocken heraus. »Niemals!«

»Tu doch nicht so. Wo du bist, ist sie auch.«

»Ich bin eher froh, wenn sie nicht da ist. Du kannst dir gar nicht vorstellen, wie sehr ich die Schnauze voll von ihr habe.«

»Was sich neckt, das liebt sich. Man sieht doch, dass ihr …«

»Wir haben Mascha an der Lagerfeuerstelle gesehen«, sagte Polina.

Ksjuscha hatte offensichtlich nicht vor, Jura vom Haken zu lassen, doch bevor sie noch etwas sagen konnte, wurden sie von Geschrei unterbrochen. Vom Sportplatz, auf dem die Mädchen der fünften Gruppe unter Lenas Aufsicht Federball spielten, schrie eine vertraute Kinderstimme: »Du hast doch schon wieder was Böses vor.«

Jura sah, wie Ptschjolkin quer über den Tennisplatz raste und die Mädchen auseinanderstieß. Und hinter ihm – Oleschka.

»Eh, Jura!«, schrie der Knirps, als er ihn entdeckt hatte, und stieß auf dem Weg zu ihm beinahe mit Wanja zusammen. »Ich habe gesehen, wie Ptschjolkin Streichhölzer aus der Küche geklaut hat.« Oleschka war außer Atem und wirkte außerordentlich besorgt.

Doch Ptschjolkin hatte sich schon aus dem Staub gemacht. Und auf ihre Gruppe steuerte eine wütende Lena zu.

»Was ist denn jetzt schon wieder los?«

Jura zuckte mit den Schultern: »Oleschka sagt, dass Ptschjolkin Streichhölzer aus der Küche geklaut hat und was ausheckt.«

Lena verdrehte die Augen und seufzte: »Dieser Bengel! Ich habe das alles so was von satt. Selbst am letzten Tag gibt er keine Ruhe.«

Jura lachte auf: »Eines Tages wird er ein großartiger Projektingenieur werden. Er ist ja ständig nur am Basteln.«

»Hauptsache, er verliert durch seine Basteleien nicht irgendwann einen Arm oder ein Bein. Jura, kannst du bitte Wolodja suchen und ihm Bescheid geben? Ich kann die Gruppe hier nicht einfach allein lassen.«

»Wo ist er denn? Warum bist du mit euren Zwergen allein?«

»Er ist im Wald und hilft, den Platz für das Lagerfeuer vorzubereiten.«

Jura war fest entschlossen, nicht zum Lagerfeuer zu gehen, gab seinen Gruppenkameraden Bescheid und machte sich auf den Weg zum Fluss. Doch plötzlich blieb er stehen, machte kehrt, lief zu Oleschka zurück, klopfte ihm auf die Schulter und sagte: »Du bist ein toller Kerl! Ich bin überzeugt, dass du ein großartiger Pionier und Komsomolze sein wirst.«

Oleschka begann zu strahlen. »Danke, Jura! Und du wirst ein toller Pianist werden. Ich glaube an dich. Versprich mir, dass du die Musik nie aufgeben wirst.«

»Ich verspreche es.«

Jura zwinkerte dem Kleinen zu, wuschelte ihm durchs Haar und machte sich auf den Weg zum Fluss. Sein Kopf war leer, und in seinem Inneren breitete sich eine sanfte Ruhe aus. Schließlich wusste er, dass Wolodja und er sich irgendwann wiedersehen würden. Vielleicht nicht in der idyllisch gelegenen *Schwalbe,* sondern in einer grauen und schmutzigen Stadt – doch das war unwichtig. Wichtig war, dass er ihm eines Tages wiederbegegnen würde – seinem Wolodja. Ohne dass Mascha ihnen auflauern würde. Ohne dass ihnen jemand verbieten würde, so zusammen zu sein, wie sie es wollten.

Ein sandiger Pfad führte ihn zum Strand hinab. Und um seinen Weg zur Weide abzukürzen, bog er zur Bootsanlegestelle ab. Doch er konnte an diesem besonderen Ort nicht einfach so vorbeigehen und betrat den Steg, der unter seinen Füßen knarzte. Links und rechts von ihm schaukelten Boote auf dem Wasser – unter ihnen auch ein ganz besonderes, das, in dem Wolodja und er sich vor ein paar Tagen vor Mascha versteckt hatten. Einerseits kam es ihm vor, als wäre das eine Ewigkeit her, andererseits konnte er Wolodjas Lippen noch auf seinen spüren.

Jura wünschte, er könnte all diese Momente in der Zeitkapsel verwahren: wie sie eng aneinandergeschmiegt im Boot unter der Plane lagen, ihre Küsse hinter dem staubigen Vorhang, Wolodjas lobende Worte, das glückliche Lächeln auf seinen Lippen und seine leisen Geständnisse. Er wünschte, er könnte all das einfach hineinlegen, den Deckel verschließen und die Kapsel vergraben, damit sie all diese besonderen Erinnerungen in zehn Jahren hervorholen und gemeinsam wieder erleben könnten – diesen letzten Sommer ihrer Kindheit.

Der Weg zur Weide war leichter als gedacht. Der nächtliche Regen hatte den Fluss kaum ansteigen lassen. Die Erde unter der Baumkrone war noch feucht, die Sonne hatte an diesem Tag nicht genug Kraft gehabt, sie zu trocknen.

Das Abendessen rückte immer näher, doch Jura wollte nicht ins Lager zurück. Er wollte hierbleiben, ganz alleine, und den Fluss betrachten. Erstaunt stellte er fest, wie viel Bewegung darin war: eine träge Strömung, sanfte Wellen und die hellen Sonnenstrahlen, die immer wieder auf dem Wasser aufblitzten. Bis das Horn ihn zurückrief, saß er da und beobachtete das Wasser.

Als er die Furt endlich hinter sich gelassen hatte und auf das Lager zusteuerte, verkündete das zweite Hornsignal, dass das Abendessen bereits vorbei war. Jura eilte zum Speisesaal und entdeckte Wolodja, der in Begleitung seiner Knirpse nach draußen trat und ihm zuwinkte.

»Hier, für dich.« Wolodja streckte ihm zwei Mohnküchlein entgegen. »Warum warst du nicht beim Abendessen?«

Jura bedankte sich und fügte mit leiser Stimme hinzu: »Ich bin vorhin zur Weide spaziert. Mit der Furt ist alles in Ordnung, aber die Erde unter der Weide ist kalt und feucht.«

»Alles klar. Ich habe mit Lena abgesprochen, dass sie die Kleinen von der Feuerstelle abholt und ins Bett bringt. War nicht leicht, aber ich habe sie überreden können. Also ist alles in Ordnung. Wir können ja ein wenig mit den anderen am Lagerfeuer sitzen und dann mit der Kapsel zur Weide gehen. Frag aber vorher Irina um Erlaubnis.«

Mascha kam aus dem Speisesaal, bemerkte, dass sie beieinanderstanden, und warf Jura einen bösen Blick zu. Doch er verdrehte nur die Augen und fragte Wolodja: »Hat dir schon jemand von Ptschjolkin erzählt? Von seinem neuen Experiment?«

Wolodja lächelte: »Ja, das war tatsächlich ganz lustig: Aljoscha Matwejew wurde beauftragt, Streichhölzer zu besorgen, um das Lagerfeuer anzuzünden. Und Ptschjolkin hat das mitgekriegt und ein Schächtelchen aus der Küche mitgehen lassen, um es uns zu bringen. Aber Oleschka dachte, er führt etwas im Schilde, und wollte ihn aufhalten. Wie ein echter Partisan. Er kann sich mit seiner Rolle im Theaterstück wohl gut identifizieren.«

»Ptschjolkin hat euch geholfen? Merkwürdig.«

»Das fand ich anfangs auch. Aber dann hat er gar nicht mehr aufgehört, sich darüber zu beklagen, dass Oleschka andauernd Lob einheimst. Offensichtlich möchte Ptschjolkin auch gelobt werden.«

»Spitzenmäßig! Du hast ihn echt erzogen.« Jura lachte auf.

»Ach was, das ist ganz sicher nicht mein Verdienst.«

»Doch, das ist ganz sicher dein Verdienst«, widersprach Jura energisch. »Menschen ändern sich. Und wenn sie so jemanden wie dich zum Vorbild haben, dann kann nur etwas Gutes aus ihnen werden.«

Wolodja wurde rot, und auch Jura war verlegen. Er hatte ihm ganz andere Worte sagen wollen, doch sie waren nicht allein. Um sie waren jede Menge Kinder, und auch Mascha war garantiert irgendwo in der Nähe. Also versuchte Jura ihm, ohne dass er die drei Worte aussprach, zu sagen, dass er ihn liebte.

Die Flammen des Lagerfeuers loderten zum nachtblauen Himmel empor und warfen ihre Funken so hoch, dass sie sich unter die Sterne zu mischen schienen.

Es dauerte lange, bis die Pioniergruppen sich in Formation zusammengefunden, auf der Waldlichtung eingetroffen waren und sich auf die Bänke gesetzt hatten, die um das Lagerfeuer herum angeordnet waren.

Die Pionierhymne erklang und läutete den offiziellen Teil des Abschiedslagerfeuers ein. Wie Erstklässler saßen die Pioniere mit geraden Rücken und den Händen im Schoß da und warteten ungeduldig darauf, dass die Erwachsenen sie in Ruhe ließen. Jura wusste, dass sie tatsächlich bald gehen würden und es ein wenig lebhafter ums Lagerfeuer werden würde. Doch solange die Lagerleitung ihre Anwesenheit für erforderlich hielt, durfte sich Jura nicht vom Fleck bewegen. Also blieb ihm nur, Pionierlieder zu singen und nach Wolodja Ausschau zu halten.

Wie erwartet war die fünfte Gruppe links und die erste rechts von der Lagerleitung platziert worden. Also musste Jura nur den Kopf drehen, um Wolodja zu entdecken.

Wolodja sah nicht her. Sein strenger Blick war auf seine Schützlinge gerichtet.

Schon bald verabschiedete sich die Lagerleitung und wünschte allen einen angenehmen Abend. Vor ihrem Abgang schaffte es Olga Leonidowna, allen die Laune zu verderben, indem sie befahl, dass die Pioniere um elf und die Oktoberkinder um halb elf in ihren Betten zu sein hatten.

Kaum waren die Erwachsenen weg, holte jemand eine Gitarre heraus, und alle sangen zuerst Kinderlieder, gingen irgendwann zu Popsongs über, woraufhin das Mädchentrio sich lauthals Modern Talking wünschte. Doch wie sich herausstellte, kannte kaum jemand die Noten, und dann scheiterten sie am Text. Als Wolodja das Gestammel und Geschrammel unterbrach und sich Maschina Wremeni wünschte, ging ein lautes *Buh* durch die Kindermenge. Jemand wünschte sich Alla Pugatschowa, dann folgten Popklassiker der Gruppe Wesjolye Rebjata.

Jura fühlte sich zu erwachsen, sich auch etwas zu wünschen. Außerdem hatte Trauer ihn erfasst. Eigentlich schienen alle um ihn herum traurig zu sein. Schließlich war dieser Abend nicht nur für ihn der letzte, sondern auch für alle anderen.

Der letzte Abend hatte eine ganz eigene Magie: Alle waren die beste Version ihrer selbst. Am Himmel leuchteten unzählige Sterne, Funken stoben, und die Lieder schienen besonders tiefsinnig und schön zu sein.

Die Gitarre wurde Lagerfunk-Mitja gereicht. »Abschiede sind immer traurig«, sagte er, nahm die Gitarre entgegen und ließ den Daumen über die Saiten gleiten: »Dazu fällt mir dieses Lied ein ...« Er räusperte sich und ließ den Blick über die Pärchen schweifen, die sich während der Ferien gebildet hatten und nun Händchen haltend dasaßen. Dann warf er Uljana einen sehnsüchtigen Blick zu. »Dieses Lied ist all jenen gewidmet, die sich in diesem Sommer verliebt haben.«

Als er die ersten Akkorde spielte, ging ein Raunen durch die Menge. Die Pioniere protestierten.

»Mitja, bitte nicht. Das ist zu traurig. Kannst du nicht was anderes spielen?«, flehte Irina Petrowna, und Schenja, der neben ihr saß, nickte.

Auch Jura erkannte das Lied und lachte laut auf. Dieser grausame Witz hätte von ihm sein können. Früher hätte er sich über den Abschiedsschmerz der Leute lustig gemacht, doch nun war alles anders, nun dachte er ununterbrochen an Wolodja.

Mitja sang mit sanfter Reibeisenstimme:

»Am Morgen wirst du mich wecken
Und mich barfuß zur Tür bringen.
Du wirst mich niemals vergessen,
Du wirst mich niemals wiedersehn …«

Es war, als wäre dieses Lied der Tropfen, der das Fass zum Überlaufen brachte. Er wollte sich die Ohren zuhalten, aber das hätte albern ausgesehen.

Mitja war gerade erst bei der zweiten Strophe, doch Jura hatte den Eindruck, das Martyrium dauerte bereits eine Ewigkeit. Er musste mit aller Kraft an sich halten, nicht zu Wolodja zu schauen. Sonst wäre er wahrscheinlich in Tränen zerflossen.

Das Mädchentrio war eng zusammengerückt und schunkelte im Takt. Mischa, der neben Jura saß, seufzte.

Jura konnte sich nicht mehr zurückhalten und sah zu Wolodja hinüber, der Mitja lauschte oder auch nur ins Leere starrte. Sein Blick zeugte von grenzenloser Verzweiflung, und Jura wusste genau, wie er sich fühlte. Natürlich würde er Wolodja niemals vergessen – aber war das etwa gut? Nach allem, was Wolodja ihm auf der Baustelle gesagt hatte? Vielleicht wäre es wirklich besser, ihn zu vergessen, es zumindest zu versuchen … Nein, das konnte er nicht.

Endlich blickte Wolodja zu ihm her. *Ich werde dich niemals vergessen,* flüsterte er tonlos. Und Jura ging auf, dass er nun an der Reihe war, die letzte Liedzeile zu sagen und zu versprechen, Wolodja niemals wiederzusehen …

Doch er wollte nicht. Er wollte weder singen noch sprechen, nicht einmal denken, doch seine Lippen flüsterten wie von alleine: *Ich werde dich niemals wiedersehen …*

Als das Lied endlich vorbei war, wurde Mitja die Gitarre aus der Hand gerissen, damit er nicht auf die Idee kam, noch einmal etwas derartig Trauriges zu spielen. Wolodja sah Jura unbeirrt an, die Welt um sie herum versank. In Wolodjas Augen lag tiefe Trauer. Jura tat es weh, ihn so zu sehen.

Doch im nächsten Moment stand er auf, trat an Jura heran, beugte sich vor, als ob er seine Hand berühren wollte, und flüsterte: »Ich bringe mit Lena die Kleinen in die Baracke und komme zurück …« Leise fügte er hinzu: »Sei in zwanzig Minuten auf dem Pfad zum Strand. Aber pass auf, dass dich niemand sieht. Wir nehmen einen Umweg durch den Wald, um sicherzugehen, dass niemand uns folgt.«

Als Wolodja und Lena mit der fünften Gruppe fortgegangen waren, griff sich Mitja erneut die Gitarre.

»Los jetzt, alle tanzen. Damenwahl«, rief er und spielte Alla Pugatschowas »Paromschtschik«.

Jura wollte die Gelegenheit nutzen und sich abseits setzen, doch Ksjuscha hatte ihn erspäht.

»Wollen wir tanzen?«

Jura hatte längst aufgegeben, sich über Ksjuscha zu wundern, also nickte er wortlos, nahm sie an der Hand und führte sie zum Feuer, neben dem schon drei andere Paare tanzten. Ksjuscha legte ihre Arme auf seine Schultern und trat nah an ihn heran. Früher wäre Jura vor Stolz geplatzt, doch nun war er vollkommen gleichgültig, tanzte mit ihr, als wäre nichts dabei. »Stimmt es, dass es zwischen Mascha und dir schwierig ist, weil sie scharf auf dich ist?«

»Nein, mir läuft Mascha einfach nur andauernd hinterher. Scharf ist sie auf Wolodja.«

»Nicht dein Ernst!«, rief Ksjuscha aus und verpasste

in ihrer Verwunderung versehentlich Ptschjolkin einen Stoß, der aufgeregt und zittrig neben ihnen mit Nastja im Takt schaukelte.

»Mein voller Ernst.« Jura blickte sich auf der Wiese um und sah Mascha mutterseelenallein auf einer Bank am Lagerfeuer sitzen und auf den Boden starren. Für eine Sekunde hatte er Mitleid mit ihr. Doch im selben Augenblick begriff er, dass ihre Traurigkeit nichts im Vergleich dazu war, wie er selbst sich nach seinem Abschied von Wolodja fühlen würde, und sein Mitleid löste sich in Luft auf.

»Wolodja? Wie dumm kann man sein, einen Gruppenleiter anzubaggern?«

»Verliebte sind selten schlau.« Jura lächelte bei der Erinnerung, wie er Wolodja das erste Mal leichtsinnig am Trafohäuschen geküsst hatte. Und wozu hatte dieser Kuss geführt? War dieser flüchtige Glücksmoment seinen Herzschmerz wirklich wert?

Als das Feuer heruntergebrannt war, fingen die Kinder an drüberzuspringen und forderten Jura auf mitzumachen. Doch er lehnte ab und ließ Mascha nicht aus den Augen, die sich zum Glück Sweta aus der dritten Pioniergruppe anschloss und auch übers Feuer sprang. Für Jura der perfekte Moment, um sich unbemerkt, so dachte er zumindest, aus dem Staub zu machen.

Eine halbe Ewigkeit stand er in der Dunkelheit herum. Doch kaum dachte Jura, dass sie sich vielleicht verpasst hatten, sah er die vertraute Silhouette mit einem Rucksack auf dem Rücken auf sich zukommen.

»Bist du bereit?«, fragte Wolodja. »Hat dich jemand gesehen?«

»Ich glaube nicht. Die Kleinen springen übers Feuer,

und ich habe extra abgewartet, dass Mascha nicht herguckt. Was hast du denn alles in dem Rucksack?«

»Eine Schaufel, die Kapsel und Sachen zum Reinlegen. Und eine Decke … falls wir noch ein wenig bleiben. Wollen wir los?«

Sie bogen auf einen gewundenen Pfad ab, der hinter dem Strand entlangführte. Im Wald war es stockfinster. Von der Lichtung her waren die Stimmen der Pioniere und das Knacken des Lagerfeuers zu hören. Jura war es gewohnt, bei ihren Spaziergängen zur Weide vorneweg zu laufen. Immerhin kannte er sich im Wald besser aus. Doch dieses Mal war es Wolodja, der vor ihm lief und ihnen mit der Taschenlampe leuchtete. Jura fühlte sich, als würde er zur Schlachtbank geführt.

Sie gingen zu ihrer Weide, um sich voneinander zu verabschieden. Sie gingen dorthin, um ihre letzten gemeinsamen Minuten zu verbringen und sich einige letzte Worte zu sagen.

Hör auf damit, wies Jura sich im Stillen zurecht. *Wir werden uns wiedersehen. Irgendwann sehen wir uns wieder.*

Der Wunsch, umzukehren, war beinahe übermächtig. Als müssten sie, wenn sie nicht zur Weide gingen, sich auch nicht trennen. Jura wollte Wolodjas Hand greifen, blieb jedoch abrupt stehen – mehrere Menschen liefen ihnen keuchend hinterher. Taschenlampenlicht zuckte zwischen den schwarzen Bäumen hin und her. Sie waren aufgeflogen.

»Wolodja! Jura! Wartet!« Irina Petrowna stürmte mit einer Taschenlampe in der Hand auf sie zu, gefolgt von Ksjuscha, Polina und … Mascha. »Wohin geht ihr?«, fragte sie inquisitorisch.

Wolodja blieb gefasst. Er nahm schweigend seinen

Rucksack ab und holte die Zeitkapsel, eine Metalldose mit Deckel, in der für gewöhnlich Graupen aufbewahrt wurden, hervor.

»Wir wollen eine Zeitkapsel vergraben. Hier.« Er streckte ihr die Dose entgegen.

»Und warum habt ihr mir nicht Bescheid gegeben?«, fragte Irina wutentbrannt.

»Du solltest dich doch abmelden, Jura«, sagte Wolodja.

Jura fuhr zusammen – das hatte er vergessen. Dabei hatte ihn Wolodja noch daran erinnert.

»Das habe ich … Entschuldigen Sie, Irina Petrowna, ich habe in der Aufregung nicht dran gedacht.«

»Er hat nicht daran gedacht, ist denn das die Möglichkeit … Ich bin für dich verantwortlich, wieso will dir das nicht in den Kopf? Wenn dir irgendwas passiert, weiß ich nicht mal, wo du bist.«

Wolodja holte tief Luft: »Irina, können wir kurz unter vier Augen sprechen?«

Die Gruppenleiter gingen ein paar Schritte zur Seite. Jura musterte Mascha ratlos. Wie hatte sie überhaupt herausgefunden, wohin sie gegangen waren? Und nicht nur das – sie hatte sie auch noch bei Irina verpetzt und das Mädchentrio mitgeschleift.

Ob Wolodja und Irina bewusst war, dass ihr Streitgespräch, obwohl sie ein gutes Stück von ihnen entfernt standen, vom Wind zu ihnen getragen wurde und jedes Wort deutlich zu hören war?

»Dass Konew leichtsinnig ist, weiß ich ja. Aber wenigstens du hättest mir Bescheid geben müssen. Und diese Kapsel … Eine großartige Idee. Wir hätten eine Gruppenkapsel vergraben können. Dein Verhalten ist nicht sonderlich kameradschaftlich. Wir sind doch Komsomolzen.«

»Entschuldige, war keine böse Absicht. Das ist mir erst vorhin eingefallen, und dann hatte ich die ganze Zeit zu tun. Du weißt ja, wie das ist. Tut mir wirklich leid.«

»Schon gut. Vielleicht holen wir es ja morgen früh nach.«

»Dann lässt du Jura gehen? Auf meine Verantwortung natürlich. Ich bringe ihn dir nicht später als ein Uhr heil und unversehrt wieder. Komsomolzenehrenwort!«

Mit verschränkten Armen trat Irina von einem Fuß auf den anderen und blickte misstrauisch zu Jura her.

»Ein Uhr ist viel zu spät.«

Eine Windböe trug den nächsten Teil des Gespräches weg. Und als die Gruppenleiter wieder zu hören waren, hatte Irina Petrowna wohl nachgegeben, denn sie fragte: »Hast du Olga Leonidowna Bescheid gegeben?« Wolodja schüttelte den Kopf. »Wenn jemand von der Lagerleitung von eurem Ausflug Wind bekommt, gibt's richtig Ärger.«

»Denkst du wirklich, dass die das kümmert?«

»Na ja … Einen Vermerk in deiner Akte riskierst du allemal.«

»Zum Teufel mit der Akte. Also, deckst du uns? Wir bleiben auch in der Nähe, im Wald.«

»In Ordnung, einverstanden …«

Wolodja hatte sich schon abgewandt, doch kaum hatte er einen Schritt getan, sagte Mascha mit schriller Stimme: »Lass sie nicht gehen! Ich weiß, warum sie dort zusammen hingehen, Irina. Sie sind krank. Sie küssen und umarmen sich. Man muss sie bestrafen. Man muss Olga Leonidowna informieren.«

Ihre Worte dröhnten in Juras Ohren, und ihm wurde schwarz vor Augen. Wolodja blieb wie angewurzelt stehen und drehte sich erschrocken um. Irina blickte Mascha irritiert an.

»Haha!«, lachte Ksjuscha los. Ihr Gekicher war gellend in der Stille des Waldes und ließ alle zusammenzucken. Sie gluckste: »Dieses Mädchen ist doch immer für eine Überraschung gut.«

Polina schaute genauso erschrocken drein wie Wolodja.

»Daran sind wir schuld, Ksjuscha. Wir hätten uns mit ihr anfreunden sollen … Sie ist einsam.«

»Meinst du das ernst?«, gluckste Ksjuscha. »Glaubst du … Glaubst du, sie ist aus Einsamkeit verrückt geworden?«

»So was in der Art. Kein normaler Mensch würde erst jemanden gut finden und dann schlecht über ihn reden«, sagte Polina. »Und Mascha ist andauernd allein und kann nachts nicht schlafen. Wir haben doch gesehen, dass sie in der Nachtruhe immer rausgegangen ist.«

»Ich …« Mascha sah sich um wie ein gehetztes Tier und stammelte: »Ich sage die Wahrheit …«

»Irina, sie hat Wolodja wirklich regelrecht verfolgt, so toll fand sie ihn«, sagte Ksjuscha. »Ich habe es anfangs auch nicht geglaubt und mir nichts dabei gedacht, wenn sie die Baracke verlassen hat. Ich dachte die ganze Zeit, dass sie sich mit Konew trifft. Aber sieh mal einer an …«

»Sie hat nachts die Baracke verlassen?«, fragte Irina Petrowna entgeistert.

»Ja, ganz oft«, bestätigte Polina. »Alle Mädchen wissen das.«

»Ja, Irina«, nickte Ksjuscha. »Vielleicht müssen wir sie Olga Leonidowna melden. Wie gemein muss man eigentlich sein, um sich solche Lügengeschichten auszudenken? Eigentlich sollte man sie dafür aus der Pionierorganisation ausschließen.«

»Macht das nicht. Damit wäre ihre Zukunft im Eimer«, wandte Polina ein.

Mascha schluchzte inzwischen und flüsterte: »Ich hab's gesehen, ich hab's doch gesehen.«

Irina Petrowna trat an sie heran und fragte streng: »Wie kannst du es wagen, andere Leute zu denunzieren? Das überschreitet alle Grenzen.«

Maschas Unterlippe bebte, sie schniefte. »Es ist wahr, Iri…«

»Dass du dich nicht schämst«, unterbrach Irina sie tonlos. »Lügen über einen Leiter zu verbreiten. Über einen tadellosen Komsomolzen! Sie küssen sich … Was hast du dir da nur ausgedacht. Ich meine, allein die Vorstellung …«

Jura war verwirrt. War das, was zwischen ihnen war, wirklich so abwegig, dass niemand auch nur über die Möglichkeit einer solchen Liebe nachzudenken bereit war? Schließlich gab es solche Menschen: Jura war einer, und neben ihm stand noch einer, rückte seine Brille mit zitternder Hand zurecht und schwieg. In was für einer Welt lebte er eigentlich? In was für einer falschen Welt, denn es war die Welt, die unrecht hatte, und nicht Wolodja und er.

Doch noch vor einem Monat hätte er es an Irinas Stelle auch nicht geglaubt.

Mascha schluchzte leise vor sich hin, Irina schüttelte vorwurfsvoll den Kopf, und Ksjuscha begann erneut zu spotten: »Erst lügen, dann heulen. Die schlechten Menschen sind immer die anderen, nicht wahr, Mascha? Erzähl doch mal, was hast du denn so für dunkle Geheimnisse?«

»Es reicht«, unterbrach Jura sie. »Egal was sie gesagt hat – man darf Menschen nicht demütigen.«

Irina Petrowna nahm Mascha beim Arm: »Komm, meine Liebe, Zeit, ins Bett zu gehen. Dieses Mal drücke ich noch ein Auge zu, aber wenn ich dich noch mal beim Lügen erwische, gehen wir zusammen zu Olga Leonidowna, und ich erzähle ihr von deinen kranken Fantasien …« Irina führte Mascha weg, in Richtung des Lagerfeuers. »Ksjuscha, Polina, kommt ihr?«, sagte sie über die Schulter. »Und auch ihr behaltet das bitte für euch. Und, Wolodja … ich sehe dich vor eins mit Jura in der Baracke.«

»Sag Olga Leonidowna nichts davon«, hörte Jura Polina im Weggehen sagen. »Wir alle sind schuld, weil wir uns nicht um ihre Freundschaft bemüht haben …«

»Letztes Jahr war sie ganz normal …«, fügte Ksjuscha hinzu.

»Wir werden sehen, wie sie sich benimmt. Mascha, ein Wort zu irgendwem, und …«, drohte Irina, dann waren sie außer Hörweite.

KAPITEL 18

Die letzte Nacht

Wolodja stand wie angewurzelt da und starrte auf den Pfad, über den die Mädchen soeben weggegangen waren.

»He, Erde an Wolodja.« Jura trat an ihn heran und wollte vor seinen Augen mit den Fingern schnipsen – doch vergeblich, seine Handflächen waren schweißnass von der Angst und der Aufregung, die er gerade ausgestanden hatte.

Doch er wusste, dass er nicht zulassen durfte, dass Wolodja ins Grübeln geriet. Denn das würde ihre letzte gemeinsame Nacht endgültig ruinieren.

»Ich weiß nicht …« Wolodja blickte ihn an. »Maschas Anklage wird mich bis in meine Träume verfolgen. Ich kann gar nicht glauben, dass wir davongekommen sind.«

»Geht mir genauso, aber sie kann immer noch zu Olga Leonidowna gehen.«

»Irina? Das macht sie nicht«, antwortete Wolodja überzeugt. »Sonst hätte sie uns gleich mitgeschleppt. Oder meinst du Mascha?«

»Dafür hat sie zu viel Angst. Uns bei Irina zu verpfeifen, ist eine Sache, aber zur Lagerleitung geht man nicht mal eben.«

»Und falls doch? Die sind älter und wissen im Gegensatz zu Irina, dass so etwas existiert.«

»Na gut, nehmen wir mal an, sie schwärzt uns an. Und dann? Immerhin bin ich hier das Opfer, und sie werden mich befragen, und dann sage ich, dass Mascha lügt. Und du und Irina sagt das Gleiche. Alle sagen, dass Mascha lügt. Ich glaube, die Sache ist ausgestanden. Gehen wir jetzt zur Weide oder nicht?«

Wolodja nickte, schaltete seine Taschenlampe aus und bog vom Pfad in den Wald ein.

»Damit uns auch wirklich niemand folgt«, erklärte er. »Wobei das ab jetzt ziemlich unwahrscheinlich ist ...«

Kurz darauf blieb Wolodja stehen, stellte den Wecker seiner Armbanduhr und fragte: »Hast du am Lagerfeuer irgendwas liegen lassen?«

»Kommen wir da nachher nicht mehr lang?«

»Mal sehen«, sagte Wolodja mit einem Lächeln auf den Lippen und ging weiter.

Jura fühlte sich schuldig, schließlich hatte er vergessen, sich bei Irina abzumelden. Und dann hatte er noch Mascha aus den Augen gelassen.

»Also, die Sidorowa ist echt ein Kotzbrocken«, regte er sich auf. »Garantiert hat sie uns Irina auf den Hals gehetzt. Und die Mädels sind ihr aus Neugier nachgelaufen. Ich war mir sicher, dass sie nicht bemerkt hat, dass ich gegangen bin.«

»Du musst dich nicht rechtfertigen. Wir haben doch schon mehrmals mitgekriegt, dass Mascha eine ausgezeichnete Spionin sein kann. Und übrigens, ich war überrascht, dass du dich am Ende für sie eingesetzt hast. Du bist echt einer von den Guten.«

Jura verzog das Gesicht: »Ich weiß auch nicht, was mich da geritten hat. Irgendwie tat sie mir leid ... Glaubst du, dass Irina Mascha bei der Lagerleitung melden wird?

Immerhin ist es eine ernste Sache, einen Komsomolzen derartig zu beschuldigen.«

Wolodja dachte nach und sagte: »Das glaube ich nicht. Schon weil dann rauskäme, dass Irina ihre Aufsichtspflicht verletzt hat. Sie weiß ja auch, dass Mascha einfach nur verliebt ist und kein schlechter Mensch.«

Jura lachte bitter. »Immerhin hat dich Mascha erpresst und wollte dich so für sich gewinnen. Und jetzt hat sie die Grenze endgültig überschritten.«

»Ach was. Sie weiß einfach noch nicht, wie das mit dem Lieben geht. Sie ist verzweifelt.«

»Ich bin auch verzweifelt und weiß nicht, wie man liebt«, platzte Jura heraus. »Aber aus irgendeinem Grund spioniere ich dir nicht nach oder bin gemein zu dir.«

»Weil deine Liebe erwidert wird. Und übrigens, wer hat denn erst kürzlich einen Apfel nach mir geworfen?«

Und während Jura noch nach einer Antwort suchte, waren sie bereits an der Furt angelangt.

Das Flusswasser war kalt, und als sie am gegenüberliegenden Ufer ankamen, fröstelten sie. Und während Wolodja in Windeseile wieder in seine Trainingshose schlüpfte, hatte Jura mit seiner Jeans zu kämpfen und kassierte auch noch mehrere Mückenstiche. Nachdem er ein paar Schritte gegangen war, verzog er das Gesicht – seine nassen Füße quietschten fürchterlich in seinen Turnschuhen.

Als sie entlang des Ufers zur Weide schlenderten, fragte Jura: »Was hast du denn zu Irina gesagt, dass sie uns sogar bis ein Uhr hat gehen lassen?«

»Ich habe sie daran erinnert, dass ich sie und Sport-Schenja gedeckt habe, als sie mich darum gebeten hat.«

»Dann weißt du also Bescheid?«

Wolodja sah ihn schief an: »Schenja ist mein Zimmergenosse.«

»Und was hältst du davon?«

»Wovon?«

»Davon, dass Schenja verheiratet ist und sich mit Irina trifft.«

»Er liebt sie, das ist offensichtlich. Gestern haben sie sich mal wieder gestritten, und ich habe den Briefboten gespielt. Auch zwischendurch kam Irina immer mal und hat gefragt, ob sie das Richtige tut.«

»Du bist also ihr Liebesratgeber?« Jura lachte.

»So in etwa. Vielleicht sogar ihr Kuppler. Das ging aber nicht von mir aus – Schenja hat mich dazu gezwungen.«

»Und was hast du ihr geantwortet?«

»Ich ... Ich habe ihr gesagt, dass sie an sich selbst denken soll, an ihre Gefühle und Wünsche, und nicht auf das hören, was andere sagen. Die Leute verurteilen einen am Ende so oder so. Immerhin ist sie glücklich mit ihm. Warum sollte sie dann nicht mit ihm zusammen sein?«

Jura blieb stehen. »Das hast du wirklich zu ihr gesagt?«

Auch Wolodja blieb stehen, drehte sich zu ihm um und lächelte: »Ja.«

»Und du denkst wirklich so?«

»Ja.«

Plötzlich kochte Wut in Jura hoch. Zu gut erinnerte er sich noch an ihr Gespräch auf der Baustelle. »Aber du selbst hast es nicht verdient, glücklich zu sein? Oder wie soll ich das verstehen?«

»Das ist was anderes.«

»Ist es nicht. Du hast gesagt, dass du Angst hast, mir wehzutun, so wie Irina Angst hat, Schenja wehzutun. Du bist genau wie sie: Hörst immer auf alle um dich herum, richtest dich nach deren bescheuerten Maßstäben. Aber auf mich hörst du nicht.«

»Du verstehst das nicht …«

»Ich verstehe alles! Hör auf, mich wie ein Kind zu behandeln – du bist nur zwei Jahre älter als ich. Schau nur, wie sehr ich mich verändert habe. Du hast mich verändert. Vor drei Wochen hatte ich noch Angst, mich dem Klavier auch nur zu nähern, dank dir spiele ich wieder vor Publikum. Also sag mir nicht, dass ich irgendetwas nicht verstehe. Ich weiß nur zu gut, wovor du solche Angst hast. Auch ich habe Angst. Aber ich kann auch diese Angst überwinden.« Er stockte. Mit leiser Stimme und gesenktem Blick fügte er hinzu: »Weil ich mich in dich verliebt habe.«

Wolodja sah ihn lange an, schüttelte den Kopf, ergriff seinen Arm und zog ihn hinter sich her, bis sie unter der üppigen Weidenkrone standen. Hier zog er eine Decke aus dem Rucksack und breitete sie aus. Dann holte er die Zeitkapsel, ein Heft und einen Stift hervor und sagte: »Also los, schreiben wir eine Nachricht an uns in zehn Jahren.«

Sie setzten sich auf die Decke und zogen die Schuhe aus. Jura nahm Stift und Heft und schrieb auf die letzte Seite: *»Was auch immer passiert, verliert euch niemals aus den Augen.«*

Dann war Wolodja an der Reihe, beugte sich über das Heft und schrieb in ordentlicher und gerader Handschrift: *»Was auch immer passiert – verratet euch selbst nicht …«* Seine Hand zitterte. Jura leuchtete Wolodja mit der Taschenlampe ins Gesicht, und obwohl er sich wegdrehte, konnte Jura sehen, dass er mit den Tränen kämpfte.

»Wolodja, du darfst jetzt nicht weinen, sonst weine ich auch und dann …«

Ohne ihn ausreden zu lassen, nahm Wolodja ihn bei den Schulten, drückte ihn fest an sich und murmelte in seine Halsbeuge: »Jurotschka.«

Wenn ihre Umarmung auch nur einen Augenblick länger gedauert hätte, wäre auch Jura von Traurigkeit und Schmerz überwältigt worden. Doch Wolodja straffte sich und sagte: »Du hast recht, das bringt jetzt nichts. Das muss warten.«

Er nahm sein Heft in die Hand und schrieb. Jura leuchtete ihm mit der Taschenlampe. Sein Arm zitterte.

»Bleibt so, wie ihr im Jahr 1986 seid. An Wolodja: Ich hoffe, du hast dein Studium mit Auszeichnung abgeschlossen und warst inzwischen in den Vereinigten Staaten von Amerika. Und nun zu dir, Jura: Du hast hoffentlich am Konservatorium studiert und bist Pianist. Fertig. Was wollen wir noch in die Zeitkapsel legen?«, fragte Wolodja.

Jura holte aus der Gesäßtasche seiner Jeans ein feuchtes Blatt Papier hervor – ein Notenblatt.

»Hier, das *Wiegenlied* – für mich das Kostbarste dieses Sommers.« Jura strich es glatt und legte es in die Kapsel, woraufhin Wolodja sein Heft zusammenrollte und es ebenfalls hineinlegte. In dem Heft stand ihre Textfassung des Theaterstücks, inklusive aller Kommentare und persönlichen Notizen.

»Und noch etwas«, sagte Jura und kramte in seiner Hosentasche. »Hier. Ich denke, dass auch das in die Zeitkapsel gehört.«

Er holte die verwelkte weiße Wasserlilienblüte hervor, die Wolodja so liebevoll für ihn gepflückt hatte. Dieser nickte und legte die Blüte vorsichtig oben auf das Heft.

»Ist das alles?«, fragte Wolodja leise.

Jura schüttelte den Kopf. »Hier ist noch etwas.« Er griff nach den Zipfeln seines Pionierhalstuchs, das eng um seinen Hals gebunden war, doch seine Hände zitterten so sehr, dass er es nicht aufbekam.

Schweigend beugte Wolodja sich zu ihm und streckte die Hände aus, um ihm zu helfen. Und Jura sagte traurig: »Was für eine Ironie – als ich in die Pionierorganisation aufgenommen wurde, hat mir ein Komsomolze das Halstuch umgebunden. Und jetzt bindet es ein Komsomolze ab.« Ein kühler Lufthauch berührte seinen nackten Hals und ließ ihn frösteln.

Wolodja fragte: »Bist du dir sicher, dass du es in die Kapsel legen möchtest?«

»Ja.«

»Aber dein Halstuch ist doch nur fünfundfünfzig Kopeken wert, und wir haben gesagt, dass wir nur Dinge, die uns viel bedeuten, in die Kapsel legen«, stichelte Wolodja.

»Es hat an Wert gewonnen.«

Wolodja lächelte. »Und wie viel ist es jetzt wert?«

»Es ist unbezahlbar.« Als er Wolodjas spöttisches Lächeln bemerkte, fügte Jura hinzu: »Und zwar nicht, weil es ein Teil der roten Fahne ist, sondern weil es ein Teil meiner Kindheit ist.«

»Hilfst du mir auch?« Wolodja nahm Juras Hand und legte sie auf sein eigenes Halstuch.

Wolodja band die Spitzen der beiden Tücher zusammen. Jura starrte auf den festen Knoten und dachte, dass er wohl etwas zu bedeuten hatte. Doch er beschloss, nicht nachzufragen, weil er bei der Antwort am Ende doch noch hätte weinen müssen.

Wolodja seufzte, steckte die zusammengeknoteten Tücher in die Kapsel und verschloss sie.

Obwohl sie nur die Kinderschaufel hatten, war in der feuchten Erde schnell ein Loch gegraben. Sie legten die Kapsel hinein und sahen zu, wie ihr Metalldeckel unter der Erde verschwand. Und erst in diesem Moment fiel Jura wieder ein, dass das Mädchentrio, Mischa und Wanja ihm gute Wünsche und vor allem auch ihre Adressen auf sein Halstuch geschrieben hatten. Doch er verdrängte den Gedanken. Wichtig war jetzt etwas anderes, nämlich Wolodja, der mit seinem Taschenmesser etwas in die Rinde der Weide ritzte – über der Stelle, wo die Kapsel vergraben war. Jura richtete seine Taschenlampe auf den Stamm und sah im Lichtkegel einen kleinen, schiefen Schriftzug: *J+W*.

Es tat weh, diese Buchstaben zu sehen. Denn in wenigen Stunden würden sie nur noch hier vereint sein, symbolisch. In Wirklichkeit würden Tausende Kilometer zwischen ihnen liegen.

In diesem Moment kümmerte es Jura nicht mehr, was Wolodja über sich dachte und wovor er sich fürchtete. Er wollte ihn einfach nur in den Arm nehmen. Und das tat er auch, fest und drängend und auf die Gefahr hin, dass Wolodja ihn zurückstoßen würde. Doch das tat er nicht. Im Gegenteil, er schien sich nach der Umarmung gesehnt zu haben, schmiegte sich an ihn und atmete mit einem tiefen Seufzer aus.

»Ich werde dich so vermissen.« Wolodja strich ihm mit seinen warmen Handflächen über den Rücken. Doch als er ihn unterhalb des Ohrläppchens küsste und sein Atem ihn erschauern ließ, fuhr Jura zusammen und wich zurück. Er erinnerte sich nur zu gut daran, wie Wolodja gesagt hatte, dass ihm Berührungen und Zärtlichkeiten zuwider seien …

Er nahm Wolodjas Hand von seiner Schulter, setzte sich wieder auf die Decke und kauerte sich zusammen.

»Was ist denn los?« Wolodja setzte sich neben ihn. »Habe ich was falsch gemacht?«

»Nein, gar nicht.« Jura schüttelte den Kopf. »Es ist nur … Uns bleibt nur noch so wenig Zeit, und ich weiß nicht, was ich machen darf und was nicht. Du hast mich bis jetzt immer abgewehrt.«

Wolodja rückte nah an ihn heran, legte einen Arm um ihn, zog ihn an sich und flüsterte ihm ins Ohr: »Was willst du denn machen?«

Jura drehte seinen Kopf so abrupt zu ihm hin, dass ihre Nasenspitzen zusammenstießen.

»Dich küssen. Darf ich?«

»Du darfst.« Wolodja neigte sich vor und legte seine warmen, weichen Lippen auf die seinen. Jura tastete nach Wolodjas Hand und verschränkte ihre Finger. Er hatte panische Angst, alles wäre vorbei, sobald sie die Hände lösen und ihren Kuss beenden würden.

Doch noch dauerte es an. Wolodja öffnete seinen warmen, feuchten Mund und lud Jura ein, sich mit der Zunge vorzutasten. Ihr Kuss fühlte sich so gut an, dass alle Trauer verflog. Alles verstummte und trat in den Hintergrund – das Rauschen des Flusses, das Rascheln der Blätter und sogar das laute Pochen seines Herzens. Was blieb, war dieser schwindelerregende, echte, erwachsene Kuss und der Wunsch, dass er niemals enden möge.

Jura kam zu sich, als der Kuss vorbei war und ein kalter Windhauch über seine Lippen fuhr. Er lag inzwischen auf der Decke. Als er die Augen aufschlug, sah er Wolodja, der einen Arm um ihn gelegt hatte, neben sich liegen. Wolodja schaute zum Himmel hoch, und Jura bestaunte die fragilen silbernen Streifen, die das Mondlicht ihm aufs Gesicht malte.

Als Jura näher rückte, regte sich Wolodja nicht, sondern seufzte nur. Jura wollte fragen, ob er ihn umarmen dürfe, und begann innerlich zu fluchen. Sie hatten nur noch heute. Morgen würde er es ganz sicher bereuen, wenn er sich jetzt nicht traute.

Also nahm er all seinen Mut zusammen, legte seinen Kopf auf Wolodjas Schulter und streichelte seine Brust. Wolodja zuckte zusammen. »Jura, du bist mir viel zu nah.«

Wolodja griff seine Hand, und Jura war sich sicher, dass er sie zur Seite legen würde. Doch er drückte sie nur und sagte: »Das fühlt sich so gut an. Wir hatten einen ganzen Monat und liegen heute zum ersten Mal so zusammen.«

»Du hättest mich ohnehin abgewiesen. Aber wir haben ja noch heute.«

Wolodja fuhr Jura mit der Nase durchs Haar und atmete tief seinen Geruch ein, streichelte seinen Hals. Jura entfuhr ein Seufzer. Wolodja lachte auf und flüsterte ihm ins Ohr: »Das gefällt dir, wie? Wenn man dich berührt, knistert es förmlich – als ob du elektrisch geladen wärst. Ich genauso«, sagte er und presste sich an Jura.

Jura wollte ihn berühren. Und obwohl er wusste, dass Wolodja augenblicklich protestieren würde, schlüpfte er mit der Hand unter sein Hemd und berührte mit zittrigen Fingern seinen Bauch. Wolodja biss sich auf die Lippe und sagte prompt: »Jura, lass das …«, schlug die Hand jedoch nicht weg.

»Ich habe das Gefühl, dass du Angst vor mir hast«,

sagte Jura, doch Wolodja schüttelte den Kopf. »Ich habe nicht vor dir Angst, sondern vor mir. Es fällt mir schwer, mich zurückzuhalten. Nicht das zu tun, was ich später bereuen würde.«

»Warum bist du dir so sicher, dass du es bereuen würdest?«

»Weil ich dir dadurch schaden würde.«

»Das schon wieder.« Jura richtete sich auf und sah Wolodja aufgebracht an. »Wir haben nur eine einzige Stunde zusammen, und du fürchtest mir zu schaden, übersiehst dabei aber, dass es mir auch jetzt schon nicht gut geht. Ich habe das Gefühl, dass ich schon bald alles verlieren werde: dich und auch mich selbst.« Er schnappte nach Luft. »Wolodja, tu mir den Gefallen: Sei jetzt du selbst. Für mich. Denn so möchte ich dich in Erinnerung behalten, als meinen ersten, besten und besonderen Freund. Und auch du sollst mich genauso sehen.«

Wolodja richtete sich auf und sah ihn entgeistert an: »Jurotschka …« Er räusperte sich. »Was bin ich nur für ein Mensch, dass mir sofort komische Gedanken in den Kopf kommen? Ich …«

»Das sind keine komischen Gedanken. Ich habe es genau so gemeint«, fuhr Jura ihn an. »Ich habe meine Kindheit in der *Schwalbe* verloren. Und ich möchte auch mich verlieren.«

Wolodja blickte zu Boden »Danach gibt es kein Zurück. Du wirst es weder ändern noch vergessen können.«

»Warum soll ich es ändern oder vergessen wollen? Wovor soll ich denn Angst haben? Immerhin wird niemand davon erfahren. Nur wir beide werden wissen, dass wir alles miteinander geteilt haben.«

»Noch ein gemeinsames Geheimnis?«

»Nicht *noch eins*, sondern das einzige. Das größte und wichtigste Geheimnis.«

Wolodja schwieg, musterte zweifelnd Juras Gesicht. Doch Jura blickte ihn fest und entschlossen an.

»Jura, bist du dir auch wirklich sicher? Du … Du kannst mir jederzeit sagen, dass ich aufhören soll. Und dann mache ich das.«

»In Ordnung.«

»Nein, das reicht mir nicht. Du musst mir versprechen, dass du beim kleinsten Zweifel abbrichst.«

»Ich verspreche es.«

»Dann schließ die Augen.«

Jura gehorchte. Er saß still da und wartete darauf, dass Wolodja ihn berühren würde. Doch dieser zog sich zurück, und Jura hörte es im Rucksack rascheln. Er hatte panische Angst, Wolodja könnte es sich anders überlegen, und wagte nicht, sich zu regen. Und plötzlich war Wolodja wieder da und knabberte zärtlich an seinem Hals.

»Wird es wehtun?«, platzte Jura heraus.

Wolodja lachte auf. »Nein, dir nicht. Ich habe doch gesagt, dass ich dich niemals erniedrigen würde.«

»Mich erniedrigen?«, empörte sich Jura. »Wie kannst du so reden? Ich liebe dich und bin bereit, alles für dich zu tun. Ich will dich von Kopf bis Fuß küssen.«

Wolodja lachte auf.

»Würde dir das etwa nicht gefallen?«, fragte Jura verwirrt. »Dann tue ich dir halt etwas anderes Gutes. Ich werde alles tun, was du willst, weiß nur nicht, wie … Wirst du mich anleiten?«

»Mein lieber Jurotschka.« Jura konnte hören, dass er lächelte. Wolodja strich ihm über die Wange und gab ihm einen Kuss auf die Nase. »Lass uns diese Leidenschaft doch für unser nächstes Mal aufheben. Jetzt musst du dich nur hinsetzen und mir ein wenig helfen.«

Wolodja kramte erneut in seinem Rucksack, und als er fand, wonach er gesucht hatte, rückte er wieder an Jura heran und flüsterte: »Darf ich dich küssen?«

»Hör auf, mich ständig um Erlaubnis zu fragen.«

»Wenn das so ist …« Wolodja gab ihm einen Kuss, doch keinen sanften, wie noch vor wenigen Minuten, sondern einen leidenschaftlichen.

Sie waren sich so nah wie noch nie. Und trotzdem stieß Wolodja ihn nicht weg, sondern presste sich an ihn. Jura schloss Wolodja in seine Arme, fuhr an Wolodjas Schulterblättern entlang. Seine Haut war ganz warm. Jura vergrub die Nase in der Kuhle über Wolodjas Schlüsselbein und atmete seinen Duft ein. Wie gut Wolodja doch roch … Er küsste seine Kehle. Wolodja seufzte und fuhr ihm mit den Fingern durch die Haare.

»Warte.« Jura öffnete die Augen, streckte die Hand aus, nahm Wolodja die Brille ab und legte sie neben der Decke ins Gras. »Ohne Brille wirkst du so süß hilflos …«

»Nein, das liegt einzig und allein an dir.« Wolodja gab ihm einen schnellen Kuss und schaltete die Taschenlampe aus.

Und nur wenige Minuten darauf vergaß Jura, wer er bisher gewesen war und wo er sich befand. Er konnte nicht erfassen, was genau er in diesem Moment fühlte. Das Gefühl war angenehm und fremd zugleich, vollkommen ungewohnt und mit nichts, was er bisher erlebt hatte, zu vergleichen. Jura wusste, dass er jederzeit Stopp sagen konnte, doch er wollte nicht, dass es aufhörte, und hatte sowieso keine Kraft, um zu sprechen.

Wolodja übersäte seinen Körper mit Küssen. Jura

glühte, doch seine nackten Füße und Knöchel waren kalt von der klammen Nachtluft, die vom Fluss zu ihnen heraufkroch.

Er wurde hoch hinaus geschleudert, in Höhen, wo die Luft dünn war, nur um sogleich wieder nach unten zu stürzen, und dann begann alles von Neuem. Es kam ihm vor, als müsste er in tausend Stücke zerspringen. Das wilde Schlagen seines Herzens war das Einzige, was er hörte. Ob Wolodja auch so besonders fühlte? Ob es auch für ihn so schön war? Jura wollte fragen, was er tun durfte. Was er tun sollte. Denn er wollte etwas tun, hatte aber Angst, diesen besonderen Moment zu zerstören. Doch schließlich traute er sich, legte die Hände um Wolodjas Knie und schob sich so nah an ihn heran, wie es nur möglich war. Dann verlor er sich wieder, verlernte zu atmen und ertaubte von seinem eigenen Herzschlag. Als seine Gefühle ihn zu überwältigen drohten, flüsterte er eindringlich: »Hör auf, hör auf«, und bereute es im nächsten Moment, denn Wolodja zog sich zurück. Sie richteten sich auf. Sie wussten, dass es bald an der Zeit war, zurückzukehren. »Bleib«, bat er leise. »Lass uns noch ein wenig zusammensitzen.«

Wolodja schmiegte sich mit seinem glühend heißen Körper an ihn. Regungslos und schweigend saßen sie beisammen, und Jura spürte, wie Verlegenheit ihn überkam. Allmählich wurde es kühl, und Wolodja zog sein Hemd an.

»Alles gut?«, fragte Jura mit zittriger Stimme.

Das fahle Mondlicht durchbrach ihr Dach aus Weidenblättern und erleuchtete Wolodjas Gesicht. Er sah unglaublich schön und restlos zufrieden aus, wischte Erde von seinem Hemd und lächelte verlegen.

»Wenn es nur immer so sein könnte, nicht wahr?«, flüsterte Wolodja, und Jura nickte. »Du hast gesagt, wir sehen uns wieder. Wann machen wir das?«

»Entweder ich besuche dich oder du mich. Dann haben wir viel Zeit, vielleicht sogar den ganzen Sommer.«

Juras Herz stolperte. Wolodja hatte das mit so viel Überzeugung gesagt, als gäbe es nicht den geringsten Zweifel daran, dass sie sich schon bald wiedersehen würden.

»Das wäre schön«, sagte er aufgeregt. »Ich wecke dich morgens mit meinem Klavierspiel, und du verlegst andauernd deine Brille.«

»Ach wo, die trage ich schon sehr, sehr lange und habe sie seit Ewigkeiten nicht verlegt.« Wolodja drehte den Kopf, kniff die Augen zusammen, entdeckte seine Brille im Gras, streckte sich nach ihr aus, setzte sie auf und atmete erleichtert auf. »Wir hätten sie beinahe platt gedrückt.«

»Und ich habe seit Ewigkeiten nicht Klavier gespielt«, sagte Jura nachdenklich.

»Aber du wirst doch ab jetzt spielen, oder?« Wolodja umarmte ihn so zärtlich wie nie zuvor.

»Ach, du wirst mich ganz sicher noch anflehen, damit aufzuhören. Keine drei Tage wirst du es aushalten, geschweige denn den ganzen Sommer. Du kannst dir gar nicht vorstellen, was für eine Qual es ist, mit einem Musiker zusammenzuleben – den ganzen Tag die immer gleichen Passagen, und das in einer derartigen Lautstärke, dass man am liebsten die Wohnung verlassen möchte.«

Wolodja nahm lächelnd seine Brille ab, legte sie Jura in den Schoß, vergrub sein Gesicht in seinen Haaren und flüsterte ihm ins Ohr: »Huch, ich glaube, meine Brille ist weg. Es soll angeblich die Hölle sein, mit jemandem zusammenzuleben, der andauernd seine Brille verlegt.«

Jura spürte Wolodjas warmen Atem auf seiner Haut. »Ich werde sie immer für dich suchen.«

»Dann werde ich Musik so sehr lieben, wie du es tust.«

»Und ich werde dich lieben …«

Wolodjas Wecker riss sie aus ihrer Traumwelt, in der sie unter einem Dach lebten, jeden Morgen nebeneinander aufwachten, sich unterhielten, gemeinsam frühstückten, fernsahen, spazieren gingen und jede Minute zusammen verbrachten.

»Wie spät ist es?«

»Wir haben noch Zeit.« Wolodja stellte den Wecker neu.

Schweigend saßen sie aneinandergelehnt da, blickten in die Dunkelheit und genossen wehmütig ihre letzten gemeinsamen Augenblicke.

Das erneute Piepsen marterte ihre Ohren und ihre Herzen. Wolodja sagte mit zittriger Stimme: »Wir sind hergekommen, um uns zu verabschieden.« Er stand auf und reichte Jura die Hand.

Widerwillig nahm Jura sie und ließ sich hochziehen.

Und so standen sie sich barfuß im kalten Gras gegenüber. Jura fühlte sich leer – als ob er seinen Willen und seine Gefühle und Gedanken verloren hätte. Das Rauschen des Flusses dröhnte ihm in den Ohren, während Wolodja ihm mit der einen Hand über die Wange strich und mit der anderen seine Hand hielt.

Jura wünschte, er könnte Wolodjas Augen sehen, noch ein letztes Mal darin versinken, und als hätte der Mond seinen Wunsch gehört, tauchte er als dünne Sichel hinter den Wolken auf und erhellte Wolodjas Gesicht. Jura versuchte, sich dessen Züge genau einzuprägen, die schmale Nase, das kantige Kinn. Dann wandte er sich um, saugte die Umgebung, die Geräusche und Gerüche, die diesen Moment auszeichneten, in sich ein. Denn er wusste, dass er für viele Tage oder gar Jahre buchstäblich nichts haben würde als seine Erinnerungen hieran. Er schlang die Arme um Wolodja, krallte sich an ihm fest, presste sich mit seinem ganzen Körper an ihn.

Wolodja umarmte ihn und flüsterte ihm mit seinen warmen Lippen ins Ohr: »Auf Wiedersehen, Jurotschka, auf Wiedersehen.«

Und alles, was in den nächsten Stunden geschah, nahm Jura verschwommen wahr. Es hatte keine Bedeutung für ihn.

Auch am nächsten Morgen, als er den Kleinen aus Wolodjas Gruppe beim Packen half, war Jura mit seinen Gedanken noch immer dort, unter der Weide, wo er Wolodja in seinen Armen gehalten, seine Wärme gespürt hatte und mit ihm verschmolzen war.

Dennoch war seine letzte Erinnerung an ihn nicht der Klang seiner Stimme an seinem Ohr, es waren nicht seine Abschiedsworte oder das Rascheln der Weidenblätter. Nein, es war der letzte Blick aus dem Busfenster: Wolodja, wie er ihm zum Abschied winkte. Und hinter ihm blauer Himmel, das Tor zum Pionierlager und die roten Fahnen im Wind.

KAPITEL 19

Brieffreunde

Er hatte sich nicht den besten Zeitpunkt für seine Reise in die Vergangenheit ausgesucht. Seit einer Woche regnete es in Strömen, und Jura wusste, dass eine weitere Regenwoche vorhergesagt war. Doch er hatte keine Wahl – seine Konzerttournee war vorbei, und in seiner Brieftasche lagen Tickets für den morgigen Rückflug nach Deutschland.

Jura war durchgefroren und durchnässt vom anhaltenden Nieselregen. Und zu allem Überfluss zogen sich plötzlich Wolken über ihm zusammen, und es wurde so dunkel, als wäre die Sonne bereits untergegangen. Dabei war es erst um sechs an einem Septemberabend, und damit viel zu früh für den Sonnenuntergang. Doch gleichzeitig war es auch viel zu spät, um sich von den Erinnerungen ablenken zu lassen, die dieser Ort in ihm aufsteigen ließ. Jura schüttelte den Kopf und beschloss, keine Zeit mehr zu verlieren und endlich das in Angriff zu nehmen, wozu er hergekommen war.

Also machte er sich auf den Weg zum Flussufer. Anfangs lief er noch über bröckeligen Beton, doch als er die Baracken hinter sich gelassen hatte, wurde der Pfad schmaler und führte über Waldboden. Schließlich erblickte er den Fluss und davor das breite Stück Sandstrand.

Als Jura sich zum Lager umwandte, das von Löwenzahn und Gras in Besitz genommen wurde, fielen ihm die Zeitungen ein, die Wolodja seinerzeit in dem Rohbau auf der Baustelle für sie ausgelegt hatte. Er dachte daran, wie er damals euphorisch Zeitungen aus der Zukunft herbeigesehnt hatte. Doch inzwischen hatte er diese Zukunft durchlebt und lächelte wehmütig.

An den Rest des Jahres 1986 erinnerte er sich kaum. In der ersten Zeit war er unendlich traurig gewesen. Zurück in Charkiw, kam er sich vor, wie in einer völlig fremden und unwirtlichen Welt gelandet. Es kam ihm vor, als wäre alles um ihn herum nur ein böser Traum, aus dem er lediglich aufwachen musste, um sich in der *Schwalbe* wiederzufinden. Bei Wolodja. Doch seine Lebensrealität bestand nun wieder aus einer stickigen Stadt und den vier Wänden seines Zimmers. Aus seiner glücklichen Zeit im Pionierlager waren ihm nur ein Foto über seinem Bett, seine Erinnerungen und Wolodjas Briefe geblieben.

»Als ich wieder zu Hause war und meine Sachen ausgepackt habe«, schrieb Wolodja ihm in seinem allerersten Brief, »kam mir so absurd vor, dass ich nichts hatte, was mich an die *Schwalbe* erinnern würde. Jura, wir haben alles in der Zeitkapsel zurückgelassen, außer dem Gruppenfoto zum Glück. Olga Leonidowna wollte Lena und mir die Fotos unserer Gruppe bringen, als unser Bus plötzlich losfuhr. Wie sie mit den Armen gewedelt hat und dem Bus hinterhergerannt ist! Du hättest dich schlappgelacht. Der Busfahrer hatte sie nicht bemerkt und aufs Gas gedrückt. Aber am Ende haben die Kleinen ihn mit ihrem Gekreische zum Anhalten gebracht. Ich sehe gerade vor mir, wie du bei der Geschichte grinsen musst.

Ich hoffe sehr, dass du dein Gruppenfoto auch bekommen hast. Ich hab dem Brief meins beigelegt. Vielleicht kannst du mir im Gegenzug ja deins schicken. Aber nur wenn du mit drauf bist.«

Jura schickte ihm sein Gruppenfoto und befestigte Wolodjas an dem großen Wandteppich über seinem Bett. Sein Fenster ging nach Osten raus, und die ersten Sonnenstrahlen fielen von nun an auf das Foto.

Wolodja hatte darauf ein angestrengtes Lächeln im Gesicht und sah ziemlich fertig aus. Links von ihm stand Oleschka und rechts Sascha. Die Knirpse standen stramm wie die Zinnsoldaten, als wären ihnen die Arme an den Körpern festgeklebt. Hinter der Gruppe erhob sich das Sina-Portnowa-Denkmal, über ihren Köpfen der Himmel war blau und wolkenlos. Wann immer Jura sich das Foto ansah, kamen ihm alle furchtbar unecht vor. Vor allem Wolodja. Denn Jura wusste, welch tiefe Trauer sich hinter dessen Lächeln und der Brille verbarg.

Die ersten Monate überstand Jura einzig und allein dank ihres Briefwechsels. Er versuchte, seine Sehnsucht mit allen Mitteln vor seinem Umfeld zu verbergen, lächelte die ganze Zeit angestrengt, hing viel mit seiner Clique ab, saß beim Frühstück und beim Abendbrot, als wäre nichts, besuchte seine Großmutter, half seiner Mutter im Haushalt und seinem Vater in der Garage. Doch in seinen Gedanken war er in der *Schwalbe* oder wartete sehnsüchtig auf den nächsten Brief. Durch die Briefe fühlte er sich mit Wolodja verbunden und von ihm geliebt. Doch es lagen Tausende Kilometer zwischen ihnen. Das war so ungerecht! Jura hatte immer geglaubt, dass die Liebe alle Hindernisse überwinden könnte. Doch nun stellte sich heraus, dass sie gegen große Entfernungen nicht ankam.

Erst zum Winter hin ging es ihm ein wenig besser. Er hatte sich mit seiner Situation abgefunden. Die Sehnsucht ließ nach, und dann ließ wohl der eisige Winter sein Herz gefrieren.

Wolodja hielt sein Versprechen. Er schrieb ihm oft und berichtete ihm von allem, was in seinem Leben vor sich ging. Anfangs hatten sich Juras Eltern über die häufige Post gewundert, doch er erklärte ihnen, dass er in der *Schwalbe* einen Brieffreund gefunden hatte, der in Moskau lebte.

Und selbst wenn seine Eltern einen Blick in die Briefe geworfen hätten, wäre ihnen nichts aufgefallen. Man musste schon zwischen den Zeilen lesen, um zu wissen, wo in diesen kühlen, geradlinigen Sätzen etwas von ihrer gemeinsamen Vergangenheit stand. Jura wusste, bei welchem Wort Wolodja das Gesicht verzogen und bei welchem er seine Brille zurechtgeschoben hatte. Er stellte sich das Zimmer vor, in dem Wolodja an einem Schreibtisch am Fenster saß, sich über das Briefpapier beugte und ihm schrieb. Er stellte sich vor, wie er in Vorlesungen saß und sich mit seinen Kommilitonen unterhielt. Doch er wusste nicht, worüber sie redeten – das verriet Wolodja, der offensichtlich Angst hatte, etwas Falsches zu schreiben, nicht. Und das, obwohl die Redefreiheit in der Sowjetunion inzwischen ausgeweitet worden war.

Von *Glasnost* und *Demokratizacija* hatte Gorbatschow erstmals auf dem 27. Parteitag der Kommunistischen Partei der Sowjetunion im Februar 1986 gesprochen. Was Perestroika, Glasnost und neues Denken jedoch wirklich bedeuteten, begriff Jura erst im Jahr darauf.

Diese Schlagwörter waren omnipräsent und überall zu hören: auf den Straßen, im Fernsehen und an den

Küchentischen. Die progressive Mehrheit versuchte, die Perestroika umzusetzen, obwohl viele Sowjetbürger nicht daran glaubten oder gar Angst vor der neuen Freiheit hatten. Und natürlich war es nicht die ältere, sondern die junge Generation, die die Gelegenheit nutzte und öffentlichkeitswirksam auf Veränderungen drängte. Ihre Forderungen verbreiteten sich wie Donnerhall im ganzen Land. Etwas Derartiges hatte es noch nie zuvor gegeben: Pioniere, die Erwachsene kritisieren, Beschlüsse der Pionierorganisation boykottieren und die Frage aufwerfen, ob man eine Pionierorganisation überhaupt braucht. Jura war kein Pionier mehr, und auf den ersten Blick ging ihn das nichts an. Doch in ihm gärte die Vorahnung, dass bald alles anders sein würde als bisher. Und so kam es dann auch.

Das Jahr 1987 war das Jahr der Dezentralisierung von Fabriken und Betrieben und der Gründung von Gewerkschaften. Der Mangel an sowjetischen Waren nahm zu, doch plötzlich kamen ausländische Produkte in die Läden. Man sah Mädchen die Zeitschrift *Burda Moden* herumreichen, die in Deutschland in russischer Sprache gedruckt wurde und erst seit Kurzem in der Sowjetunion erschien. Die jungen Leute liefen in bunten, weiten Hosen und Jacken mit Nietenbesatz durch die Straßen. Juras ganzer Stolz war seine neue Schlaghose mit einem Kamel auf der Potasche. Doch nichts freute ihn so sehr wie ein Foto aus der *Schwalbe*, das seine Mutter aus der Fabrik mit nach Hause brachte, wo das Archiv aufgeräumt worden war – es war das Foto, das Pawel Alexandrowitsch nach der Theateraufführung geschossen hatte. Jura rahmte es ein, drehte es stundenlang in den Händen und betrachtete aufmerksam alle Gesichter der Theaterbrigade, die vor der Bühne posierte. Doch immer wieder blieb sein Blick bei Wolodja hängen, der ihm einen Arm um die Schulter gelegt hatte.

Nach dem radikalen Bedeutungsverlust der Jugendorganisation Komsomol schossen Subkulturgruppen wie Pilze aus dem Boden: Rocker, die nachts auf Motorrädern die Straßen unsicher machten, Heavy-Metal-Fans und Punks waren auffällig, Hippies in ihren abgenutzten Jeans und mit Friedensarmbändern eher unauffällig. In einem seiner Briefe schrieb Wolodja über die Ljubery, eine Bodybuilderbewegung aus Ljuberzy bei Moskau, die es sich zur Aufgabe gemacht hatte, die Hauptstadt von allen alternativen Strömungen zu *säubern*. So schlugen sie Hippies zusammen, rissen ihnen die Kleidung vom Leib und schnitten ihnen die Haare ab.

Um Jura zu beruhigen, fügte Wolodja hinzu: »Mich lassen sie in Ruhe.« Und Jura dachte: *Natürlich tun sie das, du gibst dich ja nicht zu erkennen.*

In Charkiw gab es keine Ljubery. Obwohl Jura sich keiner Gruppierung zugehörig fühlte, ließ er sich die Haare bis zu den Schultern wachsen. Er brach den Kontakt zu seiner Clique ab und hockte von nun an in seinem Zimmer, schaute jeden Freitag mit seinem Vater die Nachrichten und schrieb Wolodja dreimal pro Woche einen Brief. Dreimal pro Woche erhielt er eine Antwort.

Wolodjas Handschrift verriet Jura eine Menge. Normalerweise schrieb er sauber und gleichmäßig. Doch wenn er nervös war, neigten sich seine Buchstaben nach rechts, und die Schlaufen wurden lang und schmal wie Striche. War er wütend, drückte er mit dem Füller so sehr auf, dass er das Papier beinahe durchstach. Zwischendurch war einer der Briefe makellos gewesen und hatte keine

Informationen über Wolodjas Befinden und seine Laune geliefert, weshalb Jura ihn aufforderte, nie wieder einen Brief abzuschreiben, damit er besser aussah, sondern immer alle so zu schicken, wie sie waren – mit ihren Fehlern, Klecksen oder auch Kaffeeflecken. »So sind sie unverfälscht«, schrieb Jura ihm, »und lebendig.« Die Ecken ihrer Briefumschläge bemalten sie bunt, um sie beim ersten Blick in den Briefkasten entdecken zu können.

Auf diese Weise überstanden sie das Jahr 1987. Und als Jura sich im Dezember auf die Prüfungen an der Fachschule vorbereitete, an der er sich nur eingeschrieben hatte, um der Einberufung in die Armee zu entgehen, bat er Wolodja, ob er ihn nicht besuchen könnte. Doch dieser lehnte ab und erinnerte ihn an das, was er ihm ein Jahr zuvor geschrieben hatte: »Ich werde erst zu dir kommen oder dich zu mir einladen, wenn du am Konservatorium studierst.«

Wolodjas Ultimatum kam ihm gelegen. Nachdem er sein Lieblingsinstrument von Gerümpel freigeräumt, das Foto aus der *Schwalbe* draufgestellt und die ersten Tasten durchgedrückt hatte, hätte er sich ohrfeigen können, weil er seine Mutter, seinen Vater und all die anderen ignoriert hatte, als diese ihm sagten, dass er wieder anfangen müsse zu spielen, solange seine Hände das Klavierspiel noch nicht vergessen hatten. Ohne Hilfe konnte er die Aufnahmeprüfung am Konservatorium nicht mehr schaffen. Also stellte ihm sein Vater seinen alten Musiklehrer an die Seite, den er früher gehasst hatte und heute auch nicht als angenehm empfand. Nachdem er sich Juras Klavierspiel angehört hatte, verkündete er sein Urteil: »Eindeutig kein Durchschnitt, sondern eine Drei minus.« Talent sei jedoch vorhanden, fügte er gnädig hinzu. Doch um es weiterzuentwickeln, ermahnte er Jura, müsse er endlich aufhören, sich aufzuspielen, und müsse anfangen, von erfahrenen Leuten zu lernen.

Als Jura Wolodja von seinen jüngsten Bemühungen berichtete, lobte der ihn beiläufig. All seine Briefe lasen sich kühl, man könnte fast sagen, gleichgültig. Er hatte Angst, jemand könnte die Post öffnen. Am Ende jeden Briefs bat er Jura verschleiert, nicht offen über das zu sprechen, was zwischen ihnen gewesen war. Bei aller Kühle, die er sich auferlegt hatte, brachen doch manchmal seine Gefühle sich Bahn. Und diese seltenen Zeilen waren Jura kostbar, immer wieder flüsterte er sie vor sich hin.

»Manchmal vermisse ich die *Schwalbe* so sehr, dass ich fast durchdrehe. Meine Erinnerungen sind verschwommen. Zwar erinnere ich mich an Ereignisse, aber die Gesichter und Stimmen dazu bleiben unscharf. Doch den Abend, an dem wir mit dem Taschenmesser in die Weidenrinde geschnitzt haben, sehe ich ganz deutlich vor mir – in all seinen Details. Jura, wie geht es dir? Ist bei dir alles in Ordnung? Bist du gesund? Schläfst du auch genug? Hast du Freunde? Und hast du eigentlich inzwischen eine Freundin? Darüber schreibst du gar nichts.«

Sie hatten eine Regel: Intime Fragen durften nur verklausuliert und nur im letzten Briefabsatz gestellt und beantwortet werden. Und weil Wolodja seine Frage nach Juras Wohlbefinden im letzten Absatz gestellt hatte, schloss Jura seinen nächsten Brief mit einer entsprechenden Antwort: »Vor ein paar Tagen lief die Wiederholung der Talkshow *Fernsehbrücke Leningrad-Boston*. Erinnerst du dich, wie die sowjetische Teilnehmerin der Diskussionsrunde von einer Amerikanerin gefragt wurde, ob es im Fernsehprogramm der UdSSR auch so viel um Sex gehen würde, und sie antwortete: *In der UdSSR gibt es keinen Sex. Und wir sind auch kategorisch dagegen.* Meine Jungsclique, die ich kaum noch treffe, hatte letztens kein anderes Thema mehr: *In der UdSSR gibt es keinen Sex, haha.*«

In Juras Leben gab es tatsächlich keinen Sex. Denn obwohl er wusste, dass die Behauptung der Frau eine Lüge war, hatte er weder '86 noch '87 sein zweites Mal gehabt.

Jura machte auf dem Waldweg einen weiteren Schritt auf dem imaginären Zeitstrahl – 1988. Ein Jahr, das wahnsinnig schnell verflogen war. Ein weiteres Jahr, in dem sie es nicht geschafft hatten, sich zu treffen. Und wenn unter seinen Füßen eine Zeitung gelegen hätte wie im Rohbau damals, wären die Schlagzeilen wohl die folgenden gewesen: »Knappheit verschärft sich: Güter des täglichen Bedarfs verschwinden aus den Regalen«, »AIDS-Epidemie: Zahl der Infizierten steigt auf 32«, und »Richter, Djagilew – und nun auch Tschaikowski? Berühmte sowjetische und russische Homosexuelle«.

Plötzlich gab es keine Zensur mehr. In Zeitungen und Zeitschriften wurden Themen behandelt, die früher tabu gewesen waren. So erfuhren die Leserinnen und Leser beispielsweise über Prostitution nicht nur, dass sie existierte, sondern auch, dass es sie schon immer gegeben hatte: in den Achtzigern, in den Siebzigern und selbst in den Sechzigern. Und nur ein Jahr darauf spielte Elena Jakowlewa in Pjotr Todorowskis Film *Intergirl* eine Prostituierte.

In Wassili Pitschuls Film *Kleine Vera* sah Jura erstmals eine Sexszene auf der Leinwand. Wolodja mochte Sergej Solowjows Kriminal- und Liebesfilm *Assa* lieber und sah ihn sich mehrmals an. In den Discos wurden die Synthiepop- und Euro-Disco-Hits der Band Laskowyj Mai gespielt, doch Wolodja zog Wiktor Zois Band Kino, den Perestroika-Rock von Aquarium und Wjatscheslaw Butusow vor. Jura hörte gar keine Musik, er spielte Klavier.

Während er sich auf seine Aufnahmeprüfung vorbereitete und alte und neue Stücke rauf und runter spielte, begann er auch, eigene Werke zu komponieren. Inspiriert von seinen Erinnerungen an die *Schwalbe*, schrieb er eine traurige Melodie, schickte Wolodja die Noten und fügte eine Notiz bei: »Über die Baustelle. Erinnerst du dich?« Aufgeregt und mit zitternden Händen riss er Wolodjas Antwortbrief auf. »Ich habe eine Kommilitonin gebeten, mir deine Melodie auf dem Klavier vorzuspielen. Jura, ich finde sie wunderschön. Mach weiter mit dem Komponieren! Vielleicht kannst du ja auch eine Melodie über die Weide, das Theater und den Bühnenvorhang schreiben. Aber eigentlich ist vollkommen unwichtig, zu welchen Themen, Hauptsache, du komponierst auch weiterhin.

Einer meiner Studienkollegen hat ein japanisches Tonbandgerät, das ich mir ausleihen kann. Damit werde ich deine Melodie aufnehmen und kann sie hören, sooft ich will, und mich an die *Schwalbe* und natürlich auch an dich erinnern.«

Im Jahr 1988 waren die Zeitungen voll mit Outings von Persönlichkeiten des öffentlichen Lebens. Man begann, vergleichsweise offen über Homosexualität zu sprechen, im Alltagsleben wurde Schwulen mit Häme und Verachtung begegnet. Doch Jura hatte zu keinem Zeitpunkt das Gefühl, das könnte ihn betreffen. Für ihn zählte nur, dass er liebte und geliebt wurde. Doch Wolodja machte sich

Sorgen wegen des sich verschärfenden Tons: »Hast du eine Freundin? Falls nicht, solltest du dir eine suchen«, riet er ihm. Und Jura wusste nicht, ob er das ernst meinte. Schon im nächsten Brief wurde sein Ratschlag zu einer Forderung, die er im Folgenden regelmäßig wiederholte, und die Schlaufen seiner Buchstaben wurden von Brief zu Brief länger und magerer.

»Bei dir hört es sich so an, als wäre eine Freundin etwas wie ein Haustier«, schrieb ihm Jura zurück und fügte hinzu: »Und hast du mitbekommen, dass viele von *ihnen* gute Menschen waren? Dass viele von *ihnen* Genies waren?«

Doch Wolodja gab keine Ruhe. Und ein Fernsehbericht über eine HIV-Masseninfektion in Elista brachte das Fass zum Überlaufen: »Jura, hast du schon von Aids gehört, einer tödlichen Krankheit aus dem Westen, an der Gefängnisinsassen, Obdachlose und andere unter fürchterlichen Qualen dahinsiechen?«, schrieb Wolodja und drückte dabei so sehr auf, dass zwischen den Buchstaben Löcher zu sehen waren. »Die Natur hat nun wohl eine unheilbare Krankheit in die Welt gesetzt, um Menschen wie mich zu vernichten. Also muss ich dringend zum Arzt, sonst werde auch ich daran erkranken und unermessliches Leid verursachen. Hast du von dem Vorfall in Elista gehört? Dort hat man im Krankenhaus einen Aidskranken übersehen und mit einer verunreinigten Spritze fünf Erwachsene und siebenundzwanzig Kinder angesteckt. Und es scheint noch mehr Opfer zu geben. Er hatte ganz sicher die gleiche Krankheit wie ich – wieso sollte er sonst HIV gehabt haben?«

Jura bat ihn, sich zu beruhigen und nicht wieder die Verantwortung für alles Leid in der Welt auf sich zu nehmen. Dass eine Krankheit nicht von der Natur in die Welt gesetzt würde und Wolodja das ganz genau wisse. Dass HIV ein Virus sei und wahllos töte. Doch Wolodja beharrte auf seiner Sicht der Dinge. Jura hatte den Eindruck, dass er so sehr Angst davor hatte, zu erkranken, dass er das Virus unauflöslich mit seiner eigenen Krankheit, wie er sein Schwulsein nannte, verband: »Ich muss dringend zum Arzt und mir eine Freundin suchen. Nicht dass auch ich …«

Jura wusste, dass er ihn mit seinen Briefen nicht beruhigen konnte und nur ein Treffen oder wenigstens ein Telefonat helfen würde. Also bat er Wolodja immer wieder, jemanden ausfindig zu machen, der ein Telefon daheim hatte und bei dem er Wolodja anrufen könnte. Doch ohne Erfolg.

In den folgenden Monaten sprachen aus jedem von Wolodjas Briefen Verzweiflung und Furcht. Und obwohl Jura hoffte, dass er sich wieder beruhigen würde, lastete Wolodjas Angst schwer auf seinem Herzen. Jura hätte alles getan, damit er sich wenigstens ein bisschen besser fühlte. Er hätte ihm alles verziehen und alles verstanden – außer einer Behandlung.

Wenn Jura von seiner Angst überwältigt zu werden drohte, griff er sich das Foto aus dem Theater und sah es sich lange an. Da standen sie nebeneinander, Wolodja und er – müde und erschöpft, aber mit einem Lächeln im Gesicht. Schließlich hatten sie einander.

Jura konnte nicht mehr leben ohne das Foto. Allein die Vorstellung, zu spielen, wenn es nicht vor ihm auf dem Klavier stand, schnürte ihm die Luft ab. Es war ein wahrer Schatz in Schwarz-Weiß, das Wertvollste, das Jura besaß. Wenn er es ansah, sich an ihre gemeinsame Zeit erinnerte und sich ihr baldiges Treffen vorstellte, kam er augenblicklich zur Ruhe. Denn sie hatten auch damals Angst gehabt, waren jedoch vereint und glücklich gewesen. Was sollte ihnen schon passieren, das Schlimmste hatten sie bereits überstanden.

Doch Wolodjas Angst machte Jura so traurig und hilflos, dass er beschloss, das beste Beruhigungsmittel der Welt ihm zu überlassen. Er hoffte, dass das Foto ihn zur Vernunft bringen würde. Also nahm er es aus dem Bilderrahmen heraus und schickte es ihm schweren Herzens. Er schrieb gar nichts dazu, sondern nur allgemein zu Aids: »Im Fernsehen wurde berichtet, dass HIV durch Blut übertragen wird. Mein Vater sagt, dass man Schnittwunden vermeiden und mit dem Blut anderer nicht in Berührung kommen soll. Und dass man ausnahmslos seine eigenen Spritzen benutzen und im Falle einer Operation seine eigenen Skalpelle mitbringen soll. Meine Mutter sagt, dass man sich auf keinen Fall die Nägel mit einer von anderen benutzten Schere schneiden darf. Das alles betrifft dich doch ohnehin nicht, nicht wahr? Also ist alles gut, und du musst dir keine Sorgen machen. Trink ein Glas, um runterzukommen, und schlaf dich gut aus.«

Eigentlich wollte Jura ihn nach seinem Sexleben fragen, ob er Kondome benutzte. Doch er traute sich nicht und schickte ihm lediglich einige Broschüren, die sein Vater aus dem Krankenhaus mitgebracht hatte. Auf jeder einzelnen von ihnen stand in großen Buchstaben: *HIV ist sexuell übertragbar*.

Doch Jura wollte mehr wissen: War die HIV-Masseninfektion in Elista tatsächlich auf einen Homosexuellen zurückzuführen? Und wenn ja, was war aus ihm geworden? Aids war unheilbar, das war Jura bewusst. Aber hatte man versucht, die Homosexualität aus ihm herauszutherapieren? Und wenn ja, wie? Und was war das eigentlich genau?

Wolodja zu fragen, war sinnlos, der war panisch. Also wandte Jura sich an seinen Vater.

»Das ist eine psychische Störung«, antwortete dieser, ohne den Blick von der Zeitung zu heben.

»Angeboren oder erworben?«, hakte Jura nach.

»Das weiß ich nicht.«

»Aber du bist doch Arzt.«

»Ich bin Chirurg.« Sein Vater legte die Zeitung weg, musterte ihn kritisch und fragte: »Warum willst du das wissen?«

Jura seufzte schwer und schaute zu Boden. Für Wolodja zu sprechen, stand ihm nicht zu. Und was ihn selbst betraf – nein, Jura war weit davon entfernt, sich seinen Eltern anzuvertrauen.

»Nur so ... Ich bin nur neugierig«, murmelte er. »Wie auch nicht? Das Thema ist allgegenwärtig.« Er deutete mit dem Kinn in Richtung Radio, in dem gerade ein Song des exzentrischen Sängers Waleri Leontjew lief.

Sein Vater lächelte herablassend, so wie Jura es früher wohl auch getan hätte, versenkte sich wieder in seine Zeitung, murmelte: »Normal ist es jedenfalls nicht. Besser, man geht solchen Menschen aus dem Weg. Sie können einen beschädigen.«

»Und wie wird so etwas behandelt?«

Sein Vater senkte erneut die Zeitung und verzog das Gesicht – das Thema ging ihm eindeutig auf die Nerven. Jura wusste, dass ihm im Besonderen missfiel, derartige Fragen von seinem Sohn gestellt zu bekommen.

»Jura, ich bin Chirurg.« Er erhob, was er kaum je tat, die Stimme. »Früher wurden sie in Anstalten behandelt, von der konkreten Methodik weiß ich nichts. Und ich weiß auch nicht, wie es heutzutage ist und ob überhaupt etwas getan wird. Die Welt steht kopf – Schwule sollten von normalen Menschen isoliert werden, stattdessen stehen sie auf Bühnen. Hast du diesen ekelhaften Leontjew im Fernsehen gesehen?«

Im Radio sang Leontjew den Song über Afghanistan zu Ende, der gar nicht mehr aktuell war: Der Afghanistankrieg hatte im Frühjahr 1989 mit dem Abzug der sowjetischen Truppen geendet.

Die HIV-Epidemie in Elista löste eine regelrechte Hysterie aus und ließ die Menschen für eine Weile vergessen, was im Land vor sich ging. Die Lebensmittelknappheit spitzte sich zu. In der Küchenecke hatten die Konews kistenweise Fischkonserven aufgestapelt. Juras Mutter legte alles ein, was im Gemüsegarten der Großmutter wuchs, und ging allen mit Gerüchten auf die Nerven, dass der Lohn schon bald in Lebensmitteln ausbezahlt werden würde. Juras Vater entwickelte die unangenehme Gewohnheit, am Esstisch Berichte über Straftaten zu lesen. Hinter seiner Zeitung versteckt, beteiligte er sich nicht am Gespräch und rauchte eine Zigarette nach der anderen, obwohl auch diese inzwischen knapp waren. Jura hatte mit dem Rauchen aufgehört, und auch er las Berichte von Schießereien, Brandstiftung und Folter. So etwas hatte es vorher nicht gegeben, zumindest hatte man nichts darüber gelesen. Als die Mafia erstarkte und Firmen gegründet wurden, um Firmen zu schützen, dachte Familie Konew erstmals ernsthaft darüber nach, in die DDR auszuwandern.

Jura machte einen Schritt nach vorne auf dem Pfad und seinem ganz persönlichen Zeitstrahl. Bei 1989 war ein von Rissen überzogener und von Gras überwucherter Pflasterstein. Es war ein Jahr voller Sorgen gewesen: erst um Wolodja, der sich aber bald wieder beruhigt hatte, dann um sein Vorspiel am Konservatorium, bei dem er kläglich scheiterte. Er sehnte sich nach einer Möglichkeit, die UdSSR zu verlassen. Der Eiserne Vorhang war gefallen, und die Welt stand ihm offen, doch die Vergangenheit wollte Jura nicht gehen lassen und hielt die Türen verschlossen. In diesem unendlich langen Jahr, in dem Jura so dringend Veränderungen herbeisehnte, wurde er von der Vorahnung gequält, dass alles noch schlimmer werden würde. Und das passierte schon ganz bald.

Der Essiggeruch stand seit vielen Wochen in der Wohnung. Juras Mutter verpasste keine einzige Folge einer Telenovela über die *Sklavin Isaura* und kochte immerzu Marmelade. Im Fernsehen gab es inzwischen Werbung, das Programm wurde vielseitiger, und Jura, der Fernsehen für Zeitverschwendung hielt und lieber las, sah aus den Augenwinkeln tagein, tagaus die Lieblingssendungen seines Vaters, darunter *600 sekund* und *Pjatoe koleso*, flimmern.

Die gemeinsamen Auftritte des Mediums Allan Tschumak und des Hypnotiseurs Anatoli Kaschpirowski sah er sich mit ihm zusammen an.

Wolodja: »Hypnose ist purer Schwindel und funktioniert in der Praxis nicht …«

Woraufhin Jura nicht anders konnte, als nachzuhaken: »Aber du hattest doch auf der Baustelle gesagt, dass dir Hypnose auf jeden Fall helfen würde? Woher also der Sinneswandel?«

Wolodja wich aus: »Ein Bekannter von mir hatte eine Hypnosesitzung wegen seiner Schlafprobleme. Und wenn es ihm nichts gebracht hat, wird es mir ganz sicher nicht helfen.«

Doch Jura vermutete, dass es gar keinen Bekannten gab, sondern Wolodja selbst hingegangen war. Ein wenig war Jura beruhigt, da er Hypnose für weniger gefährlich hielt als Brechmittel. Aber er wusste ja nicht, ob Wolodja auch andere Behandlungsmethoden ausprobieren würde. Also versuchte er, ihm zumindest einen Termin beim Psychiater auszureden.

Und während Jura öfter als sonst schrieb, erklärte und feilschte, verpuffte seine Wut wegen der verpatzten Aufnahmeprüfung. Das, was sein Ego zuvor hart getroffen hatte, war nun vollkommen unwichtig. Jura nahm sich vor, mehr zu üben und es im nächsten Jahr wieder zu versuchen – selbst wenn er dann wieder durchfiel, würde er so lange kämpfen, bis er irgendwann angenommen wurde. Bei einer so exklusiven Aufnahmeprüfung zu scheitern, war keine Schande. Doch eine Schande wäre es gewesen, aufzugeben, und eine noch größere Schande, zuzulassen, dass Wolodja aus Angst irgendwelche Dummheiten machte. Aber vielleicht war es auch schon zu spät. Er war einfach zu weit weg von ihm, um ihn beeinflussen zu können.

Nach nicht einmal einem Monat begann sich Juras Verdacht zu bestätigen: Wolodjas Briefe waren anders, sogar seine Handschrift hatte sich verändert. Jura wurde den Eindruck nicht los, dass die Briefe von jemand anders stammten. Wolodja schrieb krakelig und in großen Buchstaben. Doch noch viel merkwürdiger war, dass ihm elementare Rechtschreibfehler unterliefen. Jura las all seine

Briefe noch mal durch – wollte herausfinden, wann genau die Veränderung eingesetzt hatte und was der Auslöser gewesen war. Denn die HIV-Masseninfektion in Elista betraf weder ihn noch Wolodja, und Jura konnte sich beim besten Willen nicht vorstellen, dass dieses Ereignis der Grund für sein seltsames Verhalten war.

Nachdem ein nochmaliges Lesen aller Briefe keine Erkenntnisse gebracht hatte, beschloss er, Wolodja zu besuchen. Doch Wolodja lehnte brüsk ab. Jura drohte sogar an, eines Tages uneingeladen bei ihm auf der Matte zu stehen. Doch Wolodja wusste, dass Jura schlichtweg nicht genug Geld für die Fahrkarte hatte, und antwortete ihm in krakeliger Handschrift: »Du erinnerst dich doch an unsere Abmachung? Ich werde erst zu dir kommen oder dich zu mir einladen, wenn du am Konservatorium studierst.«

Wütend kritzelte Jura im letzten Absatz des nächsten Briefes: »Ist das dein Ernst? Und wie lange soll ich dann bitte noch warten? Wolodja, ich vermisse dich und möchte dich sehen. Was ist denn nur los mit dir? Ich merke doch, dass etwas nicht stimmt. Also sag mir: Warst du in Behandlung?«

Wolodjas Antwort ließ lange auf sich warten. Und als Jura die Warterei schon leid war und ihm erneut schreiben wollte, war im Briefkasten ein bemalter Umschlag. Er öffnete den Brief mit zitternden Händen, faltete ihn auf und las sogleich den letzten Absatz. »Ich wollte dich belügen, habe jedoch begriffen, dass ich das nicht kann und du es nicht verdient hast. Aber ich wollte dir so lange nichts sagen, bis nicht alles endgültig geklärt ist.

Jura, ich habe es meinen Eltern gesagt. Ich hätte es

ohnehin irgendwann tun müssen, und das, was in Elista passiert ist, war schlussendlich der Auslöser. Es hat sich seltsam angefühlt, diese Worte auszusprechen. Meine größte Angst war, dass sie mir nicht glauben würden, wie Irina damals Mascha nicht geglaubt hat. Aber sie haben mir geglaubt … Natürlich waren sie schockiert und enttäuscht. Aber das Wichtigste ist, dass sie begriffen haben, dass das für mich ebenso ein Problem ist wie für sie. Mein Vater hat lange nach einem Arzt gesucht, der mich unter der Hand behandeln würde, damit ich mich nicht in eine Nervenklinik einweisen lassen muss.

Das Erstgespräch war lang. Er hat mir Tabletten verschrieben und gesagt, dass, wenn ich Menschen in meinem Umfeld haben sollte, denen ich nahestehe und mit denen ich offen sprechen kann, ich ihnen von meiner Krankheit und der Tatsache, dass ich mich in Behandlung befinde, erzählen soll – für den Fall, dass ich irgendwann ihre moralische Unterstützung bräuchte. Und dass ich anfangen soll, hübschen jungen Frauen um mich herum Beachtung zu schenken, damit ich lerne, ihre Schönheit wahrzunehmen. Aber das fühlt sich seltsam an, Jura. Es ist ja nicht so, dass ich sie nicht wahrnehmen würde. Ich fühle mich einfach zu keiner von ihnen hingezogen. Aber ich hoffe, dass sich das schon bald ändern wird.«

Jura stellten sich die Nackenhaare auf. Er hatte Angst: um Wolodja und um sich selbst. Und in seinem Inneren schrie eine wütende Stimme: *Er will von mir und seiner Liebe für mich erlöst werden. Er hat mich verraten.*

Jura brauchte lange, um eine Antwort auf Wolodjas Brief zu formulieren. »Lieber Wolodja, du weißt, dass du mein einziger, besonderer Freund bist. Und ich habe dich gebeten, nicht hinzugehen. Also würde ich lügen, wenn ich sagen würde, dass ich deinen Schritt gutheiße. Aber ich vertraue dir. Wenn du denkst, dass das dein Weg ist und es dir nur mit der Hilfe eines Arztes besser gehen wird, dann werde ich dich darin unterstützen, aber um ehrlich zu sein, mache ich mir große Sorgen um dich. Kannst du mir vielleicht mehr zu euren Sitzungen erzählen? Wird dir das auch wirklich nicht schaden? Was für Tabletten nimmst du? Helfen sie dir? Und wenn ja, wie?

Ich sage es dir noch einmal und werde es immer wiederholen: Du bist mein einziger, besonderer und liebster Freund. Du kannst mir alles erzählen. Alles und wann immer du willst. Dir muss nichts unangenehm sein, in Ordnung?

Ich kann deinen nächsten Brief kaum erwarten. Ich will alles wissen. Und wenn ich dir irgendwie helfen kann, sag mir, wie. Ich bin für dich da.«

Wolodjas Antwort kam zwei Tage später als gewöhnlich, und Jura drehte unterdessen fast durch.

»Wir reden nur. Der Arzt fragt mich über alles Mögliche aus, aber mir fällt es schwer, mich ihm zu öffnen. Immerhin handelt es sich dabei um meine intimsten Gedanken und Gefühle. Aber er ist Psychiater, und ich kann ihm das anvertrauen, was mich so lange gequält und verängstigt hat. Nach unseren Sitzungen geht es mir wirklich besser. Bei den Tabletten handelt es sich um Beruhigungsmittel. Dank ihnen habe ich keine Panikattacken mehr und habe aufgehört, meine Hände in heißes Wasser zu halten. Du erinnerst dich sicher … Also habe ich den Eindruck, dass diese Behandlung mir tatsächlich hilft.«

Auch wenn Wolodja sich von ihm entfernte und Jura kaum mehr essen und schlafen konnte deswegen, freute er sich für seinen Freund. Denn wenn die Behandlung Wolodja tatsächlich half und es ihm dadurch besser ging, musste Jura ihn unterstützen. Also versuchte er nicht mehr, ihm die Therapie auszureden, auch wenn er litt.

Im Herbst 1989 fiel die Berliner Mauer. Zwischen der BRD und der DDR gab es nun keine physische Grenze mehr. Im Fernsehen hieß es, dass die Vereinigung beider Staaten ein langwieriger Prozess würde. Doch Juras Onkel erfuhr aus zuverlässigen Quellen in der DDR-Regierung, dass alles ganz schnell gehen werde, und schrieb Juras Mutter, dass Familie Konew sich jetzt aufraffen und zur DDR-Botschaft gehen solle. Schließlich würde es nach der Wiedervereinigung weitaus schwieriger werden auszuwandern.

Jura war verblüfft, als er herausfand, wie kompliziert der Prozess jetzt schon war. Bislang konnten sie nur als jüdische Familie einwandern. Doch dafür musste zumindest seine Mutter in ihrem Pass im Feld Nationalität die Bezeichnung Jüdin stehen haben und Mitglied einer jüdischen Gemeinde sein. Doch sie hatte die russische Staatsangehörigkeit, und obwohl die Großmutter sie seit einer Ewigkeit zu überreden versuchte, weigerte sie sich, einer Gemeinde beizutreten. Das Einzige, womit sie einverstanden gewesen war, war Juras Beschneidung. Der deutsche Familienname des Großvaters war mit dem Krieg verloren gegangen: Juras Großmutter hatte ihren Vor- und Nachnamen bereits mit Kriegsbeginn geändert. All ihre deutschen Dokumente, darunter auch ihre Heiratsurkunde, waren vernichtet worden. Juras Großvater hatte sein Leben in Dachau verloren, was bedeutete, dass auch Jura und seine Mutter als Opfer des Holocaust galten. Doch um nun irgendwelchen Nutzen daraus ziehen zu können, mussten sie die Verwandtschaft zu ihm nachweisen. Der einzige Verwandte in Deutschland, der Jura mit seinem Großvater verband, war sein Onkel zweiten Grades. Und noch war unklar, ob das der Familie Konew helfen würde. Nur eines war klar: Sie mussten eine Menge an Dokumente wiederfinden und neu ausstellen lassen.

Die Mangelwirtschaft in der UdSSR sackte indessen in bisher unbekannte Tiefen: Selbst Seife und Waschpulver waren aus den Geschäften verschwunden, es gab kein Getreide. Die Konews erhielten wie auch andere Familien Lebensmittelmarken. Juras Vater war Tag und Nacht im Krankenhaus und kaum je zu Hause, während seine Mutter mit einer schweren Lungenentzündung zu kämpfen hatte. Und Jura, der die langen Schlangen vor den Lebensmittelläden inzwischen gewohnt war, stand mit seinem Deutschlehrbuch frierend inmitten von wütenden Menschen nach Brot an. Die Zeitungen berichteten über Bergarbeiterstreiks – eine halbe Million Kumpel schlugen aus Protest mit ihren Schutzhelmen gegen den Asphalt, um endlich gehört zu werden.

Wolodja schrieb, dass auch in Moskau die Menschen nicht mehr in Armut leben wollten und in Massen auf die Straße gingen.

Es regnete noch immer. Er beugte sich vor und hoffte, auf dem Weg eine Ameise zu sehen, eine Ameisenstraße gar, die seinen Weg kreuzte, so wie Warteschlangen das Jahr 1990 durchkreuzt hatten. Man stand überall und für alles Mögliche an: Wodka, Zigaretten und Lebensmittel. Vor Geschäften und Zelten und Sprechzimmern gab es Schlangen, kilometerlang waren sie vor den Botschaften.

Das Land war im Ausnahmezustand. Alkoholismus und Kriminalität hatten verheerende Ausmaße angenommen, der Schwarzmarkt florierte, und Geflüchtete aus Bergkarabach suchten in den Städten Unterschlupf. Wegen des Mangels an Zigaretten kam es zu regelrechten Unruhen: Sowjetbürger streikten, zündeten Geschäfte an, plünderten und stürzten Regierungsfahrzeuge um.

Doch Jura war überzeugt davon, dass die Fernsehberichterstattung übertrieb. Denn auch wenn all das passierte, empfand er das Leben um sich herum nicht als düster, sondern in vielerlei Hinsicht farbenfroher und freier. Es gab nun nichtstaatliche, unzensierte Radiosender, die so viel neue Musik spielten, dass es Jura vorkam, als würde niemals auch nur ein einziger Song wiederholt. In den Discos wurde Lambada getanzt. Doch Jura blieb zu Hause, büffelte Deutsch und bereitete sich für seine Aufnahmeprüfung am Konservatorium vor. Dieses Mal selbstständig, denn seine Mutter hatte nur noch eine Teilzeitstelle, und sein Vater hatte seit Monaten keinen Lohn bekommen. Also konnten sie sich dieses Mal keinen Lehrer leisten. Doch Jura gab sein Bestes und verbrachte seine gesamte Zeit am Klavier. Und nachdem er sich mental bereits auf einen weiteren Misserfolg eingestimmt hatte, wurde sein Traum endlich, endlich wahr.

»Ich habe es geschafft«, schrieb Jura Wolodja in seinem nächsten Brief. »Ich war mir so sicher, dass ich wieder durchfallen würde, aber ich habe es geschafft. Früher habe ich davon geträumt, Pianist zu werden. Doch jetzt ist das kein Traum mehr, sondern ein konkretes Ziel. Außerdem möchte ich die Partituren nicht nur lesen, sondern sie schreiben. Ich träume davon, Komponist zu werden.« Im letzten Absatz seines Briefes erinnerte Jura

Wolodja an ihre Abmachung: »Und nun zu deinem Versprechen, dass wir uns erst treffen, wenn ich am Konservatorium angenommen worden bin. Meinen Teil der Vereinbarung habe ich hiermit erfüllt.«

Wolodjas Antwort ließ auf sich warten, was Jura auf Probleme bei der Post zurückführte. Als der Brief schließlich eine Woche darauf eintraf, freute sich Wolodja so sehr für Jura, dass diesem ganz warm ums Herz wurde. Ein Treffen lehnte Wolodja jedoch ab und hatte gleich mehrere Gründe: Er habe eine Prüfung nicht bestanden und die Wiederholung sei für September angesetzt, also müsse er lernen und gleichzeitig seinem Vater bei der Arbeit unter die Arme greifen. Zudem herrsche in Moskau gerade zu viel Unruhe – eine Kundgebung nach der anderen, Aufruhr und Streiks.

»Außerdem«, fügte Wolodja hinzu, »würde ich mit einem Treffen gerne warten, weil ich Angst habe, dass es sich ansonsten negativ auf meine Behandlung auswirken könnte. Ich muss nämlich noch immer an dich denken. Ich lerne, mich immer besser zu kontrollieren. Bei der letzten Sitzung hat mir der Psychiater Bilder gezeigt … du weißt schon … Bilder, von denen er dachte, dass sie mir gefallen würden. Doch von zwanzig Bildern hat nur ein einziges etwas in mir ausgelöst. Stell dir das vor! Und auch das nur, weil es mich an die letzte Nacht in der *Schwalbe* erinnert hat. Dann gab er mir Bilder, auf denen Frauen zu sehen waren, die sollte ich mir ansehen und laut aussprechen, was mir gefiel. Am Ende unserer Sitzung hat er mir eine Hausaufgabe aufgegeben.

Du hattest mich ja gebeten, dir alles zu erzählen, und auch wenn mir das schwerfällt, will ich es trotz meiner Scheu versuchen. Du sollst mich verstehen. Also, die

Hausaufgabe bestand darin, dass er mir Bilder mitgegeben hat, die mir gefallen sollen, wenn ich die Behandlung erfolgreich abgeschlossen habe. Er hat mir aufgetragen, dass ich mich, wenn ich allein bin, entspannen und mir die schönsten Bilder ansehen soll, und dazu … Na ja, du weißt schon … Ich soll lernen, physisch zu genießen, sie mir anzusehen und mir etwas dabei vorzustellen. Jura, glaubst du … Ich habe es tatsächlich geschafft und mich so gefreut. Ich habe nur an das gedacht, was ich auf dem Bild gesehen habe. Und habe es geschafft!«

Obwohl Schmerz Jura das Herz zusammenschnürte, begriff er doch, dass dies das geringste Übel war und Wolodja immer noch alleine in seinem Zimmer saß und sich Dinge vorstellte, anstatt schon längst in einer Beziehung mit einem echten Menschen zu sein und reale Erfahrungen zu machen.

Ein Wiedersehen war in weite Ferne gerückt, dies war der letzte Brief in jenem Jahr, in dem Wolodja ihm von persönlichen Dingen schrieb. Die übrigen waren nüchtern und sachlich. Jura hatte den Eindruck, dass es Wolodja tatsächlich besser ging und die Behandlung ihm half. Und eigentlich hätte er sich für ihn freuen sollen, doch das konnte er nicht. Denn es kam ihm so vor, als wäre Wolodja nicht nur seine Angst losgeworden, sondern auch seine Erinnerungen an Jura. Als ob er ihn vergessen und sich entliebt hatte.

Im Oktober 1990 geschah das, was Juras Onkel prophezeit hatte: die deutsche Wiedervereinigung. Familie Konew ging zur Botschaft und reichte nach fünfstündigem Schlangestehen ihre Dokumente ein.

In ihrem Bekanntenkreis hatten es bereits drei Familien geschafft, in den Westen auszureisen, was in Juras Mutter Bitternis aufsteigen ließ. »Die Majkos sind weg. Familie Kolomiez ist weg. Sogar den Tyndiks ist es gelungen auszureisen«, erzählte sie von ihren Kollegen. »Die haben keinerlei Verbindung zu Amerika. Wir hingegen haben das verbriefte Recht auf die deutsche Staatsbürgerschaft. Und was passiert? Nichts. Es heißt, wir sollen warten. Aber wie lange sollen wir warten? Wir sterben hier noch vor Hunger.«

»Um nach Deutschland auszureisen, brauchen wir nicht zwingend die deutsche Staatsbürgerschaft«, sagte Juras Vater daraufhin leise und erschöpft.

Und als im November die einzigen Nachbarn, mit denen Familie Konew eng befreundet war, ausreisten, war Juras Mutter endgültig am Boden zerstört: »Ich bin Ingenieurin«, zischte sie aufgebracht, »und habe einen Hochschulabschluss. Mein ganzes Leben habe ich dieser verfluchten Fabrik gewidmet. Meine Gesundheit hab ich ruiniert. Und was bekomme ich dafür? So gut wie nichts.«

Sie gab nicht Juras Vater die Schuld, obwohl dieser kein Gehalt bekam und so in gewisser Weise daran schuld war, dass sie kaum zu essen hatten, sondern der deutschen Botschaft, Gott und der Welt. Bald darauf hatte sie wieder mit ihrer Lunge zu kämpfen. Die einst sanfte Frau wurde unleidlich und grantig, bemitleidete sich selbst und fragte Jura sogar nach seinem Brieffreund aus und danach, wie es ihm in der Hauptstadt so erging: »Haben es die Menschen dort gerade auch so schwer wie wir?«

Jura zuckte mit den Schultern: »Wahrscheinlich.«

Er wusste nicht, was er ihr sagen sollte – Wolodjas

Familie schien es finanziell gut zu gehen. Lew Nikolajewitsch hatte eine Baufirma gegründet und verdiente nach nicht einmal einem Jahr so gut, dass Wolodjas Mutter es sich erlauben konnte, zu Hause zu bleiben, und Wolodja studierte weiterhin fleißig am Moskauer Institut für Internationale Beziehungen und las dazu Wirtschaftstexte, um seinem Vater so bald wie möglich unter die Arme greifen zu können.

Jura schrieb Wolodja mit einem Lächeln: »Was für eine Ironie: Das ganze Land fällt auseinander, und ihr baut.«

Dass das Land auseinanderfiel, war keine Übertreibung. Im Frühjahr 1990 erklärten die ersten Unionsrepubliken ihre Unabhängigkeit.

Wolodja scherzte in seinem vorletzten Brief: »Wer weiß, vielleicht leben wir im nächsten Jahr nicht nur in verschiedenen Städten, sondern sogar in unterschiedlichen Ländern. Sobald ich meine Angelegenheiten geklärt und meine Behandlungserfolge gefestigt habe, komme ich dich umgehend besuchen, solange wir noch Bürger eines Staates sind.« Auf Juras Bemerkung zu ihrem Familienunternehmen antwortete er bescheiden: »Ich versuche zu helfen, aber ein Völkerrechtler und Jurist ist zu kaum etwas zu gebrauchen. Immerhin spreche ich Englisch und habe mir Bücher über Marktwirtschaft und Unternehmensführung, Management, besorgt. Das Land geht gerade von der Plan- zur Marktwirtschaft über, und niemand weiß, wie das gehen soll. Aber ich werde es wissen. Mein Verstand wird für meinen Vater von großem Vorteil sein, zumindest stelle ich mir das so vor. Es ist ja noch viel zu früh zum Prahlen.«

»Bürger eines Staates«, sagte Jura laut und spürte, wie ihm das Herz wegsackte. Er sträubte sich, Wolodja davon zu erzählen, dass seine Familie einen Ausreiseantrag gestellt hatte. Zwar hatte er ihm mehrmals von Deutschland geschrieben, aber nur beiläufig, doch nun ging ihm auf, dass sie vielleicht tatsächlich schon bald in unterschiedlichen Ländern und Kontinenten leben würden. Denn selbst wenn Jura es nicht nach Deutschland schaffte, war Wolodjas Ziel immer noch die Vereinigten Staaten. Und was Wolodja sich in den Kopf setzte, zog er durch. Zumindest glaubte Jura daran.

Als er Wolodjas letzten Brief auseinanderfaltete, sah er sofort, dass er in Panik und Eile geschrieben worden war. Der Brief war mit Flecken übersät und zerknittert, Buchstaben stürzten übereinander, und die Zeilen rutschten seitlich weg: »Ich werde rückfällig. Die Tabletten helfen mir nur manchmal, und ich kann den Erfolg mit den Fotos nicht wiederholen, weil ich andauernd an etwas denken muss, an das ich nicht denken sollte. Und ich habe wieder angefangen zu träumen. Heute Nacht hatte ich einen so schönen Traum, dass ich nach dem Aufwachen fast verrückt geworden bin, als ich einsehen musste, dass die Realität anders aussah.

Ich habe geträumt, dass ich auf dem Bahnsteig stehe und sehe, wie D. aussteigt, sich durch die Menschenmenge kämpft und auf mich zukommt. Sie lächelt, und wir umarmen uns. Dann steigen wir die Rolltreppe zur Metro hinab. Und anstatt eine der schönsten Metrostationen zu bewundern, sieht sie die ganze Zeit nur mich an. Wir fahren zur Volkswirtschaftsausstellung, bleiben ein wenig an der Wostok-Rakete sitzen und gehen an den Springbrunnen entlang spazieren. Es ist heiß. Sie hält Gesicht und Hände an einem der Brunnen unter den Wasserstrahl. Dann steigen wir wieder in die

Metro und fahren nach Hause. Ich lege meine Jacke über unsere Beine und streichele darunter ihre Hand. Dann sind wir bei mir. Wir sind allein in der Wohnung. Ich klappe das Sofa aus, während sie ein Glas Kirschmarmelade aus ihrer Tasche holt und es auf den Tisch stellt.«

Jura wusste, wer mit *D.* gemeint war: *Du*. Also war *sie* ein *Er* – Jura. Wolodja schrieb über ihn. Er sah ihn vor sich, wie er vollkommen verängstigt und in Panik den Brief verfasste, und konnte dennoch nicht anders, als zu lächeln – Wolodja träumte von ihm. Kaum hatte er seine Antwort verschickt, bereute er, seine Freude nicht besser verborgen zu haben. »Ich pfeife auf dieses Versteckspiel! Ich bin keine Sie, und ich liebe dich noch immer. Und noch etwas … Wir haben unsere Dokumente in der Botschaft eingereicht. Wahrscheinlich werde ich also bald nach Deutschland ausreisen.«

Jura verschickte den Brief Ende November und erhielt drei Tage darauf ein Telegramm: »Bitte schreib mir nicht mehr. Ich werde dir zu gegebener Zeit schreiben.«

Damit endete 1990 abrupt und plötzlich der Kontakt zwischen ihnen.

Jura machte einen letzten Schritt auf dem Weg. Dahinter ging es zum Wasser hinab.

KAPITEL 20

Auf der Suche nach Verlorenem

Wolodjas Telegramm brachte alles durcheinander. Warum sollte er ihm nicht mehr schreiben? Was war passiert? Hatten vielleicht Wolodjas Eltern Juras letzten Brief gefunden, waren dahintergekommen, in welchem Verhältnis sie zueinander gestanden hatten, und wollten den Kontakt unterbinden? Oder betrachtete vielleicht Wolodja selbst ihn als Störfaktor und wollte ihn nun loswerden?

Jura wollte Wolodjas Entscheidung respektieren, hatte aber Angst um ihn und wurde von Schuldgefühlen gequält. Seine Eltern würden ihn wohl kaum für Juras Brief bestraft haben, redete er sich gut zu. Dann fiel ihm ein, dass Wolodja und sein Vater ein gemeinsames Unternehmen hatten und er von ihm abhängig war. Und in seinen dunkelsten Stunden geißelte er sich dafür, dass er Wolodja möglicherweise einen Grund geliefert hatte, um endgültig mit ihm zu brechen.

Jura wartete sehnlichst darauf, dass Wolodja ihm schreiben würde. Doch vergebens.

Er schlief und aß kaum noch, verlor all seine Lebensfreude und kapselte sich vollständig ab. Alles war bedeutungslos geworden, sogar die Musik. Es kam ihm vor, als würde der Winter ewig währen. Erst im Frühling ließen ihn gute Nachrichten aus der Botschaft aus seiner Winterstarre erwachen. Seine Mutter stürmte, ohne ihren Mantel abzulegen, in die Küche und schrie: »Unser Antrag wurde genehmigt!«

In diesem Moment freute sich Jura zum ersten Mal seit Ewigkeiten. Im Mai erfuhren sie den Ausreisetermin. Jura beschloss, Wolodja einen kurzen Brief zu schreiben: »Wir werden im Juli ausreisen. Erst wird man uns in einer Erstaufnahmestelle unterbringen und anschließend einen festen Wohnort zuweisen. Hier ist unsere vorübergehende Adresse …«

Der Mai neigte sich dem Ende zu, und Jura wartete noch immer vergebens auf ein Lebenszeichen von Wolodja. Jedes Mal, wenn er zum Briefkasten ging und ihn öffnete, bekam er Herzrasen und zuckte jedes Mal zusammen, wenn es klingelte. Vielleicht ein Telegramm? Doch es kam nichts. Und als auf den Mai der Juni folgte, sah Jura keine Möglichkeit, als sich Geld zu leihen und nach Moskau zu fahren.

Moskau gefiel ihm nicht. Die Stadt war wie ein brodelnder Kessel – aggressiv, laut und trubelig und zu allem Überfluss mit Plakaten von Jelzin, Schirinowski und anderen Politikern zugekleistert. In der Russischen Sozialistischen Föderativen Sowjetrepublik standen Wahlen an. In jedem zweiten Park und auf jedem zweiten Platz wurden Demonstrationen und Kundgebungen abgehalten.

Jura kam Moskau wie ein riesiger Marktplatz vor, auf dem die Menschen um ihre Rechte und Freiheiten wie um Lumpen feilschten. Schwarzhändler, sogenannte Tschelnoki, waren überall präsent. Auf den Plätzen, an der Metro und auf belebten Bürgersteigen standen sie neben Bettlern und den vor Geschäften Wartenden. Zwischen den Wahlplakaten hing farbenfrohe Werbung für eine Neuinszenierung von *M. Butterfly* – das erste Theaterstück, das Homosexualität thematisierte. Und all dies in einer Stadt, die niemals schlief.

Jura war noch nie zuvor in der Hauptstadt gewesen. Er hatte sich fest vorgenommen, bei seinem ersten Besuch das Mausoleum zu besichtigen, dachte nun aber gar nicht mehr daran, sondern ging mit seinem Stadtplan unverzüglich zur Metrostation *Begowaja*.

Unterwegs achtete er nicht darauf, ob Wolodjas Metrostation beeindruckend war, wie sein Haus aussah und wie es im Hausflur roch. Erst vor der Wohnungstür kam Jura zu sich und begann, seine Umgebung wahrzunehmen.

Er klingelte. Nichts. Er drückte sein Ohr an die Tür. Stille.

Also wartete er. Er wusste, dass Wolodjas Mutter Hausfrau war. Wahrscheinlich war sie einkaufen und kam bald zurück. Jedes Geräusch ließ ihn zusammenzucken. Doch weder Wolodja noch ein Familienmitglied kam. Nur eine ältere Dame humpelte murrend an Jura vorbei, musterte ihn misstrauisch von Kopf bis Fuß und verschwand schweigend in der Nachbarwohnung.

Als eine weitere Stunde verstrichen war, öffnete die Frau ihre Tür einen Spaltbreit und fragte böse: »Wer bist du? Warum sitzt du auf dem Treppenabsatz?«

»Ich warte auf jemanden …«, murmelte er. Aber dann fiel ihm ein, dass die Frau vielleicht etwas wusste, und er sagte freundlich: »Ich bin ein Freund von Wolodja Dawydow. Wissen Sie zufällig, ob bald jemand nach Hause kommt?«

»Ganz sicher nicht.«

»Wie meinen Sie das?«

»Die Familie ist vor einem halben Jahr ausgezogen«, sagte die Nachbarin und hörte nicht auf, Jura durch den Türspalt argwöhnisch zu mustern. »Kurz vor Neujahr.«

»Aber wieso?«

»Woher soll ich das wissen? Sie haben mich nicht informiert«, antwortete die alte Frau entschieden, hatte es jedoch nicht eilig, die Tür wieder zu schließen.

»Und was sagen die Nachbarn?« *Sowjetische Großmütter sind neugierig – und diese hier ist ganz sicher keine Ausnahme,* dachte er und sollte recht behalten.

»Nun, die Nachbarn sagen so einiges. Die Frage ist, was man glauben will.« Sie runzelte die Stirn. »Lew Nikolajewitsch soll sich mit der Mafia eingelassen und sich Geld geliehen haben, das er nicht zurückzahlen konnte. Also hat er denen die Wohnung überschrieben und hat mit seiner Familie das Weite gesucht.«

»Und Wolodja? Hatte der auch damit ihm zu tun?«

»Ich habe selbst mehrmals gesehen, wie am Hauseingang ein dicker Wagen hielt und Lew Nikolajewitsch einstieg. Irgendwann sind diese Kriminellen hier ein und aus gegangen. Haben mitten in der Nacht an die Tür gehämmert, doch als ich die Miliz rufen wollte, waren sie schon weg.«

Jura war erleichtert. Wie lange hatte er befürchtet, sein Liebesgeständnis könnte der Grund für Wolodjas Verschwinden gewesen sein, doch nun stellte sich heraus, dass er nichts damit zu tun hatte. Andererseits war der tatsächliche Grund für Wolodjas Verschwinden noch schlimmer: Die Familie wurde bedroht. Jura glaubte der alten Frau. Die Mafia war allgegenwärtig.

»Was ist mit Wolodja«, fragte Jura heiser. »Ist er mit seinen Eltern mitgegangen? Ich meine … er studiert ja noch.«

»Sag du es mir. Ich denke, ihr seid befreundet.«

»Wir haben uns schon lange nicht mehr gesehen. Ich weiß nicht, ob …«

»Wolodja war in letzter Zeit nicht wiederzuerkennen«, unterbrach die alte Frau ihn. »Er war so ein guter Junge gewesen, hat immer gegrüßt und mir die Einkaufstaschen hochgetragen. Doch in letzter Zeit ist er schreckhaft gewesen. Hat sich andauernd umgesehen und keinen gegrüßt.«

»Wissen Sie zufällig, wo sie hingegangen sein könnten?«

Die Nachbarin zuckte mit den Schultern und wollte die Tür schon schließen.

»Wissen Sie vielleicht, wo Wolodjas Verwandte leben?«, fragte Jura hastig. »Er hat einen Namensvetter, einen Cousin.«

»Ich glaube, sie haben jemanden in Twer«, antwortete die alte Frau. »Aber nun geh mal los, Jungchen. Man sollte im Leben auf niemanden warten.«

Jura fragte noch, ob Wolodja das Studium geschmissen hatte, doch da war die Tür schon zu.

Niedergeschlagen ließ er sich wieder auf den Treppenabsatz sinken, starrte auf die Stufen unter sich und hatte Mühe, die wirren Gedanken, die ihm durch den Kopf rasten, zu ordnen: *Sie sind geflohen. Vor der Mafia. Halten sich irgendwo versteckt. Doch wer sich versteckt hält, will schließlich nicht gefunden werden. Wo soll ich bloß suchen? In Twer? Ist das weit weg? Oder vielleicht im Institut? Ich sollte zuerst im Institut nachfragen.*

Jura nahm all seine Kraft zusammen und stand auf. Sein Blick wanderte vom grauen Betonboden zur dick gepolsterten Wohnungstür, und sein Herz stolperte, als er begriff, dass er diese Wohnung und Wolodjas Zimmer niemals betreten würde. Dabei wollte er doch nur einen einzigen Blick hinter diese verfluchte Tür werfen – ohne hineinzugehen, von der Türschwelle aus. Selbst wenn es dahinter keine Spur mehr von Wolodja gab, wenn in seinem Zimmer nicht mehr das Sofa stand, auf dem er einst geschlafen, oder der Nachttisch, auf den er jeden Abend vor dem Schlafengehen seine Brille gelegt hatte. Denn selbst wenn vielleicht auch der Tisch nicht mehr dastand, an dem er gesessen hatte, war das Fenster ganz sicher da, durch das Wolodja geblickt hatte, als er ihm all diese Briefe geschrieben hatte. Sogar die Möbelspuren auf dem Boden zu sehen, hätte ihm gereicht, waren sie doch ein Beweis dafür, dass Wolodja tatsächlich hier gewesen war.

Ich werde ihn finden. Ganz sicher! Jura bewegte seine ungehorsamen Beine die Treppe hinunter und blieb neben dem Briefkasten der Dawydows stehen. In der Hoffnung, Briefe von Freunden oder Verwandten darin zu finden, bog er mit seinem Schlüsselbund das Türchen auf, und sein Herz begann wie verrückt zu schlagen – vor ihm lagen tatsächlich zwei Briefe mit bunter Ecke. Doch es waren seine eigenen. Sein vorletzter Brief, in dem er ihm seine Liebe gestanden hatte. Und sein letzter, in dem er geschrieben hatte, dass er im Juli ausreisen würde.

Und obwohl die Situation hoffnungslos zu sein schien,

war Jura dennoch erleichtert. Denn nun wusste er ganz sicher, dass nicht er der Grund für Wolodjas Telegramm und die Bitte, ihm nicht mehr zu schreiben, war. Noch durfte er hoffen, dass Wolodja ihn liebte und sich nach ihm sehnte.

Jura fuhr direkt zu Wolodjas Institut, wo er nach viel Herumfragen erfuhr, dass Wolodja sich kurz vor Neujahr exmatrikuliert hatte.

Auf dem Weg zum Kursker Bahnhof grübelte Jura, ob er nach Twer fahren sollte oder nicht. Die Stadt war weit weg, und er hatte kaum noch Geld, er wusste nicht, was er machen sollte.

Die Metro rumpelte durch die Schwärze, und Jura beobachtete, wie ein junger Mann seiner Freundin seine Jacke über die nackten Beine legte und liebevoll ihre Hand streichelte – wie in Wolodjas Traum, nur dass dieses Paar sich nicht verstecken musste.

Das ist ein Zeichen, dachte er, stieg an der nächsten Station aus und nahm die Metro zum Leningrader Bahnhof.

In Twer angekommen, eilte er zur Post, schnappte sich in der Telefonzelle das Telefonbuch und machte sich daran, alle verzeichneten Dawydows anzurufen. Und nachdem er bereits gefühlt eine Million Telefonnummern gewählt und sich vergebens nach Wladimir Dawydow erkundigt hatte, begann sein Herz plötzlich vor Freude zu hüpfen, als ein Mädchen am anderen Ende der Leitung sagte, dass Wladimir zu Hause sei, und ihn zum Hörer rief. Er musste endlos lange warten, und als Wladimir endlich den Hörer entgegennahm und Jura seine ersten Worte hörte, war all seine Hoffnung dahin – die Stimme klang alt.

Jura versuchte, sich nicht entmutigen zu lassen, und fuhr mit dem Finger über die Zeilen. Als er den Namen Wladimir Leonidowitsch Dawydow las, fingen seine Hände an zu zittern.

Eine ganze halbe Stunde verharrte Jura, den Hörer am Ohr, in der Telefonzelle und fluchte vor sich hin. Er kam nicht durch, es war besetzt. Der Tag neigte sich dem Abend zu, und als Jura noch immer ein schnelles Tuten hörte, beschloss er, nicht länger zu warten, sondern direkt zu der Adresse zu fahren.

In der Hauseinfahrt der alten Chruschtschowka stank es nach Katzenpisse. Jura drückte auf die Klingel. Eine junge Frau fragte, ohne die Tür zu öffnen, was er wolle, und rief dann nach Wolodja. Das Schloss klickte, die Tür ging auf, und ein großer, breitschultriger Mann in den Dreißigern stand auf der Schwelle.

»Ich suche Wolodja Dawydow.«

»Der bin ich.«

»Ich suche nicht Sie, sondern Ihren Cousin. Er hat in Moskau gelebt, trägt eine Brille und hat dunkle Haare. Ich habe ihn in einem Pionierlager kennengelernt«, stammelte Jura und kramte in seinem Rucksack nach dem einzigen Bild, das er von Wolodja hatte – dem Gruppenfoto von ihm und seiner Zwergengruppe. »In der *Schwalbe,* das ist ein Pionierlager im Bezirk Charkiw. Ich … Ich habe auch ein Foto. Einen Moment …«

»Ich kenne ihn nicht«, sagte Wolodja.

»Einen Moment … Hier ist es.« Jura hielt ihm das Foto unter die Nase, doch Wolodja sah es sich nicht einmal an.

»Wie ich schon sagte: Ich kenne ihn nicht«, sagte er entschieden und schlug Jura die Tür vor der Nase zu. Eine Ecke des Fotos blieb in der Tür stecken.

Jura zog es behutsam heraus, strich es glatt und wurde traurig, als er sah, dass die Ecke abgerissen war.

Das war's. Es war vorbei.

Zurück in Charkiw blieb ihm nichts anderes übrig, als auf fremde Menschen zu vertrauen. Jura bat die Nachbarn von unten, Alkoholiker, mit denen seine Eltern sich nicht abgegeben hatten, den Nachmietern eine Notiz zu übergeben, in der er sie darum bat, Briefe, die für ihn ankommen würden, aufzuheben und nach Deutschland weiterzuleiten. Er werde so bald wie möglich seine neue Meldeadresse schicken.

Seine Jungsclique bat er, immer mal zu klingeln, ob die Nachmieter möglicherweise zu Hause waren, und ihnen in diesem Fall seine Bitte zu übermitteln.

Doch damit waren seine Möglichkeiten ausgeschöpft.

An das Packen, die Umzugsvorbereitungen, den Flughafen und den Flug selbst konnte sich Jura kaum erinnern.

Und nun war er in Deutschland. Und hatte sich nicht einmal angestrengt – anders als Wolodja, der sein Leben lang alles dafür getan hatte, um in die Vereinigten Staaten auswandern zu können.

Ob er es inzwischen geschafft hat? Er muss es unbedingt schaffen, alles andere wäre ungerecht, dachte Jura.

In Deutschland fühlte sich Jura über lange Zeit fremd. Er schämte sich für seinen Akzent und empfand die Bezeichnung *Emigrant* als erniedrigend. Er galt als russischer Emigrant, und das, obwohl die ganze Welt den Zusammenbruch der UdSSR verfolgte und alle wussten, dass Russland, die Ukraine und Belarus unterschiedliche Länder waren. Jura war kein Russe. Doch wer konnte er hier überhaupt sein? Er war zu einem Viertel Deutscher, zu einem Viertel Jude und zu einer Hälfte Ukrainer, sprach Deutsch, kannte sich mit der Geschichte Deutschlands aus und interessierte sich für die Kultur des Landes. Dennoch war er nur Emigrant.

Seinen ersten Monat in Deutschland brachte er damit zu, sich tagtäglich einzureden, dass er Wolodja vergessen müsse. Gut ging es ihm damit nicht.

Und während der August 1991 mit einem Lichtblick begann und Jura auf Anhieb am Konservatorium angenommen wurde, folgte sogleich der nächste Schlag: der Augustputsch.

Jura saß in seinem Zimmer und spielte auf dem Klavier, das ihm sein Onkel geschenkt hatte, als seine Mutter an seine Tür hämmerte und schrie: »Jura! Komm sofort her! In Moskau rollen die Panzer! Gorbatschow wurde gestürzt. Oh Gott, was ist da nur los? Panzer …«

Jura traute seinen Ohren nicht, ging zögernd in die Küche, hockte sich aufs Sofa und rührte sich bis tief in die Nacht hinein nicht von der Stelle. Die Fernsehbilder geisterten ihm auch noch den Tag darauf durch den Kopf: Jelzin auf einem Panzer, Menschenmassen am Weißen Haus und auf dem Roten Platz. Dann die Pressekonferenz des Staatskomitees für den Ausnahmezustand und Janajew, dessen Hände so sehr zitterten, dass er seine Notizen vor sich ablegen musste. Auch Juras Hände zitterten. Er hatte eine Panikattacke von der Stärke, wie Wolodja sie wahrscheinlich gehabt hatte, als er mit seinen Ängsten nicht mehr zurechtkam und keinen Ausweg sah, als seine Hände über kochendes Wasser zu halten.

»Was ist, wenn er noch immer in Moskau ist? Wenn er ganz in der Nähe des Weißen Hauses ist? Immerhin ist er früher zu solchen Kundgebungen gegangen …«

Zum Abend hin wurde die Lage noch unübersichtlicher. Das Weiße Haus wurde gestürmt, und man sah Panzer über den Sadowoje Kolzo rollen. Und als Jura sah, wie die Menschen versuchten, daran hochzuklettern, und überrollt wurden, zitterte und schlotterte er unkontrolliert. Auf den Aufnahmen konnte man wegen der Dunkelheit kaum etwas erkennen, doch Jura glaubte gesehen zu haben, dass eines der Opfer ein junger braunhaariger Mann gewesen war – ohne Brille zwar, doch er sah Wolodja ähnlich.

Vielleicht war er es wirklich ... Vielleicht ist seine Brille kaputt, flüsterte eine Stimme in seinem Kopf. Doch im Grunde wusste Jura, dass solche Gedanken aus seiner Panik erwuchsen und dass es in der Millionenmetropole Moskau hunderttausend junge Männer gab, die Wolodja in Größe, Statur und Haarfarbe ähnelten. Angst hatte er trotzdem, erfuhr jedoch schon bald aus den Nachrichten, dass der Tote nicht Wolodja war.

Jura schrieb den Jungs seiner Clique und bat sie, zu seiner alten Wohnung zu gehen, nachzusehen, ob vielleicht ein Brief für ihn im Kasten war, und falls ja, ihn mitzunehmen und ihm nach Deutschland zu schicken. Die Antwort kam erst einen Monat später. Keine Post von Wolodja.

Im Dezember 1991 zerfiel die UdSSR endgültig. Jura sah im Fernsehen dabei zu, wie die sowjetische Flagge über dem Kreml eingeholt und stattdessen die russische gehisst wurde. Es fühlte sich so an, als ob mit der Sowjetflagge der Vorhang zu seinem alten Leben verschwunden sei und mit der Trikolore ein neuer Lebensabschnitt beginne. Vor ihm lagen eine vollkommen andere, neue Zeit und ein vollkommen anderes Leben. Es war an der

Zeit, wie Wolodja ihm in einem seiner Briefe geraten hatte, nach vorne zu schauen und sein Leben zu leben.

Jura fand heraus, dass es in seiner Stadt, wie auch in ganz Deutschland, viele Russen gab. Sie bildeten zwar keine offiziellen Gemeinden, hielten jedoch zusammen und waren neben dem Fernsehen eine wichtige Informationsquelle, wenn es um die jüngsten Entwicklungen in Russland und der Ukraine ging.

Für Jura war es nicht leicht, sich an sein neues Leben zu gewöhnen. In der ersten Zeit hielt er sich hauptsächlich unter Emigranten auf, doch als das neue Studienjahr begann, knüpfte er Kontakt zu seinen deutschen Kommilitonen, obwohl diese vollkommen anders gestrickt zu sein schienen als Menschen aus der Sowjetunion.

Jura fühlte sich verloren, nutzlos, überflüssig und machtlos und versuchte, sich an sein Umfeld und seine Kommilitonen anzupassen und seinen Akzent loszuwerden. Doch irgendwie stach er trotzdem heraus. Er dachte andauernd an Wolodja, spürte seine Liebe zu ihm und zog Frauen gar nicht in Erwägung.

Schon bald sollte er erfahren, dass in Berlin die Einstellung zu Homosexuellen eine ganz andere war als in der Sowjetunion.

Der sandige Pfad zum Fluss führte steil nach unten, sodass Jura hin und wieder ins Rutschen kam. So war es auch 1992 gewesen, als das Leben ihn ohne sein Zutun vorwärts zu tragen schien. Jura studierte und spielte Klavier, so weit alles wie immer, und dann passierte genau das, wovor Wolodja sich so sehr gefürchtet hatte – ihm fielen immer mehr junge Männer in seinem Umfeld auf. Er war nicht darauf aus, mit jemandem etwas anzufangen, doch auf einer Studentenfete war da eines Abends ein offen homosexueller Mann – ein Mitglied der Berliner Pride-Szene, der ihn in seinen Kiez einlud, in dem sich die Berliner Schwulenszene tummelte.

Am darauffolgenden Wochenende fuhr Jura zum Nollendorfplatz, und als er aus der U-Bahn stieg und auf der Motzstraße ankam, blieb er wie angewurzelt stehen. Das, was er vor sich sah, war kein Traum – so etwas hätte er sich nicht in seinen kühnsten Träumen vorstellen können –, es war ein Paralleluniversum: laut, trubelig, farbenfroh und frei. Als wäre er auf einem anderen Planeten, auf dem jeder Tag ein Fest war. An allen Ecken war Musik zu hören, und Hunderte von Menschen waren auf den Straßen unterwegs. Manche gingen wie Jura allein umher und suchten in der bunten Menschenmenge nach Blickkontakt. Doch die meisten waren gleichgeschlechtliche Paare und dabei vollkommen locker und frei. Jura fand sie fast schon vulgär: Händchen haltend waren sie unterwegs und küssten sich vor allen Leuten, ernteten jedoch weder verurteilende Blicke noch Beleidigungen. Jura konnte es nicht fassen. Mit aufgerissenen Augen stand er wie angewurzelt da, blickte die Pärchen neidisch an und dachte: *Wenn Wolodja das nur sehen könnte.* Dank seiner sowjetischen Erziehung konnte Jura jedoch mit absoluter Sicherheit sagen, dass er sich nie im Leben dazu durchringen würde, mit einem Mann Händchen haltend die Straße entlangzugehen.

In den Pfützen auf dem Asphalt spiegelte sich das Leuchtschild einer Kneipe – eine Regenbogenfahne. Jura seufzte, wagte es dann, machte einen Schritt nach vorne und stieg über die Regenbogenpfützen hinweg.

In der Kneipe setzte er sich an einen freien Tisch, bestellte sich ein Bier und trank es in einem Zug aus. Nach einer Weile setzte sich eine Zehnerclique dazu, die er schon bald als seine Familie bezeichnen würde. Die Gruppe bestand aus Frauen, Männern und Personen, bei denen Jura sich nicht sicher war. Fröhlich und angeregt erzählten sie ihm, dass sie eine Aktion mit dem Codenamen Operation Standesamt planten, die hoffentlich viel Aufsehen erregen würde. Die Idee war, dass unzählige gleichgeschlechtliche Paare an einem ganz bestimmten Tag, dem neunzehnten August, in Standesämtern in ganz Deutschland einen Antrag auf Eheschließung stellen würden. Und nachdem sie die Ablehnung erhalten hatten, würden sie diese vor Gericht anfechten. Jura, nicht so sehr von seinem Bier, sondern vielmehr von der Atmosphäre berauscht, willigte sofort ein, bei der Aktion mitzumachen. Ein *Ehemann* war schnell gefunden, und Jura merkte sich den Namen erst, als er ihn in seinem Antrag auf Eheschließung las. Dieser Antrag war aber ganz sicher nicht der Grund, warum sie zusammenkamen. Denn obwohl Jura den Typen gleich attraktiv gefunden hatte, groß und schlank wie er war, mit feinen Gesichtszügen und grauen Augen, wurden sie an jenem Tag kein Paar. Doch als Jura seinen Ablehnungsbescheid bekam, dachte er erstmals darüber nach, was er wohl getan hätte, wenn ihr Antrag angenommen worden wäre.

Unter dem Ablehnungsbescheid lag ein weiterer Brief. Ein Kindheitsfreund aus Charkiw hatte geschrieben, der schon lange nicht mehr in Juras altem Haus lebte, jedoch hin und wieder dort seine Mutter besuchte. Und der Inhalt des Briefes wühlte Jura auf.

»Ich war vor Kurzem bei meiner Mutter, und sie hat erzählt, dass dich jemand gesucht hat. Ich selbst habe den Mann nicht gesehen, aber meine Mutter meinte, dass er eine Brille aufhatte. Ist das vielleicht derjenige, auf den du gewartet hast?«

Jura schickte ihm einen kurzen Brief zurück. »Was hat er denn gefragt? Und was hat sie ihm gesagt? Hat sie ihm meine deutsche Adresse und Telefonnummer gegeben? Hat er seine Kontaktdaten dagelassen?«

Nach einem Monat kam die Antwort: »Meine Mutter hat ihm weder deine Adresse noch deine Telefonnummer gegeben und nur gesagt, dass ihr nach Deutschland ausgereist seid. Über sich hat er nichts erzählt.«

Also blieb Jura nichts anderes übrig, als eine Bitte an ihn zu richten: »Kannst du noch mal hingehen und herausfinden, ob er bei einem anderen Nachbarn seine Adresse hinterlassen hat? Und wenn niemand da ist – brich den Briefkasten auf, ich muss wissen, ob er einen Brief hinterlassen hat.«

Juras Kindheitsfreund ließ ihn lange warten. Er stand mitten im Leben, war mit Familie und Arbeit schwer beschäftigt und hatte natürlich anderes zu tun, als von einem Ende der Stadt zum anderen zu gondeln. Seine Antwort erreichte Jura erst Anfang November: »Er hat bei niemandem seine Adresse hinterlassen.«

Der Brief brachte Jura zur Weißglut: Warum hatte Wolodja seine Adresse nicht dagelassen? War das etwa mal wieder sein herablassendes Ohne-mich-bist-du-besser-dran?

Aufgebracht und verletzt fuhr er an diesem Abend zum Nollendorfplatz, setzte sich in eine Bar und kippte ein Glas nach dem anderen. Als er schon anfing, doppelt zu sehen, setzte Jonas sich zu ihm – sein einstiger *Ehemann*, mit dem er den Antrag beim Standesamt eingereicht hatte. Jura war so betrunken, dass er sich am nächsten Morgen nicht erinnern konnte, wie und unter welchen Umständen sie zusammen im Bett gelandet waren.

Im Jahr 1986 hatten er und Wolodja sich geschworen, dass sie sich in zehn Jahren in der *Schwalbe* wiedersehen würden. Doch Jura fuhr nicht hin – er hatte es schlichtweg vergessen. Er hatte viel vergessen, denn plötzlich ging alles so schnell, und er war in der Musikwelt anerkannt. Er trat auf, obwohl er sein Dirigierstudium noch nicht abgeschlossen hatte, und hatte Erfolg. Doch seine Musikkarriere war nicht der Hauptgrund dafür, dass er sein Versprechen vergessen hatte, sondern Jonas. Jura hielt ihre Beziehung für wahre Liebe – beständig und auf Gegenseitigkeit beruhend. Doch er irrte sich.

Jonas war Schwulenaktivist, gestaltete das gemeinschaftliche Leben der Community aktiv mit. Zwar versuchte er, Juras Passion zu respektieren, doch schon bald kam heraus, dass er Juras Musik, oder genauer gesagt Klaviermusik im Allgemeinen, nicht mochte und sie für nutzlosen Lärm hielt.

Doch sie teilten die Leidenschaft für andere Künste – das Theater und die Oper. Als Jura auf einer gemeinsamen Reise durch Lettland feststellte, dass Roman Wiktjuks Inszenierung von *M. Butterfly* gespielt wurde, bestand er darauf, sie gemeinsam mit Jonas anzusehen, obwohl dieser kein Wort Russisch verstand.

Die Aufführung rief in Jura gemischte Gefühle hervor. Während er der Nacktheit und dem Geschrei nichts abgewinnen konnte, wurde er vom Thema selbst und seiner Tiefgründigkeit angezogen – der Kernaussage des Stücks, dass Liebe kein Geschlecht hat. Dass das Stück auf realen Begebenheiten, die gar nicht so lange zurücklagen, basierte, schockierte ihn regelrecht. Doch das Wichtigste war für ihn an jenem Abend die russische Sprache, die Jura inzwischen kaum je hörte.

M. Butterfly erinnerte Jura an den Moment, in dem er das Theaterplakat zum ersten Mal gesehen hatte – 1991 in Moskau. Und an den Menschen, für den Jura nach Moskau gereist war. Und schlussendlich auch an seinen Traum, nämlich ein Stück zu schreiben – sein Lebenswerk.

Das Bild eines der Helden in einem Frauenkleid und wie frei er sich darin fühlte, sollte Jura noch lange Zeit im Gedächtnis bleiben. Jonas hingegen fand den Gedanken absurd, dass man allein durch das Anziehen eines Kleidungsstücks Freiheit erlangen könnte. Doch Jura war anderer Meinung und begab sich auf eine künstlerische Erkundungsreise.

Jura und Jonas waren vollkommen verschieden – und das wussten sie. Doch vielleicht war es gerade die Gegensätzlichkeit ihrer Charaktere und Interessen, die sie zueinander hinzog. Nach einem Jahr zogen sie zusammen. Anfangs fehlte ihnen die Nähe nicht, doch je länger ihre Beziehung währte, desto schwerer fiel es ihnen, die Gleichgültigkeit ihres Gegenübers zu akzeptieren, wenn es um die eigenen Ziele, Werte und Wünsche ging.

Jonas opferte jede freie Minute und all seine Energie für die Organisation von Gay-Partys, Gay-Pride-Parades und Gay-Olympiaden. Er wollte die rechtliche Gleichstellung von Homosexuellen erreichen, doch Jura war der Meinung, dass Aktivismus hierbei nicht half und Jonas, um grundlegende Veränderungen anstoßen zu können, in die Politik gehen müsse. Doch Jonas beharrte auf seiner Sicht der Dinge, und schon bald hatte Jura sein ständiges Gerede über die Diskriminierung von Homosexuellen und den Kampf für die gleichgeschlechtliche Ehe satt. Während seiner Zeit in Deutschland hatte Jura in seinem Berufsleben keinerlei Diskriminierung erfahren. Er verheimlichte seine sexuelle Orientierung nicht, doch seine Kollegen fragten ihn nie nach seinem Privatleben, und Jura hatte nicht vor, sich ihnen unaufgefordert zu offenbaren.

»Homosexuelle dürfen keine Ehen schließen – und das ist Diskriminierung«, sagte Jonas. »Warum bleibt uns etwas verwehrt, das Heterosexuellen zugestanden wird? Wir wollen mit Heteropaaren gleichberechtigt sein. Wir sind Bürger wie sie, und wir sind viele. Auch du musst für deine Rechte kämpfen. Denn das wird ganz sicher niemand anderes für dich machen.«

Auch wenn der Ausschluss homosexueller Paare vom Bund der Ehe Diskriminierung war – Jura wollte ohnehin nicht heiraten.

Vielleicht lag es an seiner sowjetischen Erziehung oder vielleicht auch an seinem Temperament, aber ihn regte das provokante Auftreten der Gay-Pride-Parades auf. Die Ausdehnung der Schwulenviertel, an der Jonas in letzter Zeit aktiv arbeitete, hielt Jura nicht nur für nutzlos, sondern gar für gefährlich.

»Es ist, als ob ihr Schwule in Reservate stecken würdet.«

Das einzige Projekt, das Jura guthieß und unterstützte, war die Gay-Olympiade, weil an ihr Menschen aus unterschiedlichsten Ländern teilnehmen konnten, auch aus solchen, in denen Homosexuellen die Todesstrafe drohte.

»Wenn du den Menschen wirklich helfen willst«, wiederholte Jura unermüdlich, »dann schaff an Schulen und Universitäten ein psychologisches Hilfsangebot. Aber wenn du etwas verändern willst, ist die einzig richtige Entscheidung, in die Politik zu gehen. Das ist die einzige Möglichkeit.«

Und nachdem sie sechs Jahre lang vergebens versucht hatten, einander so anzunehmen und zu lieben, wie sie waren, begann ihre Beziehung zu bröckeln. Ihre Liebe, die einst so strahlend und aufregend gewesen war, erlosch. Der Unmut über die Prioritäten seines Partners ließ Jura auch alles Übrige in anderem Licht sehen. Jonas' Aussehen, das Jura bei ihrer ersten Begegnung noch in seinen Bann gezogen hatte, verlor seinen besonderen Glanz, und selbst kleine Makel wie das Muttermal an seiner Schläfe sprangen ihm nun ins Auge und wirkten abstoßend auf ihn. Auch sein Gang, seine Gewohnheiten, seine Gesten, die Art, wie Jonas sich kleidete, und sogar wie er aß, missfielen ihm zunehmend.

Und Jura sah in seinen Blicken, dass es Jonas genauso ging. Jonas versuchte, nicht zu Hause zu sein, wenn Jura neue Stücke probte, bat ihn kein einziges Mal, ihm etwas vorzuspielen, und tauchte bei keinem einzigen seiner Konzerte auf.

Sie schwiegen sich immer öfter an, endete doch fast jedes ihrer Gespräche über Musik oder die Community im Streit. Dann fanden sie irgendwann keine Kraft mehr, um zu streiten, und schon bald auch nicht mehr für Sex. Und als Jura Jonas bat, seine Sachen zu packen und auszuziehen, endete das, was Jura einst für ewig gehalten hatte.

Inzwischen war der 30. Juni 1998 – Jura war zwei Jahre

zu spät für ihr Treffen unter der Weide. Er hatte so vieles vergessen und so vieles aufgegeben, als er sich zum ersten Mal in seinem Leben kopfüber in eine Beziehung gestürzt und anschließend versucht hatte, sie zu bewahren. Er hatte den Kontakt zu seinen russischen Freunden abgebrochen, die nichts mit der Community zu tun hatten, und seine Musikkarriere vernachlässigt. Doch am schlimmsten war die Tatsache, dass die Beziehung zu seinen Eltern in die Brüche gegangen war. Sie hatten seine sexuelle Orientierung nicht akzeptieren wollen, und Jura hatte irgendwann aufgegeben, sich andauernd zu erklären und ihnen Verständnis entgegenzubringen. Also beschränkten sich seine Besuche seither auf die Feiertage. Das Verhältnis zu seiner Mutter war kühl. Nur selten blitzte in ihren Augen noch die Wärme auf, die sie ihm einst entgegengebracht hatte, und umso häufiger Bedauern. Sein Vater redete nicht mehr mit ihm.

Nach der Trennung musste er oft an das Versprechen denken, dass er einst gegeben und dann gebrochen hatte. Wolodja aber war ganz sicher in die *Schwalbe* zurückgekehrt und hatte dort etwas für ihn hinterlassen. Das musste einfach so sein. Also beschloss er, das Pionierlager wiederzufinden und hinzureisen, auch wenn er viel zu spät dran war.

Jura hatte den Weg in die *Schwalbe* vergessen. Genauer gesagt hatte er ihn nie gekannt, da die Pioniere immer in Bussen anreisten. Von seinem Fluchtversuch her wusste er noch, dass der Bus *410* in der Nähe gehalten hatte, und er kannte den Namen des nächsten Dorfs – Goretowka. Doch es war unmöglich, unter den Hunderttausenden Dörfern, die auf dem riesigen Gebiet der ehemaligen Sowjetunion verstreut waren, dieses Goretowka zu finden.

Jura frequentierte russische Internetforen und fragte, ob jemand das Dorf möglicherweise kannte. Einige schrieben ihm von einem Dorf namens Goretowka, das sich jedoch nicht im Charkiwer, sondern im Moskauer Bezirk befand.

Jura besorgte sich entsprechende Karten, konnte das Dorf jedoch nicht finden. Und während all der Rückschläge und Enttäuschungen begann er sich irgendwann zu fragen, ob es ein Dorf namens Goretowka überhaupt gegeben hatte.

Er bat seine Mutter, ihre ehemaligen Arbeitskollegen zu fragen, doch auch von denen konnte niemand ihm weiterhelfen. Jura suchte vergeblich im Internet nach Bildern oder einer Broschüre des Pionierlagers und beschloss am Ende, die Buslinie 410 genauer unter die Lupe zu nehmen, aber die verkehrte inzwischen am anderen Ende des Bezirkes.

Als ihm fast schon die Ideen ausgegangen waren, versuchte er noch, seine alten Kameraden aufzuspüren: das Mädchentrio, Wanja, Mischa, Ptschjolkin und alle anderen, die ihm einfielen. Doch aus irgendeinem Grund waren sie unauffindbar – vielleicht besaßen sie keinen Computer, hatten keinen Internetzugang oder surften unter lächerlichen Benutzernamen. Das Geld für den Auslandsanruf im Sekretariat der Schule Nummer dreizehn, der ihm Kontakt zum Mädchentrio verschaffen sollte, war auch eine Fehlinvestition.

Nach und nach begriff Jura, dass die einzige Möglichkeit, die ihm blieb, eine Reise in sein Heimatland war, denn dort würde er einen Blick in die Archive werfen, in ein Telefonbuch schauen und mit den Fabrikarbeitern persönlich sprechen können. Aufgeben wollte er nicht, also beschloss er, zeitnah Urlaub zu nehmen und nach Charkiw zu reisen, doch ein Anruf von zu Hause machte ihm einen Strich durch die Rechnung. Zum ersten Mal seit vier Jahren hörte er die Stimme seines Vaters am anderen Ende der Leitung, der ihm eine schlechte Nachricht überbrachte: Juras Mutter war erkrankt, möglicherweise unheilbar. All die Arbeitsjahre in der Fabrik schienen nun ihren Tribut zu fordern.

Für die nächsten zwei Jahre stellte Jura seine Pläne und seinen Wunsch, die *Schwalbe* zu finden, zurück. Seiner Mutter ging es zunehmend schlechter, und die Behandlung schien nicht anzuschlagen.

In dieser dunklen Zeit war sein einziger Lichtblick die Musik – sie war sein Anker, der ihm half, sich mit der Unausweichlichkeit seines baldigen Verlustes abzufinden.

Jura schloss sein Studium ab, woraufhin ihm der Rektor eine Stelle als Klavierlehrer am Konservatorium anbot. Jura nahm an, gab tagsüber Klavierstunden und abends, wenn er bei seinen Eltern zu Gast war, spielte er für seine Mutter.

Sie starb im Frühjahr 2000. Seinen Vater warfen die Krankheit und der Tod seiner Frau vollkommen aus der Bahn. War er schon vorher nicht gesprächig und offen gewesen, zog er sich nun vollkommen zurück, schwieg und trank. Jura musste feststellen, dass dieser letzte vertraute Mensch, der ihm geblieben war, ihn selbst nach so vielen Jahren und einem gemeinsamen Verlust nicht so annehmen konnte, wie er war.

Die Zeit verstrich unaufhaltsam. Und nachdem Jura sich von seiner Trauer erholt hatte, besann er sich wieder auf seinen Traum – gab Konzerte und schrieb Stücke. Er hatte viele flüchtige Liebschaften, doch eine innige und feste Beziehung wie mit Jonas konnte er nicht noch einmal mit jemandem aufbauen. Hin und wieder traf er sich mit seinen alten Freunden aus seiner Anfangszeit in Berlin. Und mit Jonas.

Jura wollte nicht wieder mit ihm zusammenkommen, aber er war die Einsamkeit leid und ertappte sich bei dem Gedanken daran, dass er sich den Trubel, die Gäste und den Geruch von leckerem Essen in seinen vier Wänden zurückwünschte. Wie sehr vermisste er es, neben jemandem einzuschlafen. Selbst wenn er sich mit diesem Jemand häufig stritt.

Jonas' Engagement hatte Jura lediglich aus der Ferne verfolgt, als ob das, wofür er kämpfte, nichts mit ihm zu tun hätte. Doch er wollte gern glauben, dass es seine Worte in ihrem letzten Streitgespräch gewesen waren, die Jonas zu einem in seinen Augen wichtigen und sinnvollen Schritt ermutigt hatten, nämlich dem Schwulen- und Lesbenverband beizutreten und Mitglied der Sozialdemokratischen Partei zu werden.

Ende 2000 brachten Jonas und seine Mitstreiter eine bedeutende Veränderung in Gang: Zwei von vier Parteien stimmten für die Anerkennung gleichgeschlechtlicher Partnerschaften auf Bundesebene. Und obwohl die übrigen zwei Parteien dagegen stimmten, wurde das Gesetz schlussendlich verabschiedet.

Ein Jahr darauf trat es in Kraft. Das Recht auf Ehe sah das Gesetz nicht vor, sondern eine Partnerschaft. 2005 ein weiterer Schritt: Von nun an hatten homosexuelle Personen das Recht, sich auch mit Bürgern anderer Staaten zu verpartnern. Als pathologisch einsamer Mensch empfand Jura diese Neuerungen als Hohn, doch zugleich war er stolz auf Jonas, dass er so viel erreicht hatte.

Das Jahr 2005 hielt auch für Juras Karriere eine neue Überraschung bereit, die Planung für seine erste große Tournee durch Russland und die GUS-Staaten begann. Die letzte Station seiner Tournee würde Charkiw sein. Als er nun endlich die Gewissheit hatte, dass er ganz sicher in die Ukraine zurückkehren würde, flammte sein Wunsch, die *Schwalbe* wiederzufinden, erneut in ihm auf.

Ohne sich irgendetwas zu erhoffen, begann er erneut damit, Internetforen zu durchforsten, Fragen zu stellen und sowjetnostalgische Internetseiten aufzurufen. Und tatsächlich: Auf einer von ihnen entdeckte er eine Broschüre der *Schwalbe* und erfuhr, dass es ein Dorf namens Goretowka seinerzeit tatsächlich gegeben hatte. Die genaue Lage konnte er nicht herausfinden, aber immerhin die Nummer der Landstraße und eine ungefähre Fahrtrichtung. Also musste er nur noch eine Route erstellen und das Dorf finden. Von Deutschland aus war ihm das jedoch nicht möglich.

Nach Charkiw kehrte Jura mit einem wahr gewordenen Traum zurück: Er hatte dieses eine besondere Werk komponiert, von dem er Wolodja einst geschrieben hatte. Nicht einfach nur eine schöne Sinfonie, sondern eine, die ihm alles bedeutete. Sie handelte von nichts weniger als der Freiheit, und Jura als ihr Schöpfer hatte sich erlaubt, pathetisch und altmodisch zu sein. Das Stück begann in vollkommener Stille, die lediglich von einer leisen, bedrückten und fragilen Männerstimme durchbrochen wurde. Und mit jeder Sekunde wurde diese Stimme kräftiger, lauter und selbstbewusster, bis schließlich Chorgesang dazukam. Nach dem Chor setzten Streicher und Klavier ein. Und am Ende des Stücks wurden die Zuhörer von den Blechbläsern mit Pathos und Pomp schier überwältigt. Als Jura den Taktstock schwang, kam es ihm vor, als sei auch er frei, obwohl im Mittelpunkt seiner Sinfonie nicht er selbst als Dirigent und Komponist stand, sondern ein fragiler und brüchiger Tenor.

Früher hatte Jura gedacht, dass ihn David Henry Hwangs *M. Butterfly* beeinflusst hatte. Doch nun, in der *Schwalbe* angekommen und seine Vergangenheit erneut durchlebend, begriff er, dass seine Muse eine Person gewesen war, die ihm einst sehr nahegestanden hatte.

Kaum hatte Jura einen Fuß auf den Strand gesetzt, stieg ihm modriger Flussgeruch in die Nase. Früher hatte es hier, insbesondere nach dem Regen, unglaublich gut gerochen – nach Frische und feuchter Erde. Doch nun war der Wald ausgedünnt und karg, das gelbe Laub neigte sich unter dem Gewicht der Regentropfen zu Boden. Vom Bootssteg waren nur ein Haufen Bretter und Gerümpel übrig. Doch er wollte nicht die Überreste des Ortes betrachten, an dem er seinen ersten richtigen Kuss bekommen hatte, sondern lief weiter.

Am Fluss angekommen, begriff er, dass er umsonst befürchtet hatte, nicht zur Weide zu gelangen – es gab gar keinen Fluss mehr. Vom einst tiefen und schnellen Zufluss des Siwerskyj Donez war nur noch ein Sumpf übrig – ein abgestandener grüner Tümpel. Vor seinem Hintergrund wirkte der alte sowjetische Aufsteller am Zugang zum Strand besonders lächerlich, der hilflose Schwimmer in hohen Wellen zeigte und warnte: »Vorsicht! Schnelle Strömung!«

Jura wusste nicht, warum und unter welchen Umständen der Fluss ausgetrocknet war, aber er vermutete, dass die Baustelle am gegenüberliegenden Ufer schuld daran war. Vielleicht war der Fluss ein Störfaktor gewesen, und man hatte den Zufluss blockiert. Oder einen Damm gebaut.

Er bog nach links ab und hoffte inständig, dass er die Furt wiederfinden würde. Er trat an die Böschung, blickte auf den schlammig-grünen Tümpel und erinnerte sich an den Gleithang, zu dem Wolodja und er einst gerudert waren. Jura seufzte. Die Wasserlilien waren ganz sicher dahin, denn ihr Lebensraum war versumpft.

Jura sah zum gegenüberliegenden Ufer. Vor hier oben konnte er nicht nur die Dächer, sondern auch einen Teil der Häuser sehen. Viele waren noch im Baustadium, doch es gab auch fertiggestellte, die bereits bewohnt wurden. Eine Tafel am Eingang zur Siedlung versprach luxuriöse Cottages und Stadthäuser: »Mit einem eigenen *Schwalbennest* in eine behagliche Zukunft – TOB LWDevelopment.« Jura lächelte. Derjenige, der sich den Siedlungsnamen hatte einfallen lassen, musste vom Pionierlager gewusst haben.

An der Furt war kaum mehr Wasser, was nicht verwunderlich war – immerhin war es hier schon immer flach gewesen. Jura fürchtete, im Schlamm einzusinken. Aber er hatte keine Wahl, er musste unbedingt zu Wolodjas und seiner Weide. Sonst wäre die ganze Fahrt umsonst gewesen.

Andererseits war sie wahrscheinlich sowieso umsonst. So viele Jahre waren vergangen. Vielleicht gab es die Weide und die Zeitkapsel nicht mehr. Warum war er nur hergekommen? Warum hatte er sich auf die Suche nach etwas begeben, das im Fluss der Zeit verloren gegangen war? Aber selbst wenn es für sie beide zu spät war, hatte er zurückkehren müssen. Er war hier, um sein

Gewissen zu beruhigen und mit allem abzuschließen. Um ehrlich zu sich selbst sein zu können und zu wissen, dass er alles in seiner Macht Stehende getan hatte, um Wolodja zu finden. Natürlich war er zu spät, und nicht einen Tag oder ein Jahr, sondern mehr als zehn Jahre. Doch der letzte Faden, der ihn mit Wolodja verband, war unter dieser Weide vergraben.

Er hatte Glück. Die Weide stand noch immer da und war noch größer und prächtiger geworden, neigte ihre schwere Krone. Jura konnte vor Aufregung kaum atmen. Er stürmte hin, schob die Zweige zur Seite, trat bebend in das Zelt, das die herabhängenden Äste bildeten – hier war das meiste wie damals, es war nur kälter, und das Plätschern des Flusses durchbrach nicht mehr die Stille. Doch noch immer konnte sich Jura hier vor den Zumutungen der Welt verstecken.

KAPITEL 21

Die Zeitkapsel

Auf den drei Umschlägen in Juras Hand waren Briefmarken und Poststempel. Als Absender war die Militäreinheit Nummer 1543 angegeben – als Empfänger Jura. Den ersten Brief hatte Wolodja im August 1991 geschrieben: »Ich stelle mir gerade deinen Gesichtsausdruck vor, wenn du ohne Vorwarnung einen Brief von mir aus der Armee erhältst. Aber was soll's, ich hätte den Militärdienst ohnehin irgendwann hinter mich bringen müssen. Warum nicht jetzt? Gefallen tut es mir hier natürlich nicht, doch eigentlich bereue ich nur, dass ich mich ein Semester vor Studienabschluss exmatrikuliert habe. Aber das wird schon, ich kann mich ja wieder einschreiben. Und noch etwas bereue ich: dass ich den Kontakt abgebrochen habe. Jura, du musst mir glauben, ich hatte keine andere Wahl. Ich wollte nicht, dass es so kommt!

Ich weiß, dass du böse auf mich bist. Aber bitte, sei mir nicht böse! Ich werde dir alles erklären, wenn ich zurück bin. Und du wirst alles verstehen. Ich langweile mich hier. Schreib mir doch mal ein paar Zeilen. Aber du musst versprechen, vorsichtig zu sein. Ich werde auf deinen Brief warten.«

Wolodja hatte vergebens gewartet. Jura hatte diese Briefe nie erhalten, da er zu dieser Zeit bereits in Deutschland lebte. Er wollte sich gar nicht vorstellen, wie Wolodja sich gefühlt haben musste, als er begriff, dass Jura ihm wohl nie wieder schreiben würde. Und trotzdem gab es zwei weitere Briefe.

Jura öffnete den ersten. »Ich weiß nicht, warum du mir nicht antwortest. Ich hoffe, dass du meinen ersten Brief von hier schlichtweg nicht erhalten hast. Vielleicht gab es ja ein Problem bei der Zustellung.

Ich habe es schwer hier, so ganz ohne Familie und Freunde. Und ohne deine Briefe, außerdem ist da immer noch mein Problem … Es macht alles nur noch schlimmer. Vor allem in dieser Umgebung.

Vielleicht fragst du dich ja, wie ich hier zurechtkomme. Immerhin hat sich mein Problem nicht in Luft aufgelöst. Ich habe dir ja erzählt, dass nichts geholfen hat. Und dann gab es da noch diesen Vorfall … Leider kann ich dir davon nicht schreiben. Du sollst aber wissen, dass wir Moskau verlassen mussten und mein Vater mir geraten hat, zu meiner eigenen Sicherheit meinen Wehrdienst anzutreten. Sie würden aus mir einen richtigen Mann machen, hat er gesagt. Du bist der Einzige, der von meinem Traum und meinem Rückfall weiß. Meinen Eltern habe ich nichts davon erzählt. Deshalb hat sich mein Vater auch keine Sorgen mehr gemacht. Wenn ich jetzt an die vergangenen drei Jahre zurückdenke, frage ich mich, wie ich nur so naiv sein konnte. Wie konnte ich nur denken, dass ich mein Problem so leicht loswerden würde? Und hier in der Kaserne fällt es mir umso schwerer zurechtzukommen. Aber es gibt auch eine andere Seite der Medaille – die Armee härtet mich ab. Hier bin ich gezwungen, mich meinen Dämonen zu stellen.

So antworte mir doch! Ich warte sehnsüchtig auf Post von dir.«

Jura wusste, dass Wolodja mit »Problem« sein Schwulsein meinte. Es klang wie ein schlechter Witz: In der Armee musste Wolodja, der mit seinen Dämonen zu kämpfen hatte und sich für ein Monster hielt, zwei Jahre unter Männern sein, in einer Kultur, die Homosexualität feindlich gegenüberstand. Jura bedauerte zutiefst, dass er diese Briefe nie erhalten hatte, und wünschte, er könnte die Zeit zurückdrehen, Wolodja aufmuntern und ihm erzählen, dass es viele wie sie gab und dass dort, wo Jura lebte, die Gesellschaft sie akzeptierte.

Seinen letzten Brief hatte Wolodja im März 1992 geschrieben und sehr kurz gehalten: »Noch immer warte ich auf Post von dir. Bist du vielleicht umgezogen? Bist du böse auf mich? Ich wüsste gern, wie es dir geht. Vielleicht hast du ja eine Freundin oder bist sogar verheiratet. In jedem Fall hoffe ich, dass ich richtigliege und du zu dir selbst und deinem Glück gefunden hast. Ich kann gar nicht glauben, dass schon ein ganzes Jahr vergangen ist. Im April habe ich frei und werde dich besuchen kommen!«

Als er die letzte Zeile des Briefes las, zuckte Jura zusammen – das war das Jahr gewesen, in dem Wolodja ihn gesucht, aber nicht gefunden hatte.

Es gab in der Kapsel auch noch ein Bündel Briefe in schlichten weißen Umschlägen – ohne Briefmarke und Anschrift darauf. Wolodja hatte lediglich mit Bleistift darauf vermerkt, wann er sie geschrieben hatte.

Jura öffnete den Brief aus dem Mai 1993.

»Ich war letztes Jahr in Charkiw und habe dich gesucht, aber nicht gefunden. Ich bin zu deiner Adresse gefahren, aber fremde Menschen öffneten die Tür und sagten, dass du schon vor langer Zeit nach Deutschland ausgewandert bist.

Du hast alles richtig gemacht! Wenn du die Briefe nicht abgeholt hast, dann sind sie dir egal. Und wenn du deine neue Adresse nicht hinterlegt hast, dann bin ich dir egal. Wahrscheinlich ist es besser so. Wir hatten ohnehin nie eine Chance.«

Vor Ärger hätte Jura am liebsten den Brief zerfetzt, aber dafür war er zu kostbar.

»Das stimmt nicht«, sagte er laut in den Raum unter der Weide, »ich habe meine neue Adresse hinterlegt. Und nicht nur das. Ich habe den Leuten, die nach uns da eingezogen sind, sogar geschrieben und sie gebeten, dir meine neue Anschrift zu geben und deine Briefe an mich weiterzuschicken. Alles muss man selbst machen!«

Sich auf andere zu verlassen, war ein Fehler gewesen. Jura hätte den Nachmietern jeden Monat schreiben und sie an seine Bitte erinnern sollen. Er hatte versagt.

Bitternis erfüllte ihn. Seltsam unwillig las er weiter. »Warum hast du damals überhaupt nach mir gesucht?«, fragte Wolodja. »Warum bist du nach Twer gekommen? Und wie hast du die Adresse meines Cousins rausgefunden?«

Jura stutzte. »Cousin …« Also war jener unfreundliche Wolodja Leonidowitsch damals tatsächlich sein Cousin gewesen!

Er schloss die Augen und atmete tief durch, dann widmete er sich wieder dem Brief, dessen Schriftbild, seine ebenmäßigen Sätze und kleinen Buchstaben davon erzählten, wie es Wolodja ergangen war und was aus ihnen hätte werden können.

»Eure Nachmieter haben meine Briefe nicht angerührt und sie mir ungeöffnet übergeben. Was für gute Menschen!

Ich war verzweifelt, als ich begriff, dass es nun gar keine Verbindung mehr zwischen uns gab. Ich bin hin- und hergerissen. Ich weiß, dass es so besser für uns beide ist, kann mich damit aber irgendwie nicht abfinden. Auch in diesem Moment bin ich verzweifelt, dass ich meinen Brief nicht abschicken kann, weil es keinen Empfänger mehr gibt. Aber ich kann nicht anders, als ihn dennoch zu schreiben – eine gute Methode übrigens, um Stress abzubauen. Davon habe ich beim Studium gelesen und es zum ersten Mal bei der Armee ausprobiert. Im Grunde geht es darum, seine Gedanken und Sorgen niederzuschreiben und sie auf diese Weise loszuwerden. Bei der Armee hat mir das sehr geholfen. Ich war im Hauptquartier stationiert und hatte somit die Zeit und die Möglichkeit, mich zum Schreiben zurückzuziehen.

Meine Einheit war übrigens vollkommen in Ordnung und die Soldaten in meiner Kompanie ziemlich nett. Ich habe mich mit vielen angefreundet. Natürlich hatte ich all die grauenvollen Armeegeschichten gehört, ich selbst habe aber keine Schikanen erlebt. Für mich war etwas anderes ein riesiges Problem. Du weißt sicherlich, was ich meine. Also habe ich mich in Briefen ausgelebt, die ich an dich gerichtet habe. Wenn du nur wüsstest, wie viel Ehrlichkeit und Liebe in diesen Briefen gesteckt hat. Doch jeden einzelnen davon habe ich verbrannt, damit niemand sie in die Hände bekommt. Jetzt bin ich zu Hause und muss meine Briefe nicht mehr verbrennen.

Gerade geht es mir gar nicht gut, aber ich hoffe, dass es dir besser ergangen ist als mir, und freue mich für dich.

Ich hoffe auch, dass die Menschen, die dich umgeben, freundlich sind und du mit deinem Leben zufrieden bist.

Nach zwei Armeejahren bin ich nun nach Hause zurückgekehrt. Es kommt mir so vor, als wäre ich auf einem anderen Planeten gelandet. Die Welt hat sich verändert. Das Land hat sich verändert. Mein Vater gründet eine neue Firma und hat mich gebeten, ihm unter die Arme zu greifen. Aber ich stehe noch immer ganz neben mir und will keine Entscheidungen treffen. Das ist in Ordnung, schließlich hat selbst mein Cousin gesagt, dass er nach der Armee ein halbes Jahr gebraucht hat, um sich zu erholen.

Apropos Wolodja: Als er mir erzählt hat, dass jemand bei ihm war und ihn nach einem Betreuer aus der *Schwalbe* ausgefragt hat, er ihn aber abgewimmelt hat, hatten wir einen Riesenstreit. Natürlich hätte ich ihm von dir erzählen sollen, aber ich konnte doch nicht wissen, dass du ihn aufsuchen würdest. Und ich kann Wolodja verstehen. Er wusste, dass wir uns vor der Mafia versteckten, und wollte uns schlichtweg nicht verraten.

Und trotzdem kann ich den Gedanken nicht ertragen, dass du und ich die Chance hatten, uns nicht zu verlieren, uns aber trotzdem verloren haben.

Ich verstehe die Zeit, in der wir leben, nicht und frage mich häufig, wohin das alles führen soll. In Twer gehen wieder merkwürdige Dinge vor sich. Auf meinen Vater wird von Neuem Druck ausgeübt, und meine Eltern wollen erneut umziehen. Dieses Mal ist ihre Wahl auf Belgorod gefallen, mit der Begründung, dass man uns in der Provinz in Ruhe lassen wird. Sie wollen nicht verstehen, dass Belgorod jetzt an der Grenze zur Ukraine liegt und dort im großen Stil geschmuggelt wird. Unsere Ruhe hätten wir dort also ganz sicher nicht. Außerdem weigert mein Sturkopf von Vater sich trotz allem, was er erlitten hat, mit Kriminellen zusammenzuarbeiten. Irgendwann wird er ohnehin kooperieren müssen – dazu werden sie ihn schon zwingen. Er denkt wohl, Belgorod sei frei von Kriminellen.

Wir hatten Streit, weil ich vorgeschlagen habe, Russland zu verlassen. Hier ist es unmöglich, ein ehrliches Geschäft aufzubauen. Schon gar nicht mit Vaters Prinzipien, die ich übrigens teile. Aber er winkt ab, wenn ich vorschlage, das Schutzgeld einfach im Vorfeld mit einzukalkulieren. Soll er doch das nächste Mal scheitern … Ich werde mich ab jetzt um mich selbst kümmern.

Sobald ich die Möglichkeit habe, reise ich aus, in die Vereinigten Staaten. Erst einmal muss ich aber mein Studium beenden. Ich denke manchmal daran, was du von meinem Plan, der Partei beizutreten und mir einen untadeligen Ruf zuzulegen, gehalten hast. Wie recht du doch hattest, als du meintest, dass das alles nichts bedeutet. Aber wie dem auch sei … Ich muss mit diesem Brief langsam zum Ende kommen, mein Handgelenk tut schon weh.«

»Wenn du nur wüsstest, wie viel Ehrlichkeit und Liebe in diesen Briefen gesteckt hat«, las Jura erneut. »Wenn du nur wüsstest.«

So viele Jahre waren vergangen, doch diese Zeilen warfen Jura zurück in die Vergangenheit. Er stellte sich vor, wie Wolodja seine Gefühle auf unzähligen Heftseiten ausschüttete und diese dann verbrannte, während er sehnsüchtig auf eine Nachricht von seiner großen Liebe wartete.

Plötzlich fühlte sich Jura schuldig, weil er ihre Liebe

nicht bewahrt hatte. Er öffnete den nächsten Brief, den Wolodja ein Jahr darauf, im April 1994, geschrieben hatte.

»Mein letzter Brief ist schon eine Ewigkeit her, und eigentlich gibt es gerade kaum etwas, das ich mir von der Seele schreiben müsste, aber ich hatte plötzlich Lust. Ich helfe in Vaters Firma mit. Meine Umzugspläne habe ich erst einmal auf Eis gelegt. Gerade denke ich gar nicht mehr daran. Vielleicht werde ich auch in ein anderes Land auswandern. Oder gar nicht. Aber das ist jetzt erst einmal egal. Ich muss meinem Vater helfen. Und er hört endlich auf mich. Im Moment sind wir damit beschäftigt, am Stadtrand Grundstücke und verfallene Häuser aufzukaufen. Ich habe ein Schlupfloch im Gesetz gefunden, das uns erlaubt, anschließend beim Verkauf das Zwei- oder sogar Dreifache zu verlangen.«

Der nächste Brief war vom Februar 1995. Als Jura die ersten Zeilen las, klappte ihm die Kinnlade herunter: »Stell dir vor, ich bin nach Charkiw gezogen. Ist das nicht absurd? Immerhin habe ich davon geträumt, auszuwandern. Jetzt lebst du meinen Traum, dafür lebe ich in deiner Heimatstadt. Mein Vater hat die ukrainische Staatsbürgerschaft bekommen und seine Firma offiziell angemeldet. Unsere Wahl ist nicht etwa deshalb auf Charkiw gefallen, weil ich an der Stadt hänge, was ich tue, sondern aus geschäftlichen Gründen. Wie du sicher weißt, grenzt Belgorod an den Charkiwer Bezirk, und zum Zeitpunkt unseres Umzuges hatten wir hier bereits einige Grundstücke aufgekauft und uns einen kleinen Kundenstamm aufgebaut.

Auch ich bin jetzt ukrainischer Staatsbürger. Übrigens ist es auch hier unmöglich, ein ehrliches Geschäft aufzubauen.

Wie seltsam es doch ist, durch diese Straßen zu laufen, die du einst durchquert hast. Fast genauso seltsam, wie dir diese Briefe zu schreiben und zu wissen, dass du sie niemals lesen wirst.

Deine Stadt gefällt mir, sie erinnert mich an Moskau – nur weniger laut und trubelig. Und wenn ich spazieren gehe, frage ich mich gern, ob auch du schon mal hier warst, wo ich gerade bin. Ganze zwei Monate habe ich nach dem Charkiwer Konservatorium gesucht, doch vergebens. Wie konnte ich auch wissen, dass es sich bei deiner Alma Mater um die Nationale Universität der Künste handelt. Und als ich an einem Universitätsgebäude vorbeigelaufen bin, hörte ich plötzlich jemanden Klavier spielen. Glückseligkeit überkam mich, und ich stellte mir vor, dass du derjenige bist, der in diesem Augenblick am Klavier sitzt. Doch zugleich wurde mir schmerzlich klar, dass das unmöglich ist.

Ich habe eine junge Frau kennengelernt. Sie heißt Sweta und ist unglaublich lieb und fröhlich. Sie hat mich in der Stadt rumgeführt und erzählt, dass eure Leninstatue auf dem Platz der Freiheit mit ihrem Finger auf die öffentliche Toilette zeigt. Ich weiß nicht, warum ich dieses Detail so lustig fand, aber ich kam aus dem Lachen nicht mehr raus. Vielleicht weil ich mich erinnert habe, wie du dich im Theatersaal mit der Leninbüste unterhalten hast.

Ich mag Sweta. Sie ist ein positiver Mensch und eine Frohnatur. Ich bin gerne in ihrer Nähe. Vielleicht werde ich mich in sie verlieben. Aber große Hoffnungen mache ich mir nicht …«

Ein Lächeln huschte über Juras Gesicht, als er an das Lenindenkmal und seine Heimatstadt dachte. *Ob Wolodja damals wirklich in Charkiw gelebt hat? Das wäre wirklich absurd! Wie alt ist er 1995 noch gleich gewesen? Siebenundzwanzig? Und noch immer hoffte er, der Norm zu entsprechen.* Tatsache war jedoch, dass Wolodja schon sein ganzes Leben lang normal gewesen war. Er wusste es nur nicht. Schließlich hatte ihm niemand gesagt, dass genau das, was er als normal empfand, nämlich sich in eine Frau zu verlieben, in seinem Fall unnormal wäre.

Wahrscheinlich hatte Wolodja das mit dem Verlieben gar nicht ernst gemeint, doch Jura spürte einen Stachel der Eifersucht.

Seinen nächsten Brief hatte Wolodja im April 1996 geschrieben: »Jura, ich habe es vermasselt. Ich habe Sweta so sehr verletzt! Sie leidet, und wenn sie mich anruft, versuche ich sie, so gut ich kann, zu beruhigen. Dabei bräuchte ich selbst jemanden, der mich beruhigt. Was war ich auch für ein Trottel, musste ja unbedingt mein Leben ruinieren und Swetas gleich mit.

Sie tut mir leid. Sweta war immer so fröhlich und lustig – wie du. Menschen wie ihr haben es einfach verdient, glücklich zu sein. Doch dann kam ich in ihr Leben.

Ich habe sie geliebt. Zumindest dachte ich das. Ich habe so sehr gehofft, dass ich sie lieben könnte, und habe es so sehr gewollt, dass ich mich selbst und auch sie davon überzeugt habe.

Einen Monat nach unserem Kennenlernen sind wir miteinander ausgegangen. Meine Sympathie für sie habe ich mit romantischen Gefühlen verwechselt. Wir waren viel spazieren und konnten über alles reden. Vielleicht klingt es ein wenig kitschig, aber sie hat ihr Licht und ihre Wärme mit mir geteilt. Und da konnte ich nicht widerstehen. Ein letztes Mal hatte ich die Hoffnung, meine

Krankheit endlich hinter mir zu lassen, und sah in Sweta die Möglichkeit, mich zu verändern.

Also sind wir zusammengezogen, und vor zwei Monaten blieb ihre Periode plötzlich aus. Ich war fassungslos! Ich saß einfach nur da, war komplett überfordert und habe ihr, ohne nachzudenken, einen Heiratsantrag gemacht.

Dann haben wir unseren Eltern die frohe Kunde überbracht und sind für die notwendigen Untersuchungen in eine renommierte Privatklinik gefahren. Wir saßen im Wartezimmer, dessen Wände mit Fotos von Babys und strahlenden Schwangeren gepflastert waren. Auch Sweta strahlte und blätterte in einer Zeitschrift, reichte sie mir und deutete auf eine junge Familie: Auf dem Bild war eine glückliche Mutter zu sehen, die ein süßes Baby im Arm hielt. Und beide wurden vom Vater umschlungen. Und als Sweta sagte: »Schau doch mal, was für ein süßes Baby!«, starrte ich nur auf den Typen und antwortete: »Ja, sieht gut aus.« So viele Fragen schossen mir durch den Kopf. Ich fragte mich, was ich da eigentlich tat und wie ich da überhaupt hineingeraten war. Wie ich nur so blind hatte sein können. Als Sweta aufgerufen wurde, bin ich in den Waschraum gerannt. Ich dachte, dass ich mich abreagieren und wieder zur Vernunft kommen würde. Früher hat das ja immer funktioniert. Aber nein, es wurde nur noch schlimmer. Und ich sollte Vater werden? Ich hatte mich doch gar nicht im Griff und verletzte mich selbst: Rannte bei jeder Kleinigkeit raus und hielt meine Hände unter heißes Wasser.

Während wir die nächsten Tage auf die Ergebnisse warteten, bin ich fast durchgedreht. Es war die reinste

Hölle. So schlecht war es mir nicht einmal in der Armee gegangen.

Ich musste mich überwinden, mit Sweta zu schlafen, und brauchte ewig, um in Stimmung zu kommen. Wenn schon jetzt alles so schwierig war, wie sollte es dann in Zukunft werden? Es gab nur zwei Möglichkeiten: Entweder würde ich fremdgehen oder Selbstmord begehen. Dabei liebte sie mich so sehr und vertraute mir blind. Und dann war da noch das Baby. Es war noch nicht einmal geboren, doch ich hasste es jetzt schon.

Dann erhielten wir endlich die Untersuchungsergebnisse. Fehlalarm! Ich war so glücklich, dass ich nicht schlafen konnte. Sweta hielt meine Reaktion für Enttäuschung. Meine Eltern schätzten Sweta sehr, wahrscheinlich dafür, dass sie ihren Päderastensohn geheilt hatte, und schlugen vor, wir sollten trotzdem heiraten. Swetas Eltern pflichteten ihnen bei, gaben uns ihren Segen und sagten, dass Kinder schon irgendwann folgen würden. Aber ich habe keinen Tag länger gezögert, sondern ihr gesagt, dass ich mich trennen möchte. Und sie, die Ärmste, denkt noch immer, dass der Grund meine Enttäuschung darüber war, dass es mit der Schwangerschaft nicht geklappt hat. Sie weint ununterbrochen und ruft mich nachts an, und ich bleibe dann bis um zwei wach und versuche, sie über das Telefon zu beruhigen. Den wahren Grund habe ich ihr natürlich nicht verraten, und das werde ich auch nicht. Niemandem. Aber ich weiß einfach nicht weiter. Ich habe begriffen, dass mir nicht zu helfen ist. Und selbst wenn ich keinen Hass mehr empfinde, wenn ich Menschen ansehe, die so sind wie ich, kann ich mir selbst nicht verzeihen, dass ich so bin, wie ich bin.

Es fühlt sich an, als würde ich nicht mein eigenes, sondern das Leben von jemand anderem leben. Dabei weiß ich überhaupt nicht, was ich mir für mein eigenes Leben wünschen würde, und kann mich nicht dazu überwinden, es herauszufinden, so sehr habe ich Angst davor.«

Jura kniff die Augen zusammen. Wie viel Leben, Enttäuschung und Hoffnung Wolodja in diesen Brief gesteckt hatte … Ein einziger Gedanke ging Jura wieder und wieder durch den Kopf – damals, als Wolodja diesen Brief geschrieben, seine Hochzeit geplant und dann doch abgesagt, sich mit sich selbst auseinandergesetzt hatte und sich nicht so hatte annehmen können, wie er war, hatte Jura ihn vollkommen vergessen gehabt. Damals war er komplett von seiner Beziehung mit Jonas eingenommen gewesen. Schuldgefühle quälten ihn. Warum hatte er nicht schon vorher versucht, Wolodja zu finden? Er hatte es doch versprochen … Er hatte versprochen, dass sie sich nicht aus den Augen verlieren würden. Dennoch war sehr viel Zeit vergangen, ehe er sich wieder an ihn erinnert hatte.

Von dem Stapel waren nur noch zwei Briefe übrig. Auf einem von ihnen stand ein Datum: *30. Juni 1996.* Juras Hand begann zu zittern, als er begriff, an welchem besonderen Tag der Brief verfasst worden war – exakt zehn Jahre nach ihrer gemeinsamen Zeit in der *Schwalbe.*

»Heute habe ich die Zeitkapsel geöffnet, mein Notizbuch hervorgeholt und unsere Wünsche für unsere Zukunft durchgelesen. Nichts davon ist wahr geworden. Jura, wir haben uns aus den Augen verloren, und ich habe auch mich selbst verloren. Ich bin noch immer nicht in den Vereinigten Staaten und werde es wahrscheinlich auch nie sein. Mein Business wächst rasant, und wir eröffnen landesweit weitere Filialen. Mein Vater geht bald in Rente, und ich werde das Geschäft übernehmen. Also ist es wohl zu spät, um mich auf die Suche nach mir selbst zu begeben. Ich muss mich mit dem zufriedengeben, was ich habe. Vielleicht ist ja wenigstens dein Traum wahr geworden, und du wurdest am Konservatorium angenommen und bist jetzt Pianist.

Ich habe natürlich nicht erwartet, dass du an diesem besonderen Tag an unseren besonderen Ort kommen würdest. Na gut, ich gebe es zu – ich habe es gehofft, aber gleichzeitig wusste ich auch, dass die Wahrscheinlichkeit, dass du hier auftauchst, sehr gering ist. Und mir ist klar, dass der Jura, dem ich gelegentlich schreibe, schon lange nicht mehr existiert. Du bist erwachsen geworden und hast dich verändert. Meine Briefe richten sich an ein Bild von dir, das ich all die Jahre sorgfältig bewahrt habe. Ist es gut oder schlecht, dass ich dich nicht loslassen kann? Manchmal denke ich, dass ich verrückt geworden bin. Immerhin schreibe ich einem Hirngespinst Briefe. Hauptsächlich, weil ich einsam bin. Von außen betrachtet, scheint alles in Ordnung zu sein, doch in meinem Inneren fühle ich mich alt und müde, obwohl ich nicht einmal dreißig bin. Ich habe mich inzwischen mit meiner Krankheit abgefunden und versuche gar nicht mehr, dagegen anzukämpfen. Ich wünsche mir so sehr, jemanden zu treffen, der mich versteht und zu dem ich ehrlich sein kann. Doch je länger ich darüber nachdenke, desto mehr verstehe ich, dass ich so jemanden niemals finden werde.

Ich lege diese Briefe in unsere Zeitkapsel, in der schwachen, aber lebendigen Hoffnung, dass du sie irgendwann lesen wirst. Ist diese Zeitkapsel ein Briefkasten und die einzige Möglichkeit, dass du meine Briefe eines Tages lesen kannst, oder doch eher eine Urne, in der ich meine Vergangenheit begrabe? Ich weiß es nicht. Aber ich werde ab jetzt versuchen, dir, der du nicht antwortest, keine Briefe mehr zu schreiben. Es reicht.«

Jura fuhr zusammen. Wie recht Wolodja doch hatte … Sie hatten einander aus den Augen verloren, sie hatten sich selbst verloren. Und auch wenn Jura Musiker geworden war, wie er es versprochen hatte, so war er dennoch unglücklich und einsam. Seine Mutter war gestorben, sein Vater wollte nichts mehr von ihm wissen, und er hatte keine Freunde. Viele in seinem Umfeld hatten inzwischen geheiratet und Kinder bekommen, mit anderen hatte er sich zerstritten oder hatte sie aus den Augen verloren.

Auch Wolodja war einsam gewesen. Er hatte niemanden, mit dem er reden oder dem er sich anvertrauen konnte. Daher schrieb er ihm diese Briefe.

Der Umschlag des letzten Briefes war anders als all die anderen – dick und länglich, aus hellem Papier. Darauf stand nichts außer einer Jahreszahl – 2001. Und die Seiten waren nicht wie bei den anderen zuvor aus einem Heft herausgerissen, sondern es war ein Briefbogen.

»Dieser Brief ist mein letzter. Ich weiß jetzt, dass es an der Zeit ist, damit aufzuhören. Ich brauche dich nicht mehr. Und die folgenden Zeilen werden keine Hilferufe enthalten, sondern einen Schlussstrich ziehen. Außerdem gibt es einen besonderen Anlass für diesen Brief. Es mag merkwürdig klingen, aber ich habe mir endlich meine Jugend zurückerkämpft. Das Leben geht weiter. Doch wenn ich andauernd in der Vergangenheit schwelge, wenn ich dir schreibe und an dich denke, ist es schwer für mich, nach vorne zu schauen.

Natürlich würde ich gerne sagen, dass ich nichts bereue. Doch das kann ich nicht. Es gibt etwas, das ich sehr bereue. Nicht uns, glaub das nicht, sondern das, was ich mir 1989 angetan habe. Wenn ich gewusst hätte, mit welchen Konsequenzen ich anschließend zu kämpfen haben würde, wäre ich mit der Behandlung niemals einverstanden gewesen und hätte diesen sogenannten Quacksalber mit meinen bloßen Händen erwürgt. Wie konnte er meinen Zwang, mich selbst zu bestrafen und mir die Hände zu verbrühen, nicht als Anzeichen für Suizidgefährdung werten? Denn dieser Zwang war genau das, was wir hätten therapieren müssen, und nicht meine Sehnsucht nach meinem Freund Jura Konew. Aber er sagte, sobald ich meine Lust im Zaum halten könnte, könnte ich auch mein zwanghaftes Verhalten kontrollieren. Als ob! Noch ganze zehn Jahre hatte ich mit den Folgen seiner *Behandlung* zu kämpfen. Inzwischen sehe ich mich aber als geheilt. Zwar muss ich mich jedes Mal, wenn ich eine starke Panikattacke bekomme, aktiv dagegen entscheiden, aber ich habe gelernt, die zwanghaften Gedanken aus meinem Kopf zu verbannen. Natürlich habe ich all das nicht ohne fremde Hilfe geschafft, aber der Eingriff dieser Scharlatane hat mir sehr geschadet.

Meine erste richtige Beziehung hatte ich erst spät – mit einunddreißig. Und wenn ich heute darüber nachdenke, verstehe ich, dass ich in ihm nie den schönen Menschen oder die vielschichtige Persönlichkeit geliebt habe. Ich habe nur sein Geschlecht geliebt, die Tatsache, dass er ein Mann war und dass er mit mir zusammen sein wollte. Endlich hatte ich jemanden an meiner Seite und war von seinen männlichen Schultern, Armen und … dem Rest vollkommen eingenommen. Als wir uns getrennt haben, wurde mir endgültig klar, dass ich ihn nie geliebt habe. Denn ich habe nicht ihn, sondern die körperliche Nähe vermisst. Dennoch bereue ich kein bisschen, dass er Teil meines Lebens gewesen ist. Er hat mir dabei geholfen, mir zu verzeihen und mich so zu akzeptieren, wie ich bin. Und das hat sich, verdammt noch mal, richtig gut angefühlt. Wir waren fast zwei Jahre zusammen. Na ja, was heißt zusammen – wir haben uns hin und wieder getroffen, geredet und miteinander geschlafen. Zusammenzuziehen war nie eine Option. Er war verheiratet. Irgendwann war mir das Ganze zu oberflächlich, und ich hab mich getrennt.

Aber nicht nur das hat sich in meinem Leben verändert. Jura, ich bin endlich angekommen! Ich kann es immer noch nicht glauben – ich bin hier, und all das gehört mir …«

Jura faltete den Brief auf und wollte weiterlesen. Ein Schwarz-Weiß-Foto fiel heraus. Ihm stockte der Atem. Es war das Foto, das nach der Theateraufführung aufgenommen worden war. Nach nun fast achtzehn Jahren hatte er es vollkommen vergessen gehabt. Jura betrachtete sein junges Ich und Wolodja, der seinen Arm um ihn gelegt hatte. Wie schön er war: groß und schlank, ein wenig blass, mit markanten Wangenknochen. Und wie albern er selbst aussah: das Pionierhalstuch wie gewohnt schief umgebunden, ein breites Grinsen auf den Lippen und die Schirmmütze nach hinten gedreht. Wie fröhlich sie doch aussahen. Und wie glücklich sie damals gewesen sind, trotz ihrer bevorstehenden Trennung und der Tatsache, dass ihnen nur noch so wenig Zeit zusammen blieb … Damals waren sie glücklich, weil sie zusammen waren, und was noch viel wichtiger war, weil sie hofften und daran glaubten, dass sie sich wiedersehen würden.

Jura drehte das Foto um. Auf der Rückseite stand in Schreibschrift geschrieben: »Ich habe keine Hoffnungen und Erwartungen mehr. Ich möchte nur wissen, was aus dir geworden ist«, gefolgt von einer durchgestrichenen Telefonnummer. Darunter standen in anderer Tinte zwei weitere Telefonnummern – eine Festnetz- und eine Mobilfunknummer.

Jura fuhr zusammen – es gab noch Hoffnung. Er holte sein Handy hervor, versuchte sich zu erinnern, wie viel Guthaben er hatte, und begann mit zittrigen Fingern, die Nummer zu wählen. Dann hielt er für einen kurzen Moment inne – denn es kam ihm vor, als würde er nicht auf die Anruftaste drücken, sondern eine Bombe zünden.

Eine Frau ging ran, und Jura schoss sogleich ein Gedanke durch den Kopf: *Wer das wohl ist? Seine eifersüchtige Ehefrau? Unwahrscheinlich. Er lebt jetzt offen homosexuell.*

»Guten Tag. Könnte ich bitte mit Wolodja sprechen?«

»Mit welchem Wolodja denn?«, fragte man am anderen Ende der Leitung gereizt.

»Dawydow.«

Nach einer Zeitspanne, die Jura ewig vorkam, antwortete die Frau: »Sie haben sich verwählt«, und legte auf.

Wolodja hatte seine Nummer in der Zwischenzeit wohl geändert. 2001 war der Aufbau des Mobilfunknetzes noch in seinen Anfängen, und Anbieter, Tarife und Nummern änderten sich ständig. Es war nicht unwahrscheinlich, dass Wolodja sich eine neue SIM-Karte zugelegt hatte und seine Nummer neu vergeben worden war. Also tippte Jura die zweite Nummer ein, die ihm aus irgendeinem Grund vertraut vorkam.

»Fünfundfünfzig, fünf …«, sagte Jura laut auf, in dem Bemühen, sich nicht zu vertippen. »Merkwürdig … Ich habe diese Zahlenfolge ganz sicher schon irgendwo gesehen.«

»LWDevelopment, Rezeption«, antwortete eine gleichgültige Stimme am anderen Ende der Leitung. »Was kann ich für Sie tun?«

Jura drehte sich verwirrt um und starrte in Richtung der Werbetafel, die man von der Weide aus jedoch nicht sehen konnte.

»Verbinden Sie mich bitte mit Wolo… Wladimir Dawydow.«

»Wladimir Ljwowitsch ist nicht im Gebäude. Aber Sie können Ihre Kontaktdaten hinterlassen, und er ruft Sie zu einem späteren Zeitpunkt zurück.«

»Ich muss ihn aber jetzt sprechen. Es ist dringend. Könnte ich seine Mobilfunknummer bekommen?«

»Wer sind Sie denn?«

»Konew, Juri«, antwortete er prompt.

»Und Ihr Vatersname?«

»Iljitsch.«

Dann war es für einige Sekunden still in der Telefonleitung. Wahrscheinlich versuchte die Sekretärin vergebens, seinen Namen in der Firmenkundenliste zu finden.

»Juri Iljitsch, ich kann Ihnen die Privatnummer des Direktors leider nicht geben. Aber Sie können gerne eine Rückrufnummer hinterlassen …«

Jura biss die Zähne zusammen und versuchte, gefasst zu bleiben. War ja klar, dass die Sekretärin nicht befugt war, die Privatnummer des Firmenleiters an Unbekannte rauszugeben, doch in diesem Moment war sie sein einziger Draht zu Wolodja und gleichzeitig auch das einzige Hindernis. Also sagte Jura so höflich, aber auch so eindringlich wie möglich: »Könnten Sie ihn möglicherweise anrufen, ihm sagen, dass ein gewisser Konew soeben angerufen hat, und ihm meine Nummer geben? Und ihm ausrichten, dass er mich unverzüglich zurückrufen soll? Mein Anliegen kann nicht warten, es ist sehr dringend. Auch für ihn. Sagen Sie ihm, es geht um die *Schwalbe* … Genauer gesagt um das *Schwalbennest*.«

Gebannt wartete er darauf, dass sein Handy klingeln würde, und starrte auf das Foto in seiner Hand. Aufgeregt lief er um die Weide herum und schaute zum bewölkten Himmel hinauf. Es begann zu nieseln. Unter der Weidenkrone war er vor dem Regen sicher, doch der Wind durchbrach hier und da die gelbgrünen Weidenzweige und fuhr ihm kalt in den Nacken.

Sein Handy fest in der Hand, blickte Jura immer wieder auf die Uhr. Zehn Minuten waren bereits vergangen. Er traute sich nicht, die Rezeptionistin noch einmal anzurufen und nachzufragen, da er Angst hatte, dann könnte besetzt sein und Wolodja nicht durchkommen. Wenn er überhaupt anrief.

Vielleicht ist er beschäftigt oder hat kein Netz. Vielleicht ist er auch auf Dienstreise oder auf dem Land, wo es keinen Empfang gibt. Und er will nicht mit mir reden. Schließlich sind schon so viele Jahre vergangen, und er hatte ja schließlich geschrieben, dass er mich vergessen will.

Jura lief auf der Wiese auf und ab wie ein Tier im Käfig. Der Regen wurde stärker und schien ihn drängen zu wollen, die Zeitkapsel einzupacken und zu seinem Auto zurückzukehren. Doch das Einzige, woran er denken konnte, war, dass er kurz davorstand, Wolodjas Stimme zum ersten Mal seit zwanzig Jahren zu hören. Doch dieser Gedanke wurde sogleich von Angst überschattet – der Angst, dass er Wolodjas Stimme vielleicht nie wieder hören würde.

Das Blut pochte in seinen Ohren. Und plötzlich riss ihn der hohe Klingelton seines Handys aus seinen Gedanken.

»Jura?«

Er erstarrte und drückte den Telefonhörer an sein Ohr. »Ja … Ja! Wolodja, ich bin es!«

»Jura …«, sagte er, und Jura konnte hören, dass er lächelte.

»Du kannst dir gar nicht vorstellen, wie froh ich bin, deine Stimme zu hören. Ich habe gerade deine Briefe gelesen … Wolodja, es tut mir leid, ich habe es versaut. Wir haben versprochen, uns niemals aus den Augen zu verlieren. Aber das haben wir, und ich habe viel zu spät damit begonnen, nach dir zu suchen.«

Wolodja schwieg. Und urplötzlich hörte sich seine Stimme, zumindest kam es Jura so vor, gleichgültig an: »Bist du etwa in der *Schwalbe*?«

»Ja, unter unserer Weide. Alles ringsum verfällt, aber die Weide steht noch da und scheint noch größer und schöner geworden zu sein. Als ob …«

»… sie auf uns warten würde«, beendete Wolodja seinen Gedanken.

Jura drückte den Hörer mit beiden Händen an seine Wange, wollte Wolodjas Stimme ganz nah haben. »Und, wie bist du so?«, fragte er leise.

Wolodja zögerte einen Augenblick. »Na ja … Du fragst wahrscheinlich nicht danach, ob ich genug Geld habe und gesund bin. Wie ich so bin? Erwachsen, würde ich sagen …«

»Bist du weit weg von hier?«

Wolodja lachte auf: »Näher, als du denkst. Wollen wir uns treffen?«

Jura schluckte den Kloß in seinem Hals hinunter. »Gerne.«

»Hast du keine Angst, enttäuscht zu werden?«

»Natürlich habe ich Angst. Und du?«

»Bist du Pianist geworden?«

»Du wirst es nicht glauben, aber das bin ich.« Er lächelte.

»Dann habe ich keine Angst.« Es folgte eine Pause. »Also gut. Dann warte einen Moment …«

Wolodjas Stimme riss ab. Und Jura hörte es nur noch piepen. Regungslos stand er da und starrte ratlos auf seinen Handybildschirm.

Er fügte Wolodjas Telefonnummer seinem Adressbuch hinzu und musste lächeln – endlich, nach so vielen Jahren, hatte er seine Nummer.

Jura beugte sich über die Zeitkapsel und begann damit, die geöffneten Briefe zu stapeln, wobei ihm ein weiteres Blatt ins Auge sprang. Ein weiterer Brief! Als er es auseinanderfaltete, begriff er jedoch, dass es die Noten des *Wiegenliedes* waren. Ein trauriges Lächeln huschte über sein Gesicht – einmal wäre es beinahe das Ende von allem gewesen, doch dann stand es schlussendlich am Anfang von etwas ganz Besonderem.

Vorsichtig strich er das Blatt glatt und wollte es zusammen mit den Briefen zurück in die Zeitkapsel legen, als er innehielt – hinter der Wand aus Weidengrün war eine Silhouette aufgetaucht.

Jura drehte sich um, schob die Zweige beiseite und trat hinaus. Etwa zehn Meter von ihm entfernt stand ein Mann. Aus der Ferne konnte Jura lediglich erkennen, dass er groß war. Sie gingen aufeinander zu. Im Nieselregen war das Gesicht nur schwer zu erkennen, doch mit jedem Schritt, wie in der Dunkelkammer bei der Entwicklung eines Bildes, sah Jura Wolodjas Gesichtszüge immer deutlicher vor sich. Seine Hände begannen zu zittern. Er wollte ihr gemeinsames Foto hervorholen und denjenigen, der auf ihn zukam, mit der Person, nach der er sich so lange gesehnt hatte, abgleichen. Doch er hatte es nicht zur Hand. Und selbst wenn – zu viele Jahre waren vergangen. Doch dann sah er es: Die Augen hinter den Brillengläsern waren ganz sicher Wolodjas.

»Wie ist das möglich?«, flüsterte Jura. »Wie konntest du so schnell herkommen?« Dann fiel sein Blick auf die Dächer zu seiner Linken, die hinter dem Wald hervorschauten, und er erinnerte sich an eine Zeile aus Wolodjas letztem Brief: »Jura, ich bin endlich angekommen! Ich kann es immer noch nicht glauben – ich bin hier, und all das gehört mir.«

Wolodja lächelte verlegen, und Jura wollte ihn umarmen, doch er zögerte und dachte daran, dass es angebracht wäre, Wolodja um Erlaubnis zu fragen. Doch er verwarf diesen Gedanken sogleich wieder – sie hatten sich zwanzig Jahre nicht gesehen, und er hatte zweifelsfrei das Recht, ihn in seine Arme zu schließen, was er dann auch tat.

Und es gab nichts auf der Welt, was wichtiger war als diese Umarmung.

Wie auch damals vor zwanzig Jahren stand die Welt um sie herum still. Alles hielt inne. Es gab nur sie, das

Prasseln des Regens und das Rascheln des Windes in den Weidenblättern. Wolodja legte seine Hand zaghaft auf seinen Rücken, als ob er noch immer nicht glauben könnte, dass das tatsächlich Jura war, der ihn festhielt und gierig seinen Geruch einatmete. Doch dann umarmte auch er ihn ganz fest und seufzte. Als sein Blick auf das Notenblatt fiel, das Jura noch immer in der Hand hielt, lächelte er, sah ihm tief in die Augen und fragte: »Spielst du mir das *Wiegenlied*?«

Danksagung

Wir danken von ganzem Herzen all unseren Leserinnen und Lesern, die sich von Juras und Wolodjas Geschichte haben berühren lassen. Im Besonderen bedanken wir uns bei all den wunderbaren Menschen, die uns nicht nur gelesen, sondern den Roman unter die Leute gebracht haben, indem sie uns ihren Freunden und Bekannten empfohlen, über uns getwittert, TikToks aufgenommen, bezaubernde Bilder gemalt und wunderschöne Collagen erstellt haben. Ein ganz besonderer Dank geht an alle, die uns auf unserem langen Weg unterstützt, uns vom Verlag *Popcorn-Books-Verlag* erzählt und uns davon überzeugt haben, dass unsere Geschichte unbedingt veröffentlicht werden muss.

Wir lieben euch alle sehr!

EDITORISCHE NOTIZ

Die Handlung des vorliegenden Romans spielt in den 1980er-Jahren in der Sowjetunion und behandelt das weitgefächerte Thema der schwulen und queeren Sexualität. Um die gesellschaftspolitische Situation der damaligen Zeit authentisch darzustellen, haben Verlag und Autorinnen nach reiflicher Überlegung beschlossen, Vokabeln, die heutzutage zurecht als antisemitisch und inakzeptabel gelten, zu belassen, um so dem historischen Kontext möglichst realistisch zu entsprechen und durch die ausdrückliche Benennung den Leser*innen die Geschichte und Wirkung von sexuellen Vorurteilen und Antisemitismus gezielt vor Augen zu führen. Aus demselben Grund wurde in diesem Roman auf die damals völlig unbekannte gleichzeitige Verwendung der Sprachformen männlich, weiblich und divers verzichtet.